Double Fantasy

저자 _ 무라야마 유카 村山由佳

1964년 도쿄에서 출생했다. 릿쿄대학 문학부를 졸업했으며, 1993년 《천사의 알》로 스바루문학상 신인상을 수상했다. 연상녀 연하남 커플의 운명적 사랑 이야기를 그린 《천사의 알》은 200만 독자의 가슴을 울리며 2006년 영화화되기도 하였다. 그후 총 10권의 《맛있는 커피 끓이는 법》 시리즈를 출간하며 다채로운 문학적 이력을 쌓았다. 2003년에 《별을 담은 배》로 제129회 나오키상을 수상했고, 2009년 《더블 판타지》로 중앙공론문예상, 시마세연애문학상, 시바타렌자부로상 등 3개 문학상을 석권했다. 그 밖의 작품으로 《천사의 사다리》《모든 구름은 은빛》《야생의 바람》《아득한 물소리》 등이 있다.

Double Fantasy

무라야마 유카 장편소설 · 김성기 옮김

문학의문학

Double Fantasy

차례

프롤로그

남자의 엉덩이는 왜 이렇게 차가운 걸까. 그것만은 체격이나 나이에 상관없이 똑같다. 등 뒤로 팔을 돌려 어깨뼈를 어루만지고 등뼈를 하나씩 세어 가며 쓰다듬다가 손끝을 아래로 비스듬히 미끄러뜨리면 어김없이 차가운 엉덩이가 자리하고 있다. 나츠는 손바닥을 통해 가슴 안쪽까지 전해지는 차가운 느낌을 감추려는 듯 두 손으로 남자의 엉덩이를 꽉 움켜쥐었다.

남자가 낮은 신음 소리를 내며 입술을 들이댄다. 입 속으로 파고든 가슬가슬한 혀에서 구취 제거용 민트 향기가 난다. 달아올랐던 열기가 다시 2도쯤 내려간다.

남자가 속삭인다.

"왜 그래요? 아직 긴장이 덜 풀렸어요?"

'당신이 제대로 리드하지 못하니까 기분이 나지 않잖아.'

나츠는 노골적으로 내뱉고 싶은 그 말을 머릿속에 가둬 둔 채 희미한 미소를 지으며 고개를 가로젓는다. 어색한 표정으로 주뼛거리며 고개를 끄덕일 수도 있지만 이런 타입의 남자에게 그렇게 행동하면 밤새도록 상냥하게 팔베개만 해 줄지도 모른다.

"아아!"

무심결에 목소리가 코로 빠져나갔다. 남자가 젖꼭지를 빨아 댔기 때문이다. 뜨겁고 촉촉한 혀의 섬세한 움직임에 기분은 좋았지만 유방을 마구 주물러 대는 것은 좀 신경에 거슬린다. 밀가루를 반죽하는 빵집 주인처럼 이렇게 자꾸 주물러서 뭘 어쩌겠다는 건가. 여자가 민감하게 느끼는 곳은 끄트머리다. 비단 가슴뿐만이 아니라 전신의 모든 끄트머리.

나츠는 슬며시 손을 뻗어 남자의 손목을 붙잡는다. 그러고는 고개를 든 남자에게 명령하듯 속삭인다.

"입으로 해 봐요."

남자는 시키는 대로 순순히 움직이기 시작한다.

나츠는 내심 안도의 한숨을 내쉬며 눈을 감는다. 그래, 그거야. 아, 이제야 기분이 나네. 뒤통수로 베개를 누르는 듯한 자세로 등을 뒤로 젖히자 남자의 팔이 시트와 몸 사이의 빈틈으로 파고들어 그녀의 몸을 살며시 끌어안는다. 아아, 그게 아니야. 거기는 좀 더 거칠게 다루어야 하는데. 안 되겠어. 이 남자하고는 맞지 않아.

아무래도 잘못 고른 것 같다. 사실 약속 장소에서 만나 집으로 함께 올 때부터 그런 예감이 들었다.

남자에게는, 이 남자, 이름이 뭐였더라? 상대의 보폭에 맞추어 걸어 줄 정도의 배려심은 있었지만, 유감스럽게도 오드콜로뉴 냄새가 너무 진했다. 키나 얼굴은 그럭저럭 봐줄 만한데 전체적으로 인상이 흐릿 했다. 이탈리아 남자에게나 어울릴 것 같은 진한 오드콜로뉴 냄새에 완전히 파묻히고 말았다.

여자를 상대하려면 향기 따위를 옮기면 곤란한 여자도 있을 텐데, 대체 어쩌자는 건가.

집으로 걸어오는 내내 짙은 오드콜로뉴 냄새가 신경에 거슬린 나츠 는 방에 들어가자마자 남자에게 먼저 샤워를 하게 했다.

나츠는 남자가 욕실에서 나오기를 기다렸다가 냄새가 어느 정도 가 신 그에게 차가운 캔 맥주를 건네주었다. 남자는 캔 따개에 손가락을 댄 채 잠시 나츠의 방을 둘러보고는 감탄하듯 말했다.

"굉장하네요."

18평 정도의 원룸. 4층에 자리한 집의 창문 밖에는 활처럼 완만하게 굽은 운하가 펼쳐져 있고 멀리 고층 빌딩과 레인보우 브리지도쿄 만에 놓인 현수교가 보인다. 원래 어떤 회사의 창고였다는 이 건물은 천장이 높아 다른 집들은 대부분 촬영 스튜디오나 사무실로 사용했다.

콘크리트 벽과 천장에는 송풍관 같은 배관이 그대로 드러나 있고 마루에는 검은 카펫이 깔려 있다. 거기까지는 여느 집과 다를 바 없지 만, 디자인을 중시한 주방용품이나 컴퓨터를 올려놓은 책상 주변, 그리고 창가에 놓인 더블 사이즈의 철제 침대는 대부분 앤티크 분위기를 풍기고 있다. 나츠가 직접 고른 것들이다.

"굉장하네요."

남자가 같은 말을 되풀이했다.

"일반 가정집하고는 좀 다른 것 같네요."

"그래요?"

"네, 왠지 무대 장치 같은 느낌인데요."

나츠는 흠칫 놀란 얼굴로 남자를 바라보았다.

"무슨 소리예요?"

"내가 말하지 않았나요? 내 본래 직업은 연극배우예요. 작은 극단에서 일하는데 연극을 계속하려면 돈이 필요해서 이런 아르바이트를 하는 거예요. 공연이 없을 때 부지런히 벌어 놓아야 하거든요."

나츠가 잠자코 있자 남자는 쓴웃음을 지었다.

"아, 미안해요. 내가 괜한 말을 했군요. 나츠 씨는 글 쓰는 일을 한다고 했던가요? 어떤 걸 쓰죠?"

"잡지에 싣는 기사 같은 거요."

미리 준비해 둔 대답이었다.

"혹시 인테리어하고 관련된 건가요?"

"그런 걸 쓸 때도 있지만…… 이 집의 인테리어는 그냥 취미예요."

"으음, 독신?"

나츠는 말없이 어깨를 으쓱했다.

"어쨌든 오늘 밤엔 혼자인 거죠?"

보면 몰라요, 하고 말하고 싶은 것을 꾹 참았다.

"그런데 이 집에서 가장 비싼 가구는 뭐죠?"

예상치 못한 질문이었다. 나츠는 잠깐 생각한 끝에 두 사람 사이에 놓인 유리로 된 커피 테이블을 가리켰다. 런던의 한 예술가가 제작한 단 하나뿐인 물건으로 현지에서 한눈에 반해 구입한 것이다. 두꺼운 유리 안쪽에는 식물과 곤충이 돋을새김으로 새겨져 있고 가시나무 모양의 철제 다리에는 날카로운 가시가 붙어 있다. 테이블 가격만 해도 눈알이 튀어나올 정도인데다 튼튼한 나무 상자로 포장하는 비용과 운송비도 만만치 않았다. 그래서 남편인 쇼고에게도 가격을 사실대로 말하지 못했다.

나츠는 일단 마음에 들면 앞뒤 가리지 않는다. 어떻게 해서라도 자기 것으로 만들고 싶어진다. 그것이 자신이 아닌 남의 수중에 들어간다고 생각하면 견딜 수가 없다. 나츠는 어린아이 같은 그런 강한 욕구를 갖고 있다.

남자는 빈 맥주잔을 테이블에 내려놓고 다시 한 번 방 안을 둘러보았다.

"으음, 그렇군요. 이런 생활이라면 인생이 무척 즐겁겠네요."

무슨 대답을 듣고 싶은 거야.

나츠는 모호한 웃음을 흘렸다.

"그렇지도 않아요. 아무런 보장도 없는 직업이고."

나츠가 무난하게 대꾸하는 사이 남자는 들고 온 가방으로 손을 뻗었다. 그러고는 가방 안에서 파스텔 색상의 조그만 양초와 유리잔 모양의 촛대, 라이터를 꺼냈다.

나츠는 곧 남자의 의도를 알아차리고는 황당함에 어이가 없었다.

하지만 남자는 무척 진지했다. 나츠에게 방의 불을 끄라고 하더니 초에 불을 붙여 침대 옆에 조심스럽게 내려놓았다. 그런 다음 나츠에게 손을 뻗었다.

남자는 혀로 나츠의 몸 구석구석을 핥았다. 가슴에서 옆구리, 허리뼈를 지나 배꼽으로. 침이 말라 혀끝이 거칠어지면 얼른 침을 보충해 가며 나름대로 성실하게 탐험을 계속했다. 하지만 그럴수록 정사가 지닌 음란함이나 긴장감은 떨어질 수밖에 없었다.

나츠는 아직 물기가 촉촉한 남자의 머리카락 사이로 손가락을 집어넣고 어색하지 않을 정도로 한숨 섞인 신음 소리를 냈다. 어차피 이 남자는 무슨 소리인지 구별하지도 못할 것이다. 어쩌면 처음에 마주 앉아 식사한 것부터가 잘못이었는지도 모른다.

"나는 되도록이면 상대하는 여성과는 그렇게 해요. 그냥 만나서 바로 관계를 갖는 것은 좀 허무하잖아요. 이런저런 얘기를 나누다 보면 서로에 대해 조금이라도 알게 되고 긴장감도 덜할 테고요."

남자는 처음 통화할 때 그렇게 말했다.

하지만 이렇게 되고 보니 오히려 만나서 바로 관계를 갖는 편이 더 나았을 거라는 생각이 들었다. 허무하거나 말거나 서로의 이름이며 나이며 처지 같은 것을 전혀 모른 채 알몸이 되었다면 지금의 이 행위에 좀 더 몰입할 수 있었을지도 모른다.

사실 나츠가 이 남자에 대해 어이없다고 생각하기 시작한 것은 체인점 술집의 눈부신 조명을 받으며 맥주로 건배했을 무렵부터였다. 남자는 안주로 나온 에다마메枝豆. 껍질째 삶은 풋콩를 집어 먹으며 자기 나이가 스물아홉이라고 했다. 나츠가 나이를 솔직하게 말하자 전혀 그렇게 보이지 않는다며 웃었다. 하지만 '전혀'라는 말을 강조하는 그의 말투에서 여자 나이 서른다섯을 어떻게 생각하는지 대충 짐작할 수 있었다. 그때도 나츠는 떨떠름한 미소를 지을 수밖에 없었다.

명색이 이 방면의 프로라면 '서른다섯이요? 여자로서 가장 매력적인 나이네요'라고 부드럽게 받아넘기는 말솜씨 정도는 갖춰야 하는 것 아닌가. 설령 마흔셋이든 쉰여덟이든 아흔넷이라고 해도. 정말 이 나라의 남자들은 왜 하나같이 이런지 모르겠다. 나이보다 젊어 보인다고 하면 여자들이 모두 좋아하는 줄 알고 있다. 물론 그런 말을 듣고 좋아하는 여자들 때문이기도 하겠지만.

한동안 배꼽 주위를 공략하던 남자의 혀가 드디어 가장 중요한 부위에 다다른다. 일단 부끄러워하는 척하며 다리를 오므리려고 하자 남자는 나츠의 무릎을 벌리며 달콤한 목소리로 연극 대사를 읊듯이 말했다.

"괜찮다니까요. 부끄러워할 것 없어요. 나한테 맡겨요. 기분 좋게 해 줄게요."

'당연히 그래야지.'

뇌가 멋대로 끼어들더니 또다시 나지막한 한숨이 새어 나왔다. 아니나 다를까, 그 소리를 기다렸다는 듯이 축축해진 가랑이 사이에서 남자가 속삭였다.

"어때요, 나츠 씨, 기분 좋아요?"

좋긴 하지만 그렇게 자꾸 물어보면 정신이 산만해져 몰입할 수가 없잖아. 마지못해 건성으로 대답하자 남자가 다시 물었다.

"그럼 다음에 또 만나 줄래요?"

이번엔 어둠 속에서 정말로 눈살을 찌푸렸다.

왜 갑자기 어린아이처럼 혀 짧은 소리로 졸라 대는 거야, 징그럽게.

정말이지 분명히 알아듣도록 큰 소리로 혀를 차 주고 싶은 심정이었다.

결국 남자는 두 번 절정에 다다랐다. 나츠도 그때마다 달아오른 척했다. 기분이 나지 않는데 몸이 뜨거워질 리 없었다. 더 이상 질질 끌고 싶지 않아 연기를 했을 뿐이다. 그럼에도 나츠는 남자가 얇은 콘돔입구를 묶어 뒤처리하는 모습을 바라보면서 몸이 뒤틀릴 정도의 만족감을 느꼈다. 남자가 몇 시간 만에 두 번이나 했다면 자신의 몸이 아직은 쓸 만하다는 생각이 들었다. 비단 이 남자만이 아니라 상대가 누구든 그가 자기 몸속에서 절정에 다다를 때면 뭔가 되갚아 준 듯한 기분이 들었다.

아니, 그런 건 아무래도 상관없었다. 나츠는 집에 남자를 끌어들이는 바보 같은 짓은 두 번 다시 하지 않으리라 다짐했다. 쉽사리 집으로 끌어들인 것에 비해 돌려보내기가 이렇게 어려울 줄은 미처 생각지 못했다. 가슴에 품고 있는 속내와는 달리 돌아가라고 딱 잘라 말하지 못하는 성격 때문에 더 그랬다.

나츠는 남자가 샤워를 끝내고 옷을 챙겨 입을 때까지 초조하게 기다렸다가 뒷문 쪽에 있는 엘리베이터를 타고 건물 밖까지 배웅했다. 정문 현관에 늘어선 문패를 보여 주고 싶지 않았기 때문이다.

그런데 미끄러지듯 다가온 택시의 문이 열리자 남자는 천천히 나츠를 돌아보며 말했다.

"그런데 댁이 다카토 나츠메 씨 맞죠? 드라마 작가요."

나츠는 심장이 등을 뚫고 튀어나가는 것 같았다. 너무 갑작스러운 일격에 당황한 나머지 시치미 뗄 타이밍을 놓치고 말았다.

남자는, 몸이 굳어져 있는 나츠에게 말했다.

"그런 곳에 대본을 놔두니까 금방 알죠."

"그런 곳이라뇨?"

"화장실 선반."

"그, 그런데 그게 내가 쓴 대본이라는 걸 어떻게……."

"아까 말했잖아요, 나도 연극을 한다고. 그래서 대충 짐작할 수 있었죠. 왠지 어디선가 본 듯한 얼굴 같더라고요."

현기증이 났다. 대체 언제부터 알고 있었던 걸까. 그런데도 남자는 서비스비를 사이트에 나온 액수만 청구했다.

남자는 쓴웃음을 지으며 택시에 올라탔다.

"그런 표정 짓지 마세요. 이 일은 아무한테도 말하지 않을 테니까요. 비밀을 보장하는 영업이거든요. 누구나 나름대로 이런저런 사정이 있잖아요. 나 자신도 그렇게 떳떳한 처지는 못 되고."

"그래요……?"

나츠는 잠시 머뭇거리다가 나지막한 목소리로 덧붙였다.

"고마워요."

오늘 밤 처음으로 남자에게 고맙다고 말한 것 같다. 상대도 비슷한 생각을 했는지 입가의 쓴웃음이 더 짙어졌다.

"어차피 나한테 또다시 연락할 일은 없겠지만 나중에라도 어디선가 인연이 닿으면 그땐 좋은 배역이나 맡겨 주시죠. 그럼 이만."

나츠는 멀어져 가는 택시의 미등을 바라본다. 두근거리는 가슴을 가라앉히지 못한 채 시선을 들자 동쪽 끝의 군청색 하늘이 옅은 보랏빛으로 물들어 가고 있다. 6월의 아침 해는 부지런하다.

좋은 배역이라. 미안한 일이지만 작가에게 배역을 결정할 권한은 없다.

아니, 그보다도…….

첫 전철이 지나가는 소리가 들렸다. 싱그러운 바람이 불자 머리카락에 배어 있던 짙은 오드콜로뉴 냄새가 코끝을 자극했다. 나츠는 한껏 얼굴을 찡그렸다. 그래, 그보다도 이런 세세한 부분에 대해 배려하지 않는 배우라면 더는 볼일이 없다.

드라마 작가 다카토 나츠메가 쓴 대사는 상당히 신랄하다는 평가를 받고 있다. 주인공이 막판에 상대를 거세게 몰아붙이는 통쾌함이나 또는 등장인물들끼리 한 치의 양보도 없이 격렬하게 주고받는 대사, 비꼬거나 빈정대듯이 치고받는 대사…… 그것이야말로 그녀가 쓰는 드라마의 가장 큰 매력으로 여겨지고 있을 정도다. 하지만 당사자인 다카토 나츠와 처음 만난 사람은 놀란다. 태도도 겸손하고 인상도 부드러운 그녀가 그런 신랄한 대사를 쓰리라고는 도저히 믿어지지 않기 때문이다.

나츠도 어느 쪽이 진정한 자기 모습인지 고민해 본 적이 있지만 이제는 그마저도 포기한 지 오래다. 누구를 대하든 반사적으로 '착한 사람'처럼 행동하는 것은 거의 본성에 가깝다. 언제부터 그렇게 됐는지 기억도 없다. 어느 정도 철이 들 무렵부터 이미 어머니 앞에서 '착한 아이'처럼 굴었던 것 같다.

돌이켜 보면 연극과의 만남은 필연이었는지도 모른다. 나츠는 네 살인가 다섯 살 때 우연히 따라간 유원지에서 처음으로 연극을 보았다.

어린 나츠는 무대 중앙의 관 속에 누워 있는 백설공주를 몹시 동경했다. 이것이 전부 꾸며 낸 이야기이고 주변을 둘러싼 일곱 난쟁이도 곰도 토끼도 누군가가 연기하고 있다는 것을 알면서도 자신도 모르게 그 아름다운 드레스를 입고 관 속에 누워 있고 싶다고 생각했다. 왕자의 키스로 잠에서 깨어난 백설공주가 드레스 옷자락을 잡고 관객의 박수갈채에 환한 미소로 화답하는 것을 보았을 때는 너무나 부러운 나머지 발을 동동 구르기도 했다.

초등학교 고학년 때 연극부에 들어갔다. 예전에 비록 한때이기는 했지만 실험 극단의 단원이었던 것을 자랑으로 여기던 어머니는 나츠가 학예회에서 중요한 배역을 맡자 무척 기뻐했다.

미션 스쿨인 여자 중학교에 입학한 뒤에도 연극부에 들어가 첫 문화제에서 남자 역할을 맡게 되었다. 그것은 난생처음 경험하는 강렬한 해방감, 아니 해방 그 자체였다. 새삼스레 연극이 굉장한 거라는 생각이 들었다. 그저 단순히 다른 소녀가 되는 것만이 아니라 성별까지도 가볍게 뛰어넘을 수 있었다.

객석을 가득 메운 사람들의 시선이 자신의 연기에 쏠려 있다고 생각하니 온몸 구석에서 힘이 솟아나는 것 같았다. 심장이 뛰는 소리가 머리끝까지 고스란히 전해졌다. 긴장한 것도 아닌데 살갗이 팽팽해지고 온몸의 모공이 열리고 가슴이 요동치고 호흡이 거칠어졌다. 반면에 머릿속은 또렷하게 깨어 있었다. 강당 구석구석에서 누군가가 눈을 깜빡이는 것까지 모두 컨트롤할 수 있을 것 같은 자신감이 온몸에 가득 차 있었다. 모든 것이 슬로 모션으로 움직이는 세계에서 자신만이 평소대로 움직이는 듯한 기분이었다.

해방감을 느꼈던 것은 단지 다른 사람을 연기했기 때문만은 아니었다.

연극의 줄거리는 정해져 있다. 대사 하나하나에 대한 상대의 리액

선도 마찬가지다. 당시 나츠가 편안한 마음으로 연기할 수 있었던 것도 그 때문이다. 결말이 정해진 타인의 인생을 연기하는 동안에는 그 누구도 신경 쓸 필요가 없다. '착한 아이'처럼 굴지 않아도 아무도 나무라지 않는다. 평소에는 자신의 말 한마디 한마디를 상대방이 어떻게 받아들일지 걱정하며 지냈지만 이제는 그런 자신에서 벗어날 수 있다. 나츠는 이 세상 어디에도 없는 인물을 연기할 때가 다카토 나츠메로 지낼 때보다 훨씬 더 자유로웠다.

나츠는 여고에서도 남자 역할을 맡았다. 사랑에 빠지기 쉬운 후배들 사이에서 '나츠 선배'는 인기가 좋았다. 그녀는 졸업하기 전에 여자 역할을 한 번쯤 해 보고 싶었지만 도저히 말을 꺼낼 수가 없었다. 후배들의 기대를 저버릴 수 없었을 뿐만 아니라 스스로도 여자로 돌아가는 게 왠지 쑥스러웠던 것이다. 다카라즈카寶塚, 여성만으로 구성된 가극단에서 남자 역할을 맡던 배우가 그만둔 뒤에 힘들어하는 이유를 조금은 알 것 같았다.

추천을 통해 동일 계열의 대학에 진학한 뒤 곧바로 연극부를 찾아갔다. 대학 연극부 중에서는 나름대로 인정받고 있는 소극단이었다. 그런데 그곳에는 남자가 있었다. 남자 역할을 맡은 배우가 아니라 진짜 남자 말이다. 진짜 남자가 더 남자다운지 어떤지는 모르겠지만 어쨌든 생물학적으로 남자다.

나츠는 마침내 마음 놓고 여자 역할을 맡을 수 있다고 생각했다. 그러나 그러한 기쁨도 잠시, 극단의 내부 분열로 단원 몇 명이 탈퇴했다.

그 바람에 대본을 쓸 사람이 없었다. 그녀는 단지 문학을 공부한다는 이유로 연극 대본을 쓰게 되었다.

그녀는 이번에도 자신이 연기를 하고 싶다는 말을 꺼내지 못했다. 쑥스럽기 때문만은 아니었다. 단원들이 다들 당혹스러워하는 것을 보자 무리하게 자신의 뜻을 주장할 수 없었던 것이다.

그런데 막상 대본을 쓰기 시작하자 나츠는 스스로도 놀랄 정도로 창작의 세계에 깊숙이 빠져들었다. 재미있었다. 타인의 인생을 연기하는 것보다 타인의 인생을 새롭게 창조해 내는 것이 더 자유스러웠다. 현역 극작가가 하는 강좌에 다니면서 의욕적으로 배우기 시작했다. 연극에 대해 알면 알수록 글쓰기가 더 재미있어졌다. 그러다가 강좌 졸업 작품으로 쓴 대본이 강사인 극작가의 눈에 들었다. 극작가의 권유대로 희곡 경연 대회에 작품을 응모했고, 그 작품은 결국 '다카토 나츠메'의 데뷔작이 되었다.

말하자면 나츠가 원래 하고 싶었던 것은 지금의 직업인 드라마 작가가 아닌, 희곡을 쓰는 극작가였던 것이다. 아직도 희곡에 대한 미련은 남아 있었다. 하지만 나츠가 지금까지 경제적으로 별다른 불편 없이 지낼 수 있었던 것은 영화나 드라마의 시나리오 작업 덕분이었다.

"인기를 얻을 만한 작품을 쓰면 되는 거야."

나츠의 일감이 늘어날 즈음 드라마 제작사를 그만둔 남편 다카토 소고는 최근 몇 년간 늘 그런 말로 그녀를 독려했다.

"인기를 얻는다는 게 어디 쉬운 일인가. 인기가 없어도 좋은 작품만 쓰면 된다는 생각은 작가의 오만이야. 수많은 작가들이 조금이라도 더 인기를 얻으려고 애쓰고 있어. 그들은 연속극을 따내고 대하드라마를 쓰고 영화를 히트시켜 돈을 벌고 싶어 하지. 통속적이라고 하든 인기 있는 작품들을 짜깁기했다고 하든 상관없어. 남들이 뭐라고 하든 신경 쓸 것 없어. 마음에 안 들면 자기들이 써 보라고 해. 사실 말이야, 지금까지 당신이 쓴 드라마가 계속 히트한 건 당신이 시청자하고 비슷한 감각을 지녔기 때문이야. 그건 당신이 지닌 엄청난 장점이지. 이봐, 괜찮다니까. 당신이라면 틀림없이 쓸 수 있다니까."

쇼고는 같은 이유로 나츠가 상업 연극에 뛰어드는 것을 반대했다. 물론 관객의 숫자로 보면 연극은 텔레비전 드라마에 비할 바가 못 된다. 관객이 적은 것뿐만이 아니다. 연극은 영화나 드라마와는 달리 한 번에 한 곳에서밖에 공연할 수 없다. 다시 말하면 입장료에 관객 수를 곱한 금액이 공연 1회분의 총 수입으로, 그 액수가 줄어드는 경우는 있어도 늘어나는 경우는 없다. 한마디로 연극은 돈이 되지 않는다. 요즘은 희곡만 써서는 먹고살기 어렵다. 기왕에 대본을 쓸 바에는 많은 사람들이 시청하는 텔레비전 드라마 쪽을 쓰는 편이 수입도 좋다.

남편 쇼고의 말은 적어도 드라마 작가로서 지명도를 높이거나 경제적인 효율성이라는 측면에서 보면 옳다. 하지만······.

투각으로 장식된 유리 테이블에 두 잔째 마시는 중국차와 먹다 남긴 과자가 놓여 있다. 그 옆에서 나츠는 검은 카펫 위에 웅크리고 앉아

무릎을 끌어안고 있다. 활짝 열어 놓은 베란다 문으로 습기를 머금은 밤바람이 불어온다.

오카지마 교코가 개수대에 담뱃재를 털며 말했다.

"당신은 역시 그 헤어스타일이 좋아. 자르길 잘했어. 남자 같긴 해도 잘 어울려."

"나는 좀 지적인 여자로 보이고 싶었는데……."

"지적으로 보여. 그런데 남자 같아. 그 점이 오히려 도착적이고 좋잖아."

"또 그런 식으로 엉뚱하게 갖다 붙이네요."

이렇게 머리카락을 짧게 자른 것은 혼자가 된 후 처음인 것 같다. 옆머리는 약간 길고 앞머리는 앞으로 축 늘어뜨린 쇼트 보브.

며칠 전 이른 아침에 머리카락에 밴 남자의 오드콜로뉴 냄새를 맡았을 때, 어떤 형태로든 자신의 모습을 바꾸고 싶은 강한 충동을 느꼈다.

휑하니 드러난 목덜미가 아직 익숙지 않다. 서늘하면서도 어딘가 허전한 느낌이다. 왠지 불안한 마음에 무심코 테이블 밑으로 손을 뻗자 얼룩고양이 다마키가 차가운 코끝으로 밀어 댄다.

나츠는 교코가 부편집장으로 근무하는 여성지에 반년쯤 전부터 수필을 연재하고 있다. 방송계의 뒷이야기나 배우들의 진짜 모습, 때로는 직업을 가진 주부로서의 잡다한 생각 등을 적당히 버무려 가면서 글 쓰는 일로 세상을 살아가는 어려움과 보람을 이야기하고 있다. 대본 이외의 문장에는 익숙지 않아 자신이 없었는데 교코의 말을 들어 보면 독자들의 호응이 점점 늘어나고 있는 모양이다.

교코가 갑자기 생각났다는 듯 말을 꺼냈다.

"아참, 그건 어땠어?"

"그거라뇨?"

"출장 온 남자 말이야. 자세히 이야기해 봐. 그런 건 내가 먼저 물어보기 민망하니까."

"입에 침이나 바르고 이야기하세요. 처음부터 단도직입적으로 물어봤으면서. '솜씨는 좋았어?'라는 질문은 민망하지 않은 질문에 속하는 건가요?"

"솔직히 그 이야기를 하고 싶어서 날 부른 거잖아."

그러면서 교코가 바싹 다가왔다.

나츠는 한숨을 내쉬며 말했다.

"나도 꽤 망설였어요."

"뭘? 출장 호스트를 부를까 말까?"

"그것도 그렇지만…… 그 일을 교코 씨한테 말할까 말까 하는 것도."

"그건 왜?"

"아무래도 좀 놀랄 것 같아서요. 놀라는 걸로 끝나면 괜찮겠지만 혹시 어처구니없는 얼굴로 경멸하는 건 아닌가 하고."

"물론 놀랍고 좀 의외이긴 했지만 특별히 황당하게 생각하지는 않았어. 그보다는 오히려 '정말 잘했어!'라고 칭찬해 주고 싶은 마음이야, 그런데 경멸하다니, 말도 안 돼."

나츠는 양미간을 좁히며 말했다.

"내 생각해서 일부러 그렇게 말하는 것 아니에요?"

"내가 왜 그러겠어? 난 상대가 아무리 담당 작가라고 해도 할 말은 하는 사람이거든. 그건 자기뿐만이 아니라 다른 어느 작가든 마찬가지야. 그래서 서로 틀어진다면 어쩔 수 없는 일이지. 세상 사람들하고 다 원만하게 지낼 수는 없잖아. 이게 편집자로서의 올바른 태도인지 모르겠지만, 내 성격상 그렇게 할 수밖에 없어서 지금까지 줄곧 그렇게 살아왔는데 이제 와서 바꿀 수는 없잖아."

교코의 확신에 찬 말에 웃을 수밖에 없었다. 그녀에게는 당할 수가 없다.

교코는 담배를 입가에 물고 거울도 보지 않은 채 머리를 묶어 올리면서 말했다.

"자, 그러니까 숨김없이 말해 봐. 실제로 해 보니 기분이 어땠어?"

"최악이었어요."

"말도 안 돼. 그 사람 프로라면서."

"네, 하지만 최악이었어요."

"뭐가 그렇게 마음에 안 든 거야?"

나츠는 잠깐 생각하다 말했다.

"그 사람 독선적인 것 같아요."

"그거야 어쩔 수 없지. 남자인걸."

"그리고 말하는 것도 유치하고."

아직까지 누군가에게 한눈에 반해 본 적이 없는 나츠는 상대에게 매력을 느끼느냐 그렇지 않느냐 하는 것은 '대화'로 결정했다. 아무리 얼굴이 잘생기고 몸매가 좋아도, 성실하고 부드러워도, 또는 성적인 테크닉이 뛰어나다고 해도 상대가 언어 감각이 둔한 남자라는 사실을 알아차리는 순간 곧바로 흥이 깨져 버린다.

"무슨 말인지 알겠는데, 그건 자기의 나쁜 습관이야. 자기뿐만이 아니라 여자 소설가들 중에는 그런 사람이 많은 것 같아."

"난 소설가가 아니라니까요."

"원고를 의뢰하는 내 입장에서 보면 별다를 게 없는걸. 뭐랄까, 소설가든 드라마 작가든 옆에서 보면 상당히 비슷한 것 같아. 언어를 다루는 직업이라는 의미뿐만이 아니라."

교코는 끝까지 타들어 간 담배꽁초를 수돗물에 적셔서 버린 후 유리 테이블 맞은편으로 돌아왔다. 나이키 운동복 차림이다. 그녀가 입고 온 타이트스커트가 구겨질까 봐 나츠가 빌려 준 옷이다.

두 여자는 요즘 들어 거의 한 달에 두 번 정도 만난다. 원고는 이메일로 주고받으므로 특별히 볼일이 있는 것은 아니다. 그런데도 만나서 걷기도 하고 때로는 요가 학원에도 간다. 또 인터넷으로 맛있는 음식점을 찾아내 먹으러 가기도 한다. 많이 먹은 날은 온천이나 사우나에 들른다. 그리고는 대개 나츠의 집에서 차를 마시며 밤늦게까지 이야기를 나누는 것으로 마무리한다. 아니, 일단 만나면 어디서 뭘 하든

지 쉴 새 없이 수다를 떤다. 여덟 살이라는 나이 차이와는 상관없이 서로 뭔가 끌리는 게 있기 때문이라고 나츠는 생각한다.

나츠는 그동안 줄곧 교코와 같은 여자 친구가 있었으면 했다. 10년 남짓 결혼 생활을 하면서 몇 가지 하고 싶은 일이 있었지만 참고 지냈다. 무슨 일이든 솔직히 털어놓을 수 있는 여자 친구가 이렇게 고마운 존재일 줄은 몰랐다.

교코는 쿠션을 엉덩이 밑에 깔고 책상다리를 하고 앉더니 물었다.

"좋아, 처음부터 자세히 이야기해 봐. 대체 그 남자를 어떻게 찾아낸 거야?"

처음에는 순전히 재미삼아 사이트를 들여다보았다. 여느 때처럼 위장이 텅 빈 듯한 육체적 갈증에 힘겨워하긴 했지만 설마 그날 밤 당장 호스트를 부르게 되리라고는 나츠 자신도 상상하지 못했다.

인터넷에서 '출장 호스트'라는 단어로 검색하자 도쿄에서만 수많은 사이트가 줄줄이 튀어나왔다. 그중에서 제일 괜찮아 보였던 게 그 남자의 사이트였다. 낮 시간의 본업에 지장이 있다는 이유로 얼굴 사진은 올리지 않았지만 '만나 보고 취향이 아니다 싶으면 거절하셔도 좋습니다'라든가 '그럴 경우에는 요금을 받지 않습니다'라는 등의 말이 논리적인 문장으로 적혀 있었다. 이쪽에서 연락처를 이메일로 보내면 그쪽에서 전화를 거는 방식이었다.

나츠가 특히 흥미를 느낀 것은 고객들의 후기였다. 고객들은 그와의 특별했던 만남에 대해 적고 있었는데, 대부분 그가 제공하는 섹스

이외의 서비스를 언급하고 있었다. 이를테면 '진짜 애인처럼 대해 주어서 고마워요' '일상에서 벗어난 꿈같은 시간이었어요' '덕분에 여자로서의 내 모습을 되찾을 수 있었어요'라는 식이었다. 그리고 마지막은 이렇게 끝을 맺었다. '꼭 다시 만나요.'

이렇게 많은 여자들을 만족시킨 남자는 어떤 사람일까. 그는 대체어떤 서비스를 제공하는 걸까. 타고난 호기심이 고개를 들었다. 어쩌면 그것이 남자에게 과감하게 이메일을 보내게 된 계기였는지도 모른다. 그래서 나름대로 기대했건만……

"어떤 일에서든 마찬가지겠지만 난 프로 의식이 없는 남자는 질색이에요."

나츠는 그날 밤 일을 떠올리자 짜증났던 기분까지 되살아나 자기도 모르게 말투가 거칠어졌다.

나츠는 교코의 재촉을 받으며 그 남자의 진한 오드콜로뉴 냄새에 대해 이야기했다. 술집에서 남자가 자랑스럽게 떠벌렸던 일, 먼저 일어나 지상으로 나가는 계단을 올라갈 때 짙은 감색 바지와 검정 구두 사이로 갈색 양말이 엿보였던 일, 그리고 침대에 들어가자 갑자기 어린아이 같은 말투로 바뀌었던 것도 이야기했다. 물론 싸구려 양초에 대한 이야기도 빼놓지 않았다.

"어머, 어머! 그것 괜찮네."

나츠는 몸을 웅크리고 자지러지게 웃어 대는 교코를 허탈한 표정으로 내려다보았다.

"뭐가 괜찮다는 거예요? 최악이었다니까요."

"아니, 그 반대야. 정말 최고야. 그런 장면을 나중에 드라마로 써 봐. 굉장히 리얼하고 설득력 있을 테니까."

교코가 다시 몸을 일으켜 세웠다.

"이건 농담이 아니야. 그런 디테일한 부분들이 자기한테는 귀중한 재산이잖아. 말하자면 몸 바쳐 가며 취재한 거야. 그렇게 의기소침하게 굴 것 없어."

"별로 의기소침하지는 않아요."

"거짓말, 얼굴에 다 쓰여 있는걸."

"사실……."

"사실, 뭐?"

나츠는 체념한 듯 말했다.

"뒷맛이 개운하지 않아요. 전에도 말한 적이 있지만, 난 솔직히 그 방면에 대한 욕구가 굉장히 강해서요."

"아, 기억나. 그게 뭐 어때서?"

"고마워요."

나츠가 혼잣말처럼 중얼거리고 나서 말했다.

"자꾸 생각이 나요. 그때는 마치 발작이라도 일어난 것처럼 도저히 참을 수가 없어요."

대개는 주기적으로 그런 현상이 나타난다. 그때는 금단 증상 같은 강렬한 욕구가 밀려와 남자와 자고 싶다는 생각밖에 안 든다. 그렇게 된 것은 아주 오래전, 그러니까 이제 막 섹스에 눈뜨기 시작할 무렵이었다.

그런 자신의 육체와 그 육체적 욕구에 질질 끌려가는 나약한 자신이 정말 싫었다. 하지만 한편으로는 그런 자신을 당당하게 받아들이고 싶은 마음도 있었다. 여자는 성욕이 강하면 안 돼. 남자의 경우는 '정력'이고 여자의 경우는 '음란'이라니, 말도 안 된다.

"솔직히 호스트를 불러들인 것 자체를 후회하는 건 아니에요. 다만 그렇게 망설이고 또 망설이다가 큰맘 먹고 불렀는데, 에계, 겨우 이 정도야, 하는 느낌이라서……."

교코가 빙긋 웃었다.

"실망이 컸던 모양이네."

"맞아요. 어쨌든 그 방면의 프로니까 적어도 육체적인 부분만큼은 만족시켜 줄 줄 알았는데 전혀 아니었어요. 일부러 돈까지 써 가며 맛없는 걸 먹고 나니 뒷맛이 영 개운하지 않았어요. 그 남자를 보낸 뒤에 내가 대체 무슨 짓을 한 거지 하는 생각이 들면서 허무해지더라고요."

"기대가 너무 컸던 거야, 바보같이."

교코는 이렇게 말하고는 찻주전자로 손을 뻗었다.

나츠는 피식 웃었다.

"아아, 역시 그 사람 말이 맞았어요."

교코가 멈칫하며 동작을 멈추었다.

"그 사람이라면…… 그 사람?"

나츠는 고개를 끄덕였다.

"뭐라고 했는데?"

"벌써 오래전의 일이지만, 내가 그동안 그 방면의 프로하고 자는 걸 여러 번 상상한 적이 있다고 메일로 써 보냈어요."

"정말 그런 내용까지 썼어?"

"네."

나츠는 나지막이 대답했다. 무릎을 끌어안은 팔에 힘이 들어갔다.

"그 사람한테는 뭐든 솔직하게 썼어요."

"그 사람은 뭐래?"

"허무해질 뿐이라며 그만두래요. 난 그런 남자한테 만족할 수 있는 성격이 아니라면서."

교코가 그것 보라는 듯이 눈꼬리를 내려뜨렸다.

"그건 말이야, 자기에 대한 칭찬이야."

"전혀 그런 것 같지 않은데요."

"그 사람 말도 분명 일리는 있어. 하지만 나는 오히려 그런 허무한 감정이야말로 큰 재산이 될 거라고 생각해. 드라마 작가든 소설가든 그 점은 마찬가지야. 어떤 경험이든 다 쓸모가 있거든. 직접 체험한 쓰라린 경험들은 언젠가 글이나 작품으로 나타나기 마련이니까. 이를 테면 두루미가 자기 깃털을 뽑아 옷감을 짜는 것처럼 말이야."

교코가 말을 마치고 나츠를 부드러운 눈길로 쳐다보더니 남은 과자를 입에 넣었다. 나츠도 말없이 과자를 집어 들었다. 교코가 낮에 가

마쿠라에 사는 담당 작가의 집에 찾아갔다가 선물로 사온 것이다. 입자가 고운 흰팥을 혀로 음미하고 뜨거운 중국차를 마시자 재스민 향기가 살짝 코끝을 스쳤다.

작년, 장마가 끝날 무렵이었으니까 거의 1년 전의 일이다. 오카지마 교코가 나츠를 찾아와 새로 창간하는 잡지에 에세이를 써 보지 않겠느냐고 제안했다. 몇 해 전에 지인의 소개로 알고 지내긴 했지만 단둘이 찬찬히 이야기를 나눈 것은 그때가 처음이었다. 만남이 조금 잦아질 즈음 교코가 말했다.

"지금이니까 하는 말이지만 처음에 자기를 소개받았을 땐 착실한 모범생 같아서 좀 꺼려졌어. 이런 범생이가 인간의 어두운 내면을 쓸 수 있을까 하고 말이야."

아무리 여덟 살 아래라고 하지만 그래도 어엿한 성인 여자에게 '범생이'라니. 어쨌든 그녀의 말에 따르면, 처음 만났을 무렵의 나츠는 지금에 비해 훨씬 더 고지식하고 빈틈이 없으면서도 어딘가 위태로워 보였다고 한다. 나츠가 도쿄에서 혼자 지내기 시작한 지 아직 몇 달밖에 지나지 않았을 때였다. 그런 나츠가 교코의 눈에는 꽤 유별나 보였던 모양이다.

바로 얼마 전에 만났을 때는 그런 모습이 한 꺼풀 벗겨진 느낌이라고 했다.

"이젠 그다지 모범생으로 보이지 않지만, 난 지금의 자기가 훨씬 좋아."

그래도 나츠에게는 여전히 자신도 주체하지 못하는 단단한 껍질이 있다. 어디부터 어떻게 벗겨 내야 할지 막막하기만 한 두툼하고 오래된 껍질이.

교코처럼 주변의 시선에 아랑곳하지 않고 거침없이 말할 수 있다면 무척 유쾌하게 지낼 수 있을 텐데. 과연 그녀는 이제껏 남들 앞에서 주눅 든 적이 있을까.

나츠가 목소리를 낮추며 말했다.

"그 출장 호스트가 부랴부랴 양초를 꺼낼 때 문득, 사이트에 후기를 올려놓은 여자들은 정말 이런 서비스에 즐거워한 걸까 하는 생각이 들었어요. 정말로 자기가 바보 같다거나 허무하다는 생각은 들지 않았을까요? 그 남자가 너무 자신만만해하니까 왠지 그걸 즐기지 못하는 내가 이상한 것 같은 생각이 들더라고요."

교코는 모호한 표정을 지으며 중국차를 입으로 가져갔다. 잠시 후 교코가 말했다.

"남편이 너무 무관심하거나 남편과의 섹스에 만족하지 못하면 그렇게 친절한 대접을 받는 것만으로도 기뻐할 수 있겠지. 사실 대부분의 여자들은 촛불을 켜 놓고 섹스하면 특별한 느낌을 받잖아."

"너무 특별해서 난 도저히 적응이 안 되던데요."

"어쨌든 그 여자들은 아마 출장 호스트를 부르기까지 자기보다 백 배 천 배 더 고민하다가 겨우 용기를 내서 연락했을 거야."

"무슨 소리예요? 나도 얼마나 고민했는데요."

"아무래도 좀 다를 거야. 지금의 자기는 잃어버릴 게 없잖아. 그러나 주부들은 그렇지가 않거든."

"그야 그렇지만……."

"으응?"

"나도 그들 못지않게 남편과의 섹스가 불만족스러웠던 적이 많았어요. 분명 몇 달 전이었다면 그 호스트와의 섹스에 만족했을지도 몰라요. 그 나름대로 최선을 다했고 시간도 짧지 않았으니까. 하지만……."

"후후, 더 좋은 걸 알아 버렸으니 어쩔 수 없지 뭐."

나츠는 아무런 대꾸도 하지 않았다.

외국의 어느 고산 지대에서 여행자에게 길을 안내하던 노인이 있었다. 길을 안내하는 도중에 여행자가 커피를 끓여 주자 노인은 정중히 거절하면서 이렇게 말했다.

"그건 분명 맛있는 음료일 테지. 그런데 나는 앞으로 남은 인생 동안 아마 다시는 그걸 맛보지 못할 걸세. 그렇다면 아예 그 맛을 모르는 편이 낫지 않겠는가."

나츠는 자신이 그 금단의 음료를 냉큼 받아 든 거라고 생각했다. 그러고는 한 모금씩 찬찬히 맛을 음미하며 마지막 한 방울까지 마셔 버렸다. 그 맛을 모르는 편이 나았는지 어떤지는 아직 잘 모르겠다.

"그런데 가만히 보면 자기도 좀 한심한 구석이 있어."

"뭐가요?"

"아까부터 나한테 푸념을 늘어놓으면서 정작 그 호스트한테는 불평 한마디 못했잖아."

"그건⋯⋯."

"그 남자한테 요구 사항을 좀 더 분명히 말했으면 좋았을 텐데. 그런 식으로 하면 전혀 못 느끼니까 이렇게 저렇게 해 달라고 말이야. 다음에 또 부를 거 아니라면 좀 심하게 요구해도 상관없잖아. 지불할 거 다 지불한 고객이니까."

나츠는 교코의 말이 모두 맞아서 달리 대꾸할 말이 없었다.

"자긴 말이야, 엉뚱한 일에 너무 신경을 쓰는 것 같아. 정말 희한한 성격이야. 드라마 대본에는 그렇게 신랄한 대사를 마구 써 대면서 말이야. 그 대사들은 이른바 희망 사항이었던 거야?"

담배 연기 때문에 한쪽 눈을 찡그린 채 자신을 보는 교코의 시선이 상당히 거북스러웠다. 나츠는 손을 뻗어 다마키의 둥근 등을 쓰다듬었다. 그러자 고양이의 목 안쪽에서 속삭이는 듯한 신음 소리가 새어 나왔다.

교코는 몇 번인가 천천히 담배 연기를 뿜어내더니 유리 찻주전자를 집어 들어 나츠의 찻잔에 차를 따라 주었다. 빈 찻주전자에 뜨거운 물을 붓자 꽃봉오리 같은 모양의 찻잎이 투명한 찻주전자 바닥에 가라앉은 채 흔들렸다.

그 모습을 바라보며 교코가 말을 꺼냈다.

"아까 했던 이야기 말인데, 내 생각에는 그렇게까지 자기 욕구를 강하게 부정할 필요는 없는 것 같아. 그건 자기가 생각하는 것만큼 그렇게 특별한 게 아니니까. 나도 조금 젊었을 때는 몇 번인가 그런 남자를 불러들이려고 한 적이 있는걸."

"정말이오?"

"여자의 몸이 가장 뜨거워지는 시기는 삼십대 중반부터 사십대까지야. 물론 모두 그런 것은 아니고 욕구의 강도에 개인차는 있겠지만, 가끔씩 그렇게 남자를 원하는 것 자체는 지극히 정상적인 현상이지."

"나는 가끔씩이 아닌걸요."

"그러니까 개인차가 있다고 했잖아. 사실 나도 자기 나이쯤엔 상당히 힘들었어. 그런데도 출장 호스트를 부르지 않은 건 용기가 없었기 때문이야. 어쨌든 요전엔 운이 없어 그런 남자를 만났지만 다음번엔 괜찮은 남자를 만날지도 모르니까 너무 실망하지 마."

"아뇨, 이젠 됐어요."

"뭐야, 겨우 한 번 만나고 질린 거야?"

"다들 속궁합에 대해 이러쿵저러쿵 말하지만 그보다는 마음이 더 중요한 것 같아요. 마음이 없는 섹스는 이제 그만할래요."

교코가 의외라는 듯이 말했다.

"난 오히려 마음이 전혀 없는 상대하고 할 때가 이런저런 신경을 쓰지 않아도 돼서 더 좋은 것 같은데."

나츠는 쓸쓸한 미소를 지었다.

"교코 씨다운 말이네요."

"그게 무슨 뜻이야?"

교코가 입술을 살짝 끌어올리며 자세를 고쳐 앉았다.

"자기가 좋아하는 남자를 상대할 땐 '이런 걸 요구하면 천박하다고 생각하지 않을까' 하는 생각에 조심스러워지지만, 잘 모르는 상대라면 아무것도 신경 쓸 필요가 없겠죠. 그러니까 여자 쪽에서 주도권을 쥐고 여긴 이렇게 하고 저긴 저렇게 하라고 요구하면서 마음껏 즐길 수 있다는 거잖아요."

나츠의 손짓과 몸짓이 뒤섞인 열띤 설명에 교코는 웃음을 터뜨렸다.

그때 나츠의 휴대전화가 울렸다. 문자 메시지 착신음이었다. 교코가 장난스러운 표정으로 나츠의 얼굴을 들여다보며 물었다.

"혹시 지금 말한 그 남자?"

나츠는 고개를 저었다.

그럴 리가 없어. 그 사람은 절대 아닐 거야. 그렇게 생각하면서도 한편으로는 간절히 기대하고 있는 자신을 발견했다. 나츠는 다시 한 번 말없이 고개를 저으며 휴대전화 폴더를 열었다. 발신자는 남편이었다.

'무슨 메시지야?' 하고 묻는 교코에게 휴대전화 화면을 보여 주었다.

아직 안 자지? 내일 도쿄에 가는데 잠깐 들를까? 필요한 게 있으면 갖다 줄 테니 알려 줘.

나츠는 문자를 보여 주고 바로 휴대전화 폴더를 닫았다. 교코는 나츠가 테이블 구석으로 밀어 놓은 휴대전화를 곁눈질하며 조심스럽게 물었다.

　"답장······ 안 해도 돼?"

　나츠가 고개를 끄덕이기 전에 테이블 밑의 고양이가 먼저 야옹, 하고 대답했다.

제 1 장

1

2월 15일

받는 이 : 시자와 이치로타 선생님

제목 : 안녕하세요?

오랫동안 연락 드리지 못해 죄송합니다. 추운 날씨에 어떻게 지내고 계신가요?

조금 전에 외출에서 돌아와 우편함을 확인해 보니 예쁜 하늘색 봉투가 들어 있네요. 서둘러 뜯어 보고는 저절로 감탄사가 흘러나왔어요. 아아, 〈십이야〉의 티켓이네요. 작년에 런던 공연을 보지 못해 줄곧 아쉬워하고 있었는데, 드디어 일본에서도 관람할 수 있게 됐군요.

항상 잊지 않고 신경 써 주셔서 감사합니다. 무슨 일이 있든 공연 첫날에 꼭 찾아뵙겠습니다.

다카토 나츠 올림

2월 16일

받는 이 : 다카토 나츠 님

제목 : Re. 안녕하세요?

무엇보다 자기 일이 우선이야. 내 연극을 보러 올 시간이 있으면 글 한 줄이라도 더 쓰는 게 낫지 않을까. 사람 초대해 놓고 이런 말 하는 것도 좀 우습지만.

이치로타

2월 16일

받는 이 : 시자와 이치로타 선생님

제목 : 잘 알겠습니다

바쁘실 텐데 바로 답장을 주셔서 고맙습니다. 일은 일대로 열심히 하겠습니다. 그런데 선생님이 연출하신 작품이 제게는 특효약인 것 같습니다. 선생님의 작품을 보면 대개의 경우 그 작품에 압도되어 객석에서 일어날 힘조차 잃어버리는데, 얼마쯤 시간이 지나면 가슴 깊숙한 곳에서 투지가 솟아나는 걸 느낍니다. 속된 표현으로, 이런 젠장, 하는 오기가 생기는 거죠. 그래, 언젠가 반드시 저 사람 입에서 감탄사가 흘러나올 만한 극본을 쓰겠어, 하고 말이죠. 그렇게 진지하게 생각하다 보면 자신이 조금 대견하다는 생각도 듭니다.

천하의 시자와 선생님께 이렇게 함부로 말하다니, 남들이 들으면 제정신이 아니라고 생각할지도 모릅니다. 이번 작품을 본 다음에는 또 얼마 동안이나 자리에서 일어나지 못할까요. 벌써부터 기대감에 가슴이 두근거립니다.

다카토 나츠 올림

2월 18일

받는 이 : 나츠 님

제목 : 좋은 아침

새로운 일은 잘 진행되고 있나? 지금 하는 드라마도 곧 최종회를 맞이하겠네. 이따금 보는데, 그렇게 활짝 펼쳐 놓은 보자기를 어떻게 개킬지 기대가 되는 군. 사실 펼쳐 놓은 보자기를 개키지 않는 작품도 괜찮다고 생각하지만.

이치로타

2월 18일

받는 이 : 시자와 이치로타 선생님

제목 : 개키지 않는 보자기

안녕하세요?

일찍 일어나셨네요. 그동안 선생님은 올빼미 생활을 하실 거라고 막연히 생각했기에 약간 놀랐습니다. 가만히 생각해 보니 작가도 아닌 연출가가 그렇게 생활하면 배우들이 곤란해지겠네요.

저의 다음 작업은 아무래도 영화가 될 것 같습니다. 이전에 쓴 형사물의 스핀 오프 격인 작품이라서 또 제가 맡게 됐습니다.

지금의 드라마는 이미 최종회까지 녹화가 끝난 상태입니다. 녹화 마지막 날

조역을 맡은 사이조 씨가 제게 이런 말씀을 하시더군요. 자신이 지금까지 상당히 많은 역할을 맡았지만, 매회 연기를 하면서 그렇게 감정이 고조된 건 정말 오래간만이었다고요. 여전히 특유의 무표정한 얼굴로 말씀하셨는데 그만큼 진지하게 느껴져 무척 기뻤습니다.

그건 그렇고, 아까부터 마음에 걸리는 게 있습니다. 선생님은 펼쳐 놓은 보자기를 개키지 않는 작품도 괜찮다고 하셨는데, 그건 무슨…….

그때 노크 소리가 났다. 나츠는 의자에서 벌떡 일어났다. 미처 대답할 틈도 없이 남편 쇼고가 방문을 열었다. 모니터 화면은 아까 열어 두었던 원고로 재빨리 바꾸었지만 애써 작성한 메일은 모두 날아가 버렸다.

"……왜요?"

나츠는 태연한 척 고개를 돌렸다.

"아, 미안, 일에 몰두하고 있었나 보네."

쇼고는 서슴없이 방으로 들어와 책상 모서리에 엉덩이를 절반쯤 걸쳤다. 집에서도 휴대전화를 목에 걸고 있는 것은 연출가로 일하던 시절부터 몸에 밴 습관이다. 한번 몸에 밴 습관은 쉽게 고쳐지지 않는다.

"아니, 괜찮아요. 무슨 일이에요?"

"하야토하고 산책할 건데, 당신도 같이 갈래, 아니면 나 혼자 다녀올까?"

"글쎄, 어떻게 하나…… 앞으로 한 시간쯤 기다려 주면 같이 갈 수 있는데."

"오케이. 그럼 일 끝나면 이야기해."

쇼고는 말이 끝나기가 무섭게 자리에서 일어나 성큼성큼 방을 빠져나갔다. 곧 그의 방문 닫히는 소리가 났다. 찰카닥 하고 울리는 금속성 소리에 나츠는 양미간을 찌푸렸다.

저 소리가 싫다. 저 소리를 들으면 은근히 짜증이 난다. 나는 노크를 한 뒤에 안에서 응답할 때까지 얌전히 기다리고 방문을 함부로 열지도 않는다. 그런데 그는 왜 내가 대답을 하기도 전에 방문을 열고 저렇게 일일이 자물쇠를 채우는 걸까.

한번은 그 점에 대해 넌지시 불만을 내비친 적이 있다. 그러자 쇼고는 '아, 그거. 방에서 자위행위를 하니까' 하고 시시껄렁한 농담으로 얼버무렸다. 개선할 마음이 전혀 없는 것 같다.

다카토 부부가 이곳 사이타마 현의 외곽에서 지내기 시작한 지 벌써 3년이 넘었다. 깨끗한 공기 외에는 아무것도 없는 동네다. 처음 이사 왔을 당시만 해도 역전 상가가 어느 정도 활기를 띠었다. 하지만 대형 쇼핑센터가 들어서면서 점차 쇠퇴해 이제는 아무런 특색도 없는 동네가 되고 말았다.

역전에서 눈에 띄는 것은 유명 패스트푸드 체인점의 거대한 로고와 새로 체인점을 개설한 고서점의 간판, 그리고 파친코 상가의 네온 간판 정도다.

업무로 알고 지내는 사람들은 하나같이 이렇게 묻는다.

"다카토 씨, 왜 도쿄에 살지 않나요?"

"아오야마나 아카사카까지는 아니더라도 방송국하고 가깝고 편리한 곳에 맨션을 구입하면 되잖아요. 그 정도는 충분히 벌 텐데요."

"이런 일을 하려면 도시에 살면서 발 빠르게 새로운 정보를 수집하는 게 나을 텐데."

실제로 드라마 작가라는 직업은 혼자 방에 틀어박혀 글만 쓰면 되는 게 아니다. 기획 단계뿐 아니라 대본 작업 도중에도 수시로 프로듀서나 연출가와 의견을 주고받으며 종종 격렬한 논쟁도 벌인다. 그리고 일단 촬영이 시작되면 가능한 한 현장에 붙어 있어야 한다. 대사나 스토리를 즉석에서 수정해야 하는 경우도 있기 때문이다.

순발력과 지구력이 필요한 이 일을 하는 데 도쿄에서 한 시간 반이라는 거리는 분명 마이너스 요소다. 회의를 끝내고 장시간 전철을 타야 하는 고충이나 걸핏하면 호텔 방을 잡아야 하는 번거로움도 있다.

그럼에도 지금의 생활을 바꾸고 싶지는 않았다. 도쿄에서도 자연환경이 좋은 지역에서 자랐기 때문인지 시골 생활이 체질에 맞았다. 처음 이사 왔을 때는 이런저런 불편한 점도 있었지만, 3년쯤 살다 보니 이 동네가 오래된 셔츠처럼 몸에 익숙해진 것이다. 매일 출근하는 것도 아니고 필요한 정보도 남들 못지않게 부지런히 찾아다니고 있다. 정보든 자극이든 필요하다 싶을 때 직접 찾으러 가면 된다.

나츠는 도쿄에서 지친 몸으로 돌아와 플랫폼에 내려서면 언제나 자신이 타고 온 전철이 저편으로 사라질 때까지 우두커니 서서 지켜보다가 눈앞에 펼쳐진 낯익은 풍경을 바라보며 그제야 심호흡을 했다. 고개를 들어 바라보면 저 멀리 푸르스름한 산들이 희미하게 내려앉아 있고, 넓은 하천은 마을과 경계를 이루며 느긋하게 흘러간다. 직선으로 잘라 낸 듯한 도쿄의 하늘과 달리 시골의 하늘은 둥글고 부드럽다. 도회지에서 혹사당한 몸과 마음을 맑게 갠 푸른 하늘이 포근하게 어루만져 준다. 새로운 일을 시작할 때마다 따라붙는 이런저런 번거로운 일들과 저울질해 봐도 이런 상쾌한 기분이나 해방감은 역시 포기할 수 없다.

전철역에서 차로 20분 거리에 나츠와 쇼고가 사는 집이 있다. 가장 가까운 슈퍼마켓에 가려면 차를 이용해야 하지만, 하천 부지까지는 개를 데리고 걸어서 갈 수 있는 거리다. 땅값이 저렴했던 만큼 예산을 건축비로 돌릴 수 있었다. 나츠는 내부 설비나 인테리어에 전혀 흥미가 없는 남편을 대신해 집 구석구석을 자신의 취향대로 안락하게 꾸몄다. 또 집 뒤편에 약 600평 정도의 밭을 빌렸는데, 이곳에 온 뒤부터 일을 그만둔 쇼고가 그곳에다 둘이 먹을 갖가지 채소를 키우고 있다. 원래 꼼꼼한 성격인데다 남에게 고개를 숙이기 싫어하는 그에게는 흙만 상대하는 밭일이 체질에 맞는 것 같았다.

두 사람이 하야토를 데리고 산책에 나선 것은 오후 3시가 막 지날 무렵이었다.

"생각보다 일찍 끝냈네. 글이 술술 써지는 모양이군."

"네, 그럭저럭."

나츠는, 자기가 기다리고 있다고 생각하니 불안해서 집중할 수가 없잖아, 라고 말하지는 못했다. 그렇게 말하면 그는 앞으로 같이 산책하자고 하지 않을 것이다. 마음이 불안한 것은 사실이지만 이렇게 일부러라도 산책하지 않으면 밖으로 한 발자국도 나가지 않고 계속 글만 쓰게 된다. 그건 너무 외롭다. 하야토와 함께 산책하는 것은 나츠에게도 일상의 즐거움 중 하나다.

여기저기 킁킁대며 돌아다니는 개의 페이스에 맞춰 하천 부지로 이어진 길을 따라 천천히 걸어간다. 하야토의 목줄은 쇼고가 쥐고 있다. 하야토는 무척 온순한 잡종견이지만 가족들이 나들이를 많이 나온 휴일에는 목줄을 풀어 줄 수가 없다. 오늘은 목줄을 풀어 주는 날이라는 것을 알고 있는지 제방이 가까워지자 하야토의 걸음걸이가 빨라졌다.

2월의 하천 주위는 온통 메마른 빛깔을 띠고 있다. 햇살이 반사되는 수면에 물새 몇 마리가 흐름을 거스르며 헤엄치고 있다. 숨을 들이쉴 때마다 차가운 바람이 폐부 구석구석까지 시원하게 해 준다.

제방 아래로 내려오자 쇼고는 하야토의 목줄을 풀어 주었다. 하야토가 로켓탄처럼 내달리는 모습을 지켜보며 두 사람은 계단 중간에 걸터앉았다. 오후의 햇살을 흠뻑 빨아들인 콘크리트가 엉덩이 아래에서 따스한 온기를 전해 준다.

햇빛 때문일까, 아니면 각도 때문일까. 왠지 모르게 사람이 그리워져 옆으로 슬쩍 손을 내밀자 쇼고는 당연한 듯이 나츠의 손을 잡아

주었다.

"왜 이렇게 손이 차가워?"

그러고는 큼직한 손으로 나츠의 손을 꼭 감싸 쥐더니 싹싹 문질렀다.

잠시 후 그는 주변을 두리번거리는가 싶더니 나츠의 손을 자기 사타구니 쪽으로 끌어당겼다.

"어머, 왜 이래요!"

쇼고는 황급히 손을 빼는 나츠를 쳐다보며 웃음을 터뜨렸다. 서른여덟이나 됐으면서도 그는 종종 이렇게 짓궂은 장난을 한다. 상대가 황당해하는 모습을 보며 즐거워하는 것을 보면 덩치 큰 어린아이 같다. 부부 둘만이 지내다 보니까 그런 걸까. 아이가 없는 부부는 늘 연인 같은 기분으로 산다는데, 그것은 어쩌면 서로가 성장하지 못하는 것에 대한 변명일지도 모른다.

처음 만났을 때 나츠는 자신보다 세 살 위인 쇼고가 무척 어른스러워 보였다. 당시는 나츠에게 방송 일이 점차 들어오기 시작할 무렵으로 세 번째 작품으로 황금 시간대에 방영되는 드라마 대본을 쓰게 되었는데, 그 드라마의 담당 연출가가 쇼고였다.

둘은 처음부터 죽이 잘 맞았다. 그전에 함께 일했던 연출가는 경험이 부족한 나츠를 아직 미숙하다고 생각해, 그녀가 애써 완성한 대본을 아무 양해도 구하지 않고 멋대로 뜯어고치곤 했다. 그에 비해 쇼고는 나츠의 재능과 감각을 믿어 주려고 했다. 농담이나 가벼운 유머로 긴장감을 풀어 주면서 더 좋은 아이디어를 끌어내려고 했다. 그뿐만

이 아니라 나츠 편에 서서 거의 그만둘 각오로 프로듀서와 격렬하게 언쟁을 벌인 적도 있다.

이십대 중반의 나츠에게는 그런 과격한 면을 지닌 그가 무척 남자다워 보였다. 그러다 보니 적을 만들기 쉬운 그의 성격마저도 떼 지어다니기 싫어하는 한 마리 외로운 늑대처럼 여겨졌다. 그 무렵의 쇼고는 생기가 넘치고 눈빛이 살아 있는 게 어딘가 사람을 끌어당기는 매력이 있었다. 전에 나츠가 사귀던 남자들에게는 하나같이 점수가 박했던 어머니조차도 쇼고만큼은 흡족해하며 합격 점수를 주었다. 결국 둘은 만난 지 1년 만에 결혼했다.

그로부터 10년 남짓, 부모님이 빨리 손자를 보고 싶어 한다는 것을 알고 있었지만 임신이 되지 않았다. 전혀 피임을 하지 않았는데도 말이다. 나츠에게 문제가 있는 것 같았다. 극심한 생리 불순으로 1년에 몇 번밖에 월경을 하지 않는데다 기초 체온을 측정해도 그래프 곡선이 불규칙해 배란이 되고 있는지 어떤지 알 수가 없었다.

도쿄에 있는 병원에서 정밀 검사를 받은 적이 있었다. 시약을 주사한 뒤 일정한 시간을 두고 채혈하는 검사를 몇 차례 반복한 끝에 뇌의 전달 회로에 문제가 있는 것 같다는 진단을 받았다. 보통은 매달한 번씩 배란을 재촉하는 신호가 난소로 전달되는데, 나츠의 경우에는 무슨 이유에선지 그 신호가 제대로 전달되지 않는다고 했다. 아니, 가끔은 전달될 때도 있으니 전기 장치로 치면 접촉 불량이라고 할 수 있었다.

"여성의 불임 중에서도 치료가 약간 까다로운 경우예요. 적극적으로 치료해 보시겠어요?"

산부인과 여의사가 담담하게 물었다. 나츠는 남편과 상의해 보겠다고 대답하고는 병원을 빠져나왔다. 그 뒤로 아무런 조치도 취하지 않았다.

나츠는 개 짖는 소리에 고개를 들었다. 하야토가 하천가에서 물새를 향해 요란하게 짖어 대고 있었다. 그 위쪽에는 벚나무 가로수가 커다란 나뭇가지를 드리우고 있었다.

"벚나무가 조금씩 요염해지고 있네."

나츠는 이렇게 말하면서 오리털 점퍼의 옷깃을 여몄다. 바람이 점점 더 쌀쌀해지는 것 같았다.

"요염하다고?"

"줄기하고 가지 끝이 연분홍빛을 띠고 있잖아요."

"아직은 좀 이르지."

"다음 달이면 꽃이 필 텐데. 이제 슬슬 준비해야 하는 것 아닌가?"

"그런가. 그럴지도 모르겠네."

"아, 이거 알아요? 천연 염색에 대한 이야기인데, 벚나무 꽃잎은 아무리 많이 모아서 염색해도 회색이 된대요. 그런데 꽃이 피기 전인 이맘때 가지를 잘라 내서 염색하면 어렴풋이 연분홍빛이 나타난대요."

"그런가?"

"신기하지 않아요?"

"뭐가?"

나츠는 입을 다물었다.

하야토가 끈질기게 짖어 댄 탓인지 물새들이 날개를 퍼덕이며 저편으로 날아갔다. 건너편 제방 위에는 아이를 안은 아빠와 유모차를 미는 엄마가 나란히 걸어갔다. 겨울 햇살에 반짝이는 수면이 천연 반사판이 되어 그 모든 것을 비추고 있었다.

"그런데 말이에요."

"으응?"

"당신, 사실은 아이를 원했었죠?"

"뭐?"

쇼고가 놀란 얼굴로 나츠를 쳐다보았다.

"갑자기 그런 얘기는 왜 해? 그 이야긴 이미 오래전에 끝났잖아."

"그건 그렇지만……."

"그런데 뭐?"

"혹시 원한다면 지금이 마지막 기회가 아닐까 싶어서요."

"마지막이라니?"

"그러니까 이걸 치료하려면 지금이……."

쇼고는 잠시 아무런 대꾸도 하지 않았다. 건너편 제방 위의 일가족이 나무들 사이로 서서히 모습을 감추었다. 한동안 침묵을 지키던 쇼고가 입을 열었다.

"난 어느 쪽이든 괜찮아. 정말이야. 난 상관없어."

"그런 말이 어딨어요?"

"전에도 말했지만 다이키를 돌봐 준 것만으로도 충분해."

다이키는 쇼고의 여동생인 미치루의 아이로, 이제 곧 중학생이 된다.

쇼고와 미치루의 부모님은 두 남매가 십대 후반일 때 세상을 떠났다. 부모를 대신해 남매를 돌봐 준 이는 세타가야에 사는 외삼촌 내외였다. 미치루는 다이키를 낳았을 때도 갓난아이를 안고 외삼촌댁으로 들어갔다. 기술자인 남편이 해외로 일을 하러 가야 했기 때문이다. 그곳에서 아버지 역할을 떠맡은 이가 당시 그 집의 별채에서 살고 있던 쇼고였다. 방송인이라는 직업상 이른 시간에 귀가할 때가 많았던 그는 집에 있는 동안 아기의 젖병 소독은 물론 우유 먹이기, 기저귀 갈아 주기, 목욕에 이르기까지 외삼촌 내외가 혀를 내두를 정도로 정성껏 보살펴 주었다.

"아이가 있으면 아무래도 모든 생활이 아이를 중심으로 돌아가게 되잖아."

쇼고는 돌 틈에 자라난 마른풀을 뽑으며 말을 이었다.

"자기 일은 전부 뒷전으로 밀리는 거야. 아이가 태어난 순간부터 자기 생활은 없어지는 거지. 그걸 잘 알고 있기 때문에 나는 그 1년으로 충분하다는 거고. 지금 이대로도 괜찮은 것 같아."

"그런가? 그럼 상관없지만……."

나츠는 말끝을 흐렸다.

쇼고가 아이를 낳지 못하는 아내를 배려해 그렇게 말한 게 아니라는 것쯤은 나츠도 알고 있다. 그는 이런 상황에서는 거짓말을 못한다.

"그런데 갑자기 왜 그런 이야기를 꺼내지? 당신이야말로 아이를 갖고 싶은 것 아냐?"

"그런 건 아니에요."

쇼고가 쓴웃음을 지었다.

"그렇겠지. 당신은 아이 키우는 데 서투르니까."

"그야 그렇지만, 가끔 생각나긴 해요. 기왕에 여자로 태어났으니, 아니 암컷으로 태어났으니 한번쯤 아이를 낳아 보는 것도 괜찮지 않을까 하고."

"뭐 그렇다면 그것도 괜찮고."

"그건 무슨 말이에요?"

"앞으로 혹시 아이가 생기더라도 당신은 전혀 걱정할 필요가 없다는 거지."

"별로 걱정한 적은 없는데."

나츠가 투덜거리자 쇼고가 말을 가로채듯 재빨리 밝은 목소리로 말했다.

"당신은 아기한테 젖만 물리고 계속 일하면 돼. 나머지는 내가 다 알아서 확실하게 돌봐 줄 테니까."

"으음, 이것 내가 고마워해야 할 일인지 아닌지 잘 모르겠네요."

나츠가 양미간을 좁히며 중얼거렸다. 쇼고는 웃음을 터뜨리며 여전히 차가운 나츠의 손을 자신의 재킷 주머니에 찔러 넣었다. 매정하긴 하지만 나름대로 애정이 담긴 행동이었다. 나츠는 금세 마음이 누그러져 옆으로 슬쩍 몸을 기댔다. 쇼고도 아주 싫지는 않은 듯 가만히 몸을 대주었다. 나츠가 장난스레 상반신의 체중을 실어 어깨로 쿡쿡 찌르자 '왜 이래?' 하고 쓴웃음을 지으면서도 살며시 허리를 감싸 주었다. 그러나 곧 나츠는 '아야!' 하며 몸을 빼내고 남편을 노려보았다. 쇼고가 스웨터 위로 볼록 솟은 유방을 꽉 움켜쥐었던 것이다.

"항상 이런 식이라니까."

"당신의 풍만한 가슴을 만지면 기분이 좋은걸."

남편의 이런 손장난에 성적인 의미는 없다. 초등학생 남자아이가 여자아이의 치마를 들치는 장난 같은 행동이다. 잘 알고 있으면서도 화가 났다. 정말로 아팠기 때문이다. 아직도 가슴이 욱신거렸다.

"자자, 그만 화 푸시죠, 사모님."

"당신도 누가 갑자기 아랫도리를 사정없이 꽉 움켜쥐면 기분 좋겠어요?"

"그럼 난 흥분할 것 같은데."

"……"

"알았어, 알았어. 내가 잘못했어."

남편이 과장스럽게 두 손을 들고 항복하는 시늉을 했다.

"나 참, 당신은 진심으로 사과하는 법이 없다니까요."

"아니, 그게 아니라……."

그때 하야토가 달려와 두 사람 사이로 파고들었다. 쇼고가 손을 뻗어 가볍게 쓰다듬자 개 꼬리의 움직임이 눈에 띄게 커졌다. 몸에 비해 꼬리가 엄청나게 큰 탓에 꼬리를 좌우로 흔들 때마다 허리까지 따라 움직였다. 마치 물고기가 헤엄치는 것처럼.

나츠가 쓰다듬자 이미 익숙해졌는지 앞서 흔들었던 딱 그만큼만 흔들었다. 그러고는 이빨 사이로 살구색 혀를 길게 늘어뜨리고 반짝이는 검은 눈동자로 두 사람을 번갈아 올려다보았다.

쇼고가 웃으며 말했다.

"이것 봐, 엄마가 아빠를 괴롭히는 건 아닌가 하고 걱정하고 있잖아."

나츠는 말없이 하야토의 목을 끌어안았다. 개 특유의 냄새와 햇볕 냄새를 한꺼번에 맡으니 가슴 안쪽이 약간 편안해지는 기분이었다.

자식은 부부를 이어 주는 연결고리라고 하는데, 자신들의 연결고리는 하야토나 집에 있는 고양이 다마키가 아닐까 싶었다. 아니, 오히려 개나 고양이가 훨씬 훌륭한 고리일지도 모른다. 그들은 인간과 달리 영원히 '아이'로 있어 주니까.

"그만 갈까?"

쇼고는 다시 하야토에게 목줄을 채우고 먼저 일어나 걷기 시작했다. 나츠는 길을 걷다가 장난치듯 손을 잡으려는 남편을 몇 번인가 매정하게 밀쳐 냈지만 결국에는 못 이기는 체하고 자신의 손을 내주었다. 세상의 일반적인 시각으로 보면 그들은 충분히 사이가 좋은 부부일 것이다. 분명 행복해 보일 것이다. 원래 자신이 행복한지 어떤지 느긋하게 생각할 수 있는 것은 지금 행복하기 때문이다.

하지만 이따금 서로 격렬하게 말다툼할 때보다 오히려 아까와 같은 사소한 일로 나츠는 살짝 상처를 입곤 한다. 그녀는 남편이 가슴을 세게 움켜쥔 것에 화가 난 게 아니다. 민감한 화제에 대한 남편의 부드러운 반응에 문득 마음을 열어 놓은 바로 그 순간에 그가 무신경하게 행동했기 때문이다. 아무리 짓궂은 장난이라도 타이밍이라는 게 있다. 어찌 된 영문인지 남편은 늘 그 타이밍을 맞추지 못한다.

하야토는 아직 집으로 돌아가고 싶지 않은지 계속 꾸물거리며 천천히 뒤따라왔다. 나츠는 길 한쪽에 펼쳐진 논 저편의 저녁 하늘을 바라보았다. 대기가 건조한 탓에 구름이 적은 건가. 연둣빛과 자줏빛이 강물처럼 뒤섞여 있는 하늘을 저 멀리 늘어선 산등성이가 떠받치고 있었다.

쇼고가 갑자기 뒤를 돌아보며 물었다.

"이게 무슨 냄새지?"

"냄새라뇨?"

"이 향긋한 냄새 말이야. 금목서에서 나는 건가?"

나츠가 피식 웃으며 말했다.

"금목서 꽃은 가을에 피잖아요. 이건 수선화 향기 같은데."

주변을 살펴보니 길가에 있는 집 현관 앞에 심어 놓은 원종에 가까운 수선화 몇 그루가 눈에 띄었다. 그 한가운데에서 별 모양의 자그마한 노란 꽃이 사방으로 달콤한 향기를 흩뿌리고 있었다. 공중으로 피어오르기보다는 그대로 발밑으로 가라앉을 것 같은 묵직함이 느껴지는 짙은 향기였다.

나츠가 눈을 게슴츠레하게 뜨고 코로 숨을 들이마시려는 순간 쇼고가 말했다.

"화장실 냄새로군."

"네?"

"화장실에 있는 향수에서 이런 냄새가 나잖아."

방향제를 말하는 모양이다. 나츠는 자기도 모르게 웃음을 터뜨렸다.

"어, 웃었어, 웃었어."

쇼고가 익살스럽게 말하며 마주 잡은 손에 지그시 힘을 주었다.

"당신이 이제야 겨우 웃었네."

"이런 걸 쓴웃음이라고 하죠."

"어쨌든 웃었잖아."

나츠는 체념하듯 쓴웃음 섞인 미소를 지으며 남편의 손을 꼭 쥐었다. 하야토가 어느 틈에 다가와 두 사람을 올려다보고 혀를 축 늘어뜨리며 웃어 보였다.

2

2월 19일

받는 이 : 나츠 님

제목 : Re. 개키지 않는 보자기

최근 몇 년간 계속 일찍 일어나고 있어. 서너 시간쯤 자면 저절로 눈이 떠지거든. 노인네가 됐다는 증거겠지.

자네가 어제 보낸 메일 말인데, 펼쳐 놓은 보자기를 개키지 않는 극본이 무슨 뜻이냐고 물었지? 글쎄, 딱히 어떤 극본이라고 말할 수는 없지만, 아무래도 스토리에 지나치게 얽매이다 보면 전체적으로 위축될 우려가 있다는 거야.

연극에도 펼쳐 놓은 보자기를 마지막에 정신없이 개키려는 게 많잖아. 이런저런 해석을 보태는 결말을 준비해 관객을 납득시키려고 애쓰는 거지.

과연 군이 납득시켜야 할 필요가 있을까? 녀석들한테도 가끔은 머리를 쓸 기회를 줘야지. 물론 텔레비전 드라마에서는 그것도 여의치 않겠지만.

자네가 정말로 언젠가 연극을 써 보고 싶다면 내 말을 기억해 두는 게 좋아. 보자기를 단정히 개키려고 하지 말게. 일일이 설명하려 들지도 말고. 관객뿐만 아니라 극본을 쓰는 자기 자신까지도 완전히 떼어 낼 수 있어야 해.

이치로타

2월 19일

받는 이 : 시자와 이치로타 선생님

제목 : 겁이 납니다

답장을 보내 주셔서 정말 감사합니다. 시자와 선생님께서 이렇게 손수 지도해 주시니 정말 꿈만 같습니다. 선생님의 말씀을 전부 이해했다고 할 수는 없지만, 제 나름대로 가끔은 머리를 써 보려고 생각하고 있습니다.

다만, 솔직히 말씀드리면 겁이 납니다. 제가 쓰는 작품이 선생님의 눈에 어떻게 비칠지 생각하면 정말 두렵습니다.

제가 처음 썼던 희곡은 선생님께서 추천해 주신 덕분에 공모전에서 상을 받을 수 있었습니다만, 지금 쓰고 있는 드라마 대본은 여러 가지 의미에서 그것과는 전혀 다릅니다.

선생님도 잘 아시겠지만 텔레비전 드라마는 희곡과는 달리 시청률이 생명입니다. 변명 같습니다만, 드라마 대본인 경우에는 도중에 여러 사람들의 손을 탑니다. 나름대로 명대사라고 생각해 집어넣은 것을 현장에서 배우가 멋대로 삭제하기도 하고 애써 복선을 넣은 장면을 프로듀서나 연출자가 통째로 날려 버리기도 합니다.

그래도 타이틀백 화면에는 극본으로 다카토 나츠메라는 이름만 비칩니다. 가끔은 수긍하기 어려울 정도로 불만스럽기도 하지만 결국 그런 현실에 굴복하고 맙니다. 시청률을 최우선으로 생각하며 대본을 쓰는 자신을 돌아보면 한심한 생각도 듭니다만.

이런 작업만 하다 보면 이따금 괜스레 짜증이 나서 마구 소리치고 싶어질 때가 있습니다. 스스로 원해서 드라마 일을 하고 나름대로 대우도 받으면서 이렇게 불평하는 것은 배부른 소리라는 생각도 듭니다만, 가끔씩 이전과는 전혀 다른 서랍을 열어 뭔가 엄청난 것을 꺼내 보고 싶어 안절부절못할 때가 있습니다. 몸속에서 거센 태풍이 휘몰아치는 거죠.

그렇더라도 선생님께서 말씀하신 보자기를 개키지 않는 극본을 당장 쓰기는 어려울 것 같습니다. 이야기의 마지막에 결론을 내지 않으면 저 자신이 불안해서 견디지 못할 것입니다. 결론을 시청자의 상상에 맡기기에는 아직 무리라고 생각합니다. 그보다는 온갖 수법으로 이쪽의 의도를 설명하면서 보는 이의 감동까지 조절하고 싶은 게 솔직한 심정입니다. 어쩌면 제가 기본적으로 남을 믿지 못하는 것인지도 모르겠습니다.

이런, 제가 선생님께 장황하게 푸념을 늘어놓고 말았네요. 공연 준비 외에도 여러 가지로 바쁘실 텐데 죄송합니다. 너무 심려 마시고 항상 건강에 유의해 주세요.

다카토 나츠 올림

내용을 단번에 써 내려간 다음 다시 훑어보면서 두세 군데 고치고는 바로 전송 버튼을 클릭했다. 나츠는 날개 달린 봉투가 팔랑거리며 날아가는 화면을 지켜보다가 문득 아차 하는 생각이 들었다. 너무 심려 마시라고 썼으니 시자와가 더는 답장을 안 할지도 모른다. 설령 답장을 하더라도 당장은 아닐 것이다. 런던에서 호평을 받은 그가 연출한 〈십이야〉의 도쿄 공연이 앞으로 두 주일밖에 남지 않았기 때문이다. 공연 준비에 한창 분주한 이때 이렇게 그와 이메일을 주고받고 있다는 사실이 갑자기 믿어지지가 않았다. 나츠로서는 한참 올려다봐야 할 사람이었다.

시자와 이치로타, 쉰여섯 살. 본명은 시자와 다이치로. 실험 극단의 배우로 출발해 삼십대 초반에 연출가가 되었다. 독자적인 미의식과 세계관으로 단연 두각을 나타낸 천재, 아니 귀재라고 해야 할까.

셰익스피어의 고전극을 가부키^{일본의 전통 가극} 수법으로 연출해 별종

취급을 받던 시절도 있었지만, 지금은 모두가 그의 수완과 사람을 모으는 흥행력을 인정하고 있다. 그 때문에 그의 연극은 언제나 매스컴에서 크게 다루어진다. 이제 그의 연극을 정면에서 대놓고 비판하는 사람은 거의 없다.

기발하면서도 그 기발함을 자랑하지 않는다. 아방가르드를 보여 주지만 사실은 정통파에 속한다. 정교한 시각적 연출로 관객에게 즐거움을 선사하면서도 배우의 연기 자체는 오히려 서툴다 싶을 정도로 우직하고 투박하다. 그러면서 인간의 희로애락과 광기, 그리고 인간의 내면에 희미하게 잠재해 있는 뭔가를 조금씩 표현해 가는 수법을 선호한다.

나츠가 대학생 때 공모전에 응모한 첫 희곡이 최종 후보작으로 선정되었을 당시 시자와는 다섯 명의 선정위원 중 한 명이었다. 벌써 10년도 더 지난 일이다.

나중에 들은 이야기지만, 나츠의 작품이 다른 한 작품과 동시 수상하는 형태로 선정된 것은 시자와가 거의 억지를 부리다시피 추천한 덕분이었다고 한다. 다른 선정위원들에게 골고루 높은 평가를 받았던 또 한 명의 수상자는 이 세계에서 별다른 활동도 못하고 사라졌다. 그 점을 생각하면 시자와의 안목이 정확했다고 할 수도 있다.

그 후로도 시자와는 계속 나츠에게 마음을 써 주었던 것 같다. 이따금 만날 때면 그가 자신을 귀여워하는 게 아닐까 오해할 정도로 배려를 해 주곤 했다. 하지만 지금까지는 기껏해야 텔레비전 방송국이나 광고 대행사가 주최하는 파티에서 우연히 만나 잠깐 이야기를 나누거나, 연말 같은 때 나츠가 뭔가를 보내면 인사치레로 짧은 이메일을 보내는 정도의 왕래밖에 없었다. 그런 만큼 갑작스레 시작된 이 개인적인 대화가 나츠로서는 기쁠 뿐이었다. 어제는 글을 쓰는 도중에 메일이 도착하면 신호음이 울리도록 컴퓨터 환경을 새로 설정해 놓기도 했다.

컴퓨터 화면을 이메일 프로그램에서 작업용 워드 문서로 전환했다. 키보드에 손가락을 올려놓고 잠시 생각에 잠겨 있다가 머리도 식힐 겸 주방에 가서 홍차를 탔다. 쇼고는 밭에 나갔는지 보이지 않았다. 약간의 허전함과 해방감을 동시에 느끼면서 머그잔을 들고 방에 막 들어섰을 때 찌르릉 하는 신호음이 울렸다. 손에 든 홍차가 흔들렸다. 책상 위에 잔을 아무렇게나 내려놓고 얼른 컴퓨터 앞으로 갔다. 일과 관련된 메일일 수도 있고 인터넷 서점에서 보낸 홍보용 메일일 수도 있다. 어쩌면 스팸 메일일지도 모른다. 누가 메일을 보냈든 신호음이 울린 것이다.

나츠는 뛰는 가슴을 진정시키기 위해 숨을 길게 들이마신 뒤 천천히 내뱉었다. 마우스를 쥐고 '새로 도착한 메일이 1통 있습니다'라는 글귀를 클릭했다.

2월 19일

받는 이 : 나츠 님

제목 : Re. 겁이 납니다

나는 텔레비전을 꾸준히 보는 편이 아니라서 자네가 쓰는 드라마도 어쩌다 보게 되지만, 그래도 드라마 곳곳에서 자네다운 작풍이 느껴지더군.

자네다운 작풍이란 배려심이 부족한 부분을 말하는 걸세. 물론 여기서 부족하다는 말은 칭찬이라네. 극단적으로 말하면 나는 그 한 가지에 승부를 걸어 보려고 그때 자네를 추천한 거지.

이봐, 나츠, 서두를 필요 없네. 자네는 아직 젊지 않은가. 펼쳐 놓은 보자기를 개키든 말든 그건 자네 자유야. 겁내지도, 낙심하지도 말고 이런저런 시도를 해 보게.

지금 상황에서는 아직 어렵겠지만, 나중에라도 인간의 관능을 파헤친 작품을 써 보는 게 어떨까 싶네. 애틋한 이야기가 될지 애처로운 이야기가 될지는 모르겠지만. 어쩌면 뜻밖의 이야기가 전개될 수도 있겠군. 당신은 무한한 가능성을 갖고 있어. 아아, 너에게 좀 더 많은 이야기를 들려주고 싶군.

이치로타

나츠는 왼쪽 가슴에 손바닥을 댔다. 심장이 요란하게 고동쳤다. 가슴 한가운데가 뜨거워지더니 이내 볼까지 화끈 달아올랐다. 겨우 메일 한 통에 이렇게 가슴이 뛰다니. 게다가 이건 연애 감정이 담긴 내용도 아닌데.

떨리는 손으로 머그잔을 집어 들고 한 모금, 그리고 또 한 모금을 마셨다. 홍차가 어느새 미적지근해졌다. 메일을 다시 한 번 읽었다. 어찌 된 일인지 몇 번을 읽어도 내용의 절반도 머릿속에 들어오지 않았다.

'자네' '나츠' '당신' '너'…….

성격이 급한 시자와가 제자라고 할 수도 없는 젊은 여자에게 보내는 메일을 다시 읽어 보고 손보지는 않을 것이다. 중요한 뭔가를 가르쳐 주려다가 도중에 구겨서 내던져 버린 듯한 문장 속에서 자신의 호칭이 이리저리 바뀌는 것을 바라보면서 나츠는 왠지 쑥스러운 기분이 들었다. 희한한 일이었다. 가령 프로듀서에게 '너'라는 호칭으로 불리면 화가 났는데, 시자와가 그렇게 불러 주니 오히려 기뻤다. 주인에게 까부는 하야토처럼 팔짝팔짝 뛰면서 꼬리라도 흔들고 싶은 심정이었다.

미지근한 홍차를 한 모금 더 마셨다. 혀 안쪽에 퍼지는 떫은맛을 천천히 음미하면서 당장이라도 답장을 보내고 싶은 마음을 가라앉혔다.

여기서 우쭐해져선 안 된다. 상대는 당대 최고의 괴팍한 연출가다. 배우가 마음에 들지 않으면 대본은 물론이고 손에 든 술병까지 내던진다. 그렇지 않아도 공연 준비로 한창 바쁠 텐데, 별다른 용건도 없으면서 집요하게 매달리면 성가신 존재로 생각해 더는 돌봐 주지 않을지도 모른다.

'돌봐 주지 않는다고?'

나츠는 머그잔을 내려놓았다.

'대체 무슨 생각을 하는 거야. 어떻게 된 거 아냐.'

나츠는 벌떡 일어나 밖으로 나갔다. 컴퓨터 앞에 앉아 있어 봐야 일이 될 것 같지도 않았고 일할 기분도 아니었다.

스니커 운동화를 신으려다가 생각을 바꾸어 카키색 장화에 발을 집어넣었다. 머리가 복잡할 때는 산책보다는 정원에서 일하는 게 낫다. 장화는 프랑스의 유명한 아웃도어 브랜드 제품으로, 승마용 부츠처럼 장딴지에 착 달라붙는 느낌이 마음에 들었다. 구입할 때는 가격이 상당히 비싼 것 같아 주저하기도 했는데, 아무리 사용해도 고무가 닳지 않는다. 쇼고에게도 권했지만 그는 여전히 할인 매장에서 싸구려 장화를 구입해 몇 달도 못 쓰고 내버리곤 한다.

현관 옆 양지에 엎드려 있던 하야토가 자리에서 일어나 하품을 하며 다가왔다.

"그래, 그래. 나중에 산책 가자."

하야토의 목을 긁어 주고 집 뒤편으로 돌아간다. 갑자기 차가운 바람이 얼굴을 때린다. 600평쯤 되는 직사각형의 밭이 휑하니 펼쳐져 있다. 이웃집 텃밭과 도로를 접하고 있는 두 변에는 각각 금송나무와 홍가시나무가 울타리처럼 길게 늘어서 있다. 그 경계 부분에 털목도리가 달린 파란 후드 점퍼를 입은 쇼고의 뒷모습이 보였다.

쇼고는 괭이로 땅을 파서 흙을 옆으로 밀어 놓는다. 그러고는 한 걸음 물러서서 다시 똑같은 동작을 반복한다. 밭이랑을 만들고 있는 것이다. 비닐하우스에서 키운 브로콜리와 배추 모종을 옮겨 심으려는 모양이다. 쇼고는 밭에서든 집에서든 남자치고는 무척 성실하게 일한다.

나츠는 조그마한 목조 헛간의 문을 열고 자신의 가죽 장갑과 고형 깻묵이 담긴 작은 봉지를 꺼냈다. 비닐봉지에 찰싹 달라붙어 있는 갈색 청개구리를 살짝 집어서 다른 비료 봉지에 올려놓았다. 차갑고 부드러운 개구리의 등이 촉촉할 줄 알았는데 의외로 손가락에는 물기가 전혀 묻지 않았다. 개구리는 잠에 취한 듯 두세 걸음 옮기더니 이내 다시 몸을 웅크렸다.

나츠는 두 사람이 먹을 채소를 키우는 데 600평은 너무 넓은 것 같아, 집과 가까운 쪽의 200평에 과실나무와 꽃과 허브가 어우러진 정원을 꾸몄다. 이 지역은 의외로 겨울이 추워서 감귤나무는 제대로 자라지 않았지만 다른 과실나무들, 즉 사과나무와 서양배나무, 모과나무, 자두나무들은 지난 1년 사이에 부쩍 컸다. 그리고 그 나무들 밑으로 로즈메리와 민트, 오레가노 등이 땅바닥이 보이지 않을 정도로 빼곡히 심어져 있었다.

겨울에는 텅 빈 쓸쓸한 정원으로 보이지만 앞으로 두세 달쯤 지나면 아치형 철골에 옅은 핑크빛 장미와 보랏빛 클레마티스가 서로 뒤엉켜 부풀어 오르듯 피어날 것이다. 쇼고가 세워 준 하얀 울타리 옆에도 샤스타데이지나 아이리스 같은 여러해살이풀의 꽃들이 흐드러지게 피어나 정원의 풍경을 더욱 아름답게 만들어 줄 것이다.

아직은 그 그림자조차 보이지 않지만, 나츠는 무엇이 어디에 심어져 있는지 기억하고 있었다. 집필 작업이 순조롭게 진행되지 않을 때 잠깐씩 기분 전환하려고 시작한 정원 일이지만 이제는 그 매력에 완전히 빠져들고 말았다. 손에 익은 삽으로 나무뿌리가 다치지 않도록 조심스럽게 땅을 파고 깻묵을 조금씩 묻는다. 봄에 건강한 꽃을 피우게 하기 위한 영양분이다.

삽질하는 소리를 들었는지 쇼고가 허리를 펴고 돌아보았다. 눈이 마주치자 하얀 이를 드러내고 장난스럽게 폴짝폴짝 뛰며 반가워했다. 나츠는 마주 웃으며 손을 흔들어 준 뒤 다시 삽질을 시작했다. 이렇게 정원을 가꾸는 일에 몰두하다 보면 가슴 깊이 맺혀 있던 응어리가 저절로 스르르 풀리는 듯한 느낌이 들었다. 대본에 대해 의논하다가 마음이 상했거나 쇼고와 사소한 말다툼을 했을 때 정원에 나와 쉴 새 없이 손을 움직이다 보면, 혹은 밭에서 멀찍이 떨어져 자기 일에만 열중하다 보면 속상했던 마음이 흐지부지 풀어지곤 했다. 널찍한 곳에서 햇볕을 쐬고 바람을 맞고 새소리에 귀를 기울이고 있으면 우울하고 짜증나던 일도 별것 아닌 일로 여겨졌던 것이다.

엷은 물빛의 꽃을 피우는 수국 밑에 비료를 파묻고 있는데 얼룩고양이 다마키가 어디선가 달려와 촉촉한 흙 냄새를 맡는다. 등에 벌레가 달라붙자 얼룩무늬 털이 흠칫흠칫 경련을 일으킨다. 다마키는 나츠가 애써 묻어 놓은 깻묵을 하얀 앞발로 부지런히 파내고는 자못 진지한 얼굴로 그 위에 오줌을 눈다.

"아아, 그러면 안 돼, 다마키."

나츠는 말은 그렇게 하면서도 속으로는 이미 체념하고 고양이가 오줌 누는 모습을 가만히 지켜본다.

그때 문득 뭔가가 떠올랐다.

오줌. 그래, 오줌이야.

이번 영화의 한 장면이다.

아무리 궁지에 몰려도 동료 형사들 앞에서 나약한 모습을 보이지 않았던 여주인공이 화장실에서 팬티를 내리고 주저앉아 소변을 보다가 갑자기 진지한 표정으로 울음을 터뜨린다. 물론 여자답게 얌전히 흐느끼는 것은 시시하다. 짐승 같은 신음 소리를 내며 격렬하게 오열하는 게 좋다. 눈물과 콧물을 닦는 것은 당연히 두루마리 화장지다. 둘둘거리며 돌아가는 그 소리를…… 그 소리를…… 그래, 우연히 볼일을 보러 온 파트너 형사, 또 한 명의 주인공인 남자가 당혹스러운 얼굴로 말없이 듣고 있는 거야. 그러려면 화장실이 남녀 공용이어야 하니까 사건과 관련된 공사장이나 현장 숙소로 하자.

　좋아, 이걸로 가자.

　어서 빨리 이 내용을 적어 놓고 싶은 생각에 가슴이 두근거렸다.

2월 19일

받는 이 : 시자와 이치로타 선생님

제목 : 영광입니다

번번이 성가시게 해 드려 죄송합니다. 하지만 매번 수수께끼 같은 말씀을 하시는 선생님께도 일말의 책임은 있다고 생각합니다.

공연 준비로 한창 바쁘시리라는 것은 충분히 잘 알고 있습니다. 답장을 기대하는 것이 아니라…….

　손을 멈춘다. 그러다가 커서를 조금 뒤로 돌려 다시 쓴다.

답장을 기대하지 않는다고 하면 거짓말이겠죠.

　다시 손을 멈춘다. 잠시 생각하던 끝에 결국 전부 삭제하고 처음부터 다시 쓴다.

2월 19일

받는 이 : 시자와 이치로타 선생님

제목 : 관능에 대하여

관능을 파헤친 작품을 써 보라고 하셔서 솔직히 조금 놀랐습니다. 지금까지 쓴 드라마에는 그다지 과격한 러브신을 넣은 적이 없습니다만, 제게 왜 그런 작품을 쓰라고 하시는지 모르겠습니다. 다음에 꼭 그 이유를 들려주시기 바랍니다.

　　　　　　　　　　　　　　　　　　　　　　　다카토 나츠 올림

　망설임을 떨쳐 내듯 메일 전송 버튼을 누르자마자 뚜뚜 하고 인터폰이 울렸다. 목욕물이 데워졌으니 들어가라는 쇼고의 신호였다. 메일을 쓰기 전에 펼쳐 놓은 원고를 대충 훑어보고 저장한 뒤, 만일에 대비해 외장 메모리에도 백업을 해 두었다. 이것으로 오늘 밤의 작업은 일단락되었다.

　앞으로 이틀 정도면 일단 초고는 완성될 것이다. 도쿄에서 회의가 열리는 주말까지는 그럭저럭 끝낼 수 있을 것 같다. 이 일을 시작한 뒤로 뼈저리게 느낀 게 있다. 드라마 작가에게 가장 필요한 것은 스토리텔링 능력이 아니라 스피드다. 그리고 여러 번 지적을 받더라도 기죽지 않을 정도의 의지력. 값싼 자존심 따위는 아무런 도움이 되지 않는다. 프로듀서나 연출가가 뭐라고 하든 끝까지 밀어붙여 자기가 쓰고 싶은 것을 열 가지 중 두세 가지라도 관철시킨다면 그것으로 충분하다.

겉옷은 세탁기에 아무렇게나 집어넣고 속옷은 그물코가 촘촘한 망에 넣는다. 쇼고가 일을 그만둔 뒤로 옷을 빨고 말리는 것은 모두 그의 일과가 되었다. 습관이란 무서운 것이다. 처음에는 나츠도 남편에게 아내의 속옷까지 빨게 한다는 것에 심한 저항감을 느꼈지만, 당사자인 그가 전혀 개의치 않자 어느새 자연스럽게 받아들이게 되었다.

욕실은 따뜻한 수중기로 가득 차 있다. 창문에는 물방울이 촘촘히 맺혀 있다. 바깥 날씨가 무척 차가운 모양이다. 쇼고가 동네 슈퍼에서 저렴하게 구입한 빅 사이즈의 물비누와 샴푸로 온몸을 구석구석 씻는다.

욕실에서 나와 침실로 들어가니 쇼고는 벌써 파자마로 갈아입고 침대에 누워 발치의 선반에 놓인 텔레비전을 보고 있다. 나츠가 들어가자 재빨리 채널을 돌렸지만, 밖에서 언뜻 들은 대사만으로도 무엇을 보고 있었는지 대충 짐작할 수 있었다. 화장품 회사에서 일하는 여직원들을 둘러싸고 벌어지는 이야기를 다룬 드라마로, 쇼고가 전에 소속되어 있던 회사에서 만든 것이었다.

더블 침대로 올라가자 쇼고가 나츠를 위해 약간 오른쪽으로 비켜 주었다. 두 사람은 나란히 누워 평소처럼 잠시 뉴스를 보았다. 비행기 사고가 있었고, 무차별 살인 사건이 일어났으며, 정치인의 실언이 파문을 일으키고 있었다. 해설자가 딱히 결론도 없는 틀에 박힌 이야기를 늘어놓았다. 밝은 뉴스라면 각지에서 전해 주는 매화 소식 정도였다.

일기예보가 끝날 즈음 쇼고가 말을 꺼냈다.

"계속 볼 거야?"

"아뇨, 됐어요."

텔레비전을 끄자 나츠의 머리맡에 놓인 스탠드가 어둠 속에서 빛났다. 쇼고가 물었다.

"오늘도 책 읽을 거야?"

"왜요? 아, 밝아서 잠이 안 와요?"

요즘 읽고 있는 문고본을 막 집어 들었을 때였다.

"그런 게 아니라 남들 잘 때 같이 자야지. 그리고 좀 일찍 일어나면 되잖아."

나츠는 아무런 대꾸도 하지 않았다. 아침형 인간인 쇼고에 비해 나츠는 밤늦도록 글을 쓰는 경우가 많았다. 오늘처럼 일을 일찍 끝마쳤더라도 작업하는 동안 풀가동되던 뇌의 긴장감은 쉽사리 수그러들지 않았다. 잠시 책이라도 읽으며 머리를 식히지 않으면 잠이 오지 않았다. 그러다 보니 아침 기상 시간이 늦어졌다. 쇼고가 아침 식사를 준비하고 깨우러 와야 비로소 잠에서 깨어나는 날이 1주일에 서너 번은 되었다.

"아침엔 좀 춥지만 일찍 일어나 봐. 콧속까지 얼어붙는 느낌이지만 기분은 되게 상쾌해. 한번 일찍 일어나서 나하고 같이 밭일을 해 보면 알 거야. 일하면 배가 고프니까 밥맛도 좋아지지. 오전에 작업하면 굳이 밤새우지 않아도 되잖아."

"그야 그렇지만……."

"꼭 한밤중에만 집중이 잘되는 건 아냐. 혹시 낮에 전화 때문에 방해가 된다면 전처럼 집 전화기를 없애고 내가 당신 휴대폰을 갖고 있을 테니까."

"그건 싫어요."

"왜 그래? 작업 도중에 전화벨이 울리면 정신이 산만해질 텐데. 당신이 친구하고 전화로 노닥거릴 것도 아니고. 일하고 관련된 전화라면 내가 대신 받아 준다니까."

"됐어요, 그렇게 되면……."

감시당하는 것 같잖아요, 라는 말을 가까스로 꾹 참았다.

쇼고가 다그치듯 낮은 목소리로 물었다.

"그렇게 되면 뭐?"

"아무래도 좀 갑갑할 것 같아서……."

"자업자득이야. 그렇게 간섭받는 게 싫으면 좀 일찍 일어나서 오전부터 작업하라니까. 세상 사람들 대부분이 그렇게 일하고 있는데 당신이라고 못할 것 없잖아. 매번 원고 마감일까지 밤샘 작업하면서 신경이 곤두선 당신을 상대해야 하는 내 입장도 생각해 달라고."

"그건 나도 미안하게 생각해요."

일에 쫓기다 보면 신경이 날카로워지는 것은 사실이다. 그 점은 정말 미안하게 생각한다. 하지만, 하고 나츠는 변명거리를 생각한다. 그렇게 내 신경이 날카로운 상태라는 걸 알면서도 언제나 일부러 신경을 건드리는 당신에게도 일정 부분 책임이 있지 않나요.

나츠가 잠자코 있자 쇼고도 더는 말하지 않았다. 나츠는 문득 문고본을 들고 침대를 빠져나가는 자신을 상상했다. 작업실로 돌아가 소파에서 읽으면 된다. 담요가 있으니까 졸리면 그대로 거기서 자도 된다. 소방 순찰을 도는 의용소방대 차량이 집 앞으로 종을 울리면서 지나간다. 땡땡, 땡땡, 하는 딱딱하고도 쓸쓸한 그 쇳소리에도 이미 익숙해졌다.

자신이 너무 제멋대로 구는 것은 분명하다. 남편이 이렇게 잘해 주는데 대체 뭐가 불만이란 말인가.

나츠는 문고본을 협탁에 슬그머니 내려놓았다. 그러고는 짐짓 밝은 목소리로 말했다.

"그럼 오늘은 일찍 자 볼까? 내일 아침에 일찍 깨워 줄래요?"

"자기가 알아서 일어나야지."

"으응……."

"정말 다급하다면 늦게까지 자라고 해도 못 잘 텐데."

"그러네요."

"깨우기 전에 스스로 먼저 일어나서 작업해."

"알았어요."

그러려면 일찍 잠들어야 했다. 나츠는 쉽게 잠드는 남편이 내심 부러웠다. 머리를 베개에 대자마자 금세 잠들 수 있다는 게 신기하기도 했다.

나츠는 살며시 손을 뻗어 전기스탠드를 껐다. 이윽고 내려앉은 어둠에 눈이 익숙해지자 커튼 너머로 비치는 달빛이 무척 밝다는 것을 깨달았다.

땡땡, 땡땡…… 종소리가 멀어져 간다.

뭔가 일하고 관계없는 것을 생각하자. 지금 작업하는 대본에 대해 생각하기 시작하면 눈이 점점 더 말똥말똥해져 잠을 이룰 수가 없다. 무엇이든 상관없다. 그래, 공상이라도 해 보자. 어렸을 적에 잠자리에서 습관처럼 했던 황당무계한 공상 놀이가 좋겠네.

나츠는 초등학교에 들어가자 부모님과 떨어져 혼자 자기 시작했다. 그 무렵부터 그녀는 잠들기 전에 어둠 속에서 은밀히 공상 놀이를 즐기곤 했다. 그것도 마구잡이로 떠올리는 공상이 아니라 일정한 스토리를 지닌 창작물에 가까운 공상이었다. 그런데 어찌 된 일인지 하나같이 슬픈 내용이었다. 그 무렵에는 무엇보다 '죽음'이 주는 달콤함에 마음이 끌렸다. 텔레비전의 애니메이션이나 만화에서 캐릭터를 따오는 경우도 많았는데, 스스로 만들고 스스로 주연을 한 그 공연에서 나츠는 언제나 비극의 주인공이 되었다.

사랑하는 사람을 대신해 총에 맞거나 암살자가 탄 독약을 마시고 빈사 상태에 빠진다. 그러면 애인이 달려와 부둥켜안는다. 나츠는 베개를 애인으로 가정하고 그 애인의 품에 안겨 숨이 끊어질 듯한 목소리로 사랑을 속삭이다가 힘없이 고개를 떨어뜨린다. 조금 더 성장하자 거기에 마지막 입맞춤을 보탰다. 하지만 기본적인 틀은 오랫동안 그대로 유지되었다. 끊임없이 되풀이되는 그 역할에 흠뻑 도취되었던 것이다. 일종의 황홀경이었다.

중학교 후반기로 접어들면서 한밤중의 모노 드라마에는 성적인 분위기가 더욱 짙어졌다. 그전부터 자위를 흉내 내기는 했지만, 얼굴 없는 상대와의 첫 섹스를 상상하거나 성 묘사가 노골적인 소설을 남몰래 읽다가 자신의 신체 일부가 촉촉해지는 현상을 경험한 것은 그 무렵이었다.

처음에는 불규칙하게 찾아온 생리인 줄 알았다. 그런데 팬티를 내려 봐도 아무런 흔적이 없었다. 가운뎃손가락을 조심스럽게 집어넣자 축축하고 부드러운 감촉이 느껴졌다. 손가락을 빼 보니 첫 마디의 손톱과 지문에 투명한 점액이 묻어나 반짝거렸다. 엄지손가락을 대고 비벼 보니 달걀의 흰자처럼 미끈거렸다. 주뼛주뼛 코에 갖다 댔을 때 확 풍겨 온 비릿한 풋내에 무척 당황했던 기억이 난다. 문득 어렸을 적에 흙투성이가 되어 뛰놀던 공터가 머릿속에 떠오른 것은 무더운 여름에 풀숲에서 풍기는 냄새와 비슷했기 때문일 것이다. 강렬한 냄새였다.

그 축축한 곳을 잘 이용하면 금방 기분이 좋아진다는 것을 알았다.

머지않아 서툴지만 절정에 이르는 법도 알았다. 누가 가르쳐 주지 않아도 몸은 알고 있었다. 때가 되면 스위치가 커지도록 미리 설정되어 있었던 것 같다.

달빛이 비치는 침실에 쇼고의 숨소리가 고르게 울리기 시작했다. 얼마쯤 지났을까, 나츠는 파자마 안쪽으로 살며시 왼손을 밀어 넣고는 손바닥 전체로 유방을 감쌌다. 남편은 입버릇처럼 유방이 풍만하다고 말하지만 누워서 보니 양쪽으로 축 처져 납작했다. 이십대 초반까지만 해도 이렇지 않았는데 삼십대로 접어들면서 조금씩 탄력을 잃어 가고 있었다. 옆에서는 여전히 남편의 숨소리가 규칙적으로 이어지고 있었다.

이번에는 오른손을 팬티 안으로 슬그머니 밀어 넣었다. 가운뎃손가락이 덤불을 헤치고 얕은 도랑으로 파고 들어가 음핵을 자극한다. 목욕한 직후라서 조금 젖은 느낌은 들지만 스스로 촉촉해진 게 아니라서 약간의 자극만으로도 경련이 일어난다. 유방을 부드럽게 주무르고 젖꼭지를 쥐어 보았다. 뭔가 부족한 듯한 느낌이다. 엄지손가락과 가운뎃손가락으로 종이끈을 꼬듯이 비벼 대자 하복부 전체가 서서히 달아오른다.

아아, 느낌이 온다. 몸 안쪽에 묶여 있던 매듭이 느슨해지더니 이내 서서히 풀리기 시작한다. 여자가 일상생활을 착실하게 해 나가는 데 있어 없어서는 안 될 매듭이 말이다. 그런데 지금 그 매듭이 너무 쉽게 풀리려 한다. 아주 사소한 계기로, 아니 별다른 계기가 없어도 하반신이 금세 뜨거워진다. 그 열기가 순식간에 온몸으로 퍼져 나가 매듭을 풀어 버리면 다른 일은 전혀 생각할 수 없게 된다. 일상 속에서 늘 반복되는 일이다. 어느덧 익숙해진 자위 행위로 일단 급한 불은 끄지만 대개는 잔불이 연기를 피우며 그대로 남아 있다. 그럴 때는 성욕이 약한 남편이 원망스럽다.

다리를 조금 더 벌리고 더 깊은 곳을 건드려 본다. 손끝에 엉겨 붙은 끈적한 점액을 가장 민감한 부위에 바르면서 원을 그리듯이 어루만지자 이내 지하수가 솟아나듯 아래가 축축해진다. 손끝만이 아니라 가운뎃손가락과 집게손가락 전체가 흥건히 젖는다. 강렬한 쾌감에 몸을 맡긴 채 침을 꿀꺽 삼키고는 자기도 모르게 한숨을 내쉬었다. 바로 그때였다.

"잠이 안 와?"

쇼고의 말에 나츠는 숨이 멎는 것 같았다. 설마 알아차린 건 아니겠지? 긴가민가하면서 모호하게 대꾸하자 그가 탁한 목소리로 말했다.

"내가 잠들었었나?"

"네…… 한 15분쯤 잔 것 같아요."

"나, 코 골았어?"

"아뇨."

"당신은 아직 한숨도 못 잔 거야?"

"항상 그런걸요."

"하루 종일 앉아 있기만 하고 몸을 움직이지 않아서 그런 거야."

쇼고는 또 한번 잔소리를 하고는 크게 하품을 하며 나츠 쪽으로 돌아누웠다.

나츠는 팬티에서 얼른 손을 빼내 파자마에 닦았다.

"허리라도 주물러 줄까?"

"네?"

"계속 앉아 있었으니 허리나 어깨가 뻐근할 텐데."

"좀 결리긴 하지만 아직은 괜찮아요."

"이쪽으로 와서 엎드려 봐."

"됐어요."

"이리 오라니까."

쇼고가 달빛 속에서 상체를 일으켜 세웠다. 그것을 보고 나츠는 다시 침대 옆의 스탠드를 켰다. 남편 쪽으로 조금씩 다가갔다. 어쩌면 이것은 아무리 말다툼을 해도 결코 사과하지 않는 그 나름의 약간의 후회와 양보의 감정 표시인지도 모른다.

쇼고는 나츠의 엉덩이 위에 걸터앉아 어깨에서 등, 허리까지 천천히 안마를 해 나갔다. 남자의 굵은 손가락이 뭉친 근육을 풀어 주자 입에서 저절로 나른한 신음 소리가 흘러나왔다. 그러자 쇼고가 그대로 따라 했다.

"아, 아아앙."

나츠가 풋, 웃음을 터뜨렸다.

"이상한 소리 내지 마요."

"당신이 그랬다니까."

"내가 언제 그런 소리를 냈어요? 아, 시원해. 거기요, 거기."

"이런, 벌써 노인네가 다 됐네."

그러더니 갑자기 상체를 기울여 나츠의 가슴 밑으로 손을 넣었다.

"이러지 마요."

나츠가 몸을 사렸다.

그는 짐짓 짓궂은 말투로 대꾸했다.

"싫지 않을 텐데."

그는 왼손으로 가슴을 주무르면서 다른 손으로 파자마 안쪽의 사타구니를 더듬었다. 나츠는 자기도 모르게 몸을 움찔했다.

"거봐요, 사모님. 몸은 거짓말을 못한다니까."

"아, 이러지 말라니까요."

"자, 자, 괜히 빼는 척할 것 없어."

빼는 척하는 것 아닌데. 등을 주물러 주는 게 훨씬 기분이 편안한데. 하지만 그의 손이 일단 팬티 안쪽으로 파고들면 더는 거부할 수 없게 된다. 기분이 좋다. 아무것도 하지 않았는데 벌써 이렇게 축축해졌네, 하고 쇼고가 귓전에 속삭이면 그 빈정대는 듯한 말투에 은근히 화가 나면서도 결국은 쾌감에 빠져들고 만다. 그때는 정말 야릇한 신음 소리가 흘러나온다.

쇼고는 나츠의 몸을 돌려 천장을 바라보게 했다.

"자, 손으로 해 줄 테니까 얼른 끝내라고. 그러면 한숨 푹 잘 수 있을 거야."

"그럼 당신은?"

"난 됐어. 난 음란한 어떤 여자하고는 달리 성적 욕구가 별로 없잖아."

나츠는 한마디 대꾸하려다가 그만두었다. 천천히 눈을 감고 장딴지가 볼록해질 정도로 쭉 뻗은 다리에 힘을 주었다. 그리고 쇼고의 손놀림에 온 신경을 집중했다. 쾌락을 즐기기 위해서라기보다 얼른 절정에 도달하고 나서 푹 잠들고 싶었기 때문이다.

3

2월 20일

받는 이 : 나츠 님

제목 : Re. 관능에 대하여

자네도 알겠지만, 관능이란 게 러브신에만 나타나는 건 아니야. 내가 보기엔 자네가 쓰는 대사는 물론이고 지시문으로 나타내는 배우의 동작과 시선에서도 관능적인 분위기가 풍겨나고 있더군. 아아, 자네에게 좀 더 과감한 연극을 써 보라고 권하고 싶군. 남녀간의 따뜻한 사랑뿐만 아니라 성애까지도 정면으로 다루는 연극. 여간해선 다루기 힘든 남녀간의 극단적인 애증극 말이야.

이치로타

2월 20일

받는 이 : 시자와 이치로타 선생님

제목 : 다시 질문입니다

선생님은 정말 불가사의한 분이시네요. 어떻게 저의 속마음을 그렇게 훤히 꿰뚫고 계신 거죠? 누구에게도 이야기한 적이 없는데 정확히 알아맞히시네요.

좀 더 과감한 연극. 여간해선 다루기 힘든 남녀간의 애증극. 사실은 제가 정말 쓰고 싶었던 것도 바로 그런 작품입니다. 지금까지 가슴 한구석에 흐릿한 그림자처럼 자리하고 있던 생각을 선생님께서 정확히 지적해 주시니 이제야 초점이 정해진 것 같아 무척 기쁩니다.

선생님의 지적에 힘입어 한 가지만 더 질문을 드리고 싶습니다. 선생님께서 지금까지 연출한 작품 중에서, 혹은 객석에서 관람했거나 극본을 읽은 작품 중에서 관능적인 표현 기법이 뛰어나다고 여긴 작품이 있습니까? 그런 작품이 있다면 제게 알려 주시기 바랍니다. 연극이 아니라도 상관없습니다. 드라마든 영화든 소설이든 저에게 큰 도움이 되리라 생각합니다.

다카토 나츠 올림

2월 20일

받는 이 : 나츠 님

제목 : Re. 다시 질문입니다

관능적인 표현 기법이라 …… 그걸 연극으로 어떻게 표현하느냐가 어려운 부분이지. 무대에선 키스나 섹스도 별 의미가 없거든. 쓸데없이 선정적인 대사만 늘어놓는 것도 너무 안이하고. 관능이란 원래 어느 한순간에 우연한 계기로 생겨나는 거야. 그 자체를 명확하게 묘사해 버리면 더는 성적 매력이고 뭐고 없는 거지.

한번 끝까지 몸부림치며 고민해 보게. 뛰어나다고 생각하는 작품? 그런 작품은 없어. 앞으로 자네가 써야지!

이치로타

2월 21일

받는 이 : 시자와 이치로타 선생님

제목 : 알겠습니다

네, 잘 알겠습니다. 열심히 고민해 보겠습니다.

어젯밤에도 상당히 늦게 귀가하셨나 봅니다. 아침에 일어나 메일이 도착한 시간을 보고 죄송스러운 생각이 들었습니다. 피곤하실 때는 저의 성가신 메일은 무시하셔도 됩니다.

다카토 나츠 올림

2월 21일

받는 이 : 나츠 님

제목 : 아직 안 자고 있나?

나는 지금 막 집에 들어왔네. 정말이지 피곤하군. 온종일 고함을 질러 댔더니 목이 쉬어, 맛은 없지만 효과는 좋다는 목캔디를 물고 있네.

공개 리허설도 며칠 안 남았군. 늘 이맘때면 이런저런 문제들이 툭툭 튀어나오지. 전체적으로 완성도가 높기 때문이라는 식으로 아부하는 한심한 녀석들도 있더군. 그걸 변명이라고 하는지.

그건 그렇고 자네한테 한 가지 말해 둘 게 있어. 앞으로 '선생님'이라는 호칭은 쓰지 말게. 자네는 머지않아 나하고 대등하게 논쟁을 벌여야 할 사람이 아닌가. 우러러보다간 여기까지 올라오기 힘들 거야.

이치로타

2월 21일

받는 이 : 시자와 이치로타 님

제목 : '선생님'이 아니면

대체 뭐라고 부르라는 말씀이신지…… 보내 주신 메일을 읽고 한참 고민했습니다. 그러다가 내린 결론은, 선생님은 역시 '선생님'입니다. 저에게 연출가 시자와 이치로타는 언제나 선생님입니다.

다만, 우러러보는 것은 이제 그만두겠습니다. 앞으로 제가 선생님이라고 쓰거나 불렀을 때는 단순한 별명이나 기호 정도로 생각하시고 가볍게 흘려 버려 주십시오.

선생님의 말씀대로 머지않아 선생님과 격렬하게 논쟁할 만한 작품을 써 보려고 합니다. 부디 그때까지 기다려 주세요. 두고 보세요.

기세등등한 다카토 나츠 올림

2월 21일

받는 이 : 나츠 님

제목 : 하하하

바로 그거야. 이제 보니 자네도 꽤 괜찮은 여자로군. 역시 기대한 보람이 있어. 집에 돌아와 자네의 메일을 읽는 게 즐거운 일과가 됐군. 일일이 존댓말을 쓰지 않아도 되니까 항상 그런 기세로 지내라고.

이치로타

2월 21일

받는 이 : 시자와 이치로타 님

제목 : 이제 보니 괜찮은 여자라뇨?

저 원래 괜찮은 여자였어요. 선생님만 모르고 계셨던 거죠. 농담은 이쯤 해 두고, 〈별책 시어터〉 3월호에 실린 인터뷰 글을 읽었습니다. 항상 그렇지만 선생님의 독특한 개성을 엿볼 수 있었습니다. 특히 〈십이야〉의 바이올라 역을 일부러 남자 배우에게 맡긴 이유라든지 연출상의 기법에 관한 대목을 읽을 때는 가슴이 설레더군요.

그런데 본론과는 상관없는 한 대목에서 저는 그만 눈물을 글썽이고 말았습니다. 슬프거나 충격을 받아서 그런 것은 아닙니다. 뭐라고 해야 할까, 몇 년째 낫지 않던 생채기를 머리가 텁수룩한 괴팍한 노인네가 말 한마디로 마구 긁어댔기 때문이죠. 정말이지 형광펜으로 줄을 그어 어떤 사람한테 보여 주고 싶을 정도였습니다. 말씀하신 대로 남녀간의 애증은 다루기가 쉽지 않네요.

지금쯤이면 주무실 시간인가요? 오늘 하루도 수고하셨습니다. 공개 리허설은 물론이고 본공연까지 모두 무사히 마칠 수 있기를 바랍니다. 공연의 성공 자체는 기원하지 않겠습니다. 제가 굳이 기원하지 않아도 성공할 테니까요.

다카토 나츠 올림

추신: 이런 부탁을 해도 될지 몰라 망설이다가 밑져야 본전이라는 생각으로 말씀을 드립니다. 모든 일이 마무리되는 날 새벽에 상담을 해 주셨으면 합니다.

2월 22일

받는 이 : 나츠에게

제목 : 그러지

그런데 상담하고 싶은 게 뭐지? 난 입이든 거시기든 묵직하니까 괜찮아. 뭐든 마음 놓고 이야기해.

이치로타

2월 22일

받는 이 : 시자와 이치로타 님

제목 : 에구, 쿨럭쿨럭

거시기는 잘 몰라도 입이 무겁다는 점은 충분히 신뢰하고 있습니다. 어느 쪽도 별다른 근거는 없지만, 어쨌든 선생님에 대한 믿음이 있기에 그런 부탁을 드린 겁니다.

하지만 한창 바쁘실 때 번거롭게 해 드리는 것은 저의 본의가 아닙니다. 요즘 제가 약간 울적하긴 하지만, 공연이 끝나고 한숨 돌린 뒤에 상담해 주셔도 되는 내용이니 지금은 마음 쓰지 마세요.

저도 명색이 작가이니 사적인 우울함은 군이 풀려 하지 말고 남겨 두었다가 작품으로 승화시키면 된다고 스스로 다독여 보기도 했습니다. 그런데 이번에는 그 경우가 다른 것 같아서…….

흠, 말로 표현하기가 어렵네요. 이래서는 제대로 상담이 이루어질 수 없겠죠. 선생님을 찾아뵙기 전까지 제 생각을 정리해 놓겠습니다.

다카토 나츠 올림

2월 22일

받는 이 : 나츠 님

제목 : 어이!

어차피 이야기할 거라면 빨리 하는 게 좋아. 물론 직접 만나서 이야기하면 좋겠지만 내가 한동안 시간을 내기 어려울 테니까 지금 하는 게 좋을 것 같군.

울적한 감정도 창작에 도움이 되는 것과 방해가 되는 게 있어. 그대로 방치하면 나빠질 수도 있다는 거지. 아참, 이번에 올리비아 역을 맡은 오누마 아야도 남편 일로 무척 괴로워했어. 지금도 그리 좋은 상태는 아니지만 그럭저럭 타협을 본 모양이야. 그리고 나니까 연기가 상당히 자연스러워지더군.

이봐, 나츠, 창작도 마찬가지야. 사소한 일이 커다란 문제가 될 수 있어. 특히 자존심이 걸린 일일수록 더 그렇지. 그걸 제대로 풀고 넘어가지 않으면 작품에도 악영향을 미치게 돼. 그러니까 괜히 빼지 말고 얼른 상세히 적어서 보내. 자네의 메일을 읽고 답장을 쓰려면 시간이 좀 걸리겠지만, 다른 사람도 아닌 자네를 위한 일이니 그 정도의 시간은 내야지.

이치로타

2월 22일

받는이 : 시자와 이치로타 님

제목 : 감사합니다

따뜻한 말씀, 고맙습니다. 메일을 읽다가 또 눈물이 날 뻔했습니다. 그럼 선생님의 말씀대로 조만간 생각을 정리해서 보내겠습니다. 일단 쓰기 시작하면 길어질 것 같으니 지금 하는 일부터 얼른 끝내야겠습니다.

왠지 제 사정을 들어줄 사람은 선생님밖에 없다는 생각이 들었습니다. 이달 초에 저의 연재 수필을 담당하고 있는 여성 편집자와 온천에 가서 밤새워 이야기를 나누었습니다. 그때 제가, 남녀 관계의 미묘한 부분까지 상담할 수 있는 남자가 있었으면 좋겠다고 하자, 그녀가 '이 사람이라면 내 사정을 털어놓을 수 있겠다 싶은 사람이 있느냐'고 물었습니다. 그 질문을 받고 잠깐 생각하다가 '시자와 선생님이라면 가능할 것 같다'고 대답했습니다. 그녀는 눈을 동그랗게 뜨더니 '아아, 나도 공감할 수 있을 것 같아'라고 말하더군요.

선생님께서 바로 그 직후에 〈십이야〉의 티켓을 보내 주셔서 깜짝 놀랐습니다. 혹시 어디서 제 말을 듣고 계셨던 게 아닐까 하고요.

그런데 상담한답시고 막상 글을 쓰려니 과연 조리 있게 쓸 수 있을지, 아니, 제대로 상담이나 할 수 있을지 걱정이 앞섭니다. 지금 머릿속으로 상담할 내용을 떠올려 보니, 그건 푸념이 아닌가, 하는 불안감도 생깁니다. 미리 변명부터 늘어놓는 것 같아 죄송합니다.

어쨌든 '거시기가 무거운 분'의 메일을 읽고 나니 아주 사소한 일일 수도 있지만 어쩌면 자존심의 문제일지도 모른다는 생각이 들었습니다. 지금의 제 자신이나 생활이 그 일로 크게 흔들리는 것도 아닌데, 머릿속에 떠오를 때마다 바보처럼 새침해지는 것은 제 자존심과 관련된 문제이기 때문이 아닐까 싶은 것이죠.

선생님이 말씀하신 오누마 아야 씨도 남편이 전속 매니저인 걸로 알고 있습니다. 그분의 남편을 직접 만나 본 적은 없지만 이런저런 소문은 많이 들었습니다.

저희는 오누마 씨 부부와는 달리, 남편이 스스로 보조자가 되어 저를 지원해 주고 있는 만큼 일하는 데는 별다른 불편함은 없습니다. 그 점에 대해서는 무척 감사해하고 있습니다. 조금 유별나고 고집이 세긴 하지만 정이 많고 좋은 남자죠. 과분할 정도로 저를 소중히 여겨 주고요. 하지만……

이 이야기는 남자에게 털어놓을 만한 게 아니라는 것을 잘 알고 있습니다. 하지만 다른 사람도 아닌 선생님이기에, 무엇보다 저에게 관능과 성애를 정면으로 다룬 애증극을 써 보라고 권해 주신 선생님이기에 감히 조심스럽게 말씀을 드립니다.

저희 부부의 문제 중 하나는 제가 남편보다 성적 욕구가 백만 배나 강하다는 것입니다. 그리고 또 하나는 남편이 여자의 성적인 미묘한 부분에 대해 전혀 관심이 없다는 것입니다. 결코 배려심이 없는 사람이 아닌데, 그 부분만큼은 아무리 설명해도 이해하지 못하는 것 같습니다. 게다가 몸에 대한 이야기는 시간이 지나도 쉽게 잊혀지지가 않더군요. 저는 평소에 그렇게 꽁한 성격도 아닐뿐더러 오히려 기억해야 할 것까지 금방 잊어버리는 편인데 말입니다.

이따금 부부 관계를 할 때도, 결혼한 지 10년쯤 되니 남매 같은 기분이 들어 어쩌다 한 번씩 관계를 갖습니다. 문득 그 말이 떠오르면 몸이 금방 식어 버려 더 이상 관계를 지속하기가 어렵습니다. 삼류 희극의 주인공처럼 굴지 말라고 스스로를 타일러 보기도 하지만 소용이 없습니다.

아, 원래는 이런 일을 먼저 상담하려고 했던 게 아닙니다. 단지 일전에 선생님께서 〈십이야〉에 관한 인터뷰를 하실 때, 남녀가 지닌 '둔한 감각'의 질적 차이를 말씀하시면서 남자들이 흔히 이야기하는 '여자는 뻔뻔하고 남자는 멍청하다'는 식의 사고방식에 대해서도 언급하신 것을 보니 갑자기 '원망'의 감정이 생겨나더군요.

이렇게 써 놓고 보니 역시 단순한 푸념에 지나지 않네요. 선생님께 하소연한들 별로 달라질 것도 없는 푸념이죠. 제 치부를 드러낸 것 같아서 쑥스럽고 죄송합니다.

선생님께 정말로 상담하고 싶은 것은 다른 것입니다. 물론 이 모든 게 결국은 깊은 곳에서 서로 연결되어 있는 것 같긴 한데, 그것에 대해서는 다시 찬찬히 써 보려고 합니다.

전에도 말씀드렸듯이 설령 제가 장문의 메일을 보내더라도 지금 상황에서는 촌각을 다투는 고민이 아니므로 얼른 답장을 해야 한다는 부담감은 갖지 말아 주세요. 선생님의 일에 방해가 된다면 제가 너무 죄송하니까요.

어느새 글이 이렇게 길어지고 말았네요. 그래도 선생님께서 뭐든 이야기하라고 하시니 그나마 마음이 놓입니다. 벌써 마음이 절반쯤은 편해진 것 같아요. 정말 감사합니다.

조만간 다시 연락드리겠습니다.

다카토 나츠 올림

2월 23일

받는 이 : 나츠 님

제목 : Re. 감사합니다

슬슬 일어날 때로군. 좋은 아침! 일단 자네의 모호한 편지에 대해 모호한 답장을 보내지. 남편에 대한 일일 거라고 대충 짐작하고 있었네. '조금 유별나고 고집이 세긴 하지만 정이 많고 좋은 남자.' 이것 참 난감하군. 좋은 녀석에 대한 고민이 가장 해결하기 어렵거든. 그 고민의 깊이도 가장 깊고. 상대가 좋은 녀석이니까 그 상처는 쉽게 지워지지도 않을 거야.

오누마 아야의 남편 같은 타입이라면 좀 쉬울 텐데. 돈에 민감하고, 튀고 싶어 하고, 잘난 체하는 그런 남편이라면 누구든 사절하겠지.

그에 비하면 자네의 경우에는, 안된 말이지만, 여러모로 힘들겠군. 자네가 괴로운 것은 그가 좋은 녀석이라서 스스로 관계를 끊을 수 없기 때문이야. 또한 그가 좋은 녀석이니까 주변에서는 자네가 느끼는 위화감을 이해하지 못할 거고. 좀 과장되게 표현하면 선량한 자의 잔혹함이라고나 할까.

'몸에 대한 이야기는 시간이 지나도 쉽게 잊혀지지가 않더군요.' 구체적으로 어떤 말을 들었는지는 모르겠지만, 흠, 이건 남자의 응석쯤으로 생각할 수도 있어. 나도 아내에게 스스럼없이 무심코 내뱉은 말로 많은 상처를 주었던 것 같더군. 하지만 대부분은 악의 없는 말이었어. 반항기의 꼬마가 엄마에게 함부로 구는 것하고 비슷한 거야. 물론 그게 변명이 될 수는 없지.

그런데 이 나이쯤 되니 나름대로 학습한 게 있어 너무 지나치다 싶은 말은 삼가게 되더군. 사람이 이런 걸 깨닫기까지는 시간이 필요하지. 아무리 시간이 흘러도 영원히 깨닫지 못하는 녀석도 있고.

이봐, 나츠, 자네의 상처는 쉽게 아물지 않을 거야. 자네 곁에 있는 사람은 어디까지나 선의를 갖고 있는 상대니까. 좀 심한 말이긴 하지만, 헤어질 마음이 없다면 상대가 내뱉은 말까지 포함해 전부 끌어안고 가야지. 사실 남녀가 관계를 할 때 그런 말이 떠올라서 몸과 마음이 식는다면 본질적인 관계는 이미 끝나 버린 거야. 남은 것은 기껏해야 상호 의존 관계이거나 과거의 잔재, 잔상 같은 것이겠지.

솔직히 지난 몇 년간 자네를 지켜보니, 극작가로서든 한 여자로서든 커다란 갈림길에 서 있다는 느낌이 들었어. 내가 이러니저러니 참견할 입장이 아님에도 불구하고 굳이 한마디 하자면, 자네는 여자로서의 삶을 근본적으로 다시 생각해 봐야 할 때가 된 거야. 물론 작가로서의 삶도 마찬가지지. 상대가 있어야겠지만, 자네도 '성' 자체에 깊숙이 빠져 보는 건 어떨까. 모든 것을 버리고 성교와 성애에 몰두해, 지금까지 쌓아 온 것들을 스스로 완전히 무너뜨리는 거야. 터무니없는 일을 부추긴다고 생각하겠지만, 창작하는 사람은 이따금 자신의 인생을 재설정할 필요가 있거든.

이렇게 말하면 자네가 화낼지도 모르겠지만, 지금의 평탄한 생활에서는 대단한 작품을 기대하기 어려울 것 같군. 물론 별다른 실수나 허점은 없지만 눈이 휘둥그레질 만한 것도 없지. 그건 자네가 본질적인 애증과 정면으로 부딪치는 걸 피하기 때문일 거야. 지금 이대로 간다면 자네가 쓰는 드라마나 연극은 점점 더 움츠러들겠지. 나는 그게 안타까운 거야. 자네는 지금 안정이라는 이불에 둘둘 말린 채 옴짝달싹 못하고 있어.

나츠, 제대로 연애를 해 봐. 정말로 좋아하는 남자와 체액을 섞어 가며 끝까지 가 봐. 그러면 다음에 나아가야 할 방향이 저절로 보일 거야. 내 표현이 좀 과했는지도 모르겠군. 그래도 자네니까 괴팍한 노인네가 이렇게 마음껏 이야기하는 거야. 나는 언제나 자네 편이니까 앞으로 힘든 상황에 처하면 어려워하지 말고 도움을 청해. 괜찮아, 자넨 잘될 거야. 그런 운수를 타고났거든.

이치로타

2월 24일

받는 이 : 시자와 이치로타 님

제목 : 뭐라고 말씀드려야 할지

선생님의 자상한 답변에 뭐라고 감사해야 할지 모르겠군요. '모호한 답장'이라고 하셨지만 전혀 모호하지 않은 답장이었어요. 내용을 몇 번이나 읽으면서, 선생님은 어떻게 내가 아직 이야기하지도 않은 것까지 알고 계실까 하는 생각도 들었고, 흔한 고민이라서 금방 알아차리신 것 아닐까 하는 생각도 들었어요.

제가 이불에 둘둘 말린 채 옴짝달싹 못하고 있다는 말씀이 와 닿는군요. 제 고민의 일부는 그 한마디로 요약될 수 있을 거예요. 아마도 크든 작든 누구나 그런 고민을 안고 있겠죠.

하지만 선생님, 솔직히 말씀드리면 저는 남편을 정말로 좋아합니다. 사회 부적응자가 아닐까 싶을 정도로 모난 성격에다 소심하기도 하고 어린아이처럼 굴기도 하지만 그런 비뚤어진 부분까지 사랑스러워요. 비록 부부 관계는 드문 편이지만 아직은 그가 남자로 느껴져 안기고 싶은 생각도 듭니다. 남편이 먼저 장난처럼 신체적으로 접촉하기도 하는데, 그때는 정말 사랑하는 마음으로 서로를 꼭 안아 줍니다. 그런 면에서 보면 저희의 관계가 완전히 메마른 것은 아닙니다. 남매 같은 느낌은 부분적인 감정일 뿐 여전히 남자와 여자로 존재합니다.

다만, 앞에서 말씀드린 문제 때문에 곤혹스러워하고 있습니다. 앞서 보낸 메일에서는 제가 남편보다 성적인 욕구가 백만 배나 강하다고 썼습니다만, 좀 더 솔직히 고백하면 백만 배 정도가 아닙니다. 저는 스스로를 아주 음란한 여자로 생각하고 있습니다. 조금이라도 에로틱한 자극을 받으면 바로 반응을 보이는데, 일단 반응이 나타나면 어떻게든 끝을 볼 때까지 멈추지 않습니다. 도저히 참을 수가 없어요. 정조 관념도 성에 대한 터부 의식도 죄책감도 이 욕망 앞에서는 전혀 힘을 발휘하지 못하더군요. 이런 제 자신에게 거부감이 듭니다.

제가 지나치게 호들갑스러운 것은 아닌지 모르겠습니다. 이렇게 쓰고는 있지만 사실은 제 자신도 어디부터가 음란한 것인지 알지 못합니다. 상대를 신뢰하지 않으면 느끼지 못할 줄 알았는데, 그것도 제 착각인 것 같습니다. 이십대 초반에 전철에서 치한에게 추행을 당하면서 흥분한 적도 있으니까요.

그 무엇으로도 해소되지 않을 것 같은 이 갈증을 앞으로 얼마나 더 느끼며 살아야 할지 생각하면 정말 지긋지긋합니다. 나이가 들면 저절로 수그러드는 것이라면, 얼른 시간이 지나 이 갈증에서 벗어나고 싶습니다.

이렇게 써 놓고 보니 터무니없는 이야기를 늘어놓은 것 같네요. 여자 친구에게도 쑥스러워서 쉽게 꺼내지 못하는 이야기를 말이에요.

선생님과 알고 지낸 지 10년도 더 되는데, 왜 갑자기 이런 이야기가 봇물 터지듯 쏟아져 나오는지 잘 모르겠습니다. 어쩌면 무의식중에 제 가슴속에서 꿈틀거리는 요물에 대해 선생님께 말씀드릴 기회를 노리고 있었던 건 아닐까요. '구체적으로 어떤 말을 들었는지는 모르겠지만…….'

이 점에 대해서는, 이를테면 남편이 농담으로 저에게 음란한 여자라고 하는데, 때로는 쓴웃음을 지으며 말합니다, 그 정도의 말은 가볍게 받아넘길 수가 있습니다. 저도 남편에게 쓸모없는 남자라고 한마디 쏘아 주면 그걸로 끝이죠. 남편은 제 음모가 너무 무성하다느니 다리 사이에 커다란 조개가 있다느니 놀리기도 하지만 그런 건 아무렇지도 않아요. 왜냐하면 제 눈으로 직접 확인하고 다른 여자들의 그것과 비교해 보면 스스로 납득할 수 있으니까요.

그런데 2년쯤 전에 크게 상처를 받은 적이 있습니다. 관계를 하던 중에 남편이 갑자기 '당신도 나이가 들었네. 예전보다 많이 헐거워진 것 같아'라고 말하더군요. (아, 이렇게 쓰면서도 굉장히 창피하네요. 이 글을 읽는 선생님께선 더 황당해하시겠죠. 죄송해요.) 정말 그때는 순간적으로 머릿속이 하얘지더군요. 저는 남편을 침대 밑으로 거칠게 밀어 내고는 엉엉 울고 말았습니다. 그제야 남편도 깜짝 놀라는 눈치더군요. 하지만 남편은 평소에 자기가 잘못했더라도 좀처럼 미안하다고 말하지 않는 사람이에요. 그때도 '별일 아닌 걸 갖고 왜 그래? 나이가 들면 누구나 그런 거야. 자연스러운 거라니까'라고 위로해 주고는 끝이더군요.

남편은 저보다 세 살 위인데 삼십대 중반을 넘어서면서 성적인 관심이 줄어들었어요. 그래서 대부분 제가 먼저 요구했는데, 그런 말을 들은 뒤로는 엄두가 나지 않더군요. 앞서 말씀드렸듯이 관계를 가질 때마다 제 몸과 마음이 금방 식어 버리기 때문이죠. 남편에게 몇 번 제 입장을 설명해 주려고 했어요. 제가 그 말 한마디에 얼마나 상처를 받았는지, 직접 눈으로 확인할 수 없는 것을 지적당하는 게 얼마나 신경 쓰이는 일인지를 이야기했어요. 하지만 남편은 그건 자연스러운 일이니까 어쩔 수 없다는 식의 아무런 위로도 되지 않는 말만 되풀이했습니다. 물론 남편이 '그건 내가 잘못했어. 미안해'라고 사과했더라도 그때 내뱉은 말을 다시 주워 담지 못하는 이상 별다른 의미는 없겠지만요.

이런저런 염문이 자자했던 선생님이시니만큼 일일이 설명할 필요도 없겠지만, 여성의 경우 장기간 성행위를 하지 않으면 다음에 할 때는 통증을 느끼게 됩니다. 쾌감을 느끼기는커녕 통증 때문에 어떻게든 빨리 끝내려고 먼저 절정에 이른 척하죠. 그럴 때는 좀 비참한 생각도 듭니다.

남편한테도 너무 아프다고 말한 적이 있어요. 한번 상상해 보라고 했죠. 건조한 손가락으로 눈을 마구 비벼 대는 것만큼이나 아프다고요. 아프지 않도록 준비 시간을 충분히 갖자는 뜻이었죠. 그러자 남편은 그렇게 아프면 하지 말자는 식으로 말하더군요.

그래도 제 성욕이 유난하다는 것을 알고 있어서 직접 안아 주지는 않지만 종종 손으로 해결해 주곤 합니다. 그럴 때는 남편도 흥분이 될 텐데, 이제 내가 해 주겠다고 하면 필요 없다고 잘라 말합니다. 그리고 제가 절정에 도달하고 나면 사이좋게 손을 잡고 잡니다.

남들이 이런 이야기를 들으면 희한한 부부라고 하겠죠? 저도 뭐가 뭔지 잘 모르겠어요. 부부간의 일이니까 서로가 이견이 없다면 뭐든 상관없겠지만.

남편은 혼자서도 거의 안 하는 것 같아요. 발기부전도 아니고 마음만 먹으면 언제든 할 수 있으면서 섹스를 하고 싶지 않다니, 저로서는 도무지 이해가 안 돼요. 저는 사랑스러운 사람이라면 손이나 입 같은 제 몸의 모든 부위를 이용해 즐거움을 안겨 주고 싶어요. 섹스의 묘미는 상상력이나 연극 같은 행위에 있다고 생각하거든요.

정말이지 제가 무슨 이야기를 하는지 모르겠네요. 불쾌감을 드렸다면 죄송합니다. 제가 이런 에로 잡지의 고백 수기 같은 글을 쓰는 이유는 남편과 저의 문제를 대충이라도 설명하지 않으면 앞으로 쓸 내용이 제대로 전달되지 않으리라 생각했기 때문입니다.

앞서도 말씀드렸지만 저는 남편을 좋아합니다. 의무감이나 단순한 신뢰감에서 말씀드리는 게 아니라 정말로 소중하게 생각하고 있습니다. 물론 선생님의 말씀대로 상호 의존하는 면도 있겠지만, 함께 지내고 싶은 것만은 분명합니다. 때로는 밉살스럽고 짜증 나기도 하지만 그것은 그때뿐이고 사랑스럽고 투정도 부리고 싶습니다. 도쿄에서 늦게까지 일하고 집으로 돌아갈 때면 이제 곧 남편을 만난다는 생각에 예전처럼 가슴이 설레기도 합니다.

선생님께선 어느 정도 짐작하고 계신 것 같습니다만, 남편에 대한 그런 감정과는 별개로 다시 한 번 누군가와 짜릿한 연애를 하고 싶은 욕구도 있습니다. 상대를 떠올리기만 해도 호흡이 거칠어지는, 이른바 성애가 동반된 연애를 하고 싶은 거죠.

지금은 평온하게 지내고 있습니다. 이러니저러니 해도 좋아하는 사람과 살고 있고, 아이는 없지만 귀여운 개와 고양이가 있으며, 나름대로 하루하루에 충실하고 있습니다. 하지만 여자로서의 인생이 마치 땅바닥에 떨어지는 스파클러 불꽃처럼 이대로 끝나 버리는 게 아닐까 생각하면 뭐라고 형언하기 어려운 충동과 초조함에 휩싸이곤 합니다. 자신의 강렬한 성적 욕망을 마음이 맞는 상대와 한껏 불사르며 그 욕망의 끝을 보고 싶은 거죠. 그렇게 직접 체험한 성의 깊이와 희열을 과연 어떻게 작품으로 풀어낼지 아직은 전혀 감이 잡히지 않습니다만, 그런 알 수 없는 기대감에 가슴이 설레는 것도 사실입니다.

어쩌면 저에게는 어떤 감각이 결여되어 있는지도 모르겠습니다. 다른 남자와 성관계를 갖는 것에 대해 남편에게 미안하다는 생각은 별로 안 듭니다. 꺼림칙한 마음도 거의 없습니다. 내 몸이니까 내 마음대로 쓰는 거다, 쓴다고 닳는 것도 아니지 않는가, 그건 그거고 이건 이거다, 이건 어디까지나 내 문제일 뿐 남편하곤 상관없다, 뭐 이런 식으로 생각하는 거죠. 아무래도 제가 좀 이상한 거겠죠.

그렇다고 저의 그런 행위가 남편에게 탄로 나도 괜찮겠느냐고 묻는다면, 그렇지는 않습니다. 남편이 상처 받길 바라지 않으니까요. 이것이 제 자신에 대한 합리화라는 것도 잘 알고 있습니다. 지극히 이기적인 생각이죠. 모든 것을 버리고 누군가와 연애할 배짱도 없는 주제에, 남편과의 생활은 그대로 유지하면서 성적인 부분만 마음대로 하고 싶어 하니까요.

인터넷으로 여성을 상대로 하는 서비스를 검색하기도 했습니다. 이를테면 성감 마사지나 출장 호스트 같은 거요. 도쿄의 호텔에 혼자 머물 때 시도해 보려고요. 소심한 성격이라 혹시라도 얼굴이 알려질까 싶어 아직 실행에 옮기지는 못했지만, 이대로 가면 언젠가 전화하지 않을까 싶습니다. 이제껏 성적으로 흥미를 느낀 것에 대해 그냥 참아 넘긴 적은 없었으니까요. 그렇더라도 만약에 누군가와 거부하기 힘든 사랑에 빠진다면 지금 갖고 있는 모든 것을 내버리고 어딘가로 도망칠지도 모릅니다. 돌이켜 보면 지금까지 저의 연애는 늘 그런 식이었습니다.

지금 제가 직면한 문제는 연애할 상대를 찾으려고 해도 그럴 기회가 별로 없다는 것입니다. 도쿄에 머물 때는 바빠서 그럴 여유가 없고, 집에 오면 세상과 거의 격리된 생활을 하니까요.

아, 역시 예상했던 대로군요. 이건 상담이라고 할 수도 없네요. 처음에 상담이라고 했던 말은 그냥 잊어 주세요. 그저 선생님께 제 사정을 말씀드리고 싶었어요. 데뷔 당시부터 제 안에 요물이 자리하고 있다는 것을 알아차리신 선생님이시니까요. 설령 선생님께 아무리 심한 비난이나 꾸중을 듣더라도 마지막에는, 괜찮아, 나도 알고 있어, 나는 네 편이야, 하는 말을 듣고 싶었나 봅니다. 그런데 벌써 그런 말씀을 해 주셨어요. 게다가 무엇이든 기탄없이 이야기하라고 해 주시니 감사할 뿐입니다.

일전에 잡지사의 여성 편집자하고 이야기할 때, 남녀 관계의 미묘한 부분까지 전부 상담할 수 있는 남자가 있었으면 좋겠다고 했던 말은 약간 사실과 다릅니다. 실은 그런 미묘한 부분까지 전부 이해하는 입 무거운 남자하고 잠자고 싶다고 했습니다. 그러자 그녀는 그러고 싶은 남자가 있느냐고 물었습니다. 그 질문에 대한 대답은 앞서 말씀드린 그대로입니다.

우리가 알고 지낸 지는 10여 년이 되었지만 정작 얼굴을 마주하고 이야기를 나눈 시간을 따져 보면 불과 몇 시간밖에 되지 않는데 어떻게 선생님을 이렇게 신뢰하게 되었는지, 제가 생각해도 정말 신기합니다. 장황하게 늘어놓아서 죄송합니다. 하지만 아직 못다 한 이야기도 많고, 정작 중요한 내용은 쓰지도 못한 것 같습니다. 조만간에 다시 메일을 보내겠습니다. 이 세상에 선생님이 계셔 주셔서 정말 다행이에요.

다카토 나츠 올림

2월 25일

받는 이 : 나츠

제목 : Re.

처음 너를 만났던 때가 기억나는군. 눈빛이 상당히 불량해 보였어. 무슨 일을 저지를 것 같은 눈빛이었지. 그런데 주변에선 너에게 전혀 다른 역할을 기대하고 있었어. 조금 불안하더군. 아무도 너의 눈매가 얼마나 불량한지, 그리고 얼마나 매력적인지 모르는 것 같아서. 나는 사디스트라서 그런지, 이 여자한테 매질을 하면 유쾌할 텐데, 하는 생각이 들더군.

'인터넷으로 여성을 상대로 하는 서비스를 검색하기도 했습니다. 이를테면 성감 마사지나 출장 호스트 같은 거요.'

하하하, 엉뚱하네. 더는 뭐라고 안 할 테니 그건 그만둬. 넌 그런 걸로 만족할 수 있는 여자가 아니야. 고리타분한 이야기겠지만, 정말로 원하는 건 돈으로 얻을 수 없어. 스트레스만 더 쌓일 뿐이야.

'앞서도 말씀드렸지만 저는 남편을 좋아합니다.'

그건 맞는 말인 것 같군. 너는 남편을 좋아하는 거야.

성장기 때를 생각해 볼까. 네가 무척 좋아하는 옷이 있어. 잘 어울리기도 하고. 그걸 입으면 마음이 편해질 뿐만 아니라 우쭐한 기분도 들었어. 그런데 몸이 점점 커지면서 그 옷이 입기 힘들어지더니 결국에는 더 이상 입을 수 없게 되었어. 너는 그 옷을 소중히 간직하면서 밤마다 손으로 부드럽게 어루만지곤 하지. 그러면 왠지 마음이 편해지거든. 이건 자신에게 꼭 필요한 옷이라는 생각도 들고. 때로는 혹시 다시 입을 수 있지 않을까 싶어 몸에 걸쳐 보기도 하고. 하지만 이미 체격이 커져 버렸는데 옷이 맞을 리가 없지.

남편을 옷에 비유한 건 미안하게 생각해. 그런데 말이야, 지금의 이 상황은 어쩔 수가 없어. 너는 이미 그 옷을 입을 수 없게 된 거야. 물론 지금의 생활을 지속하는 게 나쁘다는 건 아니야. 하지만 지금의 상황만은 분명히 자각하는 게 좋아.

네가 남편이 내뱉은 말에 민감해하는 건 당연해. 무리도 아니지. 그렇다고 크게 문제 삼을 일도 아니지만. 사실 육체적인 문제는 대부분 그렇게 대단한 게 아니거든.

나츠, 분명히 말해 두지. 네가 남편의 그런 말을 순순히 받아넘기지 못하는 것은 이제는 입을 수 없는 옷이라는 사실을 깨달았기 때문이야. 누구나 의식적이든 무의식적이든 자기보다 못한 존재에게는 평가를 받고 싶어 하지 않거든.

'그런 미묘한 부분까지 전부 이해하는 입 무거운 남자하고 잠자고 싶다.'

영광스러운 일이군. 솔직히 나도 너에게 강한 성적 매력을 느끼고, 너의 그 불량한 눈매를 무척 좋아하지. 하지만 나는 틀림없이 너를 학대할 테니까 그런 생각은 접어 둬. 만약 그런 학대에 굴복해 버리면 그때부터 너는 어엿한 마조히스트가 되는 거야.

네가 멋진 희곡을 썼으면 좋겠어. 그런 의미에서 지금의 그 유유자적한 시골 생활, 그리고 남편과의 위선적인 생활에 안타까운 마음이 드는군. 하지만 그런 것도 네 소중한 삶의 일부겠지. 다만 이제 슬슬 선택할 시기가 되었다는 것도 다시 한 번 지적해 두겠어.

너의 축축하고 뜨거운 음부에 가만히 볼을 들이대는 장면을 상상해 봤어. 분명 사랑스러운 향기가 날 거야.

자, 이제 그만 일하러 나가 볼까. 너도 열심히 일해야지. 글을 쓸 때는 잡념을 떨쳐 버려.

이치로타

2월 25일

받는 이 : 시자와 이치로타 님

제목 : 제가 졌네요

두 손 들었습니다. 여러 번 반복해서 읽었습니다. 이젠 눈물도 나지 않네요.

선생님 덕분에 어떤 부분은 포기하고, 어떤 부분은 더욱 각오를 다지고, 어떤 부분은 제 생각을 바꾸었습니다. 특히 제가 남편의 그런 말에 민감하게 반응하는 이유를 명확히 지적해 주신 순간, 지난 며칠간 몸속에서 요동치던 격랑이 한순간에 잠잠해진 느낌이었습니다. 그래서 내가 남편한테 느슨하게 대했구나, 속이 부글부글 끓을 정도로 화가 나도 내가 먼저 화해하려고 했구나, 평소에 필요 이상으로 투정을 부리거나 의지하려고 했구나, 하는 생각이 들었습니다. 그렇게 깨닫게 된 사실이 충격적이긴 했지만 아마도 무의식적으로는 알고 있었으리라 생각합니다. 가급적 못 본 척하고 지내 왔을 뿐.

하지만 어쨌든 지금은 이렇게 글을 쓰고 있습니다. 제가 추구하는 허구의 세계를 마지막 순간까지 흐트러짐 없이 계속 쌓아 나가려면 글을 쓰는 제가 정신을 똑바로 차려야겠죠. 일단 마음을 다잡고 일에 몰두하겠습니다.

폐가 되지 않는다면 다음에 또 이런저런 이야기를 듣고 싶습니다. 선생님께 혹독한 이야기를 들으니 왠지 짜릿한 쾌감이 느껴지는군요. 저도 이제 어엿한 마조히스트 후보감이니까요. 아 참, '학대'라는 말에 가슴이 설레었다는 것을 솔직히 고백합니다.

어쨌든 여러모로 감사합니다. 제 모든 것을 보여 드리고 싶을 정도로 선생님을 좋아합니다.

나츠 올림

2월 25일

받는 이 : 나츠

제목 : Re.

절묘한 타이밍이네. 스폰서하고 약속한 회식 전에 잠깐 호텔로 돌아와 컴퓨터를 켜 보니 네가 몇 분 전에 보낸 메일이 도착해 있더군.

그래, 열심히 써 보는 거야. 나는 자기 일에 최선을 다하는 너를 좋아하거든. 사실 나나 너나 잡스러운 인간이야. 직업적인 면을 제외하면 그저 그런 음란한 노인네와 음란한 여자일 뿐이지. 뭐 그것도 나쁘진 않지만.

그런데 혹시 다음에 만나면 아마 나는 정신을 못 차릴 거야. 네가 너무 좋은 여자라서 압도당할 것 같아. 나도 많이 약해졌군. 어떻게 감당해야 할지 모르겠어. 아, 이거 쑥스럽군.

이치로타

2월 26일

받는 이 : 나츠

제목 : 일은 좀 어때?

일은 잘 진행되고 있나? 순조롭게 진행되고 있다면 답장할 필요는 없어. 조용히 지켜보면 될 텐데 자꾸 이렇게 참견하려고 드니, 이것 참 문제로군.

오늘 공개 리허설을 했어. 나름대로 최선을 다했다고 생각하는데 그 평가는 관객이 내리겠지. 노력이 결과로 이어진다는 건 초등학생 때나 통하는 얘기니까.

오늘 밤엔 내가 힘이 남아도는 것 같아. 아아, 너를 학대하고 싶군. 사디스트도 무섭다니까. 사디스트는 마조히스트의 봉사라는 식의 헛소리를 해 대는 녀석도 있는데, 나한테 한번 당해 보면 그런 말은 못할걸. 이런, 내가 무슨 소리를 하는지 모르겠군.

이봐, 나츠, 너를 감싸고 있는 껍질은 굉장히 단단해. 아직도 금이 간 데가 거의 없어. 이렇게 말하면 화낼지 모르겠지만, 너는 아직도 소녀티를 완전히 벗지 못한 것 같아. 혹시 아직 진정한 성적 쾌감을 느껴 본 적이 없는 것은 아닐까 하는 생각도 들더군.

지금의 너는 자기 안에 머물러 있는 상태야. 사춘기의 절정이라고 해야 할까. 그러다가 극도의 쾌감을 알고 나면 어떻게 될까. 여자로서 더욱 성장할 가능성도 있지만, 매혹적인 타락의 길로 빠져들 수도 있어. 연출가의 입장에선 밑바닥까지 떨어져 보라고 꼬드기고 싶군. 뭐랄까, 너하고 이야기하다 보니 에로틱한 면이 점점 더 부각되는 것 같아. 누군가가 너의 여성적인 매력을 한껏 꽃피워 주면 좋을 텐데.

아, 졸음이 몰려오는 걸 보니 그만 잠자리에 들어야겠군. 자신감을 갖고 작업하라고. 분명히 단언하건대, 못 쓰겠어, 못 쓰겠어, 하며 엄살 부리는 극작가 녀석들도 있는데, 그건 못 쓰는 게 아니라 안 쓰는 거야. 너도 명심하는 게 좋아. 자기 자신을 지나치게 애지중지하는 건 마조히스트의 공통점이니까.

이치로타

2월 27일

받는 이 : 시자와 이치로타 님

제목 : 수고하셨습니다

공개 리허설을 하느라 힘드셨겠네요. 선생님께서 나름대로 최선을 다했다고

까지 말씀하시니 훌륭한 리허설이 되었으리라 생각합니다. 정말 공연이 기대되네요.

그건 그렇고, 저는 선생님의 '참견'이 왜 이렇게 기쁜지 모르겠습니다. 아뇨, 사실은 잘 알고 있습니다. 오랜만에, 거의 5년 만에 혹시 여자로서는 끝나 버린 게 아닐까 하는 절망감에서 벗어나 큰 자신감을 갖게 되었습니다. 그 절망감만큼은 그동안 다른 누군가가 뭐라고 위로하든 결코 치유되지 않았습니다.

선생님께서 저를 미숙한 제자로서 귀여워해 주시는 거라고만 생각했을 뿐 조금이나마 '불량한 눈매'를 지닌 여자로 봐주신다고는 생각지 못했습니다. 사실 선생님은 너무나 유명한 연출가시잖아요. 절대 있을 수 없는 일이라고 생각했죠.

하지만 선생님께서 '좋은 여자'라고 하셨으니, 제게도 좋은 여자의 모습이 조금은 남아 있을 거라는 생각이 들더군요.

제가 아무리 치장해도 전부 간파하신다는 것을 잘 알고 있는 만큼, 저는 그 말씀을 전적으로 신뢰하고 있습니다. 누군가에게 간파된다는 게 두렵긴 하지만 그만큼 믿음도 생깁니다. 그래서 이렇게 가슴이 아린 것이겠죠. 딱지를 떼어 낸 자리에 직접 손을 대 주시는 것 같은 느낌입니다.

거울에 비친 제 눈빛이 어느 때보다 훨씬 더 대담해 보입니다. 그런데 한편으로는 손끝으로 살짝 누르기만 해도 눈물이 쏟아질 것 같은 기분도 듭니다. 이상하죠. 자, 오늘도 열심히 분발해야죠. 맛있는 홍차라도 한잔하고 작업하렵니다. 선생님도 이제 편히 쉬셔야죠. 부디 편안한 밤이 되시기를.

나츠 올림

2월 28일

받는 이 : 나츠

제목 : 푹 잤군

좋은 아침! 오래간만에 세상 모르게 잘 잤네. 오래 잔 건 아니지만 숙면을 취한 것 같아. 손님이 있으니 간단히 쓰지. 일단 너에게 자기 긍정을 가르쳐 주고 싶군. 아니면 떠올리도록 해 주던가. 좀 더 자신감을 가져도 돼.

나츠, 글은 열심히 쓰고 있나? 여유를 갖고 잠시 휴식하는 건 좋은데 너무 불안하게 생각하진 마.

이치로타

2월 28일

받는 이 : 시자와 이치로타 님

제목 : 자기 긍정

언제 어디서 그걸 잃어버렸는지 저도 잘 모르겠어요. 지금까지 저는 스스로 자신감이 넘친다고 생각했는데, 어쩌면 그것 자체가 불안하다는 반증이 아닐까 싶어요. 아무래도 지난 몇 년간 중요한 것을 조금씩 잃어버리고 있었던 것 같아요. 일전에 말씀하신 자존심과 관련된 뭔가를.

그건 그렇고, 정말 안 되겠어요. 처음에는 선생님의 일을 방해하지 않겠다고 말해 놓고 갈수록 점점 더 본성을 드러내고 있으니. 에이, 그냥 방해할래요.

나츠 올림

2월 28일

받는 이 : 나츠

제목 : Re. 방해하겠다고?

그것 좋지, 얼마든지 방해하라고. 잠시 너를 내버려 두려고 했는데 그건 아무래도 힘들겠군. 내가 보내는 시답지 않은 메일이야말로 네 일에 방해되지 않을까 걱정이야. 그러면서도 계속 써 대고 있으니…… 메일을 주고받는 것만으로도 이렇게 흥분하는 나 자신이 어이가 없군. 이런 플라토닉 같은 사랑은 젊었을 때 이후로 처음인 것 같아.

나츠, 난 너한테 큰 힘을 얻고 있어. 지금은 너무 바빠서 체력적으로 지쳐 있지만 내면에 감춰진 힘은 만만치 않거든. 너도 조심하라고!

너에게 마음껏 통증을 안겨 주고 싶군. 구체적으로는 말하면 소음순에서 시작해 클리토리스로. 무감각한 부위에서 예민한 부위로. 아 참, 클리토리스는 큰가? 너무 작으면 깨물 수가 없거든. 좀 큰 게 낫지. 언젠가는 꽉 깨물어 주겠어. 눈물을 찔끔거릴 정도로. 어쩌면 이건 사디즘이라기보다는 사랑의 발로에 가까운 것 같군.

전에도 말했지만 너는 여전히 껍질이 너무 단단해. 아직도 처녀인 셈이지. 그건 너의 장점이자 단점이야. 그래도 난 너의 처녀성을 지켜 주고 싶어. 부성애라고나 할까.

그건 그렇고 컴퓨터에 잠금 장치를 확실히 걸어 놓고 있겠지? 이런 내용을 남편이 보면 곤란할 테니까. 나나 너는 죄악감이 별로 없지만 남편은 이런 메일을 보면 틀림없이 배신감을 느낄 거야. 남편의 입장에서는 보고 싶으면서도 보고 싶지 않은 내용이 무방비로 고스란히 드러나고 있는 거니까. 옳고 그름을 떠나서 모든 일은 상대적인 거잖아. 이런 메일은 남편이 보지 못하도록 조심하는 게 좋겠지. 나츠가 좋아하는 남자니까.

내가 내뱉을 대사는 아니지만, 인생은 잔혹한 것 같아. 나는 이런 잔혹한 짓을 할 때면 연극 연출을 하는 것 같은 생각이 드는데, 때로는 그런 나 자신이 혐오스럽기도 하지. 그런데 뭐랄까, 너도 그만 남편을 놓아 주는 게 어때. 혹시 네가 남편을 꽉 잡고 놓아 주지 않는 게 아닐까 하는 의구심이 들어서 말이야.

이봐, 나츠, 나하고 섹스하고 싶나?

이치로타

2월 28일

받는 이 : 시자와 이치로타 님

제목 : 새삼스러운 질문

선생님께서 새삼스레 그런 질문을 하시다니요. 처음에 선생님께 상담할 게 있다며 성적 욕망을 늘어놓을 때부터 제 마음 깊숙한 곳에는 은근한 기대감이 자리하고 있었습니다. 상담이라고 할 수도 없는 내용이지만, 선생님께 말씀드리면 혹시 제게 그런 감정을 품지 않을까 하는 기대감이죠.

선생님이시니까 저의 속내쯤은 처음부터 어느 정도 간파하셨으리라 생각합니다. 아무래도 저보다는 경험이 풍부하시니까요. 그래도 실제로 선생님과 그런 관계를 맺는 것은 저만의 망상이라고 생각했습니다. 그 정도의 자신감은 없었거든요. 그건 지금도 마찬가지고요.

어쨌든 솔직히 대답하겠습니다. 네, 하고 싶어요, 굉장히. 상상하는 것만으로도 온몸이 달아오를 정도예요. 이러면 안 되는데 또 이렇게 바로 답장을 쓰게 되네요. 선생님의 답장을 받으면 언제나 가슴이 설렙니다. 특히 오늘은 저절로 탄성이 흘러나올 정도로 기뻤습니다. 하지만 이렇게 메일을 보낸 뒤에는 왠지 제 마음이 조마조마하답니다.

나츠 올림

2월 28일

받는 이 : 나츠

제목 : 상담

'새삼스레 그런 질문을 하시다니요.'

남자든 여자든 상대에게 호감을 느끼면 겁쟁이가 되기 마련이라는데, 그런 건 다 헛소리야. 난 너에게서 안아 달라는 말을 듣고 싶었어. 왠지 나도 그러고 싶은 기분이었거든.

'그래도 실제로 선생님과 그런 관계를 맺는 것은 저만의 망상이라고 생각했습니다. 그 정도의 자신감은 없었거든요. 그건 지금도 마찬가지고요.'

이 점에 대해선 아까도 말했지만, 너에겐 자신감과 자존심을 회복하려는 노력이 필요한 것 같아. 이런 말까지 하긴 그렇지만 솔직히 난 네 남편에게 분노를 느끼고 있어. 신체에 대해서는 함부로 말하는 게 아니야. 말해도 되는 게 있고 안 되는 게 있거든. 네 남편은 이십대, 삼십대를 함께 보내는 여자에 대한 배려심이 부족한 것 같아. 누구에게나 신체적인 부분은 민감한 거거든. 그 신체의 주요 부분에 관해 함부로 내뱉은 것은 미필적 고의라고 할 수도 있지. 이 점에 대해서만큼은 너도 남편을 내칠 권리가 있어. 분명히 말하지만 네 남편은 창작하는 사람이 얼마나 예민한지 전혀 이해하지 못하고 있어. 물론 이건 네 자신의 문제니까 스스로 잘 생각해 봐.

이참에 솔직히 말하지. 난 너한테 굉장한 매력을 느끼고 있어. 성적인 매력, 인간적인 매력, 여자로서의 매력, 작가로서의 매력. 게다가 앞으로 더 큰 변화가 있을 것 같아 더욱 기대가 되는군. 그러면서도 나 자신은 지금의 가정을 깨뜨릴 마음이 없으니, 스스로 생각해도 너무 뻔뻔한 게 아닌가 싶어. 내가 네쪽으로 돌아서면 아마도 아내는 삶의 의욕을 잃고 말 거야. 그런 생각을 하면 나 역시 몸이 움츠러들 수밖에 없어. 이렇게 우유부단한 나를 어떻게 생각할지 모르겠군.

이제는 그 뻔뻔한 내가 너에게 상담을 요청할 차례인 것 같은데, 혹시 공연 마지막 날 밤에 도쿄에 머물 수 있나? 무리할 필요는 없지만 여건이 된다면 만나고 싶군.

이치로타

4

　마왕이······.

몸을 덮친 사내를 실눈으로 올려다보는 것만으로도 나츠는 절정에 도달할 것 같았다.

　마왕이 내 몸에 올라타 있다.

　시자와는 줄곧 지배적이고 압도적이었다. 난폭하지는 않았지만 강제적이었다. 폭력을 휘두르지는 않았지만 고통을 주는 데 주저하지 않았다.

　시자와가 마디 굵은 손으로 붙잡고 침대로 거칠게 끌고 가자, 나츠는 도살되기 직전의 산 제물이 된 기분이었다. 자기 몸에 올라탄 사내가 시자와 이치로타라는 사실만으로도 흥분을 멈출 수 없었다. 그의 몸놀림에 어느새 이성 따위는 저 멀리 사라져 버렸다. 일반 호텔 방에서 큰 소리를 내는 것은 곤란하다고 생각하면서도 도저히 신음 소리를 낮출 수가 없었다.

　마왕의 손톱이 유방을 파고들었다. 사악한 생식기가 배 속을 휘저었다. 오컬트적인 느낌이 드는 것은 그의 외모 때문인 것 같았다. 약간 모로 쳐다보는 듯한 눈빛은 날카롭고 얇은 입술에 띤 미소는 차가웠다. 어깨와 가슴에는 젊은 시절에 육체 노동으로 단련된 근육의 흔적이 아직도 그대로 남아 있었다. 모든 여자에게 그렇지는 않겠지만 적어도 일정한 부류의 여자들에게는 강렬한 성적 매력으로 비칠 것이다.

　은발에 가까운 텁수룩한 머리는 평소처럼 아무렇게나 뒤로 묶여 있었다. 지금까지 나츠는 이미 그의 트레이드마크가 되어 버린 그런 모습을 특별히 매력적이라고 생각해 본 적이 없었다. 하지만 뒤에서 바라보는 게 아니라 이렇게 정면에서 그의 몸을 끌어안고 머리카락을 만져 보니 자기도 모르게 몸이 바르르 떨렸다. 이제 다시는 시자와의 뒷모습을 차분하게 바라볼 수 없을 것 같았다.

"어이, 잡아당기지 말라니까."

그가 귓전에서 나지막이 웃음을 흘렸다. 술기운 탓에 약간 잠긴 그 목소리까지도 나츠를 움찔하게 만들었다.

시자와가 무릎을 꿇은 자세로 천천히 상체를 일으켜 세웠다. 두 손으로 나츠의 양쪽 발목을 잡아 넓게 벌리고는 아랫배를 부딪쳐 왔다. 나츠는 부끄러워서 어쩔 줄을 몰랐다. 약간 튀어나온 그의 아랫배가 나츠의 축축해진 살결에 부딪혀 생생한 소리를 냈다. 귀를 막고 싶었다. 자신의 귀가 아닌 시자와의 귀를. 하지만 손에 닿지 않는다. 너무 멀다. 무섭다.

"나츠."

"네……."

"참아 봐."

"뭘요?"

"소리 내는 것."

"그건 무리예요."

나츠가 비명 섞인 목소리로 대꾸하자 시자와가 고개를 저었다.

"힘들더라도 조금만 소리를 낮춰 봐."

나츠는 자신을 내려다보는 그의 시선에 정신이 아득해졌다.

"소리를 낮춰 봐. 소리를 내지 않으면 더 깊게 느낄 수 있다니까."

아, 하고 자기도 모르게 한숨이 새어 나왔다. 거의 무아지경에 가까운 황홀감에 뇌가 녹아 버리는 것 같았다.

"알았지? 좀 참아."

시자와의 말은 어느새 명령조로 바뀌었다. 나츠는 눈을 감았다. 시자와가 다시 몸을 움직이기 시작했다.

그와 단둘이 만나기까지의 한 달 반이라는 시간이 나츠에게는 무척이나 길게 느껴졌다. 시간이 그렇게 극단적으로 늘어나고 줄어들 수 있다는 것도 처음 알았다. 그동안 시자와에게 메일을 쓰느라 들인 시간을 모두 합하면 아마 연속극 대본 하나 쓰는 시간 정도는 되었을 것이다. 털어놓고 싶은 이야기는 많았지만, 전하고 싶은 내용은 간단했다. 나츠가 그런 이야기를 조심스럽게 꺼낼 때마다 시자와는 언제나 그렇듯 거리낌 없는 내용의 답장을 보내 주었다.

나도 마찬가지야, 이 녀석아.

나츠는 그 말에 힘입어 자신의 성장 과정과 엄격했던 어머니, 사춘기 때부터 성인이 되기까지 겪었던 우여곡절, 그리고 이십대 때의 방탕한 성관계에 대해 털어놓았다. 이제까지 누구에게도 말하지 못했던 마음의 응어리를 죄다 씻어 내려는 듯 숨김없이 써 내려갔다.

쇼고와 결혼하면서 이제야 겨우 어머니의 잔소리에서 벗어나는가 싶었는데, 잔소리하는 사람이 남편으로 바뀌었을 뿐 결과는 마찬가지라는 것. 처음에는 사무적인 일 처리만 해 주다 그가 2년쯤 전부터 서서히 창작에까지 참견하게 되었다는 것. 돈을 버는 것은 자신인데도 사회적 통념 때문에 남편에게 강하게 저항하지 못한다는 것. 이대로는 작가 활동에 지장이 있다고 생각하면서도 좀처럼 남편의 관여를 거부하지 못한다는 것…….

시자와는 꼬박꼬박 답장을 해 주었는데, 언제나 진지했으며 엄격하면서도 상대에 대한 배려를 잊지 않았다. 나츠가 공연 첫날의 흥분된 감정을 그대로 표현한 메일을 보냈을 때는 자기 작품에 대한 해설까지 덧붙여 답장을 보내 주었다. 그 덕분에 오랜만에 연극에 대한 새로운 안목이 생겨난 기분도 느낄 수 있었다.

나츠가 한번은 다음과 같은 내용을 써 보낸 적이 있다.

남편의 입장에서는 이른바 '드라마 작가 다카토 나츠메'라는 브랜드를 공동으로 경영하고 있다고 생각하는 것 같습니다.

거기에 대해 시자와는 그 어느 때보다 과격한 내용의 메일을 보내 왔다.

이제야 네가 쓰는 드라마나 연극이 이따금 지나칠 정도로 가볍게 처리되는 이유를 알 것 같군. 바로 그게 원흉이었어. 시청자도 의식적이든 무의식적이든 민감하게 감지하고 있거든. 남편이 개입하지 않았다면 네 작품도 불순물이 없는 한층 더 높은 차원에 다다랐겠지.

자신의 작품에 타인의 의도가 더해지다니 나로서는 도저히 믿을 수가 없군. 상상만 해도 욕지기가 날 것 같아. 너도 이제 잘라야 할 건 과감하게 잘라 버려야 해. 창작은 혼자 하는 거라는 사실을 명심하라고, 이 멍청아.

이치로타

나츠는 컴퓨터 앞에서 울음을 터뜨렸다. 자신이 바보 같다는 생각에 참을 수가 없었다. 좋아하는 남자이자 존경하는 스승이기도 한 상대에게 호된 꾸지람을 듣는 게 이토록 충격적일 줄은 미처 몰랐다. 가까스로 울음을 멈추고 콧물을 닦아 낼 즈음, 시자와의 두 번째 메일이 도착했다.

네 가엾은 처지를 생각하니 눈물이 날 것 같군. 간섭하는 이가 가장 가까운 상대라면 영합까지는 아니더라도 어느 정도는 맞춰 줘야겠지. 가능하면 착한 아이로 남고 싶고, 미움을 사고 싶지도 않겠지.

그런데 말이야, 글을 쓰는 건 바로 너야. 모든 결정권은 네게 있어. 이제 그만 자유로워져야지. 그러고 나면 절실히 깨닫게 될 거야. 그동안 남편에게 일정한 책임을 분담시키면서 편하게 지냈다는 것을.

진짜로 자유로워지고 싶어 하는 사람은 거의 없지. 하지만 작가는 어쩔 수 없어. 글을 쓴다는 것, 창작한다는 것은 이른바 형벌에 가까운 일이니까.

잘 들어. 일에 관해서는 그 어떤 참견이라도 일절 용납하지 않겠다는 자세로 나가야 해. 그건 나에 대해서도 마찬가지야. 의견을 듣고 싶지 않을 때는 필요 없다고 단호히 거부하라고. 아니면 가볍게 웃으면서 흘려듣거나.

어쨌든 그에 대한 정은 너만의 것이니 내가 끼어들 일은 아니지. 애증 문제는 논리로 해결되지 않아. 그냥 자신이 품고 있는 정에 따르면 되는 거야.

이치로타

시자와와 만나기까지 힘든 시간을 보냈지만, 한편으로는 필요한 시간이기도 했다.

어쨌든 여자로 살아가는 것은 여러모로 힘들다. 서른다섯이나 된데다 결혼한 지 10년이 지난 자신이 설마 좋아하는 남자를 위해 다이어트나 몸단장에 신경을 쓰게 되리라고는 생각지 못했다. 이제는 젊었을 때와는 달라서 눈에 띄는 성과를 내려면 상당한 노력과 시간이 필요했다. 하지만 나츠는 그 노력과 시간을 즐겼다. 이렇게 자신의 몸을 애지중지 돌보는 것도 오랜만이었다.

일을 하다가도 문득 생각이 날 때마다 얼른 서랍을 열고 족집게를 꺼내 다리나 겨드랑이 털을 뽑았다. 예전보다 눈에 띄게 주름이 많아진 손가락에 로션을 바르고, 발뒤꿈치의 각질을 전용 제거제로 불려서 경석으로 문질러 벗겨 냈다. 손톱과 발톱을 정리하고 매니큐어와 페디큐어를 바르고, 때로는 양쪽 다리 안쪽에 오드콜로뉴를 뿌리기도 했다.

새로운 감회까지 느껴지는 그런 일련의 과정을 거칠 때마다 점점 예전의 몸으로 돌아가는 듯한 기분이 들었다. 뻣뻣하게 말라 버린 스펀지가 물을 흡수해 다시 부드러워지는 것 같은 느낌이었다.

저녁 식사량을 이전보다 약간 줄이는 것만으로도 몸은 어느 정도 가벼워졌다. 더 나아가 오래전에 구입한 헬스 DVD를 꺼내 땀을 흘렸다. 오랜만에 운동을 해서인지 근육이 비명을 질렀지만, 확실하게 그 부위를 움직여 준 증거라고 생각하자 그 통증조차도 축복처럼 여겨졌다.

운동을 마친 뒤에는 어김없이 미지근한 물에 느긋하게 몸을 담갔다. 보습 성분이 있는 오일을 떨어뜨린 목욕물에 잠시 몸을 담그고 있으면 몸도 마음도 편안해졌다. 천연 허브로 만든 영국제 물비누는 일부러 도쿄까지 가서 사 온 것이다. 쇼고가 가까운 할인 매장에서 사 오는 제품에 비하면 양은 5분의 1 정도이면서 가격은 10배쯤 된다. 물론 돈이 아깝다는 생각은 전혀 들지 않았다. 향긋한 거품으로 유방과 배꼽 주변, 엉덩이를 문지르고 목에서 발끝까지 부드럽게 애무하듯이 씻어 내려갔다. 머지않아 그곳을 시자와의 손가락과 혀가 훑고 지나갈 거라고 생각하니 입에서 신음 소리가 흘러나올 정도로 가슴이 뛰었다.

하루에도 몇 번이나 가슴이 고동치다 보니 그것만으로도 신진대사가 활발해지는 것 같았다. 운동과 다이어트 덕분인지 보름쯤 지나자 볼과 턱의 선이 날렵해졌고, 허리도 가늘어져 오랜만에 보정 속옷을 착용하지 않고도 몸에 딱 맞는 옷을 입을 수 있게 되었다.

물론 거의 하루 종일 함께 지내는 쇼고가 아내의 그런 변화를 알아차리지 못할 리 없었다. 어느 날 쇼고는 대체 무슨 생각으로 갑자기 다이어트를 시작한 거냐고 물었다. 나츠는 다음 영화의 제작 발표 기자 회견에서 마음에 드는 드레스를 입고 싶기 때문이라고 대답했다.

"우아, 당신의 잘록한 허리, 오랜만에 보네."

　욕실에서 나오자 쇼고가 장난스럽게 말하며 끌어안으려고 했다. 나츠는 웃음으로 얼버무리며 슬쩍 몸을 피했다. 그러면서 내심 그런 자신에게 깜짝 놀랐다. 언제부터 남편과 살을 맞대는 게 이렇게 고통스러워진 걸까. 거의 생리적인 혐오감에 가까웠다. 그렇다고 그가 뭔가 심한 짓을 하거나 용서 못할 말을 한 것도 아니었다. 이것은 어디까지나 자신의 심리적 변화에 기인한 것이었다.

　자신이 쇼고에게 심하게 불성실하다는 것을 안 것도 이때였다. 10년이나 부부로 살아온 남편을 순식간에 서먹서먹한 존재로 인식해 버린 얍삽하고 박정한 자신의 태도에 어처구니가 없었다.

　'이런 나를 심리적으로 받아들일 수 있는 남자는 한 명뿐이란 말인가.'

　단순한 불장난이라면 이렇게 되지는 않았을 것이다. 여자는 일단 다른 남자를 진심으로 좋아하게 되면 그때까지 가슴속에 품고 있던 남자를 가차 없이 몰아 낸다. 단 하나뿐인 의자 뺏기 게임이다.

　나츠는 시자와 만나기로 약속한 공연 마지막 날까지 이전과 똑같이 행동하려고 부단히 노력했다. 쇼고가 의심이라도 하면 도쿄에서 이틀 밤을 보낼 수 없을지도 모른다. 두려운 것은 그것뿐이었다. 너만 괜찮다면 하루 더 묵어도 된다고 시자와가 말했던 것이다.

공연 마지막 날 밤에 축하 행사를 하니까 좀 늦을 거야. 너도 올래? 행사에 참석하기 싫으면 먼저 방에 가 있어도 돼. 나도 되도록 일찍 빠져나갈 거니까. 호텔 프런트에서 내 일행이라고 말하면 들여보내 줄 거야.

이치로타

말도 안 되는 이야기라고 생각했다. 시자와는 언제나 이렇게 주변의 시선에 아랑곳하지 않고 다른 여자와 정사를 벌였단 말인가. 지금껏 아내에게 들키지 않은 게 신기했다. 대범하다고 해야 하나, 허술하다고 해야 하나. 시자와가 인터뷰할 때 이야기했던 '남자는 멍청하다'는 게 바로 이런 것이 아닌가 싶었다.

나츠는 연극만 보고 축하 파티에는 참석하지 않았다. 그리고 시자와가 머무는 호텔에 가명으로 방을 잡았다. 따로 방을 잡으면 마지막 순간까지 차분히 몸단장을 할 수 있다. 수건을 몇 장이든 마음대로 사용할 수 있고, 머리카락 한 올이라도 남기지 않으려고 욕실 바닥을 샅샅이 훑지 않아도 된다. 화장하는 도중에 갑자기 시자와가 들어와 눈썹 한쪽이 없는 상태로 대면하는 사태도 피할 수 있다.

그렇게 만반의 준비를 갖추고 기다리는데도 새벽 1시에 휴대전화가 울리자 몸이 움츠러들었다. 심장이 거칠게 뛰고 손이 덜덜 떨렸다. 붙박이 탁자 위에서 진동하고 있는 휴대전화를 집어 들어 귀에 가져다 댔다.

"이제 오셨어요?"

나츠의 말에 시자와가 웃음을 머금은 목소리로 대꾸했다.

"아, 좀 늦었어."

전화상으로 그의 목소리를 듣는 것은 처음이었다. 직접 듣는 목소리에 비해 약간 가벼운 느낌이었다.

거침없이 방 번호를 알려 주는 그에게 '조금만 기다려 주세요. 바로 갈게요' 하고 말했다. 전화를 끊고 나니 자신의 대답이 너무 무뚝뚝한 것 같아 약간 불안해졌다. 긴장한 탓에 행동 하나하나가 어딘가 부자연스럽게 느껴졌다.

알몸에 두른 목욕 가운을 벗고 새로 준비한 속옷을 입었다. 오늘 밤을 위해 일부러 마련한 고가의 프랑스제 브래지어와 팬티다. 옅은 색조의 레이스에 수놓은 섬세한 자수로 피부가 한층 더 깨끗해 보였다. 시자와는 아무래도 섹시한 것보다 이런 종류의 속옷을 더 좋아할 것 같았다. 옷장에서 파란 색상의 원피스를 꺼내 입었다. 등 지퍼를 올리는 손이 떨렸다. 다음에 이 지퍼를 내리는 것은 그의 손이리라. 마지막으로 탁자 위에 풀어 놓았던 손목시계를 차고 거울 앞에서 머리를 대충 손질한 뒤 방을 빠져나왔다.

하이힐이 복도에 깔린 카펫 속으로 깊숙이 파고들었다. 구름 위를 걷는 기분이었다. 이윽고 그의 방 앞에 섰다. 노크를 할까 벨을 누를까 잠깐 망설이다가 벨을 짧게 눌렀다. 그런 다음 한 걸음 물러나 기다렸다. 긴 듯도 하고 짧은 듯도 한 시간이 흘러갔다. 안에서 인기척이

들리더니 곧바로 문이 열렸다.

"어이."

검정 셔츠를 아무렇게나 걸친 시자와가 공범자의 얼굴로 서 있었다. 나츠는 제대로 눈도 맞추지 못하고 얼버무리듯 인사하며 고개를 숙였다. 그는 맨발에 슬리퍼를 신고 있었고 방에서는 물비누 냄새가 희미하게 났다. 호텔로 돌아오자마자 바로 샤워를 한 모양이다.

"들어와."

안으로 들어가자 비누 냄새보다 담배 냄새가 더 진하게 풍겼다. 욕실 벽에 가로막혀 안쪽은 보이지 않았지만 나츠가 잡은 방보다 넓은 것 같았다.

그때 등 뒤에서 문이 닫혔다. 시자와는 문을 걸어 잠그더니 우두커니 서 있는 나츠를 지나쳐 탁자 위의 피우다 만 담배를 비벼 껐다.

"뭐 하고 있어, 들어오지 않고."

"저어 구두는……."

"그냥 거기 벗어 놓으면 돼. 슬리퍼가 하나 더 있을 텐데."

나츠는 옷장 옆에 하이힐을 가지런히 모아 놓고 부드러운 카펫에 조심스레 발을 내려놓았다. 시선이 7센티미터쯤 낮아지자 왠지 무방비 상태에 놓인 기분이었다. 나츠는 시자와가 찾아다 놓아 준 슬리퍼를 신고 마지막 망설임을 떨쳐 내듯 한 걸음 앞으로 내디뎠다. 방 안쪽으로 발걸음을 옮겼다가 갑자기 시야에 들어온 더블 침대의 존재감에 현기증이 났다.

이윽고 시자와가 나츠 쪽으로 몸을 돌렸다. 그는 의외로 부드러운 눈길로 나츠를 내려다보았다.

"이제야 겨우 너를 안을 수 있게 됐군."

연극 대사 같은 말이었지만, 그가 말하자 무척 자연스럽게 들렸다.

나츠는 적당한 대답을 찾지 못한 채 다시 눈을 내리깔았다. 시자와가 소매를 걷어 올린 팔을 뻗어 나츠의 팔꿈치를 움켜쥐었다. 나츠는 마치 남의 일인 양 가만히 몸을 내맡겼다. 시자와가 나츠를 거칠게 끌어안았다.

시자와가 피식 웃으며 말했다.

"자그마하네. 네가 이렇게 작았던가?"

나츠는 너무 긴장한 탓인지 목소리가 잠겼다.

"……평소에는 하이힐을 신으니까요."

"키를 말하는 게 아냐."

그럼 무슨 말이냐고 물어볼 새도 없이 시자와가 입술을 덮쳐 왔다. 정신없이 팔에 매달렸다. 아직은 등을 끌어안을 용기가 나지 않았다. 억지로 비집고 들어온 혀에 몸이 휘청거렸지만 시자와가 가볍게 받쳐 주었다. 거슬거슬하고 두툼하면서도 움직임이 부드러운 혀에는 그만의 독특한 냄새와 담배 냄새, 독한 술 냄새가 뒤섞여 있었다. 그것 자체는 불쾌하지 않았지만 고개를 위로 젖히고 있기가 힘들었다. 이렇게 마주 서고 보니 그는 결코 작은 키가 아니었다.

나츠도 조심스럽게 자신의 혀를 움직였다. 잔뜩 긴장하고 있는데도 머릿속 한구석은 말짱하게 깨어 있어 매 순간마다 자제력을 발동시켜야 했다. 이런 일에, 말하자면 남편이 아닌 다른 남자와의 밀회에 익숙한 듯한 인상을 주고 싶지는 않았다. 나츠가 혀끝으로 그의 혀를 살짝 훑다가 그대로 멈추자, 그의 굵은 손가락이 머리카락을 가르며 두피까지 파고들더니 느닷없이 뒷머리를 움켜쥐었다.

"침대로 오지."

입김이 닿을 정도로 가까운 거리에서 시자와가 말했다. 침대로 가자는 게 아니라 오라고? 말하자면 그곳은 그의 영역이자 그의 소굴이었다. 그곳으로 끌려가면 그에게 몸을 맡길 수밖에 없었다.

시자와가 움푹 들어간 작은 눈으로 내려다보자 나츠는 몸을 떨었다. 얼굴이 너무 가까워서 그의 표정이 보이지 않았다. 무슨 생각을 하는지 알 수가 없었다. 무서웠다.

"자, 어때?"

무섭지만 여기서 돌아갈 수는 없었다. 하지만 고개를 끄덕이려고 해도 그의 손이 머리카락을 움켜잡고 있어 움직일 수가 없었다.

"어이, 나하고 하고 싶어?"

"또 그런 걸……."

"말해 봐."

나츠가 그의 시선을 응시하며 눈으로 대답하려고 하자, 머리카락을 움켜쥔 손에 더욱 힘이 들어갔다.

"확실하게 말해."

뒤통수가 아팠다. 머리카락이 뽑힐 것 같았다.

"……하고 싶어요."

나츠가 신음하듯 대답하는 순간 머리카락을 잡고 있던 손이 빠져나갔다. 시자와는 다리가 휘청거리는 나츠를 끌어안아 침대에 앉혔다.

정신을 차려 보니 어느새 등 지퍼가 아래로 내려가 있었다. 이어서 브래지어의 호크가 힘없이 풀렸다. 시자와는 황급히 가슴을 가리는 나츠를 곁눈질하며 속옷은 제대로 쳐다보지도 않고 아무렇게나 바닥에 내던졌다.

"아……."

"저런 갑갑한 걸 어떻게 하고 다니는지 모르겠군."

나츠는 가까스로 정신을 가다듬으며 원망스러운 듯이 중얼거렸다.

"일부러 산 건데……."

"뭐?"

"선생님을 만날 때 입으려고……."

시자와는 나츠의 말이 끝나기도 전에 몸을 덮치며 내뱉듯이 말했다.

"저딴 건 흥미 없어."

그러고는 곧바로 나츠의 귓불을 깨물고 혀끝으로 귓속을 간질였다. 나츠가 몽롱해질 즈음 그가 축축해진 귓가에 속삭이듯 말했다.

"난 알맹이에만 흥미가 있거든."

실제로 시자와는 대단한 사디스트였다. 몸은 물론이고 마음까지 지배하며 나츠에게 마음껏 통증을 안겨 주었다. 그것은 오싹할 정도로 달콤한 통증이었다.

뒤를 돌아보니 걸어왔던 길이 사라져 버렸다. 이제 다시는 원래의 자리로 돌아갈 수 없었다. 나츠는 그런 두려움에 몸을 떨며 시자와에게 더욱 안겨들었다. 시자와의 아랫배와 허리뼈 부근이 살짝 검붉게 물들어 있었다. 생리가 시작된 지 나흘째였다. 양은 적지만 이렇게 마구 휘저어 대니 아무래도 표시가 날 수밖에 없었다. 엉덩이 밑에 깔아 놓은 목욕 수건도 지금쯤이면 흥건히 젖었을 것이다. *그끄저께 낮에 갑자기 생리가 시작되었다. 그때는 정말이지 충격이었다. 몇 달 동안 소식이 없던 생리가 하필이면 이런 때 시작되다니.* 그런데 나츠가 고민하며 보낸 메일에 대해 시자와는 맥 빠질 정도로 대담한 내용의 답장을 보내 주었다.

하하하, 괜찮아. 생리 같은 건 상관없어. 오랜만에 생리를 한 모양이군. 단순한 생각이지만, 혹시 나하고 주고받은 대화가 여성 호르몬의 분비를 촉진시킨 건 아닐까. 생리혈은 깨끗한 것도 아니지만 그렇다고 더러운 것도 아니야. 우울해진 여자의 얼굴을 바라보는 것도 나쁘지 않고. 괜찮아, 사랑은 충분히 나눌 수 있으니까 신경 쓸 것 없어.

이치로타

시자와는 침대에 펼쳐 놓은 목욕 수건 위에서 나츠의 자세를 이리저리 바꿔 가면서 몇 번인가 이렇게 물었다.

"힘들어?"

나츠는 간신히 고개를 저었다. 사실은 조금 힘들었고, 힘든 것 이상으로 쑥스러웠다. 하지만 힘들다고 말해 본들 시자와가 허리 움직이는 걸 멈출 리도 없을뿐더러 멈추기를 바라지도 않았다. 비릿한 생리혈이 묻어도 불쾌해하지 않고 여전히 자신을 끌어안은 그가 너무나 사랑스러웠다. 가슴속에 기쁨이 넘쳐 흘렀다.

이럴 줄 알았으면 생리혈이 더 많이 나올 때, 그러니까 생리가 시작되고 이틀쯤 지난 뒤에 만났으면 좋았을 텐데. 침대 위는 살인 현장처럼 피바다가 되었겠지만 그 정도로도 충분하지 않았다. 온몸의 피를 뽑아 시자와의 머리 위에 쏟아 붓고 싶었다. 만약 이것이 진정한 섹스라면 자신은 이제껏 제대로 섹스를 해 본 적이 없는 셈이다.

나츠는 시자와의 말대로 필사적으로 목소리를 억눌렀다. 그러자 출구가 막힌 쾌감이 내부에 고스란히 쌓이다가 아랫배 깊숙한 곳에서 잇따라 작은 폭발을 일으켰다. 물건의 모양이나 사이즈는 문제가 아니었다. 그런 의미에서 보면 시자와의 물건은 거의 표준에 가까웠다. 하지만 이 강렬한 쾌감 앞에서는 그것도 아무런 의미가 없었다. 우선 뇌와 마음이 번갈아 가며 절정에 달한다. 그리고 마지막 순간에 몸이 뭔가 엄청난 에너지에 떠밀리듯 절정을 향해 내달린다. 게다가 거기에는 끝이라는 게 없다. 바닥으로 내려갈 새가 없다. 마치 8부 능선과 정상 사이를 오가듯이 몸 다음에는 다시 뇌와 마음이 잇따라 절정에 달한다. 한없이 계속되는 황홀감의 연속이다. 세상의 여자들은 다들 평소에 이런 강렬한 쾌락을 맛보는 걸까. 그렇지는 않을 것이다. 이것은 뭔가 특별한 것이다. 누구나 흔히 경험할 수 있는 게 아니다.

시자와는 몸의 가장 깊숙한 곳을 파고들면서 두 손으로 나츠의 머리를 꽉 붙잡았다. 그러고는 쉰 목소리로 말했다.

"어이."

"……네."

"날 좋아하나?"

나츠는 도취한 눈빛으로 그를 올려다보며 고개를 끄덕였다. 당연한 걸 왜 또 묻지? 메일로 충분히 설명하지 않았던가. 그때마다 자기도 그렇다고 하지 않았던가. 그렇지 않다면 남편에게 거짓말을 하면서까지 이렇게 만나지는 않았을 것이다. 그렇다. 나는 시자와를 좋아한다. 좋아한다는 말로는 부족할 정도로 좋아한다.

"그럼 사랑한다고 해 봐."

나츠는 자기도 모르게 '네?' 하고 반문했다.

"사랑한다고 말해 보라니까."

몽롱해진 귀가 만들어 낸 환청인가. 시자와의 입에서 그런 말이 튀어나오다니 의외였다. 그런 말과는 거리가 먼 남자라고 생각했는데.

나츠는 거친 숨을 몰아쉬며 대답했다.

"그건 못하겠어요. 지금까지 누구에게도 그런 말을 해 본 적이 없어요. 그걸 입으로 말하는 순간 의미를 잃어버릴 것 같아서요."

사실이다. 대본에는 수없이 썼지만 실제로 입에 담은 적은 한 번도 없다. 남편인 쇼고에게조차 좋아한다고 말한 게 전부다. 그 이상의 과장된 말은 자신의 어휘가 아니라고 생각했다.

"말 많네. 그냥 시키는 대로 해."

"싫어요."

"말해."

"싫어요."

"말하라니까."

시자와는 고개를 가로젓는 나츠의 머리를 꽉 붙잡고 강요하듯이 말했다. 그의 말 자체는 잠자리에서 나누는 달콤한 정담이지만, 말투는 거의 협박에 가까울 정도로 위압적이었다. 나츠를 내려다보는 시선도 무척이나 냉철해 보였다.

말해, 말해.

먼저 손든 것은 이번에도 나츠였다. 그런데 막상 말해 놓고 보니 자신이 그에게 얼마나 그 말을 하고 싶어 했는지 절감할 수 있었다. 시자와가 그 말에 홀린 듯 다시 몸을 세차게 움직였다. 그리고 거의 동시에 절정에 달했다.

이윽고 힘없이 푹 엎어진 그가 나츠의 귓가에 신음하듯 속삭였다.

"나도……."

그 순간 나츠는 또다시 짜릿한 절정을 맛보았다. 이제껏 경험해 본 것 중에서 가장 깊고도 강렬한 절정이었다. 그녀는 무아지경 속에서 불현듯 깨달았다. 아아, 이것이로구나. 이것이 바로 그가 지배하고자 하는 마지막 한 조각이었어. 마치 악마와 맺은 계약처럼 그 말은 앞으로 자신을 옭아맬 것이다. 그는 말이 아닌 영혼을 달라고 한 것이다.

이윽고 시자와가 몸을 일으키더니 스르르 빠져나온 물건을 나츠의 코앞에 들이댔다. 투명하게 빛나는 미끈미끈한 물건에 붉은색과 흰색 점액이 들러붙어 있었다. 주저한 것도 한순간이었다. 나츠는 입을 벌려 시자와를 받아들였다. 눈을 감고 천천히 코로 숨을 들이쉬었다. 미지근한 바다 냄새가 콧속을 가득 채웠다.

제 2 장

1

나츠는 다시 일상으로 돌아온 뒤에도 시자와와 보낸 밤을 잊지 못했다. 온종일 그에 대한 생각이 머릿속을 떠나지 않았다. '마왕'으로 인해 완전히 다른 사람으로 바뀌어 버렸다. 몸도 마음도 예전과는 달라졌다. 마치 뭔가 별종의 생물로 다시 태어난 기분이었다. 빛보다는 어둠을 더 좋아하는 생물로.

시자와가 그리웠다. 다시 한 번 만나고 싶었다. 또다시 그의 거친 손길에 몸을 내맡기고 싶었다. 어쩌면 앞으로 평생 그와 그의 방식이 아니면 만족할 수 없을지도 몰랐다. 그렇게 생각하니 더럭 겁이 났다. 그러나 곧 생각을 바꾸었다. 그럼 어때? 나의 '수컷'은 바로 그 남자야. 다른 남자는 필요 없어. 그와 만나기 전에는 단 한 번뿐이라도 좋다고 생각했다. 이렇게 괴로운 나날이 기다리고 있을 줄은 미처 예상하지 못했다. 그래도 후회하지는 않았다.

자신이 남편을 배신한 것만은 분명했다. 그것을 자각할 정도의 수치심은 있었다. 하지만, 일종의 자기 합리화일 수도 있지만, 자신의 행동은 흔히 말하는 불륜이나 바람기와는 거리가 멀다고 생각했다. 실제로 시자와와 육체적 관계를 맺었는데도 아직까지 생생하게 와 닿지 않는다는 게 신기했다. 오히려 십대 때의 연애가 더 선명하게 떠오르는 것 같았다. 유부녀의 연애는 왜 이렇게 투명하고 기쁘며 쑥스러운 것일까.

그날 시자와와 이야기하고 자고 섹스하면서 대부분의 시간을 보냈다. 남편과 섹스할 때는 삽입만 해도 아팠는데, 시자와와는 처음부터 별다른 통증을 느끼지 못했다.

"나하고 하는 게 힘들거나 원치 않을 때는 바로 말해. 억지로 참지 말고."

시자와가 미리 그렇게 말했기 때문인지도 모른다. 그래서 안심하고 모든 것을 맡길 수 있었을 것이다. 때로는 일부러 거칠게 다루기도 했는데, 상대가 시자와라고 생각하니 무섭지 않았으며, 오히려 그 통증마저 황홀하게 느껴졌다.

그것은 마지막 날 정오가 조금 지났을 무렵의 일이다. 이제 두 시간만 지나면 헤어져야 한다는 생각에 일분일초를 아쉬워하며 시자와를 몸속 깊숙이 받아들이고 있을 때였다. 뭔가 느낌이 이상했다.

시자와는 금방 알아차렸다.

"어이, 이번엔 느낌이 다르지? 이젠 내 물건이 고스란히 느껴질 거야."

그는 그 이유가 생리 때는 누구나 평소보다 조이는 힘이 약간 느슨해지는 거라면서 지난밤의 섹스 이후로 생리가 거의 멈추었기 때문이라고 했다.

시자와는 혀를 차면서 말했다.

"쯧쯧, 네 남편은 정말 멍청한 녀석이야. 그는 분명 너의 성적 능력에 압도되어 겁을 먹었을 거야. 그래서 무의식적으로 자기가 우위에 서려고 생각 없이 그런 말을 내뱉었을 거야. 이게 느슨하다고 말하다니 어이가 없군. 네 몸이 거부하고 있는 것도 모르고 말이야. 거기가 아픈데 어떻게 꽉 조일 수 있겠어? 자, 봐. 네가 정말 원할 때는 이렇게 굉장하잖아. 이봐, 나츠, 이건 빈말이 아니야. 사실 난 좀 걱정하고 있었거든. 네가 지나치게 신경을 쓰니까 대체 어느 정도이기에 그러는가 싶어서 말이야. 나야 그런 건 아무래도 상관없지만, 정말로 구조 자체에 문제가 있다면 딱히 뭐라고 위로해 줄 수가 없잖아. 이것은 그 정도로 민감한 거야. 하지만 넌 말이야, 자신감을 가져도 돼. 지금까지 수많은 여자와 관계를 해 봤는데, 성능으로 치자면 너는 상당히 훌륭한 편이야. 엊저녁에 네 안에 사정할 땐 정말 기분이 좋았어. 시간도 꽤 길었고 마지막에는 크게 울부짖기도 했지. 게다가 보통은 작은 클리토리스가 민감한데, 너는 큰데도 민감하더군. 오랫동안 계속 느낄 수 있는데다 감각이 좋으니까 스스로 절정에 달하는 방법도 금방 터득한 것 같아. 그러고 보니 방과 화장실에 어느 틈에 꽃까지 장식해 놓았더군. 평소엔 꽃 따위에 별 관심이 없지만 네가 나하고 지낼 방에 일부러 저런 걸 사 와서 장식한 그 마음만은 정말 예쁘다고 생각해. 이봐, 나츠, 자신감을 가져. 멍청한 남편이 내뱉은 말 따위는 신경 쓸 것 없어. 너는 굉장히 좋은 여자이고 뛰어난 재능을 지닌 작가야. 내 말을 믿으라니까. 바보같이 왜 울어? 이대로 영영 헤어질 것도 아닌데."

그것이 이불 속에서 속삭이는 정담이라는 것쯤은 나츠도 알고 있었다. 억지로 사랑한다고 말하게 한 것도 상대를 구슬리는 수법 중 하나일 것이다. 그래도 그녀는 여전히 그의 말 한마디 한마디에 특별한 의미를 두었다. 오랫동안 피가 통하지 않았던 가슴 한 부분이 되살아난 느낌이었다.

시자와라는 남자가 이 계통에서 소문난 호색가라는 것은 아무런 문제가 되지 않았다. 오히려 이 경우에는 그런 남자의 말이기 때문에 더 의미가 있지 않을까.

마지막 섹스를 끝낸 뒤에 시자와가 말했다.

"나에게 한 가지만 약속해 줘. 전에 네가 메일에 그렇게 썼지. 남편이 너를 끌어안지도 않고 손으로만 해 준다고. 이따금 전동 마사지기 같은 것도 사용하고. 앞으로 그것만큼은 완강히 거부해. 너는 느끼기 쉬운 체질이니 자극을 받으면 당연히 절정에 달하겠지. 하지만 어떻게든 꾹 참고 남편의 그런 마음 없는 행위는 단호히 거부하라고. 손을 사용하는 것까진 그런대로 이해하겠지만, 부부 사이에 마사지기를 사용한다는 건 도무지 이해할 수가 없어. 두 사람 사이에 무슨 일이 있었는지는 잘 모르겠지만, 내가 보기엔 너를 완전히 무시하는 거야. 넌 기계가 아니라 인간이야. 아직 욕구가 왕성할 나이의 여자란 말이야. 네 자존심을 해치는 그런 행위는 절대 용납하지 마. 자기가 혼자 하는 건 얼마든지 괜찮아. 하지만 남편이 사용하는 그런 도구에는 의지하지 마. 차라리 나를 떠올리면서 혼자 직접 해. 알았지?"

그러고는 나츠의 몸 여기저기를 손가락으로 세게 꼬집었다. 물론 적당히 조절하며 꼬집었지만, 가장 민감한 부위에서는 저절로 나지막한 비명이 새어 나왔다.

시자와는 나츠의 눈을 가만히 응시하며 말했다.

"어때, 아파? 이 통증을 잘 기억해 둬. 물론 기분 좋은 게 최고겠지만 그런 건 금방 사라지고 말지. 오늘은 좀 과격한 게 좋아. 그러면 한동안 통증이 가시지 않으니까 집으로 돌아가는 전철에서도 내 손길이 느껴질 거야."

이제까지는 상대가 누구든 조금이라도 통증이 느껴지면 무서워하곤 했는데, 시자와가 그렇게 하자 현기증이 날 정도로 몸이 바짝 달아올랐다. 그 모습을 본 사자와는 또다시 슬며시 발기되었다. 이쯤 되니 서로가 쓴웃음을 지을 수밖에 없었다.

"이러다간 끝이 없겠군. 이제 그만해야겠어. 음란한 아가씨도 절제 좀 해야지. 자, 다음에 또 하자고."

다음에 언제요, 하고 묻고 싶었지만 성가시게 생각할까 봐 묻지 못했다. 시자와는 그날 오후에 회의 약속이 잡혀 있었다.

시자와는 어린아이를 대하듯 나츠의 머리를 쓰다듬으며 말했다.

"미안하군. 네가 오늘까지 머물 거라고는 전혀 생각하지 못했어. 미리 알았더라면 약속 따윈 잡지 않았을 거고 그럼 우린 저녁 때까지 계속 뒹굴었을 텐데."

그 말 역시 곧이곧대로 믿지 않았다. 여자도 서른이 넘으면 남자의 수법에 쓴웃음을 지을 정도의 지혜는 생긴다. 하지만 나츠는 그 말을 듣고 쓴웃음을 짓지는 않았다. 설령 말뿐일지라도 이틀 밤을 함께 보낸 자신을 자상하게 위로해 주려는 그 마음만으로도 충분하다고 생각했다.

"너도 집으로 돌아가 작업을 마무리해야 하잖아. 제대로 열심히 써 봐. 그래서 얼른 내 위치까지 올라와야지."

나츠는 시자와의 동료와 마주치지 않으려고 한 걸음 먼저 방을 빠져나왔다.

마지막으로 한 번만 더 안아 달라고 하자, 시자와는 문 안쪽에서 허리를 꺾을 듯이 힘껏 끌어안고 진한 키스를 했다. 나츠가 문손잡이로 손을 뻗자 다시 한 번 팔을 붙잡고 끌어당겨 키스를 했다. 그러고는 벽에 몸을 기대더니 중얼거렸다.

"젠장, 왜 이렇게 아쉬운지 모르겠군."

사자와는 첫날 만났을 때와 똑같이 검정 셔츠에 줄무늬 트렁크 차림이었는데, 볼에 드문드문 난 흰 수염조차 사랑스러워 보였다.

나츠는 시자와의 손을 놓고 객실을 빠져나와 복도를 걸어가는데 갑자기 눈물이 왈칵 쏟아졌다. 다른 객실을 청소하고 복도로 나온 룸메이드가 의아한 눈빛으로 나츠를 쳐다보았다. 이대로는 호텔 로비로 나갈 수가 없었다. 나츠는 엘리베이터를 기다리면서 시자와의 말을 떠올렸다.

'울긴 왜 울어, 바보같이. 이대로 영영 헤어지는 것도 아닌데.'

하행선 특급 전철이 도착하기까지는 아직 조금 여유가 있었다. 나츠는 근처 상가를 어슬렁거리다가 새끼손가락용 반지가 눈에 띄어 구입했다. 화이트골드 보디에 자그마한 다이아몬드가 길게 늘어선 세련된 디자인이었다.

점원이 반지를 상자에 담아 주려고 했지만 사양하고 왼쪽 새끼손가락에 꼈다. 이것으로 마음을 새롭게 가다듬고 싶었기 때문이다. 왼손은 시자와와 마지막으로 접촉한 손이었다. 소녀 같은 유치함에 쓴웃음이 새어 나왔지만, 이제 다시 남편과 함께하는 일상으로 돌아가야 한다고 생각하니 작으나마 뭔가 위안이 될 만한 게 필요했다.

몸이 고단했는지 전철 좌석에 앉자마자 잠이 들고 말았다. 한 시간쯤 지났을까, 눈을 뜨자 창밖에 비가 억수같이 쏟아지고 있었다. 너무 깊이 잠들었던 탓인지 모든 게 꿈이었던 것 같아 한순간 당황스러웠다.

빗방울이 흘러내리는 전철 창문에 뺨을 대고 스쳐 지나가는 풍경을 바라보았다. 그러고 있자니 마지막에 시자와가 심하게 다루었던 부위가 살짝 욱신거렸다. 그 어렴풋한 통증에 다시 가슴이 뛰었다. 이 통

중이 이대로 영원히 지속된다면 얼마나 좋을까.

앞좌석의 등받이에 몸을 숨기듯 자세를 낮추고는 주변에서 알아차리지 못하도록 조심스럽게 다리를 꼬고 앉아 하반신에 지그시 힘을 주었다. 그런 다음 두 다리를 서로 은밀히 비벼 대자 곧바로 쾌감이 밀려왔다. 나츠는 자기도 모르게 한숨을 토해 냈다. 헤어진 지 두 시간도 안 되었는데 벌써 보고 싶고 안기고 싶고 섹스 하고 싶어 견딜 수가 없었다. 나츠는 터질 듯한 욕망을 꾹꾹 억누르며 마음을 달랬다.

소리를 내지 않으면 더 깊게 느낄 수 있다고 시자와가 말했다. 아마 그것은 몸만이 아니라 마음도 마찬가지일 것이다. 참으면 참을수록 오히려 그에 대한 그리움이 가슴속 깊숙이 파고들어 점점 그 순도를 높여 갔다. 시자와의 품에 처음으로 안겼을 때 이보다 기쁜 순간은 앞으로 없을 거라고 생각했다. 그런데 지금은 생각이 달라졌다. 다음에 만났을 때의 기쁨은 틀림없이 그 이상일 것이다. 이제는 완전히 시자와의 애완견이 된 기분이었다. 스스로 생각해도 어처구니가 없을 정도로 그에게 푹 빠져 버렸다.

쇼고가 빗속을 뚫고 차를 몰고 역까지 마중을 나왔다. 나츠는 조수석에 올라타면서 무심코 왼손을 꼭 움켜쥐고 새끼손가락에 낀 반지를 심장 부근으로 가져갔다. 집까지 가는 20여 분 동안 그가 무엇을 물어보든 태연히 받아넘겨야 했다.

"어땠어?"

쇼고가 물었다. 나츠가 예정보다 일찍 돌아왔기 때문인지 기분이 좋아 보였다.

"뭐가요? 작업 회의, 아니면 축하 행사?"

"축하 행사."

"성대하던데요. 공연도 최고였고."

쇼고에게는 시자와 선생님에게 〈십이야〉의 마지막 공연과 그 축하 행사에 초대를 받았다고 말해 놓았다. 축하 행사에는 참석하지도 않았고 작업 회의도 없었지만, 남편에게 그런 사실이 들통 날 일은 없을 것이다. 쇼고는 되도록이면 공개적인 자리에 참석하지 않으려고 한다. 얼굴을 내미는 것은 다카토 나츠메뿐이다. 자신은 매니저 업무만 담당할 뿐 언제나 뒤편으로 물러나 있다. 그것이 나츠와 함께 일하는 그 나름의 규칙이다.

쇼고가 기어를 높이며 말했다.

"그야 공연 마지막 날이었으니까. 매일 똑같은 연극을 반복하는데 중간쯤에는 좀 처지지 않겠어? 꽤 오래 공연했을 텐데."

"똑같은 것처럼 보이지만 사실은 안 그래요. 특히 무대 연극은 살아 있는 거니까요. 그 이전에 시자와 선생님이 그런 걸 용납할 리도 없고요."

"그런가?"

쇼고가 중얼거리며 액셀을 꾹 밟았다.

"너무 빨리 달리지 마세요. 도로가 미끄러워서 위험해요."

쇼고는 속도를 그대로 유지하며 말했다.

"괜찮아, 괜찮아. 시자와 씨하고 이야기 좀 해 봤어?"

"네, 건강해 보였어요."

"뭐래?"

"……내 가슴을 칭찬하던데요."

쇼고가 쓴웃음을 지으며 말했다.

"여전하군."

"뭐 그건 그분의 인사 같은 거니까요."

나츠도 웃음을 보였다. 이 상황에서 시자와에 대해 좋은 이야기만 늘어놓으면 자칫 의심을 받을 수 있다. 여느 때처럼 거의 성희롱에 가까운 시자와의 언동을 웃으며 이야기하는 게 무난하다.

"다른 건?"

"네?"

"다른 이야긴 안 했어?"

"누구하고요?"

"시자와 씨하고."

나츠는 아무런 대꾸도 하지 않았다. 아무리 태연하려고 해도 자꾸 초조해졌다. 물론 쇼고가 자신과 시자와의 관계를 의심할 거라고는 생각하지 않았다. 그보다는 쇼고에게 시자와에 대한 질문을 받는 게 고역이었다. 그에게 지난 이틀 동안 일어났던 일들을 이야기하면 할수록 뭔가 점점 더 옅어지는 듯한 느낌이 들었다. 두 사람만이 공유하고 있는 소중한 뭔가가.

"공연이 끝난 뒤에 다 함께 2차를 갔는데, 긴자 뒷골목에 있는 움막 집 같은 분위기의 피아노 바였어요."

나츠는 시자와에게 들었던 이야기를 떠올리면서 머릿속으로 재빨리 가공의 장소를 만들어 냈다.

"그 건물에 있는 가게에서 초밥을 주문했는데 굉장히 맛있더라고요. 거기가 어디였더라. 사람들하고 이야기하면서 따라가기만 했더니 어딘지도 모르겠네. 아무튼 그 가게에선 좀 느긋하게 이야기할 수 있었어요. 그래 봤자 사람들이 잔뜩 있어서 끽해야 5분 정도였지만."

"그렇겠지. 무슨 이야기를 했는데?"

나츠는 헤드라이트에 비친 거센 빗줄기를 바라보며 말했다.

"처음에 내가 공연에 대한 감상을 말하니까 일 이야기는 그만두자고 하더니, 요전에 내가 쓴 드라마를 칭찬하더라고요. 대사나 스토리에서 작가의 개성이 엿보이는 것 같아 상당히 재미있게 봤다고."

"그래? 그것 잘됐네."

"좀 더 과감스럽게 자신의 개성을 드러냈으면 좋겠다는 말도 들었지만. 가끔은 시청률 같은 거 무시하고 써 보래요. 드라마라서 그렇게 하기 힘들다면 슬슬 다시 희곡을 써 보는 게 어떻겠느냐고. 돈벌이는 안 되겠지만 정말 재미있을 거라네요."

쇼고가 콧방귀를 뀌듯 피식 웃더니 말했다.

"그 사람은 예전부터 항상 그런 식이었어. 당신한테만 그러는 게 아니야. 어느 잡지사에서 대담한 걸 읽었는데, 그때도 상대한테 똑같이 말했지. 나는 '돈벌이는 안 돼도 재미있다'는 그 말이 도무지 마음에 안 들어. 왠지 도망치는 것 같아서 말이야."

"도망쳐요?"

"상업적인 면을 도외시하고 자신이 표현하고 싶은 걸 추구하려는 사고방식도 나름대로 의미는 있겠지. 하지만 그런 작품을 만드는 건 일종의 자위 행위나 마찬가지야. 이 업계에선 인기로 모든 게 좌우되잖아. 이따금 전혀 인기가 없을 것 같은 터무니없는 작품이 히트를 치기도 하는데, 그것도 알고 보면 다 그럴 만한 이유가 있다니까. 드라마 업계에서 시청률에 연연하지 않겠다는 식의 말이나, 돈벌이는 안 돼도 알아줄 사람들만 알아주면 된다는 시자와 씨의 말은 왠지 한 계단 높은 곳에서 시청자나 관객을 내려다보는 듯한 느낌이 들어. 아주 오만한 거지. 뭐 내가 늘 하는 말이지만."

나츠는 잠자코 듣기만 했다. 이치에 어긋나는 말은 아닌 것 같아 딱히 반박할 말을 찾지 못했다. 그럴수록 마음은 더욱 초조해졌다.

나츠는 얼른 화제를 바꾸었다.

"시자와 선생님 말이에요, 희곡 신인상 심사위원을 올해만 하고 그만둔대요."

"그래? 왜 그만둔대?"

"이젠 젊은 사람이 맡아야 한다며 자청해서 물러나려는 것 같던데."

"혹시 그 자리에 당신을 앉히려는 건 아니겠지?"

"설마 그러겠어요. 하지만 앞으로 언젠가는 나도 그런 위치에 설 때가 올 거라고 말하긴 했어요. 프로가 프로에게 주는 상 따위는 아무래도 상관없지만, 신인상 심사위원을 맡아 달라는 제의가 오면 적극적으로 받아들이라고 하던걸요. 대부분은 도저히 가망 없는 작품들이라서 헛수고하는 기분이지만, 간혹 정신이 번쩍 들 정도로 충격적인 작품을 만나기도 한대요. 그런 원석이 세상에 나오기 전에 먼저 만나 보는 것도 기쁜 일이고 그걸 심사하는 작가에게도 굉장한 자극이 될 거라면서. 그런 글을 정확히 독해할 수 있는 작가라면 다음 세대들이 세상에 나오도록 힘써야 한다고 했어요. 그러면 앞으로 내 이름을 보고 응모하는 사람들이 점점 많아질 거라고요."

쇼고가 한숨을 내쉬며 나지막이 혀를 찼다.

"또 말려든 모양이군."

"……네?"

"심사위원 같은 게 우리한테 무슨 메리트가 있다는 거야?"

나츠는 멍한 얼굴로 남편을 바라보았다.

"후진 양성이니 뭐니 하는 건 겉치레일 뿐이야. 내가 보기엔 정말 웃기는 일이야. 그건 스스로의 목을 조르는 꼴이잖아. 솔직히 말하면 차기 인재 같은 건 나오지 않는 게 나아. 한정된 시장에서 자꾸 라이벌이 생겨나면 좋을 게 없으니까."

가슴속에서 찬바람이 휙 지나갔다. 마르고 텅 빈 뭔가가 그 바람에 흔들리며 달그락거렸다.

"가만히 보면 당신은 너무 귀가 얇은 것 같아. 얼마 전까지만 해도 사람이 사람을 선별하는 식의 오만한 행위에는 거리를 두었잖아. 시자와 씨가 아무리 그럴싸하게 말을 했어도 그렇게 금방 마음이 흔들려서야 되겠어. 자기 주관이 확고해야 하는데 당신은 그런 점이 부족해. 심사하려면 후보작들을 전부 꼼꼼히 읽어 봐야 하잖아. 지금도 이렇게 바쁜데 그렇게 헛되이 써 버릴 시간이 어딨어. 자극이 필요하다면 굳이 후보작을 읽을 게 아니라 신작 희곡을 읽어야지. 잡지에 매달 실리잖아. 혹시 시자와 씨가 신인상 사무국에서 다음 심사위원을 할 만한 사람이 없느냐는 말을 듣고 당신을 끌어들이려는 것 아냐?"

요란한 빗소리에 쇼고의 목소리도 평소보다 한층 더 높아졌다. 나츠는 천천히 정면으로 시선을 돌렸다. 입을 다문 채 어젯밤에 시자와가 들려준 말을 떠올렸다.

"남편이 또 일에 대해 참견하면 절대 물러서지 마. 단둘이 사는 시골 단독 주택에서 남편하고 대립하는 게 두렵긴 하겠지만, 어떻게든 버텨야 해. 물론 그 이외의 일에선 가급적이면 남편한테 다정하게 대해 주는 게 좋겠지."

하지만 지금 나츠는 입을 꾹 다물고 있었다. 참을 것도 없고 다정하게 굴 것도 없었다. 아무런 대꾸도 하고 싶지 않았다. 새로 생긴 남자에 대한 연정 때문인지는 모르겠지만, 이제는 남편에 대한 애증도 거의 말라 버린 것 같았다. 갑자기 몸 한가운데 있는 심지가 빠져나간 기분이었다.

맞은편에서 다가온 차량의 헤드라이트가 쇼고의 얼굴을 훑듯이 비추고는 뒤쪽으로 멀어져 갔다. 나츠는 애써 마음을 가라앉히며 평소와 다름없는 목소리로 물었다.

"당신은 어땠어요? 별일 없었어요?"

그러자 운전석의 굳어진 분위기가 이내 부드러워졌다.

"닭이 오랜만에 알을 낳았어. 이젠 봄이네."

2

고개를 들어 위를 올려다보니 거대한 샹들리에에서 찬란한 빛이 쏟아지고 있었다. 연예계의 파티 장소로 자주 사용되는 호텔 연회장이지만 오늘 밤에는 요리도 테이블도 없이 의자가 길게 놓여 있었다. 기자들이 북적대고 있는 앞쪽, 환한 불빛이 비치는 한 단 높은 무대에는 영화감독과 출연 배우들, 주제가를 부르는 남자 가수들이 늘어서 있었다. 그리고 대본을 담당한 나츠는 다카토 나츠메로서 감독 오른쪽에 자리하고 있었다.

기자가 던진 질문에 누군가가 마이크를 들고 대답할 때마다 잇따라 플래시가 터졌다. 눈을 감고 싶을 정도로 눈부신 불빛을 참아 내며 주변을 둘러보니 한쪽 끝에 잘 아는 얼굴이 있었다. 오카지마 교코. 나츠가 지난 몇 달간 수필을 연재하고 있는 여성지의 부편집장이었다.

이번 달 원고를 교정하느라 바쁠 텐데 일부러 와 준 건가. 나츠의 표정이 환해지자 상대도 금세 알아차리고 눈짓을 보냈다. 그녀에게 막 고개를 끄덕이는데, 한 기자가 느닷없이 나츠를 지명하며 질문을 던졌다.

"왜 그 드레스를 입지 않은 거야? 다이어트는 성공했잖아."

레스토랑의 구석진 자리로 다가가자 교코가 나츠를 관찰하듯 유심히 살펴보며 말했다.

나츠가 제작 발표회에서 예쁜 드레스를 입고 싶어 살을 빼겠다고 말한 것을 아직도 기억하고 있는 모양이었다. 그러고 보니 그녀에게 직접 그 드레스를 보여 주기도 했다. 가슴이 깊게 파인 베이지색 드레스였다.

"오늘은 왠지 그럴 기분이 아니라서요."

나츠는 가까이 다가온 웨이터에게 칵테일을 주문하고 그녀 앞으로 재떨이를 밀어 주었다.

"미안."

교코는 나츠에게 양해를 구하고는 담배에 불을 붙였다.

"그랬구나. 어딘가 좀 그런 느낌이 들긴 하네."

"그래요?"

"지금의 자기한테는 오늘 입은 그 옷이 어울리는걸."

"고마워요."

그 드레스 대신 선택한 의상은 커프스 단추가 달린 남성용 실크 셔츠에 턱시도를 연상케 하는 커머번드^{장식용 허리띠}가 부착된 와이드 팬츠였다.

"약간 위험하단 느낌이 드네. 어딘가 좀 퇴폐적이라고나 할까."

교코의 말에 나츠는 쓴웃음을 지었다.

"희한하게 칭찬하시네."

"흐음, 잠시 만나지 못한 사이에 부쩍 요염해진 것 같아."

"또 그러시네."

"아냐, 정말이야. 이미지가 바뀌었어. 아니, 얼굴이 확 바뀌었어. 대체 그동안 무슨 일이 있었던 거야?"

주문한 칵테일이 나왔다. 나츠는 카시스 베이스의 칵테일, 교코는 생맥주였다. 두 사람은 가볍게 잔을 부딪쳤다. 나츠는 시원하게 목을 축이는 교코를 바라보면서 달콤한 칵테일을 한 모금 홀짝였다. 음식은 고르기 귀찮아서 코스 요리를 주문했다. 디저트는 나중에 주문하기로 하고 메뉴판을 옆으로 치우자, 교코가 다시금 상체를 앞으로 내밀며 말했다.

"말해 봐. 나한테 할 이야기가 뭐야?"

"특별히 할 이야기가 있는 건 아닌데."

"능청 떨고 있네. 뭔가 이야기할 게 있으니까 나한테 그런 메시지를 보낸 거잖아."

나츠는 아까 기자 회견을 마치고 대기실로 돌아가다가 휴대전화로 교코에게 메시지를 보냈다. 요즘 많이 바쁘겠지만 잠깐 시간을 내줄수 없겠느냐고. 그러자 교코는 곧바로 답장을 보내 왔다. 그럼 오늘밤에 만나는 건 어떻겠느냐고. 나츠는 그 답장이 얼마나 반가웠는지모른다. 너무나 갑작스레 이런저런 일들이 일어나자 더 이상은 가슴속에 담아 둘 수가 없었다.

나츠가 살며시 잔을 내려놓으며 말했다.

"사실은 좋아하는 사람이 생겼어요."

"아하, 역시. 그런 게 아닌가 싶었어."

교코가 빙그레 웃으며 다리를 바꿔 꼬았다.

"누구야? 혹시 연예인?"

나츠는 고개를 저었다.

"이것도 그 사람이 교코 씨한테는 밝혀도 된다고 해서 이야기하는 거예요."

교코가 양미간을 좁히며 물었다.

"그게 무슨 소리야? 그럼 나도 알고 있는 사람이란 말이야?"

"전에 함께 온천 갔을 때 이야기한 것 기억해요?"

"무슨 이야기?"

나츠는 슬쩍 주변을 살피며 목소리를 낮추었다.

"여자의 미묘한 부분까지 전부 이해하는 입 무거운 남자하고 잠자고 싶다는 이야기요."

"아아, 그 이야기. 기억나, 기억나."

담배를 입으로 가져가던 교코가 문득 뭔가 생각난 듯 손을 멈추었다.

"설마……."

교코는 나츠를 빤히 바라보았다.

"……맞아요."

"그게 정말이야? 도대체 그동안 무슨 일이 있었기에 벌써 그렇게 된 거야?"

"교코 씨, 목소리가 너무 커요."

"미안, 나도 모르게 그만. 잠깐만, 우아, 이것 정말 놀라운 일이네."

교코는 혼잣말처럼 중얼거리며 몇 번인가 자세를 고쳐 앉았다. 이 윽고 남은 맥주를 순식간에 비운 뒤 잔을 쳐들고 한 잔을 더 주문했다.

교코는 짧고 강하게 숨을 내쉬고는 다시 나츠를 바라보았다.

"역시 그런 거였네. 그러니 얼굴 표정이 바뀔 수밖에."

"그렇게 많이 변했어요?"

"지난번하고는 완전 딴판인걸."

"어떤 식으로요?"

"글쎄, 좀 꼿꼿해졌다고 해야 하나. 몸 한가운데로 심지가 곧게 뻗은 느낌 있잖아. 좋은 의미로 좀 뻔뻔하고 대담해진 것 같아."

"또 희한하게 칭찬하시네."

"내가 그랬잖아. 좋은 의미라고."

나츠가 피식 웃었다.

"농담이에요. 교코 씨가 무슨 말을 하는지 알 것 같아요. 거울을 보면 내 눈매가 굉장히 불량해 보인다는 생각이 드니까요."

"눈매가 불량해 보인다고?"

"그 사람이 그랬어요. 처음 만났을 때 그런 생각이 들었다고 해요. 눈매가 무척 불량해 보였다고 하더라고요."

"아하, 역시 이치로타 씨는 뭔가 다르다니까."

교코는 잘 먹었다는 뜻으로 한쪽 눈썹을 살짝 끌어올리고는 다시 담배로 손을 뻗어 재를 털었다. 그런 다음 담배를 입에 물고는 길게 연기를 내뿜었다.

"다시 한 번 묻겠는데, 대체 어쩌다 일이 그렇게 된 거야? 이왕 말이 나왔으니 처음부터 자세히 이야기해 봐. 중간에 막 건너뛰지 말고 순서대로 말이야."

"그러려면 시간이 좀 걸릴 텐데."

"내일 아침까진 괜찮아. 아무래도 무슨 일이 있는 것 같아 아까 편집부에 바로 퇴근하겠다고 전화했거든."

"죄송해요."

"괜찮다니까. 그 대신 하나도 빠뜨리지 말고 전부 이야기해 줘야 해. 그가 왜 내게는 털어놓아도 된다고 했는지도 들려주고."

나츠는 교코의 말대로 가능한 한 순서대로 이야기했다. 약간 답답한 느낌은 들었지만 그러는 편이 본질에서 벗어나지 않고 있는 그대로 전달할 수 있을 거라 생각했다. 2월 중순에 시자와가 〈십이야〉의

티켓을 보내 준 것, 감사를 표하려고 보낸 짧은 메일이 계기가 되어 장문의 글을 주고받게 된 것, 그에게 보낸 남편과의 관계나 성에 관한 상담 내용과 그것에 대한 그의 답변, 그의 정확한 지적에 감탄하고 동시에 위로가 되었다는 것, 이윽고 거부할 수 없는 그의 매력에 끌리고 말았다는 것⋯⋯.

교코는 이따금 짧게 질문하거나 맞장구를 치긴 했지만 대체로 나츠의 이야기에 말없이 귀를 기울였다.

이윽고 이야기를 끝낸 나츠가 스스로도 신기하다는 듯이 말했다.

"가만히 생각해 보면 참 신기해요. 내가 메일을 처음 보낸 게 겨우 두 달 전 일인데. 도무지 믿어지지가 않아요."

나츠는 페리에^{프랑스의 생수 브랜드}를 마시고 무릎에 놓인 냅킨으로 입가를 닦았다. 이야기하다 보니 그렇지 않아도 입맛이 없었는데 시자와와 보낸 그날 밤을 떠올릴 때마다 가슴이 벅차 음식이 제대로 넘어가지 않았다. 한동안 그런 상태로 지낸 탓인지 운동도 거의 안 했는데 체중이 2킬로그램이나 줄어들었다.

나츠는 지나가는 웨이터를 불러 세우고는 음식이 맛이 없어서가 아니라 입맛이 없어서 그런다며 절반쯤 남은 메인 요리를 치워 달라고 했다.

"내 솔직한 소감을 이야기해 줄까?"

교코가 말했다. 그녀는 이미 메인으로 나온 생선 요리를 깨끗이 비운 상태였다. 빵으로 소스까지 깔끔하게 훑어 낸 접시는 설거지가 필요 없을 정도였다.

"왠지 좀 겁나네요. 하지만 듣고 싶어요. 솔직하게 말해 줘요."

웨이터가 테이블 위에 떨어진 빵 부스러기를 치우고는 테이블 한가운데에 새 재떨이를 놓고 두 사람에게 각각 폭이 좁은 디저트 메뉴판을 건네주었다.

웨이터가 물러가자 교코가 킥킥 웃으며 말했다.

"아주 잘했어!"

나츠는 자기도 모르게 풋, 하고 웃었다. 갑자기 마음이 놓이면서 참았던 숨이 코로 빠져나가는 듯한 묘한 웃음이었다.

"고마워요. 그런데 뭘 잘했다는 거죠?"

"자기도 한번 생각해 봐. 그런 남자가 또 있겠어? 사방을 둘러봐도 그런 남자는 흔치 않아. 사방이라고 해 봐야 우리가 몸담고 있는 업계일 뿐이지만. 어쨌든 불완전하긴 해도 그런 남자의 관심을 사로잡은 거니까 잘한 거지."

"불완전해요?"

"그렇잖아. 그 사람이 호색한이라는 건 세상이 다 아는 사실이야. 게다가 어찌 된 일인지 상대 여자들까지 그걸 당연하게 생각하고 있잖아. 이것 하나는 분명히 기억해 둬야 해. 그 사람은 말이야, 타고난 난봉꾼이야."

나츠는 쓴웃음을 지었다. 정확한 지적이었다.

"그런데 어쩌면 그가 자기에 대해선 좀 특별하게 생각할지도 모르겠네. 왠지 그런 느낌이 드는걸."

"무슨 뜻이에요?"

"단순한 엔조이 상대는 아닐지도 모른다는 거지."

"그런가요? 좀 더 자세히 말해 봐요."

이번에는 교코가 웃음을 흘렸다.

"좋아, 좋아. 일이 이렇게 됐으니 다 말해 주지. 그 사람은 단순히 엔조이할 여자라면 얼마든지 조달할 수 있잖아. 잘은 모르지만 아마 잘봐 달라고 찾아오는 여배우들이 줄을 섰을 거야. 그런 그가 자기 같은 겁나는 여자를 하룻밤 상대로 생각하고 손대지는 않았을 거야."

"겁나는 여자요?"

"겁나지. 자칫 긴장을 늦추었다간 역습을 당할 수도 있잖아. 설마 그 정도도 생각 못하는 건 아니겠지?"

나츠는 애매한 표정으로 어깨를 움츠렸다.

"잘 모르겠어요. 그리고 보니 그날 밤 그도 비슷한 말을 한 것 같아요."

"뭐라고 했는데?"

"내 생명력이 심상치 않고, 압도된대요. 만약 자기가 나를 조금이라도 지배할 수 있다면 그건 남자로서 큰 자신감으로 이어질 거라나."

"거봐, 그 사람도 다 알고 있다니까. 일시적인 불장난으로 손댔다가는 큰 화상을 입을 수도 있다는 걸 말이야."

"과연 그럴까요? 큰 화상을 각오하고 불장난을 즐기는 건지도 모르죠."

교코가 소리 높여 웃었다.

"그럴 가능성도 배제할 순 없겠지. 그런데 말이야…… 미안해."

"네?"

"이렇게 가까이 있으면서도 난 아무것도 눈치 채지 못했잖아."

"무슨 말이에요?"

"남편 이야기야. 그 사람이 그렇게 자기를, 으음, 관리라고 해야 하나, 지배? 조종? 뭐라고 해야 할지 모르겠지만, 어쨌든 남편 때문에 그렇게 괴로워하고 있는 줄은 몰랐어. 혼자 많이 힘들었겠네. 이야기를 들어주지 못해서 미안해."

나츠는 황급히 고개를 저었다.

"아니에요, 그런 말 마세요. 나도 잘 몰랐어요. 이야기하고 싶었는데 이야기할 수 없었던 게 아니라니까요. 정말 나 자신도 잘 모르고 있었어요. 지난 두 달가량 그 사람하고 메일을 주고받고 대화도 하면서 내가 그동안 얼마나 중요한 것을 남편에게 내주고 있었는지 비로소 깨달았어요. 그걸 알고 얼마나 부끄러웠는지 몰라요."

교코가 질문하듯이 한쪽 눈썹을 끌어올렸다.

"네, 정말 부끄러웠어요. 연출가와 작가라는 차이는 있지만 어쨌든 똑같이 연극을 창작하는 사람으로서 말이에요. 그 사람 앞에서 차마 얼굴을 들 수 없을 정도였죠."

"그랬구나. 그런 상대도 필요하지. 시야를 더 높게 끌어올려 줄 수 있는 상대 말이야."

교코의 말에 나츠는 고개를 끄덕였다. 자신에게 시자와는 바로 그런 존재라고 생각했다.

"최근에야 남편에게 모든 걸 맡기는 것은 문제가 있다고 생각하게 됐어요. 글 쓰는 것에 대해서만큼은 남편에게 간섭받지 않고 스스로 결정해야 한다는 거죠. 하지만 아직은 구체적으로 아무런 행동도 하지 않고 있어요. 이제 사고방식이 조금씩 바뀌어 가고 있는 단계이니까요."

"그것도 대단한 진전이야."

교코는 입가에 미소를 지으며 진한 커피를 한 모금 홀짝였다.

나츠가 뭔가 문득 생각난 듯 고개를 들었다.

"참, 아까 그 이야기 있잖아요. 그 사람이 교코 씨한테는 다 털어놓아도 된다고 했던 이야기."

"아, 맞다, 그거!"

교코가 상체를 앞으로 내밀며 물었다.

"그거 왜 그런 거야? 난 시자와 씨하고 직접 이야기해 본 적조차 없는데."

"신뢰하느냐고 묻더라고요."

"뭐?"

"처음엔 친한 친구가 있느냐고 물었어요. 그래서 교코 씨에 대해 이야기하니까 입이 무겁냐고 묻더라고요. 입이 무겁기로는 둘째가라면 서러울 정도라고 했죠. 그러자 전부 털어놓아도 된다고 했어요. 자기하고의 관계를 아무에게도 이야기하지 못하면 마음이 괴로울 테니까.

남편에 대한 이야기도 자기가 계속 들어주면 좋겠지만 그건 무리니까 누군가 신뢰할 수 있는 상대에게 털어놓고 의지하래요. 내가 그 정도로 신뢰할 수 있는 상대라면 자기도 신뢰할 수 있다고."

교코는 새 담배에 불을 붙이고는 후 하고 연기를 내뿜었다.

"어유, 참 나."

"네?"

"이렇게 말하면 실례겠지만, 남편이 불쌍하게 됐네."

"왜요?"

나츠의 질문에 교코가 쓴웃음을 지으며 말했다.

"배우가 너무 다른 것 같아."

교코가 이곳에서는 편하게 이야기하기가 곤란하다기에 호텔로 자리를 옮기려고 밖으로 나와 택시를 탔다. 기자 회견 주최 측이 나츠를 위해 호텔 방을 잡아 주었다. 자신이 요금을 지불하지도 않는데 비싼 룸서비스를 이용하기가 뭐해서 일부러 근처 편의점 앞에서 내려 교코의 담배와 맥주, 적당한 안줏거리를 샀다.

편의점 봉투를 손에 들고 걸으면서 교코가 말했다.

"술을 못 마시는 건 참 안된 일이야. 술 취하면 편해질 때도 있는데."

"하지만 술 마시면 다음 날 고생하잖아요. 그다지 부럽지는 않아요."

호텔 방은 넓지는 않았지만 잠만 자기에는 충분한 공간이었다. 그나마 침대가 더블 사이즈인 게 다행이었다. 혼자 묵는 것을 알면서도 접대한답시고 트윈 룸을 잡아 주는 경우가 있는데, 나츠는 그것을 별로 좋아하지 않았다.

교코가 옷장에 웃옷을 걸면서 히죽히죽 웃었다.

"시자와 씨하고 묵었던 곳도 이런 방이었어?"

"아뇨, 이보다는 좀 넓었고 야경도 좋았어요. 뭐예요? 정말 듣고 싶다는 게 그런 이야기였어요?"

"그것 말고 또 뭐가 있겠어? 일단 첫 밀회에 이르게 된 경위는 알았지만, 가장 중요한 다음 이야기를 듣지 못했는데 내가 어떻게 그냥 돌아갈 수 있겠냐고?"

교코는 일부러 경박한 말투를 써 가며 신발을 아무렇게나 벗어 놓고는 침대 끝에 털썩 주저앉아 맥주 캔을 땄다.

나츠도 침대로 기어 올라가 다리를 쭉 뻗었다. 편의점에서 사 온 우롱차를 병째 들이켰다. 이 얼마나 편안한 기분인가. 좋아하는 남자 앞에서 비일상적인 모습을 가장하는 것도 물론 즐겁고 흥분되는 일이지만, 이렇게 편하고 친밀한 느낌은 역시 동성들끼리만 누릴 수 있는 호사다. 나츠는 좀 더 자유롭게 이런 만남을 갖고 싶다는 생각이 들었다.

남편은 농담인지 진담인지 알 수 없는 말투로 종종 이렇게 말하곤 했다.

"난 말이야, 나츠만 있으면 돼. 다른 사람은 필요 없어."

어쩌면 진담일지도 모른다. 실제로 그는 나츠가 집에 친구를 불러들이는 것을 무척 싫어한다. 일 때문에 초대하는 사람이라면 거의 완벽할 정도로 확실하게 대접하지만, 결혼 이후에 개인적으로 친구를 소개하거나 서로 왕래하며 친분을 쌓은 적은 드물었다.

"친구는 밖에서 만나도 되잖아. 나는 친구를 집으로 불러들여 너를 번거롭게 하지 않잖아. 이런 내 성격이 좀 유별난 건 사실이지만, 내 영역에 타인이 들어오는 건 질색이야. 물론 너만은 특별히 예외야. 정말로 다른 사람은 이렇게 나하고 오랫동안 함께 지낼 수 없다니까. 너만 있으면 다른 건 아무것도 필요 없어."

그런 말을 들을 때마다 나츠는 당신은 그렇더라도 자신은 그렇지 않다고 항변하고 싶었다. 만약 아직 십대였다면, 또는 연애 초기였다면 쇼고의 말은 지금과는 다른 의미로 들렸을지 모른다. 하지만 지금은 둘 다 삼십대 중반을 넘어선 중년인데다 이미 결혼한 지 10년이 지났다. 그렇잖아도 부부가 단둘이 시골로 들어왔으니 적어도 서로의 친구나 지인과 적극적으로 교류해야 한다. 그런 관계마저 끊어 버리면 이 사회에서 뒤처지는 것은 시간 문제다. 항상 마음속에 그런 초조함이 자리하고 있었건만 어째서 지금까지 말없이 지내 온 걸까. 대체 자신은 왜 그렇게 남편을 두려워하는 걸까.

교코는 안줏거리로 사온 치즈 어포를 씹으며 말했다.

"그 문제는 말이야, 한번 꼼꼼히 짚어 보는 게 좋을 거야. 그런데 남편이 폭력을 휘두르는 것도 아닌데 왜 그렇게 무서워해?"

"그렇게 이상한가요?"

"당연히 이상하지. 서로 말다툼하면 남편이 항상 이기는 거야?"

"네, 도저히 상대가 안 돼요."

"정말 희한하네. 대본은 그렇게 야무지게 쓰면서."

나츠는 끄응 하고 신음했다.

"나는요, 뭐랄까, 일단 문장 형태로 써 보지 않으면 생각이 정리가 안 되거든요. 두뇌 회전이 느리다 보니 실제로 말다툼을 하면 그의 논리에 반박하지 못하고 결국에는 입을 다물 수밖에 없어요. 남편은, A에 대해 이야기하면 그것과 관련된 B를 지적하고, 그걸 설명하려고 하면 이번에는 그것과 관련된 C에 대해 추궁하는 식이에요. 그렇게 계속 방어하다 보면 대체 내가 무엇을 말하려고 했는지 모르게 된다니까요. 그러면 그가 화를 내요. 아까 이야기한 것하고 다르잖아, 넌 항상 그런 식이야, 어물어물 넘기려고 하지, 또 얼버무리고 있잖아, 너는 얍삽한 여자야, 너도 이젠 그걸 인정하라고…… 그러다 보면 마음이 위축돼요. 남편하고 말다툼하는 것 자체가 피곤해지는 거죠."

나츠는 생각을 정리해 가며 말을 하려 애썼다. 그럴수록 심한 갈증이 느껴졌다. 그녀가 두 번째 우롱차 병을 따는 동안 교코는 말없이 다음 이야기를 기다렸다.

"교코 씨도 알다시피 나는 성격적으로든 생리적으로든 남하고 대립하거나 말다툼하는 걸 잘 못하잖아요. 하지만 그보다는 눈앞에서 화내고 있는 사람이 무서운 거예요. 정말로 무서워요. 아마 우리 어머니가 매우 엄격했기 때문에 더 그럴 거예요. 그러니까 남편하고 단둘이 있는 집에서 남편이 버럭 소리를 지르거나 말투가 과격해지면 반사적으로 몸이 움츠러들어요. 내가 잘못했다고 생각하지 않아도 일단 미안하다고 사과부터 할 정도로 말이에요."

으음, 하고 교코가 신음 소리를 냈다.

"그 부분은 잘 이해가 안 되네. 평소에는 마음에 들지 않으면 프로듀서하고도 막 고함치며 싸우잖아."

"일할 때는 아무래도 양보할 수 없는 게 있으니까."

그 부분은 사회에서 일시적인 관계를 맺는 사람과 집에서 함께 생활하는 사람과의 차이가 아닐까 싶었다. 나츠는 자신이 돈벌이를 한다는 것 때문에 아무래도 남편에게 더욱 조심스러워졌고, 부부 관계를 원만하게 이어 가려면 남편의 체면을 최대한 세워 주어야 한다고 생각했다.

"지금도 남편하고 언쟁하는 게 무서워?"

"네, 하지만 요즘은 별로 말다툼을 안 해요."

"왜?"

"내가 미리 대립을 피하니까요. 일단 귀찮다는 생각부터 들어요. 뭐 그렇게 깊은 이해심을 바라지도 않게 됐고요. 그리고 포기하면 여러 가지로 관대해져요. 물론 그 관대함 속에는 꺼림칙한 느낌이나 죄책감도 어느 정도 포함되어 있지만요."

교코가 툭 내뱉듯이 말했다.

"그건 좀 잔혹한 이야기네. 그것 알아? 그게 얼마나 큰 배신인지?"

나츠는 아무 말도 하지 않았다.

교코는 시자와 나눈 정사가 대체 어디가 어떻게 좋았는지, 이제까지 경험한 다른 남자와 어떻게 달랐는지 자세히 듣고 싶어 했다. 물론 남의 사생활을 엿보고 싶은 심리도 있었겠지만, 그녀가 그렇게 귀를 기울이면서 이따금 질문을 던져 준 덕분에 나츠는 그때까지 막연하게 느끼고 있었던 것들을 하나씩 정리할 수 있었다.

"그가 그러더군요. 자기가 자유로운 몸이었다면 나하고 함께 밭일이든 뭐든 해 줄 수 있었을 거라고."

교코는 미심쩍은 듯이 양미간을 좁혔다.

"그런 말을 듣고 기뻐한 거야?"

"네? 왜요?"

"그렇게 적당히 내뱉는 말에 일일이 고마워하면 안 되지."

"그런가? 그는 자기가 꼬부랑 할아버지가 되면 기둥서방으로 생각하고 잘 돌봐 달라고 하던데요."

"그게 무슨 소리야?"

"정조 따윈 지키지 않아도 되니까 좋아하는 남자가 생기면 실컷 섹스하래요. 하지만 앞으로 누구와 사귀든지, 누구하고 살게 되든지 자기 거시기만큼은 가끔 한 번씩 빨아 달라고 하던걸요."

교코가 웃음을 터뜨리며 말했다.

"그게 뭐야? 그 사람, 정말 제멋대로네."

제멋대로 구는 게 그의 매력인 것 같다고 나츠가 말하자 교코는 고개를 설레설레 저었다.

"바보하고 욕정에 눈먼 사람한테는 약도 없다더니 그 말이 맞네."

3

첫 메일을 보낸 지 채 두 달도 안 돼 너무 먼 곳까지 흘러온 것 같다. 나츠는 그런 생각을 할 때마다 망연한 기분이 들었다. 아니, 어쩌면 지금 흘러온 게 아닐지도 모른다. 이미 오래전에 흘러왔지만 그동안 고집스럽게 눈을 감고 있었을 수도 있다.

도쿄에서 2박 3일을 보내고 집으로 돌아온 나츠는 다시 시자와에게 메일을 보냈다. 집이 이렇게 서먹서먹하게 느껴진 것은 처음이라고.

제게 유일한 위안이라면 사흘 만의 재회에 반색하며 재롱을 부리는 고양이 다마키뿐이네요. 좋아하는 것들을 조금씩 모아 어디보다도 마음 편하게 지낼 수 있게 꾸민 집인데, 이제는 텅 빈 그릇같이 허전한 느낌이 듭니다.

남편하고는 그 뒤로도 몇 번인가 사소하지만 뿌리 깊은 충돌이 있었습니다. 그런 일들하고 당신과 이렇게 된 것은 별개이지만, 어쨌든 당신이 이전에 말했듯이 이런 상태로 그와 함께 가는 게 한계에 다다른 것인지도 모르겠습니다. 사소한 일 하나하나가 그런 사실을 깨닫게 해 주는 것 같습니다.

설령 창작 작업에 대한 남편의 참견을 일절 거부했더라도, 저로서는 이것 자체도 거의 불가능한 일이라고 생각합니다. 무엇보다 저 자신이 심적으로 남편과의 생활을 견디기 힘들어하고 있습니다. 남편과 아무리 대화하고 또 좀 더 가까이 다가와 준다고 해도 그의 성격 자체가 이제 와서 크게 바뀌리라고는 생각하지 않습니다. 물론 그에게는 많은 장점이 있고, 그의 그런 부분을 지금도 긍정적으로 생각하고 있습니다. 하지만 제가 도저히 양보할 수 없는, 용납할 수 없는 부분에 대해서는 평생 바뀌지 않을 것입니다. 그것이 10년 남짓한 세월을 함께 살아온 저의 솔직한 심정입니다.

집으로 돌아오는 전철 안에서는 집에 도착하면 당신에게 감사하다는 말만 쓰려고 했는데, 이렇게 쓸데없는 이야기까지 하고 말았네요. 죄송합니다.

당신 덕분에 저는 여자로서뿐만이 아니라 일에 있어서도 인간으로서도 조금씩 자신감과 자존심을 되찾아 가고 있는 것 같습니다. 예전에 모든 걸 보여 드리고 싶을 정도로 좋아한다고 썼던 것을 기억하세요? 모든 걸 보여 드리고 나니까 더 좋아지고 말았어요. 고마워요. 당신과 만날 수 있어서 정말 다행이에요.

나츠 올림

시자와가 곧바로 답장을 보냈다.

사랑스러운 나츠에게

그날 밤은 네 안에 감추어진 잠재력을 확인하는 시간이었어. 굉장하더군. 너를 안았을 때의 느낌이 아직도 생생해. 그런 긴장감을 느낄 수 있는 상대는 그렇게 흔치 않거든. 너는 내가 만나 본 여자들 중에서 손에 꼽을 정도의 성적 잠재력을 지니고 있어. 더구나 너는 희곡까지 쓸 수 있는 여자잖아. 성적으로 뛰어난 여자들은 대부분 능력이 한정되어 있는 현실에서 나는 너의 절대적 우위성을 직접 몸으로 확인했지.

평범한 남자는 절대 너를 지배할 수 없어. 솔직히 말하면 나도 두 손 들었는걸. 내가 진 거야!

자, 이제 독립할 때가 온 것 같군. 남편이든 다른 남자든 애완동물을 기르는 건 상관없어. 하지만 여왕이 아랫것들에게 아양을 떨 필요는 없지. 난 네가 존경스러워. 또 사랑을 나누고 싶군.

그리고 일이 잘 안 되더라도 열심히 해. 몸부림치며 괴로워해 봐. 출산에는 고통이 따르는 법이니까. 그렇게 억지로 배출하는 게 바로 창작이야. 내가 또 잘난 척을 했군.

이치로타

예전에 친했던 한 여자 친구에게 이런 말을 들은 적이 있다.

"너는 남자를 망칠 거야."

좋아하는 남자에게 미움을 사지 않으려고 마치 어머니와 같은 관용으로 모든 것을 받아 준다. 그러나 그것이 결과적으로 상대를 망치고 만다. 그런 관대함에 익숙해진 남자는 머지않아 자기 자신에게도 관대해지면서 제멋대로 행동한다. 그러다가 마침내 더 이상 참지 못하고 단번에 관계를 끝내 버린다. 나츠에게 연애는 언제나 그런 식이었다. 쇼고의 경우는 조금 다르지만, 마음이 편치 않으면서도 계속 받아

줌으로써 그가 더욱 우쭐해졌다는 점에서 보면 크게 다르지 않았다.

하지만 상대가 시자와라면 그렇게 되지는 않을 것이다.

괜찮으니까 마음껏 투정을 부려 봐. 성가시다 싶으면 버럭 소리치고 주먹으로 때리고 발로 걷어차. 그런 다음엔 머릿속에서 깨끗이 지워 버리는 거야. 질질 끌 필요 없어.

언젠가 한번 크게 싸워 보자고. 손바닥으로 네 뺨을 후려치면 굉장히 통쾌할 거야.

이제 남편에게는 더 이상 의존하지 마. 그 대신 나에게 남몰래 의존하라고. 나도 그럴 테니까. 너하고는 견고한 상호 의존 관계를 쌓아 가고 싶어.

나츠는 시자와에게는 무엇이든 내맡겨도 괜찮을 것이라고 생각했다. 나츠가 여자로서 어리광을 부리든 또는 지금까지 다른 남자들에게 그랬던 것처럼 어머니같이 관대하게 대하든 그 사람은 홀로 우뚝 서 있을 것이다. 전혀 흔들림 없이.

시자와는 강한 자의식과 자기 현시욕을 지니고 있지만, 그것들이 자신의 제어 범위에서 벗어나 주변으로 퍼져 나가는 것을 극단적으로 싫어한다. 그 거부감은 마치 암내를 신경 쓰는 사람처럼 스스로 경계한다기보다는 거의 히스테리에 가깝다고 느껴질 정도다. 그는 자신

같은 연하의 여자가 잘 대해 준다고 해서 망가질 사람이 아니라고 생각하니 나츠는 마음이 무척 편해졌다. 남자에 대한 애정의 근간에 절대적인 존경심과 신뢰감이 존재한다는 게 이토록 행복하고 여유로운 것인 줄은 미처 몰랐다.

나한테는 무엇이든 이야기해도 돼. 때로는 상처를 받을 수도 있겠지만 네 이야기는 언제든지 들어줄 수 있어.

그렇다. 시자와에게는 무엇이든 말할 수 있다. 말할 수 없는 게 있다면 단 한마디뿐. '다음엔 언제 만날까요?'

　지금까지는 드라마든 영화든 남편 쇼고가 먼저 대본을 훑어보았다. 나츠가 자신 있게 쓴 작품이든 또는 모험이라는 것을 알고 도전한 작품이든 그가 먼저 읽어 보고 납득하지 않으면 프로듀서나 감독에게 건네지지 않았다. 작가에게 첫 번째 독자는 어떤 의미에서는 재판관 같은 존재다. 아니면 사형 집행인이거나.
　"당신은 이게 괜찮다고 생각하고 쓴 거야?"
　쇼고는 종종 그런 식으로 말했다.
　"이제까지 지니고 있던 다카토 나츠메의 이미지에서 벗어나고 싶은 마음은 잘 알겠는데, 솔직히 이것은 시청자가 보고 싶어 하는 드라마가 아니야. 시청자들은 단지 이전 시리즈에서 맛보았던 것과 유사한 종류의 감동을 원해. 그 이외의 요소들은 오히려 방해만 된다니까. 정말 뭘 모르네."

그러고는 입버릇처럼 '너보다는 내가 더 감각적으로 시청자하고 가까우니까'라고 말했다.

물론 나츠는 그가 그런 말을 할 때마다 반발심을 느꼈고 실제로 저항해 보기도 했다. 하지만 결국은 그에게 승리를 양보했다. 말다툼을 피하고 싶었기 때문만은 아니다. 전혀 모르는 사람의 비평이라면 아무리 신랄해도 기꺼이 받아들이지만, 가장 가까운 사람에게 그런 식으로 거부를 당하면, 괜찮다고 생각했던 자신의 감각 자체에 자신감을 갖지 못하게 된다. 언제부터 이렇게 된 것일까. 예전에는 그토록 자신감이 넘쳤는데. 누군가가 자신의 대본에 대해 왈가왈부하면 작품을 보는 안목이 없다고 거리낌 없이 잘라 말했을 정도였는데.

깜박이는 커서를 노려본다. 막 썼던 대사를 지우고 이것밖에 없다고 생각되는 대사가 떠오를 때까지 숨죽이며 기다린다. 한심하다. 어느새 혼자서는 아무것도 할 수 없게 되었다. 남편의 자존심을 지켜 주면서 일을 원만하게 진행하겠다는 생각으로 '당신이 곁에 있기 때문에 내가 글을 쓸 수 있다'라고 말하곤 했는데, 그것이 오히려 엉뚱한 결과를 초래하고 말았다. 그뿐만 아니라 이제는 스스로도 그 말을 사실로 여기고 있었다. 자신을 옭아매는 주문이 되어 버린 것이다. 그런 만큼 쇼고에게 자기 의사를 분명히 표현하는 데는 상당한 용기가 필요했다.

4월이 절반쯤 지나간 어느 날 오후. 한창 작업 중인 시나리오를 보여 달라는 남편에게 나츠는 단호하게 말했다.

"싫어요. 이번 영화 시나리오는 끝까지 나 혼자 쓸래요."

심장이 요동쳤다. 오카지마 교코가 이런 이야기를 들으면 틀림없이 어이없어 할 것이다. 남편에게 그 정도의 이야기를 하는데 왜 그렇게 움츠러드는지 모르겠다며. 나츠 자신도 이해가 되지 않았다.

쇼고가 웃으며 말했다. 농담으로 생각한 모양이었다.

"안 되지. 그건 허락할 수 없는걸."

"허락하고 말고의 문제가 아니라 이번에는 그렇게 하고 싶어요. 아니, 앞으로 계속 그럴 생각이에요. 전부 완성하기 전에는 당신한테 보여 주지 않을래요. 내가 혼자 결정하고 혼자 쓸 거예요. 그렇게 하지 않으면 아무리 시간이 지나도 지금의 나를 뛰어넘을 수 없을 것 같아요."

"당신은 내가 누구라고 생각해? 혼자서 쓰겠다고? 그러면 제대로 된 작품이 나올 거라고 생각해? 어림도 없는 소리! 물론 쓰는 것 자체는 당신 역할이지. 하지만 그동안 나하고 의논하고 도중에 내가 체크하면서 잘못된 부분을 일일이 고쳐 주었으니까 제대로 된 작품이 완성된 거잖아. 그런데 뜬금없이 무슨 건방진 소리야."

쇼고의 목소리가 높아졌다.

나츠는 쇼고의 험악한 얼굴보다 그 말에 더욱 깜짝 놀랐다.

"건방진 소리라니, 그게 무슨 말이에요? 마지막까지 나 혼자 써 보고 싶다는 게 어째서 건방진 소리예요? 작가가 자기 작품을 혼자 마무리하는 건 지극히 당연한 거잖아요. 당신이 공동 집필자라면 모르겠지만, 내가 왜 당신한테 그런 소리를 들어야 하죠?"

"나는 단지 매니저일 뿐이라고 말하고 싶은 건가?"

"그런 말은 한 적 없어요."

쇼고는 펼쳐져 있던 신문을 접어 무릎 위에 올려놓으면서 격앙된 목소리로 말했다.

"이봐, 당신 말이야, 대체 무슨 일이 있었던 거야?"

"네?"

"느닷없이 그런 이야기를 꺼내다니 당신답지 않잖아. 뭔가 이상한데."

탐색을 하는 듯한 남편의 시선에 나츠는 애써 태연한 표정을 지었다. 아까와는 다른 의미에서 심장이 또다시 요동쳤다. 심상치 않은 분위기를 감지한 것일까. 볕이 드는 소파 끝에서 몸을 웅크리고 있던 다마키가 자리에서 일어나 슬그머니 거실을 빠져나갔다.

나츠는 허전한 마음으로 얼룩고양이의 뒷모습을 바라보면서 말했다.

"나름대로 이런저런 생각을 해 본 것뿐이에요. 눈에 보이지 않는 재능에만 의지하며 쓰다 보면 자연히 이런저런 생각을 할 수밖에 없잖아요."

쇼고는 아무런 대꾸도 하지 않았다.

"영화만이 아니에요. 다음 드라마는 두 시간짜리 단막극이고 틀도 어느 정도 정해져 있어 큰 모험은 할 수 없을 거예요. 당신 말처럼 시청자들은 아마 평소와 비슷한 유형의 감동을 기대하며 채널을 맞출 거라고 생각해요. 하지만 나는 평소와 비슷한 유형으로 끝내기는 싫어요. 드라마를 보는 사람들도 좀 더 욕심을 부릴 거라고 생각하고요. 일부러 자기 시간을 쪼개서 보는 만큼 예상과는 전혀 다르면서도 기대에 부응하는 작품을 원하고 있을 거예요…….”

쇼고가 말을 가로챘다.

“그래, 맞아. 그러니까 내가 중간 중간 확인해 보겠다는 거잖아. 왜 그렇게 우쭐해졌는지는 모르겠지만 당신한테는 스토리를 이끌어 가는 재능이 부족하니까 그걸 보완하기 위해서라도 나하고 의논해야지. 그렇게 둘이 아이디어를 짜내면 좀 더 좋은 작품을 만들 수 있잖아.”

“스토리만이 시청자에게 감동을 주는 건 아니라고 생각해요.”

“멍청하긴. 시청자 열 명 중 여덟아홉 명은 스토리의 재미를 가장 중요하게 생각해. 숨 쉴 틈도 없이 여러 가지 일들이 벌어지고, 조마조마하다가 마지막에 극적인 반전으로 마무리하는 게 최고라니까. 그런 것도 모르면서 혼자 쓰겠다고? 흐응, 정말 웃기는군.”

쇼고가 콧소리를 내며 비웃듯이 말했다. 그는 누구와 말다툼을 하든 상대를 일부러 도발하게 만드는 경향이 있다. 지금까지 나쓰는 그가 그렇게 말할 때마다 어린아이 같다고 생각하고 그냥 흘려들었다. 그러나 지금은 그가 바보 같다는 생각이 들었다.

“물론 당신 말이 맞을지도 몰라요. 하지만 어쩌면 사람들은 단지 모르는 것일 수도 있어요. 스토리의 재미와는 다른 감동을 아직 한 번도 맛본 적이 없어서 말이에요. 미리 말해 두지만 그런 사람들을 업신여기는 건 아니에요. 알기 쉽다는 건 굉장히 중요한 거라고 생각해요."

나츠는 숨을 깊이 들이마시고는 말을 이었다.

"하지만 나는 대사를 찍어 내는 기계가 아니에요. 마지막에 눈물을 자아내거나 억지스러운 대반전이 일어나는 그런 틀에 박힌 이야기는 더 이상 쓰고 싶지 않아요. 앞으로 어떻게 될지는 모르겠어요. 언젠가 다시 그런 게 쓰고 싶어질지도 모르죠. 하지만 지금은 싫어요. 그런 것 말고, 이를테면 스토리에 큰 기복이 없는데도 채널을 돌리지 못하고 계속 보게 되는, 보고 난 뒤에는 뭔가 지금까지 경험해 본 적이 없는 신선한 감동이 느껴지는 그런 작품을 써 보고 싶은 거예요."

"쓰면 되잖아. 누가 그런 걸 쓰지 말라고 했나? 단지 나와 의논하고 중간에 보여 달라는 것뿐이잖아. 시청자를 납득시키기 전에 우선 나부터 납득시키라는 거야. 스토리에 기복이 없는데도 시청자를 빨아들이는 대본을 쓸 수 있다면 써 보라니까. 그걸 읽고 감동하면 내가 깨끗이 패배를 인정하지. 나 한 사람도 납득시키지 못하면서 그렇게 잘난 체하는 건 아무런 의미가 없잖아. 안 그래, 응?"

쇼고의 목소리가 더욱 높고 날카로워졌다. 그 소리에 놀랐는지 마당에서 하야토가 짖어 대기 시작했다. 여느 때 같으면 나츠는 벌써 물러섰을 것이다. 자신의 뜻을 관철시키지 못하는 것보다 관철시켰을 때 쇼고의 기분이 상하는 것을 더 두려워했기 때문에 도중에 스스로 물러서곤 했다. 이번만 해도 그의 말이 어떤 의미에서는 맞을 수도 있다. 서로 견해가 다른 것은 당연하다. 자기만 옳다고 주장할 생각은 없다. 하지만…….

'실제로 글을 쓰는 건 나잖아. 쓰고 싶지 않은 것은 쓸 수 없다. 쓰고 싶지 않은 것도 써야 하는 게 프로라고 하면 할 말은 없지만, 적어도 자신만큼은 그러고 싶지 않다. 그 대신 다른 누구도 쓸 수 없는, 오직 다카토 나츠메만이 쓸 수 있는 것을 써 보고 싶은 것이다. 그 정도는 충분히 생각해 볼 수 있는 것 아닌가.'

개 짖는 소리가 그쳤다. 창밖으로 시선을 돌리자 진분홍빛 해당화 꽃이 창문 절반을 뒤덮은 채 피어 있었다.

'다카토 나츠메만이 쓸 수 있는 것.'

나츠는 자신이 그런 생각을 했다는 게 놀라웠다. 얼마 전까지만 해도 엄두도 내지 못한 일이었다.

나츠의 침묵에 쇼고가 초조한지 다시 말을 꺼냈다.

"왜 그렇게 고집을 부리는 거지? 그렇게 유난 떨 필요 없잖아. 이번 드라마가 특별히 무슨 예술제에 출품할 작품도 아니고 말이야. 물론 도중에 내게 대본을 보여 주고 의견을 받아들이는 걸 창피하게 생각할 수도 있겠지만, 그런 건 내가 떠벌리고 다니지 않는 한 아무도 모르는 거잖아. 당신이 그렇게 난리 치지 않아도 세상 사람들은 당연히 당신 혼자 쓴 거라고 생각할 거야. 그러니까 그런 허영심이나 자존심보다는 실리를 챙기라고. 결과물이 좋으면 당신에 대한 평가도 덩달아 좋아질 테니까. 나 참, 지금까지 줄곧 잘해 오다가 이제 와서 왜 갑자기 엉뚱한 고집을 부리는지 모르겠네. 누가 뭐라고 꼬드긴 건가."

나츠는 순간적으로 몸이 움찔했다. 그와 동시에 가슴 안쪽에서 날카로운 반발심이 치밀어 올랐다. 하지만 그녀는 아무런 반론도 제기하지 않았다. 일일이 대꾸하기 시작하면 또다시 그에게 이야기의 주도권을 빼앗기게 될 것이다.

"미안해요……."

"알면 됐어. 당신 말이야……."

나츠가 재빨리 말을 가로챘다.

"그게 아니라 이번만큼은 당신 말을 들을 수 없어서 미안하다는 거예요."

"뭐? 또 엉뚱한 소리를 하네."

"몇 번이든 말할 수 있어요."

가슴이 두근거리고 호흡이 거칠어졌다. 창문으로 들어온 밝은 햇살이 두 사람의 머그잔을 비추었다.

"내 말을 가볍게 생각하지 않았으면 좋겠어요. 내가 얼마나 고민하다가 이런 말을 꺼냈는지 알아요? 이것도 굉장한 용기가 필요하더군요. 솔직히 난 당신이 무서워요."

그때 잠깐 멋쩍은 듯 고개를 숙이고 있던 쇼고가 눈을 치켜뜨며 노려보았다. 이번엔 나츠도 시선을 피하지 않고 담담한 얼굴로 그를 쳐다보았다.

"지금까지 당신이 나를 위해 여러모로 힘써 준 것에 대해서는 정말 고맙게 생각해요. 실제로 지금까지는 그 편이 나았다고 생각해요. 나한테 정말 큰 도움이 되었죠. 하지만 아까도 말했듯이 이대로 계속 나가면 더 이상 발전할 수 없다는 생각이 들었어요. 뭘 쓰든 당신이 승낙하는 것 이외에는 프로듀서에게 보여 줄 수도 없었어요. 당신의 검열을 무사히 통과하지 못하면 세상에 내보낼 수 없는 거죠. 분명히 말해 이런 상태로는 글 쓰는 일에 의욕을 느낄 수가 없어요. 부탁할게요. 당신이 이해해 줘요."

쇼고가 내뱉듯이 말했다.

"왜 그렇게 말귀를 못 알아듣지? 아까부터 말했잖아. 나 같은 장애물 하나도 넘지 못하는 걸 세상에 내보내 어쩌자는 거야?"

"그건 아니죠. 당신이라는 장애물은 어디까지나 당신만의 가치관으로 이루어져 있어요. 당신이 재미없다고 판단하는 것을 다른 사람은 높게 평가할지도 몰라요. 실제로 나 자신도 괜찮다고 생각하고 쓰는 거니까요. 당신이 인정하지 않더라도 내가 인정하면 일대일로 동등한 것 아닌가요? 그런데 어째서 늘 당신의 의견만 따라야 하죠?"

"강제로 밀어붙인 적은 없는데."

"그런 것이나 마찬가지예요. 우리 사이에는 그런 힘의 역학 관계가 존재하잖아요."

"그게 뭐 어쨌다는 거야? 당신이 쓴 게 괜찮다고 생각하면 내가 뭐라고 하든 무시하면 그만이잖아."

"그게 안 되니까 지금 이러는 것 아닌가요! 가장 가까이에 있는 당신이 이러니저러니 이야기하는데 내가 어떻게 신경을 쓰지 않을 수 있겠어요. 당신이 내 글을 칭찬하면 기쁘고 비방하면 울적해져요. 하지만 칭찬하든 비방하든 그건 어디까지나 당신의 가치관이에요. 당신한테 의존하지 않고 내 힘으로 승부를 걸어 보겠다는 게 그렇게 잘못된 건가요? 건방진 이야기라는 것 알아요. 제멋대로 오만하게 군다고 생각해도 좋아요. 어쩌면 내가 고집을 부리는 건지도 모르죠. 하지만 당신이 뭐라고 하든 이것만큼은 더 이상 양보할 수도 없고 양보하고 싶지도 않아요. 당신이 그걸 인정해 주지 않는다면……."

나츠가 말을 잇지 못하고 입을 다물었다.

인정해 주지 않는다면…… 그 다음에 무슨 말을 하려던 것이었을까.

쇼고가 눈을 부릅뜨며 다그치듯이 말했다.

"인정해 주지 않으면 뭘 어쩌겠다는 거야?"

나츠는 식은 홍차를 내려다보았다. 이쯤에서 사과하고 이야기를 끝내고 싶었다. 미안해요, 말이 좀 지나쳤어요. 원래는 이런 말을 하고 싶었던 게 아닌데. 여느 때처럼 그렇게 저자세로 그를 달래 가며 이야기를 흐지부지 끝내 버리고 얼른 이 자리를 벗어나고 싶었다. 속이 메슥거린다. 긴장한 탓이다. 무섭다. 화내고 있는 이 사람이 무섭다.

"내가 그걸 인정하지 않으면 뭘 어쩌겠다고? 확실하게 말해 봐."

추궁하는 쇼고의 목소리가 흐릿하고 나지막했다. 나츠는 무의식적으로 변명거리를 찾으면서도 절벽에서 허공으로 발을 내딛는 심정으로 말을 입 밖으로 밀어냈다.

"인정해 주지 않는다면…… 더 이상 당신과 함께할 수 없게 될지도 몰라요."

자신이 생각해도 한심할 정도로 목소리가 점점 기어 들어갔다. 쇼고가 감정을 온몸에 드러낸 채 날카롭게 쏘아보았다. 아무런 대꾸도 없이 그저 묵묵히 노려볼 뿐이었다. 혹시 목소리가 너무 작아서 제대로 듣지 못한 것일까. 나츠가 불안감과 안도감이 뒤섞인 복잡한 심경으로 조심스레 막 고개를 들 때였다.

"……당신, 날 너무 우습게 보는 것 아닌가? 대체 뭔 소리야, 지금 협박하는 거야?"

평소와는 전혀 다른 목소리였다.

"아뇨, 그렇지 않아요."

"좋아, 당신 생각이 그렇다면 지금 당장 헤어져 주지."

"자, 잠깐만요. 무슨 이야길 그런 식으로 해요?"

"그거야 당연한 거잖아!"

쇼고가 접힌 신문을 바닥에 내동댕이쳤다. 머그잔의 홍차가 신문에 튀어 방송 편성표에 얼룩이 번졌다.

"일에서 나를 배제시킬 거라면 더 이상 함께 지내 봐야 아무런 의미도 없잖아."

"네? 어째서요? 우리 사이에는 그것 말고는 아무것도 없다는 건가요?"

나츠는 두려움도 잊은 채 자기도 모르게 남편의 얼굴을 빤히 쳐다보았다.

"그럼 또 뭐가 있어? 어디 말해 봐."

"그러니까 부부로서의 생활이라든가 둘이서 꾸며 온 이곳의……."

"웃기지 마."

쇼고가 으름장을 놓듯이 말했다. 그의 콧바람 소리가 거칠어진 것을 보니 이제 방어 태세를 갖추어야 할 것 같았다. 그동안의 경험으로 보아 분노가 이 단계에 이르면 쇼고는 쉽사리 물러서지 않는다.

"당신은 내 입장이 어떤지 생각해 봤어? 난 일을 그만둔 뒤로 지금까지 줄곧 당신을 위해 밥하고 세탁하고 청소하고 밭일까지 했어. 내가 어떻게 그런 일들을 계속할 수 있었는지 알아? 당신 일에 참여할 수 있었고, 그 일에 내 의견을 반영할 수 있었기 때문이야. 둘이 같이 한 가지 일을 해낸다는 성취감이 있었지. 그런데 느닷없이 당신 사정에 따라 그걸 전부 없애 버리면 나보고 뭘 어떻게 하라는 거야? 그게 나한테 얼마나 충격적인 건지 알기나 해? 나 참, 함께할 수 없게 될지도 모른다고? 그래, 좋아. 당신 생각이 그렇다면 이 집에서 언제든지 나가 주겠어. 당신이야 부모님도 신경 쓰이고 세상 사람들의 이목도 신경 쓰이겠지만 그런 건 내가 알 바 아니고."

나츠가 가까스로 입을 열었다.

"부모님이요? 부모님은 신경 쓰이지 않아요."

"흥, 정말 그럴까? 자기가 어떤지 아직 모르나 보네. 아직도 어머니 앞에 가면 힐끔힐끔 안색만 살피잖아."

"그, 그것하고 이것은……."

"어쨌든 당신한테 완전히 질려 버렸어. 그래, 어디 혼자 잘난 체해 봐. 그러다 추락하면 끝이야. 지금이야 좀 잘나가니까 파티 같은 데 가면 다들 좋은 말만 하면서 치켜세워 주겠지. 여왕이라도 된 기분일 거야. 그래서 그렇게 우쭐해진 것이겠지만 나한테까지 여왕 대접을 받으려고 생각했다면 큰 오산이야. 내가 당신 콧대를 꺾어 주겠어. 당신한테는 임금님은 벌거숭이라고 말할 수 있는 사람이 필요해. 집에서까지 당신 멋대로 할 수 있을 거라고 생각했나? 어이가 없군."

"우쭐해서 이러는 게 아니에요."

"쳇."

"그렇게 흥분하지 말고 차분히 이야기해요."

쇼고가 버럭 소리를 질렀다.

"시끄러워! 당신은 내가 귀찮아진 거야. 자기가 쓴 글에 대해 이러니저러니 이야기하는데 기분 좋을 리가 없지."

"그런 게 아니라니까 왜 자꾸 그래요?"

"아니, 그런 거야."

"아니에요."

"아니긴 뭐가 아냐. 작업 중인 대본을 보여 주지 않겠다는 건 결국 내가 방해된다는 거잖아."

"그러니까 내 말은 그런 게 아니라……."

"나하고 일하는 게 짜증 난다는 것이겠지."

"무슨 그런 말을……."

"얼버무리지 말고 솔직하게 말해 봐. 짜증 나지? 응? 그런지 아닌지만 대답해 봐. 짜증 나지?"

쇼고가 눈을 부릅뜨고 상체를 앞으로 내밀었다. 거친 호흡으로 가슴이 들썩거렸다.

나츠는 점차 머릿속이 맑아지는 느낌이었다.

"……네, 그래요."

쇼고가 의기양양하게 말했다.

"그것 보라니까. 나도 요즘 당신 때문에 스트레스를 받고 있었어. 이런 상태에서 억지로 함께 사는 건 아무런 의미가 없어. 당신 하고 싶은 대로 해. 난 언제든 이혼장에 도장 찍고 나가 줄 준비가 되어 있으니까."

나츠는 맑아진 머리로 생각했다.

'나보고 나가라는 게 아니라 자기가 나가 주겠다는 건가.'

아무리 욱하는 기분에 내뱉은 말이라고 해도 왠지 허무한 생각이 들었다. 지금까지 자신이 남편을 염려했던 게 다 부질없는 짓이 아니었나 싶었다. 그런데 그는 왜 자신이 양보해야 할 일을 양보해 주지 않는 것일까. 어쩌면 스스로 그만두고 싶어도 그만둘 수 없었던 게 아닐까. 하지만 나츠도 남편의 자존심을 세워 주기 위해 언제까지 자신을 가둬 둘 수는 없다고 생각했다.

"저어, 만약 말이에요……."

이 말을 꺼내서는 안 된다는 것을 알면서도 그만 내뱉고 말았다.

"만약 이 집에서 나간다면 어떻게 지낼 생각이에요?"

쇼고가 무뚝뚝하게 잘라 말했다.

"그건 당신이 걱정할 일이 아냐. 지금이라도 마음만 먹으면 방송국의 일자리 하나쯤은 얼마든지 구할 수 있다고. 사람을 완전히 우습게 보네. 난 단지 당신을 위해 일을 그만두었던 것뿐이야."

오래전 집에서 고양이 두 마리를 키웠던 적이 있다. 나츠가 열아홉이나 스무 살쯤 되었을 때다. 암컷과 수컷이 함께 버려져 있는 것을 데려왔는데 둘은 한시도 떨어지려고 하지 않았다. 그런데 어느 날 갑자기 암컷이 수컷을 가까이 오지 못하게 했다. 중절 수술을 위해 암컷을 며칠 병원에 입원시켰다가 집으로 데려왔더니 태도가 확 바뀌었다. 암컷이 수컷을 보면 위협적인 소리를 내고 수컷이 가까이 다가오면 발톱과 이빨을 드러냈다. 집안의 분쟁은 설령 그게 고양이들의 분쟁일지라도 주변 사람들을 피곤하게 만든다. 그 일이 있은 지 보름도 지나지 않아 어머니가 더 이상 참지 못하고 암컷을 내다 버리라고 나츠에게 말했다. 어머니는 암컷에게 거부당하고 기가 죽어 있는 수컷에게 동정심을 느꼈던 모양이다.

나츠가 암컷이 가엾다며 반대하자 어머니가 정색하고 말했다.

"너야 낮 동안 줄곧 밖에서 지내니까 괜찮겠지. 하지만 나는 하루 종일 집에서 고양이들이 으르렁대는 걸 지켜봐야 하거든. 이제 더는 못 참겠어. 네가 주워 왔으니까 네가 책임지고 내다 버려."

나츠는 어머니가 매정하다고 생각했지만 차마 거역할 수가 없었다.

그렇다고 어머니의 말대로 고양이를 밖에 내다 버릴 수도 없었다. 인수자를 찾아 나섰지만 이미 성체가 된 고양이를 선뜻 떠맡으려는 사람이 없었다. 친구들에게 일일이 의향을 물어보기도 하고 대학 게시판에 인수자를 찾는 전단을 붙이기도 했다. 마침내 인수자가 나타났다. 그런데 그는 암컷이 아니라 수컷을 원했다.

나츠는 은근히 기뻤다. 어머니와는 반대로 오히려 수컷이 눈에 거슬렸기 때문이다. 상대에게 계속 거부를 당하면서도 여전히 떨어지지 않으려 하는 그 둔한 머리에 짜증이 났던 것이다. 둔감한 것은 죄악이라고 생각했다.

칼슘 같은 알약을 이빨로 잘근잘근 으깨어 목구멍으로 넘긴다. 요즘 들어 계속 위장약을 먹고 있다. 매번 주방에서 여봐란듯이 먹고 싶지는 않아 물 없이 먹는 알약을 복용하고 있다. 그 일 이후 남편과는 소강 상태다. 언뜻 보기에는 바뀐 게 아무것도 없는 생활이었지만 나츠로서는 오히려 그게 더 힘들었다. 쇼고가 결정적인 풍파를 피하려고 의도적으로 언쟁을 회피하는 듯한 느낌을 받았기 때문이다. 하지만 일단 일렁이기 시작한 파도는 아주 약한 바람에도 금세 다시 거칠어진다. 쇼고는 평소처럼 온화하게 대화를 나누다가도 갑자기 사소한 일로 목소리를 높이곤 했다. 최근 들어 그런 일이 부쩍 잦아졌고 결론도 언제나 정해져 있었다.

하지만 나츠는 쇼고가 뭐라고 하든 아무런 반발도 하지 않았다. 상대에게 응수하는 것은 뭔가 변화를 기대하기 때문이다. 그런 기대감이 없다면 더는 대꾸할 필요가 없다. 자신은 지금 여러 가지를 포기하고 있는 거라고 나츠는 생각했다.

나츠가 뜻밖의 전화를 받은 것은 4월 말이었다. 밤 8시가 넘은 시각에 전화벨이 울렸다. 낯선 번호에 의아해하며 전화를 받자 시자와의 탁한 목소리가 흘러나왔다.

"마누라가 처갓집에 가는 바람에 오늘은 혼자야. 전화 거는 걸 싫어하는 내가 이렇게 전화하는 건 흔치 않은 일이야. 고맙게 생각해."

그는 자못 즐거운 듯이 말했다. 약간 취한 목소리였지만 펄쩍 뛰고 싶을 정도로 기뻤다. 나츠는 가까스로 흥분을 억누르면서 재빨리 일어나 작업실 문을 안쪽에서 걸어 잠갔다. 남편이 평소처럼 불쑥 문을 열고 들어오려다가 자물쇠가 잠긴 것을 알면 뭐라고 할까. 약간 신경은 쓰였지만 어쩔 수 없었다. 남편은 오래전부터 자기 방에 틀어박힐 때마다 방문을 잠갔다. 나도 똑같이 하는 건데 뭐가 문제야, 나츠는 이렇게 자신을 다독였다.

그동안 남편과의 이런저런 일들을 메일로 알려주었기 때문에 시자와는 쇼고에 대해 부정적으로 생각하고 있었다.

"남편은 자기가 너를 낳고 키웠다고 생각하는가 보네. 객관적으로 냉정하게 보면 그의 주장은 어린아이의 투정이라고밖에 생각할 수 없어. 너야 늘 함께 지내면서 그의 말 한마디 한마디에 큰 상처를 받을지도 모르겠지만. 가엾게도."

"고마워요……."

나츠는 보이지 않는 상대에게 고개를 숙이고는 말을 이었다.

"당신이 내 편이 되어 준다는 생각만 해도 큰 용기가 나요. 그런데 남편도 좋은 면이 많은 사람이에요. 지금까지 선생님한테는 나쁜 부분만 써서 보냈지만 원래는 상냥하고 다정하며 함께 있으면 즐거워지는 사람이에요."

그것은 사실이었다. 나츠 자신도 진심으로 그렇게 생각하고 있었다. 하지만 이렇게 몰래 남편을 배신하고 있는 것에 대해 죄책감을 느끼는 한편, 스스로 남편을 감싸려는 자신에게 도취되어 있다는 것도 알고 있었다. 일종의 우월감이라고 할 수 있었다. 아니, 승자의 여유라고 할까.

외부로 드러나지 않은 부분에서는 어느새 입장이 역전되고 있었다. 이제 나츠는 더 이상 약한 존재가 아니었다. 남편을 두려워하는 마음은 여전히 뿌리 깊게 남아 있었지만 적어도 그의 지배력만큼은 확연히 줄어들었다. 이제 그녀를 지배할 사람은 그가 아니었다.

"정말 좋은 사람이에요. 그런데도 제가, 말하자면 다른 사람을 좋아하게 됐기 때문에 지금은 그이를 대하는 게 더 힘들어진 것 같아요. 뭐랄까, 공평하지 않다는 생각이 들어서……."

"멍청하긴. 이런 일에 공평하고 말고가 어디 있어. 네가 원하는 대로 하면 되는 거야. 마음이 가는 대로 따라가면 돼. 하지만 난 아내와 헤어질 생각이 없는데."

"그런 건 말씀하지 않아도 잘 알고 있어요."

그녀는 대수롭지 않은 듯이 대꾸했지만 상처를 받았다. 그런 것까지 원한 것은 아니다. 그런데 왜 굳이 그런 말을 꺼내는 걸까.

"저야말로 그런 건 사절이에요. 선생님 같은 분하고 같이 살면 심신이 피곤해질 테니까요."

"그런가?"

시자와가 재미있다는 듯이 말했을 때였다. 버저 소리가 요란하게 울렸다. 쇼고가 여느 때처럼 목욕물을 받아 놓았으니 들어가라고 신호를 보낸 것이다.

나츠의 작업 진행 상황과는 상관없이 목욕과 취침 시간은 대부분 정해져 있었다. 이따금 일이 술술 풀릴 때는 목욕을 끝내고 다시 컴퓨터 앞에 앉곤 했다. 그러면 텔레비전을 보며 기다리고 있던 쇼고가 다가와 못마땅한 듯이 그만 자라고 보챘다.

"흐흥, 이제 그만 그곳에서 도망치는 게 어때? 때로는 도망치는 것도 용기라니까."

시자와는 나츠의 이야기를 듣고 어이가 없다는 듯 코웃음을 쳤다.

또다시 버저가 울렸다. 그래도 나츠가 계속 통화하고 있자 쿵쿵거리는 발소리와 함께 쇼고의 목소리가 다가왔다.

"어이, 소리 못 들었어? 얼른 목욕하라니까."

나츠는 시자와에게 잠깐 기다려 달라고 말하고는 손으로 송화기를 막고 소리쳤다.

"미안하지만 먼저 해요."

"왜? 목욕하고 나서 다시 일하면 되잖아."

문손잡이가 달그락 하고 소리를 냈다. 쇼고는 한순간 멈칫하더니 돌아가지 않는 손잡이를 계속 달그락대며 신경질적으로 소리쳤다.

"대체 뭐 하는 거야?"

"지금 통화 중이에요. 먼저 하라니까요."

방문 저편이 갑자기 조용해지는가 싶더니 이내 발소리가 멀어졌다. 심장이 요동쳤다. 나중에 얼굴을 마주할 생각을 하니 가슴 뛰는 것이 진정되지 않았다. 떨리는 손으로 휴대전화를 귀로 가져갔다.

"……여보세요. 기다리게 해서 미안해요."

나츠가 나지막한 소리로 사과하자 시자와가 한숨 섞인 목소리로 말했다.

"참 힘들게 사는군."

4

위가 쑤신다. 국부적인 통증이다. 굵은 바늘이 배 속에서 빙글빙글 돌면서 파고드는 것 같다. 이렇게 결론을 내리지 못한 채 어영부영 살아갈 수는 없다고 생각했다. 서로 대립한 채 지낼 바에는 차라리 얼른 결론을 내리는 게 나을 텐데 쇼고는 수시로 태도를 바꾸고 있다. 아주 사소한 일에도 지나칠 정도로 버럭 화를 내는가 하면 부엌에서 콧노래를 부르며 나츠가 좋아하는 음식을 만들기도 한다. 그도 아내의 변화에 자신이 어떻게 행동해야 할지 몰라 혼란스러워하는 것 같다. 그 정도는 이해할 수 있다.

하지만 나츠는 쇼고에게 상냥하게 대하지 못했다. 사소한 일에도 안절부절못하는 그를 보면 여유가 없는 게 문제라는 생각이 들었다. 그와 반대로 기분 좋은 모습을 보면 둔감한 것과 종이 한 장 차이인 그의 여유에 화가 났다. 결혼한 이후로 이렇게 심각하게 대립한 적은 없었다. 서로 감정이 어긋났더라도 대부분 이틀 안에 풀어지곤 했다. 나츠가 먼저 고개를 숙이고 다가갔기 때문이다. 그런데 그런 노력을 포기하고 나니 이제껏 자신이 얼마나 매사를 소극적으로 어물어물 넘겨왔는지를 알 수 있었다. 새삼스레 현실을 직시해 보니 하얗게 칠해진 줄 알았던 가슴 안쪽이 사실은 시커먼 진흙으로 뒤덮여 있고, 그 밑바닥에서는 남편에 대한 불신과 비난, 또는 오래된 분노가 마치 메탄가스 거품처럼 잇따라 떠올라 터지고 있었다.

거부감이 단지 감정적인 수준이었을 때는 그럭저럭 넘어갈 수가 있었는데, 생리적인 수준에 다다르자 더 이상 어찌해 볼 수가 없었다. 한 침실에서 같이 잘 수가 없었다. 불과 한 달 전까지만 해도 더블 침대에 나란히 누워 손을 잡고 잤지만, 지금은 남편이 침실에 없는 낮에도 들어가기가 꺼려졌다. 하는 수 없이 밤중에 일이 더 잘된다는 핑계로 잠자는 시간을 뒤로 늦추었다. 그리고 아침이 되면 작업실 소파에서 잠을 잤다. 편안한 잠자리를 고려해 구입한 커다란 침대보다 좁은 소파에서 고양이와 함께 자는 편이 훨씬 마음이 편했다.

하지만 나츠가 그렇게 거리를 두려고 할수록 쇼고는 일부러 그 거리를 좁히려고 했다. 나츠가 욕조에 있으면 자기도 알몸으로 들어왔고, 옷을 갈아입고 있으면 뒤에서 안고 가슴을 주물렀다. 지금까지 남편 나름의 애정 표현법이라고 생각했던 그 모든 행동을 나츠의 몸과 마음이 완전히 거부하고 있었다. 남편에 대한 강한 혐오감은 나츠 스스로도 당혹스러울 정도였다.

서양에서는 부부가 침실을 따로 쓰면 이미 부부 관계가 끝난 것으로 생각하는 게 상식이라는 이야기를 들은 적이 있다. 침실을 따로 쓰면서 오히려 사이가 좋아진 부부 몇 쌍을 알고 있는 나츠로서는 그 상식에 고개를 갸웃하기도 했지만, 실제로 남편과 따로 자다 보니 그를 바라보는 자신의 시선이 급속히 차가워진 것을 느낄 수 있었다. 어쩌면 이미 오래전에 애정이 식었는지도 모른다. 떨어져 지내는 시간이 늘어난데다 시자와라는 비교 대상까지 생겨나자 새삼스레 남편을 타인의 자리에 놓고 객관적으로 바라보게 된 것이다.

"정말 병원에 가 보지 않아도 괜찮겠어?"

수화기 저편에서 오카지마 교코가 불안한 듯 물었다.

"괜찮아요. 위장약을 먹으면 가라앉아요. 걱정 끼쳐서 미안해요."

"어쨌든 혼자 고민하지 말고 뭐든 이야기해. 내가 도와줄 건 별로 없지만 이야기는 언제든 들어줄 수 있으니까. 알았지?"

5월로 접어든 어느 날 오후였다. 요즘은 교코와 자주 전화 통화를 했다. 나츠는 그녀에게만큼은 시자와에게 보내는 메일 내용보다 더 자세하게 속사정을 털어놓았다.

"흐음, 설마 그 정도일 줄은 몰랐네. 남편이 자상한 것 같아서 괜찮은 남자라고 생각했는데. 농담도 잘하고 성격도 밝고."

"맞아요. 일과 관련된 사람들한테는 그렇죠. 사실 그게 일부러 꾸민 모습은 아니에요. 그것도 분명 그의 일부죠. 나도 이제까지 그런 그의 장점만 바라보았고 단점에 대해선 눈을 꽉 감아 버렸죠. 그런 점까지 직시하다 보면 피곤해지니까요. 그런데 솔직히 말하면 이제 더는 그 사람을 존경할 수 없을 것 같아요."

"뭐 그런 상황이라면 무리도 아니지."

"어쨌든 거리를 두고 싶었어요. 다른 남자를 마음에 두고 있는 내가 이렇게 말하면 거짓말처럼 들릴지 모르겠지만, 남편과 거리를 두려는 가장 큰 이유는 역시 일 때문이에요. 남편으로부터 적당히 자유로워지고 고독해지기도 하면서 정말로 원하는 작품만 쓰고 싶어요. 과연 내게 능력이 있는지 어떤지는 잘 모르겠어요. 사실 매우 불안해요. 하지만 어떤 결과가 나오든 지금의 이 상태보다는 훨씬 나을 거라고 생각해요. 이제까지 나를 위해 희생해 준 남편에게는 정말 미안한 일이지만."

나츠는 창가에 서서 통화하고 있다. 창문으로 쏟아져 들어오는 눈부신 햇살이 작업실의 하얀 소파에 반사되어 천장을 비추고 있다. 여름날 같은 따가운 햇살이다. 슬픈 이야기를 할 때는 왜 이렇게 날씨가 좋은 걸까.

"알았어. 힘 닿는 대로 도와줄 테니 필요하면 무엇이든 말해."

"고마워요."

"만약 정말로 실행에 옮길 거라면 마음을 다잡는 게 좋아. 이야기를 들어 보면, 남편의 집착이 자기가 생각하는 것 이상으로 심각한 것 같으니까. 아마 남편하고 헤어지기가 만만치 않을 거야. 그 사람은 지난 3년간 거의 자기를 위해 살아온 셈이잖아. 언제든 나가 주겠다고 말했다지만, 그건 그냥 말뿐일 거야. 자기를 위협하려고 그렇게 말한 거겠지."

"그런가?"

"내 말이 틀림없다니까. 하지만 무엇보다 큰 문제는 그 사람이 전혀 이해하지 못하고 있다는 거야."

"뭘요?"

"자신의 능력으로는 더 이상 다카토 나츠메라는 작가와의 관계를 유지하기 어렵다는 것 말이야."

"그건……."

"이게 과장된 말이라고 생각해? 하지만 객관적으로 보면 그런 거라니까. 그런데 그걸 이해하기는커녕 자신이 도와주기 때문에 자기가 글을 쓸 수 있는 거라고 생각하고 있잖아. 정말 대책이 없네."

교코는 답답하다는 듯이 말했다.

"하지만 그건 내가 그에게 줄곧 그런 식으로 말했기 때문이기도 해요. 남편도 나한테 '변한 건 너야, 인정해' 하고 자주 말했어요. 자기가 변한 게 아니라 내가 멋대로 변한 거라고."

"그거야 당연한 거잖아. 그건 남편의 말이 맞아. 변한 건 자기야. 그런데 창작하는 사람이 계속 변하는 건 당연하잖아. 그 자리에 계속 머물러 있으면 어쩌라는 거야? 그걸 탓하다니. 그건 어린아이에게 '네가 이유식이 맛없다고 하는 건 이빨이 자랐기 때문이야'라고 화내는 것과 마찬가지야. 나 참, 기가 막혀서. 더 이상 동정할 여지가 없네."

교코가 어이없다는 듯이 말했다. 나츠는 아무런 대꾸도 하지 않았다. 그녀는 스스로를 야비한 여자라고 생각했다. 입으로는 남편을 감싸는 척하면서 누군가가 남편을 깎아내리면 왠지 가슴이 후련해졌다.

"다시 한 번 묻겠는데, 만약 남편이 더 이상 일에 참견하지 않겠다거나 자기를 좀 더 자유롭게 해 주겠다고 하더라도 계속 살고 싶은 마음이 없는 거지? 남편과 다시 새롭게 시작할 마음은 없는 거지?"

교코의 질문에 나츠는 잠시 머뭇거리다가 말했다.

"모르겠어요…… 하지만 다시 시작하는 건 무리가 아닐까 싶어요."

갑자기 또 위가 콕콕 쑤셨다.

"그렇구나. 그런데 그건 아무리 온갖 말로 설명을 해도 남편에게는 제대로 전달되지 않을 거야. 남편은 나중에라도 자기가 태도를 바꾸면 다 해결될 문제라고 생각하고 있잖아."

"네, 그럴 거예요."

"이제부터라도 냉정하게 판단해서 차근차근 일을 처리해 나가야 해. 혹시 모르니까 가급적이면 단둘이 있는 그 집에서는 헤어지자는 말을 꺼내지 않는 게 좋겠어. 왠지 생각만 해도 섬뜩하네. 그런 이야기는 되도록 사람들이 많은 데서 해. 그 사람이 어떻게 나올지 모르니까. 그래도 그 사람이 엉뚱한 이야기를 하면 변호사를 내세워야겠지. 그럴 가능성도 염두에 두어야 할 것 같아."

"변호사요? 그렇게까지 요란을 떨고 싶지는 않은데……."

나츠는 갑자기 목이 메었다.

"무슨 소리야? 그건 요란을 떠는 게 아니야. 지금까지 자기 이야기를 가만히 들어 보면 결국 그는 자기한테 집착하고 있는 거야. 자기가 아무리 단호하게 말한다고 해도 그런 사람한테는 잘 통하지 않을 거야. 그렇게 생각하지 않아?"

"그야 그렇지만……."

"그것 봐. 이런 일은 중간에 누군가를 세우는 게 낫다니까. 이렇게 힘든 상황에서 이런 말을 꺼내기는 뭐하지만, 앞으로 조금만 더 힘을 내. 지금까지 몇 년간 공들였으니까 앞으로 조금만 더, 적어도 지금 작업하는 대본만이라도 차분하게 마무리했으면 좋겠어. 다시 한 번 말하지만 단둘이 있을 때는 대립하지 말고. 그 사람도 궁지에 몰리면 어떻게 변할지 모르니까."

"알았어요. 노력해 볼게요."

"정말 잘해야 해."

교코는 혼잣말처럼 중얼거린 뒤 목소리를 가다듬으며 말했다.

"하지만 괜찮아. 어떤 선택을 하든지 자기가 잃어버릴 건 아무것도 없어. 반드시 좋은 쪽으로 해결될 거야. 이제부터 시작이야. 자신감을 가져."

"고마워요. 정말 고마워요."

나츠는 휴대전화를 귀에 댄 채 눈을 감았다.

"어쨌든 힘들면 언제든 연락해."

교코가 전화를 끊었다. 나츠는 휴대전화를 접어 천천히 충전기에 올려놓고 창밖으로 시선을 돌렸다. 밭 이쪽에 몸을 웅크리고 있는 쇼고의 모습이 보였다. 집 안에서 이런 대화가 오가고 있으리라고는 상상도 못 할 거라고 생각하니 왠지 가슴이 답답했다. 이 모든 게 악몽처럼 느껴졌다. 쇼고와의 관계를 정리할 가능성에 대해 누군가에게 명확히 밝힌 것은 이번이 처음이었다. 그런데 막상 다시 혼자가 되고 보니 이런 일로 헤어지는 것은 당치도 않다는 생각이 들었다. 나츠는 이리저리 마음이 흔들리는 자신에게 짜증이 났다. 또 위가 쑤셨다.

그때 나츠의 시야 한쪽 끝으로 그림자 하나가 스쳐 갔다. 가만히 지켜보니 밭 옆의 담장 사이로 파란 커버롤 작업복을 입은 쉰 살쯤 된 남자가 나타났다. 이웃집 장남이었다. 어찌 된 일인지 하야토가 얌전히 그의 팔에 안겨 있었다.

쇼고가 그를 돌아보았다. 밭이랑에서 웅크리고 있던 그가 천천히 몸을 일으켰는데, 멀리서 봐도 긴장한 것을 알 수 있었다. 고양이가 싫어하는 상대와 마주쳤을 때 종종 저런 자세를 취하곤 했다. 실제로 이웃집 부자^{父子}와 쇼고는 사이가 좋지 않았다. 이곳으로 이사 온 직후에 서로 땅의 경계선이 겹치는 밭길과 하천에서 끌어온 물의 사용권을 놓고 실랑이를 벌였다. 그 뒤로 쇼고는 이웃집 주인과 장남을 눈엣가시처럼 생각했다.

이웃집 장남이 하야토를 땅에 내려놓고 쇼고에게 뭐라고 말하고 있었다. 멀리서 보기에는 특별히 화를 내는 것 같지는 않았다. 나츠는 창문을 살짝 열고 그 틈새로 가만히 귀를 기울였다. 그러나 거리가 멀어 무슨 이야기를 하는지 알아들을 수가 없었다. 어느 때라면 무슨 일인지 궁금했겠지만 이제는 그다지 신경 쓰이지 않았다.

나츠가 창가를 떠나 책장으로 다가가 자료로 쓸 책 한 권을 빼내 의자에 막 앉으려고 할 때였다. 누군가가 버럭 소리를 질렀다. 쇼고였다. 황급히 창가로 가 보니 두 남자가 밭 한가운데에서 얼굴을 바싹 들이댄 채 눈싸움이라도 하듯 서로를 노려보고 있었다. 얼굴을 가까이 들이대고 있는 모습이 왠지 우스꽝스러워 보였다. 하야토는 시끄럽게 짖어 대며 두 사람 주위를 빙글빙글 돌고 있었다.

대체 무슨 일일까. 이웃집 남자가 말하려고 할 때마다 쇼고가 반론의 여지도 주지 않고 몰아붙였다. 상대는 안절부절못했다. 마침내 상대가 손을 뻗어 쇼고의 멱살을 잡았다. 그러자 쇼고가 목소리를 높였다.

"어라, 해 보겠다는 거야! 어디 때릴 테면 때려 봐. 바로 경찰에 신고할 테니까."

초여름의 산들바람이 창가에 선 나츠의 볼을 부드럽게 쓰다듬었다. 그 바람을 타고 남편의 목소리가 들려왔다.

"당신이 이렇게 함부로 폭력을 휘두르니까 처자식이 도망간 거야. 안 그래?"

나츠는 자기도 모르게 눈살을 찌푸렸다. 대체 무슨 권리로 저런 말을 하지?

시골에서는 집안일을 감출 수가 없다. 이웃집 남자가 필리핀 여성과 결혼했다가 아내와 헤어지면서 아이까지 빼앗겼다는 것을 마을 사람들 모두 알고 있었다. 그 원인이 그의 술버릇과 폭력에 있다는 것도 이미 알려진 사실이었다. 그 때문에 마을 사람들도 그 남자가 없는 자리에서는 간혹 험담을 늘어놓기도 했지만 그의 면전에서 말하는 사람은 없었다. 쇼고는 그것을 비열하다고 생각할지도 모르겠지만 그런 비열하고 미지근한 친절도 어른스러운 태도라고 할 수 없다고 생각했다.

이웃집 남자가 떠밀듯이 쇼고의 멱살을 풀어 주었다. 그러고는 뭐라고 한마디 내뱉고는 담장 쪽으로 걸어갔다. 쇼고도 물러서지 않고 그의 뒤통수를 향해 도발적인 말을 내뱉었다. 나츠를 상대할 때와 똑같았다. 쇼고는 이런 경우 상대에게 가장 효과적으로 데미지를 안겨 줄 수 있는 말을 찾아낸다. 상대의 급소를 찾아내는 감각이 뛰어나다.

쇼고 자신은 그것을 장점으로 생각하고 있겠지만 나츠는 그 반대라고 생각한다. 아직 아무런 피해도 입지 않았는데 상대를 철저히 무너뜨리려는 것은 상대가 무섭기 때문이다.

두 사람의 말다툼이 계속되고 있었다. 더 이상 들어줄 수가 없었다. 마흔이 다 된 사람이 해도 될 말과 해서는 안 될 말을 구분하지 못하고 있었다.

나츠는 창문을 닫고 다시 고리를 채웠다. 애써 잡념을 떨쳐 내고 컴퓨터 모니터에 대사를 채워 나갔다. 무슨 일이 있어도 마감 날짜는 지켜야 했다.

얼마 후 부엌문 소리가 나더니 쇼고가 쿵쾅거리며 복도를 걸어와 노크도 없이 방문을 열었다.

"이런 상쾌한 기분은 정말 오랜만이야. 속이 다 시원하네."

매우 화가 나 있을 거라고 생각했던 나츠는 책상 옆으로 다가온 남편을 어리둥절한 표정으로 올려다보았다. 그러고는 바로 이해할 수 있었다. 얼굴은 불그레하고 목소리는 약간 들떠 있었지만 엷은 미소를 띤 입가에는 미처 감추지 못한 긴장감이 엿보였다.

"이봐, 좀 전에 그것 봤어."

"봤어요. 무슨 말을 하는지는 거의 들리지 않았지만."

"이야, 속이 정말 후련하네. 묵은 체증이 쑥 내려간 느낌이야."

쇼고는 평소에 비해 말이 무척 빨랐다.

"대체 무슨 일이에요? 그 사람이 왜 하야토를 안고 온 거죠? 당신이 풀어 주었어요?"

"제멋대로 나간 거야. 그래서 그 자식이 무슨 큰 건수라도 잡은 것처럼 의기양양하게 항의하러 온 거잖아. 이거 당신네 개 아니냐고."

"그래도 처음엔 조용조용히 말하는 것 같던데요."

"아무리 점잖은 척해 봐야 난 다 안다니까. 그 녀석은 기분 전환 삼아 우리한테 뭔가 트집을 잡으려고 줄곧 기회를 엿보고 있었던 거야. 당신은 어수룩해서 잘 모르겠지만 내 눈에는 훤히 보이거든. 나 참, 우리가 매일 풀어 놓는 것도 아닌데 이때다 싶어서 따지러 온 것 봐."

"그 사람이 뭐래요?"

"갓 심어 놓은 채소 모종을 파헤쳐서 곤란하다나 뭐라나."

나츠가 놀란 얼굴로 물었다.

"네? 그러면 당연히 곤란하죠. 당신, 그것에 대해 사과했어요?"

"일단 사과는 했지. 그랬더니 그 자식이 내가 만만해 보였는지 밤에도 가끔 개를 풀어 놓는 것 같다느니 어쩌느니 하면서 트집을 잡잖아."

"어머, 하야토를 밤에 풀어 놓는단 말이에요?"

"항상 그런 게 아니라 이따금 한 번씩 풀어 주는 거야."

"……"

머리가 어지러웠다. 이 일의 발단이 정말 그것이라면 쇼고가 취한 태도는 정상 참작의 여지가 없었다.

"이따금 한 번씩이라고 해도 어쨌든 우리가 잘못한 거잖아요. 그러면서 어떻게 그런 말을 할 수 있어요?"

"그런 말이라니?"

"그 사람한테 처자식이 어떻다느니 하는 말이오."

"뭐야, 다 듣고 있었잖아?"

"우연히 그 부분만 들었어요. 목소리가 컸잖아요. 그런데 하야토를 풀어 준 건 아무리 생각해도 우리 잘못이에요. 순순히 사과했으면 그걸로 끝날 일인데. 그 사람도 파헤친 모종을 변상하라고 말하러 온 게 아니잖아요. 그런데 당신이 그런 식으로 말하면 정말로 변상해 달라고 할 것 아니에요. 어떻게 그런 말을……."

"그런 녀석은 말이야, 상대가 저자세로 나오면 더 기고만장해진다니까. 어디에나 그런 녀석이 한두 명쯤 있잖아. 자기가 강하다고 생각되면 고자세로 기어오르려는 녀석 말이야. 그런 녀석은 찍소리 못하게 따끔하게 혼내 줘야 한다니까."

쇼고는 작업용 셔츠의 소매로 책상에 튄 침을 닦아 내며 말을 이었다.

"그 작자는 설마 내가 덤벼들 거라고는 생각도 못했을걸. 내가 논리 정연하게 그쪽이 잘못한 것에 대해 차근차근 설명해 주니까 당황해서 어쩔 줄 몰라 하더군. 그래도 순순히 물러나지 않고 여전히 허세를 부리며 싸움을 걸어와서 찍소리 못하게 해준 것뿐이야. 그렇게 한번 따끔하게 혼내 주는 게 좋아. 그냥 대충 넘어가면 습관이 될 테니까."

나츠는 더 이상 참지 못하고 시선을 돌렸다. 입에서 나지막한 신음이 새어 나왔다. 남편이 이처럼 천박하고 먼 타인처럼 느껴진 적은 없었다. 지금까지 남편이 10년 남짓 함께 지낸 자신에게 감정적으로 나오거나 폭언을 퍼부었을 때는 그저 그의 방식으로 투정을 부리는 것쯤으로 생각했다. 그런데 지금 막 뺨을 한 대 얻어맞은 것처럼 정신이 번쩍 들었다.

'원래는 자상하고 정이 많은 좋은 사람이에요.'

그 '좋은 사람'이 어떻게 그런 태도를 취할 수 있단 말인가. 그것은 투정도 무엇도 아닌 그가 지닌 성격의 일부분이었다. 어쩌면 그는 아직 알아차리지 못한 것인지도 모른다. 상대보다 강하다고 생각하면 고자세로 기어오르려고 하고, 목소리가 큰 쪽이 이긴다고 생각하며, 약한 상대를 힘으로 억누르려는 녀석이 바로 자신이라는 것을.

"이봐, 그런 표정 짓지 말라니까. 공격은 최상의 방어라고 하잖아. 나한테 이빨을 드러내는 녀석은 적당히 봐줄 수가 없어. 우리 두 사람의 생활은 어느 누구도 방해하지 못할 거야. 그러니까 당신은 아무것도 걱정할 것 없어. 내가 끝까지 지켜 줄 테니까 마음 푹 놓으라고. 알았지?"

쇼고가 밝은 목소리로 말했다.

나츠는 농담처럼 말하는 그 들뜬 목소리를 더 이상 들어줄 수가 없었다. 신경이 곤두서서인지 그가 내뱉는 한마디 한마디가 귀에 거슬렸다.

"당신의 그런 면은 정말 마음에 안 들어요."

"무슨 그런 섭섭한 말을."

쇼고가 장난스럽게 말하며 어깨를 감싸려고 하자 나츠가 재빨리 그의 손을 뿌리쳤다. 그녀 스스로도 움찔할 정도로 쌀쌀맞은 태도였다.

"왜 이래?"

"농담이 아니라 정말 마음에 안 들어요."

소고가 머쓱해진 표정으로 한 걸음 뒤로 물러났다. 나츠는 눈에 잔뜩 힘을 주고 그를 올려다보았다.

"당신은 어째서 모든 사람을 적대시하는 거죠? 회사에 다닐 때도 걸핏하면 남들과 부딪치곤 했잖아요."

"그야 남들의 비위를 맞추지 못하는 성격이니까."

"그건 다 핑계예요. 아랫사람을 감싸고 윗사람과 부딪치는 것뿐이라면 이해하겠어요. 하지만 동료나 업무로 만나는 사람하고도 사소한 일로 번번이 대립하는데다 한번 다툰 사람은 절대로 상대하지 않았잖아요. 당신은 상대가 제대로 사과하지 않으면 절대 용서하지 않겠다는 식이었어요. 상대가 서로 없었던 일로 하자고 해도 못 들은 척했고요. 왜 항상 남들하고 대립하려고만 해요? 그러니까 주변에 사람이 없는 거예요. 당신은 친구도 거의 없잖아요."

"그러니까 당신만 있으면 그걸로 충분하다고 했잖아."

"당신은 그런지 몰라도 난 아니라니까요!"

나츠의 말에 소고가 충격을 받았는지 눈이 휘둥그레졌다. 나츠는 심장이 딱딱하게 굳고 가슴에 돌덩어리가 박힌 것 같았다.

"당신 정말 이상해요."

나츠는 애써 태연한 척하며 말을 이었다.

"무인도에서 단둘이 사는 것도 아닌데 당신이나 나나 좀 더 바깥세상하고 밀접해지려고 노력해야 하는 것 아니에요? 지금 이 생활은 비정상적이라니까요."

쇼고가 약간 흥분한 목소리로 진지하게 말했다.

"비정상적이라고 해도 상관없어. 남들과 다른 게 뭐가 나쁘다는 거야. 난 원래 그런 사람이야. 그게 바로 나라니까. 내가 평범하지 않다는 것쯤은 나도 알고 있어. 당신 말대로 비정상적인 것이겠지. 하지만 도저히 참을 수가 없어. 일단 화가 나서 뭔가 말해야겠다 싶으면 상대가 당신이든 다른 사람이든 잠깐은 참을 수 있겠지만 결국엔 폭발하게 돼. 나 자신도 어쩔 수가 없다고. 도저히 억누를 수가 없어. 사실 억누르고 싶은 마음도 없고. 그래, 맞아. 비정상적이라고 해도 상관없어. 난 내가 원하는 대로 살 거야. 그러니까 당신은 당신대로 다른 사람들하고 잘 지내 봐. 어쨌든 난 그렇게는 못하겠어. 사람들에게 일일이 신경 쓰면서 비위를 맞추는 건 딱 질색이야."

또다시 침이 책상 위로 튀었다. 이번에는 쇼고도 침을 닦아 내지 않았다.

5

얕은 잠을 자다가 꿈을 꾸었다. 상당히 젊어 보이는 쇼고가 목에 휴대전화를 늘어뜨린 채 몇몇 제작진과 함께 모니터를 들여다보고 있었다. 테스트 중인 카메라 크레인이 상하로 움직이는 사이에 한쪽에서는 의상을 갖춘 배우들이 도시락을 먹거나 메이크업을 손질하고 있었다. 쇼고가 모니터를 가리키며 뭐라고 하자 스튜디오는 이내 웃음바다가 되었다. 나츠도 함께 웃었다.

누군가가 이름을 부르고 있다.

"나츠."

누구일까. 일할 때는 아무도 그 이름으로 부르지 않는데.

"나츠."

소파 가장자리가 천천히 가라앉는 느낌이 들어 눈을 떠 보니 쇼고가 가만히 내려다보고 있었다. 쇼고가 손을 뻗자 나츠는 자기도 모르게 몸을 움츠렸다. 쇼고는 잠깐 동작을 멈추고는 쓴웃음을 지으며 다시 손을 뻗어 나츠의 머리카락을 쓰다듬었다. 방의 불빛이 흐릿했다.

나츠가 잠긴 목소리로 물었다.

"지금 몇 시예요?"

"6시쯤 됐어."

"저녁이요?"

쇼고가 고개를 끄덕이며 또다시 쓴웃음을 지었다.

나츠는 잠이 덜 깬 눈으로 벽시계를 쳐다보았다. 5시 45분. 쇼고와 이웃집 남자가 말다툼을 벌인 것에 대해 이런저런 신경을 쓰다 보니 작업에 집중할 수가 없었다. 그래서 잠깐 눈을 붙이려고 했는데 그만 두 시간이나 자고 말았다. 아마도 쇼고는 그 뒤에 다시 밭으로 가서 하루 작업량을 다 끝냈을 것이다. 어쩌면 이미 식사 준비까지 끝마쳤는지도 모른다.

"이렇게 낮에 자니까 밤에 잠이 안 오는 거야."

"괜찮아요. 밤에 집중이 잘되니까요."

"하지만 소파는 좁아서 몸이 편치 않을 텐데. 어젯밤에도 여기서 잤잖아. 내가 잠이 깰까 봐 그러는 모양인데, 신경 쓰지 말고 한밤중이라도 침실로 들어와. 난 괜찮으니까."

"……네, 그런데 침대에선 아무래도 오래 자게 되잖아요. 게다가 여기선 다마키를 끌어안고 자니까 예민해진 신경도 어느 정도 안정되고."

쇼고가 중얼거렸다.

"그런가?"

"그만 일어나야겠어요. 배고프지 않아요? 먼저 식사해요."

"당신은?"

"난 나중에 먹을게요."

"그럼 나도 천천히 먹지, 뭐."

그러고는 가만히 나츠를 내려다보았다.

"……왜요?"

"아까 말이야, 일전에 도착한 〈천국〉을 봤어."

〈일곱 번째 천국〉. 월요일 밤 9시에 방영된 연속극으로 다카토 나츠메를 일약 유명 작가로 만든 히트작이다. 당시 그 연속극을 연출한 이가 쇼고였다. 출연자도 모두 쟁쟁한 배우들이었다. 인기 절정의 두 주인공이 그 연속극을 계기로 전격 결혼하는 바람에 아직까지도 사람들 입에 오르내리고 있다.

소고가 일전에 도착했다고 말한 것은 총 11회 분량과 스페셜 영상을 모아 놓은 DVD 세트였다.

"당신은 정말 재능이 뛰어난 작가야."

"갑자기 무슨 말이에요?"

"그런 멋진 작품을 만들어 내다니. 아직도 많은 사람들이 그 기막힌 대사들을 기억하고 있을 거야. 최종회를 보고 얼마나 많은 사람들이 눈물을 흘렸을까 생각하니 가슴이 뭉클해지더군. 사실 그건 우리의 출발점 같은 작품이잖아."

나츠는 아무런 대꾸도 하지 않았다.

"뭐랄까, 0에서 1을 만들어 내는 것은 굉장한 일이야. 나도 잘 알고 있어. 당신이 얼마나 열심히 일하는지. 당신은 드라마 작가로서의 재능을 타고났어."

"……."

"당신도 내 성격 잘 알잖아. 내가 당신한테 화내며 내뱉은 말들은 언제나 다시 내게 돌아와 보디블로^{권투에서 상대편의 배와 가슴 부분을 치는 일}처럼 가슴을 강타했어. 당신은 정말 괜찮은 여자야. 그런데 난 도저히 이걸 고칠 수가 없어. 매번 심한 말을 하고 나서 후회하면서도 도저히 고쳐지지가 않아."

소고는 잠자코 듣고 있는 나츠를 보며 한숨을 내쉬었다.

"바깥바람이라도 쐬고 오는 게 어때? 하야토가 심심해하는 것 같던데. 몸을 좀 움직여야 식욕이 나지."

나츠는 애용하는 부츠를 신고 밖으로 나갔다. 5월이라고 해도 날이 저물면 강 쪽에서 불어오는 바람이 찼다. 나츠가 마당으로 나가자 하야토가 쇠사슬을 찰랑거리며 달라붙는다. 나츠는 하야토의 목을 끌어안고 단단하고 매끈한 머리를 쓰다듬으며 커다란 나무에 절반쯤 가려진 밭 저편의 이웃집 지붕을 쳐다보았다. 찜찜하고 미안한 마음에 고개라도 숙이고 싶은 심정이었다. 그래도 혼자서 남편의 무례한 행동을 사과하러 가고 싶지는 않았다. 부부이기에 힘든 것 중 하나는 종종 이렇게 타인이 두 사람을 한데 싸잡아 평가한다는 것이다. 남편이 제삼자에게 아무리 개인적으로 행동했더라도 남들은 자신을 그런 남자와 결혼한 여자로 바라본다. 혼자 빠져나올 수는 없다.

문득 지겹다는 생각이 들었다. 모든 게 귀찮아졌다. 쇼고 쪽에서 저자세로 나오니 응어리진 감정이 자기 쪽에만 축적되어 숨이 더 막히는 것 같았다. 그가 완전히 구제 불능인 남자였다면 일은 훨씬 간단했을 것이다. 하지만 이제는 예전처럼 대충 넘어갈 수가 없다. 다 잊고 새로 시작할 수도 없다. 지금은 저자세로 나오지만 머지않아 또다시 뭔가 다른 일로 고통을 안겨 줄지도 모른다. 그 생각을 하면 잠시라도 경계심을 늦출 수가 없다.

가지런히 늘어선 밭이랑 쪽에서 쇼고가 뿌려 놓은 퇴비 냄새가 풍긴다. 완전히 발효한 퇴비는 청결하고 풍요로운 냄새가 난다. 저녁놀이 아름답다. 낮게 드리워진 구름이 장밋빛으로 물든 채 야시장의 솜사탕처럼 부드럽게 빛나고 있다.

나츠는 정성껏 가꾼 정원을 둘러보았다. 커다란 나팔꽃과 초록빛을 띤 하얀 튤립 위에 사과나무가 수평으로 가지를 펼친 채 꽃잎을 팔랑팔랑 흩뿌리고 있다. 낮에만 방목하는 닭들이 땅바닥을 쪼면서 삼삼오오 닭장으로 돌아간다. 깊게 심호흡을 했다. 눈에 비친 모든 것들이 사랑스럽고 애처로웠다. 이곳을 사랑한다고 생각한다. 쇼고와 둘이 수년 동안 이곳에서 일구어 낸 모든 것을 진심으로 사랑한다. 이렇게 맑은 공기를 가슴속 깊숙이 들이마시면 머리끝까지 힘이 넘쳐난다. 동물이나 꽃에게서 위안을 얻는다. 가슴 안쪽에 일렁이던 거센 파도가 어느새 서서히 가라앉는다.

그런데 지금은 그것이 두렵다. 그렇게 마음을 달래고 가라앉히며 점차 원만한 존재로 변해 가는 게 두렵다. 새로운 작품을 탄생시키려면 자기 자신을 가혹할 정도로 압박해야 한다. 그런데 창작 에너지로 전환할 수 있는 스트레스까지 전부 가라앉혀 버리면 곤란한 것 아닌가.

시골 생활을 하면서 그렇게 생각한 것은 처음이었다. 지금까지는 마음의 평안을 무엇과도 바꿀 수 없는 보물이라고 생각했다. 하지만 지금은 몸속에 소용돌이치며 날뛰고 있는 불온한 것이야말로 진짜 소중한 것이라는 생각이 들었다. 더 날뛰고 싶다. 더 시달리고 싶다. 이 소용돌이를 가라앉히고 싶지 않다. 평탄하게 지내고 싶지 않다.

혹시 지금까지 달래고 어루만졌던 것들 속에 창작의 가장 중요한 요소가 숨어 있었던 것은 아닐까. 그렇게 생각하니 문득 초조감이 밀려들었다.

안 되겠어. 이대로 지내다간 정말 글을 못 쓰게 될지도 몰라.

"맨션?"

쇼고가 놀란 얼굴로 되물었다.

이튿날 아침 식사를 마친 뒤, 나츠는 도쿄에 작은 맨션을 빌려 놓고 이곳과 그곳을 오가며 생활하고 싶다고 말했다. 여느 때처럼 쇼고가 거실에서 신문을 펼치고 있을 때였다. 일단 남편과 일정한 거리를 두고 지내기로 결심했다. 어떻게든 혼자만의 시간과 장소를 확보해 두지 않으면 더 이상 버티기 어려운 시점에 와 있었다.

쇼고는 아침 내내 기분이 좋아 보였다. 나츠가 슬쩍 떠보느라고 엊저녁에 느꼈던 창작에 대한 초조감에 대해 이야기했을 때도 그 나름대로 이해해 주려는 모습을 보였다. 그래서 나츠도 과감하게 맨션 이야기를 꺼낼 수 있었다.

"그런 것 필요 없잖아. 이따금 볼일이 있어 도쿄에 가는 거라면 호텔에 묵는 게 싸다니까. 그게 싫으면 단기 임대 맨션도 괜찮고. 제대로 맨션을 빌리면 침대며 전자레인지, 냉장고 같은 생활 도구들을 전부 새로 들여놔야 하잖아."

나츠는 조용히 손으로 무릎을 꽉 움켜쥐었다. 사치가 아닌 최소한의 선택이었다. 타인에게는 그렇게 신경질적이고 과민하면서 아내가 지금 절박한 심정이라는 것은 왜 몰라 주는 것일까. 하지만 쇼고의 태도도 평소와는 약간 달랐다. 입을 굳게 다물고 있는 나츠를 잠시 가만히 쳐다보더니 곧바로 과장된 한숨을 내쉬며 말했다.

"내가 뭐라고 해도 당신 뜻대로 할 거잖아."

"또 그런 식으로 말하네요."

"알았어, 빌리라고. 가스레인지든 냉장고든 당신이 좋아하는 걸로 장만하고. 도쿄에 방 하나 마련해 두면 나도 가끔 옛 동료들하고 한잔하고 거기서 묵을 수도 있으니까 꼭 부정적으로 생각할 일도 아니지."

나츠는 목에 걸린 침을 꿀꺽 삼켰다.

"아뇨, 거기 열쇠는 당신한테 안 줄 거예요."

쇼고는 히죽히죽 웃으며 말했다.

"뭐? 그건 또 무슨 소리야? 그럼 안 되지. 당신은 내가 지켜보지 않으면 일도 제대로 안 하잖아."

"내 일인데 어떻게 안 해요? 어쨌든 미안하지만 거긴 나 혼자 쓸 거예요. 내가 있을 때는 가끔 묵고 가도 되지만, 없을 때는 안 돼요."

쇼고가 양미간을 좁혔다.

"역시 그렇군……."

"네?"

"어쩐지 그럴 것 같더라니. 무슨 속셈인지 대충 알겠네."

"속셈이라뇨?"

쇼고는 대답 대신 혀를 끌끌 찼다. 하지만 나츠가 계속 입을 다물고 있자 갑자기 애원하듯이 말했다.

"이봐, 섹스라면 내가 해 줄 테니 다른 남자 사귀는 건 그만둬."

"남자요? 왜 느닷없이 그런 말을 해요?"

나츠는 눈이 휘둥그레졌다.

"시치미 뗄 것 없어. 난 원래 그런 냄새는 잘 맡거든. 요즘에 문 걸어 잠그고 누구하고 소곤소곤 통화하는지 다 알고 있어. 당신은 내가 아무것도 모른다고 생각했겠지만."

나츠는 내심 뜨끔했지만 가까스로 태연한 척했다. 그에게 들켰을 리 없다. 시자와와 직접 통화한 것은 그때 한 번뿐이었고 착신 기록도 바로 삭제했다. 그 외에 길게 통화한 상대는 오카지마 교코밖에 없다. 그는 지금 넘겨짚고 있는 것이다.

"쓸데없는 소리 그만해요. 당신은 항상 그런 식으로 이야기를 다른 방향으로 돌리는데, 이젠 그런 수법 안 통해요. 그리고 이참에 확실하게 말해 둘게요. 난 이제 당신하고는 안 할 거예요."

"뭐? 왜?"

눈에 쌍심지를 켜고 노려보던 쇼고가 갑자기 어리둥절한 표정을 지었다.

"그걸 몰라서 물어요? 나한테 거기가 느슨하다고 말한 사람하고 어떻게 또 할 수가 있겠어요? 그 이후로 당신에 대한 감정이 많이 식었어요. 전혀 기분이 나질 않는다니까요."

"또 그러네. 몸은 거짓말을 못한다니까요, 아줌마."

"그만해요. 어쨌든 당신하곤 다시는 안 할 거예요, 절대로."

나츠는 애써 담담히 말했다. 히스테리를 부리는 것으로 오해하면 곤란하니까.

"그러니까 그땐 말이야, 그런 식으로 말했을 땐 내게 좀 작았던 거야."

쇼고가 짐짓 풀이 죽은 듯이 시선을 내리깔았다.

"그래요? 아무래도 상관없어요. 어쨌든 싫어요."

"어쩔 수 없잖아, 나이가 들면 당연히 그렇게 되는 거니까. 게다가 여자는 출산하고 나면 대개 느슨해진다고 하잖아."

"그거 진지하게 이야기하는 거예요? 난 아이를 낳은 적도 없고 그렇게 나이가 많은 것도 아니에요. 정말 어처구니가 없네요."

"아니, 그러니까 그건……."

나츠는 이런 상황에서 익살을 부리려는 남편에게 차가운 시선을 보냈다. 어떻게 이런 대화를 나누면서 웃을 수 있을까. 자신의 말이 아내에게 얼마나 큰 상처를 주는지 전혀 모르는 것일까.

"그래도 올초에 한 번 했잖아. 마음만 먹으면 할 수 있다니까."

그 '한 번'이 머릿속에 생생히 떠올랐다.

"그땐 아프기만 했다고요!"

온몸의 모공에서 남편에 대한 거부감과 분노를 일시에 뿜어 냈다. 나츠는 어금니가 부서질 정도로 이를 악물었다. 새삼스레 거의 욕지기에 가까운 격한 감정이 치밀어 오른다는 게 놀랍기도 했다. 이건 뭐지? 왜 또 이런 감정이 솟구치는 거지? 그에 대해선 이미 오래전에 포기했던 거 아닌가?

"정말 모르겠어요?"

앙다문 입술 사이로 새어 나오는 목소리가 점점 낮아졌다.

"내가 열쇠를 건네지 않겠다고 하자 남자를 사귈 거라는 식으로 확대 해석하면서 어째서 자신이 그렇게 거부당하고 있는지는 생각하지 못하는 거죠? 나는 열쇠를 건네주는 걸 거부하는 게 아니라 당신 자체를 거부하는 거예요."

"대체 그 말투는 뭐야?"

"더 이상 못 참겠어요. 어딘가에 거처를 마련해 당신하고 떨어져 있지 않으면 정말로 한계에 부딪힐 것 같아요. 무슨 말인지 알겠어요? 이제 더는 버티기 어려운 지경에 이르렀다고요."

"이봐, 나츠."

"요즘 들어 왜 이렇게 계속 말다툼을 하는지 당신은 아직도 모르겠어요? 왜 그렇게 나를 관리하고 속박하려 드는 거죠?"

"속박?"

"지금도 그래요. 당신이 지켜보지 않으면 내가 일도 안 할 거라니, 그게 무슨 말이에요. 영화 시나리오를 쓸 때도 마찬가지예요. 내가 됐다고 했는데도 당신 마음대로 작업실에서 전화하고 휴대전화를 가져갔잖아요."

"그게 뭐 어떻다고? 내가 말했잖아. 작업 중에 전화가 걸려 오면 집중력이 떨어진다고. 그럼 내가 작업에 방해가 되지 않으려고 낮부터 숨죽이고 지냈던 게 다 허사가 되잖아. 당신은 성격상 지금 집필 중이니까 나중에 다시 걸라거나 메일을 보내라는 식으로 말하진 못하잖아. 그러니까 내가……."

"전화는 내가 받고 싶지 않으면 안 받는 거고 기분 전환하고 싶으면 받는 거니까 그냥 내버려 둬요."

"전화벨이 울리는 것만으로도 방해가 될 텐데."

"그게 바로 쓸데없는 참견이라니까요. 배려도 그쯤 되면 거의 납치 감금이나 다름없어요. 왜 그렇게 내 기분이나 의견은 무시하고 자기 가치관만 강요하는 거죠? 이젠 그렇게 적당히 어린아이 취급하며 속박하려 들지 말라는 거예요."

소고가 갑자기 버럭 소리쳤다.

"속박이란 말 좀 그만해! 둘이 같이 일하면서 필요한 걸 가르쳐 주는 게 뭐가 속박이야? 요즘에 내가 아무 말도 안 하니까 우쭐해진 모양인데 적당히 좀 하라고. 도대체 말이야, 도쿄에 맨션까지 빌리고 나한테 열쇠를 건네주지 않겠다고 하면 내가 순순히 그러라고 할 것 같아?"

"아무리 그래도 열쇠는 안 돼요. 거긴 내가 당신으로부터 자유로워질 수 있는 유일한 장소니까요."

"헛소리 집어치워! 그걸 왜 당신 혼자 결정하지? 그런 경비는 두 사람의 공동 재산에서 빠져나가는 거잖아. 아무래도 당신 혼자 돈 벌고 있다고 생각하는 모양이군. 그렇게 생각하지 않는다면 두 사람의 재산을 혼자 멋대로 쓰지는 않을 텐데. 자기 혼자 글을 쓰고 혼자 돈을 번다고 생각하니까 그렇게 멋대로 구는 거야. 나 참, 웃기고 있네. 내가 속박하고 있다고? 정말 열 받네."

나츠가 차분한 목소리로 말했다.

"뭘 그렇게 혼자 흥분해요? 당신이 이 집에서 해 준 일에 대해서는 새삼스레 일일이 말하지 않아도 충분히 감사하게 생각하고 있어요. 그동안 여러 번 그렇게 말했잖아요. 다만, 대본의 내용이나 완성도는 프로그램을 함께 만들고 있는 제작진과 나 사이의 문제니까 외부인인 당신이 이러니저러니 말할 사항은 아니라는 지극히 당연한 이야기를 하는 거예요. 당신이 작업 도중에 끼어드는 건 지금의 나에겐 거부감만 일으킬 뿐이라니까요. 이제 그런 참견을 시험 삼아 잠깐 중지해 보라는 거예요. 지금까지 당신한테 최대한 이런저런 의견을 들어왔던 건 사실이에요. 하지만 그건 나 혼자서 글을 쓸 수 없어서 그랬던 게 아니에요. 정확히 말하면 그 편이 작업하는 데 편하기 때문에 그랬던 것뿐이에요. 그런데 당신은 이것도 해 주었고 저것도 해 주었다고 하니, 뭘 모르는 건 당신 아닌가요?"

"멍청하긴. 당신이 임시방편으로 내 도움을 받았다는 것쯤은 나도 다 알고 있어. 그런데 당신이 그렇게 잘난 척해도 되는 건가?"

쇼고가 비웃듯이 볼을 씰룩거렸다.

"무슨 뜻이에요?"

"다 들통 났는데. 그날 밤 당신이 방문을 걸어 잠그고 통화했던 상대 말이야. 나한테는 교코 씨라고 했지만 전부 거짓말이었지. 당신이 뭐라고 발뺌하든 소용없어. 난 이미 다 알고 있으니까."

혹시 허풍을 떠는 것은 아닐까. 나츠도 더 이상 물러서지 않으려는 듯 쇼고를 노려보았다. 휴대전화에 착신 기록이 남아 있지 않으니 쇼고가 상대를 특정지을 수는 없을 것이다. 하지만 어쨌든 통화 상대가 오카지마 교코가 아니었다고 단언하는 것을 보면 휴대전화를 멋대로 훔쳐본 게 분명했다.

"저질……."

나츠가 혼잣말처럼 중얼거리자 쇼고가 바로 응수했다.

"흥, 어느 쪽이 저질인지 모르겠네. 하지만 난 말이야, 그런 사소한 일은 작업에 방해가 된다고 생각해서 내색하지 않았어. 그런 것도 모르고 속박한다느니 관리한다느니 떠들고 있으니 어이가 없군. 내가 관리해 주지 않았으면 당신이 일을 마감일 안에 끝낼 수 있었을 것 같아? 당신이 제때 끝내지 못하면 너뿐만 아니라 주변 사람들까지 피해를 입는 거야. 그러니까 그만 고집부리고 얼마나 진행됐는지 알 수 있게 원고만이라도 보여 줘. 그렇지 않으면 내가 읽고 잘못된 부분을 고칠 시간이 없잖아."

"고치지 않을 거예요."

"바보 아냐? 어디 한번 혼자 잘해 보라고."

"네, 그럴 거예요."

쇼고가 쳇, 하고 혀를 찼다.

"그럼 할 수 없지. 백 보 양보해 주겠어. 소감이나 의견은 말하지 않을 테니까 어쨌든 원고나 보여 줘."

그러고는 신문으로 테이블을 탁 내리쳤다.

"어떻게 작품을 완성할 건지 설명은 해 줘야지. 아무것도 모른 채 무조건 네네, 하고 시키는 대로 할 수는 없잖아."

탁, 탁, 탁.

나츠는 소리가 그칠 때까지 기다린 다음 조용히 말을 꺼냈다.

"정말 말귀를 못 알아듣네요. 내가 부탁하고 싶은 것은 한 가지뿐이에요. 나를 잠시 그냥 내버려 두라는 거예요. 단지 그것뿐인데 왜 그렇게 못 알아들어요? 당신이 뭐라고 하든 작품은 '다카토 나츠메'라는 이름으로 세상에 나가요. 그게 어떤 기분인지 어떤 각오가 필요한지 당신은 모를 거예요. 나는 도망갈 데가 없어요. 한 발자국만 물러나도 낭떠러지예요. 그러니까 당신 의견에 맞추면서 적당히 넘어갈 수 없는 거예요. 앞으로 스스로 납득할 만한 새로운 작품을 쓰는 데 꼭 필요한 일을 하면서 일일이 당신에게 허락을 받고 싶진 않아요. 그게 필요하다고 생각하는 한 스스로 결정하고 행동에 옮길 거예요."

"하하, 말은 잘하네. 좀 적당히 잘난 척하라니까. 자기가 무슨 대단한 예술가라도 되는 줄 아나 보네. 잘 들어, 당신이 내 도움 없이도 잘 해낼 거라고 생각하는 모양인데, 그건 큰 착각이야. 내가 없으면 아무것도 못하는 주제에 무슨 특별한 존재인 양 우쭐대고 있네. 나도 분명히 말해 주지. 당신에게는 혼자서 제대로 된 대본을 쓸 만한 재능 따윈 없어!"

나츠는 벌떡 일어나 펼쳐 놓았던 잡지를 덮어 가슴에 끌어안았다. 그런 다음 그대로 거실을 빠져나가려고 하자 등 뒤에서 쇼고가 목소리를 높였다.

"상황이 불리하니까 바로 도망치네."

나츠는 잠깐 머뭇거리다가 이내 돌아섰다. 소파에서 반쯤 몸을 일으킨 쇼고가 험악한 얼굴로 노려보고 있었다.

"나갈래요. 더 이상 못 참겠어요."

나츠는 총총히 자기 방으로 가서 문을 닫고 자물쇠를 채웠다. 조용히 귀를 기울였다. 복도로 쫓아 나와 뭐라고 한마디라도 할 줄 알았는데 발소리가 들리지 않았다. 애초부터 진지하게 받아들이지 않았을 것이다. 문손잡이를 움켜잡고 있던 손을 가까스로 떼어 냈다. 얼굴 앞으로 손을 들어 올려 보니 손가락까지 바르르 떨리고 있었다. 하지만 머릿속은 아주 맑고 고요한 느낌이었다.

시계를 보았다. 어느새 정오가 가까워졌다. 오후 1시가 되면 남편은 여느 때처럼 밖으로 나가 밭일에 매달릴 것이다. 말다툼 따위에 전혀 개의치 않는다는 것을 보여 주기 위해서라도 분명 평소와 다름없이 행동할 것이다. 쇼고의 발소리가 계단을 올라가고 있다. 그의 방문이 거칠게 닫히더니 자물쇠를 채우는 쇳소리가 났다.

나츠는 컴퓨터 앞에 앉았다. 일단 외장 메모리와 USB에 중요한 파일을 모두 옮겨 놓았다. 그것만으로는 불안해 교코에게 메일을 보냈다.

나중에 연락할게요. 잠시 맡아 주세요.

　첨부 파일에는 현재 작업 중인 대본과 잡지에 연재 중인 수필 원고를 집어넣었다. 이렇게 해 놓으면 혹시 메모리에 문제가 생기더라도 가장 중요한 파일은 건질 수 있을 것이다. 그러고는 당장 입을 옷가지들을 챙겨 오래 사용한 흔적이 고스란히 남아 있는 옷가방에 쑤셔 넣었다. 집필에 필요한 자료도 빼놓지 않았다. 쇼고가 밭으로 나가기 전에 뒷문 쪽으로 차를 이동시켜 짐을 전부 실어 놓아야 했다. 그렇게 움직이고 있는 동안에도 마음은 신기할 정도로 차분했다. 특별히 감정이 고조되거나 불안하다는 느낌은 들지 않았다. 마치 언젠가 썼던 드라마의 한 장면을 그대로 연기하고 있는 것 같았다.

　이윽고 컴퓨터와 프린터까지 케이블을 정리해 뒷문 앞에 가지런히 쌓아 놓았다. 그런 다음 짐들을 바라보며 우두커니 서 있었다. 침을 꿀꺽 삼킨다. 그 소리가 유난히 크게 들린다. 지금이라면 아직은 되돌릴 수 있다. 아까 집을 나가겠다고 했지만 언제 그랬느냐는 듯이 그냥 없었던 일로 하면 된다. 하지만 되돌아갈 수는 없다. 지금은 이렇게 할 수밖에 없다. 지금 가장 절실한 것은 자유다. 그것을 얻기 위해서는 이렇게 할 수밖에 없다.

　소파에 웅크리고 있던 다마키가 일어나 크게 하품을 하고는 나즈를 올려다보았다. 나츠는 칭얼대듯이 우는 고양이를 가슴에 꼭 끌어안고 귓가에 속삭였다.

"미안해, 기다려 줘. 되도록 빨리 데리러 올게."

그러고는 뒷문을 활짝 열었다.

제 3 장

1

벽의 스위치로 손을 뻗으려다 멈추고 검은 창문 너머로 무수히 펼쳐진 불빛을 바라본다. 수많은 창문들이 점점이 반짝이는 저 건물은 지은 지 얼마 안 된 고층 맨션이다. 저 멀리 도쿄 만을 가로지르는 거대한 교량의 일부도 보이고 오렌지색 양초 같은 도쿄 타워의 첨탑도 보인다. 바로 밑의 운하에는 빨간 제등으로 화려하게 장식한 놀잇배들이 떠 있다.

집을 뛰쳐나온 뒤 두 달가량 밤마다 바라보는 풍경이지만 볼 때마다 마음을 빼앗긴다. 이렇게 밤에 집에 들어오면 방 안의 불을 켜는 게 망설여질 정도로 아름다운 야경이다. 이 전망을 놓치고 싶지 않아 약간 무리해서 집을 빌렸다. 시골을 떠나 도시에서 생활할 바에는 전과는 전혀 다른 환경에서 지내고 싶었다.

이따금 하천 저편으로 손님이 드문드문 앉아 있는 모노레일이 지나간다. 길게 뻗은 네모난 창이 뭔가 신호를 보내듯 옆으로 흘러간다. 하천의 구부러진 부분에 걸쳐 있는 무지개 모양 아치를 사람들의 검은 그림자가 건너간다. 수면에 흔들리는 수많은 불빛들이 눈에 번지듯이 스며든다.

도시의 밤은 언제나 인공적인 소리를 낸다. 어느덧 이전에 귀에 익었던 나뭇잎에 바람이 스치는 소리나 벌레 소리 대신 자동차의 경적과 사이렌과 층간 소음에도 익숙해졌다. 이곳에 처음 왔을 때는 이런저런 소음으로 한밤중에도 몇 번이나 눈을 떴다. 평소에 일 때문에 호텔에 묵을 때는 인기척 따위에 거의 신경을 쓰지 않았는데 혼자 지낸다고 생각하니 사소한 소음도 귀에 거슬렸다. 그 소리에 익숙해진 게 언제부터였을까. 계절이 여름으로 접어든 지금은 웬만한 소리에도 눈이 떠지지 않는다.

나츠는 불도 켜지 않은 채 냉장고에서 물을 꺼내 마신다. 고층 맨션의 창문이 거대한 상야등常夜燈, 밤새도록 켜 놓는 등처럼 주방 바닥을 어슴푸레 비추고 있다. 이번에는 반대편에서 달려온 모노레일의 불빛이 희미하게 깜박이며 하얀 벽에 관엽 식물의 그림자를 새겨 놓는다. 저 멀리 교량이 매달린 곡선 케이블에 조그만 초록색 전등이 점점이 늘어서 있다. 비가 갠 뒤에 거미줄에 맺힌 물방울을 연상케 하는 그 케이블이 영롱하게 반짝이는 목걸이처럼 아름답다.

거리의 불빛은 많이 모이면 모일수록 왠지 쓸쓸해 보인다. 그것은 나츠의 지금 심경과도 일치한다. 그녀는 아직도 차가운 잔물결이 발밑을 쓸어 가고 있는 듯한 그 어찌할 수 없는 외로움에서 벗어나지 못하고 있다.

그날 쇼고가 밖으로 나온 것은 나츠가 마지막 가방을 자동차 뒷좌석에 실었을 때였다.

"지금 뭐 하는 거야?"

쇼고가 뒤에서 갑자기 말을 거는 바람에 나츠는 흠칫 놀랐다. 그렇게 맑았던 하늘이 짐을 꾸리는 사이에 빗방울을 뿌리기 시작했다. 쇼고는 우산을 쓰고 있었지만 나츠는 얇은 플리스만 걸친 채 점점 굵어지는 빗줄기 속에서 거의 10분이나 실랑이를 벌였다.

나츠가 일단 떨어져서 지내고 싶으니 시간을 달라고 하자 쇼고는 어이없다는 듯이 말했다.

"당신은 지금 눈앞에 닥친 일이 힘드니까 도망치고 있는 거야."

"그렇지 않아요."

"자꾸 편한 쪽으로만 가려고 하는 그 성격부터 고쳐야 한다니까."

나츠는 더 이상 대꾸하고 싶지 않아 말없이 운전석에 올랐다. 차를 돌리고 있는 사이에 쇼고는 어디론가 모습을 감추었다. 화가 나서 집 안으로 들어간 줄 알았는데 차가 현관 앞을 막 지나갈 때 뒤에서 쫓아와 창문을 두드렸다.

차를 세우고 주뼛주뼛 창문을 조금 내리자 쇼고가 좁은 틈새로 두 툼한 은행 봉투를 밀어 넣었다. 봉투는 비에 약간 젖어 있었다.

쇼고가 무뚝뚝하게 말했다.

"자, 갖고 가. 30만 엔쯤 들어 있을 거야. 당신은 신용카드만 있지 현금은 없잖아."

나츠가 혼잣말처럼 중얼거렸다.

"고마워요."

나츠는 그대로 차를 출발해 잠시 국도를 달리다가 고속도로를 타기 직전에 들른 주유소에서 교코에게 전화를 걸었다. 옆 차의 조수석에 타고 있던 작은 애완견이 발돋움하고 그녀 쪽을 바라보았다.

나츠는 교코가 전화를 받자 지금 통화하기 괜찮냐고 물었다. 그러면서 붙임성 있게 꼬리를 흔드는 애완견에게 미소를 지어 주려는 순간 갑자기 목이 메이더니 오열이 새어 나왔다. 긴장이 풀렸기 때문만은 아니었다. 백미러 속에서 비를 맞으며 우두커니 서 있던 쇼고의 모습을 떠올리자 눈물이 하염없이 흘러나왔다. 잔돈을 건네주러 온 주유소 직원이 그녀의 우는 모습을 보고 난처해하며 시선을 돌렸다.

나츠는 차를 주유소 한켠에 세우고 교코에게 집을 나왔다고 말했다. 하지만 좀처럼 뒷말을 이을 수가 없었다.

"미안해요, 바쁘실 텐데……."

나츠가 미안해하자 수화기 저편에서 교코가 조용히 말했다.

"괜찮아. 많이 힘들었겠네. 물론 쇼고 씨도 좋은 점이 많다는 것 잘 알아. 하지만 솔직히 말해 그가 30만 엔을 건네주었지만 그 돈을 번 게 누구야. 그 정도의 일로 마음이 흔들리면 안 된다니까."

나츠가 아무런 대꾸도 못하자 교코가 말을 이었다.

"남편의 좋은 점을 알면서도 그 생활을 견디지 못한 거잖아. 그렇다면 이젠 어쩔 수가 없는 거야. 이럴 때일수록 정신 바짝 차려야 해. 그렇게 훌쩍거리다가 사고라도 나면 어떡하려고 그래. 괜찮아, 자신감을 가져. 자긴 올바른 선택을 한 거야."

"올바른 건지 뭔지 전혀 모르겠어요."

나츠가 신음하듯이 말하자 교코가 잘라 말했다.

"그럼 그건 앞으로 쓸 작품으로 직접 증명해 보일 수밖에 없겠네."

고속도로를 탄 뒤에는 애써 담담하게 운전에만 전념하려고 했다. 고민은 밤에 해도 된다. 어차피 눈을 감으면 이런저런 생각이 들 테니까. 시자와는 뭐라고 할까? 놀라지 않을까? 마침내 실행에 옮긴 용기를 조금은 칭찬해 주지 않을까?

일찍 일을 끝내고 나온 교코를 차에 태우고 신주쿠로 향했다. 당분간 호텔에서 지내기로 하고 둘이 함께 컴퓨터와 자료를 포함한 모든 짐들을 객실로 옮겼다.

"오늘 밤엔 둘이서 축하 파티를 해야겠네."

교코가 한쪽 눈을 찡긋했다. 역시 그녀다운 제안이었다.

나츠는 캐주얼한 이탈리안 식당에서 피자와 파스타를 먹으면서 그동안 일어났던 일을 들려주었다. 이번에는 눈물이 나지 않았다. 벌써 현실에 순응해 가고 있는 자신이 놀라울 따름이었다.

"용케 결단을 내렸네. 솔직히 말하면 이러니저러니 불평해도 남편을 떠나지 못할 거라고 생각했어. 결국에는 남편과 헤어지는 것을 포기하고 앞으로도 쭉 그 사람을 등에 짊어지고 갈 거라고 여겼지."

"사실은 나도 그럴 거라고 생각했어요. 설마 정말로 그 집에서 뛰쳐나올 줄은 몰랐어요. 집을 나가겠다고 말하고 방에서 짐을 꾸리는 동안에도 무척 망설였어요. 그 정도의 충돌은 이전에도 여러 번 있었으니 아마 마음만 먹으면 아무 일도 없었다는 듯이 그냥 넘겨 버릴 수도 있었을 거예요. 지금까지 줄곧 그런 식으로 지내 왔으니까요. 그 많은 짐을 차에 옮겨 싣다 보면 남편의 눈에 띌 수밖에 없잖아요. 그러면 또 한바탕 실랑이가 벌어질 테고. 내가 정말 남편의 만류를 뿌리칠 수 있을까, 끝까지 밀어붙일 수 있을까, 하는 생각이 들었어요."

지금까지 해 왔던 것처럼 대충 참고 넘어가는 게 낫지 않을까. 그는 여러 면에서 남들이 부러워할 정도로 '좋은 남편'이다. 그런 남편에 대해 불평하는 것은 벌 받을 짓이다. 이런 고민은 사치다…….

그런데 그렇게 갈피를 못 잡고 머뭇거릴 때마다 희한하게 손이 떨리곤 했다. 머릿속은 말짱히 깨어 있는데 몸이 거부 반응을 일으켰다. 지금 집에서 뛰쳐나가지 못하면 앞으로 어떤 일이 생기든 그를 떨쳐 내지 못할 것 같았다.

"궁지에 몰리면 괴력을 발휘한다더니 그 말이 맞네요. 그렇게 크고 무거운 컴퓨터를 어떻게 차에 실을까 싶었는데 결국 혼자서 옮겼잖아요. 허리는 좀 아팠지만요."

나츠의 말에 교코가 살짝 웃었다.

만약 오늘 밤에 혼자 지냈다면 어떻게 되었을까. 분명 지금보다 더 우울한 기분이 되어 자신을 탓하며 모든 것을 부정적으로 생각했을 것이다. 나츠는 교코가 자신의 이야기를 귀 기울여 들어주고 또 다정하게 건네는 말들에서 위로를 받았다. 괜찮아, 오히려 잘된 일이야. 제대로 판단한 거야. 이젠 모든 일이 잘 풀릴 거야. 나츠는 그렇게 생각했다.

주유소에서 전화했을 때와는 다른 감정으로 또 눈물이 글썽거렸다.

"고마워요."

그러자 교코는 듣기 거북하다는 듯이 입을 씰룩거리며 말했다.

"그런 말 마. 그 뒤로 남편한테 연락은 해 봤어?"

"네, 내가 어디 있는지는 알려주지 않았지만 어쨌든 호텔에 무사히 투숙했으니 걱정하지 말고, 미안하지만 잠시 시간을 달라고 메일을 보냈어요. 그리고 다마키를 잘 부탁한다고 했죠. 그 고양이는 하야토와는 달리 매우 예민하거든요."

"그랬구나. 어쨌든 빨리 데려오는 게 좋겠네. 이대로 돌아가지 않을 생각이라면 계속 호텔에 머물 수는 없잖아. 얼른 집부터 구해야지."

그날 밤 늦게 교코가 돌아가고 나자 나츠는 대충 연결해 놓은 컴퓨터 앞에 앉아 시자와에게 장문의 메일을 썼다. 메일을 발송하고 얼마 뒤 휴대전화에 메시지가 도착했다. 휴대전화 화면을 본 순간 나츠는 몸이 움찔했다. 쇼고가 보낸 메시지였다. '그 뒤로'라는 제목이 달린 그 메시지를 열어 보는 데도 용기가 필요했다.

그 뒤로 과거와 미래에 대해 많은 생각을 해 봤어. 자기혐오에 빠지기도 했고⋯⋯. 역시 당신은 당신 뜻대로 살아야 한다고 생각해. 그걸 내가 방해하면 안 되겠지. 어떤 결론이든 받아들이겠어. 그리고 내가 지금까지 준 상처도 용서해 주기 바라. 지금도 이미 충분히 고통을 받고 있으니까.

갑자기 이런 글을 보내면 대체 어떻게 하라는 건가.

문득 정신을 차려 보니 또다시 손이 떨리기 시작했다. 나츠는 주먹을 꼭 움켜쥐었다. 쇼고가 자기혐오에 빠졌다는 말은 사실일 것이다. 그의 사과도 진심에서 우러난 것이라고 생각한다. 하지만 그렇게 간단히 끝낼 수는 없다. 이번만큼은 더 이상 끌려갈 수 없다.

이런 재빠른 판단에 오히려 화가 나는 자신의 성격이 비뚤어진 걸까. 불과 몇 시간 만에 꼬리를 내릴 거였으면 애초부터 그렇게 하지 말았어야지!

속으로 거칠게 내뱉고 나니 갑자기 피곤이 몰려왔다. 다른 사람에 대해 부정적인 감정을 품으면 몸이 금방 피곤해진다. 나츠는 묵묵히 휴대전화 화면을 노려보았다.

생수가 담긴 페트병을 다시 냉장고에 넣었다. 문득 어두운 방 안의 공기가 움직이는가 싶더니 부드러운 털이 장딴지에 닿는다. 허리를 숙여 얼룩 고양이를 끌어안자 가슴에 발톱을 세우며 단단한 이마를 나츠의 턱 밑에 문지른다. 고양이를 꼭 끌어안고 아기를 달래듯 흔든 다. 응석을 부리는 듯한 울음소리가 조금 더 커진다.

사이타마의 집에서는 침실에 출입하지 못했던 다마키도 지금은 누구의 간섭도 받지 않고 나츠와 한 이불에서 잠을 잔다. 바로 데려갈 거라고 약속은 했지만 쇼고와 거리를 두려다 보니 도쿄에 집을 구하고 짐과 함께 다마키를 찾으러 다시 돌아간 것은 집을 나온 지 딱 한 달 뒤였다. 쇼고가 잘 돌봐 주긴 한 것 같지만 그래도 무척 외로웠던 모양이다. 이 집에 데려온 첫날, 다마키는 나츠의 얼굴에서 눈을 떼지 않은 채 목이 쉴 정도로 울어 댔다.

아직도 그 후유증은 남아 있다. 나츠가 화장실이나 욕실에 들어가면 밖으로 나올 때까지 문 앞에서 몸을 웅크린 채 기다린다. 나츠가 외출했을 때도 아마 그렇게 기다리고 있을 것이다.

다마키가 호박석과 흑요석으로 만들어진 듯한 맑은 눈으로 쳐다보면 나츠는 애틋한 기분이 든다. 다마키를 위해서라면 죽을 수도 있을 것 같다. 남들은 웃을지 모르겠지만 다마키는 고양이이자 고양이가 아니었다. 가장 힘들 때 함께 있어 준 동지였다. 작업실 소파에서 잤던 며칠 동안 다마키의 따스함과 무게감에 얼마나 마음이 든든했는지 모른다.

체중 3킬로그램인 동지가 쉰 목소리로 울어 댄다. 고양이를 바닥에 내려놓고 통조림을 따기 위해 불을 켠다. 창문 저편에 펼쳐진 야경의 불빛이 희미해지더니 방 안이 그대로 유리창에 비친다. 발치에서 흰 살 생선이 든 통조림을 정신없이 먹고 있는 다마키를 두고 나츠는 주방 카운터에 기대서 휴대전화 화면을 멍하니 들여다본다.

내일 도쿄에 갈 건데 집에 있을지 모르겠네. 가는 김에 채소하고 달걀을 좀 가져갈까 해. 집에 없으면 경비실에 맡겨 둘 테니까 신경 쓸 것 없어!

쇼고가 보낸 문자다. 다채로운 그림 문자가 많이 찍혀 있어 얼핏 보면 여고생이 보낸 것 같다.

다마키를 데리러 간 이후로 쇼고와는 서너 번쯤 얼굴을 마주했다. 거의 열흘에 한 번꼴로 만난 셈이다. 대개 그쪽에서 먼저 연락이 왔다. 매번 다른 볼일이 있는 것처럼 말하지만 사실인지 아닌지는 알 수 없다. 그렇게 찾아올 때마다 밭에서 수확한 채소와 신선한 달걀을 놓고 간다. 나츠는 무거워서 옮기지 못할 거라며 페트병에 담긴 생수나 차 몇 박스를 사 오기도 한다. 그렇게 집으로 들어와 나츠가 타 주는 홍차나 커피를 한 잔 마시고 아무 일도 없었던 듯이 밝은 목소리로 근황을 간단히 들려준 뒤 곧바로 돌아간다. 불필요한 말은 한마디도 하지 않는다.

쇼고도 자신에 대해 신경 쓰지 말라고 하고 실제로 도움도 되지만, 솔직히 지금 상황에서는 고마운 것보다 성가시다는 생각이 먼저 든다. 그래도 막상 얼굴을 마주하면 차마 그런 말을 못하고 속으로 끙끙대다가 제풀에 지쳐 버린다.

혼자 내버려 두었으면 싶다. 거리를 두고 싶어 집을 나온 것인데 열흘에 한 번이기는 해도 이런 식으로 성가시게 시달리고 싶지 않다. 그런 생각을 강하게 주장하지 못하는 것은, 이를테면 눈을 치뜨고 다가오는 개를 굳이 발로 걷어차고 싶지 않아서라고 한다면 지나친 표현인가. 아, 머리가 지끈거린다. 머릿속이 복잡하다 보니 만사가 귀찮아진다. 사실은 거리를 두었다고 해도 뭔가 새로워지리라고는 생각하지 않는다. 어렴풋이 그런 느낌이 든다. 이미 마음이 떠난 남녀는 웬만해서는 원래대로 돌아갈 수 없다. 다만 부부가 아닌 다른 관계라면 만남을 이어 갈 수 있을지 모른다.

10년을 같이 살면서 힘든 일도 많았지만 좋은 일이 더 많았다. 쇼고는 기분이 좋을 때는 상대를 즐겁게 해 주는 남자였다. 이러쿵저러쿵 불평을 늘어놓기는 했지만 그는 자신만이 해 줄 수 있는 것들을 많이 해 주었다. 교코나 시자와에게는 이런저런 푸념을 늘어놓았지만, 쇼고가 여러모로 다정한 모습을 보여 준 것도 사실이다. 결점만 있는 사람은 없다.

그렇게 생각하니 기분이 우울해졌다. 아무리 방법이 잘못되었다고 해도 나름대로 옳다고 판단해 헌신적으로 대해 준 남편을 이렇게 매정하게 떨쳐 내고 상처를 주면서까지 자신이 쓰고자 하는 작품이 가치가 있는 것일까? 누군가에게 큰 상처를 주면서까지 써야 할 정도로 대단한 것일까?

'스스로 자신이 싫다고 말하는 것은 자의식이 지나친 바보뿐이야.'

언젠가 드라마 대본에 그런 대사를 쓴 적이 있었다.

'누구든 자신의 어딘가를 싫어하거든. 그런데 그걸 굳이 이야기하는 건 오히려 자기 자신을 굉장히 좋아한다고 자백하는 것이나 마찬가지야. 꼴사납게 말이야.'

하지만 나츠는 이번만큼은 진심으로 '스스로 자신이 싫다'고 생각했다. 어리석고 보잘것없는 멍청이라고 여겼다. 겉으로는 태연한 척하지만 가슴 깊숙한 곳에 존재하는 오만함과 강한 자의식이 찜찜하고 불쾌해서 견딜 수가 없었다. 하지만 떨쳐 버릴 수는 없었다. 그것이야말로 자신이 대본을 쓸 수 있는 원동력이라는 것을 알고 있기 때문이다.

남편에 대한, 또는 남편과의 생활에 대한 의존심이 이 정도로 희박해진 것은 시자와 이치로타라는 버팀목을 만났기 때문이고 그를 유일한 남자로 보기 때문이었다. 그것 말고는 아무것도 없다고 생각하니 스스로가 교활하다는 생각이 들었다. 자신이 남편에게 한 일은 공평하지도 공정하지도 않다는 생각도 들었다. 시자와에게 그런 말을 하면 공평하고 말고가 어디 있느냐고 하겠지만. 아니, 아무 말도 하지 않을지도 모른다.

다마키가 통조림을 다 먹을 즈음 휴대전화를 닫았다. 그 사람은 이제 아무 말도 안 해 줄지 모른다. 접시를 닦고 젖은 손을 수건에 문지르고 나니 깊은 한숨이 새어 나왔다.

2

그 이후로 시자와와 세 번 만났다. 첫 번째와 두 번째는 집을 나온 지 며칠 지난 뒤였다. 나츠가 머물고 있는 호텔로 찾아온 시자와는 이전보다 더 부드럽고 더 과감하게 대시했다.

세 번째는 그로부터 한 달쯤 지났을 때였다. 밖에서 식사한 뒤 가까운 러브호텔에 들어갔다. 시자와는 이곳이라면 아무리 큰 소리로 울부짖어도 밖에서는 들리지 않을 거라고 웃으며 말했다. 그러고는 정말로 나츠가 울부짖도록 만들었다. 그곳을 빠져나올 때는 완전히 목이 쉬어 있었다. 그 때문에 나중에 다마키가 쉰 목소리로 울었을 때는 묘한 기분이 들기도 했다.

그런데 그 뒤로 시자와와 연락이 잘 되지 않았다. 벌써 3주쯤 지났다. 전화도 오지 않고 메일을 보내도 답장이 거의 없었으며 어쩌다 답장을 보내도 무미건조한 내용이었다.

나츠는 그렇게 된 직접적인 계기가 어떤 것인지 알고 있었다. 그녀는 3주 전, 공연을 위해 잠시 후쿠오카에 머물고 있던 시자와에게 처음으로 전화를 걸었다. 그녀로서는 큰 용기를 낸 행동이었다. 그가 부인을 동반하지 않은 것도 알았고 공연 시간도 알고 있었기에 한 번쯤 전화해도 괜찮을 것이라 생각했다.

외로웠다. 시자와가 허락해 준다면 후쿠오카로 달려가 단 하룻밤만이라도 함께 지내고 싶었다. 하룻밤이 무리라면 30분쯤 함께 커피라도 마셔도 된다. 그의 얼굴을 보고 목소리를 듣고 싶었던 것뿐이다. 불과 30분의 만남을 위해 비행기까지 타고 가려는 자신의 처지가 가엾기도 했다.

그런데 혼자 호텔 방에 틀어박혀 있던 시자와는 그때 마침 스토리를 이끌어 가는 조연 여배우의 대사와 관련한 뭔가 획기적인 아이디어가 떠올랐던 모양이다. 시자와는 나츠의 전화 때문에 모처럼 떠올랐던 아이디어가 전부 날아가 버렸다며 투덜거렸다. 나츠가 울먹이는 목소리로 사과하자 그는 됐다고, 신경 쓰지 말라고 했다.

나츠는 전화를 끊은 뒤 사과의 메일을 보냈다. 시자와로부터 답장이 온 것은 그날 늦은 밤이었다.

너도 프로 작가이니 공연 때 바쁘다는 것쯤은 알고 있을 텐데. 일부러 도쿄에서 찾아오면 어떻게 커피 한잔만 마시고 돌려보낼 수 있겠나? 상상력까지는 바라지 않지만 상식적인 추측 정도는 할 수 있잖아. 나는 사람을 만날 때보다 연극에 심취할 때가 더 행복해.

아무튼 당분간은 만나고 싶지 않군. 나는 지금 여자를 멀리하고 있어. 그래서 아내도 데려오지 않은 거야. 지금 내게 필요한 것은 여자가 아니라 시간이거든.

솔직히 이젠 네가 성가시군. 응석이 너무 심해. 너의 칭얼거리는 목소리, 어리광부리는 메일이 이제는 신경에 거슬려. 스스로 자립하려고 해 봐. 자존심을 잃지 말고.

그리고 또 한 가지. 특히 남녀 관계에서는 그동안 남편에게 길들여진 것이겠지만 그 유아적인 태도부터 고쳐야 해. 그건 나약한 거야. 나이를 생각하라는 말은 하기 싫지만 그래도 해야겠어. 나이를 생각해. 그런 태도를 자제하는 만큼 네 인생은, 그리고 네 대본은 상당히 달라질 거야. 그런 태도를 반가워하는 건 너를 어린아이 취급하는 녀석뿐이라니까. 너는 줄곧 어린아이 취급을 당했고 거기에 안주하며 지내 왔기 때문에 상당히 뒤처진 부분이 있는 것 같아. 남편하고는 헤어진 건가? 솔직히 그 녀석에 대한 이런저런 졸렬한 이야기를 들어주는 것도 좀 힘들더군. 나중에 결과만 알려줘. 얼른 속박에서 벗어나야지. 훌쩍거리지 말고. 그래 봐야 사디스트만 즐거워한다니까.

이치로타

그러고는 그에게서 더 이상 연락이 없었다.

나츠는 자신이 잘못했다는 생각도 들었지만 한편으로는 시자와가 무척 원망스러웠다. 그에 대한 원망이 목구멍까지 치솟아 숨을 쉬기도 어려울 정도였다.

한때는 그토록 다정하게 대해 주더니 어떻게 이럴 수가 있지? 자기한테는 남몰래 의존해도 되니까 어려워하지 말고 마음껏 응석을 부리라고 하지 않았던가. 나중에 문제가 되더라도 일단 기분이 언짢으면 버럭 소리치고 주먹으로 때리고 발로 걷어차라고 하지 않았던가. 그러고는 질질 끌지 말고 깨끗이 잊어버리라고 하지 않았던가. 그랬던 사람이 왜 이렇게 차갑게 돌변할 걸까. 단 한 번 실수한 벌치고는 너무 심하지 않은가.

나츠는 지금까지 연애가 한창 무르익을 무렵에 남자에게 차였던 적은 없었다. 물론 연인과 헤어진 적은 있었다. 대부분 나츠가 먼저 차거나 아니면 서로의 연애 감정이 식은 뒤에 헤어졌다. 사이가 멀어지는 것을 수수방관할 수밖에 없는 상황일지라도 최소한 마음의 준비를 할 시간적 여유는 있었던 것이다.

4월 중순에 처음으로 단둘이 하룻밤을 보냈을 때는 단 한 번뿐이라도 괜찮다고 생각했다. 항상 우러러보며 동경해 왔던 시자와 이치로타가 단 하룻밤만이라도 자신을 여자로 대해 준다면 그 추억만으로 하루하루를 살아갈 수 있을 것 같았다.

나츠는 자신이 여자이면서도 여자의 심리를 전혀 모르고 있다고 생각했다. 자기 몸속에 잠재하고 있는 욕망을 너무 가볍게 여긴 것이다.

반한 남자와 살을 맞대고 나자 10년 남짓 이어 온 부부 생활이 불과 20일 만에 끝나 버렸다. 마음보다는 몸이 먼저 거부했다. 시자와와 만난 것은 겨우 네 번뿐이었다. 그렇게 짧은 시간에 이런 꼴을 당했다고 생각하니 어처구니가 없었다. 쇼고가 신체 일부분에 대해 거침없이 말했을 때도 매우 충격적이었지만, 시자와의 거부는 나츠를 그보다 더 깊은 절망의 나락으로 떨어뜨렸다.

처음에 만났을 때는 조금 더 자신감을 가져도 된다고 했지만, 이렇게 간단히 버림을 받았다는 것은 내게 문제가 있어서 그런 게 아닐까. 시자와를 충분히 만족시키지 못했기 때문은 아닐까.

나츠는 이렇게 생각하면서도 그것이 문제가 아니라는 걸 알고 있었다. 이런 자기연민이나 자기부정은 아무런 도움이 되지 않는다는 것도 말이다. 또한 아무리 고민해 봐야 소용없는 일이라는 것도 알고 있었다. 하지만 달리 어떻게 해 볼 수가 없었다. 여자로서의 자신감과 자존심을 더 이상 지켜 낼 수가 없었다. 거리를 걸을 때도, 일과 관련하여 사람을 만날 때도 고개를 제대로 들 수가 없었다.

나츠는 시자와에게 다음과 같은 메일을 보냈다.

그날 전화를 한 것에 대해서는 정말 죄송하게 생각합니다.

얼마 전에 호텔에서 밀회한 것이 기뻤던 만큼 당신과 멀리 떨어져 있는 게 너무나 힘들었어요.

후쿠오카는 비행기만 타면 금방 갈 수 있고 언젠가 저에게 어려워하지 말고 마음껏 응석을 부리라는 말씀도 하셨기에 일단 전화를 걸어 본 거예요. 만약 당신이 오지 말라고 하면 바로 포기할 생각이었어요.

물론 당신 입장에서야 당연히 부담스럽고 성가시겠죠. 당신이 얼마나 일을 최우선으로 생각하는지 잘 알고 있으면서 그만 전화를 하고 말았네요. 그건 분명 상상력이 부족한 여자의 응석에 불과한 행동이었어요. 신경 쓰이게 해서 정말 죄송해요.

하지만 시자와는 답장을 보내지 않았다.

'의존하는 건 괜찮아. 나에게 남몰래 의존하라고.'

'넌 내 애완견이 되는 거야. 뭐 어때, 연애라는 게 다 그런 거잖아.'

'네 뒤에는 언제나 내가 있다는 걸 잊지 마. 난 언제나 네 편이야.'

'너는 아주 착하고 외로움도 잘 타고 희곡도 쓸 수 있는 음란한 여자야. 나는 그런 너를 좋아하고.'

가장 힘들 때 당신이 들려준 말들이에요. 그 말을 곧이곧대로 믿은 저를 탓할 수만은 없는 것 아닌가요? 그렇게 생각하지 않나요?

어쨌든 당신은 지금도 저에게는 여전히 특별한 사람이에요. 연출가로서든 남자로서든. 물론 동경의 대상이기도 하고요. 그렇기 때문에 저를 지배할 수 있는 유일한 사람이라고 생각해요. 그런 소중한 당신을 제가 철없이 성가시게 한 것을 정말 후회하고 있어요.

역시 답장은 오지 않았다.

아, 당신이 오해하고 있는 것 같아서 말씀드리는데요, 저는 다른 사람한테는 응석을 부리지 않아요. 질질 짜는 성격도 아니고요. 당신을 대할 때만 그랬던 건데 이제는 그러지 않을래요. 사실은 저도 남자에게 홀딱 빠지고 나니 이렇게 끈적끈적한 여자가 될 수 있다는 걸 처음 알았어요.

지금까지 무신경하게 많은 폐를 끼쳤던 것을 사과할게요. 죄송해요. 그리고 이렇게 자꾸 귀중한 시간을 빼앗는 것도 죄송해요. 좀 짧은 내용이라면 이따금 보내도 괜찮겠죠?

공연이 순조롭게 진행되어 당신의 금욕 기간이 얼른 끝났으면 좋겠어요!

그래도 아무런 답장이 없었다.

이제 장황한 메일은 보내서는 안 된다고 생각했다. 입장을 바꿔 생각하면 정말 성가실 것 같았다. 그야말로 스토커나 다름없었다.

그러나 밤에 컴퓨터 앞에 앉아 있으면 어느새 메일을 작성해 전송 버튼을 누르고 만다. 우표를 붙이고 우편함에 넣는 수고가 줄어든 만큼 자제심도 줄어든 것이다.

단도직입적으로 물어볼게요. 혹시 제가 균형을 잃고 당신에게 지나치게 의존한 탓에 원래는 길게 이어졌을지도 모를 우리 관계를 완전히 망쳐 버린 것은 아닌가요? 아니면 지금은 그저 당신이 그 어느 때보다 일에 몰두해야 할 시기라고 생각하고 저는 열심히 제 일을 하면서 다음에 만날 때를 기다려야 하는 건가요?

그것만이라도 알려주세요. 이런 일로 당신을 방해해서 죄송한데요, 당신이 왜 답장을 보내지 않는지 잘 몰라서 하루하루가 괴롭답니다. 하찮은 일이라고 생각하실지 모르겠지만 제게는 아주 중요한 일이에요. 자꾸 성가시게 해서 죄송해요. 아마 이 메일을 보내고 나서 후회할지도 모르겠지만 어쩔 수가 없어요. 아, 위통이 이제 한계에 이른 것 같아요.

나츠 올림

네모난 좁은 방에 혼자 있으려니 통증이 고스란히 느껴진다. 그런 면에서는 밖으로 한 발자국만 나가면 개가 있고 닭이 있고 가꿔야 할

밭과 정원이 있는 시골 생활이 그립기도 하다.

나츠는 자전거를 타고 평소 다니던 곳이 아닌 더 먼 곳에 있는 큰 슈퍼마켓으로 갔다. 장마철 특유의 밤바람이 살갗에 달라붙는다. 뻥 뚫린 가슴으로 기력이 전부 빠져나간 것 같아 건널목에서 신호등을 기다릴 때도 가까스로 버티고 서 있다. 음식이라도 제대로 먹지 않으면 일은커녕 이대로 쓰러져 다시는 일어나지 못할 것 같다.

후쿠오카로 전화를 했을 때 시자와가 했던 말들이 가슴을 콕콕 찔렀다.

'내 역할은 이제 끝난 것 같은데.'

'언제든 기꺼이 아무 일도 없었던 걸로 해 주겠어.'

'지나치게 심각하게 생각할 것 없어. 다 그런 거잖아.'

시자와가 했던 말들을 떠올릴 때마다 내장을 쥐어짜는 듯한 통증이 밀려왔다. 교코에게와는 달리 시자와에게는 왜 의존심을 고스란히 드러내는 걸까.

나츠는 구분하기 어려웠기 때문일 거라고 생각했다. 시자와를 남자로 좋아하는 마음과 외로우니까 의지하고 싶은 마음을 구분하지 못한 것이다. 어느 쪽이든 만나고 싶은 마음은 똑같으니까.

결국 누군가에게 의존한다는 것은 그만큼 자신감이 부족하다는 것이다. 일에 대한 자신감은 높이 평가 받을 만한 대본을 쓰는 것으로 되찾을 수 있다. 그렇다면 여자로서의 자신감은? 한 남자에게 인정을 받아야 되찾을 수 있다.

'제발 뭔가 기뻐할 만한 말 좀 해 줘요.'

통화가 거의 끝나갈 즈음 나츠가 그렇게 애원하자 시자와는 매우 곤혹스러운 듯이 말했다.

'마음에 없는 말은 할 수 없잖아.'

그가 무슨 생각으로 그렇게 말했는지는 알 수 없다.

나츠는 전화를 끊고 나서 이제까지 시자와가 들려준 말 중에서 가장 기뻤던 말은 무엇이었는지 생각해 보았다. 의외로 간단한 말이었다.

'또 만나자고. 그때는 또 마음껏 끌어안아야지.'

네 번째 밀회를 즐기고 헤어질 때 시자와는 그렇게 말했다. 약속이라고 할 수도 없는 사소한 말 한마디. 그런데 그 말을 들었을 때 뭔가 뿌듯한 느낌이 들었다. 그런 말을 듣고 싶어 하는 마음까지 의존심이니까 떨쳐 버리라는 것은 너무하잖아. 그렇게 생각한 순간 갑자기 눈물이 핑 돌았다. 나츠는 황급히 슈퍼마켓의 진열대에서 감자를 고르는 척했다.

그때 전화가 왔다. 깜짝 놀라 재빨리 호주머니에서 휴대전화를 꺼내 발신자를 확인하니 예전에 친하게 지냈던 가와모토라는 프로듀서였다. 몇 년 만의 연락에 의아해하며 전화를 받았다.

"어이, 오랜만이야. 요즘 어떻게 지내? 아, 이야기 들었어. 쇼고를 떼어 버리고 집을 나왔다며? 대체 무슨 일이야? 역시 속궁합이 안 맞았나 보네."

그는 다짜고짜 이렇게 말하더니 낄낄거렸다. 상대에게 상황도 묻지 않고 혼자 떠들어 대는 건 여전했다.

나츠가 쓴웃음을 섞어 가며 용건을 묻자 그가 말했다.

"혹시 홍콩에 흥미 없어?"

"홍콩? 갑자기 무슨 말이에요?"

"일단 대답이나 해 봐, 홍콩에 흥미가 있는지 없는지."

홍콩.

나츠는 바로 대답하지 못하고 머뭇거렸다. 갑자기 그런 것을 묻는 이유가 뭘까. 흥미가 있다면 있고 없다면 없다. 하지만 없다고 대답하면 이야기는 그것으로 끝나 버린다. 호기심이 발동했다. 나츠는 휴대 전화를 귀에 댄 채 다른 손님에게 폐가 되지 않도록 구석으로 이동하면서 조심스럽게 말했다.

"전혀 없는 건 아니지만. 아무리 그래도 대충 무슨 일인지는 알아야……."

수화기 너머에서 휴, 하는 한숨 소리가 흘러나왔다.

"가이드를 부탁하고 싶어서 말이야."

"가이드요?"

"위성 방송의 정보 프로그램인데, 8월 초에 홍콩에서 꽤 큰 영화제가 있어서……."

"잠깐만요."

나츠가 재빨리 그의 말을 가로막았다.

"설마 저한테 리포터로 출연하라는 거예요?"

"강요하는 건 아니고. 해 줄 수 있겠느냐고 물어보는 거지."

"그야……."

뜻밖의 제안이었다. 드라마 대본을 쓰고는 있지만 텔레비전에 얼굴을 드러낸 적은 없다. 기껏해야 제작 발표회의 기자 회견에 참석한 게 전부다.

손에 들고 있던 플라스틱 장바구니를 발치에 내려놓았다. 투명한 비닐봉지에 담겨 있던 감자가 데굴데굴 굴러 나왔다.

"가와모토 씨가 기획한 건가요?"

"아니, 난 단지 부하 직원의 이야기를 듣고 다카토를 추천한 것뿐이야."

"왜 저예요? 다른 적격자도 많을 텐데."

가와모토가 천연덕스럽게 말했다.

"아, 물론 내가 자네만 추천한 건 아니야. 그런데 영화제의 리포터를 여배우가 맡는 건 좀 식상하잖아. 그래서 문화계 사람 몇 명이 후보로 거론되었지. 그중에서 자네가 가장 참신하다는 쪽으로 의견이 모아져서 말이야."

의견이 모아졌다는 것은 기획 회의에서 이미 결정되었다는 뜻인가, 아니면 방송국이나 스폰서의 의향이 그렇다는 것인가.

가와모토는 나츠가 물어보기도 전에 후보로 거론되었던 다른 사람들의 이름을 알려주었다. 모 방송국에서 음악 프로그램의 사회를 맡고 있는 바이올리니스트, 올림픽에서 메달을 딴 체조 선수, 여성지와 텔레비전에서 활약하고 있는 요리 연구가, 뉴욕에 체류하고 있는 사진가…….

그가 일부러 알려주고 있다는 것을 금방 알아차렸다. 모두 하나같이 다카토 나츠메보다 유명할 뿐만 아니라 미모도 뛰어난 사람들이었다. 가와모토는 그중에서 당신이 선택되었다는 식으로 자존심을 부추겨 나츠의 승낙을 얻어 내려는 것이다.

나츠가 그런 수법에 놀아나지 않으리라 생각하는 순간 가와모토가 놀리듯이 말했다.

"어때, 다카토? 자네가 쉽게 승낙하리라고는 생각하지 않지만. 그건 그렇고 집을 나왔으니 이젠 좀 살맛 나겠네. 어디 솔직히 말해 봐."

나츠는 할 말을 잃고 웃음을 터뜨렸다.

"가와모토 씨한테는 정말 못 당하겠네요."

"당연하지, 연륜이 있는데."

"그런 말을 할 정도의 나이는 아닌 것 같은데요."

"그것 고마운 말이네. 그런데 나도 이제 오십이 넘었잖아."

"어머, 말도 안 돼!"

"뭐가 말이 안 돼?"

"아뇨…… 그러고 보니 서로 알고 지낸 지도 꽤 오래된 것 같네요."

수화기에서 또 거친 숨소리가 흘러나왔다.

"어쨌든 가끔 얼굴이나 보여 줘. 이젠 가까운 데로 나왔으니까."

"네, 조만간 인사하러 찾아뵐게요."

"아, 영화제는 8월 3일부터 닷새 동안 열리는데 이틀 정도만 시간 내

면 될 거야. 자네가 원한다면 일 끝나고 혼자 남아서 홍콩 구경 좀 더
해도 괜찮고."

"잠깐만요! 아직 그 일을 맡겠다는 말은 하지 않았잖아요."

나츠가 황급히 말했다.

"어? 설마 거절할 생각은 아니겠지?"

"너무 갑작스러워서요. 저도 일이 있는데."

나츠가 하루만 더 생각할 시간을 달라고 하고 전화를 끊으려는데
가와모토가 뭔가 더 할 이야기가 있는 듯했다.

"왜요?"

"아니, 뭐 중요한 건 아니고……."

가와모토는 약간 짓궂은 목소리로 말을 이었다.

"출연료에 대해 물어보질 않아서 말이야."

나츠의 입에서 '아' 하는 소리가 새어 나왔다.

"그러네요. 그런데 문화계 사람인 저는 얼마나 받을 수 있나요?"

갑자기 가와모토가 웃음을 터뜨렸다. 영문을 몰라 어리둥절해하고
있는 나츠에게 그가 말했다.

"역시! 뭔가 좀 이상하다고 생각했어."

"뭐가요?"

"다카토 나츠메는 돈 문제에 유난히 극성스럽다는 이야기 말이야."

"그게 무슨 말이에요?"

"지금에야 하는 말이지만 사실은 업계 일부에서 그런 소문이 좀 나

돌았거든. 다카토 나츠메에게 일을 의뢰하면 반드시 보수 문제로 옥신각신하게 된다고. 어차피 더 올려 달라고 할 테고 거기에 응하지 않으면 거절할 테니 처음에 좀 낮게 제시하라는 거야."

"……"

"이거 충격 받은 건가? 아마 쇼고가 좀 그랬던 것 같아."

"아뇨, 그이는……"

나츠는 가까스로 말을 이었다.

"그렇게 돈에 극성스러운 사람은 아니에요. 나름대로 제가 한 일을 조금이라도 높이 평가 받게 하려고 그랬을 거예요."

"하하하, 자넨 여전하군. 너무 착한 것도 별로 좋은 건 아니야."

나츠가 할 말을 찾지 못해 우물거리자 가와모토는 처음과 마찬가지로 호탕하게 웃으며 먼저 전화를 끊었다.

휴대전화를 청바지 뒷주머니에 집어넣었다. 그런 다음 발치에 내려놓았던 장바구니를 들고 채소 진열대로 돌아갔지만 요리를 만들고 싶은 마음은 이미 사라졌다.

"다카토 나츠메가 돈 문제에 극성스럽다고?"

나츠는 혼잣말을 하며 몸을 떨었다. 최근 들어 그녀는 머릿속으로 생각한 것을 입 밖으로 중얼거리는 일이 잦아졌다. 조미료와 다시마 국물이 진열된 판매대 앞을 지나가면서 자신도 모르게 길게 한숨을 내쉬었다.

어떻게 된 걸까. 쇼고의 태도에 반발하여 집을 나왔다. 그리고 집을 나왔을 당시에는 타인이 그를 비난하듯이 말하면 가슴이 후련했다. 그런데 지금은 거의 반사적으로 그를 감싸 주려고 한다. 나츠는 그런 자신을 이해할 수가 없었다.

'홍콩이라⋯⋯.'

도무지 실감이 나지 않았다. 8월 초라면 일정상 문제는 없다. 두 시간짜리 드라마의 대본은 이미 프로듀서와 몇 차례 의견을 주고받으면서 거의 완성 단계에 이르렀다. 실제로 촬영에 들어가는 것도 8월 말부터라고 알고 있다. 8월 초에는 일정이 비어 있는 것이다.

하지만 그런 제안을 받아들인들 무슨 도움이 되겠는가. 취재 여행이라면 몰라도 영화제 리포터를 하는 것은 전혀 도움이 안 될 것 같았다. 본래 무대 뒤편에 있어야 할 자신이 갑자기 전면으로 나선다면 사람들이 뭔가 착각하고 있는 것 아니냐며 손가락질을 할지도 모른다. 이런 것까지 고민하는 것 자체가 자의식 과잉이 아닐까 싶기도 했다. 세상에는 본업 이외의 분야에서 활약하는 사람들도 많다. 모처럼 제안을 받은 것인데 견문을 넓힐 수 있는 좋은 기회라고 생각하고 그냥 뛰어들어 볼까.

"그런 제안은 당연히 받아들여야지 주저할 게 뭐 있어."

오카지마 교코가 환풍기 쪽으로 걸어가 담뱃불을 붙였다.

"교통비에 식비까지 나오잖아. 게다가 이틀만 리포터로 일하면 출연료까지 받을 수 있는데 당연히 가야지. 안 가면 너무 아깝잖아."

"그렇긴 한데……."

"자기가 안 간다면 나라도 대신 가고 싶네."

"그럼 리포터도 대신 해 줄래요?"

"그건 싫어."

최근에는 교코와 거의 매주 만나고 있다. 그녀가 여기저기 밖으로 데리고 나가는 것도 이렇게 집에 들러 밤늦도록 이야기를 들어주는 것도 모두 시자와의 일로 낙심하고 있는 자신을 위한 배려라는 것은 알고 있지만 굳이 고맙다는 말은 하지 않았다. 입 밖으로 내어 말하는 순간 그 고마움이 옅어질 수 있기 때문이다.

"조금이라도 흥미가 있다면 더 이상 고민하지 말고 다녀와. 마음이 움직였다면 거기엔 틀림없이 뭔가가 있는 거야. 내가 솔직하게 말해 볼까?"

"뭘요?"

"자기가 별것 아닌 일에 자꾸 주저하는 것은 남편의 영향 때문이 아닌가 싶어."

나츠가 놀란 얼굴로 쳐다보자 교코가 턱을 쳐들고 환풍기를 향해 담배 연기를 내뿜었다.

"이런 일이 무슨 메리트가 있느냐는 식으로 판단하는 것 말이야. 무의식중에 남편의 사고방식에 물들어 버린 것 같다는 생각이 들어."

나츠는 뒤통수를 한 대 얻어맞은 기분이었다.

남편의 영향……?

그러고 보니 쇼고가 입버릇처럼 했던 말이 '우선순위'와 '메리트'였다.

'그런 일을 할 시간이 어딨어? 우선순위를 생각하라고.'

'눈에 띄지도 않는 그런 일이 무슨 메리트가 있다는 거야?'

"사실 쓸모없는 일인지 아닌지는 시간이 지나 봐야 알 수 있는 거잖아. 만약 이번에 홍콩에 다녀오면 그 경험이 나중에 희곡을 쓸 때 도움이 될지도 몰라. 물론 전혀 쓸모없는 일로 끝나 버릴 수도 있겠지. 하지만 무엇을 쓸데없는 일이라고 하는지도 확실하지 않잖아. 또 일일이 이해득실을 따져 가며 사는 것도 재미없는 것 같고. 의외로 쓸데없는 일 속에 보물이 잠자고 있을지도 모르는데 말이야."

"그러네요."

또다시 머리가 지끈지끈했다. 이해득실을 따져 가며 일을 판단하기는 싫지만, 인생 자체에 대해 인색하면 오히려 여러 가지로 손해를 볼 수 있다. 언제나 그렇게 생각하며 살아온 줄 알았는데, 집을 뛰쳐나와 쇼고와 떨어져 지내면서도 무의식중에 '메리트'를 기준으로 판단하고 있었다니. 나츠는 그런 자신의 행동에 전율이 일었다.

혹시 다음에는 '우선순위'를 기준으로 생각하는 것은 아닐까. 본업인 드라마 작업 중에서도 이름을 알리는 데 효과적인 일만을 선택하게 되는 것은 아닐까. 그러다가 결국 호기심을 잃고 새로운 모험에 흥미조차 느끼지 못하는 것은 아닐까. 심장이 딱딱하게 굳어 버린 것처럼.

"〈……윙의 세계〉라는 영화 봤어?"

교코의 목소리에 다시 현실로 돌아왔다.

"네, 뭐요? 무슨 세계?"

"〈수지 웡의 세계〉. 1960년경에 홍콩을 무대로 찍은 영화야. 윌리엄 홀던이 주연을 맡은 영화 있잖아."

"모르겠어요. 못 본 것 같아요."

"나도 영화관에서 본 것은 아니지만. 그 영화 봐 두면 좋을 것 같아. 미국인 화가하고 중국인 매춘부의 이른바 러브 로맨스라고나 할까. 뭐라고 딱히 표현하기는 어렵지만 왠지 인상에 남더라고. 인터넷으로 찾아보면 DVD를 구할 수 있을 거야. 내가 찾아봐 줄게."

"됐어요, 내가 찾아볼게요."

"아냐, 내가 바로 구해서 보내 줄 테니까 한번 봐. 뭔가 도움이 될지도 몰라. 물론 아무런 도움이 되지 않을 수도 있고."

교코는 일부러 그런 말을 덧붙이고는 눈가에 주름을 지었다.

3

공기가 무척 건조해졌다. 코 안쪽의 수분까지 전부 말라 버려 숨을 들이쉴 때마다 목이 따끔거렸다. 진공 상태 같은 깊은 잠에 빠져 있다가 서서히 떠오르는 듯한 나지막한 굉음에 눈을 뜬 순간 앞치마 차림의 스튜어디스와 시선이 마주쳤다. 스튜어디스가 카트를 조금 뒤로 끌어당기고는 만면에 미소를 지으며 허리를 살짝 구부렸다.

"편히 주무셨어요? 식사 전에 음료수라도 좀 드시겠어요?"

수영장 바닥에서 듣는 것처럼 고막이 울린다.

"미네랄워터 주세요. 탄산가스 없는 걸로요."

침을 삼키고 나니 고막이 뚫리면서 모든 소리가 선명하게 다가왔다. 유리잔에 담긴 차가운 물을 단번에 들이켜자 목의 통증이 조금 가라앉았다.

손목시계를 들여다보았다. 아직 두 시간 반이 남았다. 앞좌석의 등받이에 꽂혀 있던 안내 책자를 들여다보다 깜박 잠이 들었다. 오늘 아침에서야 부랴부랴 여행 가방에 짐을 챙겨 넣느라 제대로 잠을 못 잔 탓이다.

나츠가 전화를 걸어 리포터 일을 맡겠다고 하자 가와모토는 당연하다는 듯이 '어, 그래!' 라고 말했다. 그러고는 홍콩 입국은 제작진과 동행해도 괜찮겠느냐, 귀국 항공권은 오픈 티켓으로 하겠느냐, 혼자 남을 거면 그때부터는 자비로 지내야 한다는 등 생각나는 대로 이야기한 뒤, '그 밖의 자세한 사항은 담당 피디가 알려줄 거야. 아무튼 잘 부탁해'라는 말만 남기고 전화를 끊었다.

가와모토가 동행하지 않아 다행이었다. 나쁜 사람도 아니고 싫어하는 것도 아니었지만 같이 일하면 페이스가 흐트러져 무척 피곤해진다.

음료수 카트에 이어 기내식 카트가 서서히 다가왔다. 각각의 테이블 위에 빳빳하게 풀을 먹인 냅킨이 펼쳐졌다. 몇 종류의 빵과 함께 메인 요리가 제공되었다. 나츠는 제작진 중에 자신만이 이런 호사를 누린다고 생각하니 마음이 편치 않았다. 이번에 비즈니스 클래스 좌석을 할당받은 것은 게스트인 나츠뿐이었다. 동행하는 제작진 세 명은 지금쯤 뒤편의 비좁은 이코노미 좌석에서 식기에 담긴 기내식을 먹고 있을지 모른다. 이 정도의 대우에 황송해하는 자신이 어이없기도 했지만, 평소에 제작진과 함께 지내는 경우가 많았기에 더더욱 그 자리가 불편했다.

창문 덮개를 열고 밖을 내다본다. 보이는 것은 구름뿐이다. 지상의 날씨와 상관없이 구름 위의 하늘은 언제나 이렇게 새파랗다. 문득 흔한 말이지만 청춘 드라마의 대사로 써먹을 수 있을지도 모른다고 생각해 머릿속에 새겨 넣었다.

진부한 말이 사람들의 가슴속에 더 쉽게 다가간다. 약간 촌스럽다 싶을 정도가 딱 좋다. 대중을 얕보는 게 아니다. 대사는 문자가 아닌 소리로 전달되기 때문에 너무 날카로우면 오히려 거부당하기 쉽다. 예리한 칼날이 날아오면 본능적으로 피하는 것과 마찬가지다. 하지만 불특정 다수를 상대로 어떻게든 채널을 고정하게 만들어야 하는 텔레비전드라마가 아닌, 관객이 자신의 의지로 일부러 찾아오는 연극이라면 예리한 대사들을 과감히 풀어 놓을 수 있을지도 모른다. 물론 그것은 눈에 보이는 '메리트'도 아니고 쇼고의 말처럼 단번에 수많은 사람들에게 전달되는 것도 아니지만, 그래도 한정된 관객의 가슴을 정확하고 깊숙이 찌르는 작품은 쓸 수 있을지도 모른다.

쇼고는 물론 시자와까지 머릿속에서 지워 버리고 이렇게 자기 일에 대해 진지하고 고민해 보는 것도 꽤 오랜만이다. 문득 가슴 안쪽에서 뭔가 커다란 감정의 덩어리가 솟아오른다. 나츠의 입에서 나지막한 신음 소리가 새어 나온다. 서서히 솟아오른 그 커다란 덩어리가 몸속에서 꿈틀거린다. 나이프를 내려놓고 심호흡을 한다.

아아, 정말로 뭔가를 쓰고 싶다. 꼭 의뢰를 받을 필요는 없다. 그러면 오히려 자유롭게 쓸 수 있다. 어떻게든 시간을 내서 스스로가 납득할 수 있는 작품을 완성한 뒤, 그 대본을 우선 그 사람에게 보여 주고 싶다.

'관능을 파헤친 작품을 써 보는 게 어때?'

그런 말로 자존심을 치켜세워 한껏 들뜨게 해 놓고 어느 날 갑자기 싫증 난 장난감처럼 자신을 내팽개친 그 남자에게.

이렇게 시자와의 얼굴을 떠올리고도 눈물을 글썽이지 않는 것은 더 강해졌기 때문이 아니다. 여러 번 반복적으로 되새기다 보니 감각이 마비되었기 때문이다. 그의 달콤한 말에 한껏 들떴던 자신도 바보같지만 무책임한 그도 대단한 것 같다. 걸려든 여자에 대해 책임을 지라는 게 아니다. 적어도 자신이 내뱉은 말 정도는 책임을 졌으면 좋겠다.

나츠는 시자와에게 분풀이나 복수심 같은 감정을 느끼는 자신이 왠지 씁쓸하면서도 한편으로는 흥미로웠다. 이제껏 자신을 농락했던 그가 신음하는 소리를 듣고 싶었다. 거물인 척하는 그의 코앞에 그가 상상도 할 수 없는 굉장한 작품을 들이밀고 싶었다. 그런데 아직 이렇다할 소재도 찾지 못했다. 마음이 초조해졌다. 무릎 위의 냅킨을 반으로 접어 절반쯤 남은 음식을 덮고는 의자 깊숙이 몸을 파묻었다. 스튜어디스가 권하는 커피도 홍차도 사양하고 비행기 날개 밑으로 펼쳐지는 구름을 바라보았다. 동물의 창자처럼 이리저리 얽힌 뭉게구름이 희뿌연 색과 선명한 분홍빛으로 뒤섞여 있어 보기에 따라서는 야릇한 느낌도 들었다.

"관능을 파헤치라고⋯⋯?"

위험하다. 또 혼잣말을 한다.

눈을 감자 시신경 안쪽이 뻐근하고 화끈거린다. 푹신한 받침대에 머리를 기댄다. 한 달 전쯤 과감히 짧게 자른 머리카락이 목덜미를 찔러 따끔거린다. 무심코 그날 밤의 일을 떠올리자 콧구멍 안쪽에 짙은 오드콜로뉴 향기가 되살아나는 것 같다. 나츠는 자신도 모르게 숨을 멈춘다. 눈을 감은 채 양미간을 찌푸린다. 메스꺼운 것은 자신이다. 집을 뛰쳐나오기 전에는 자신이 정말로 출장 호스트를 부르리라고는 상상도 못했다. 한 달이 지난 지금, 얼굴도 목소리도 기억나지 않는 자칭 배우라는 호스트. 낯선 남자와 자는 게 처음은 아니었지만 돈으로 남자를 사는 것은 나름대로 충격적인 경험이었다. 그런데도 짙은 향수 냄새와 촛불 서비스와 어린아이 같은 말투 외에 그다지 인상에 남지 않은 것을 보면, 그 남자도 배우로서는 거의 가망이 없어 보인다.

피식, 자조 섞인 웃음이 새어 나왔다. 시자와가 메일로 지적한 게 떠올랐던 것이다.

'그럼 오그라들 수밖에 없지.'

출장 호스트를 비웃을 처지가 아니었다. 시자와가 지적한 대로 나츠 자신도 좋아하는 상대에게 응석을 부릴 때 유치하게 행동하는 버릇이 있었다. 일부러 그런 것이 아니라 무의식적인 행동이었기 때문에 그에게 지적 받기 전까지는 모르고 있었다. 사실 나이도 적지 않은 여자가 눈앞에서 어린아이처럼 굴면 시자와뿐만 아니라 그 누구라도 당연히 피곤하게 생각할 것이다.

나츠는 시자와와 새로 시작하고 싶은 마음보다는 그와 보낸 몇 날 밤을 없었던 일로 하고 싶었다. 드라마 대본처럼 다시 수정할 수 있다면 얼마나 좋을까. 겨우 네 번 만나 침대에서 나뒹굴며 격렬하게 끌어안았다. 뇌며 눈알이며 손톱과 발톱까지 모두 녹아내리는 듯한 쾌감에 취해 있을 때 시자와는 혀 짧은 소리로 응석 부리는 여자에게 부담감을 느끼고 있었던 것일까. 오그라드는 것을 가까스로 참아 내며 마지못해 상대해 준 것일까.

그렇게 생각하니 그동안 만나면서 그가 했던 이야기, 모든 추억이 오셀로 게임의 말처럼 금방 뒤집히는 거짓이었다는 생각이 들었다. 버림을 받은 것보다 더 참을 수 없는 것은 바로 그것이었다.

또 깜빡 잠이 든 모양이다. 전자음 소리에 눈을 뜨니 안전벨트 신호등이 켜져 있었다. 착륙을 알리는 방송이 흘러나오자 기내가 갑자기 어수선해졌다. 드디어 홍콩에 도착했다. 이렇게 멀리 떨어져서 전혀 다른 일을 하고 있으면 적어도 한동안은 잊고 지낼 수 있지 않을까.

홍콩 현지에서 제작진으로 참여한 일본인 여성 코디네이터가 버스의 맨 앞좌석에서 상체를 내밀고 운전사와 중국어로 이야기를 나누고 있었다. 사실 중국어라고만 짐작할 뿐, 나츠는 그것이 베이징어인지 광둥어인지 알 수 없었다. 영어권 지역을 여행할 때와는 달리, 거리에서 사람들이 나누는 말을 거의 알아듣지 못했다. 막상 이런 상황에 놓이고 보니 왠지 불안해졌다.

익숙지 않은 리포터 역할을 맡았던 지난 사흘 동안, 상대가 무슨 이야기를 해도 누군가가 통역해 줄 때까지 멍하니 얼굴만 쳐다보고 있어야 했다. 반복되는 그 짧은 대기 시간은 나츠에게 초조감을 안겨 주었고, 초조감이 쌓여 갈수록 이 일을 맡은 것 자체가 후회되었다. 그런 자신을 반성하고 분발할수록 몸은 더욱 피곤해질 뿐이었다.

나츠는 모음 억양이 요란하게 울리는 대화를 들으며 창밖으로 시선을 보냈다. 초점을 고정하지 않은 채 멍하니 바라보는 밤거리는 검은 팔레트에 원색 물감을 담아 놓은 것 같았다. 좁은 거리가 색깔들로 넘쳐나고 있었다. 양쪽 건물에서 도로 위까지 튀어나와 여러 겹으로 겹쳐진 간판들이 아치 모양을 이루고 있었다. 한자와 영문자가 뒤섞인 간판들이 저마다 눈부신 네온으로 거리 전체를 현란하게 비추고 있었다. 어수선한 그 광경을 바라보고 있자니 현기증이 날 것 같았다.

이 거리에 대한 기본적인 정보는 나츠도 어느 정도 알고 있었다. 개인적인 시간은 거의 없었지만 영화제에 출품된 작품 몇 편을 보고 감독이나 출연자를 취재하면서 짬짬이 홍콩의 이곳저곳을 안내하는 장면을 촬영한 덕분이었다. 아마 원기 왕성할 때 오면 이렇게 즐거운 거리도 없을 것이다. 식도락 여행도 할 수 있고 호화로운 호텔 온천에서 마사지를 받을 수도 있다. 빅토리아 피크에 올라가면 눈앞에 백만 달러짜리 야경이 펼쳐진다. 물론 쇼핑객의 입장에서도 수많은 물건들을 면세 가격으로 구입할 수 있는 이곳은 그야말로 천국이나 다름없다.

몽콕의 쇼핑 거리인 여인가에는 싸고 예쁜 자수 장식과 여성용 물품들이 널려 있다. 조금 아래쪽에 자리한 야우마테이의 남인가에는 브랜드 로고가 박힌 일용품이 넘쳐나는데, 짝퉁 시계를 든 사내들이 연신 소매를 끌어당긴다. 비취옥을 비롯한 각종 귀석貴石을 취급하는 전문점도 있고 로컬 푸드를 파는 포장마차도 즐비한데, 특히 밤에는 그곳을 지나가기만 해도 녹초가 될 정도로 사람들로 북적거린다.

예전에 카이타크 공항이 있던 자리 근처에는 순도 높은 차이니스 골드를 취급하는 은행 아닌 '금행金行'과 정체 모를 음식 재료가 넘쳐나는 시장이 모여 있다. 그 악명 높은 주룽 성채는 이미 철거되어 아름다운 공원으로 탈바꿈했지만, 주변을 에워싼 오래된 고층 건물들의 황량한 모습이 예전의 위상을 짐작케 한다. 그곳은 지금도 여전히 외부인의 출입을 거부하고 있는 것 같았다.

고급 부티크가 늘어선 침사추이의 중심가를 빠져나가면 바닷가 저편에 근대적인 쇼핑몰이 자리하고 있다. 브랜드에 눈이 먼 사람이 아닐지라도 평소에는 문턱이 높아 엄두도 못 내던 가게에 과감히 들어가 보고 물건을 사고 싶은 유혹을 느낄 것이다.

왠지 손해를 보는 느낌이었다. 나츠는 그토록 흥미로운 거리에 있으면서도 그것들을 제대로 즐길 수가 없었다. 마음먹기에 달렸다고 몇 번이나 스스로에게 말했다. 하지만 아무 소용이 없었다. 제작진과 프로그램에 대해 의논할 때는 고통을 잊을 수 있었지만 그것도 그때뿐이었다. 혼자가 되면 금방 다시 머릿속에 되살아났다. 아무리 쫓아내도 끈질기게 따라붙는 파리처럼.

"다카토 씨, 예약했어요."

문득 정신을 차리니 앞자리에 앉은 코디네이터가 뒤를 돌아보고 있었다. 순간적으로 무슨 말인지 어리둥절했다. 의기양양한 미소와 그녀의 손에 들린 휴대전화를 보고 나서야 저녁 식사 이야기라는 것을 알 수 있었다.

어디서 무엇을 먹을 것인지 이야기하다가 혼다 피디가 '마지막 밤이니 근사한 곳에서 먹읍시다. 다카토 씨가 결정해요'라고 말했다. 나츠가 안내 책자를 훌훌 넘기다가 대충 점찍은 상하이 음식점이 다행인지 불행인지 맛은 있는데 예약하기가 어려운 곳으로 유명했다.

"우아, 고마워요. 어딜 가든 오노 씨의 이름이 위력을 발휘하네요."

나츠가 진심 어린 표정으로 말했다.

그러자 코디네이터가 미소를 지었다.

"운이 좋았던 것뿐이에요. 전에 일을 도와주다가 거기 매니저하고 좀 친해졌거든요. 어쨌든 맛은 보증할 수 있으니 기대해 주세요."

나츠는 애써 입가를 끌어올렸다. 자신이 가고 싶다고 지정한 음식점이니 요리를 남길 수도 없다. 그렇게 생각하니 벌써부터 위가 묵직해지는 느낌이었다.

"아, 다행이네."

나츠 뒤에서 혼다가 혼잣말처럼 중얼거렸다.

"그런데 이 시간대에 센트럴로 들어가려면 꽤 복잡할 텐데. 해저 터널보다는 페리가 낫겠네."

"미안해요. 가까운 음식점을 고를 걸 그랬나 봐요."

나츠가 좌석 틈새로 얼굴을 내밀며 사과하자 혼다가 손을 내저으며 웃었다.

"아니에요, 잘되었어요. 나도 아직 밤에 스타 페리를 타 본 적이 없거든요. 야경이 볼 만하다던데요."

혼다는 잘못 알고 있었다. 그냥 볼 만한 정도가 아니라 이토록 아름다운 야경은 처음 보았다. 도쿄의 집에서 바라보는 야경과는 비교가 되지 않았다. 무엇보다 아름다운 것은 수면에 비친 수많은 불빛이었다.

해군복을 입은 중년의 선원이 배를 맨 밧줄을 풀었다. 아래층에는 지역 주민들, 위층에는 관광객을 태운 여객선이 천천히 부두를 벗어났다. 해안 너머로 빽빽이 들어선 건물들에서 발하는 네온 불빛이 수면에 반짝였다. 바람에 물결이 일렁이자 불빛들이 수면에 번지듯이 아른거렸다.

10분쯤 되는 짧은 관광을 마치고 음식점으로 향했다. 나츠 일행은 주방 출입구 바로 옆의 원탁으로 안내를 받았다. 아무리 안면이 있다고 해도 역시 무리한 일이었던 모양이다.

"이거 자리가 영 불편하네. 다카토 씨가 이쪽에 앉으실 걸 그랬네요."

혼다가 신경이 쓰이는 듯 맞은편에 앉은 나츠에게 말했다. 코디네이터인 오노는 멋쩍은 듯 말없이 앉아 있었다.

이윽고 주문한 요리가 나왔다. 다행스럽게도 요리는 맛이 괜찮았다. 나츠는 어색한 분위기를 바꾸려고 새우가 신선하다느니 소스 맛이 절묘하다느니 음식을 보기 좋게 담았다느니 그릇이 화려하다느니 하면서 칭찬을 했다. 마음만 있으면 칭찬할 거리는 얼마든지 찾아낼 수 있었다.

무사히 일을 끝마친 축하 회식이자 마지막 만찬이라고 생각한 나츠는 사흘 내내 녹음 담당자를 호통쳤던 카메라맨에게도, 실제로 눈치가 별로 없는 녹음 담당자에게도 감사의 말을 아끼지 않았다. 그렇게 모든 이들을 일일이 신경 쓰다 보니 금세 피곤해졌다. 특별히 누가 그렇게 해 달라고 부탁한 것도 아니었다. 그저 성격일 뿐이었다.

돌아가는 길의 야경은 전후좌우가 아까와는 반대였다. 나츠는 술에 취해 벤치에 앉아 있는 제작진을 남겨 두고 뱃전으로 다가가 열린 창문 밖으로 얼굴을 내밀었다. 습기를 잔뜩 머금은 밤바람이 볼에 시원하게 와 닿았다. 소다수를 섞은 금목서주酒 한 잔을 마셨을 뿐인데 아직도 맥박이 요동치고 귓불이 화끈거렸다.

관광객을 실은 페리가 센트럴 쪽으로 가고 있었다. 그 관광용 범선의 실루엣이 해안가의 네온을 배경으로 시커멓게 떠올랐다. 수많은 불빛이 잔물결에 떠밀려 이리저리 흩어졌다 다시 모였지만 결코 섞이지는 않았다.

　무지개 조각으로 가득 찬 수면을 가르며 배가 나아가는 것을 내려다보고 있자니 마치 꿈이나 환상의 바다에 떠 있는 것처럼 머릿속이 어지러웠다. 예전에 졸업 여행을 갔던 암스테르담에서 처음 마리화나를 피웠을 때도 이런 느낌이었다. 현지에서는 합법이었지만 왠지 불안해서 좁고 차가운 방에서 몰래 피워 보았다. 그 당시에는 아직 학생이었기 때문에 금전적인 여유는 없었지만 마음만은 지금보다 훨씬 자유로웠다.

　지금까지 쇼고와 떨어져 지내고는 있지만 가장 중요한 것은 거의 바뀌지 않았다. 결국 몸도 마음도 여전히 남자의 그림자에서, 남자의 지배에서 벗어나지 못하고 있었다. 이것은 단지 맞은편에 앉은 남자가 바뀐 것뿐이지 않은가.

　뱃전 옆에 누군가가 서 있었다. 초록색 모시 재킷에 청바지와 가죽 로퍼 차림이었다. 그는 둘둘 만 잡지를 손에 쥐고 있었는데, 그 손가락이 무척 길다는 인상을 받았다. 어디선가 이런 손가락을 본 적이 있다는 생각을 하며 고개를 들고 가만히 상대의 얼굴을 응시했다. 그러자 시선을 느낀 남자가 의아한 듯이 나츠를 쳐다보았다.

　다음 순간 두 사람은 동시에 목소리를 높였다.

　"선배?"

"모, 모리야마? 아, 아니지, 이름이……."

남자가 몸을 살짝 젖히며 눈을 크게 떴다. 나츠가 얼른 목소리를 가다듬고 '저, 다카토예요'라고 말했다.

"아, 그래, 맞아. 미안해요, 너무 갑작스러워서."

그는 혼잣말처럼 우물거리며 열없이 웃었다.

"그, 그런데 여긴 무슨 일로……."

"선배야말로 어쩐 일이세요? 전 방송국 의뢰로 영화제를 취재하러 왔어요. 혹시 선배도?"

"네, 나도 마찬가지예요. 홍콩엔 거의 나만 보낸다니까요."

"그렇군요. 하기야 선배는 예전부터 홍콩 영화를 꿰뚫고 있었으니."

나츠는 놀랐던 마음이 어느 정도 가라앉자 남자를 똑바로 쳐다보았다.

이와이 요스케. 몇 년 만의 재회인가. 졸업 이후로 처음 만난 것은 아니다. 나츠가 다카토 나츠메로 데뷔한 뒤로 두 번인가 취재하러 찾아온 적이 있었다. 이와이는 연극과 영화 전문지인 〈테아트르〉의 편집자였다. 대학 동아리 선후배 사이였음에도 불구하고 나츠에게 존댓말을 쓰는 것도 그 때문이었다. 인터뷰를 하는 쪽과 받는 쪽, 이와이는 결코 그 점을 혼동하지 않았다.

"어쩜 제 이름도 기억하지 못하세요?"

나츠가 웃으며 말했다.

"아, 미안해요. 갑자기 좀 헷갈려서……."

이와이는 머리를 긁적이며 사과했다. 키가 훤칠하고 팔다리가 유난히 긴 그가 미안하다는 듯 몸을 움츠렸다. '모리야마'는 나츠가 결혼 전에 사용하던 성이다.

"그런데 뒤에서 보니 왠지 좀 위험하단 생각이 들었어요."

그가 말했다.

"위험해요?"

"몸을 너무 앞으로 내밀고 있어서. 저러다가 떨어지는 게 아닐까 싶었어요."

"그래서 내 옆으로 다가온 거예요?"

"막상 일이 벌어지면 나 같은 비실이가 뭘 어쩌겠나 하는 생각도 들었지만 뭐 어쨌든……."

나츠는 말없이 이와이를 올려다보았다. 매끈한 얼굴에 동그란 은테 안경. 이렇게 변함없는 사람도 드물다. 학생 시절의 모습 거의 그대로다. 얼굴만 그런 게 아니다. 온화한 태도와 긴장하면 조금 우물거리는 버릇, 그리고 남자로서는 상당히 가늘고 긴 손가락도 여전하다.

나츠는 한때 그 손가락이 자신의 것이었다는 사실을 떠올리고는 조금 가슴이 설렜다. 이와이는 과연 어떻게 생각하고 있을까. 안경 안쪽을 슬쩍 살펴보니 사심 없는 눈길을 보내고 있었다. 그를 바라보고 있으면 왠지 기린이 떠올랐다.

"취재는 언제까지예요?"

"오늘로 다 끝났어요. 리포터 같은 익숙지 않은 일을 하다 보니 아주 피곤하네요. 일을 제대로 한 건지 모르겠어요."

"제대로 잘했겠죠. 옛날부터 그런 건 잘했잖아요."

이와이가 자신감 있게 말했다.

"그런 것이라니요?"

"좀 튀는 일이오."

그러고는 또다시 '아, 실례. 나도 모르게 그만……'이라고 하며 머리를 긁적였다.

나츠는 결국 웃음을 터뜨리고 말았다.

부두에 거의 다 도착한 모양이다. 배가 방향을 틀면서 크게 흔들렸다. 나츠는 순간적으로 이와이의 팔을 잡으려다가 가까스로 창틀을 붙잡았다. 중국어와 영어로 방송이 흘러나왔다.

이와이가 물었다.

"여긴 언제까지 머물 건가요?"

언제까지 머물게 될까. 아직 마음을 정하지 못했다. 돌아가는 티켓은 오픈으로 했고 호텔도 일단 자비로 이틀을 더 잡아 놓았는데, 나츠는 홍콩에 온 뒤로 그렇게 한 것을 후회하고 있었다. 지금의 이런 기분으로는 혼자 남아 아무것도 할 게 없을 것 같았다. 뭔가 하고 싶다는 생각도 들지 않았다. 쇼핑도 에스테틱도 내키지 않았다. 혼자 근사한 식사를 즐길 수 있는 성격도 못 된다. 차라리 내일 제작진과 함께 돌아가는 게 낫지 않을까 싶었다. 그것도 아니면 하루만 더 있다가 혼자 돌아가거나. 아직은 그렇게 망설이고만 있을 뿐 확실히 결정 내리지 못했다.

"선배는……."

"네?"

안경 너머에 있는 이와이의 자그마한 눈이 커졌다. 다음에 무슨 말이 나올지 온 신경을 집중하고 있는 것 같았다.

"선배는 여기 언제까지 있을 거예요?"

"일단 내일까지는 일정이 잡혀 있어요. 취재 몇 건만 하면 되지만요."

이와이는 난간을 잡고 어두운 바다로 시선을 돌렸다.

"그런데 모처럼 온 거니까 토요일하고 일요일은 여기서 보내고 월요일에 돌아가려고요. 서둘러 가 봐야 주말에는 어차피 아파트 단지의 자치회 모임에 나가는 게 고작이니까."

"자치회……?"

"하하하, 서민은 여러모로 바빠요. 자치회뿐만이 아니라 학부모 참관 수업이니 바자회니 하는 것도 있거든요. 이래봬도 2학년짜리 아들을 둔 아빠라서 꽤 바쁘다니까요."

"아들이 벌써 그렇게 컸나요?"

"아, 맞다. 그 애가 태어났을 때 축하해 주셨죠?"

그러고는 새삼스레 감사하다며 고개를 숙였다. 정수리의 머리숱이 많이 줄어든 것 같다.

"그 애가 벌써 여덟 살이에요. 어쨌든 이번 주에는 자치회 모임에 나가지 않으려고요. 그런 데 나가느니 여기서 마음 내키는 대로 느긋하게 지내면서 근처의 포장마차에서 뭔가 맛있는 거라도 먹는 게 훨씬…… 아, 미안해요. 나 혼자 주절거렸네요."

나츠가 고개를 저으며 미소를 지었다. 그때 발밑에서 둔탁한 진동이 느껴졌다. 배가 접안한 것이다. 창문 너머로 밧줄을 매는 선원의 모습이 보였다. 여기서 출발할 때 봤던 선원은 아니었다.

승객들이 자리에서 일어나 아직 열리지 않은 출구 쪽으로 걸어갔다. 벤치에서 몸을 일으킨 혼다 피디가 불그레한 얼굴로 주변을 두리번거리다가 나츠와 이와이가 나란히 서 있는 것을 발견하고 의아한 눈길을 보냈다.

"숙소는 어딥니까? 당신이라면 만다린이나 인터콘티넨털 같은 곳에서 묵겠죠?"

이와이가 바다를 바라보며 말했다. 왠지 놀리는 듯한 그 목소리가 조금 전보다 약간 딱딱하게 들렸다. 그가 먼저 숙소를 물어보자 나츠는 다행이다 싶었다. 자기가 먼저 물어보기 뭣해서 머뭇거리던 참이었다.

"오늘 밤까지는 제작진하고 같이 있지만……."

나츠도 바다 쪽으로 시선을 돌리며 신중하게 말을 골랐다.

"내일부터는 일단 이틀 동안 페닌슐라 호텔에 묵기로 했어요."

"우아, 정말이오?"

이와이가 과장스럽게 목소리를 높이며 돌아보았다. 유명한 고급 호텔이라서 놀라는가 싶었는데 그게 아니었다.

"난 바로 그 호텔 뒤에 묵고 있어요."

"바로 뒤요?"

"네, 페닌슐라하고 좁은 도로 하나를 사이에 두고 있어요. 카우룽이라는 호텔인데 홍콩에 오면 주로 이용하죠."

"거긴 어때요?"

"흐음, 기능적인 호텔이죠. 어느 방이나 다 컴퓨터 시스템이 갖춰져 있거든요. 게다가 나름대로 깔끔하고 저렴하고. 어쨌든 여러 가지로 편리한 호텔이에요."

"여러 가지라면?"

"글쎄요, 이를테면 위치는 말할 것도 없고, 내가 묵는 싱글 룸은 침대에서 손만 뻗으면 욕실과 화장실만 빼고 볼일을 모두 볼 수 있거든요. 잠자는 것은 물론 옷 갈아입고 식사하고 짐도 풀어 놓고 원고도 쓰고 텔레비전도 보고."

"그건 그만큼 방이 좁다는 거잖아요."

"그렇다고 할 수 있죠."

두 사람은 웃음을 터뜨렸다. 그러는 동안 트랩이 놓여지더니 승객들이 배에서 내리기 시작했다. 나츠는 저편에서 눈짓을 보내는 혼다에게 고개를 끄덕이고 이와이를 올려다보았다. 조금 더 이야기를 나누고 싶었지만 뭐라 말을 꺼낼 수가 없었다.

"자, 그럼……."

나츠가 작별 인사를 하려는 순간 이와이가 다급하게 말했다.

"잠깐만요……."

한순간 어색한 듯 우물쭈물하던 이와이가 이내 결심을 굳힌 듯 말을 꺼냈다.

"저어, 다카토 씨, 혹시 내일 시간 있습니까?"

"내일이오?"

"네, 저녁때 연락해도 괜찮겠습니까? 식사라도 함께 했으면 해서요. 혹시 선약이 잡혀 있다면 어쩔 수 없지만요."

오늘로 촬영이 끝났다는 것과 내일부터 혼자 다른 호텔에 묵는다는 것. 이와이는 나츠가 세심한 주의를 기울이며 은근슬쩍 흘려준 두 가지 정보를 통해 어느 정도 상황을 파악한 것 같았다.

나츠는 물에 젖어 미끄러운 바닥을 신경 쓰면서 말했다.

"특별한 약속은 없는데요."

"그럼 연락해도 되겠습니까?"

그렇게 자꾸 확인하지 않아도 되는데. 나츠는 그렇게 하라고 했다. 예상한 일이지만, 아니 그렇게 유도한 일이지만 왠지 얼굴이 화끈거렸다.

"알았어요. 그럼 저녁때까지 그쪽 프런트에 내 전화번호를 남겨 둘 테니 아무 때나 편한 시간에 전화 주세요. 아, 물론 급한 일이 생겼을 때는 주저 말고 이야기해 주고요. 난 괜찮으니까. 아니, 좀 아쉽긴 하겠지만 뭐 그건 신경 쓰지 않아도 돼요. 이것 참, 내가 무슨 말을 하는 건지. 하하하."

이와이가 멋쩍은 듯 볼을 쓰다듬었다.

그는 여전했다. 조금도 변하지 않았다. 이렇게 지나칠 정도로 상대를 배려해 미리 한 발 물러서는 것도 예전하고 똑같았다.

나츠는 약간 긴장했던 마음이 이내 스르르 풀어지는 느낌이었다. 그녀도 한때는 그런 소심하고 어설프고 온순한 그를 무척 좋아했었다.

이와이는 나츠보다 세 살 위지만 학교에서는 2년 선배였다. 같은 대학에 같은 연극 동아리. 배우를 지망한 나츠가 줄곧 대본만 쓰고 있었던 것처럼 이와이도 자기 의지와는 상관없이 그림만 그리고 있었다. 무대의 배경, 즉 무대 장치를 맡은 것이다. 그는 원래 그림 그리기를 좋아했던 모양이다. 대학 입시에서 미대 몇 곳을 응시했지만 모두 떨어지자 재능이 없다는 것을 깨닫고 일찌감치 포기했다고 한다. 언젠가 공연을 끝내고 뒤풀이할 때 옆자리에서 그런 이야기를 들은 기억이 있다.

그는 술을 잘 마시지는 못했지만 마셔도 전혀 흐트러지지 않는 남자였다. 그 때문에 모두가 그를 좋아했다. 남자를 매우 싫어한다는 후배 여학생조차 이와이하고는 스스럼없이 이야기를 나누었다. 나츠가 그 이유를 물어보자 후배 여학생은 웃으면서 말했다.

"이건 비밀인데요, 이와이 선배님은 식물처럼 전혀 성별이 느껴지지 않아요. 매우 좋은 사람인 건 분명한데 평생 결혼은 못할 타입이에요."

후배 여학생은 자기 입으로 비밀이라고 말해 놓고는 나중에 이와이가 있는 술자리에서 면전에다 대고 그 이야기를 꺼냈다. 그러자 이와이는 모호한 표정으로 중얼거렸다.

"그럴지도 모르지. 그런데 사실이 그렇다면 좀 외롭겠네."

나츠의 기억으로는 실제로 이와이와 사귄 기간은 두 달밖에 안 된다. 그전부터 그와 자주 이런저런 이야기를 나누면서 서로 마음이 맞는다는 것을 알고 있었다. 하지만 남녀가 아닌 단순한 선후배 사이였던 그와 처음에 어떻게 자게 되었는지는 솔직히 잘 기억나지 않는다. 대화를 나누다가 흥분한 것인지 또는 술기운 때문이었는지. 이미 15년 전의 일이다.

그 무렵 나츠에게는 같은 동아리에서 활동하는 남자 친구가 따로 있었다. 이와이와는 전혀 다른 타입으로 외모도 내면도 남자다운 동급생이었다. 물론 그 남자 친구는 이와이와의 관계를 모르고 있었지만 이와이는 모두 알고 있었다. 알고 있으면서도 아무 말도 하지 않았다. 그 녀석과 헤어지라느니, 자기 여자가 되어 달라느니 하는 말은 한 마디도 하지 않은 채 나츠가 요구하면 말없이 안아 주었고 때로는 먼저 조심스럽게 요구하기도 했다.

식물이라는 게 딱 맞는 말이었는지 모른다. 그의 피부는 모시나 목면처럼 매끈했고, 섹스도 여자와 하는 것 같았다. 나츠는 직접 섹스하는 것보다 그가 민감한 부위를 여기저기 부드럽게 애무해 주는 것을 더 좋아했다. 체온이 낮을 것 같은 외모와는 달리 뜨거운 혀끝과 길고

가느다란 손가락으로 집요하고 성실하게 온몸을 어루만지는 것만으로 나츠는 몇 번이나 가벼운 전율을 느꼈다. 난폭한 구석이라고는 전혀 없는 온화하고 부드러운 성교였다.

어떻게 시작되었는지는 기억나지 않지만 어떻게 끝났는지는 기억하고 있다. 원래의 남자 친구가 갑자기 구속이 심해졌기 때문이다. 그는 나츠의 태도 변화에 뭔가 이상하다고 생각했지만 상대가 이와이라는 것은 전혀 눈치 채지 못했다.

만약 그때 그 남자 친구가 아닌 이와이를 선택했다면 인생이 어떻게 바뀌었을까. 이와이를 선택했다면 작가로 데뷔한 뒤에도 관계가 지속되지 않았을까. 그러면 이와이와 둘이 온화한 나날을 보내며 온화하게 섹스하면서 지내지 않았을까. 물론 일로 만난 쇼고와 사랑에 빠지지도 않았을 테고 결혼도 하지 않았을 것이다. 창작에 대한 욕구도 억눌리지 않았을 테고 갈등에 힘겨워하는 일도 없었을 것이다. 또한 시자와 이치로타를 그렇게 간절히 동경하지도 않았을 테고 모든 것을 떨쳐 버리고 집을 뛰쳐나오는 일도 없었을 것이다.

나츠는 사흘간 머물렀던 호텔 객실에서 내일의 이동을 위해 여행 가방을 꾸리면서 이와이와의 저녁 식사 때 무엇을 입을까 고민했다. 촬영 첫날 입었던 상아색 원피스를 입을까, 아니면 둘째 날 입었던 물방울 무늬 원피스를 입을까. 그런데 너무 여성스러운 옷은 왠지 속내를 드러내는 것 같아 쑥스러웠다. 그러다가 자유 시간에 통역을 맡은 나카지마 씨의 권유로 구입한 파란 기하학 무늬의 재킷을 떠올렸다. 차라리 오늘 낮에 산 에밀리오 푸치 재킷에 감색 바지를 입을까.

오늘 밤에 이와이와 마주 앉아 식사하면서 대화를 나눈다고 생각하니 심장의 고동이 빨라졌다. 이런 들뜬 기분도 꽤 오랜만이었다. 나츠는 문득 옷을 개던 손을 멈추고 혼자 쓴웃음을 흘렸다.

아아, 천박한 년. 남자라면 누구든 상관없다는 건가.

4

저녁 6시. 약속 시간에 맞춰 페닌슐라 호텔의 '더 로비'로 들어온 이와이는 나츠를 보자마자 과장스럽게 눈을 크게 뜨고는 길쭉한 손으로 입을 가리며 시선을 돌렸다.

"왜요?"

"아, 아무것도 아니에요."

"좀 이상한가요?"

나츠가 고심 끝에 선택한 것은 하얀 바탕에 푸른색 과일이 수채화처럼 큼직하게 그려진 민소매 원피스였다. 무릎 위로 올라간 기장 때문에 그러는 건가.

"아뇨, 아주 멋진데요."

이와이의 부드러운 시선이 다시 나츠 쪽으로 향했다.

"이렇게 멋진 당신하고 나란히 걷는다고 생각하니 왠지 좀 쑥스러워서요. 어젯밤에 용기를 내서 저녁 식사를 제안한 나 자신을 칭찬해 주어야겠네요."

예전에도 그랬다. 이런 식의 말을 의외로 자연스럽게 내뱉는 남자였다. 전혀 빈정대는 게 아니었으며, 그게 빈정대는 말로 들릴 수도 있다는 것을 모르고 있었다.

"식사하기엔 아직 이른 것 같은데 혹시 어디 가 보고 싶은 데 있어요?"

이와이가 앞서 걸어가며 말했다. 유니폼 차림의 도어맨이 절묘한 타이밍으로 문을 열어 주었다. 이와이는 뭔가 생각난 듯 갑자기 걸음을 멈추더니 나츠를 먼저 지나가게 했다.

밖으로 나가자마자 무더운 열기가 온몸을 짓눌렀다. 습한 공기가 코와 입은 물론 온몸의 모공까지 막아 숨쉬기조차 힘들 정도였다. 어제까지는 에어컨이 켜진 버스로 이동했기 때문에 더운 줄 몰랐다. 이런 날씨에 돌아다닐 걸 생각하니 겁이 더럭 났다.

이와이는 깔끔한 폴로셔츠에 어젯밤에 입었던 모시 재킷 차림이었다. 더위를 그다지 타지 않는 것 같았다.

"어디든 안내할게요. 웬만한 데는 거의 알고 있으니까요."

"지도 없이도 돌아다닐 수 있어요?"

"물론이죠."

"대단하네요."

이와이가 쑥스러운 듯 기다란 몸을 비틀며 손을 내저었다.

"아니에요, 아니에요."

중년에 접어든 남자를 이렇게 표현하는 것은 좀 이상하지만, 어딘가 소녀 같은 귀염성이 있는 몸짓이었다.

"그럼……."

나츠가 잠깐 생각하는 듯하더니 곧바로 말을 이었다.

"완차이에 가 보고 싶어요."

"네? 거긴 왜요?"

"여자 혼자서는 가기 힘들 것 같으니까요. 선배, 〈수지 웡의 세계〉라는 영화 봤어요?"

"네, 봤어요."

그러고는 무슨 말인지 알겠다는 듯 아하, 하며 고개를 끄덕였다.

오카지마 교코가 추천해 준 〈수지 웡의 세계〉는 1950년대 홍콩을 무대로 한 할리우드의 러브 로맨스 영화다. 인기 절정의 윌리엄 홀던이 화가의 꿈을 포기하지 못하는 남자로 나온다. 직장을 그만두고 1년간 홍콩에서 그림에 몰두하기로 결심한 그는 선상에서 한 아름다운 여성에게 매료되어 무심코 데생을 한다. 그러자 그녀는 자기는 부잣집 딸이고 처녀라며 화를 낸다.

하지만 얼마 후 두 사람은 남자가 머물고 있는 완차이의 허름한 숙소의 바에서 재회한다. 부잣집 딸이라던 그녀는 사실은 글도 읽을 줄모르는 '완차이 걸'이었다. 주로 해군 병사를 상대로 몸을 파는 매춘부였던 것이다.

"거기에 가는 거야 상관없지만 큰 기대는 하지 않는 게 좋아요. 그 부근도 거의 재개발됐거든요. 홍콩 반환식이 거행된 컨벤션 센터도 그곳에 있다니까요. 영화에서 보여 준 음란하고 혼란스러운 분위기는 아쉽게도 이제 거의 찾아보기 힘들어요."

그래도 상관없다고 나츠가 말했다. 그 영화를 본 뒤로 '완차이 걸'이라는 말이 계속 머릿속을 맴돌았다. 왠지 그 말이 자꾸 마음에 걸려 현장을 직접 확인해 보고 싶었던 것이다.

"그래요? 그럼 가 보죠."

이와이가 발길을 돌렸다. 도어맨이 또 한 번 재빨리 문을 열어 주었다.

"어차피 지하철 입구로 갈 거면 중간까지라도 호텔 안으로 가로질러 가는 게 조금이라도 시원하겠죠."

이와이가 말했다.

쇼핑 아케이드에 늘어선 샤넬, 펜디, 크리스천 디오르 같은 고급 브랜드 상점들을 지나 뒤쪽의 문을 통해 밖으로 나갔다. 다시금 후텁지근한 습기가 온몸을 감쌌다.

"그 영화가 자꾸 마음에 걸리더라고요."

나츠가 걸어가면서 말했다.

"어떤 점이오?"

"스토리 자체는 그다지 감동적이지 않은데, 묘하게도 여운이 오래

남더라고요. 여러 장면들이 눈앞에 아른거린다고 할까요. 특히 세부적인 장면들이."

"예를 든다면?"

"예를 들면…… 수지가 모델을 제안 받았을 뿐인데 멋대로 그 화가를 좋아하잖아요. 그리고 아직 연인 사이도 아니면서 동료 여자들에게 자기가 얼마나 사랑을 받고 있는지 자랑하고요. 또 해군 병사에게 얻어맞아 화가가 치료해 주었는데, 동료를 만나기 전에 일부러 자기 입술을 깨물어 피를 흘리면서, 그이는 질투가 나면 바로 손찌검을 한다고 했던 부분이 기억에 남아요."

아하, 하고 이와이가 고개를 주억거렸다.

"맞아요, 그런 장면이 있었죠. 생각나요. 그건 뭐랄까, 역시, 하는 느낌이었죠."

"그게 뭔데요?"

"이를테면 남자와는 전혀 다른 여자만의 귀여움이나 애처로움, 또는 정체 모를 복잡함이나 두려움 같은 게 그 장면에 모두 담겨 있는 것 같더군요. 정말 인상적이었어요."

나츠가 웃자 이와이가 의아한 표정으로 쳐다보았다.

"아, 좀 다르다는 생각이 들어서요."

"뭐가요?"

"남자하고 여자가 느끼는 거요."

"많이 다른가요?"

"나는 그것을 보고 수지라는 여자가 매우 어리석다고 생각했어요. 그런 식으로 애정을 확인하고 증명할 수밖에 없다는 점에서요. 물론 성장 과정을 생각해 보면 애처롭기도 하지만 그보다는 어리석다는 생각이 앞서더라고요. 이것도 일종의 동족 혐오인지는 모르겠지만. 그런데 단지 같은 여자라서 그런 것만은 아니에요."

이와이는 모호한 눈빛으로 힐끗 쳐다보았을 뿐 별다른 반응은 보이지 않았다.

토요일 밤이어서인지 침사추이 거리는 어디나 북적거렸다. 조금 걸어가다가 지하로 들어갔다. 나츠가 자기 몫의 지하철 표를 사겠다고 했지만 이와이가 전자 머니 카드를 빌려 주었다. 지하철역 안은 청결하고 안전해 보였다.

이와이가 플랫폼에 서서 말했다.

"그런 가게들은 대부분 완차이의 록하트 로드 부근에 몰려 있어요. 지금도 수지 같은 여자들이 길거리에 나와 있을걸요. 평소에는 조용하다가 미군함만 도착하면 거리가 흥청거리죠. 그런데 그런 분위기를 느끼려면 좀 늦은 시간에 가야 하는데……."

미끄러지듯 다가온 지하철에 올라타니 시원한 에어컨 바람에 안도의 한숨이 흘러나왔다.

두 사람은 나란히 손잡이를 붙잡고 노선도를 올려다보았다. 해안을 사이에 두고 북쪽은 홍콩 섬이고 남쪽은 주룽 반도다. 지하철 노선은 일본에 비해 무척 간단해 보였다.

"선배는 홍콩에 몇 번이나 와 봤어요?"

"글쎄요, 일일이 세어 본 적이 없어서요. 취재를 포함해 적어도 1년에 두세 번은 꼭 오니까요. 더 자주 올 때도 있고."

"여기가 뭐가 그렇게 좋아요?"

"흐음, 그런 질문을 자주 받는데, 솔직히 나도 뭐가 좋은지 잘 모르겠어요. 그냥 나하고 잘 맞는다고나 할까."

"여름엔 이렇게 더운데요?"

"하하하, 그건 익숙해졌죠. 2~3일 돌아다니다 보면 당신도 금방 익숙해진다니까요."

갑자기 가슴이 뛰었다. 무엇 때문인지 금방 알아차렸다. 이와이가 말한 '당신'이라는 호칭 때문이었다. 딱 꼬집어 말할 수는 없지만 뭔가 특별한 느낌이었다. 그가 그렇게 부를 때마다 옆구리를 쿡쿡 찔리는 듯한, 볼을 살짝 꼬집히는 듯한 쑥스러운 기분이 들었다.

"당신은 몇 번째죠?"

"이번이 처음이에요."

"어, 정말요? 우아, 그것 잘됐네요."

"왜요?"

"처음이라면 어디로 안내하든 감탄할 테니까요."

이와이는 눈가에 주름을 짓고 나츠를 내려다보면서 우물우물하는 모습까지도 기린을 빼닮았다. 그렇다. 식물이라기보다는 초식 동물에 가까운 사람이다. 그래서 그와 함께 있으면 안심이 되는 것인지도 모른다. 어느 모로 보나 피에 굶주린 짐승 같은 시자와 이치로타와는 근본적으로 다른 생물이다.

아아, 또 이러네. 더는 생각하지 않기로 해 놓고.

"저녁 식사는 어디서 할 거예요?"

나츠가 얼른 마음을 가다듬고 물어보자 이와이가 고개를 갸웃거렸다. 아직 정하지 않은 모양이다.

"맛있는 데는 많으니까요. 배고프면 도착하자마자 바로 식사부터 할까요? 이 시간대라면 웬만한 데는 예약 없이도 들어갈 수 있을 거예요. 여긴 저녁 식사 시간이 일본보다 좀 늦거든요."

이와이가 나츠를 내려다보며 씽긋 웃었다.

"다카토 씨, 배 많이 고파요?"

"조금."

그러고는 마음에 두고 있던 말을 슬쩍 내비쳤다.

"그런데 선배가 '다카토 씨'라고 부르니까 영 어색하네요. 존댓말을 하는 것도 그렇고."

"하지만……."

"지금은 업무로 만나는 게 아니잖아요."

"그, 그럼 뭐라고……?"

"뭐든 괜찮으니까 선배 편한 대로 불러요."

"이것 참…… 모리야마라고 부르는 건 좀 이상하겠지?"

"그건 좀 이상하고요."

"……나츠메 씨?"

"지금 취재하는 게 아니라니까요."

"그럼 뭐라고 불러야 하나?"

이와이의 웃음 섞인 말투는 학창 시절하고 똑같았다. 약간 커진 목소리가 주변의 시선을 끌었다. 미안한 듯 어깨를 움츠리며 서로 얼굴을 마주 보았다. 서로가 뭔가를 그리워하는 듯한 눈빛이었다. 그러나 곧 두 사람은 아무 일도 없었다는 듯 지하철 노선도로 시선을 돌렸다.

이윽고 나츠가 먼저 말을 꺼냈다.

"예전처럼 부르는 건 어때요?"

이와이가 피식 웃으며 말했다.

"사실은 나도 막 그렇게 생각했어."

지역 주민들이 자주 찾는 대중식당으로 들어갔다. 이럴 줄 알았으면 실크 원피스를 입는 게 아니었는데, 하고 실망한 것도 잠시, 나츠는 음식에 푹 빠져들었다. 도톰한 쇠고기 경단, 게와 소금에 절인 달걀 볶음, 벌집이 들어간 돼지 뼈 육수, 그리고 거위 간과 국수가 들어간 찌개. 생전 처음 보는 요리들이 잇따라 나왔는데, 하나같이 황홀할 정도로 맛있었다.

다음으로 국수를 먹으러 다른 가게로 들어갔다. 쫄깃하고 가느다란 수타 국수였다. 이와이의 말에 따르면 '이게 바로 홍콩의 전통 국수'라고 한다. 탱탱한 새우가 들어간 만두와 채소가 곁들여져 나왔다.

"일본에 돌아가면 자꾸 생각날 것 같아요."

나츠에 말에 이와이의 얼굴도 환해졌다. 그러고 보니 그는 몸은 빼빼한데 식욕은 왕성한 것도 예전하고 똑같았다.

식사를 마치고도 시간이 남아 이와이의 제안으로 노면 전차를 탔다. 세계에 몇 대밖에 없다는 2층 노면 전차다.

"낮에는 2층이 관광객으로 가득 차지만 이 시간대에는 비어 있어. 물론 밖이 어두워서 거의 네온밖에는 보이지 않지만."

완차이에서 동쪽으로 얼마쯤 갔다가 다시 되돌아왔지만 거리의 분위기는 충분히 느낄 수 있었다. 2층 좌석은 1층보다 좁은데다 천장도 낮고 의자도 딱딱하고 흔들림도 심해 편안한 느낌은 들지 않았다. 하지만 수백 미터 간격으로 세워진 정류소의 평평한 지붕을 내려다보거나 빌딩의 네온과 간판을 가까운 거리에서 올려다보면서 좌우로 흔들리다 보니 왠지 소풍을 나온 기분이었다. 약간의 술로 몸이 달아오른 탓인지 창문으로 밀려드는 바람이 상쾌했다.

"이제 슬슬 가 볼까."

두 사람은 완차이에서 내려 거리를 걸었다. 나츠는 앞서 걸어가는 이와이의 뒤를 바싹 따라붙었다.

밤의 중심가라고 할 수 있는 록하트 로드를 따라 걸어가다 보니 한눈에 윤락가임을 알 수 있는 간판들이 하나 둘씩 나타났다. 화려한 네온이 반짝이는 가게 앞에는 '푸시캣' 같은 야릇한 이름의 영어 간판들이 늘어서 있었다. 춤추는 바인지 지하 가게에서는 요란한 음악이 흘러나왔다. 그리고 옆쪽 문에서는 노출이 심한 옷을 입은 여자들이 교성을 지르며 몰려나왔다. 재즈 바나 타투 스튜디오도 이따금 눈에 띄기는 했지만 거의 대부분 남녀가 한바탕 신나게 노는 가게들이었다.

그때 보도 저편에서 팔 근육에 티셔츠가 찢어질 것 같은 백인 남자가 걸어왔다. 그 팔에 매미처럼 달라붙은 여자가 나츠를 힐끗 쏘아보며 지나쳤다.

"드디어 만났네."

이와이가 말했다.

"네?"

"완차이 걸."

5

소형 냉장고에서 오리지널 과일 주스를 꺼낸 뒤 묵직한 목재 블라인드를 힘껏 끌어올렸다. 목에 건 수건으로 머리카락을 문질렀다. 호텔 수영장을 왕복하고 증기 사우나에서 땀을 흘린 덕분에 몸이 무척 가벼워진 것 같았다. 자수가 수놓인 두툼한 목욕 가운을 걸치고 나자 기분이 상쾌했다.

안락의자에 걸터앉는다. 등받이의 각도를 조절해 다리에 수건을 덮고 길게 누우니 눈앞에 바로 빅토리아 만이 펼쳐진다. 만에는 크기도 색깔도 모양도 제각각 다른 배들이 물새처럼 점점이 떠 있다. 어젯밤에는 네온으로 화려하게 물든 홍콩 섬의 빌딩들이 지금은 석양에 빛나고 있다. 황금 방망이를 빼곡히 세워 놓은 것처럼.

창문 밖으로 눈부신 광경이 펼쳐진 휴게실에는 지금 나츠 혼자뿐이다. 비치된 잡지를 뒤적이며 주스 병을 입에 대니 라즈베리와 요구르트의 달콤새콤한 액체가 목으로 흘러든다. 나츠는 편안하게 안락의자의 베개에 머리를 기댄다.

제작진과 헤어진 뒤에 머물 호텔로 페닌슐라를 선택했을 때 추천을 받은 것이 이 옵션이다. 숙박비에 온천과 에스테틱 1회분 사용료가 포함되어 있었다. 다만 이용 시간을 미리 예약해 두어야 했는데, 그것이 숙박 이틀째인 오늘이었다.

어젯밤에 이어 오늘 오전에도 이와이와 만났다. 나츠가 오후에 잠깐 볼일이 있어 일단 호텔로 돌아가야 한다고 하자 그는 두말없이 보내 주었다. 볼일이 무엇인지도 묻지 않았고 그다지 아쉬워하는 눈치도 아니었다. 그것이 약간 불만이었다. 이렇게 느긋하게 쉬고 있지만 머릿속은 거의 도전적인 생각으로 가득 차 있었다. 오늘 밤에 다시 만나 식사를 할 예정인데 그전에 발가락 사이사이까지 반짝반짝 윤을 낼 작정이었다.

내가 그 사람하고 자고 싶은 건가. 창밖으로 천천히 지나가는 배를 바라보면서 잠시 진지하게 생각해 보았다. 잘은 모르겠지만 그렇게 싫은 것은 아니었다. 아니 굳이 따지자면 '예스'에 가까웠다. 시자와에 대한 감정은 이제 그만 정리해야 했다. 그렇다고 이와이를 그 도구로 이용하는 것은 결코 칭찬할 만한 방법이 아니었다. 지난번에 출장 호스트를 불렀다가 보기 좋게 실패하지 않았던가.

예전의 기억을 아무리 되짚어 봐도 이와이가 시자와 이상으로 자신을 만족시켜 줄 것 같지는 않았다. 어쩌면 명색이 프로라면서 서투르기 짝이 없었던 그 출장 호스트보다 못할지도 모른다. 그렇게 생각하면서도 은테 안경을 쓴 자상한 얼굴을 떠올리면 묘하게도 기분이 편안해졌다. 마치 서로 으르렁댔던 상대와 화해하고 함께 욕조에 몸을 담그고 있는 듯한 가뿐한 기분이었다. 그저께까지 그토록 우울해하고 있었다는 게 믿어지지가 않았다. 나츠는 이와이와 함께 여기저기 구경도 다니고 맛있는 요리도 먹으며 홍콩 여행을 한껏 즐기고 있었다.

오늘 오전에는 주룽 성채 공원에 다녀왔다. 주룽 성채가 있던 자리에 꾸며진 공원이다. 며칠 전에 촬영하면서 거의 돌아다니지 못했던 숲 속을 이와이와 함께 산책했다. 날은 여전히 무더웠지만 나무 그늘은 약간 선선했다. 낮은 돌담에 나란히 앉아 이와이는 나츠에게 그 일대에 얽힌 이런저런 이야기를 들려주었다.

"아까 남문으로 들어올 때 정면에 시커먼 대포가 있었잖아. 위문 양쪽으로."

이와이는 달려드는 모기를 두 손으로 탁 잡으면서 말했다.

"옛날 건축물 중에 남아 있는 것은 그 위문밖에 없어. 그것도 다시 복원해서 겨우 청나라 왕조의 모습을 되찾은 것이지만. 거기 있는 대포는 원래 외국의 침략에 대비하기 위해 설치했다더군. 이건 다른 사람한테 전해 들은 이야기라서 확실하진 않지만, 주룽 성채는 요새로 쓰이다가 2차 대전 이후에 본토의 난민들이 잇따라 흘러들어 집을 짓기 시작한 거야. 처음에는 대포 주변에서 멀찍이 떨어진 곳에 건물을 지었는데 그게 조금씩 늘어나 이렇게 커진 거지. 그렇게 건물이 자꾸 들어서다 보니 이곳 주민이 아니면 도저히 밖으로 빠져나갈 수 없는 미궁이 되어 버렸어. 어떤 의미에서 보면 그보다 더 완벽한 요새가 없는 거지. 낮에도 어둑어둑한 성채 한구석에 커다란 대포가 건물에 둘러싸여 있는데, 그 위에만 하늘이 파랗게 열려 있다더군. 그 이야기가 굉장히 인상적이어서 성채가 철거되기 직전에 보러 왔어. 그야말로 악취가 진동했어. 위에서는 더러운 물이 뚝뚝 떨어지고 여기저기서 전기 합선으로 지지직거리는 소리가 나고. 이 축축하고 어두운 곳에서 언제 감전사할지 모른다고 생각하니 등골이 오싹하더군. 그런데 어스름한 길가에 무엇이 움직이는 것 같아 가만히 쳐다보니, 누더기를 걸친 할머니가 웅크리고 앉아 있더라고. 그러더니 갑자기 부엌칼을 번쩍 쳐들고는 닭의 목을 탁 하고 내려치는 거야. 하하하, 뭐 나름대로 좋은 경험이었지만, 가장 중요한 대포는 도저히 찾을 수가 없더군. 아, 미안해. 나 혼자 떠들어 댔네. 그런데 좀 재미있는 것 같지 않아?"

이윽고 이와이는 공원 남쪽에 펼쳐진 주룽 성채 거리로 나츠를 안내했다. 습도도 높지만 아스팔트가 내뿜는 열기도 대단했다. 생선 가게와 채소 가게, 잡화점 같은 소규모 가게들이 아케이드 밑에 길게 늘어서 있었는데 날것은 더위 때문에 금방 상할 것 같았다. 네거리에 위치한 커다란 건물 안에도 시장이 있었다. 입구에서 슬쩍 들여다보니 갖가지 동물의 고기가 해체도 되지 않은 채 그대로 늘어서 있었다.

이와이가 그 주변에 몰려 있는 '금행' 중 한 곳을 가리켰다. 쇼윈도 안에는 금 장신구가 빼곡히 놓여 있었다.

"차이니즈 골드는 중심가에 있는 화려한 가게보다 이 부근이 더 싸더라고. 디자인을 중시한다면 몰라도 그렇지 않다면 여기서 사는 게 나아. 여기는 어차피 전부 24금이니까. 그날 시세에 가공비가 더해져 가격이 결정되니 디자인이 심플할수록 더 싸고. 그렇다고 억지로 사라는 건 아냐. 내가 이득을 보는 것도 아니고."

나츠가 웃으면서 물었다.

"왜 이 부근에 이렇게 금을 취급하는 가게들이 많은 거예요?"

"그건 이동할 때 재산을 금으로 바꾸는 중국인의 습성 때문이지. 주룽 성채는 예전에 이른바 중국과 홍콩의 경계 지역 같은 곳이었어. 그래서 다들 여기서 재산을 금으로 바꾸었지."

그런 이야기를 들으니 문득 기념으로 뭔가 사고 싶은 생각이 들었다. 마침 주인과 눈이 마주친 가게로 들어갔다. 수수한 모양의 가느다란 체인 목걸이 하나와 맑은 소리가 나는 작은 순금 방울 세 개를 샀다. 나츠 자신이 쓸 것 하나, 집을 비우는 동안 다마키를 맡아 준 교코에게 하나, 그리고 나머지는 다마키의 목걸이에 달아 줄 것이다. 가게 주인이 물건을 포장하면서 짐짓 진지한 표정으로 뭐라고 말했다.

"주인이 뭐라고 하는 거예요?"

"정말 물건 잘 샀대. 방울 소리가 잡귀를 막아 준다는데. 잘됐네. 그 방울을 몸에 달고 있으면 앞으로 이상한 남자들이 집적거리는 일은 없겠어."

이와이가 통역해 주면서 입가에 천진한 미소를 띠었다.

"그럼 안 되죠."

"어째서?"

"좀 이상하긴 해도 안내는 잘해 주잖아요."

"그럼 내가 이상한 남자라는 건가……."

이와이는 불만스러운 듯이 입을 삐죽거렸지만 눈가의 웃음만은 감추지 못했다.

어젯밤에 데려간 음식점을 떠올리며 대충 짐작은 했지만, 오늘 점심을 먹을 곳도 일반 관광객은 찾아오지 않을 것 같은 대중음식점이었다.

"의외로 이 근처에 맛있는 집이 많더라고. 홍콩의 미식가가 일부러 택시를 타고 찾아올 정도라니까."

음식점 안은 북적거렸다. 두 사람은 커다란 원탁에서 신문을 펼쳐 든 채 앉아 있는 왜소한 노인의 맞은편에 자리를 잡았다. 이곳은 손님이 용지에 적힌 점심 메뉴 중에서 원하는 것을 표시해 종업원에게 건네주는 식으로 주문을 받았다. 나츠는 이와이에게 주문을 맡기고 주변을 둘러보았다. 체육관처럼 넓은 홀에 원탁이 촘촘히 놓여 있었다. 점심시간이 조금 지났는데도 빈자리가 거의 없었다. 가족이나 직장 동료들로 보이는 사람들이 많았다.

그런데 바로 옆의 원탁에 앉아 있는 오십대 중반의 아주머니가 종업원이 가져다 준 빈 사발에 차를 따르더니, 거기에 아직 사용하지 않은 찻잔과 젓가락을 헹구었다. 그녀는 찻잔을 세워 빙글빙글 돌리고 두세 번 흔들어 물기를 떨어내고 나서야 비로소 차를 따랐다.

어리둥절한 얼굴로 그 모습을 쳐다보고 있는 나츠에게 이와이가 귀엣말로 속삭였다.

"정말 운이 좋은데."

"네?"

"요즘에는 저렇게 하는 사람이 거의 없어서 구경하기 쉽지 않거든. 저건 옛날 방식이야. 예전에는 전반적으로 지금처럼 청결하지 않았잖아. 그릇이나 젓가락도 지저분한 경우가 많아 남자든 여자든 사용하기 전에 저렇게 직접 헹구었대. 그 습관이 지금까지 남아 있는 거지. 젊은이들이야 저렇게 안 하지만 나이 든 사람들은 아무리 깨끗해도 직접 헹구지 않으면 왠지 찜찜한 모양이야. 저 아주머니도 그런 사람 중 한 명이겠지."

만약 이와이와 재회하지 못하고 홍콩에서 혼자 돌아다녔다면 어땠을까. 가이드북을 들고 무작정 돌아다녔다면. 그래도 그 공원에는

가 봤을지 모른다. 주룽 성채 거리도 돌아다녔을 테고 완차이에도 가 봤을 것이다. 하지만 이렇게 홍콩에 대해 상세히 알 수는 없었을 것이다.

한 차례 땀을 흘리고 나니 뭔가 짙푸른 것을 끌어안고 있는 듯한 기분이 들었다. 그것은 지금 창밖에 펼쳐져 있는 하늘색이 아니었다. 이와이가 말했던 하늘색, 주룽 성채에 있는 오래된 대포 위에 드러난 짙푸른 하늘색이었다. 우뚝 솟은 성벽 사이로 펼쳐진 결코 손에 닿지 않는 보석 같은 하늘색. 그 풍경만 떠올리면 가슴이 마구 뛰었다.

에스테틱 담당 여직원이 문을 열고 나츠의 이름을 불렀다. 사투리가 약간 섞인 영어로 서비스 준비가 되었다고 알려주었다. 나츠는 잡지를 내려놓고 음료수 병을 손에 든 채 자리에서 일어났다. 어쨌든 몸 구석구석까지 매끈하게 치장하기로 했다. 지금 당장 이와이와 어떻게 하겠다는 생각은 없었지만 예전에 자기를 좋아한다고 말해 준 그의 눈에 지금도 가치 있는 존재로 비쳐지고 싶었다. 남자라면 누구든 좋다는 게 아니다. 성실한 이와이 요스케가 자신을 한 여자로서 진지하게 대해 준다면 산산이 깨진 자존심을 조금은 되찾을 수 있을 것 같았다. 남들이 들으면 코웃음을 칠지도 모르지만 지금의 그녀에게는 아주 중요한 문제였다. 이와이에게 위로를 받고 싶었다. 남자에게 칭찬을 들으려고 몸을 가꾸고 아름답게 치장하는 것을 교태라고 한다면, 온몸과 온 정신을 다해 교태를 부려 보고 싶었다. 그것은 응석보다는 전쟁에 가깝다는 생각도 들었다.

시자와와의 섹스에서 몇 번인가 살짝 맛보았던 성애의 끝에 다시 한 번 다다르고 싶은 갈망도 있었다. 굶주림에 지친 몸 속에는 커다란 구멍이 뻥 뚫려 있었다. 하지만 지금 다시 시자와에게 안긴다고 해도 그런 경험을 할 수 있을지는 알 수 없었다. 그것은 시자와에 대한 무조 적적인 신뢰와 애정이 있었기에 가능했던 절정이었기 때문이다. 자신 의 마음을 내맡길 정도로 홀딱 반한 상대에게 안길 때만이 맛볼 수 있 는 그런 절정이었다. 하지만 그에 대한 신뢰에 완전히 금이 간 이상 더 는 그 경지에 도달할 수 없을 것이다. 그래도 다시 한 번 그런 절정에 다다르고 싶었다. 이미 알아 버린 이상 다시 예전으로 돌아갈 수는 없 었다. 남은 시간도 그렇게 넉넉하지는 않을 것이다. 안타깝게도 여자 에게는 유통 기한이라는 게 있다.

불빛이 희미한 밀실의 침대에 엎드려 있자 관리사가 등에 향기로운 오일을 바르며 부드럽게 주물러 주었다. 나츠는 그저께 밤 이후로 벌 써 몇 번인가 예전에 이와이와 가졌던 밋밋한 성행위를 떠올리고 있 었다. 자신도 모르게 한숨이 새어 나왔다. 관리사는 나츠가 자신의 서 비스에 대한 만족감에 한숨을 내쉬는 것으로 생각하는 것 같았다.

6

난 지금 매일매일 후회하고 있어. 어떻게 하면 당신한테 보상할 수 있을까만 생각하고 있어. 내 방법이 잘못됐어. 그동안 억압적으로 밀어붙인 게 대체로 작업 결과가 좋아서 이번에도 그럴 거라고 생각했어. 당신이 편안한 쪽으로만 가려는 것 같아 일부러 좀 심하게 굴었던 거야. 내가 당신한테 감정적으로 했던 말은 진심이 아니었어. 사실 당신이 혼자 글을 쓸 능력이 없다고는 전혀 생각하지 않아. 아무리 사과해 봐야 이미 돌이킬 수 없는 일이겠지만 어쨌든 정말 가슴이 아릴 정도로 날마다 후회하고 있어. 이제 나는 그저 기다릴 수밖에 없어. 당신이 거기서 다른 남자를 만나 연애를 해도 상관하지 않겠어. 세상 사람들이 보면 이상하게 생각할지도 모르겠지만 정말로 그런 건 아무래도 상관없어. 여배우들이 남자를 자꾸 바꾸며 연애하는 걸 보고 이러쿵저러쿵하는 사람도 있지만, 나는 이 업계에서 그런 걸 많이 봐 왔기 때문에 어느 정도 이해할 수 있어. 실제로 그런 연애가 예술 활동의 거름이 되는 것도 사실이잖아. 보통 사람하고 똑같이 행동하면 그 여배우도 보통 사람밖에 안 될 테니까. 당신도 글 쓰는 사람이니까 그런 게 있을 테지. 도덕이나 윤리 같은 것에 얽매이지 않고 원하는 것을 마음대로 하고 싶다는 생각 말이야. 너무 평탄하게 살면 만신창이가 된 인간의 내면을 제대로 표현할 수 없을지도 모른다는 식의 초조함 같은 것도 있을 테고. 다 이해해. 그러니까 당신이 밖에서 누구하고 어떤 연애를 하든 상관하지 않아. 그동안 잠자리에서 당신이 바라는 만큼 해 주지 못한 것도 사실이고. 어쨌든 나한테 당신은 여자라기보다 가족 같은 느낌이야. 아버지가 딸을 바라보는 심정이라고나 할까. 그러니까 다른 남자하고 연애해도 괜찮아. 스캔들이 나지 않도록 조심하는 게 좋겠다는 생각은 하지만 질투는 안 해. 내가 바라는 건 그저 당신을 잃지 않는 것뿐이야. 거짓말처럼 들릴지 모르겠지만 나는 당신 없이는 살 수 없어. 물론 되도록 빨리 돌아와 주었으면 싶지만 그게 무리라면 몇 년 뒤라도 상관없어. 내가 그동안 당신을 많이 힘들게 했잖아. 이건 당연한 벌이라고 생각해.

　나츠는 커다란 웃음소리에 놀라 눈을 떴다.

　낯선 천장. 방 안을 가득 채운 석양빛. 켜 놓은 텔레비전에서 또 웃음소리가 들린다. 광둥어. 머릿속으로 흘러들듯 기억이 돌아온다. 벌떡 일어나 시계를 쳐다보고는 휴, 하고 다시 침대에 쓰러진다.

　온천에서 마사지를 받고 객실로 돌아와 잠깐 쉴 생각으로 침대에 누웠다. 그러고는 칼로 잘라 낸 듯 기억이 끊어져 버렸다. 지금에라도 잠에서 깼으니 다행이다. 이와라면 상대가 한 시간쯤 늦어도 전화도 하지 않은 채 마냥 기다리고 있을지 모른다. 아니, 틀림없이 그럴 것이다.

　몸을 움직여 침대에 엎드려 청결한 시트 냄새를 폐부 깊숙이 들이마시며 다시 눈을 감았다. 조금 전에 꾸었던 꿈이 생생하게 되살아났다. 꿈에 쇼고가 나타났다. 슬픈 꿈이었는데도 어찌 된 일인지 뇌리에 새겨진 것은 얼굴 가득한 미소였다. 그러고 보니 그가 환하게 웃는 모습을 본 지도 꽤 오래된 것 같다. 원래는 잘 웃는 남자였는데, 나츠가 집을 뛰쳐나오기 얼마 전부터 웃음을 잃어버렸다.

리포터 일로 홍콩에 간다고 전화하자 쇼고는 아무런 반대도 하지 않았다.

"그래? 열심히 해. 그리고 내 선물은 사 오지 않아도 돼. 도쿄에서 생활하려면 비용이 만만치 않을 텐데, 쓸데없는 데 돈 쓰지 마. 당신이 쓸 물건이야 사도 괜찮지만. 모처럼 가는 거니까 맛있는 것도 사 먹으면서 즐겁게 지내다 오라고."

문득 가와모토 프로듀서의 말이 떠올랐다. 쇼고가 돈 문제에 극성스럽다고 했는데 그것은 아니었다. 뭐라고 꼬집어 말할 수는 없지만 쇼고는 단지…….

갑자기 가슴이 뭉클해졌다. 이렇게 남편이 애틋하게 느껴지는 것은 그동안 거리를 두면서 마음의 여유가 생겨났기 때문이리라. 만약 그대로 함께 지냈다면 이런 생각은 들지 않았을 것이다. 쇼고는 계속 자기주장만 내세웠을 테고 자신도 혼자만 상처 받고 있다고 생각하면서 마음의 문을 걸어 잠그고 지냈을 것이다.

지금 생각하면 당연한 일이지만 쇼고 역시 상처를 받았을 것이다. 이제껏 관여해 왔던 일에서 일방적으로 밀려났고 그 이유도 납득하지 못한 채 거부당했다. 혼란스러운 마음에 조금 강하게 밀어붙이자 아내가 제멋대로 집을 나가 버렸다. 그 시점에서 쇼고가 인지한 상황은 그 정도였을 것이다. 이처럼 그 일의 당사자인 두 사람의 시각은 제각각이었다.

벌써 석 달.

이제 겨우 석 달.

돌이켜 보니 순식간에 석 달이 지나가 버렸다. 하지만 사실은 달력에 혈판을 찍는 기분으로 하루하루를 보내고 있었다. 일은 펑크 내지 않았는데 위장에 구멍이 뚫리고 말았다.

요즘에도 쇼고와 1주일에 한 번 정도는 통화를 한다. 마치 아무 일도 없었던 양 일상적인 대화를 나누다가 화제가 심각한 방향으로 흘러가면 쇼고는 목소리를 낮춘다.

"지금 당장 돌아오라는 건 아니야. 당신 기분이 풀릴 때까지 도쿄에서 지내도 괜찮다니까. 그러다가 연애나 그 밖의 일로 힘들어져 다시 여기로 돌아오고 싶어지면 언제든 돌아오라고. 나는 나중에라도 함께 지낼 수 있으면 그걸로 충분하니까. 그때까지 여길 지키며 기다리고 있을게. 그러니까 서류 문제까지 깨끗이 정리하자는 식의 이야기는 하지 말아 줘. 그렇게 서두를 필요 없잖아. 법적으로 부부라고 해도 당신은 자신이 원하는 대로 자유롭게 지내면 되는 거니까 말이야."

이렇게 이해심 깊은 남편을 두어서 행복하다며 감사해야 하는 걸까. 아니면 마침 잘됐다고 생각하고 다시 돌아가야 하는 걸까.

나츠는 어느 쪽도 내키지 않았다. 이제 그곳에는 돌아갈 수 없다. 그토록 힘들게 지내다가 가까스로 손에 넣은 자유를 이제 와서 포기하고 싶지는 않았다. 쇼고는 어째서 그런 마음을 이해하지 못하는 걸까.

"당신은 나 같은 서민하고는 다르니까."

이와이의 말에 나츠가 반론하듯 말했다.

"에스테틱이나 마사지를 받는 동안에는 절대 잠들지 않겠다고 생각하죠. 모처럼 비싼 값을 치르고 기분 좋은 시간을 산 건데 그냥 잠들면 너무 아깝잖아요. 하지만 편안하다 보니 자기도 모르게 깜빡 잠들어버려요. 그리고 다 끝나고 깨어나면 굉장히 후회하죠. 그럴 땐 내가 너무 궁상을 떠는 게 아닌가 싶어 기분이 씁쓸해진다니까요."

나츠가 페닌슐라 호텔의 '더 로비'에서 먹은 아침 식사가 매우 맛있었다고 하자 이와이는 지역 주민들과 함께 먹는 모닝 세트에 대해 이야기했다. 그가 머물고 있는 카우룽 호텔 뒤편의 가게도 그렇지만, 이 지역의 음식점에는 샌드위치나 토스트에 라면을 곁들인 메뉴가 있다고 한다.

"그게 아침엔 의외로 괜찮다니까. 나야 페닌슐라 호텔의 그 고급스러운 아침 식사가 좀 부담되지만 당신은 나 같은 서민하고는 다르잖아. 그런 당신이 스스로 궁상스럽다고 이야기하는 건 좀……."

어제와 같은 코스로 호텔에서 지하철역으로 걸어가면서 이와이가 킥킥거렸다.

"하지만 사실인걸요. 이 일 덕분에 수입은 남들보다 좀 좋아졌지만 천성이 그런지 금세 본색을 드러낸다니까요. 아마 진짜 부자들은 에스테틱을 받을 때 아무 생각 없이 편안히 잠잘 거예요, 분명히."

"후후후, 그렇게 바로 정색하는 것도 예전하고 똑같네. 학교 다닐 때 내가 당신한테 무심코 고생을 모르고 자란 것 같다고 하니까 버럭 화를 냈잖아. 기억나?"

"당연히 기억하죠."

나츠는 거짓말을 했다.

"어쨌든 그런 일로 기다리게 해서 미안해요. 취소할 수도 있었는데."

"아냐, 그러면 너무 아깝잖아. 오히려 잘된 거야. 당신이 거기서 궁상을 떨다가 깜빡 잠든 덕분에 나도 호텔로 돌아가 한숨 잘 수 있었으니까."

이와이는 당황한 듯 얼른 손을 내저으며 말했다.

두 사람은 지하철을 타고 나란히 손잡이를 잡았다. 서 있는 위치까지 어제와 똑같았다. 나츠가 굉음보다 약간 큰 목소리로, 온천욕을 하기 전에 호텔 수영장에서 헤엄친 이야기를 하자 그가 재미있다는 듯 몸을 살짝 숙이고 귀를 기울였다.

"당신은 예전에도 수영을 좋아했잖아."

"어떻게 그런 것까지……."

"예전에 쇼난의 해수욕장에 함께 간 적이 있었잖아. 튜브를 타고 풍덩거리는 아이하고 물속에서 히히덕거리는 남녀 커플 사이에서 당신만 혼자 진지하게 팔을 내저으며 헤엄치는데 좀 이상하더라고."

"그런 건 잊어 주세요."

"내가 머물고 있는 호텔 객실은 페닌슐라 호텔의 수영장을 조금 올려다보는 위치에 있어. 그래서 몸매만 봐도 부티가 나는 부인들이랑 엎드리기조차 힘들어 보이는 백인 남자들이 창가의 안락의자 주변을 한가로이 배회하는 모습을 보며 침대에서 열심히 원고를 쓰고 있지. 편집부에 보낼 원고."

"욕실과 화장실만 빼고 모든 볼일을 다 볼 수 있다는 그 침대에서요?"

"응, 그 만능 침대에서."

침사추이의 북쪽 노선을 타고 가다가 두 번째 역인 야우마테이 역에서 내렸다. 그곳에서 조단역 쪽으로 뻗은 거리가 남인가라고 불리는 템플 스트리트다. 바다를 수호하는 여신 톈허우天后를 모신 사원이 자리하고 있어 그런 지명이 붙었다고 한다. 저렴한 토산물이나 생활용품을 파는 노점들이 길 양쪽에 길게 늘어서 있다. 게다가 각종 꼬치구이와 조림 요리를 파는 포장마차까지 늘어서 있어 휴일이든 평일이든 야시장처럼 사람들로 북적거린다.

지금 찾아가는 곳은 톈허우 사원 주변에 모여 있는 점집이다. 나츠가 관상이나 손금 이외에 새가 카드를 뽑는 새점도 있다는 말을 듣고 이와이에게 데려가 달라고 조른 것이다.

갑자기 누군가 소매를 잡아당겨 고개를 돌려 보니 노란 셔츠를 입은 자그마한 남자가 한쪽 손목에 금색 롤렉스 시계를 다섯 개쯤 차고 따라왔다. 물건의 상태를 보지 않아도 한눈에 모조품이라는 것을 알 수 있었다. 남자의 외모가 롤렉스 시계와 전혀 어울리지 않았기 때문이다.

나츠에게 물건을 팔려던 사내는 이와이가 중국어로 한두 마디 이야기하자 이내 포기한 듯 어깨를 움츠리며 물러났다.

"가방, 소매치기 당하지 않게 조심해."

이와이가 나츠를 슬쩍 감싸며 주변을 둘러보았다. 나츠가 가방을 꼭 움켜쥐고 인파를 피해 가면서 말했다.

"여자들은 해외여행을 가면 인솔자를 우러러보잖아요."

"그런가?"

"자기가 못하는 걸 쉽게 처리하니까 믿음직하다고 착각하는 거예요."

나츠가 아무런 반응이 없어 고개를 들어 보니 이와이가 웃음을 참느라 입가를 씰룩거리고 있었다.

"아, 맞아. 생각났다. 예전에도 그렇게 스스로 미리 방어선을 치는 버릇이 있었지. 예전의 모습을 보는 것 같아 정말 반갑네."

그러고는 더는 못 참겠다는 듯 웃음을 터뜨렸다.

텐허우 사원의 내부는 주변의 왁자지껄한 분위기와는 달리 쥐 죽은 듯 조용했다. 나츠가 갑자기 코를 벌름거렸다. 어스름한 안쪽 어딘가에서 향 냄새가 희미하게 풍겨 왔기 때문이다.

"예전엔 이 주변이 바다였어. 그래서 여기에 어민의 수호신을 모신 거지."

이와이가 말했다.

점집은 티베트 민속품과 정체 모를 골동품을 파는 포장마차들이 늘어선 거리 끄트머리에 몰려 있었다. 점집마다 처마 밑에 알전구가 하나씩 매달려 있었다. 입간판에는 검은 글씨로 관상이나 수상에 대한 설명이 쓰여 있었다. 한 점쟁이가 나츠와 눈이 마주치자 짐짓 근엄한 표정으로 손짓을 했다. 개중에는 관광객들로 둘러싸인 점집도 있었다.

나츠는 모든 게 신기한 듯 걸음을 멈추고 이곳저곳을 기웃거렸다. 이와이가 웃으며 걸음을 재촉했다. 이윽고 두 사람은 거리 끄트머리에 자리한, 빼빼한 남자가 있는 아담한 점집 앞으로 다가갔다.

"영어를 할 줄 아는 점쟁이가 의외로 많지 않더라고. 지역 주민의 말로는 관광객에게 영어로 점을 봐 주는 점쟁이보다 광둥어만 쓰는 점쟁이가 더 잘 맞는다더군. 무슨 근거로 그러는지는 모르겠지만."

점집 양옆으로 천막이 드리워져 있었다. 천막에는 개명, 손금 같은 글자가 큼직하게 인쇄되어 있었고 그 밑에는 메일 주소가 쓰여 있었다. 나츠가 말없이 한쪽 눈썹을 끌어올리자 이와이가 재미있다는 듯 웃었다.

붉은 천을 씌운 작은 테이블을 사이에 두고 점쟁이 맞은편에 둥근 의자 두 개가 놓여 있었다. 여느 점집과 다른 점은 점쟁이 옆에 새장이 매달려 있다는 것이다. 새장 안에는 굵은 분홍빛 부리를 가진 문조 네 마리가 있었다. 회색 문조 한 마리와 흰색 문조 세 마리. 자그마한 머리를 갸웃거리다가 홰 위로 날아오르기도 하고 오지그릇에 담긴 물을 마시기도 했다.

"정말 점을 볼 거야?"

이와이가 확인하듯 묻자 나츠가 고개를 끄덕였다. 노타이 셔츠 차림의 남자 점쟁이가 손에 든 부채 끝으로 둥근 의자를 가리켰다. 나츠가 의자에 앉자 텐허우 사원 쪽에서 새된 노랫소리가 들려왔다. 경극을 하는 것 같았다.

"월극粤劇이야. 경극은 베이징 오페라지만 저건 광둥 오페라야. 말이 다르거든."

이와이가 말했다.

노래 덕분에 이국적인 정취가 더해진 느낌이었다.

점쟁이가 메뉴판 같은 오렌지색 종이를 내밀었다. 약간 비뚤비뚤한 서체로 사업, 교우, 매매 등과 같은 항목이 쉰 개쯤 빽빽이 적혀 있었다.

"무엇에 대해 알고 싶습니까?"

이와이가 점쟁이의 말을 통역해 주었다. 나츠가 메뉴판을 훑어보며 잠깐 생각하다가 항목 중 하나를 가리켰다. 두 남자가 동시에 메뉴판을 들여다보았다.

"자신自身. 자기 자신의 앞날을 알고 싶은 겁니까?"

"네, 부탁합니다."

나츠가 진지하게 대답하자 점쟁이가 살짝 눈웃음을 지었다.

"그럼 이 안에서 당신이 좋아하는 새를 고르십시오. 그 새가 당신의 운세를 가르쳐 줄 겁니다."

동시 통역에 가까운 이와이의 중국어 실력에 내심 감탄하며 새장으로 시선을 옮겼다. 왠지 기분이 좋아졌다. 나츠는 망설임 없이 한 마리뿐인 회색 문조를 골랐다. 점쟁이가 두꺼운 종이로 만든 직사각형의 카드 수십 장을 가지런히 모았다. 그러고는 딱따기 같은 나무 사이에 카드를 끼워 테이블에 세워 놓은 뒤, 주문을 외듯 뭐라고 중얼거리며 새장 문을 열었다.

"새야, 새야, 이분의 운명을 가르쳐 주렴."

나츠가 피식 웃었다. 점쟁이는 아랑곳하지 않고 미소 띤 얼굴로 문조를 지켜보았다. 그러자 문조가 폴짝 뛰어올라 새장 밖으로 나왔다. 그리고 또 한 번 폴짝 뛰더니 이번에는 카드 위로 올라갔다. 그대로 어디론가 날아가 버릴 것 같아 마음이 조마조마했다.

문조가 뭔가 궁리하듯 거무스름한 머리를 좌우로 갸웃거리다가 부리로 카드 뭉치를 콕콕 쪼더니 이내 능숙하게 한 장을 물어 위로 끌어올렸다. 나츠의 입에서 저절로 탄성이 흘러나왔다. 이와이가 웃자 점쟁이도 만족스러운 듯 고개를 끄덕였다.

이윽고 카드가 새의 키 높이까지 올라오자 점쟁이 사내가 작은 먹이통을 내밀어 포상을 주었다. 문조가 부리로 씨앗인 듯한 먹이를 으깨 먹었다.

점쟁이는 자기 역할을 완수한 문조를 다시 새장 안으로 들여보낸 뒤, 뽑힌 카드만 남겨 두고 나머지는 옆으로 밀쳤다. 카드는 반으로 접혀 있었다. 카드 안에서 병풍처럼 접힌 얇은 종이가 나왔다. 그 종이를 펼치자 중국 전통의 인물화 밑에 여섯 줄 정도의 한시가 적혀 있었다. 점쟁이가 그 종이를 나츠 앞에 내려놓고 부채 끝으로 시를 가리키며 해석해 주었다. 그러자 이와이가 주의 깊게 귀를 기울이며 또렷한 목소리로 통역을 했다.

"당신은 지금 무척 힘든 상황에 직면해 있다. 무슨 일을 하든 순탄하지가 않다. 크게 낙심할지도 모른다. 하지만 지금은 인생의 기로라고 할 수 있는 중요한 시기다. 여기서 좌절하지 않고 난관을 극복한다면 필시 모든 일이 술술 풀릴 것이다."

이와이는 여는 때와 달리 자신감이 넘치는 목소리로 말했다.

"당신은 얌전한 작은 뱀처럼 보이지만 사실은 용맹스러운 용의 힘을 지니고 있는 사람이다. 자신의 그 힘을 믿고 대담하게 행동하라. 용기를 갖고 당당하게 맞서면 길운이 따를 것이다."

점쟁이가 먼저 말을 끝냈다. 곧이어 이와이도 통역을 끝냈다.

"이상이야."

이와이가 다시 평소의 말투로 돌아왔다. 나츠는 어리둥절한 표정으로 눈앞에 펼쳐진 한시를 들여다보았다.

"무슨 문제라도 있어?"

"아뇨, 설마 이런 점괘가 나오리라고는 생각도 못했거든요."

"이런 점괘라니?"

"새점이라기에 기껏해야 대길이나 소길이라고 적힌 제비를 뽑는 것 정도로 생각했어요. 설마 이렇게 상세한 내용일 줄이야."

이와이가 피식 웃었다.

"점괘가 잘 맞는 것 같지 않아? 앞부분은 누구나 적용되는 내용인 것 같은데 당신이 무시무시한 용이라는 뒷부분의 내용은 딱 들어맞는 것 같아."

"그건 무슨 뜻이에요?"

"말 그대로야."

대화가 끝날 때까지 참을성 있게 기다리던 점쟁이가 두 사람의 주의를 끌었다. 점쟁이는 펼친 종이를 원래대로 접어 두꺼운 종이 사이에 끼워 넣은 뒤 수십 장의 카드와 적당히 섞어 가지런히 정렬했다. 그러고는 다시 한 번 아까 그 문조의 새장을 열었다. 회색 문조가 밖으로 나오더니 고개를 갸웃거렸다. 그리고 카드 위로 뛰어올라 부리로 한 장을 집어 냈다. 점쟁이가 마술사 같은 손놀림으로 카드를 펼치자 조금 전에 해석해 준 것과 똑같은 내용의 종이가 나왔다.

"어떻게 새가 카드를 알아보는 거죠?"

나츠가 놀란 목소리로 묻자 점쟁이가 의기양양한 표정으로 뭐라고 말했다.

"이게 바로 당신의 운세이기 때문이라는데. 설령 어떤 장치가 있더라도 가르쳐 주진 않을 거야. 기업 비밀이니까."

이와이가 점쟁이에게 '음고이^{唔該, 감사하다는 뜻의 광둥어}'라고 말하며 자리에서 일어나려고 하자 나츠가 황급히 이와이의 팔을 붙잡았다.

"저어…… 한 번만 더 점을 봤으면 좋겠는데요."

"응?"

"안 될까요?"

"아니, 괜찮아. 되게 마음에 드는 모양이네."

"네, 한 번 더 보고 싶어요."

이와이가 그런 취지를 전하자 점쟁이는 흔쾌히 고개를 끄덕였다.

"이번엔 무엇을 알고 싶습니까?"

"연애에 대해서요……."

이와이가 놀란 듯 눈이 휘둥그레졌다. 무리도 아니다. 그는 나츠가 남편을 두고 집을 뛰쳐나온 것을 아직 모르고 있었다. 나츠는 일부러 모른 척하고 점쟁이를 향해 미소를 지었다.

이번에는 하얀 문조를 골랐다. 몸집이 가장 작은 새였다. 가는 몸매에 도톰한 연분홍색 부리를 지닌 모습이 왠지 요염해 보였다. 동일한 주문을 외고 동일한 과정을 거쳐 새로운 카드 한 장이 뽑혔다. 그런데 점쟁이가 한마디 하자마자 이와이가 웃음을 터뜨렸다.

"왜요?"

"대뜸 당신이 가정적인 것과는 거리가 먼 성격이라잖아. 미안해, 웃어서. 그런데 이성에 대한 애정은 깊고 여리대. 좋아하는 상대한테는 무엇이든 다 해 주려고 하지만 구속당하는 걸 무척 싫어해서 결과적으로 고독을 선택하기 쉽다고 해. 으음, 이것도 어느 정도 들어맞는 것 같네."

이와이가 잠깐 말을 중단하더니 점쟁이의 설명을 끝까지 주의 깊게 들은 뒤에 다시 말을 꺼냈다.

"연애에 있어서도 당신은 최근에 깊은 침체의 늪에 가라앉아 있다. 여러 가지 일들이 뜻대로 되지 않아 힘들었을 것이다. 하지만 이제는 다시 위로 떠올라 맑고 깨끗한 물과 함께 흘러갈 것이다. 앞으로 만날 남자는 그 누구보다 당신을 가장 잘 이해해 줄 것이다. 서로의 궁합도 상당히 좋다. 이상이야. 으음, 잘됐네."

아까와 마찬가지로 하얀 문조가 다시 한 번 똑같은 카드를 골라냈다. 나츠가 또다시 놀란 표정으로 그 광경을 지켜보며 말했다.

"그런데 이곳 점쟁이들은 손님에게 좋은 말만 해 주는 것 아니에요?"

"글쎄, 나도 전에 한 번 여기서 점을 봤는데 그때는 안 좋은 이야기만 하던데."

"여기서 이 아저씨한테 점을 본 거예요?"

"응."

"그런데 왜 굳이 여기로 데려온 거예요?"

"내 점괘가 딱 들어맞았으니까."

나츠가 웃음을 터뜨리고는 가방에서 지갑을 꺼냈다. 그러고는 이와이가 한 말을 그대로 따라하며 점쟁이에게 기분 좋게 복채를 건네주었다.

"음고이."

점쟁이는 잔잔한 미소를 지으며 복채를 받아 윗옷 안주머니에 집어넣었다.

두 사람은 바이바이, 하고 새들에게 손을 흔들며 점집을 빠져나왔다.

점집에서 앉았던 둥근 의자가 가깝게 붙어 있었기 때문인지 나란히 걸어가면서 서로의 어깨가 닿아도 그다지 신경 쓰이지 않았다.

이윽고 이와이가 말했다.

"어디 가서 술이나 한잔할까?"

나츠가 고개를 끄덕였다.

술에 취하더라도 별 부담이 없는 곳이라고 생각해 그가 잡은 빨간 택시를 타고 페닌슐라 호텔 바로 이동했다. 감귤 칵테일과 온더락으로 나지막하게 건배했다. 카운터 자리는 점집의 둥근 의자보다 더 가까웠다. 추억담으로 이야기꽃을 피우며 깔깔대다가 몇 번째인가 어깨를 부딪쳤을 때 나츠는 문득 아아, 이러면 안 되는데, 하는 생각이 들었다. 서서히 몸이 달아오르자 심지가 조금씩 꿈틀대기 시작했다. 이와이를 옆에 두고 그 부위가 점점 민감해지고 있었다.

어떡하지. 술기운 때문이 아니다. 이건 발작 징후다.

다리 안쪽, 배 속 깊숙한 곳, 손이 닿지 않는 아주 깊숙한 곳에서 매듭이 하나씩 풀어지고 있는 느낌이었다. 시자와에게만 메일로 고백한 그 못된 버릇. 일단 불이 붙으면 진화할 방법은 한 가지밖에 없다. 금욕 생활이 약간 길어진 게 문제인 것 같았다. 중간에 출장 호스트를 부른 단발적인 해프닝도 있었지만, 그것은 언 발에 오줌 누기밖에 되지 않았다. 그렇다고 이와이에게 욕정을 느낀 것은 아니었다. 그는 페로

몬과는 거리가 먼 남자였다. 늑대나 사자라면 몰라도 누가 기린에게 욕정을 느끼겠는가. 아아, 그런데 어째서…….

바에서 나온 것은 자정이 막 지났을 무렵이었다. 성인 남녀가 술자리를 끝내고 헤어지기에는 적절한 시간이었다. 객실로 가려면 로비에서 엘리베이터를 갈아타야 했다. 엘리베이터를 기다리면서 나츠는 여러모로 고맙다고 인사하려고 했다. 오늘 무척 즐거웠다. 선배 덕분에 홍콩에서 정말 즐겁게 지낼 수 있었다. 고맙다. 도쿄에 돌아가더라도 가끔 술이나 한잔하자. 그렇게 말하려고 했다.

두 사람은 내부 장식이 근사한 엘리베이터에 올라탔다. 이와이는 아무 말도 하지 않았다. 로비에서 멈춘 엘리베이터가 아무도 없는 홀을 향해 스르르 문이 열렸다.

"자, 그럼."

이와이가 로비로 나가려는 순간 나츠가 그를 불러 세웠다.

"선배."

이와이가 거의 반사적으로 고개를 돌렸다.

"선배…… 저어…….”

나츠는 힘겹게 입을 열었다.

"나하고 친구처럼 연애하지 않을래요?"

제 4 장

1

다마키가 열린 거실 창문을 통해 슬그머니 베란다로 나갔다. 레이스 커튼을 부풀린 밤바람이 주전자가 뿜어 내는 김을 흩뜨렸다. 어느새 바람이 무척 차가워졌다. 한낮의 햇볕에는 아직 열기가 남아 있지만 밤에는 창문을 열고 잘 수가 없을 정도였다.

목제 테이블 위로 폴짝 뛰어오른 다마키가 조심스레 화분으로 다가가 뾰족한 그령 이파리를 물어뜯기 시작했다. 커튼 사이로 스며든 불빛이 다마키의 자그마한 등과 새하얀 다리를 비추었다. 고양이는 육식 동물이지만 스스로 위장 상태를 조절하려고 풀을 자주 먹는다. 좋아하는 풀은 볏과의 잡초다. 다마키도 자유로이 밖으로 돌아다녔던 사이타마 집에서는 밭의 채소나 정원의 꽃이 아닌, 주변에 난 풀을 뜯어 먹곤 했다. 이제 슬슬 보리 씨앗을 뿌려 놓아야 할 시기다.

나츠는 주전자를 내려놓았다. 도쿄에서 혼자 지내기 시작하면서 커피콩에 관심을 갖게 되었다. 그전에는 관심은커녕 커피 자체를 그다지 좋아하지 않았다. 졸음을 쫓기 위해 마신 것은 주로 홍차나 녹차였으며 그나마 이따금 마신 커피도 밀크를 듬뿍 넣은 카페오레였다.

'자립'과 '커피' 사이에 어떤 인과 관계가 있는지는 모르겠다. 어쨌든 지금은 혼자 일하러 나갈 때나 이렇게 누군가를 기다릴 때 마음에 드는 원두를 핸드밀로 정성껏 갈고 있으면 그렇게 마음이 편안할 수가 없었다.

이와이는 그녀가 고르고 골라 겨우 구입한 원두에 무척 만족스러워했다. 처음 마셨을 때는 진하다는 느낌뿐이었지만 점차 그 맛에 빠져들었다.

"이거 완전히 중독된 것 같네. 향기도 매우 좋고 약간 쌉쌀한 맛이 일품인데. 게다가 여기서밖에는 맛볼 수가 없잖아. 그러니까 중독되는 거지. 그건 마치……."

여전히 뭔가 근사하게 표현하려고 애쓰는지 좀처럼 다음 말을 잇지 못했다. 그러다가 감정이 격해지면 나츠의 귓속에 쏟아 붓듯이 속삭였다. 그러면 그의 입에서는 조금 전에 마신 향긋한 커피 냄새가 났다. 그의 뜨겁고 두툼한 혀가 입 속으로 깊숙이 파고들어 혀뿌리를 파내듯이 꿈틀대면 나츠는 머릿속에 안개가 낀 것처럼 몽롱해지면서 자기도 모르게 몸을 비틀었다.

한 달쯤 전에 이와이를 페닌슐라 호텔의 객실로 끌어들였을 때 나츠는 솔직히 그 이후에 벌어질 일에 대해 별로 기대하지 않았다. 그래도 혼자 자위하는 것보다는 낫지 않을까 싶었다. 어쨌든 그가 안아 주기를 바랐다. 서툴러도 좋으니 지금 몸 깊숙한 곳에 들어차 있는 뜨거운 열기를 어떻게든 식혀 주기를 바랐다. 그렇지 않으면 도저히 잠을 이룰 수 없을 것 같았다. 이대로 있다가는 정신이 이상해질 것 같았다. 취하지는 않았다. 이국에서 느끼는 해방감에 약간 흥분하기는 했지만 정신은 멀쩡했다. 그때 이와이를 끌어들이지 않았다면 맨정신으로 다시 호텔 바로 돌아가 낯선 남자를 유혹했을지도 모른다. 아니면 하염없이 밤거리를 헤매고 다녔거나.

그런데 정말 예상 밖이었다. 그날 밤 넓은 침대 위에서 처음에는 반신반의한 표정으로 주뼛거렸던 이와이가 이내 마음을 굳힌 듯 과감하게 달려든 순간, 나츠는 자신이 그를 얼마나 우습게 봤는지 알 수 있었다.

그는 예전의 이와이가 아니었다. 부드럽고 섬세한 손놀림은 여전했지만 예전과는 달리 성감대를 꿰뚫고 있었을 뿐만 아니라 상대의 반응을 살피는 여유까지 지니고 있었다. 그는 대부분의 남자가 건성으로 끝내고 넘어가는 부분에도 믿기지 않을 정도로 긴 시간을 할애했다. 나츠의 가랑이 사이에 얼굴을 파묻은 채 거의 한 시간쯤 지속적으로 자극했다. 아래에서 질척거리는 소리가 들리자 얼굴이 화끈 달아올랐다. 부끄러움 때문인지 쾌감은 더욱 강렬해졌다. 나츠가 참지 못하고 신음하며 허리를 비틀 때마다 이와이도 흥분되는지 나지막한 신음 소리를 토해 냈다.

"서두르지 말고 천천히 즐겨. 나에 대해선 신경 쓰지 말고. 당신이 희열을 느낀다면 얼마든지 해 줄 수 있어. 아침까지라도 해 주겠어. 도중에 그만두거나 하진 않을 거야. 나도 이렇게 하는 게 즐거우니까. 쾌감을 느끼고 있는 당신을 바라보는 게 나한테는 굉장한 즐거움이거든."

꿈이 아닐까 하는 생각도 들었다. 수많은 성적 쾌감 중에서 나츠가 가장 좋아하는 것은 혀끝으로 민감한 부위를 충분히 애무해 주는 것인데, 이제껏 그런 소망이 이루어진 적은 거의 없었다. 남자들은 그것을 성가시게 여기는 것 같았다.

쇼고와 지낼 때는 자신이 과감히 부탁하면 간혹 그렇게 해 주었지만, 그다지 탐탁지 않게 여긴다는 것을 알고 있기에 안심하고 몰두할수가 없었다. 어차피 마지못해 해 주는 것이라고 생각하니 시자와는 물론이고 그 출장 호스트에게조차 부탁할 수가 없었다. 하지만 이와이는 달랐다.

"아무 생각 하지 말고 마음껏 느껴 봐. 도중에 멈추는 일은 없을 테니까. 당신의 은밀한 부분을 나한테 전부 보여 줘, 전부."

남자가 그렇게 진지하게 말해 준 것은 처음이었다.

나츠는 그날 밤 베개에 머리카락을 마구 흩뜨리고 풀 먹인 시트에 발꿈치를 문지르며 그의 애무에 완전히 몸을 맡겼다. 그리고 집요하다 싶을 만큼 오랜 애무 끝에 갑자기 모든 게 밀려들었다.

솟구치는 절정.

곤두박질하는 추락.

유리 바늘이 꿰뚫고 지나가는 듯한 통증에 가까운 쾌감의 파동.

그래도 이와이는 나츠를 내버려 두지 않았다. 그녀의 새우처럼 튀어 오른 허리를 꽉 끌어안고 잔뜩 충혈된 그곳에 게걸스럽게 달려들었다. 신경이 드러난 응어리를 또다시 혀끝으로 더듬고 빨아 대고 뒤적이자 그녀는 비명을 지르며 미친 듯이 허우적거렸다. 쾌감이 너무 날카로워 고통스러웠다. 복근이 수축하고 배꼽 아래에 경련이 이는 것 같았다. 꼭 감은 눈꺼풀 안쪽에서 눈알이 핑핑 도는 것 같았다. 두 다리를 버둥대며 몸부림치고, 이제 그만, 이제 그만, 하고 몇 번이나 애원해도 이와이는 그녀를 놓아 주지 않았다. 그렇게 다시 한 번 더 높고 더 깊이 도달하고 나서야 겨우 해방되었다. 물론 그 순간은 기억나지 않는다. 몇 초 동안 정신을 잃었던 것도 같다.

얼마 후 나츠가 묵직한 눈꺼풀을 가까스로 밀어 올리자 기린 같은 그가 부드러운 눈빛으로 걱정스러운 듯이 바라보고 있었다. 안경을 쓰지 않아 약간 위화감이 느껴졌다.

"미안, 나도 모르게 좀 흥분해서."

이와이가 힘없이 말했다. 그가 학창 시절의 이와이와 같은 사람이라는 게 믿어지지 않았다. 결혼 생활이란 게 참으로 위대하다는 생각이 들었다.

나츠가 몽롱한 정신으로 가까스로 입을 열었다.

"부인한테도 이렇게 해 주나요?"

이와이가 쓴웃음을 지었다.

"가끔씩. 하지만 아내는 당신만큼 깊게 느끼지 못하는 것 같아."

"흥분했어요?"

"응, 당연하지."

"난 아직 당신한테 아무것도 해 준 게 없는데."

"그건 상관없어. 그런데……."

나츠가 눈빛으로 말을 재촉했다.

"아까 당신이 친구처럼 연애하자고 했는데 구체적으로 어느 선까지를 말하는 거지? 그러니까 내 이야긴……."

나츠는 무거워진 팔을 가까스로 들어 올려 이와이의 핼쑥한 얼굴에 손을 갖다 댔다. 그러고는 머리를 들어 입을 맞추고 부드럽게 입술을 핥았다. 나지막한 신음 소리를 흘리며 덮쳐 온 그의 혀를 깊숙이 빨아 들였다. 희미하게 바다 냄새가 나는 것 같았다.

서로 몸의 위치를 바꾸었다. 나츠는 이와이의 몸 위에 올라탄 채 엉덩이를 살짝 들어 올려 그의 물건을 자신의 중심에 맞추고 칼끝을 향해 몸을 날리듯 허리를 바싹 낮추었다. 가장 저항이 심한 부분을 통과하는 순간 자기도 모르게 깊은 한숨이 새어 나왔다. 그 순간은 뭐라 말할 수가 없다. 그것이 살을 헤치고 들어올 때의 희열에 등골이 짜릿하고, 뇌는 또렷이 깨어 있는데도 최면에 걸린 기분이었다.

아직도 믿기지 않는 듯이 입을 반쯤 벌리고 멍하니 위를 처다보고 있던 이와이가 갑자기 양미간을 좁히며 아아, 하고 신음 소리를 토해 냈다. 어린아이의 천진한 목소리 같은 그 신음 소리에 놀란 나츠가 눈을 동그랗게 뜨고 그를 내려다보았다.

시선이 부딪쳤다. 이와이는 금방이라도 울음을 터뜨릴 것 같은 얼굴이었다. 천천히 막다른 곳까지 이와이를 받아들인 나츠가 그대로 몸을 앞으로 쓰러뜨리자 그가 또다시 아아, 하고 신음하며 긴 팔로 옥죄듯 꽉 끌어안았다. 그러고는 귓가에 속삭이듯 이름을 불렀다. 나츠, 나츠······.

"나츠."

깊숙이 파고든 그의 혀에서 진한 커피 냄새가 났다. 입 주위가 달콤한 것은 아까 먹은 케이크 때문이었다. 이와이는 예전부터 남자로서는 드물게 단것을 좋아했다. 나츠는 요즘 커피콩을 고르는 것만큼이나 열심히 그에게 줄 디저트를 고르고 있었다.

그는 1주일에 두 번 정도 퇴근길에 이곳에 들른다. 이것도 많이 줄어든 것이다. 홍콩에서 막 돌아왔을 때는 거의 매일 끌어안고 나뒹굴었다. 아침에 출근할 때 들르고 저녁에 퇴근하면서 또 들렀다. 그는 이제 막 이성에 눈뜬 중학생 같다며 쑥스러운 듯 웃었다.

"나츠, 나츠······."

이와이가 잠꼬대처럼 이름을 부르면서 단추도 풀지 않은 채 나츠의 옷을 벗기려고 했다. 그가 입고 온 양복은 다마키의 털이 묻지 않도록 옷걸이에 걸어 놓았다. 나츠는 그가 집에 오면 언제나 트레이닝복 한 벌을 내주었다. 서로 속옷만 걸친 채 끌어안자 그의 아랫도리는 어느새 불온한 상태가 되어 있었다.

"이렇게 자주 하는데도 집에서든 회사에서든 당신 생각만 하면 금세 벌떡 선다니까. 정말 대책 없네."

이와이가 쑥스러운 듯이 말했다. 이런 관계가 되었어도 그는 여전히 조심스러운 말투였다. 아무래도 그런 말투가 입에 밴 모양이다. 나츠는 그의 얼굴을 찬찬히 들여다보았다.

"그럴 땐 어떻게 해요?"

"그냥 꾹 참는 거지, 뭐."

"도저히 참을 수 없으면?"

"글쎄, 화장실로 달려가겠지."

"으음, 화장실에서 뭘 하는데요?"

나츠가 일부러 짓궂게 물어보았다.

"그야 물론 화장실 청소지. 그것 말고 할 게 뭐 있어?"

나츠가 웃음을 터뜨리자 이와이는 무척 만족스러워하는 표정이었다.

"구석구석까지 깨끗하게 닦는 거지. 아주 반짝반짝하게."

"우아, 혀로 핥아도 되겠네요."

"그럼, 핥아도……."

갑자기 이와이의 사타구니가 묵직해졌다. 나츠가 킥킥거리자 약간 심술궂은 눈빛으로 내려다보던 그가 허리를 불쑥 내밀어 하체를 밀착시켰다. 나츠가 무심코 거친 숨을 내쉬었다. 그 숨은 고스란히 이와이의 입으로 빨려들었다.

"나 참, 이 나이에 매일 화장실 청소라니, 좀 웃기지 않아?"

뒤로 젖혀진 나츠의 목을 혀로 더듬으면서 이와이가 속삭였다.

"그렇게 생각……."

침 묻은 부위가 서늘했다. 달팽이가 기어간 자리처럼.

이와이는 길고 가느다란 손가락으로 나츠의 머리카락을 쓸어 올리고 귓불을 핥았다. 뜨거운 혀끝이 귓속으로 파고들자 두개골 안이 질척거리는 소리로 가득 차 더는 아무런 생각도 할 수 없었다. 가만히 눈을 감고 있을 수가 없었다.

어떻게 해 봐요.

어떻게든 해 줘요.

온몸이 바르르 떨릴 정도로 바짝 애가 탄 나머지 한쪽 발끝으로 이와이의 오금을 문질렀다. 다른 쪽 발가락은 애벌레처럼 오므려 침대 커버를 움켜쥐었다.

"아아, 기린 같은 사람."

이 말이 무의식중에 입 밖으로 튀어나온 모양이다. 이와이가 동작을 멈추고 나츠의 눈을 가만히 들여다보았다.

"기린?"

의아해하는 듯한 그의 물음에 아차 싶었지만 이미 늦었다.

"내가 기린을 닮았어?"

그가 공격을 늦추자 가까스로 숨을 돌린 나츠가 마지못해 고개를 끄덕였다.

"어딘가 좀 비슷한 것 같아요."

"한때는 식물이라는 소리도 들었지."

"기억나요. 하지만 그건 내가 이야기한 게 아니에요."

"알아. 그 이야긴 다른 후배 녀석이 했지."

"그 이야기 듣고 충격 받았어요?"

"뭐 그땐 젊었으니까. 남자로서 그다지 좋은 기분은 아니었지."

"그럼 기린은요?"

"더 충격적인데."

"미안해요……."

이와이가 나츠를 쳐다보며 이내 웃음을 터뜨렸다. 눈가에 깊게 주름이 잡혔다.

"농담이야, 농담. 나한테 딱 어울리는 별명 같아."

그러고는 다시 움직이기 시작했다. 능숙한 혀 놀림으로 귓속의 복잡한 미로를 파고들었다. 피어스가 달린 귓불을 통째로 입에 머금었다. 그가 혀로 금 피어스를 어루만지자 나츠가 몸을 비틀었다. 그가 맛보고 있을 이물감이 고스란히 전해지는 것 같아 참을 수가 없었다.

이와이가 혀로 온몸을 훑으려는 듯 목덜미와 턱, 쇄골, 어깨를 정성껏 핥고 지나갔다. 어깻죽지부터 위팔, 팔오금을 차례대로 부드럽게 깨물면서 나츠에게 희미한 통증을 안겨 주었다. 나츠가 갈라진 목소리로 아프다고 하자 그의 자그마한 눈이 반짝였다.

"벌이야."

"벌?"

"응, 참지 못하고 끊임없이 갈구하는 이 천박한 몸뚱이에 내리는 벌."

숨결이 거칠어졌다. 나츠의 촉촉해진 눈을 들여다보며 이와이가 쓴 웃음을 지었다.

"당신은 이렇게 좀 심한 이야기를 들으면 더 흥분하더군."

그가 갑자기 손바닥에 입술을 갖다 댔다. 마른 입술 사이로 촉촉한 혀가 슬그머니 기어 나와 나츠의 손금을 하나씩 핥았다. 감정선을 따라 옆으로, 운명선을 따라 비스듬히. 그리고 생명선을 따라 아래로 천천히 내려가 손목 안쪽을 핥았다.

나츠는 자기 몸에 이렇게 성감대가 많은 줄은 미처 몰랐다. 그가 뜨거운 입김을 내뿜으며 원을 그리듯 손목을 핥아 대자 금방이라도 핏줄기가 터져 나올 것 같았다.

"아아, 그만, 그만해요."

나츠는 더 이상 참지 못하고 목소리를 높였다.

그가 여전히 혀를 움직이며 기어드는 목소리로 짧게 물었다.

"왜?"

"이, 이상해요, 기분이."

그러는 중에도 그의 입은 나츠의 손목 안쪽에서 손가락 쪽으로 이동하고 있었다. 엄지손가락을 입에 넣는가 싶더니 집게손가락과 가운뎃손가락을 차례대로 빨아 댔다. 크게 벌어진 나츠의 입에서는 끊임

없이 가느다란 신음 소리가 새어 나왔다.

"괜찮아, 이상해져도."

이와이가 나지막이 속삭였다.

"아, 안 돼요……."

"그냥 자연스럽게 받아들이면 돼."

그러고는 나츠의 약손가락과 새끼손가락을 한꺼번에 입에 문 채 놀리듯이 말했다.

"뭐 이상해져 봐야 거기서 거기니까."

나츠의 신음 소리가 웃음소리로 바뀌었다.

"나 참, 기가 막혀서."

유치한 농담인데도 이제까지의 긴장된 분위기와 너무 동떨어진 농담이었기 때문인지 웃음이 멈추질 않았다. 나츠가 손가락을 빼내려고 하자 이와이는 더욱 꽉 붙잡고 입 속 깊숙이 집어넣었다. 그가 손가락과 손가락 사이를 간질이듯 훑으면서 말했다.

"아, 미안해, 농담해서. 좀 더 진지하게 할게."

그 순진한 표정과 말투에 나츠는 웃었고, 웃으면서 느꼈고, 느끼면서 또 웃었다.

그의 농담을 나츠가 농담으로 되받아치자 그도 어깨를 들썩이며 웃었다. 커다란 쾌감의 파도가 밀려왔다 물러가는 사이 잔물결 같은 서로의 웃음이 뒤섞였다. 기분이 좋아서 웃은 것인지 재미가 있어서 절정을 느낀 것인지 나츠 자신도 헷갈렸다.

이와이가 나츠 위에 올라탄 채 진지하게 말했다.

"당신하고 있으면 정말 즐겁다니까. 솔직히 몸이 많이 피곤한 상태로 여기 올 때도 있어. 잠도 제대로 못 자고 하루 종일 바쁘게 일했을 때는, 아무래도 오늘은 무리일 것 같다고 생각하지. 그런데 막상 시작하면 어느새 시간 가는 줄 모르고 정신없이 빠져든다니까."

"나도 그래요. 이런 섹스가 있는 줄은 몰랐어요. 이렇게 웃으면서 섹스를 할 수 있다니. 섹스는 좀 더 진지하고 긴장된 분위기에서 하는 거라고 생각했어요. 그래서 많은 부부들이 점점 섹스리스가 되는 거라고 생각했죠. 사실 매일 긴장하며 살 수는 없잖아요. 그렇게 살다가는 결혼 생활을 오랫동안 지속할 수 없겠죠."

"으음, 그렇게 생각할 수도 있겠네. 나도 여자 경험이 많지는 않지만 이렇게 즐겁게 섹스하는 건 처음이야."

"정말이오?"

"그럼."

"뭐가 다른 거죠?"

"첫 번째는 아무래도 당신의 반응이 좋아서겠지. 궁합이 잘 맞아서 그런지는 모르겠지만, 당신은 내 행위에 민감하게 반응하잖아. 상대가 아무런 반응을 보이지 않으면 재미도 없고 기분도 나지 않지만, 당신처럼 민감한 반응을 보이면 나도 흥이 나서 조금 더 하고 싶은 욕심이 생기거든. 마치 성능 좋은 악기를 연주하는 것처럼 입에서 흘러나오는 다양한 신음 소리를 듣고 싶어진다니까. 자신이 매우 재능 있는 연주자가 된 듯한 기분을 맛보는 거지."

나츠는 이와이 밑에서 빠져나와 옆에 누웠다. 그의 가슴에 이마를 대고 스르르 눈을 감았다. 이대로 잠들고 싶을 정도로 편안했다. 만약 다른 남자가 똑같은 말을 했다면 또 한쪽 눈썹을 치켜 올렸을지도 모른다. 하지만 이와이는 빈정거리기는 해도 입에 발린 말은 하지 않을 것 같았다. 그의 말은 믿음이 갔고, 그의 말을 들으면 가슴이 따뜻해졌다. 그리고 그가 부드러운 담요처럼 몸을 포근하게 감싸 주면 마음이 평온해졌다.

나츠가 물었다.

"두 번째는요?"

"응?"

"내가 다른 여자와 다른 두 번째가 뭐냐고요?"

잠시 머뭇거리던 이와이가 갑자기 진지한 목소리로 말했다.

"당신이…… 내 섹스를 비, 비웃지 않는 것."

나츠가 놀란 눈으로 쳐다보자 그가 시선을 피했다.

"별 볼일 없는 사내의 콤플렉스라고나 할까."

나츠는 다시 눈을 내리깔고 말했다.

"그것도 궁합과 관계가 있지 않을까요?"

"그럴지도 모르지."

이와이가 뭔가 생각난 듯 곧바로 말을 이었다.

"그래서 이렇게 마음이 편안한 건가?"

"별로 긴장하지 않은 모양이네요."

"물론이지. 아, 아니, 도중에 조금 긴장하기도 했어. 다만 당신하고 섹스하다 보면, 뭐랄까, 긴장감과 편안함 사이를 자유로이 오가는 기분이 들어. 그러니까 느긋하고 편안하면서도 굉장히 흥분되는 거지. 당신의 입에서 신음 소리가 나올 정도로 마구 몰아붙일 때는 우쭐한 기분이 들지만, 다음 순간에는 그저 꼭 끌어안고 머리를 부드럽게 쓰다듬어 주고 싶어지거든."

그의 말이 심장 가장자리를 부드럽게 어루만지는 것 같았다. 문득 묻지 않아도 될 것을 물어보고 말하지 않아도 될 것을 말하고 싶어졌다.

"그럼……."

이와이의 가슴에 코끝을 문지르며 나츠가 말했다.

"앞으로 한동안은 싫증 내지 않겠네요?"

"응?"

"아무것도 아니에요."

나츠가 혼잣말처럼 중얼거리자 이와이가 표정을 살피듯 가만히 들여다보았다. 그가 조금은 애처로운 듯한 눈빛으로 쳐다보는 것은 얼마 전에 나츠가 들려준 이야기를 기억하기 때문일 것이다.

홍콩에서 관계를 가진 뒤로 한 달쯤 지났을 때 나츠는 이와이에게 시자와와의 일을 털어놓았다. 그가 함부로 발설하지 않으리라는 것은 처음부터 알고 있었다. 지금 생각해 보면 그 한 달은 시자와에게 최소한의 의리를 지킨 기간이었던 것 같다.

"내가 어떻게 싫증을 내겠어? 난 말이야, 당신에게 상처를 준 아무 개 씨하고는 달라. 날마다 예쁜 여배우들에게 둘러싸이는 것도 아니고 내 마음대로 골라잡아 바람을 피울 수 있는 처지도 아냐. 당신하고 다시 관계를 가지면서 인생의 행복을 전부 써 버리는 건 아닐까, 하고 걱정할 정도로 소심한 남자라니까."

"그렇게 반가운 이야기는 아니네요."

"어째서?"

"잘은 모르지만 왠지 기분이 별로예요."

이와이가 웃음을 흘렸다.

"그럼 뭐라고 했으면 좋겠어? 당신은 내가 '나츠, 사랑해. 당신 없이는 살 수 없어'라거나 '아내하고 헤어지겠어'라고 말해도 그다지 기뻐할 것 같지 않은데. 오히려 부담스러워할걸."

나츠도 웃었다.

"맞아요."

"거봐."

"멀리 내뺄 거예요."

"그건 너무하네."

이와이가 혼내 주겠다는 듯이 나츠를 덮쳤다. 그는 재빨리 그녀의 유방을 움켜쥐고 젖꼭지를 빨아 댔다. 그녀가 소리 없는 비명을 지르며 그의 머리를 꼭 감싸 쥐자 그도 비슷한 힘으로 그녀의 허리를 끌어 안았다.

"우아, 굉장해. 살짝 빨기만 해도 이렇게 탱탱해지다니 정말 민감하네. 아까 그렇게 했는데도 몸이 금방 달아오르잖아."

빈정대듯이 말하는 것은 시자와와 똑같았지만 말솜씨가 능수능란했던 시자와에 비해 이와이는 늘 다급한 말투였다. 여유 없는 그 말투가 오히려 나츠를 더욱 흥분시켰다. 마치 달콤한 벌을 받는 것 같았다. 이와이의 입에서 아무리 심한 말이 튀어나와도 귀에 거슬리지 않았다. 그가 음란한 여자라고 놀리면 오히려 성적 욕망을 더 자연스럽게 드러낼 수 있을 것 같았다. 그의 앞에서만큼은 자신의 욕망을 드러내도 괜찮을 것 같다는 생각이 들었다.

이와이가 침이 잔뜩 묻은 양쪽 젖꼭지를 손끝으로 비벼 댔다. 그리고 혀로 나츠의 배꼽 주변을 핥더니 서서히 수풀 쪽으로 내려갔다. 그녀는 정신이 몽롱한 상태에서도 팔이 길면 이럴 때 편리하겠다는 생각이 들었다. 다음 순간 그가 코를 처박을 듯한 기세로 들이대자 그녀의 허리가 위로 용수철처럼 튀어 올랐다.

어떻게 그렇게 급소를 정확히 찾아낼 수 있을까. 어떻게 그렇게 싫증도 내지 않고 계속할 수 있을까.

이제는 부끄러움을 감출 여유조차 없었다. 그녀 스스로 다리를 크게 벌렸다. 그가 좀 더 자유롭게 혀를 움직이도록 엉덩이를 들고 조르듯이 유혹하듯이 꿈틀거렸다.

그가 아래쪽에서 쾌감의 깊이를 묻는다. 묻지 않아도 될 것을 묻고 싶어 하는 것은 남자든 여자든 똑같은 모양이다. 그녀가 세차게 고개를 끄덕이며 신음 소리를 내자 그가 놀리듯이 말했다.

"나보고 기린이라고 하니까 이런 벌을 받는 거야."

"그, 그런데……."

목이 쉬어 자기 목소리 같지 않았다. 이와이가 고개를 들었다.

"그런데, 뭐?"

"그, 그거 알아요?"

"뭐?"

나츠가 가쁜 숨을 내쉬며 말했다.

"사자 같은 육식 동물은 한 번 사냥해 잔뜩 배를 채우고 나면 한동안 안 먹어도 괜찮대요. 하지만 풀만 먹는 기린이나 얼룩말 같은 초식 동물은 하루 종일 계속 먹어 댄대요."

"하루 종일?"

"온종일 식사 중이죠. 줄기차게 먹어 대는 거예요."

이와이가 소리 내어 웃었다.

"나츠……."

"네."

"나츠……."

"왜요?"

"나, 당신이 정말 좋아."

2

쇼고와 지내면서 느꼈던 부부간의 편안함과는 다르다. 처음에 시자와를 무턱대고 갈망했던 느낌과도 다르다. 묘한 느낌이다.

이와이와 함께 있을 때의 그 편안한 안도감은 다른 무엇과도 비교할 수 없을 정도로 특별하다. 둥둥 떠다니는 것 같은데 발이 땅에 닿아 있다. 가볍게 떠내려 보낼 것 같은데도 손을 놓지 않는다. 대체 이런 신뢰감은 어디서 생겨난 걸까.

사랑은 아니다. 그것은 서로가 잘 알고 있다. 그와 동시에 자신들의 관계가 흔히 말하는 '더블 불륜'과 다르다는 생각도 들었다. 왜 그럴까. 이런 상황이라면 각자의 소중한 사람에 대한 죄책감이나 꺼림칙한 기분에 괴로워해야 하는 것 아닌가. 그런데 자신들의 관계는 마음이 맞는 이성 친구, 이를테면 사이좋게 술을 마시며 이야기를 나눌 수도 있지만 몸으로도 대화할 수 있는 관계일 뿐이라는 생각이 들었다. 어쩌면 그것도 불륜을 저지르는 이들이 한번쯤 주장할 만한 핑계인지는 모르겠지만.

마치 강아지가 재롱을 부리듯 서로를 어루만지며 '나 참, 지금 우리가 뭐하는 거지?' 하고 이와이가 중얼거리면 나츠 또한 웃으며 대답한다.

"친구처럼 연애하는 거라니까요."

어쨌든 그런 딱지를 붙여 놓는 것이, 그리고 그것에 대해 너무 진지하게 생각하지 않는 것이 나중에 자신과 그가 상처를 받지 않는 방법이라는 것을 알고 있었다.

남자들은 대개 여자를 꼬드길 때는 수다스럽게 떠들어 대다가도 일단 섹스를 하고 나면 말수가 급격히 줄어든다. 하지만 이와이는 달랐다. 대화의 즐거움이 정사의 즐거움에 못지않았다. 그러다 보니 대화를 즐기다가 돌아갈 시간이 다 되어서야 황급히 정사를 끝내는 경우도 있었다.

대화의 주제는 다양했다. 연극 무대와 영화, 그리고 서로의 직업에 대해 이야기했다. 이와이는 아내와 자식에 대해 들려주었고, 나츠는 이런저런 개인적인 일들을 털어놓았다. 10년 남짓한 결혼 생활, 일에 대한 열정, 집을 뛰쳐나오게 된 경위, 그리고 시자와에 대한 연정과 그에게 버림받은 것에 대해서. 이제는 그에 대한 마음이 사랑보다 집착에 가까운지도 모른다. 하지만 어느 쪽이든 그에 대한 미련을 완전히 버리지 못한 것도 사실이다.

이와이가 말없이 이야기를 들어주자 그를 만날 때마다 조금씩 시자와에 대해 털어놓았다.

"괜찮아, 아무한테도 이야기하지 않을 테니까. 천일야화 같아서 재미있기도 하고."

"재미있어요?"

"음, 재미있다는 표현은 무리가 있네. 난 남의 이야기 듣는 걸 정말 좋아해. 그래서 동료들도 나한테 자주 고민을 털어놓지. 그러니까 당신도 부담 갖지 말고 뭐든 이야기하라고."

　그리고는 나츠가 가끔 감정이 고조된 모습을 보이면 진지한 표정으로 끌어안으며 '괜찮아, 괜찮아' 하고 어색한 손놀림으로 머리를 쓰다듬어 준다. 나츠는 어린 여동생을 달래는 듯한 그의 말투나 몸짓에 전혀 거부감을 느끼지 않았다. 이와이는 쇼고와 달리 자신을 어린아이 취급하지 않고 어디까지나 대등한 입장으로 대해 주었다. 또 자신을 존중하면서 투정까지 모두 받아 주었다. 신뢰할 수 있는 남자 앞에서 어린아이처럼 행동하는 것만큼 심리적으로 위로가 되는 것은 없다. 이와이와 나란히 누워 있으려니 정말 오랜만에 심신이 평온해지는 느낌이었다. 팔다리를 아무렇게나 벌리고 자더라도 전혀 불안해할 필요가 없었다. 이 남자는 결코 해를 끼칠 사람이 아니었다. 쇼고의 지배에서 벗어나기 위해 집을 뛰쳐나왔는데, 지금 돌이켜 보니 시자와와의 관계가 틀어진 뒤로 줄곧 눈에 보이지 않는 뭔가를 경계하며 지내왔던 것 같다.

　"역시 중요한 건 대화였다는 말이네. 신뢰감은 하루아침에 생겨나는 게 아니라 서로 주고받은 말에 비례해 조금씩 쌓여 가는 거잖아. 그래서 보통은 시간이 오래 걸리지만 자기들은 아무래도 많은 대화를 나누고 있으니까⋯⋯."

　오카지마 교코가 말했다.

　이곳은 롯폰기 외곽에 있는 스파 찜질방이다. 좁고 어둑한 실내에는 나무 향기가 은은하게 감돌고 있다. 따끈따끈하지만 사우나처럼 숨 막힐 정도는 아니다. 비치된 가운으로 갈아입은 뒤 후지 산의 용암석으로 만들었다는 자갈 위에 목욕 수건을 깔고 엎드렸다. 종업원이 건네준 미네랄워터를 마시다 보니 어느새 이마와 목과 등에 땀방울이 맺혔다. 옅은 갈색이었던 가운이 서서히 짙은 갈색으로 바뀌어 갔다.

그렇게 누워 있는 한 시간 반 동안 여자들끼리의 비밀 이야기를 털어놓는 것도 교코와 나츠의 즐거움 중 하나였다. 몸의 노폐물과 마음의 응어리를 동시에 빼내는 것이다. 언제부터인가 두 사람은 그것을 '독을 빼내는 의식'이라 불렀다.

"그건 그래요. 정말 말을 많이 해요."

나츠가 엎드린 자세로 고개만 교코 쪽으로 돌리면서 말했다. 처음에는 이렇게 배부터 따뜻하게 만드는 것이 효과적으로 땀을 흘리는 요령이다.

"섹스 중에도 이런저런 이야기를 늘어놓으니까요."

나츠의 말에 교코가 웃음을 터뜨렸다.

"그것 참 희한하네. 보통은 섹스 도중에 말하거나 웃으면 긴장이 풀려 서로가 좀 위축되기 십상인데."

"우리는 그렇게 되지 않더라고요. 금방 다시 원래 기분으로 돌아간다니까요."

교코가 어이없다는 듯 쓴웃음을 지었다.

"어쨌든 함께 보낸 시간이 짧은데도 이 정도로 서로를 깊게 이해할 수 있는 것도 다 그런 수다 덕분이겠죠."

"나도 그렇게 생각해. 예전의 신뢰감도 한몫했겠지만."

"남자치고는 좀 별난 성격이에요. 여성적이라고나 할까. 일할 때는 그런 것 같지 않은데."

교코가 근무하는 잡지사에서 1년에 두어 번 시네마 특집을 싣는다는 것은 나츠도 알고 있었지만 설마 교코와 이와이가 서로 아는 사이일 줄은 몰랐다.

"두 분이 서로 아는 사이라는 이야길 듣고 깜짝 놀랐어요."

"정말 놀란 건 나야. 난 자기가 아직 아무개 씨에 대한 미련을 버리지 못한 채 홍콩에 간 줄 알았는데 거기서 바로 다음 남자를 골라잡았으니 말이야."

"골라잡았다는 말은 좀……."

"게다가 그 상대가 이와이 씨라니."

교코는 자갈 소리를 내며 몸을 뒤집고는 생수를 한 모금 마시며 말을 이었다.

"사실 자기가 예전에 그 사람하고 사귀었다는 것도 믿어지지가 않아. 물론 좋은 사람이라고 생각해. 일도 성실하게 하고 여자를 울릴 사람도 아니고. 하지만 자기 취향하고는 거리가 먼 남자잖아."

"그건 그런데요……."

나츠도 몸을 돌려 반듯이 누웠다. 평평해진 가슴 사이에 모였던 땀이 오목한 쇄골 쪽으로 흘러내렸다.

"솔직히 말하면 이제까지 한 번도 내 취향에 맞는 남자와 사귀어 본 적이 없어요."

"아니, 어떻게?"

교코가 나츠 쪽으로 고개를 돌리며 물었다.

"나도 왜 그런지 모르겠어요. 학창 시절 내 취향에 맞았던 체격 좋은 남자들은 대부분 뇌까지 다 근육으로 채워져 있는 느낌이었어요. 게다가 나를 좋아하는 사람한테 마음이 끌리는 성격이라서."

교코가 웃음을 터뜨렸다.

"무슨 말인지 알 것 같아. 사실 남자한테 좋아한다는 말을 들으면 기분이 나쁘진 않지."

"와일드한 남자나 건장한 육체 노동자를 좋아한다고 했지만, 어쩌면 나는 특별히 좋아하는 타입이 없는지도 몰라요."

"쇼고 씨도 자기 취향은 아니었잖아."

"아니었죠."

"아무개 씨는 좀 와일드한 편이었는데."

"헤어스타일만."

교코가 또 웃었다. 그러더니 갑자기 진지하게 물었다.

"이제 괜찮은 거야?"

이번에는 나츠가 말없이 쓴웃음을 지었다.

"아직도 뭔가 미련이 남은 모양이네."

"글쎄요, 지금도 여전히 좋아하는지는 모르겠지만 어쨌든 전 같진 않겠죠. 돌이켜 보면 그 당시의 내가 불쌍하다는 생각이 든다니까요. 주인이 말을 걸어 주기만 애타게 기다리며 쉴 새 없이 꼬리를 흔들어 대는 애완견 꼴이었으니 누구라도 성가셔 했을 거예요. 이젠 그걸 알 겠더라고요. 아니, 그때도 알고 있었지만 스스로 자제할 수가 없었던 거죠."

"그거야 어쩔 수 없지. 사랑이란 게 그런 거잖아."

교코가 위로하듯 말했다.

이윽고 두 사람은 찜질방 밖으로 나왔다. 이렇게 자주 들락날락해 야 몸에 부담이 없다. 바로 옆 탈의실에서 땀이 스며들어 지도처럼 얼 룩진 가운을 에어컨 바람에 말리며 교코가 말했다.

"지금은 어때?"

"네?"

"아까 그 이야기. 지금은 아무개 씨를 마음 편하게 만날 자신 있어?"

대답하기까지는 시간이 걸렸다. 머릿속에 그런 장면을 떠올리자 조 건 반사처럼 심장이 오그라들었다. 예상했던 것보다 훨씬 심한 통증 에 당황하고 말았다.

"자신은 없지만, 그래도 그때에 비해 조금은 성장하지 않았을까요? 그 사람한테 꼴사나운 모습은 보여 주지 않을 정도로."

"그럼 한번 시험해 볼래?"

나츠가 놀라서 교코를 쳐다보았다. 교코는 태연한 얼굴로 담배를 재떨이에 비벼 끄며 말했다.

"다음 달에 우리 출판사가 주최하는 큰 파티가 있어. 작년까지는 여성지나 문학상 관계자들만 초대했는데 올해는 창립 80주년이라서 남성지나 연예지와 관련된 사람들도 많이 초대하거든."

"그렇다고 그 사람이 거기 온단 보장은 없잖아요."

"올 거야."

"그걸 어떻게 알아요?"

"그야……."

교코가 뭔가 말하려다가 화제를 돌렸다.

"아아, 좀 으슬으슬하네. 한 번 더 들어갈까?"

나츠는 침대에 누워 있는 이와이의 몸 위에서 사타구니 안쪽 깊숙이 이물을 집어넣었다. 이제는 익숙해진 긴 손가락이 등뼈를 세며 오르내리고 있었다. 땀이 속눈썹 사이로 흘러내려 눈으로 스며들었다. 턱 끝에서 투명한 땀방울이 똑똑 떨어졌다. 등줄기를 타고 비 오듯이 흘러내리는 땀방울이 야릇한 쾌감을 안겨 주었다.

이와이의 큼직한 손바닥이 땀에 흠뻑 젖은 몸을 부드럽게 어루만지자 호흡이 가빠졌다. 샤워를 마친 뒤와 비교할 바가 아니었다. 마치 오일을 바른 듯한 나츠의 미끈미끈한 살갗 위로 이와이의 손바닥이 미끄러지듯 움직였다. 별다른 저항을 보이지 않자 갑자기 이와이의 손가락이 살갗을 파고들었다. 나츠는 자기도 모르게 몸을 바르르 떨었다. 순간적으로 서로 이어져 있던 부위가 오므라들었는지 이와이도 신음 소리를 내며 몸을 떨었다.

"땀이 엄청나네. 다른 때도 많이 흘렸지만 오늘은 유난히 더 많이 흘리는 것 같아."

나츠는 속눈썹에 맺힌 땀을 닦고는 이와이를 가만히 내려다보았다. 은테 안경을 벗어서인지 그의 둥근 얼굴이 왠지 허전해 보였다.

"엊저녁에 교코 씨하고 스파에 다녀왔거든요."

나츠가 다시금 천천히 허리를 움직이며 속삭이듯 말했다.

"스파에 다녀오면 신진대사가 더욱 활발해지는 것 같아요. 한번 다녀오면 이삼 일은 땀을 많이 흘리거든요. 소변도 자주 보고."

이와이의 몸에 체중이 실리지 않도록 허벅지에 힘을 주면서 허리를 아래위로 움직였다. 그가 황홀한 표정으로 미간을 좁히자 조금 짓궂은 생각이 들었다. 나츠는 그의 눈을 똑바로 쳐다보고 반응을 살피면서 조금씩 각도를 바꾸어 갔다. 이윽고 바로 여기다 싶은 곳을 찾아내 서서히 속도를 높이자 그가 야릇한 신음 소리를 내며 허리를 밀어 올렸다.

서로의 살이 부대끼고 쓸리는 감촉에 온몸의 솜털이 곤두서는 것 같았다. 상체를 뒤로 젖힌 나츠의 손목을 붙잡고 있던 이와이가 미끈거리는 땀 때문에 손을 놓치고 말았다. 나츠가 뒤로 쓰러지면서 그의 물건이 질 위쪽으로 쏠렸다. 나츠의 입에서 나지막한 신음 소리가 흘러나왔다.

"아, 아파?"

나츠는 황급히 동작을 멈추고 걱정스러운 표정을 짓는 이와이를 향해 고개를 저었다. 그러자 그가 슬며시 미소를 지었다.

"왜요?"

나츠가 원망스러운 듯이 중얼거렸다.

"응?"

"왜 그렇게 싱글벙글해요?"

"즐거우니까."

"뭐가 그렇게……."

나츠는 말을 잇지 못했다. 이와이가 다시 하체를 움직이기 시작했기 때문이다. 그는 자신의 움직임에 따라 몸을 비트는 그녀를 꽉 붙잡은 채 신음하듯 중얼거렸다.

"당신이 기뻐하니까 나도 이렇게 즐거운 거야."

"정말 나 때문에 즐거운 거예요?"

"그럼, 내가 뭣 때문에 거짓말을 하겠어."

이와이가 나츠의 허리를 끌어안은 채 한숨을 내쉬며 말했다.

"전에도 말했잖아. 민감하게 반응하는 당신을 지켜보는 게 즐거워. 당신의 신음 소리도 좋고 표정도 마음에 들어."

그러고는 하체를 세게 밀어 올렸다. 나츠의 입에서 다시 신음 소리가 흘러나왔다.

"아하, 바로 여기가 당신이 쾌감을 느끼는 부위군."

이와이가 싱긋 웃었다.

"알았어, 꼭 기억할게. 다음부터는 우회하지 말고 바로 여길 집중 공략해야겠네."

"그건 좀……."

"왜?"

"우회하는 것도 나쁘지 않아요. 시간을 끌며 애태우면 짜릿짜릿하거든요."

"어디가?"

"등이오. 등줄기가 짜릿짜릿해요. 그리고 여기도……."

나츠는 이와이를 내려다보며 서로 이어진 부위로 손을 가져갔다. 몸속에 들어온 그의 물건이 한층 더 단단해졌다. 그녀는 만족스러운 얼굴로 눈을 감았다.

왜 그럴까. 몸속에 남자의 물건을 받아들일 때는 혀가 제멋대로 움직이는 것 같다. 머리가 멍해져 제 기능을 다하지 못하기 때문일까. 자신의 목소리가 마치 먼 곳에서 울리는 메아리처럼 시차를 두고 귀에 도달한다. 그제야 비로소 자신이 무슨 말을 했는지 알게 된다. 후회해 본들 소용없다. 이미 엎지른 물이다.

이와이가 다시 움직이기 시작한다. 그는 끌어안은 나츠의 허리가 땀에 젖어 미끄러운 탓에 제대로 공략할 수 없다고 판단했는지 도중에 몸을 일으켜 세우고 그녀를 바닥에 눕혔다. 마침 머리맡에 웅크리고 있던 다마키가 불평하듯 야옹거리며 침대 아래로 뛰어내렸다.

그가 나츠의 한쪽 다리를 들어 올려 어깨에 걸치자 다시금 그의 물건이 아까 그 부위에 닿았다. 둔탁한 쾌감이 등뼈를 타고 서서히 기어 오른다. 지금껏 몸 깊숙한 곳에 잠들어 있던 가장 완고한 정욕까지 흔들어 깨워, 잭 Jack 같은 도구로 억지로 밀어 올리는 듯한 느낌이었다. 그것은 마치 용변을 참을 때의 느낌과 비슷했다. 춥지도 않은데 온몸에 닭살이 돋았다. 예전에는 젖꼭지나 다리 사이에 숨겨져 있는 민감한 부위를 애무하면 기분이 좋았지만 이렇게 내부를 자극하면 둔통과 흡사한 통증을 느꼈다. 그런데 언제 어떤 계기로 그 통증을 쾌감으로 인식하게 되었는지 모르겠다.

학창 시절 사귀었던 첫 남자와 처음으로 섹스를 했을 때는 그저 아프다는 생각뿐이었다. 차츰 익숙해지기는 했지만 쾌감보다는 이물감이 더 강했다. 몇 명의 남자와 사귀고 그보다 많은 남자와 잤지만 별로 달라지지 않았다. 절정에 도달한 척 연기한 것도 그 때문이다. 여자가 먼저 도달하면 남자도 만족스러워하며 빨리 끝낸다.

나츠는 한때 자신은 전희가 없는 삽입만으로는 절정에 도달할 수 없는 체질이 아닌가 하는 열등감을 가진 적이 있었다. 그러나 잡지에서 그런 여자가 의외로 많다는 기사를 읽고 마음이 놓였다. 내부의 자극에 따른 쾌감은 쇼고와 결혼하고 1, 2년 뒤에 겨우 느꼈던 것 같다. 가장 알찬 결혼 생활을 하고 있을 때였다. 물론 내부의 자극만으로는 도달하지 못했지만 어쨌든 그를 받아들이는 동안에는 왠지 기분이 좋았다. 그 무렵에는 쇼고도 평범하게 성적 충동을 느꼈기에 1주일에 몇 번은 나츠를 안아 주었다. 준비 단계에 많은 시간을 들이지는 않았지만 무시하고 있다는 느낌은 들지 않았다. 나츠의 강한 욕구를 놀리거나 비웃지도 않았다.

지금 돌이켜 보면 쇼고도 나름대로 힘들었을 거라는 생각이 든다. 발기가 안 되는 것도 아니면서 좀처럼 아내를 안고 싶은 생각이 들지 않는 자신과 늘 안아 주기를 바라는 아내. 그 상황에서 평안한 가정생활을 이어 가기 위해 그는 성생활 자체를 농담거리로 삼으며 가볍게 웃어넘길 수밖에 없었는지도 모른다. 그렇다고 해도 모든 것을 잊고 그 집으로 돌아가고 싶은 마음은 없었다. 용서하는 것과 잊는 것은 비슷하지만 달랐다. 게다가…….

이와이가 각도를 살짝 바꾸었다. 그가 앞뒤로 천천히 움직이자 나츠의 호흡이 거칠어졌다.

게다가 원래의 생활로 돌아가면 다시는 이런 시간을 보낼 수 없다. 아아, 이 얼마나 무책임한 여자인가. 집을 뛰쳐나온 원래 이유는 쇼고에게서 벗어나 자기 뜻대로 마음껏 일하는 것이었다. 그런데 지금 이 순간에 자신을 충족시키고 자유로운 생활의 기쁨을 안겨 주는 것은 일이 아니라 성적인 쾌락이었다. 하지만 어쩔 수 없었다. 이제는 돌아갈 수가 없었다. 이 황홀한 기분과 무엇과도 바꿀 수 없는 희열을 원할 때 원하는 만큼 맛볼 수 있는 자유. 이것을 지키기 위해서라면 무슨 일이든 할 수 있었다.

이와이의 움직임이 빨라졌다. 강하게 아랫배를 부딪칠 때마다 손바닥으로 수면을 치는 듯한 소리가 났다. 나츠가 양미간을 좁히며 허리를 젖혀도 그는 동작을 멈추지 않았다. 이제는 그녀의 표정과 몸부림이 고통과 쾌락 중 어느 쪽에 속하는지를 거의 정확히 간파하고 있었다.

몸 안쪽의 가장 부드러운 부분을 집중적으로 파고드니 아프지 않을 리가 없다. 그런데 그 무딘 통증이 굉장한 자극이 되어 쾌감으로 바뀐다. 중독성 있는 음식과 똑같다. 워시 타입의 치즈나 지비에 ^{사슴, 말 산돼지 등의 야생 동물 요리}, 풀 보디 와인. 혀가 어느 정도 적응해야 비로소 진정한 맛을 알 수 있는 것들처럼 성적인 쾌락을 충분히 맛보는 데도 시간과 경험이 필요한 것 같다.

자궁 안쪽에서 작은 폭발이 연속적으로 일어난다. 감긴 눈꺼풀 안쪽에서 샴페인 거품 같은 금빛 알맹이가 사방으로 튀어 나간다. 아랫배가 단단히 옥죄어지고 발가락이 제멋대로 펴졌다가 오므라든다. 아아, 고지가 눈앞이다.

"언제든 몇 번이든 해도 돼."

이와이가 나지막이 속삭였다. 나츠는 짧게 고개를 끄덕이고 최고조에 도달하기 위해 이와이의 등에서 손을 뗐다. 그의 등에 손톱 자국을 낼 수는 없다. 사소한 배려겠지만 이런 관계에서는 그게 최소한의 예의다. 나츠는 만세를 부르듯 두 팔을 쳐들고 손을 더듬어 침대 가장자리를 움켜쥐었다. 이 집을 빌린 뒤에 가장 먼저 구입한 철제 더블 침대. 오모테산도 거리의 세련된 가구점에서 혼자 쓰기에는 큰 이 침대를 골랐을 때 머릿속에 떠올렸던 것은 다른 남자와의 정사였다.

다른 남자……

나츠가 숨을 헐떡이며 눈을 크게 떴다. 눈앞에 이와이의 얼굴이 있었다. 시선이 부딪치자 그는 움직임을 멈추지 않은 채 희미한 미소를 지으며 내려다보았다. 서로 뒤엉켜 땀을 줄줄 흘리는 이런 섹스와는 어울리지 않는 자상한 눈빛이었다.

그녀는 모호한 미소를 지으며 시선을 피했다. 벽에 비친 관엽 식물의 그림자가 자신과 똑같은 리듬으로 흔들리고 있다. 이와이의 마른 어깨 너머로 펼쳐진 하얀 천장이 점점 희미해진다.

3

방송국이나 영화계 파티에는 익숙했지만 출판사가 개최하는 파티는 처음이었다. 호텔 연회장 입구에 우두커니 서 있자 교코가 종종걸음으로 다가와 한 손을 가슴 앞에 세우며 미안해했다.

"미안, 미안. 좀 수다스러운 선생님한테 붙들려서 말이야. 자, 어서 들어와."

"정말 내가 와도 괜찮은 거예요? 왠지 잘못 온 것 같은 기분이……."

나츠의 말에 교코가 웃었다.

"괜찮으니까 당당하게 즐기라고. 자기 수필이 얼마나 인기가 좋은데. 어쩌면 다른 잡지사에서 일을 의뢰할지도 몰라."

"그럼 어떻게 해요?"

"물론 나야 당연히 거절하길 바라지. 당분간은 우리 것만 써 줘. 내년에 전부 엮어서 단행본으로 출간할 생각이니까."

"정말이오?"

"자, 그 이야긴 나중에 하고 여기에 이름이나 써."

나츠는 교코가 시키는 대로 방명록에 이름을 쓰고 안으로 들어갔다. 앞쪽의 밝은 무대에서는 마침 시상식이 시작되고 있었다. 연회장에 빽빽이 늘어선 철제 의자는 빈자리가 거의 없었다. 제일 앞줄에는 보도진이 자리하고 있었다. 여기저기서 플래시가 터지고 카메라맨이 접사다리 위에서 높은 삼각대에 설치한 방송용 카메라를 조작하고 있었다. 뒤쪽에는 빈자리가 없었다. 나츠는 교코가 안내해 준 앞쪽 몇 번째 줄 가장자리에 자리를 잡았다. 주최측 직원인 교코는 당연히 함께 자리하지 못했다.

"출구 쪽에 있을 테니 끝나면 그리로 와."

교코가 귓속말로 속삭이자 나츠는 고개를 끄덕이고 무대 쪽으로 시선을 돌렸다. 숨이 탁 막혔다. 무대 위에 놓인 심사위원석 가장자리에서 시자와 이치로타가 나츠 쪽을 가만히 쳐다보고 있었기 때문이다. 평소에 보기 힘든 기모노 차림이었다. 시선이 엉키자 그의 부릅뜬 눈이 약간 가늘어졌다. 노려보는 것인지 눈웃음을 짓는 것인지 알 수 없었다.

나츠는 자기도 모르게 고개를 숙였다. 그러곤 곧 자신의 행동을 후회했다. 잡지사 창립 80주년을 기념해 올해를 빛낸 신인 배우와 여배우에게 상을 수여하기로 했다는 이야기는 이미 교코로부터 들었다. 그리고 시자와는 심사위원으로 수상자에게 상을 준다고 했다. 그 이야기를 들은 뒤로 마음의 준비를 했지만 막상 얼굴을 마주하니…….

누군가가 무대에 올라가서 시자와와 이야기를 나누고 내려왔다. 나츠는 오기가 나서 앞을 똑바로 쳐다보고 있었지만 머릿속에는 아무것도 들어오지 않았다. 마지막에 젊은 배우들이 나왔고 사회자의 호명을 받은 시자와가 자리에서 일어났다. 갑자기 맥박이 빨라졌다. 옆자리 사람에게 들리지 않을까 싶을 정도로 심장이 쿵쿵 뛰었다.

무대를 뚫어져라 쳐다보았다. 아까와는 달리 이번에는 눈을 돌리고 싶어도 돌릴 수가 없었다. 시자와는 은은한 광택이 흐르는 짙은 감색의 기모노를 입고 있었다. 원래는 평온한 느낌을 주는 색상이지만 그의 큰 키 때문인지 아니면 행동거지 때문인지 약간 근엄한 느낌을 주었다. 어쩌면 자신의 가슴 한켠에 그에 대한 미련이 남아 있기 때문에 그렇게 느끼는 것인지도 모른다고 생각했다.

나츠는 터져 나오는 박수 소리에 퍼뜩 정신을 차렸다.

"잠깐 실례할까요."

깜짝 놀라 고개를 들었다. 어느새 시상식이 끝나 옆자리 사람들이 지나가려고 멍하니 앉아 있는 나츠에게 양해를 구했던 것이다.

"아, 죄송합니다."

그녀는 벌떡 일어나다가 무릎에 올려놓았던 얇은 숄과 클러치 백을 바닥에 떨어뜨리고 말았다. 백에서 튀어나온 명함집을 황급히 집어

들고 몸을 돌려 길을 터 주었다. 사람들이 지나가는 틈새로 슬쩍 무대를 보니 기념 촬영이 한창이었다. 시자와는 꽃다발과 트로피를 들고 있는 배우들 틈에서 흡족한 표정으로 팔짱을 끼고 있었다. 나츠는 몸을 돌린 채 숄을 펴서 어깨에 둘렀다. 의자 밑에 떨어진 립스틱을 발견하고 허리를 구부려 막 주우려 할 때 교코가 다가왔다.

그녀는 나츠의 얼굴을 보고는 미간을 살짝 찌푸렸다.

"괜찮아?"

"뭐가요? 괜찮아요. 미안해요, 기다리게 해서. 손가방을 떨어뜨렸지 뭐예요. 내용물이 다 쏟아졌어요."

교코는 뭔가 말하려다가 입을 다물었다.

파티가 열리는 장소는 시상식장 바로 옆이었다. 검은 의상을 걸친 스태프 두 명이 양쪽에 서 있는 문으로 손님들이 줄지어 들어갔다. 나츠는 입구에서 행사 도우미가 건네준 음료수 잔을 들고 주변을 둘러보았다.

"뭘 좀 먹어야지. 내가 가볍게 먹을 만한 것 좀 가져다줄까?"

나츠가 순순히 고개를 끄덕였다. 교코는 구석에 자리한 둥근 테이블에 나츠를 남겨 두고 저편으로 걸어갔다.

나츠는 천천히 파티장을 둘러보았다. 금방이라도 날아오를 것 같은 백조 모양의 얼음 조각상이 샹들리에 불빛을 받아 반짝였다. 홀 중앙에는 다양한 전채 요리를 늘어놓은 긴 테이블이 있고, 그 안쪽에서 요리사가 손님을 위해 분주하게 음식을 담아내고 있었다. 신인 배우들이 상을 탔기 때문인지 연예인과 방송국 관계자들의 모습이 여기저기 눈에 띄었다. 하지만 방송국 파티와는 사뭇 다른 분위기였다. 연회장에 설치된 장식들은 화려했지만 손님들의 의상은 대체로 회색 계열이었다. 그중에 단연 눈에 띄는 것은 울긋불긋한 드레스로 치장한 긴자클럽의 여성들이었다. 그녀들이 에워싸고 있는 사람들 중에는 나츠가아는 작가도 있었다. 아마 파티가 끝나면 자신들의 단골 가게로 몰려갈 것이다.

시자와의 모습은 보이지 않았다. 언론사의 사진 촬영이나 인터뷰때문에 아직 시상식장에 있는 모양이다. 나츠는 그 대신 이와이 요스케를 찾아보았다. 그도 여기에 취재하러 왔을 것이다. 그에게도 미리시자와의 '대결'에 대해 이야기해 주었다. 이와이는 잊지 않고 격려의 문자 메시지를 보내 주었다.

오늘 밤에는 주눅 들지 말고 당당하게! 당신의 다부진 모습을 보여 줘요!

짐짓 과장스러워 보이는 그의 메시지를 떠올리자 가슴 안쪽에서 뭔가 스르르 풀어지는 느낌이 들었다. 이와이의 온화한 얼굴을 보면 마음이 좀 더 가라앉을 것 같았다. 그동안 수없이 관계를 맺었던 여자를그렇게 진지하게 격려해 주리라고는 생각지 못했다. 정말 희한한 사람이었다. 아니, 희한한 관계라고 해야 할지 모르겠다.

"어, 이게 누구야?"

갑자기 누군가 옆에서 얼굴을 불쑥 내밀었다.

"다카토가 여긴 웬일이야?"

프로듀서인 가와모토였다.

"다음 드라마에 오노켄이나 마리 씨를 쓰려고?"

가와모토가 신인상을 받은 두 사람의 이름을 대자 나츠가 고개를 저었다.

"아뇨, 그런 게 아니라 다른 일로 편집자하고…… 오랜만에 뵙네요."

"응, 정말 오랜만이야."

한때는 자주 함께 일했지만 쇼고가 방송국을 그만둔 뒤로 왕래가 뜸해졌다. 이렇게 직접 얼굴을 마주한 것은 몇 년 만이었다. 전화 목소리와 마찬가지로 모습도 거의 변함이 없었다. 쉰이 넘었지만 얼굴은 아직 팽팽했다.

"참, 요전에는 고마웠어."

가와모토가 옆으로 지나가던 행사 도우미에게 술잔을 건네받고 다시 나츠를 돌아보며 말했다.

"저야말로 감사해요. 덕분에 좋은 경험을 했어요."

"우리 혼다 피디가 자네한테 고마워하더군."

"네? 왜요?"

"덕분에 일하기가 편했대. 그 녀석이 평소에 마녀 같은 여배우나 제멋대로 구는 예술가한테 여러모로 시달렸거든. 그러다가 자네처럼 말없이 자기 역할을 다해 주는 리포터를 만났으니 얼마나 반가웠겠어?

게다가 현장 분위기까지 신경을 써 주었다면서?"

"아, 그건 제 나쁜 버릇이에요. 남들 앞에서 괜히 좋은 사람인 척하는 거요."

가와모토가 웃음을 터뜨렸다.

"어쨌든 수고했어."

"조금이라도 도움이 됐으면 좋겠네요."

"도움이 됐고말고. 프로그램이 상당히 괜찮던데. 자네도 봤을 텐데."

"아뇨."

"왜?"

"왠지 좀 창피해서요. 도입 부분만 잠깐 봤는데, 말도 서투르고 불필요한 동작도 많더라고요. 짜증 나서 바로 채널을 돌려 버렸어요."

가와모토가 피식 웃었다.

"그건 자의식 과잉인 것 같은데."

"나도 알고 있다니까요. 그러니까 그때 다른 적당한 사람을 알아보라고 했잖아요."

나츠가 과장스럽게 입을 비죽거리며 말했다.

"자, 자, 진정하라고. 그렇겠네, 당신은 원래 배우 지망생이었으니. 머릿속에 그리고 있던 이상적인 모습과 실제로 화면에 비친 자기 모습의 낙차에 크게 실망한 거로군."

"마음대로 생각하세요."

그때 교코가 돌아왔다. 한쪽 손에는 한입에 먹을 만한 전채 요리를 담은 접시를, 다른 쪽 손에는 얇게 썬 로스트비프가 담긴 접시를 들고 있었다.

나츠가 교코에게 가와모토를 소개했다. 교코는 일단 접시를 테이블에 내려놓고 가와모토와 명함을 교환했다. 업무상 서로 접촉할 일이 거의 없는 사람들끼리 명함을 주고받았다. 가와모토가 먼저 허리를 굽히며 '자, 그럼' 하고 저편으로 사라졌다. 교코가 명함집을 가방에 넣으며 말했다.

"으음, 괜찮은 남자네."

"어머, 그래요?"

"응, 그런데 게이 같아."

나츠가 쓴웃음을 지었다.

"그런 것 같네요."

"괜찮은 남자는 다 게이거나 유부남이라니까. 자, 좀 먹어 봐. 이 로스트비프가 맛있다고 소문 났더라고."

식욕은 없었지만 교코의 성의를 무시할 수 없어 고맙다며 접시를 받아 들었다. 먹기 쉽게 잘게 썰어 놓은 분홍빛 고기 한 점을 입으로 가져갔다. 육즙이 어금니에서 잇몸으로 흘러내리자 기다렸다는 듯 배 속에서 꼬르륵 소리가 났다. 그러고 보니 아침 식사 이후로 처음 먹는 음식이었다.

"저쪽에 이와이 씨가 어슬렁거리던데."

교코의 말에 나츠는 한 손으로 입을 가리며 물었다.

"어디요?"

"입구 쪽. 이쪽에 자기가 있다고 귀띔해 줬어."

"그런 말을 왜 해요?"

"뭐 어때? 내가 두 사람 관계를 알고 있다는 걸 그 사람한테 말 안 했어?"

"그건 말했지만."

"그럼 괜찮아."

"그러니까 뭐래요?"

"아, 그렇습니까? 그럼 나중에 가 보겠습니다, 라면서 좀 쑥스러운 듯이 몸을 꼬더라고. 후후, 그 사람 좀 귀엽던데."

"귀여운 데가 있긴 하죠."

나츠가 혼잣말처럼 중얼거리며 웃음을 보이자 교코가 안심한 표정으로 두세 번 고개를 끄덕였다.

"아아, 다행이야. 이제 얼굴이 좀 환해진 것 같네."

나츠가 입 속의 고기를 꿀꺽 삼켰다.

"걱정 끼쳐서 미안해요."

"나 참, 그렇게 과민하게 반응할 필요 없다니까……."

교코가 말을 하다 말고 놀란 얼굴로 입을 다물었다. 나츠는 자기 뒤쪽을 올려다보며 놀라는 모습을 보고 그녀가 왜 그러는지 금세 알아챘다.

"어이, 오랜만이야."

등 뒤에서 시자와 이치로타의 저음이 들려왔다. 고개를 돌려 보니 그리운 얼굴이 코앞에 다가와 있었다. 나츠는 당황한 나머지 자기도 모르게 뒷걸음질을 쳤다. 엉덩이가 테이블 가장자리에 부딪히자 옆에 있던 누군가가 황급히 술잔을 집어 들었다.

시자와가 팔짱을 꼈던 손을 기모노 옷소매에 찔러 넣으며 물었다.

"그동안 잘 지냈나?"

그러고는 놀리듯이 한쪽 눈을 가늘게 뜨고 나츠를 내려다보았다.

"……오랜만이네요. 네, 덕분에 잘 지냈어요."

나츠는 떨리는 목소리를 감추려고 짐짓 의연한 체했다. 그러다 보니 비아냥거리는 말투가 된 것 같아 은근 신경 쓰였다.

그럼 좀 어때. 빈정대도 괜찮아. 차라리 속 시원히 다 이야기해 버릴까. 아주 잘 지내고 있다고. 사흘이 멀다 하고 남자를 집에 끌어들여 뼈까지 흐물흐물해질 정도로 섹스를 즐기고 있다고. 그래도 이 사람은 질투하지 않을 거야. 아니, 오히려 칭찬해 줄걸. 그래, 그냥 이야기해 버려. 그러면 이 사람도 마음이 편해져 오늘 밤에라도 나를 침대로 끌어들일지도 몰라.

나츠는 이렇게 생각하는 자신에게 놀랐다. 그렇게 매정하게 돌아선 사람한테 아직 미련이 남은 건가. 아직도 그의 품에 안기고 싶은 건가. 아아, 안 되겠어. 혀가 제대로 움직이질 않아.

보다 못한 교코가 시자와에게 수고했다는 인사말로 화제를 바꾸었다.

"영 어색하더군. 수상자를 선발하는 건 괜찮은데 단상에 앉아 있는 건 체질에 안 맞아서 말이야."

시자와는 어깨를 살짝 으쓱하더니 편한 사람들끼리 다른 데서 한잔할 건데 합류하지 않겠느냐고 물었다. 나츠의 가슴속에 기쁨과 불안이 교차했다.

대체 무슨 생각으로 이런 제안을 할까. 얼마 전에 그렇게 냉담하게 돌아선 사람이 어째서 성가신 여자를 또 유혹하려는 걸까. 아직 조금은 마음이 남아 있는 걸까. 혹시 그냥 해 본 말은 아닐까.

도움을 청하는 눈길로 옆을 돌아보니 교코가 한순간 어이없는 듯한 표정을 지었다. 그러고는 바로 싱긋 웃으며 '그럼 저희도 끼워 주세요' 하고 나츠 대신 대답했다.

두 여자는 북적이는 사람들을 헤치고 나아가는 건장한 사내의 뒤를 따라갔다. 언뜻언뜻 내비치는 웃옷의 안감이 세련되어 보였다.

교코가 속삭였다.

"일단 같이 갔다가 난 중간에 빠져나올 거야."

"왜요?"

"왜라니. 내가 계속 혹처럼 따라붙으면 안 되지. 그럼 저 사람이 유혹하고 싶어도 유혹할 수가 없잖아."

"그런 거 아닐 거예요."

"그런 거 맞아. 그게 아니면 뭐 하러 술자리에 데려가겠어. 괜히 주눅 들 거 없어. 자기도 충분히 매력적이니까."

어깨를 살짝 부딪힌 누군가에게 사과하고 시선을 앞으로 돌렸을 때였다. 조금 떨어진 곳에 서 있는 키가 큰 사내가 눈에 들어왔다. 언제부터 지켜보고 있었던 걸까. 이와이가 여느 때와 달리 뭔가 억누르는 듯한 표정으로 우두커니 서서 가만히 이쪽을 바라보고 있었다. 그는 나츠와 눈이 마주치자 희미한 미소를 지으며 술잔을 들지 않은 손의 엄지손가락을 세워 앞으로 쑥 내밀었다.

4

그들이 찾아간 곳은 시자와의 단골 술집인 조그마한 바였다. 친한 동료들만 몇 명 있을 줄 알았는데 좁고 어두침침한 홀은 사람들로 북적거렸다. 아는 얼굴도 있지만 모르는 얼굴도 많았다.

시자와가 안쪽 소파로 들어가자 나츠가 우연을 가장해 그 옆에 자리를 잡았다. 한순간이지만 시자와가 약간 당혹스러워한 것 같아 뜨끔했다. 연극 관계자와 방송국 프로듀서, 출판계 사람, 그리고 배우들이 한 테이블에 자리하고 있었다. 자연히 연극과 관련된 이야기부터 시작해 시시껄렁한 음담패설에 이르기까지 다양한 대화가 오갔다. 그러다가 시자와가 무심코 이름을 부르거나 말을 건네기라도 하면 나츠는 대답도 제대로 할 수 없을 정도로 호흡이 가빠졌다. 곁에서 시중 드는 프로 여성들에게는 나츠의 마구 흔들어 대는 꼬리가 보일 것이다. 그들은 겉으로는 모른 척하고 있지만 속으로는 실소를 터뜨릴 것이다. 그렇게 생각하니 굴욕감에 속이 울렁거렸다. 그래도 어쩔 수 없었다. 강력한 자석에 끌려가는 사철처럼 아무리 발버둥을 쳐도 모든 의식이 시자와 한 사람에게만 집중되었다. 주위 분위기에 맞춰 애써 미소를 지어 보았지만 매 순간이 고통과 초조함의 연속이었다. 교코는 미리 예고한 대로 중간에 슬며시 사라져 버렸다.

그렇게 한 시간쯤 지났을까. 줄곧 옆자리에 앉아 있던 젊은 연극배우가 잠깐 볼일을 보러 간 사이에 나츠는 드디어 마음을 정하고 시자와를 돌아보며 말했다.

"죄송해요, 저도 이제 그만……."

"어, 그래. 조심해서 들어가."

발로 걷어차인 느낌이었다. 이렇게 무관심하게 대할 거면서 왜 여기까지 데려온 걸까. 재미 삼아 손댄 여자에게 아직도 자신의 매력이 유효한지 시험해 본 건가.

나츠가 말없이 손가방을 집어 들자 시자와가 나지막이 물었다.

"아 참, 남편하고는 어떻게 됐어? 이제 헤어진 거야?"

오늘 처음 물어보는 개인적인 질문이었다.

"아직이오."

나츠가 작은 목소리로 말했다.

"빨리 헤어지지 않고 뭘 그렇게 꾸물거려."

"그렇게 간단하지 않은 일도 있거든요."

"뭐가 그렇게 복잡해?"

"이러니저러니 해도 10년 넘게 함께 살았던 사람이에요. 정도 들었고 게다가 그쪽에게만 잘못이 있는 것도 아니고."

시자와가 코웃음을 쳤다.

"말하자면 네가 우유부단하다는 거잖아."

"그건 그래요."

가슴이 답답했다. 남편과의 일은 아무래도 상관없었다. 지금은 그런 이야기를 하고 싶은 게 아니다.

볼일을 보러 갔던 연극배우가 화장실 밖으로 나왔다. 아는 사람과 화장실 앞에서 잠깐 이야기를 나누고 있지만 그의 통통한 몸은 이쪽을 향하고 있었다. 그가 돌아오면 더 이상 기회가 없는 것이다. 쫓기는 듯한 초조함에 이성이 무뎌졌다.

안 돼, 더 이상 이야기하면 안 돼. 그러나 고장 난 브레이크처럼 제어가 되지 않았다. 주위에서 알아채지 못하도록 고개를 숙인 채 속삭이듯 말했다.

"시자와 씨."

"응?"

그제야 그가 나츠를 똑바로 쳐다보았다.

"오늘 밤엔…… 누구 데리고 갈 사람 없나요?"

나츠는 이렇게 내뱉자마자 뭔가 잘못됐다는 느낌이 들었다. 농담처럼 건넨 말이 그녀 자신의 귀에도 마치 추궁하는 것처럼 들렸다. 스스로 당황해서 다음 말을 꺼내려 하자 시자와가 눈을 부릅뜨고 어이없다는 듯 말했다.

"으응, 이젠 없어."

"그건 그러니까 앞으로 줄곧 그렇다는······."

나츠의 목소리가 점점 기어 들어갔다. 시자와가 과장스럽게 고개를 갸웃거렸다.

"아마 그럴걸."

필요 이상으로 쾌사를 떠는 그의 몸짓과 말투에 차갑게 오그라들었던 아랫배에서 뭔가가 솟구쳐 올라왔다.

'약속하고 다르잖아요!'

그 말이 입 밖으로 튀어나오려는 것을 가까스로 억눌렀다.

'또 만나자고 해 놓고······ 실컷 끌어안자고 했잖아요.'

어금니를 악물었음에도 무릎과 발끝이 부들부들 떨렸다. 그녀는 자신도 모르게 몇 번이나 침을 꿀꺽 삼켰다.

그러자 시자와가 목소리를 낮추지도 않고 불쑥 말했다.

"난 원래 못된 인간이라니까. 인간쓰레기지, 인간쓰레기."

나츠가 가까스로 대꾸했다.

"네, 정말 그러네요."

"이렇게 살다간 언젠가 칼 맞을지도 몰라."

그의 가벼운 말투에 더욱 화가 났지만 달리 대꾸할 말이 떠오르지 않았다. 가까이에서 들여다본 그의 눈에는 싸늘한 기운이 감돌았다. 얼굴과 목소리는 웃고 있었지만 눈빛은 차갑게 식어 있었다. 그 얼굴에서 갑자기 웃음이 사라지는가 싶더니 그가 자리에서 벌떡 일어났다. 나츠는 놀라서 그를 올려다보았다. 이제 완전히 끝났다고 생각하니 가슴이 옥죄는 것 같았다.

시자와는 기모노 자락을 툭툭 털고는 비좁게 무릎을 맞대고 앉아 있는 사람들 앞을 지나갔다. 화장실에 가려고 일어선 것은 아닌 듯했다. 곧장 입구 근처의 카운터로 다가가 누군가와 이야기를 나누었다. 주빈 격인 사람이 테이블을 옮겨 다니는 것은 당연했다.

나츠는 주변 사람들이 호기심 어린 눈빛으로 자신을 쳐다보는 것 같아 고개를 숙였다. 이 자리를 벗어나고 싶었지만 다리가 떨려 도저히 일어날 수가 없었다. 아까 그 배우가 저편에서 좁은 통로로 걸어와 다시 옆자리에 앉았다.

"다카토 씨, 한잔 더 하시겠어요?"

그가 빈 술잔을 보고 물었다. 세심한 성격인 것 같았다. 시자와가 소개할 때 이름을 말했는데 생각이 나지 않았다.

"아뇨, 이제 됐어요. 그만 가 봐야 해요."

나츠는 손가방을 집어 들고 힘겹게 자리에서 일어났다. 몸이 휘청거리자 남자가 재빨리 팔을 잡아 주었다.

입구에서 마담이 건네준 웃옷을 걸치고 낯익은 극장 관계자와 건성으로 인사를 나누고는 바로 가게를 빠져나왔다. 안쪽에서 가볍게 손을 흔드는 시자와 쪽을 향해 애써 미소를 짓기는 했지만 거의 무표정한 얼굴이었을 것이다. 무서워서 시선도 맞추지 못했다.

거리로 나와 택시를 타려고 줄을 섰다. 가을 밤바람이 무척 차가웠다. 이윽고 나츠의 차례가 되어 택시에 올랐다. 택시 기사는 쉰 살쯤 된 여성이었다. 힘없이 행선지를 말하고 시트에 몸을 파묻은 순간, 눈 안쪽이 뜨겁게 젖어들었다. 나츠는 가까스로 마음을 추슬렀다.

어째서 그의 말 한마디에 거기까지 따라간 걸까. 그런 자리에서는 차분하게 이야기를 나눌 수도 없지 않은가. 어차피 실망하리라는 것도 알고 있지 않았는가. 그래도 곁에서 자세히 살펴보고 싶었다. 오랜만에 만난 그의 모습을, 그의 표정을. 그 탁한 목소리를 듣고 싶었다. 그의 시야에 들어가고 싶었다.

아까 헤어질 때 내 모습이 이상하지 않았을까. 주변에 사람들이 있어 마음이 불편했지만 지금 돌이켜 보니 오히려 다행스러웠다. 그와 단둘이 있었다면 내키는 대로 마구 내뱉었을지도 모른다. 그러면 그는 더욱 성가시게 생각할 것이다.

거기까지 미치자 문득 실소가 새어 나왔다. 이미 끝난 관계이니 더 성가시게 생각할 것도 없지 않은가. 남자의 약속을 곧이곧대로 믿었다. 혼자 꿋꿋하게 지내다 보면 언젠가 다시 돌아올 거라고 생각했는데 그의 마음은 이미 멀리 떠나가 있었다. 그것도 눈치 채지 못할 정도로 어수룩한 자신이 한심스러웠다.

새삼스레 약속 운운하는 것도 우스운 일이다. 남녀 사이에 의무를 강요할 수는 없다. 그런데 어째서 그때 아직 아무에게도 말한 적이 없는 특별한 말을 억지로 하게 한 걸까. 자신도 똑같은 마음인 것처럼 슬쩍 내비치면서 모르면 모르는 대로 끝났을 일을 계속 가르쳐 주었고 마치 낙인이라도 찍듯이 거칠게 끌어안았다. 그건 좀 너무한 것 아닌가.

'이렇게 살다간 언젠가 칼 맞을지도 몰라.'

차라리 그냥 칼에 찔려 버려. 컴컴한 골목길에서 별 볼일 없는 여자의 칼에 찔려 고통스럽게 버둥대다가 죽어 버려.

나츠는 차가운 창문에 머리를 기댄 채 점점 가까워지는 도쿄 타워의 불빛을 바라보았다. 여성 택시 기사의 거침없는 운전 솜씨가 움츠러들 것 같은 기분에 버팀목이 되어 주었다. 고마웠다.

차창 밖으로 지나가는 모든 풍경이 자신에게 등을 돌리는 것 같았다. 캄캄한 하늘로 솟아오른 도쿄 타워 아래로 커다란 사원과 숲이 시커멓게 펼쳐져 있었다. 곧이어 시티 호텔의 조명과 카페의 테라스를 비추는 화톳불 같은 은은한 불빛이 잇따라 눈에 들어왔다.

나츠는 눈을 감았다. 술을 많이 마시지도 않았는데 머리가 지끈지끈하고 시신경 안쪽이 욱신거렸다. 택시가 신호에 걸려 멈춘 모양이다. 낮은 공회전 소리가 들린다.

오늘 밤 자신은 시자와의 눈에 어떤 모습으로 비쳤을까. 욕망에 사로잡힌 여자로 비치지 않았을까. 다시 그 일을 떠올리자 후회와 수치심이 한꺼번에 밀려들었다.

아아, 싫다. 이런 자신이 싫다. 이제 더는 견딜 수가 없다. 그 모든 게 시자와 때문이라고 생각하자 거의 살기에 가까운 감정이 몸속에서 꿈틀거렸다. 나츠는 무릎을 꽉 움켜쥐었다.

언젠가 칼 맞을 것 같다니, 어처구니가 없다. 말은 그렇게 하지만 그런 남자는 절대 칼에 찔리지 않을 것이다. 아무리 못된 짓을 해도 결국은 여자들에게 용서 받고 아무 일도 없었다는 듯 태연하게 살아갈 것이다. 처음부터 그런 사람이라는 것을 알면서도 깊이 빠져 버린 자신이 잘못이다, 그렇게 스스로를 달래고 또 달랬지만 원망스런 마음은 수그러들지 않았다.

마음은 바라지도 않았다. 그건 됐다. 사람의 마음을 억지로 바꿀 수는 없으니까. 하지만 이렇게 어중간하게 내버려진 상태로는 끝내고 싶어도 끝낼 수 없었다.

자기 역할은 끝난 것 같다고? 웃기고 있네. 그런 생각으로 데이터를 파일에 저장했다면 적어도 다른 장치로 호환되도록 해 놓고 떠나야 하는 것 아닌가. 그렇지 않으면 앞으로 다른 남자로 재생할 수가 없지 않은가.

"손님, 거의 다 왔는데 어디쯤에 세울까요?"

나츠는 택시 기사의 말에 정신을 차리고 눈을 떴다. 창밖을 보니 어느새 집 근처까지 와 있었다. 손가방에서 지갑을 꺼내면서 좌회전해 달라고 부탁했다. 이윽고 주변에 비해 불빛이 환한 건물 출입구 앞에 택시가 섰다.

"어머, 근사한 맨션이네요."

"고맙습니다."

나츠가 반사적으로 인사하고 지갑에서 돈을 꺼내는데 택시 기사가 말을 건넸다.

"저기요, 이것 하나 드실래요?"

차내에 불이 켜졌다. 택시 기사가 운전석에서 몸을 돌려 입구가 벌어진 작은 종이봉투 하나를 내밀었다. 봉투에는 주홍색 글자로 '화원제과'라고 쓰여 있었다.

"손님이 주신 거예요. 입에 맞으면 다 드셔도 돼요."

뭔가를 거절하기도 귀찮았다. 지금은 물 흐르는 대로 흘러가고 싶었다. 나츠는 봉투에 담긴 빵 하나를 집어 들었다. 카스텔라 같은 빵이었는데, 아직도 온기가 남아 있었다. 손끝에 닿는 느낌이 촉촉하고 부드러웠다.

"잔돈은 됐어요."

택시에서 내리니 찬바람이 살갗을 파고들었다. 나츠가 다가가자 현관 자동문이 양쪽으로 열렸다 닫혔다. 밤이 깊은 탓인지 발소리가 유난히 크게 울렸다. 빵 조각이 입 안에서 파삭거렸다. 입을 꾹 다문 채 엘리베이터 버튼을 눌렀다. 엘리베이터에서 내리자 발걸음이 저절로 빨라졌다. 이미 축축해지기 시작한 눈에 힘을 잔뜩 주고 손가방에서 열쇠를 꺼냈다. 조금만 참아. 조금 뒤에 마음껏……

나츠는 열쇠를 돌려 문을 열고 불을 켰다. 다마키가 침대에서 폴짝 뛰어내리더니 게슴츠레한 눈으로 다가왔다. 손가방을 떨어뜨리고 그대로 카펫 위에 주저앉아 고양이를 끌어안은 채 몸을 웅크렸다. 다마키가 응석을 부리며 발톱으로 비싼 파티 드레스를 긁었지만 꾸짖을 기력도 없었다. 품에 안긴 다마키가 만족스러운 듯 야옹거렸다. 가만히 귀를 기울이고 있으니 다마키가 고양이 특유의 까슬까슬한 혀로 볼을 핥아 댔다.

이상했다. 펑펑 울고 싶은데 눈물이 나지 않았다. 얇은 막 바로 안쪽에는 투명한 액체가 금방이라도 흘러넘칠 듯 가득 차 있는데 뭔가가 부족한지 그 막이 터지지 않았다. 가슴이 답답했다. 바로 그때 휴대전화 소리가 났다. 깜짝 놀라 휴대전화를 확인해 보니 메일이 왔다는 신호음이었다. 이 시각에 메일을 보낼 사람은 교코나 이와이밖에 없었다. 느릿느릿 몸을 일으켜 손가방을 집어 들었다. 휴대전화를 꺼내 메일 제목을 들여다본 순간 손끝이 바르르 떨릴 정도로 온몸의 피가 요동쳤다.

너 멍청한 거 아냐?

시자와였다.

다들 수상쩍게 생각하고 있어. 오바야시는 아주 노골적으로 의심하더군.

오바야시가 누구지? 가만히 생각해 보니 옆자리에 앉았던 배우가 그런 이름이었던 것 같다.

남편과 완전히 헤어질 때까지는 조심하라고 했을 텐데. 남들 앞에서 아무 일도 없는 척하는 게 그렇게 힘든가. 물론 내가 인간쓰레기인 건 사실이지만.

이것이 메일 내용의 전부였다. 시자와는 지금까지 컴퓨터 메일은 몇 번 보냈지만 휴대전화 메일은 한 번도 보낸 적이 없었다. 화가 많이 난 걸까, 아니면 뭔가 꺼림칙한 기분이 들었던 걸까.

또 마른침이 고이고 속이 메슥거렸다. 아니, 이건 욕지기가 아니라 분노였다. 다음 순간 온몸이 달아오르고 뇌의 혈관이 터질 듯 부풀어 올랐다. 나츠는 칭얼대는 다마키를 바닥에 내려놓고 묵묵히 휴대전화 버튼을 눌렀다.

멍청한 건 당신이에요.

조급해진 마음에 몇 번이나 잘못 눌렀다. 그럴수록 마음은 더 초조해졌다. 완성된 장문의 메일을 다시 읽어 보지도 않고 바로 전송 버튼을 눌렀다. 메일이 제대로 전달된 것을 확인한 후에야 비로소 자신이 쓴 메일을 읽어 보았다.

멍청한 건 당신이에요.
나는 그동안 당신에게 어떤 약속도 받지 못했어요. 이렇게 오랫동안 방치해 둔 당신은 나를 책망할 권리가 없다고 생각해요. 남편하고 헤어질 때까지라고 요? 헤어진 다음에 어떻게 하겠다는 식으로 나에게 말한 적이 있나요? 내가 당신에게 만나고 싶다, 만날 수 있겠느냐고 메일을 보내도 줄곧 무시했잖아요. 모르고 계시나 본데 내게도 마음이란 게 있어요.

당신에게 기대고 싶은 마음은 없었어요. 크게 기대하지도 않았고요. 그저 당신을 만나고 싶었던 것뿐이에요. 당신이 나중에라도 만날 수 있다는 언질만 해 주었다면 남들 앞에서 당신하고 거리를 두고 지낼 수 있었겠죠. 그러면 이렇게 가슴이 아프지도 않았을 테고.

오바야시 씨라고 했던가요? 그 사람이 무엇을 의심하든 당신의 장기인 시치미 떼기로 무마하면 그만 아닌가요? 실제로 이제는 아무것도 남지 않은 사이니까요.

나를 떼어 내고 싶다면 제발 그렇게 어정쩡하게 굴지 마세요. 불과 몇 번 만나고 당신에게 버림받은 덕분에 나는 다시금 여자로서의 자신감을 잃어버리고 말았어요.

지금 집에 들어왔어요. 그런데 이제 눈물도 나지 않네요. 나를 이렇게 강하게 만들어 준 당신에게 감사해야겠죠. 이러면서도 여전히 만나고 싶어 하다니 정말 나 자신이 바보 같지만 어쩔 수가 없네요. 그런 어리석음도 마음의 동요도 앞으로 전부 창작 활동의 밑거름이 되겠죠.

오늘 밤에 거기 데려가 줘서 고마웠어요.

당신이 너무나 좋고, 또 너무나 싫어요.

나츠

나츠는 이 지경에 이르러서도 그에게 헤어지자는 말은커녕 별다른 반격조차 할 수 없는 자신이 한심스러웠다. 두려웠다. 상대가 먼저 관계를 끊으면 어느 정도는 견딜 수 있을 것 같았다. 하지만 자신이 충동적으로 관계를 끊어 버린 뒤에 후회할 것을 생각하면 깎아지른 벼랑 끝에 서 있는 것처럼 다리가 후들후들 떨렸다.

그녀는 마음속으로 변명을 했다.

'꼭 지금이 아니어도 언제든 끝낼 수 있잖아.'

그때 다시 휴대전화의 불이 들어오고 메일 착신음이 울렸다. 재빨리 열었다. 시자와가 아니라 이와이였다. 제목은 '힘', 본문은 '내!' 그 밑에 브이 자 모양의 이모티콘 문자가 있었다. 아직 시자와와 있다고 여기는 것 같았다. 그는 지금쯤 그녀가 마음이 약해져 있을 거라고 생각해 일부러 이런 메일을 보냈을 것이다. 나츠는 답장 버튼을 누르고 내용을 입력해 나갔다.

벌써 침몰했어요.

그녀는 쓴웃음을 지으며 다음 문장을 한 글자씩 천천히 입력해 나갔다. 메일을 전송하고 잠시 기다리자 이와이로부터 답장이 왔다. 그가 보낸 문장 한 줄을 애틋한 마음으로 바라보았다. 나츠는 휴대전화를 손에 꼭 쥔 채 다마키 옆에서 몸을 웅크렸다. 바닥에서 올려다본 하얀 천장은 그 여느 때보다 높고 멀게 느껴졌다.

5

어느새 한낮에도 입김이 하얗게 피어오를 정도로 쌀쌀해졌다. 12월은 시간이 유난히 빨리 지나간다. 예년 같으면 빽빽한 스케줄에 비명을 지르고 있을 시기지만 나츠는 지금 별다른 큰 작업을 하지 않고 있다. 교코가 근무하는 잡지사에 수필을 연재하는 것 외에는 다른 일은 접었다. 얼마 전에 단막극 집필 의뢰가 들어왔지만 거절하고, 그 대신 누구를 위해서가 아닌 자신의 만족을 위해 희곡을 쓰기로 결심했다. 아직 집필은 시작하지 않았지만 몸속에 있는 커다란 구멍 안쪽에서 몇몇 대사들이 카오스처럼 소용돌이치면서 서서히 형태를 잡아 가고 있는 느낌이 들었다. 그 느낌은 날이 갈수록 점점 더 짙어졌다.

밀물이 드는 것처럼 조금씩 높아진 수위가 턱밑까지 차오르기를 기다리고 있었다. 그때가 되면 폐 가득히 숨을 빨아들이고 허구라는 이름의 바다 밑으로 아주 깊숙이 잠수할 것이다. 그 순간을 생각하니 벌써부터 온몸이 짜릿해지는 것 같았다. 솟구치는 성적 욕구를 참고 있을 때와 비슷한 느낌이었다. 흥분과 전율로 조급해진 마음을 이성으로 억눌렀다. 냉철하게 깨어 있지 않으면 거짓말을 능숙하게 할 수 없다. 만담꾼이 관객을 웃기려고 할 때 자신이 먼저 웃어 버리면 흥이 깨지는 것과 마찬가지로 연극을 보러 온 관객을 멋지게 속이고 싶다면 거짓말을 들려주는 쪽은 철저하게 시치미를 떼야 한다.

무대는 홍콩으로 설정할 생각이다. 시대적 배경은 현대가 아닌, 그거리가 가장 그 거리다웠던 가까운 과거다. 영화 〈수지 웡의 세계〉에서 처음 알았고 이와이와 함께 직접 걸어 봤던 완차이가 머릿속 한구석에서 계속 맴돌고 있다. 지금은 사라진 주룽 성채 어딘가에 남아 있다는 대포와 그 위로 활짝 열린 파란 하늘도 마찬가지다.

이를테면 일본인 젊은이가 수지같이 배우지는 못했지만 마음이 순수한 창녀와 사랑에 빠지는 이야기는 어떨까. 주룽 출신인 창녀가 어느 날 젊은이를 대포가 있는 곳으로 안내한다. 그 대포를 사이에 두고 그녀가 예전에 일본군이 점령했던 시대에 대해 이야기하는 장면은 나라도 다르고 처지도 다른 두 사람 사이에 가로놓인 깊은 강을 상징적으로 표현하는 데 안성맞춤 아닐까.

"슬픈 사랑 이야기야?"

이와이가 물었다.

그는 퇴근길에 들렀는데, 밤 11시가 넘었다. 요즘에 귀가가 계속 늦어지고 있는 듯 이곳에 오기 전에 미리 전화를 걸어 오늘 밤에는 오래 있지 못한다고 말했다.

"아마 그럴 거예요. 하지만 멜로드라마처럼 내용이 뻔한 비련의 이야기로 꾸미고 싶지는 않아요. 뭐랄까, 짧은 말로는 표현할 수 없는, 희로애락 중 어느 것에도 속하지 않는 뭔가를 떠올리게 하고 싶어요. 관객도 작품에 대한 감상을 단적으로 표현하기 어렵겠죠. 지금 내가 쓰고 싶은 건 그런 연극이에요."

"솔직히 리뷰를 쓰거나 비평하는 입장에서는 좀 성가신 작품이겠네. 그렇게 말로는 표현하기 어려운 것까지 염두에 두고 쓰면, 어쩔 수 없이 관객의 이해력과 작가의 표현력에 대해 언급해야 하니까."

나츠가 몸을 옆으로 세워 이와이의 맨가슴을 쳐다보며 말했다.

"나중에 내가 쓴 작품이 무대에 오르면 리뷰를 써 줄 거예요?"

"당연하지."

이와이가 안경을 벗은 얼굴로 흔쾌히 대답했다.

"실제로 보고 괜찮다는 생각이 들면 말이야."

"쳇, 좋다 말았네요."

"그건 아니지. 별로라고 생각되더라도 혹평은 쓰지 않을 거야."

"흥, 걱정 마요. 나는 꼭 멋진 작품을 쓸 테니까요."

이와이가 웃음을 터뜨렸다. 그의 배가 아래위로 움직이자 나츠의 몸도 흔들렸다.

"이상해요?"

"아니, 미안. 내 앞에서는 이렇게 자신만만한데 말이야."

웃음을 그친 이와이가 아직 미소가 남아 있는 눈으로 가만히 쳐다보았다.

"그런데 왜 중요한 사람 앞에서는 그렇게 잔뜩 위축되는지 모르겠네."

"특별히 당신 앞이라서 강하게 나가는 건 아니에요."

"그래?"

"일에 대해서는 항상 이런 식이에요."

이와이가 표정을 바꾸더니 말했다.

"그렇군. 대충 알 것 같아. 당신은 일에 대해서는 자신감이 넘치는 사람이니까."

"그게 이상한가요?"

"아니, 그 정도의 자신감이나 자부심이 없으면 해내기 힘든 일이잖아. 나는 원래 당신이 쓴 연극이나 드라마를 좋아해. 약간 냉소적이고 신랄하면서도 인정이 넘치는 것 같아서……."

그러다 문득 생각난 듯 말을 이었다.

"아, 그러고 보니 당신의 작품이 당신 자신보다 더 당신다운 것 같아. 이거 새로운 발견이네. 어때?"

나츠가 눈살을 살짝 찌푸렸다.

"그럼 내가 나보다 더 나다운 작품에 대해 자신감이 넘치는 건 결국 스스로를 자신만만하게 보기 때문이라는 건가요?"

"하하하, 그렇게 생각할 수도 있겠네. 사실 당신은 굉장히 오만하고 자신감이 넘치는 여자야. 여자로서 자신이 없다는 것도, 좋아하는 남자 앞에서는 제대로 말을 못하는 것도 알고 보면 내숭이라고."

"……."

"왜? 뭐 불만스러운 거라도 있어?"

"기분 나빠요."

"응?"

"내숭은 아닌데…… 왠지 내 심층 심리가 드러난 것 같은 느낌이 들어 아주 기분이 안 좋네요."

이와이가 또다시 즐거운 듯 웃더니 손을 뻗어 나츠의 머리를 어루만졌다.

"하하하, 꼭 어린아이 같네. 귀여워, 당신."

"시끄러워요. 나를 마음대로 갖고 놀고."

"내가 그랬나, 하하하."

나츠는 유쾌하게 웃는 그의 가슴에 얼굴을 문질렀다.

'나이를 생각해.'

문득 예전에 시자와가 했던 말이 새 그림자처럼 뇌리를 스쳤다.

'그건 나약한 거야. 그런 태도를 반가워하는 건 너를 어린아이 취급하는 녀석뿐이라니까.'

귀를 막고 눈은 감은 채 이와이의 목을 끌어안았다. 머리카락을 빗어 주는 그의 손길이 포근했다. 마치 딸을 재우듯이 그가 연신 부드럽게 머리카락을 어루만지자 나츠의 입에서 또 다른 종류의 한숨이 새어 나왔다. 이와이의 '어린아이 취급'에 혐오감을 느끼지 못하는 것은 이를테면 지금 나츠가 답례하듯이 쓰다듬고 있는 그의 사타구니가 금세 반응을 보였기 때문이다.

시자와처럼 거창하게 말하는 것도 아닌데, 하고 생각해 본다. 그 노인네는 도량이 좁다. 그리고 놀이를 즐길 줄 모르는 벽창호다.

남녀 사이에서 어린아이처럼 응석을 부리거나 응석을 받아 주는 것은 서로의 이해를 바탕으로 한 '플레이'이고 서로가 암묵적으로 역할을 분담하는 '소꿉놀이'일 뿐이다. 이따금 어느 한쪽이 지배적이거나 종속적으로 행동하는 것은 'SM^{사디즘과 마조히즘} 놀이', 남자의 방문에 일회 일비하면서 요리나 속옷에 공들이는 것은 '애인 놀이'인 것이다. 이와 이와 관계를 맺기 시작한 뒤로 나츠는 예전부터 갖고 있던 지론, 즉 섹 스의 묘미는 상상력과 연기력에 달려 있다는 것을 자신의 쾌감을 통 해 증명하고 있는 느낌이 들었다.

암컷으로서 바라본 외모나 태도, 행동거지는 이와이보다는 시자와 가 남자답다. 그런데 최근 들어 이와이 쪽이 진짜 '남자'가 아닐까 하는 생각이 들기 시작했다. 여자는 변함없는 다정함이야말로 진짜 남자다 운 것임을 대개 나이가 든 뒤에야 깨닫게 된다는 글을 읽은 적이 있다. 이와이의 무조건적인 애정은 바로 그런 종류의 다정함이 아닐까 하는 생각이 들었다.

지금 바로 갈 테니 기다려요.

그 파티가 열리던 날 밤 이와이가 보낸 문자다. 그리고 2차인가 3차 로 술자리를 이어 가던 도중에 빠져나와 나츠의 집으로 왔다. 그러고 는 밤새도록 함께 있어 주었다. 처음이었다.

집에 가 봐야 하는 것 아니냐며 걱정하는 나츠에게 그가 말했다.

"괜찮아, 신경 쓰지 마. 가끔 회사 일로 아침 첫차를 타고 퇴근할 때 도 있으니까."

아무리 그래도 회사 일로 아침에 귀가할 때와 다른 여자와 밤새 뒹굴다가 귀가할 때의 꺼림칙한 느낌이나 죄책감은 큰 차이가 있을 것이다. 나츠는 지금까지 이와이가 자고 가지 않으려고 한 것은 바로 그 죄책감 때문이었다고 생각했다.

만나서 안고 있는 동안에는 괜찮다. 어쨌든 특별한 감정이 있는 연애도 아니니 들통 나지만 않으면 누구도 상처 입지 않는다고 생각할 수도 있다. 하지만 남편과 집을 과거의 존재로 여기고 있는 나츠와는 달리, 이와이는 현재 진행형인 가정이 있고 처자식이 있다. 나츠와의 관계와는 별개로 자신의 가정에 대해 진실한 애정을 갖고 있는 것이다.

이와이는 아무리 격정적인 섹스의 즐거움에 푹 빠졌더라도 새벽 3시가 가까워지면 어김없이 침대에서 일어나 주섬주섬 옷을 챙겨 입는다. 그러고는 '미안해요. 다음에 또 봐요'라는 말을 남기고 택시로 귀가한다. 그럴 때면 조금 쓸쓸한 기분은 들지만 그를 탓하고 싶은 마음은 없었다. 그런 관계도 아니고 처지도 아니었지만, 그보다는 나츠 자신이 아직 시자와로부터 완전히 벗어나지 못하고 있었기 때문이다. 이와이와의 관계는 우정의 범주에 속해 있었던 것이다.

하지만 그날 밤 이와이는 평소와 달랐다. 끌어당기는 팔과 머리를 쓰다듬는 손길, 바라보는 눈빛. 어디가 어떻다고 딱 꼬집어 말할 수는 없지만 뭔가가 다르게 느껴졌다.

서로 옷도 벗지 않은 채 나란히 침대에 누워 두런두런 이야기를 나누었다. 나츠는 파티장을 빠져나온 뒤에 무슨 일이 있었는지 이야기하는 도중에 시자와에 대한 원망의 말이 튀어나오려 하자 입을 꾹 다물었다.

그러자 이와이가 답답하다는 듯 말했다.

"그렇게 참지 않아도 돼. 당신이 남을 욕하기 싫어한다는 건 예전부터 잘 알고 있어. 그런 건 참 대단하다고 생각해. 하지만 굳이 이런 상황에서까지 좋은 사람인 척할 필요는 없잖아."

나츠도 잘 알고 있었다. 사실은 참고 싶지 않았다. 하고 싶은 말이 너무나 많았다.

"원망이든 험담이든 마음 놓고 하라니까."

그런데 뭔가가 혀를 꽉 붙들고 있었다. 치밀어 오르던 것이 목구멍에서 막히더니 서서히 부풀어 오르기 시작했다.

"정말 괜찮다니까요."

나츠의 말에 이와이는 무척 곤혹스러워하는 듯했다. 그는 두 손으로 나츠의 볼을 감싸더니 자신 쪽으로 끌어당겼다.

"그런 걸로 당신을 나쁜 여자라고 생각하거나 싫어하지 않을게. 약속해. 그러니까 속 시원하게 모두 이야기해 줘. 자, 어서."

이와이가 부드럽게 재촉했다. 하지만 나츠의 입에서 튀어나온 것은 말이 아닌 신음이었다. 그는 건조한 눈을 동그랗게 뜬 채 짐승처럼 신음하는 그녀의 등을 쓰다듬었다.

"그, 그 사람이 말했어요. 나는 특별하다고……."

나츠의 목소리가 강풍을 향해 말하듯이 떨리는 것은 치밀어 오르는 화를 억누르고 있었기 때문이다.

"사랑한다고 말하라고…… 나한테 억지로 그렇게 말하라고 해 놓고……."

"으음……."

"그 사람도 나를 사랑한다고 했어요. 좋아한다고. 그 사람 정말로 그렇게 말했다니까요."

"……."

"얼마든지 기대도 좋다고, 이런 연애는 정말 오랜만이라고, 내가 자기한테 힘이 된다고, 자기는 기꺼이 내 발판이 되어 주겠다고…… 아, 정말 우습네요. 그건 다 나를 꼬드기기 위해 한 말이었나요? 그 말을 곧이곧대로 믿은 내가 멍청한 여자였나요?"

"……."

"어떻게 나를 이런 식으로 내팽개치는 거죠? 나는 진심으로 사과했는데 왜 만회할 기회를 주지 않는 거죠? 내가 어린아이처럼 응석을 부려서요? 관계가 더 깊어지면 성가실 것 같아서요? 그건 아니죠. 연애는 원래 성가신 거잖아요. 아니면 두 사람 사이의 관계를 연애라고 생각한 건 나뿐인가요? 처음부터 단지 섹스만 할 생각이었다면 그런 식으로 말하지 말았어야죠. 농담으로라도 그렇게 말하면 안 되죠."

"으음……."

이와이가 나츠를 꼭 끌어안고 등을 쓰다듬었다. 괴로우면 다 토해 내라고, 위 속의 내용물을 전부 토해 내라고 재촉하듯이 계속 등을 어루만졌다.

이윽고 나츠가 피식 웃으며 말했다.

"그러고 보면 그 사람도 지극 정성이네요. 일시적 만남을 위해 그렇게 많은 메일을 보냈으니. 장사에는 소질이 없는 것 같아요. 수익에 비해 투자한 게 너무 많으니까요."

"그런 건 아냐."

이와이가 쓰다듬던 손을 멈추고 단호하게 말했다.

"그런 건 절대 아냐. 그가 무슨 생각을 하는지는 모르겠지만 이것만은 분명해. 당신에게는 그렇게 해서라도 손에 넣어 보고 싶은 뭔가가 있어. 그건 내가 누구보다 잘 알아."

그것뿐이다. 그가 단지 그렇게 이야기했을 뿐인데 느닷없이 봇물 터지듯 눈물이 솟구쳤다. 깊숙한 곳에서 솟아난 짭짜름한 액체가 눈으로 따갑게 스며들었다.

"그 사람이 너무한 거죠? 내게 너무 심했던 거죠?"

"응."

"아, 정말 짜증 나는 사람이에요. 완전 저질이에요."

"그래도 좋아하잖아……."

"그래요, 정말 좋아했어요."

한번 소리 내어 울기 시작하자 멈출 수가 없었다.

이와이는 옆집에 들릴 정도로 큰 소리로 울어 대는 나츠를 끌어안고 '괜찮아, 괜찮아' 하고 나지막이 중얼거리며 오랫동안 등을 다독여 주었다.

　"선배는 말이에요……."

　"응?"

　"선배는 너무 다정한 사람이에요."

　나츠는 이와이의 맨가슴에 턱을 올려놓은 채 중얼거렸다. 그가 땀이 식은 그녀의 어깨 위로 담요를 덮어 주며 쓴웃음을 지었다.

　"좀 그렇지."

　"정말 모르겠어요. 왜 그렇게 나한테 다정한지."

　이와이가 잠깐 생각에 잠기더니 말했다.

　"그야 우리는 연인이기 이전에 친구니까."

　예상치 못한 그 대답에 또 눈물이 나오려 했다.

　나츠가 아무런 대꾸도 하지 않자 이와이가 말했다.

　"사실은 나보다 당신이 더 다정한데."

　"난 아니에요. 다정한 게 아니라……."

　나츠는 눈을 내리깔고 이와이의 오목한 쇄골을 쳐다보며 나지막이 한숨을 내쉬었다.

　"뭐랄까, 일종의 금기 같은 거예요."

　"금기? 무슨 금기?"

　"선배가 그날 밤에 그랬잖아요. 내가 남을 욕하기 싫어하는 건 예전부터 잘 알고 있었다고, 참 대단하게 생각한다고. 그런데 그건 좋아하거나 싫어하는 문제가 아니에요. 단지 내 안에서 자동적으로 강한 브레이크가 작동하는 것뿐이에요."

"브레이크라……."

"나도 물론 누군가를 욕하거나 누군가에게 반발하고 싶을 때가 있어요. 하지만 결국은 그것을 입 밖에 내거나 몸으로 표현하는 게 더 고통스러우니까 입을 다물어 버리죠. 내 의견을 관철시키려고 남하고 대립하는 것도 피곤하고요. 일할 때는 어쩔 수 없이 그러기도 하지만 평소에는 못하겠더라고요. 어떤 종교적인 금기 같은 게 강하게 브레이크를 거는 거예요."

으음, 하고 이와이가 신음했다.

"그게 대체 뭐지?"

나츠가 약간 뜸을 들이다가 대답했다.

"나도 곰곰이 생각해 봤는데, 그중 한 가지는 어머니의 가정교육 때문인 것 같아요."

"어머니가 그렇게 엄격하셨어?"

"좀 심하셨죠. 가정교육이라기보다는 거의 공포 정치에 가까웠어요."

나츠가 눈을 치뜨며 말을 이었다.

"철이 들 무렵부터 결혼해서 출가할 때까지 어머니의 뜻을 거스른 적이 거의 없어요. 무심코 말대답이라도 하면 가차 없이 손이 뺨으로 날아왔기 때문에 아무런 대꾸도 하지 못했어요. 때로는 아주 다정하기도 했지만, 감정 기복이 좀 심한 편이었죠. 그러다 보니 기분이 좋아

보여도 언제 또 돌변할지 몰라 항상 마음이 불안했어요. 어린 시절에 몸에 밴 공포심은 성장한 뒤에도 그대로 남아 있잖아요. 그래서인지 반항기조차 거의 없었어요."

"반발심은 생기지 않았어?"

"반발해 봐야 나만 손해인걸요."

"그러니까 반항조차 할 수 없을 만큼 두려웠다는 건가?"

나츠가 순순히 고개를 끄덕이자 이와이는 신음했다.

"그런 말을, 그 사람한테도 했어?"

"누구요? 아, 그 음란한 노인네."

이와이가 피식 웃었다.

"응."

"대충 이야기했죠. 한창 빠져 있을 때."

시자와는 한동안 긴 메일을 정신없이 주고받았다. 지금 돌이켜 보면 대단한 열정이었다.

"어머니의 애정을 의심해 본 적은 없지만 어쨌든 평소에는 아주 무서웠어요. 그래도 내가 학교에서 작문으로 칭찬 받거나 연극의 주인공을 맡았을 때는 무척 대견해하시더군요. 그래서 나쁜 모습은 숨기고 남에게 욕하지 않는 착한 아이인 척하며 계속 지냈는데…… 그게 어느새 본래의 내 모습처럼 되어 버렸어요. 얼굴에 쓴 가면이 찰싹 달라붙어 벗겨지지 않는 느낌이에요."

이와이는 말없이 고개를 끄덕였다. 어느새 옆으로 몸을 세운 채 팔꿈치로 머리를 받치고 있었다.

"그 음란한 노인네는 그것에 대해 뭐라고 해?"

"내가 아직도 여전히 '엄마의 딸'이래요."

"엄마의 딸?"

"네, 어른이 된 뒤에도 어머니의 지배에서 벗어나지 못하는 딸이라는 거죠. 거역하지 않고 순순히 복종하거나 과감히 반발하거나 둘 중 하나겠죠. 어느 쪽이든 어머니에게 지나치게 얽매여 있다는 점에선 마찬가지겠지만. 그런데 그 사람 말로는 그런 여자가 의외로 많다던데요. 여배우나 창녀 중에도 그런 여자가 많대요."

"……"

"흔한 일이라니 자존심이 상하긴 하지만…… 어쨌든 여자에 대해 잘 아는 사람의 말이니까 맞겠죠."

나츠가 피식, 쓴웃음을 지었다.

잠시 말없이 마룻바닥 쪽을 바라보고 있던 이와이가 입을 열었다.

"이제야 좀 알 것 같네."

"무엇을요?"

"당신에 대해서. 사실은 이제까지 도무지 이해할 수가 없었거든. 당신 같은 사람이, 그러니까 사회에서 번듯한 직업도 갖고 있고 업무 상대에게는 자기 의견을 확실히 말하는 사람이 왜 집에서는 그렇게 남편에게 말 한마디 제대로 못했는지 말이야. 당신이 왜 그렇게 남편을 두려워하는지 몰랐거든. 남편이 폭력을 휘두르는 것도 아닌데."

"전에도 교코 씨한테 비슷한 이야기를 들은 적이 있는데, 대부분의 사람들이 다 그렇지 않나요?"

"그건 아니지. 공처가인 남자는 흔하지만, 우리 세대에서 나이 차이도 별로 안 나는 부부 사이에 그렇게 남편을 무서워하는 여자는 흔치 않거든. 나도 아내와 거의 대등한 관계이고. 더구나 당신 집에서는 솔직히 당신이 돈벌이를 하고 있잖아. 당신이 좀 더 강하게 나가도 될 텐데 오히려 쇼고 씨가 당신을 절대적으로 지배하고 있었어. 왜 그렇게 된 걸까, 대체 뭐가 그렇게 무서운 걸까, 하고 늘 궁금했거든. 그런데……."

이와이가 몸을 옆으로 세우고 나츠를 내려다보며 말을 이었다.

"당신 이야기를 들으니 의문이 좀 풀리네. 귀에 거슬리긴 하지만, 그 음란한 노인네의 말이 맞는 것 같아. 당신은 아직도 어머니의 지배에서 벗어나지 못하고 있어."

"그런지도 모르죠. 그런데 어머니하고 떨어져 지낸 지도 꽤 오래되었는데 왜 아직도 그런 관계를 끊지 못하는 걸까요?"

나츠가 미간을 좁히며 중얼거렸다.

"그건 별 상관이 없어. 당신이 종교적인 금기 같은 거라고 했는데 맞는 말 같아. 금기와 공포는 원래 떼어 놓고 이야기할 수 없잖아. 습관이라는 것도 무의식에까지 배어들기 때문에 습관인 거고. 아직도 당신은 어떻게든 착한 모범생이 되어야 한다는 강박 관념에 사로잡혀 있어. 그러니까 누군가가 위에서 꽉 누르면 반사적으로 몸을 웅크리며 복종하는 거야. 아닌가?"

이와이는 단숨에 말하고는 입을 다물었다. 그러고는 자그마한 눈으로 대답을 재촉하듯 나츠를 가만히 쳐다보았다. 나츠는 말없이 시선을 피했다.

"이런 말을 하면 또 재미없다고 할지 모르겠지만 사실은 내 아내도 그래."

"뭐가요?"

"내 아내도 '엄마의 딸'이야."

"네?"

"당신의 경우와는 좀 다르지만 말이야. 아내는 두려워한다기보다는 어머니를 뛰어넘으려고, 자기 어머니처럼 되지 않으려고 필사적으로 발버둥을 치다가 제풀에 지쳐 버리는 것 같아. 자신이나 타인에게 좀 더 너그러워도 괜찮지 않을까 싶은데 말이야. 가끔 충고를 하는데, 아내 자신도 잘 알면서 쉽게 고쳐지지 않는 모양이야. 가만히 바라보고 있으면 가엾은 생각이 든다니까. 그런데 뭐랄까……"

이와이가 숨을 깊게 들이쉬고는 짧게 내뱉었다.

"가만히 보면 어머니가 딸에게 미치는 영향이 정말 큰 것 같아. 거의 속박에 가까울 정도로."

나츠가 쓴웃음을 지었다.

"그건 그래요. 그런데 '엄마의 딸'뿐만이 아니라 '아빠의 아들'이라는 것도 있잖아요."

"그렇지. 그리고 '아빠의 딸'이나 '엄마의 아들'의 고민도 있겠지. 그러고 보니 나도 '엄마의 아들'에 해당하는 것 같네."

"어, 그거 버나드 쇼 아니었나요?"

"응? 뭐가?"

"가정은 소녀의 감옥이자 부인의 감화원이라고 말한 사람이오."

"글쎄, 잘 모르겠는데. 그럴듯한 이야기 같네."

어느새 이와이의 손이 나츠의 볼을 부드럽게 어루만지고 있었다. 그가 건성으로 대꾸한 것도 그 때문인 것 같았다. 나츠는 그의 손바닥에 볼을 바싹 들이댔다. 응석을 부리는 다마키처럼 코끝과 이마를 비벼 댔다. 의도한 대로 이와이의 눈빛이 남자답게 변해 가는 것을 보자 조금은 우쭐한 기분이 되었다.

그의 따스하고 촉촉한 손에 입을 맞춘다. 그의 입에서 한숨이 새어 나온다. 곧이어 그녀의 입술이 서서히 그의 손끝으로 옮겨 가더니 가운뎃손가락을 입 속 깊숙이 집어넣는다. 그의 한숨이 낮은 신음 소리로 바뀐다. 울퉁불퉁한 손가락을 혀로 휘감는다. 약간 짭짜름하다. 가볍게 빨아 대며 입으로 피스톤 운동을 한다. 노골적으로 섹스를 연상시키는 행위를 반복하면서 황홀해하는 그의 얼굴을 쳐다보며 눈웃음을 짓는다.

"아아, 나츠."

그가 손가락을 빼내더니 그녀의 머리를 움켜잡고 깊숙이 키스한다. 그녀에게 보답하듯 혀를 힘껏 빨아 댄다. 혀가 빠질 것처럼 아프다. 그녀의 신음에도 그는 쉽게 놓아 주지 않는다. 이빨로 아랫입술을 깨물고, 턱과 목을 깨물고, 아래로 더 내려가 볼록한 젖꼭지를 깨문다. 아, 하고 신음하며 들어 올린 허리 밑으로 그가 팔을 쑥 집어넣고는 강하게 끌어안는다.

그가 혼잣말처럼 중얼거린다.

"나츠…… 아아, 나츠……."

"네에?"

"어떡하지?"

"무엇을요?"

"미리 말해 두지만, 나는 아내를 사랑해."

"알아요."

"그런데…… 아아, 이거 어떡하지?"

"뭘 어떡해요?"

"당신을 안고 있으면 기분이 너무 좋아."

그 순간 뭐라 말할 수 없는 환희가 등줄기를 타고 내려와 몸이 바르르 떨렸다. 색다른 쾌감이었다. 아내만큼 사랑하지는 않는다, 단지 당신의 육체에 빠져 있을 뿐이다. 그 말에 이렇게 기뻐하다니. 아니, 오히려 그게 더 낫다.

이와이에게 잘해 주고 싶어졌다. 그녀는 이와이와 위치를 바꾸어 그의 몸 위에 엎드린다. 조금 전부터 그가 해 주었던 것을 그대로 충실히 따라한다. 지금까지 나츠가 사귀었던 남자들 중에서 이와이가 쾌락에 대해 가장 솔직하다. 목소리를 죽이지 않는다. 느끼는 대로 반응한다. 때리면 울리는 그 반응에 그녀도 즐겁다. 손길 하나하나에 민감하게 반응하는 것을 보니 마치 자신이 남자가 되어 그를 끌어안고 있는 것 같다.

혀로 몸 구석구석까지 집요하게 핥는다. 윤기가 없는 푸석푸석한 살갗이 왠지 어루만지고 싶을 정도로 사랑스럽다. 빼빼한 몸에 팔다리만 길쭉한 그이지만 나이에 걸맞게 배가 조금 나왔다. 그 밑의 수풀에는 흰 털이 몇 가닥 섞여 있다. 이것도 새치라고 해야 하나. 그러고 보니 이제 흰머리가 날 나이네.

아무래도 상관없는 일들을 생각하면서 우스꽝스러울 정도로 뻣뻣하게 일어선 물건에 손을 대자 그의 입에서 신음이 새어 나왔다. 그와 동시에 끝부분이 별개의 생물처럼 튀어 올라 그녀의 볼을 때렸다. 숨이 거칠어지면서 자연스레 그 끝을 입에 머금었다. 그의 신음 소리가 들뜨고 허리가 솟구쳤다.

그녀의 촉촉해진 음부도 꿈틀거린다. 가슴이 팽팽히 부풀어 오른다. 정복하고 싶은 욕망과 정복당하고 싶은 욕망이 충돌하면서 자궁 안쪽에서 마구 회오리친다. 그녀가 본능을 참지 못하고 양쪽 허벅지를 서로 비벼 대자 이와이가 손을 뻗는다. 그의 손놀림에 목구멍에서 이상야릇한 신음 소리가 새어 나온다. 길쭉한 손가락을 천천히 밀어 넣어 안에서 구부린다. 마치 고리를 걸어 밖으로 끄집어내려는 듯이.

그녀는 거친 숨을 내쉬며 무릎을 구부렸다. 간드러진 콧소리가 새어 나온다. 엉덩이가 수컷을 유혹하는 암컷 고양이처럼 저절로 천장을 가리킨다. 문득 분한 생각이 들어 그의 물건에서 입을 떼고 일부러 심술궂게 말했다.

"그런데요, 이걸 입에 넣으면 꼭 그 맛이 나요."

그러고는 글루탐산으로 만든 화학조미료의 이름을 대자 그가 잠깐 뭔가 상상하는가 싶더니 이내 얼굴을 찡그렸다.

"입에 넣었을 때만 그래?"

"네, 여기 이 얇은 피부에서 그런 맛이 나는 것 같아요."

그는 약간 복잡한 표정으로 끄응, 하고 신음했다.

"그럼 마, 마지막에 나오는 그것은?"

"으음, 글쎄요."

다시 무의식적으로 그의 물건을 입에 넣고는 눈을 치뜨고 생각에 잠긴다. 그가 그 모습에 웃음을 터뜨리며 그녀의 머리카락을 장난스럽게 흩뜨린다.

그녀가 다시 입을 떼고 말했다.

"굳이 비유하자면……."

"잠깐!"

"왜요?"

그가 미안한 표정으로 말했다.

"아무래도 모르는 게 낫겠어."

6

요전에 리포터를 맡았던 텔레비전 프로그램이 가와모토 프로듀서가 말했던 것처럼 좋은 평가를 받았는지는 알 수 없었다. 그러나 그 이후로 텔레비전이나 이벤트에 출연해 달라는 요청이 조금씩 들어왔다.

나츠도 이제는 예전처럼 대본 청탁이 아니라고 무조건 거절하진 않았다. 앞날을 내다볼 때 의미가 있거나 또는 의미가 없더라도 흥미가 있는 경우에 한해서지만, 사이타마에서 지낼 때에 비하면 상당히 적극적으로 외부 세계에 다가가고 있었다. 자기 일을 스스로의 의지로 선택할 수 있다는 것, 그것은 프리랜서의 묘미이자 두려움이었다.

'이제 슬슬 자유로워져야지. 그럼 절실히 깨닫게 될 거야. 그동안 일정 부분을 책임진 남편 덕분에 얼마나 편하게 지냈는지를 말이야.'

나츠는 오래전에 시자와가 메일로 들려준 그 말을 요즘 자주 떠올렸다. 물론 쇼고가 방파제가 되어 주고 때로는 악역을 맡아 준 덕분에 자신은 안전한 보금자리에서 편히 지낼 수 있었던 것도 사실이다. 일상생활의 자질구레한 일도, 인간관계의 불화도 모두 남편이 떠맡아 주었기에 집필에 전념할 수 있었는지도 모른다.

"으음, 그래도 그런 생각은 하고 있었네."

쇼고가 신호 대기 중인 차 안에서 말했다.

남편의 말투에 빈정대는 느낌이 없어 나츠도 순순히 대꾸했다.

"당연하죠. 진심으로 그렇게 생각해요."

조수석 시트에 기대고 있는 나츠의 귀에 크리스마스 캐럴이 들려왔다. 교차로 앞에 우뚝 솟은 상가 빌딩도 그 앞으로 길게 뻗은 가로수 길도 수많은 조명들로 장식되어 있었다. 요즘에는 따뜻한 색의 전구보다 열기가 느껴지지 않는 흰색 LED 램프가 유행인 것 같다. 그러고 보니 드라마의 흐름도 점점 차분한 분위기로 흘러가고 있었다.

신호등이 파란색으로 바뀌자 쇼고가 기어를 넣었다.

"저녁밥은 어쩌지?"

"어디서 먹고 들어갈까요?"

나츠가 전방을 주시한 채 말을 이었다.

"아니면 그냥 집에 들어가서 배달시킬까요?"

"아무래도 상관없는데, 항상 그렇게 배달시켜 먹는 거야? 영양 불균형이 심해질 텐데."

"늘 그런 건 아니에요. 혼자 있을 때는 나름대로 이것저것 해 먹기도 해요."

"그런가?"

쇼고가 핸들을 꺾으며 씩 웃었다.

"왠지 믿기지가 않는걸. 당신이 요리를 하다니."

"전에도 잘했잖아요."

"언제?"

"당신이 일을 그만두기 전에요."

"그랬나?"

그랬나라니? 그게 아니면 대체 그 무렵에 누가 밥을 하고 빨래를 했다는 말인가? 기분은 약간 상했지만 그 뒤로 집안일을 모두 떠맡은 쇼고에 비하면 대단한 일이 아니었기에 더 이상 대꾸하지 않았다.

오후에 쇼고와 외출했다. 그가 집으로 데리러 오기를 기다렸다가 함께 외출한 것은 연애 시절 이후로 처음이었다. 물론 집을 뛰쳐나온 뒤로 남편과 단둘이 외출한 것도 처음이었다. 두 사람을 잘 아는 지인의 부탁이라서 거절하지 못하고 오랜만에 셋이 모여 두 시간쯤 이야기를 나누었다.

쇼고가 운전하면서 말했다.

"솔직히 좀 놀랐어. 당신 입에서 그런 심한 말이 튀어나오다니."

"우리와 의논하고 싶어서 일부러 불러낸 거잖아요. 그러니까 할 말은 분명히 해 주어야죠."

"그건 그렇지만 왠지 좀……."

"뭐요?"

쇼고가 잠깐 머뭇거리더니 조심스럽게 말했다.

"당신이 어딘가 좀 변한 것 같아."

나츠보다 다섯 살 적은 미치코는 예전에 쇼고와 함께 일했던 직원이었다. 다른 제작진과 함께 집에 자주 놀러 왔는데 처음부터 나츠를 언니라고 부르며 잘 따랐다. 그녀는 쇼고보다 조금 늦게 회사를 그만두었다. 그 뒤 전부터 갖고 있던 자격증을 활용해 자폐아 시설에 근무를 했고 재작년인가 체험을 바탕으로 쓴 수기를 논픽션 부문에 응모해 상을 받았다. 출판사와 텔레비전 방송국이 일반인을 대상으로 주최한 공모전으로, 그녀의 작품은 단행본으로 출간되고 드라마로까지 만들어졌다. 그리고 출판사로부터 속편을 청탁 받았는데 도무지 쓸수가 없었다. 아니, 쓰기는 했지만 원고를 출판사에 보냈다가 보기 좋게 퇴짜를 맞았다. 미치코는 무엇이 잘못되었는지 모르겠다면서 얼마전에 쇼고와 나츠에게 원고 사본을 보내 왔던 것이다.

'여러모로 바쁘시겠지만 원고를 읽어 보고 잘못된 부분을 알려주세요.'

나츠는 바쁘기도 하고 귀찮기도 했지만 그녀의 부탁을 차마 거절할수가 없었다. 원고를 읽어 보았다. 시시했다.

"나도 읽어 봤는데 별 재미는 없더군."

앞 차의 후미등에 빨간불이 켜졌다. 쇼고가 조심스럽게 브레이크를 밟았다.

"그런데 그 말은 좀 지나친 것 아닌가?"

"어떤 말이오?"

"당신이 앞으로 계속 이런 식으로 안전하게 나갈 생각이라면 차라리 글을 쓰지 않는 게 낫다고 했잖아."

"그리 심한 말은 아닌 것 같은데요."

"내가 보기엔 별 문제 없는 원고던데. 아까 당신이 구체적으로 지적해 준 부분들을 조금만 손을 보면 말이야. 문장 자체는 괜찮은 것 같

아. 그 녀석이 쓰려는 게 논픽션이니까 이야기를 일부러 지어낼 필요도 없겠지. 그런 일을 하다 보면 쓸 만한 소재가 많을 텐데 여기서 그만두긴 아깝잖아."

나츠가 양미간을 좁혔다.

쓸 만한 소재?

"소재만으로는 안 된다니까요."

나츠는 전방을 주시하며 말을 이었다.

"아무리 소재가 풍부해도 그중에서 정말로 좋은 소재를 선택하는 안목과 요리하는 솜씨가 부족하면 접시에 제대로 된 완성품을 올려놓을 수 없어요. 물론 소재도 중요하지만, 어디를 어떻게 잘라 내고 어느 각도로 빛을 비출 것인가가 더 중요해요. 그런 의미에서 보면 미치코가 쓰려는 논픽션은 내가 쓰는 대본이나 희곡하고 별다를 게 없어요. 아니, 똑같다고 봐야죠."

옆에서 쇼고가 심각한 표정으로 고개를 끄덕였지만 나츠는 그쪽으로 고개를 돌리지 않았다. 그는 그녀의 말을 모두 이해한다고 생각해서 고개를 끄덕였겠지만 정말 중요한 부분은 모르고 있었다. 그러니까 미치코의 밋밋하고 단조로운 원고를 조금만 손질하면 된다는 식으로 말한 것 말이다. 작품을 쓴다는 건 그런 게 아닌데. 나츠는 새삼스레 답답한 생각이 들었다.

픽션이든 논픽션이든 남들에게 뭔가를 이야기하려면 그와 관련된 재능이 필요하다. 문장력은 필요하지만 그것만으로 다 되는 것은 아니다. 물론 계산도 필요하지만 그것만으로 글을 쓸 수 있는 것은 아니다. 나츠는, 오만한 발상인지는 모르겠지만, 글을 잘 쓰는 사람과 그렇지 못한 사람은 명확히 구분된다고 생각했다. 글을 잘 쓰는 사람은 그냥 내버려 둬도 잘 쓰고, 그렇지 못한 사람은 아무리 조언을 해도 제대로 쓰지 못한다. 그 수준은 눈 뜨고 봐줄 수 없을 정도다.

시자와의 의견에 동조하는 것은 아니지만, 사실 '쓸 수 있다'는 것은 은총이라기보다 형벌에 가까운 일이다. 무엇을 보든 무엇을 느끼든 언어로 표현하지 않고는 직성이 풀리지 않는다. 글을 쓰면 피투성이가 된다는 것을 알면서도 쓰지 않고는 견디지 못하는 저주 받은 운명.

'어딘가 좀 변한 것 같아.'

그럴지도 모른다. 하지만 변할 수밖에 없지 않은가. 스스로를 한 계단 높은 곳에 올려놓은 채 남도 자신도 상처 입지 않는 것만 쓴다면 대체 뭐가 되겠는가. 비단 미치코뿐만이 아니다. 그녀 자신도 얼마 전까지는 그런 식이었다.

말없이 창밖을 내다보고 있자니 어느새 차가 나츠의 집 앞에 도착했다. 공영 주차장은 빈 곳이 없어 노상 주차장에 차를 세우고 파킹 미터기에 동전을 넣었다. 삼백 엔으로는 한 시간밖에 주차할 수 없었는데 시간은 그 정도가 적당했다. 적어도 지금은 그와 한 시간 이상 함께 지내고 싶은 마음이 없었다.

쇼고가 지갑에서 꺼낸 동전 중에 백 엔짜리는 하나밖에 없었다. 나츠는 그가 당연한 듯이 내민 손바닥 위에 백 엔짜리 동전 두 개를 올려놓았다. 기분이 씁쓸했다. 물론 이백 엔이 아까워서가 아니었다. 단지 순간적으로 깨달았을 뿐이다. 그동안 그와 얼마나 마음이 멀어졌는 지, 그리고 스스로가 그와의 생활을 얼마나 별개로 생각하고 있는지. 아주 짧은 순간에 겨우 이백 엔으로 그런 사실을 깨달은 것이다.

관리실을 지나쳐 엘리베이터로 향했다. 최근에 이와이와 자주 이용 하는 엘리베이터를 타고 올라가면서 이와이와 쇼고가 맨션 앞에서 우 연히 마주치는 모습을 상상해 보았다. 일어나서는 안 될 상황을 머릿 속에 떠올리는 순간 아랫배가 오그라드는 느낌이었다. 그와 동시에 약간의 성적 흥분도 일었다.

요즘 들어 한동안 이와이를 만나지 못했다. 벌써 닷새가 넘었다. 그는 일이 바빠 시간을 내지 못하고 있었다. 그래서인지 지금 이렇게 서 있기만 해도 양쪽 허벅지를 비벼 대고 싶을 정도로 성적 욕구가 일었다.

집에 들어서자 쇼고는 구두를 벗으면서 장난스럽게 말했다.

"다녀왔어!"

그의 큰 목소리에 깜짝 놀랐는지 자고 있던 다마키가 침대에서 뛰 어내려 그늘진 곳으로 숨었다.

전화로 피자를 주문하고 기다리는 동안 포트에 물을 끓여 커피를 탔다. 외출하기 전에 이와이의 흔적이 남아 있지는 않은지 꼼꼼히 체 크했지만, 왠지 자꾸 신경이 쓰여 슬며시 집 안 구석구석으로 시선을 보냈다. 식기 건조대에 머그잔 두 개가 사이좋게 나란히 엎어져 있는 것이 눈에 띄었다. 혹시라도 그것에 대해 궁금해하면 교코가 다녀갔다고 하면 될 것이다.

나츠는 자신이 '시치미 떼기'에 능숙하다고 생각했다. 예전에 쇼고도 농담 섞인 말투로 이렇게 말한 적이 있다.

"배우 지망생이었다더니 역시 다르군. 평소와 다름없는 얼굴로 천연덕스럽게 거짓말하는 걸 보면 무섭다니까."

이윽고 피자가 왔다. 두 사람은 카펫 위에 앉아 조그만 유리 탁자를 사이에 두고 말없이 피자를 먹었다. 쇼고는 피자를 다 먹고 나자 잠깐 쉬어야겠다며 바닥에 드러누웠다. 그가 안경을 벗어 유리 탁자에 탁 올려놓자 가슴이 뜨끔했다. 그 자리에 이와이가 있는 것 같았다. 다마키는 여전히 그늘에 숨어 있었다. 쇼고가 돌아갈 때까지 계속 숨죽이고 있을 모양이다.

쇼고가 갑자기 입을 열었다.

"저기, 부탁이 있는데."

반사적으로 몸을 사리면서 뭐냐고 묻자 천장을 바라보고 있는 그의 목젖이 아래위로 크게 움직였다.

"내가 팔베개해 줄 테니까 이리 와."

"……네?"

"어서 이리 와 봐. 사양할 필요 없어."

쇼고가 다시 한 번 재촉했다.

나츠는 어떻게 해야 할지 몰라 바닥에 누워 재촉하는 그를 멀거니 바라보았다. 지금 나한테 부탁이 있다고 하지 않았나? 무릎을 베게 해 달라는 거라면 몰라도 팔베개를 해 준다는 것은 무슨 의미인가?

"그걸 부탁이라고 하나요?"

"아무렴 어때."

농담 섞인 말투와 달리 목젖이 신경질적으로 실룩거렸다. 그는 긴장하면 그렇게 목젖을 실룩이는 버릇이 있었다.

나츠는 잠시 망설이다가 그의 곁으로 조심스럽게 다가가 옆에 나란히 누웠다. 그리고는 검은 카펫 위에 늘어뜨린 그의 왼팔에 살며시 머리를 올려놓았다. 옆으로 눕지 않고 천장을 바라본 채 누워 거리를 두었지만, 쇼고가 나츠 쪽으로 돌아누워 오른팔로 끌어안았다. 그녀는 저항하지 않았다. 물웅덩이에 담긴 걸레가 흙탕물을 빨아들이듯 옆에 있으니 그의 감정이 그대로 스며들어 몸도 마음도 무거워졌다.

이 사람은 이렇듯 외로운 것일까. 나츠는 자신이 집을 나온 이후 자유를 만끽하는 것은 아내인 자신뿐이고 남편은 시간이 흐를수록 시들어 가고 있다는 생각이 들었다. 사이타마의 그 넓은 집에서 혼자 지내면서 매일 하는 일이라고는 밭을 일구고 닭과 개를 돌보는 것뿐이다. 그녀가 이미 모든 거래처에 연락해서 자기에게 직접 의뢰하도록 해 놓았기 때문에 그는 당장 할 일이 없다. 한 개인으로서 바깥세상에 나아갈 기회가 거의 없는 셈이다.

끌어안은 팔에 서서히 힘이 들어갔다. 쇼고가 눈을 감은 채 긴 한숨을 내쉬었다. 하지만 외로운 것은 나츠도 마찬가지였다. 특히 오늘은 더욱 사람이 그리웠다. 이와이 때문인 것 같았다. 일이 바쁜 것은 어쩔 수 없었다. 하지만 마음만 먹으면 올 수도 있었다. 그저께는 그에게 집에 들르겠느냐고 묻자 계속 대답을 미루다가 밤 1시에 메일 한 통을 보냈다.

'몸이 녹초가 되었네. 미안해. 아무래도 오늘은 그냥 집에 가서 쉬어야겠어.'

꼭 안아 주지 않아도 된다, 아무것도 하지 않아도 좋으니까 여기서 잠시 쉬었다 가는 건 어떠냐고 물어봤지만 돌아온 대답은 '미안'이라는 한마디였다. 그쯤 되자 나츠는 또 짜증스러울 정도로 착한 척하는 내용의 메일을 보낼 수밖에 없었다.

그러니까 이와이가 어젯밤에도 찾아오지 않은 것은 나츠의 자업자득이라고 할 수 있었다. 정력이 남아도는 십대나 이십대와는 달리 이와이 정도의 나이가 되면 1주일쯤 섹스를 하지 않아도 별다른 지장은 없을 것이다. 하지만 여자의 성욕은 남자의 그것과는 근본적으로 다르다. 나이가 들수록 성욕이 시들해지는 것은 아니다. 오히려 나츠는 시간이 갈수록 성욕이 더 강해지는 것 같았다.

나츠는 자기 내부에서 성적 욕구가 움텄던 유치원 시절의 그날을 선명히 기억하고 있다. 그것이 어떤 의미인지도 모른 채 사타구니를 만지작거리다가 어머니에게 호되게 야단을 맞았다. 그 모습을 두 번째 들켰을 때는 길길이 날뛰는 어머니가 무서워서 오줌을 지렸다. 어머니는 집안 주치의의 이름을 들먹이면서 또 그런 짓을 하면 선생님한테 전화해 다리를 잘라 달라고 하겠다고 으름장을 놓았다.

하지만 나츠는 그런 행위를 멈추지 않았다. 어머니의 눈을 피해서 밤마다 그 행위를 반복했다. 중학교와 고등학교 시절에는 스스로 억누르기 힘들 정도로 욕구가 강해졌다. 거의 매일, 아니 하루에 몇 번이나 몸 안쪽의 어두운 곳에 사는 괴물이 먹이를 달라고 울부짖었다. 그 괴물을 잠재우기 위해서는 그곳으로 손을 뻗을 수밖에 없었다. 그렇게 자위한 뒤에는 허무감이 밀려왔다. 외로웠다.

지금 이와이를 만나지 못해 외롭다고 느끼는 이 기분이 마음에서 우러난 것인지 몸에서 우러난 것인지는 알 수 없었다. 그 두 가지를 완벽하게 구분해서 생각하기는 어려웠다. 만약 마음만으로 만족한다면 시자와와의 만남을 그토록 갈망하지는 않았을 것이다. 반대로 육체적 관계만으로 충분하다면 언젠가 불렀던 그 출장 호스트와 가끔씩 만나는 것으로 어느 정도 만족할 수 있었을지도 모른다.

홍콩에서 함께 보낸 그날 밤 이후로 주로 육체적 외로움을 달래 주었던 이와이에게 요즘 들어 마음까지 원하고 있다는 것을 스스로도 느끼고 있었다. 그런 것까지 기대하면 안 되는 사이라는 것을 알고 있었지만 저절로 마음이 가는 것은 어쩔 수가 없었다. 이 세상에 이와이처럼 무조건적으로 받아 주는 남자는 없을 것이다. 시자와는 메일을 주고받을 때만 환상을 안겨 주었지만, 이와이는 몇 번을 만나도 전혀 변함이 없었다. 그래서 나츠는 마치 갓난아이가 엄마의 젖가슴에 매달리듯 이와이에게 긍정과 애정을 갈망하게 되었다. 그런 그를 만나지 못하니 이렇게 외로운 것이다. 외로움만큼은 자위로도 달랠 수가 없다. 그러니까 이 모양 이 꼴이다. 몸도 마음도 위로가 될 만한 누군 가의 체온을 간절히 원하고 있다. 이를테면, 그래, 그토록 벗어나고 싶었던 남편이지만 아주 잠깐 몸을 허락하는 정도는 괜찮지 않을까 생각할 정도로.

나츠에게서 뭔가 낌새를 알아차린 걸까. 쇼고가 또다시 팔에 살짝 힘을 주었다.

"이봐."

"네?"

"할까……?"

나츠는 아무런 대꾸도 하지 않았다.

"어때, 오랜만에 한 번 하는 거? 괜히 뺄 것 없어. 당신도 좀이 쑤실 텐데. 그냥 순순히 받아들여. 몸은 거짓말을 못한다니까."

기분이 묘했다. 예전에 부부 침실에서 똑같은 말을 들었을 때는 마음이 허전하고 서글펐는데 지금은 아무런 느낌이 없었다. 그의 말이 맞다. 지금은 끓어오르는 욕구를 가라앉히고 싶은 마음뿐이다.

나츠는 자리에서 일어나 곧바로 침대로 올라가 옷을 벗었다. 쇼고 가 어이없다는 표정으로 쳐다보았다.

"정말 할 거야?"

"싫으면 안 해도 돼요."

"아, 아니, 싫을 리가 있나. 그럼 실례 좀 할까."

그는 익살스럽게 말하고는 바스락거리며 옷을 벗고 이불 속으로 파고들었다. 이렇게 맨살을 맞댄 게 몇 달 만인가. 이불 속은 썰렁했지만 쇼고의 몸은 뜨거웠다.

나츠는 쇼고를 끌어안은 순간 그동안 그의 몸이 많이 마른 것에 놀랐다. 문득 이러면 안 되는데, 하는 생각이 들었다. 지난 몇 달간 남편이 반복적으로 후회하고 용서를 빌 때마다 가슴 안쪽에서는 이제 와서 무슨 소리냐며 계속 거부했지만, 이렇게 마른 등을 끌어안고 있으려니 더는 거부할 수가 없을 것 같았다. 조금씩 마음이 풀리는 것 같았다.

키스할 기분은 아니었기에 쇼고의 머리가 아래쪽으로 내려가자 마음이 놓였다. 순서는 바뀌지 않았다. 처음에 왼쪽 가슴을 30초쯤 핥고는 곧바로 오른쪽 가슴으로 옮겨 간다. 나츠는 천장을 올려다보며 생각했다. 저마다 섹스하는 방법도 제각각인 것 같다고. 시자와는 거추장스러운 정서를 완전히 배제하고 거침없이 끌어안는 것을 선호했다. 단순한 만큼 압도적인 지배력을 느낄 수 있었다. 그와 달리 이와이는 상대의 기분을 확인하면서 동작 하나하나에 충분히 시간을 들이는 정서적인 방법을 취했다. 그러고 보니 오드콜로뉴 냄새가 진한 그 출장호스트도 손놀림이 무척 부드럽고 세심했던 것 같다. 그에 비해 10년 남짓 함께 살았던 이 남자와의 섹스는……

쇼고가 오른쪽 젖꼭지를 다 빨고 다리 사이로 손을 뻗었다. 어, 벌써? 하고 나츠는 자기도 모르게 양미간을 좁혔다. 익숙한 상대에게 젖

가슴을 조금 빨린 것 정도로는 준비가 끝났을 리 없잖은가.

그때 쇼고가 탄성을 지르듯 말했다.

"와, 축축하네……."

"거짓말."

"거짓말 아냐. 흥건하게 젖었는걸. 이것 봐."

쇼고의 가운뎃손가락이 안으로 살짝 파고들자 입에서 신음이 새어 나왔다. 정말이었다. 그 정도로 간절했나 싶어 헛웃음이 나왔다. 그때 쇼고가 민감한 끝부분을 손가락으로 세게 문질렀다.

"아, 아프니까 좀 살살 해요."

그녀의 말에 손가락 힘은 줄어들었지만 통증은 여전했다.

"저기요. 거긴, 전에도 말한 것 같은데, 망막만큼이나 민감하거든요. 눈알을 손으로 막 비벼 대면 아프죠? 그것과 마찬가지라니까요. 그러니까 좀 살살 해요. 거의 닿을까 말까 할 정도로."

그녀는 꾹꾹 참으며 간신히 말을 내뱉었다.

그제야 그의 손가락 놀림이 가벼워졌다. 그녀는 몸에서 힘을 빼고 눈을 감았다.

그래, 바로 그거야.

신음 소리로 신호를 보내려는 순간 쇼고가 손을 떼고 나츠의 다리를 양쪽으로 벌렸다. 그러고는 곧바로 다리 사이에 허리를 들이밀었다.

"아, 아니, 좀 천천히……."

"괜찮아, 이렇게 축축한데 뭐."

"축축해졌다고 바로 할 수는 없잖아요."

"어째서?"

"나도 마음의 준비가 필요하니까요."

"괜찮아, 괜찮아. 금방 기분 좋아질 테니까."

심하다기보다는 어처구니가 없었다. 이쯤 되자 얼른 집어넣고 끝냈으면 싶었다. 그때 그가 침대 협탁으로 손을 뻗어 티슈 몇 장을 뽑더니 황급히 몸을 빼려는 나츠의 사타구니를 쓱 닦았다.

"아니, 왜요?"

"너무 미끄러운 것 같아서 말이야. 괜찮아, 어차피 당신은 금세 다시 축축해질 테니까."

그러고는 눈도 맞추지 않은 채 손으로 자기 물건을 잡고 입구를 찾았다. 그대로 침대 아래로 확 밀쳐 내고 싶었다. 그렇게 하지 않은 것은 나름대로 머릿속으로 득실을 계산했기 때문이다. 이런 어중간한 상태에서 내버려지면 견뎌 낼 자신이 없었다. 금방이라도 불이 붙을 정도로 뜨거워진 몸과 말짱하게 깨어 있는 머리, 그리고 상처를 입은 마음이 사방으로 뿔뿔이 흩어져 버릴 것 같았다.

이제는 아무래도 상관없었다. 이 섹스에서 성적 쾌감만 얻을 수 있다면 그것으로 충분했다. 그녀는 조급한 마음에 그가 잡고 있던 그의 물건을 낚아챈 뒤 다리를 크게 벌리고 허리를 힘껏 밀어 올렸다. 아프지는 않았다. 애액을 닦아 낸 만큼 질 내벽이 오므라들어 약간 뻑뻑한 느낌은 있었지만 이전 같은 통증은 느껴지지 않았다. 전체적인 사이즈는 이와이나 시자와를 능가하는데도 피스톤 운동에 저항이 거의 느껴지지 않는 것은 아무래도 그 생김새 때문인 것 같았다. 아아, 왜 이런 쓸데없는 생각을 할까. 지금 이 순간에는 오르가슴을 느끼는 데만 전념하고 싶다.

쇼고는 나츠의 동작에 맞춰 허리를 움직이면서 뭔가를 골똘히 생각하듯 눈을 지그시 감았다. 이것은 그의 버릇이었다. 남편의 버릇이라면 거의 다 알고 있었다. 그녀는 눈을 크게 뜨고 바로 위에 있는 얼굴을 올려다보았다. 양미간의 주름을 가까이에서 들여다보니 이미 멀어진 것에 대한 그리움이 밀려들었다. 섹스할 때의 그 표정과 상하로 움직이는 목젖이 사랑스러운 적도 있었는데.

그렇게 그리움에 젖어들 즈음 갑자기 강렬한 쾌감이 밀려왔다. 이제까지 얇은 막 저편에 있던 쾌감이 스위치를 약에서 강으로 전환한 것처럼 전면으로 쭉 빠져나와 그녀를 엄습했다.

이 남자와 연애하던 시절을 떠올린다. 그리고 일부러 이 사람과의 섹스는 이번이 마지막이라고 생각해 본다. 마지막이다. 다음은 없다. 이번이 정말로 마지막이다.

아아, 아아, 기분 좋아. 정말로 할 것 같아.

먼저 절정에 도달한 것은 쇼고였다. 나츠는 완전히 도달하지는 못했지만 그럭저럭 만족했다. 출발이 좋지 않아 별다른 기대를 하지 않았는데 의외로 큰 성취감을 맛볼 수 있었다.

쇼고가 거친 숨을 내쉬며 옆에 털썩 누웠다. 그러고는 티슈를 뽑아 자기 사타구니를 닦으면서 말했다.

"당신 말이야, 전에도 섹스할 때 이렇게 땀을 많이 흘렸었나?"

그녀는 내심 뜨끔했지만 시치미를 떼고 태연하게 대답했다.

"글쎄요, 제대로 느낄 땐 대부분 이랬던 것 같은데요."

"그런가? 만약 우리가 그대로 함께 지냈다면 이런 느낌을 맛보진 못했겠지?"

"이런 느낌이라니요?"

"뭔가 신선한 느낌 있잖아. 이렇게 잠시 떨어져 지내는 것도 나쁘지 않은 것 같군."

자동차가 경적을 울리며 도로를 달려갔다. 한 시간은 이미 오래전에 지나 버렸다. 어서 주차장에서 차를 빼야 했다.

"이제 그만 가 봐야죠, 주차 위반에 걸리기 전에."

나츠는 건성으로 대답하는 쇼고를 뒤로 한 채 침대에서 빠져나와 속옷을 입고 티셔츠에 머리를 집어넣었다.

"그런데 말이야."

쇼고가 등 뒤에서 말했다. 이어지는 말은 나츠가 예상한 그대로였다.

"언제쯤 집에 들어올 생각이야?"

나츠는 대답하지 않았다. 청바지에 다리를 집어넣고 벌떡 일어나 지퍼를 올렸다. 그 바람에 미지근한 액체가 흘러내려 속옷을 적셨다. 배 속 밑바닥에서 혐오감이 치밀어 올랐다. 지금 당장 욕실로 가서 남편의 흔적을 남김없이 씻어 내고 싶었다. 동시에 그와는 역시 무리라는 생각이 들었다.

"재촉하고 싶은 마음은 없지만 말이야."

"정말 미안한데요, 우리 헤어져요."

나츠는 침대 위의 쇼고를 가만히 내려다보았다.

제 5 장

(주위는 삽시간에 어두워지고 츠의 모습만 둥그런 불빛 속에 남는다.)

요효, 나의 소중한 요효, 어찌 된 일인가요? 당신은 점점 변해 가고 있어요.

어찌 된 일인가요? 저는 어찌하면 좋은가요?

당신은 제 목숨을 구해 주셨어요. 아무런 보답도 바라지 않고 그저 저를 가엾이 여겨 화살을 빼 주었어요. 그게 너무나 기뻤기 때문에 저는 당신을 찾아온 거예요.

그런데 웬일인지 당신은 저로부터 멀어져 가고 있어요. 점점 더 멀어져 가고 있어요. 어찌하면 되나요? 정말로 저는 어찌하면 좋은가요?

_ 기노시타 준지의 〈유즈루夕鶴〉 중에서

1

오카지마 교코와 만난 곳은 아자부주반의 로터리에 있는 어느 카페였다. 어느덧 3월로 접어들었지만 바깥 날씨는 아직 한겨울이었다. 두 사람 옆자리에는 핸드백과 두툼한 코트가 놓여 있었다.

교코가 담배를 입에 문 채 한쪽 눈을 가늘게 뜨고 말했다.

"단도직입적으로 말할게. 이거 아주 괜찮던데. 매우 에로틱하면서 약간 슬프기도 하고. 몇몇 장면에서는 소름이 돋더라고."

"정말이오?"

나츠가 안색을 살피듯 쳐다보자 교코가 잘라 말했다.

"난 빈말은 안 해."

그녀가 펼쳐 들고 있는 것은 며칠 전 나츠가 건네준 희곡 사본이었다. 아직 제목도 붙이지 않은 작품을 처음으로 교코에게 읽어 보라 건네준 것이다. 이와이에게는 아직 보여 주지도 않았다. 이 방면의 프로인 그에게는 최종 원고를 보여 주고 싶었다.

"그런데 용케 이런 걸 썼네. 이거 전래 동화인 〈두루미 아내〉를 바탕으로 쓴 거지?"

"네, 정확히 말하면 극작가 기노시타 준지의 〈유즈루〉죠. 어른을 위한 동화 같은 분위기의 연극을 쓰고 싶었거든요. 누구나 잘 아는 이야기를 모티프로 삼아서요. 〈미녀와 야수〉도 그리스 신화인 〈에로스와 프시케〉를 바탕으로 쓴 거잖아요."

교코는 고개를 끄덕이면서 희곡을 훌훌 넘겼다. 여기저기에 포스트 잇을 붙여 놓은 것이 역시 편집자다웠다. 희곡을 넘기던 교코가 손을 멈추고 말했다.

"난 이 부분이 좋더라고. 창가에서 종이컵 전화기로 이야기하는 부분 말이야."

"그럴 줄 알았어요."

이 희곡은 일본인 부잣집 도련님과 주롱 성채 출신인 젊은 창녀의 사랑 이야기다.

무역회사 사장의 아들인 교타로는 어느 날 술친구가 데려간 유곽에서 비쩍 마른 창녀 리카를 만난다. 그녀는 손님에게 인기가 별로 없다. 손님과 정사를 치를 때 제대로 느끼지 못하는 것을 겉으로 드러내기 때문이다.

나름대로 그 방면에 자신이 있던 교타로는 어떻게든 그녀가 제대로 느끼게 해 주고 싶었다. 그러다 보니 사랑이 싹트기 시작했다. 약간 무모하면서도 한결같은 교타로의 구애에 리카도 조금씩 마음의 문을 열었다. 마침내 그 문이 활짝 열릴 즈음, 아들의 방탕한 생활을 보다 못한 아버지가 그의 지갑을 빼앗고 외출을 금지시킨다.

교코가 좋다고 말한 대목은, 가까스로 집을 빠져나온 교타로가 무일푼 상태라서 유곽 안으로 들어가지 못하고 창문 밑에서 리카와 대화를 주고받는 장면이다.

리카가 골목에서 이층 창문을 올려다보는 교타로에게 종이컵 전화기를 내려준다. 언젠가 사소한 일로 말다툼을 했을 때 교타로가 리카의 마음을 풀어 주려고 만들었던 그 전화기다.

　"정말 기발하네. 종이컵 전화기로 텔레폰 섹스를 하다니 말이야."
　교코가 싱긋 웃었다.
　"좀 심한가요? 이런 건 무대와 객석이 가까운 소극장에서만 통하는 연출이라서 쓰면서도 고민이 되긴 했어요."
　"뭐 어때? 이건 그냥 소극장에서 보여 줄 연극이라고 생각하면 되잖아. 내용을 보니 이 장면을 실제로 무대로 옮기면 느낌이 아주 좋을 것 같더라고. 서로 다투었다가 화해하는 장면에 복선이 깔려 있으니까 처음 리카가 이층에서 종이컵 전화기를 내리는 장면에서 관객은 아하, 하고 고개를 끄덕이겠지. 하지만 그 뒤에 사랑하는 남녀의 유치한 대화가 오가고, 대화 내용이 점점 음란한 방향으로 흘러가다가 마침내 흥분해 제각기 절정에 달하는 대목에 이르면……."
　"저어, 목소리 좀 낮춰요."
　"누가 듣는다고 그래?"
　교코는 아랑곳하지 않고 말을 이어 갔다.
　"이 부분은 아주 에로틱하고 긴박한 대목이지만, 다음에 또 찾아온 교타로에게 리카가 부리나케 종이컵 전화기를 내려주는 모습을 보면 관객들은 킥킥 웃어 댈 거야. 그 부분이 아주 잘 묘사된 것 같아. 에로

스가 지닌 해학과 비애가 잘 배어났다고나 할까. 그리고 두 남녀가 서로를 부추기는 대화 장면에서는 아버지의 재산을 훔쳐서라도 리카를 유곽에서 빼내고 싶어하는 교타로의 심정이 자연스레 전해지더라고. 그쯤 되면 어떻게든 실제로 정사를 벌이지 않고는 못 배기겠지 하고 납득이 되더라니까."

"그건 좀 과찬인데요."

"아까도 말했지만, 난 빈말은 안 한다니까."

"고마워요."

"천만에, 이젠 자기 혼자서도 제대로 쓸 수 있다는 걸 알겠지?"

교코가 진지하게 말했다.

"그야 뭐 조금은……."

"그것 보라니까."

"그런데 나 혼자만 그렇게 생각하는 게 아닌가 싶어 불안했어요."

"아, 무슨 말인지 알겠어. 내가 맡은 작가들 중에도 그런 사람이 많거든. 누가 봐도 걸작이라고 할 만한 작품을 썼는데도 실제로 누군가가 객관적으로 인정해 줄 때까지는 매우 불안해하더라고. 나도 솔직하게 말하는 거야. 무조건 칭찬만 한다고 좋은 건 아니니까."

그 점은 평가를 받는 나츠도 마찬가지다. 칭찬을 들었다고 마냥 기쁜 것은 아니다. 핵심을 제대로 간파하고 정확히 평가해 주는 칭찬이 아니면 기쁘지 않을뿐더러 실제로 전혀 도움도 되지 않는다. 그러니까 교코 같은 존재가 소중한 것이다. 평소에 거침없이 말하는 솔직한 성격이라서 더욱 신뢰할 수 있다.

"그런데 몇 군데 신경 쓰이는 부분이 있는데 말해도 돼?"

"물론이죠. 오히려 내가 부탁하고 싶은걸요."

교코는 포스트잇으로 표시해 둔 곳을 들춰 가며 꼼꼼하게 지적해 주었다. 앞서의 칭찬은 이렇게 지적하기 위한 예고가 아니었나 싶을 정도로 가혹한 의견도 있었지만 대부분 귀를 기울일 만한 가치가 있었다. 특히 아편굴에 틀어박힌 교타로가 돈을 벌려고 리카에게 손님을 받도록 강요하고, 결국에는 자신의 친구에게 그녀를 팔아넘기려는 대목은 교코의 조언을 받아들이는 게 훨씬 더 설득력 있다 싶었다. 드라마라면 제작진과 의논해 가며 조금씩 다듬을 수 있겠지만, 이 작품은 끝까지 혼자 완성시켜야 한다. 무대에 올릴 수 있을지 여부도 모르는, 아니 희곡 전문지에 발표하는 것 자체도 아직 결정되지 않은 작품에 대해 이렇게 진지하게 지적해 주는 그녀가 고마웠다.

교코가 웨이터에게 커피 한 잔 더 주문하고는 말했다.

"그런데 이 작품은 어떻게 할 거야?"

"그건 아직 생각해 보지 않았어요. 쓰는 것만도 벅찬걸요."

"시자와 씨한테 보여 주는 건 어때?"

나츠가 고개를 저었다.

"처음엔 그 생각도 해 봤는데, 왠지 짜증이 나더라고요. 이제 그 사람에게 인정받는 걸로 자신의 가치를 확인하려는 습성은 버려야 한다는 생각이 들었어요."

"음, 잘 생각했네."

"이런 작품을 자유롭게 쓰려고 일부러 집을 뛰쳐나온 건데 그 사람한테 의지하면 아무 의미도 없잖아요. 그래서 이번엔 그 사람하고 상관없이 일을 진행해 보고 싶어요. 나중에 잡지에 실린 걸 읽고, 제발 부탁이니 자신한테 연출을 맡겨 달라고 머리라도 숙이면 생각해 보겠지만요."

교코가 웃음을 터뜨렸다.

"그래, 그래, 그런 자세가 필요하다니까. 아직은 좀 불안하지만 그래도 훌륭해. 스스로 변하려고 애쓰고 있잖아. 요즘엔 만날 때마다 표정이 달라 보인다니까."

"그런가요?"

"역시 남편을 향해 독립 선언을 외친 게 주효했던 모양이네."

"그런지도 모르죠."

쇼고를 만난 지 두 달쯤 지났다. 하지만 남편과의 관계는 여전히 교착 상태였다. 남편은 제발 헤어지자는 말은 하지 말아 달라고 했다.

함께 살고 싶은 남자라도 생겼느냐? 그런 게 아니라면 이대로도 상관없지 않느냐? 앞으로 다시는 집으로 돌아오라고 보채지 않겠다. 밖에서 무엇을 하든 상관없다. 당신이 누구하고 연애하든 상관하지 않을 테니 제발 헤어지겠다는 생각은 하지 말라…….

나츠는 자신의 생각만을 강요할 수 없어 일단 시간을 두고 생각해 보기로 했다. 그 대신 그가 그렇게 말했으니 이제는 자신이 원하는 일을 해야겠다는 생각이 들었다. 사람이 새로운 모습으로 다시 태어날 수 있을지는 아직 모른다. 하지만 인생이 한 번뿐인 것만은 분명하다. 스스로 자신의 뒤치다꺼리를 할 각오가 되어 있다면 원하는 일을 하면서 살아갈 수 있다. 그것을 위한 외로움이라면 기꺼이 받아들이겠다. 자신은 이제 그런 삶을 살 수밖에 없다는 생각이 들었다.

"넌 괜찮을 거야. 남편하고 깨끗하게 헤어질 수 있을지는 좀 더 두고 봐야겠지만, 어쨌든 자유를 얻었으니 날개를 펴고 마음껏 날아 봐야지. 남자들은 그런 낌새나 신호에 민감하니까 너만 마음을 열면 조만간 또 괜찮은 남자가 나타날 거야."

교코의 격려에 나츠가 얼굴을 찡그렸다.

"됐어요. 연애는 잠시 접어 둘래요. 이와이 선배 덕분에 그런 점에서는 어느 정도 만족하고 있으니까요."

"무슨 소리야? 이와이 씨는 그대로 챙겨 두고 진짜 연애를 해 봐야 한다니까. 창작하는 사람은 남자든 여자든 마찬가지야. 연애 방면에서 시들해지면 작품도 금세 시들해진다니까."

교코의 말대로 최근에 나츠의 신변에 가슴 설레는 일들이 많이 일어나고 있다. 가장 단순하고도 큰 변화는 남자 친구나 일과 관련한 남자와 술자리를 함께할 기회가 많아진 것이다. 남편과 별거 중이라는 말을 아무에게도 하지 않았는데 무엇이 변한 것인지 모르겠다. 나츠도 자만심이나 고집을 어느 정도 줄이기는 했지만, 그들의 태도에서 이전과 같은 거리낌은 찾아볼 수 없었다. 한동안은 연애나 사랑 따위로 고민하지 말자고 생각하면서도 다른 한편으로는 남자들의 시선이 이전보다 더 오래 자신에게 머무는 것을 은근히 즐기기도 했다.

언젠가는 제작진과 회의하고 술자리를 가진 뒤 근처까지 바래다주겠다며 함께 택시에 올라탄 프로듀서가 느닷없이 대시를 해왔다. 손을 잡아도 되겠느냐고 물었을 때는 이미 그의 손이 나츠의 손등에 올라와 있었다. 술 취한 상대에게 손을 빼는 것도 유난을 떠는 것 같아 그대로 내버려 두었다. 그러자 이번에는 상체를 들이밀고 키스하려고 했다. 나츠는 재빨리 다른 한 손으로 그의 얼굴을 밀쳐 냈다.

"더 이상은 안 돼요."

"정말 안 됩니까?"

"네, 안 돼요."

"하아, 그렇습니까?"

두 사람의 대화를 전부 들었으면서도 시치미를 뗀 채 핸들을 잡고 있는 택시 기사에게 편의점 앞에 세워 달라고 큰 소리로 말했다. 그러고는 얼른 택시에서 내려 생글거리는 얼굴로 살짝 고개를 숙였다. 그런 남자에게 집의 위치를 알려 주고 싶지 않았기 때문이다.

하얀 입김을 내뿜으며 집으로 걸어갈 때도 도무지 현실감이 느껴지지 않았다. 도시의 한밤중, 귀가 시간도 신경 쓰지 않고 한잔하고 돌아가는 길에 택시 안에서 남자에게 대시를 당한 자신. 작년 이맘때는 상상도 할 수 없었던 모습이다.

만약 어머니가 이 사실을 알았다면 틀림없이, 나츠가 빈틈을 보여서 그런 거라며 눈살을 찌푸렸을 것이다. 예전에는 자신도 자유분방하게 지냈으면서 유독 딸에게만은 보수적이었다. 대학 시절에도 통금 시간이 10시였다. 1분이라도 늦을 경우에는 반드시 전화를 해야 했고, 그렇지 않으면 난리가 났다. 그 무렵 사귀던 남자와 외박할 때나 또는 몰래 아르바이트를 할 때는 여자 친구를 내세워 확실한 알리바이를 만들어야 했다.

하지만 여자가 이 나이에 빈틈이 너무 없는 것도 재미없지 않은가. 조금은 허점을 드러내야 남자들도 편하게 대하지 않겠는가. 상대하는 남자들도 어느 정도 위치에 있는 사람들이니 턱없는 짓은 하지 않을 것이다. 약간 지나치다 싶으면 가차 없이 거절하면 그만이다. 젊은 나이라면 남자를 잘못 보고 곤란한 처지에 놓일 수도 있겠지만 이젠 그 정도 판단은 할 수 있는 나이다.

그렇게 생각하니 젊었을 때의 연애보다 나이를 먹었을 때의 연애가 훨씬 더 자유롭다는 생각도 들었다. 짊어지고 가야 할 것은 어쩔 수 없이 늘어나겠지만.

"당신 생각대로 하면 되겠네. 위험한 짓만 하지 않으면 괜찮아."

이와이 요스케와 사흘 만에 만났다. 한바탕 뒤엉키고 나서 땀에 젖은 몸으로 침대에 나란히 누웠다. 그는 나츠에게 쾌감을 안겨 주는 데만 열중했을 뿐 정작 자신은 아직 사정을 하지 않았다.

이번에는 금방 다시 만났지만 그전에는 1주일쯤 공백이 있었다. 그리고 그전에는 닷새쯤. 관계를 갖기 시작한 초기에 비해 그의 방문이 조금씩 뜸해지고 있었다. 흥미를 잃은 게 아니라는 것쯤은 그녀도 알고 있었다. 일 때문에 바빴던 것이다. 메일도 자주 주고받고, 만나면 시간 가는 줄 모르고 끌어안는 것도 여전했다. 둘만의 은밀한 행위도 여전히 즐겁고 서로의 몸에 익숙해질수록 쾌감도 더욱 깊어져 갔다. 그런데도 한때의 탐닉이 너무 격렬하고 감미로웠기 때문인지 뭔가 허전했다. 축제가 끝난 뒤에 짐을 정리하는 포장마차를 바라보고 있는 듯한, 텅 빈 쓸쓸함이 자리하고 있었다.

사실 그가 바쁜 와중에 이렇게 와 준 것도 무리를 한 것이다. 하지만 지금보다 더 바빴던 초기에는 낮에 한 시간쯤 짬을 내 집에 찾아와 옷을 입은 채 끌어안기도 했는데. 그런 생각이 들면 조금 서운하기도 했다. 홍콩에서 재회한 지 일곱 달. 시자와에게 술자리에서 매정하게 차인 지 석 달. 정사든 사랑이든 정점인 상태가 언제까지나 지속될 수는 없다. 그리고 남녀 관계는 이렇게 점점 가라앉는 게 당연하다.

"내가 다른 남자와 만나면 질투 나지 않아요?"

나츠가 짐짓 가벼운 말투로 물어보자 이와이는 재미있다는 듯 눈을 동그랗게 뜨고 말했다.

"그야 조금은 질투 나지. 하지만 막지는 않아. 당신은 자유로운 걸 좋아하니까."

"네?"

"당신은 내가 질투하길 바라고 일부러 다른 남자 이야기를 들려주잖아."

"왠지 내가 못된 여자라는 소리로 들리네요."

"하지만 사실이잖아."

실제로 못된 여자잖아, 라고 말하는 것처럼 들렸다. 아무런 대꾸도 하지 않자 그가 눈썹을 늘어뜨리고 묘한 웃음을 지었다.

"지금 당신을 탓하는 게 아냐. 난 이대로도 상관없어. 당신을 구속할 만한 입장도 아니고. 그랬다간 당신은 바로 어디론가 도망가겠지. 그 대신 나한테 전부 이야기해 줘. 아무것도 숨기지 말고 다른 남자와 있었던 일을 나한테 들려줘."

이와이가 낮게 소곤거렸다.

"그럼 어쩌려고요?"

"당신이 이야기한 대로 내가 다시 한 번 해 줄게. 먼저 한 녀석보다 훨씬 능숙하고 끈질기게."

갑자기 사타구니가 찌릿해졌다. 이와이는 나츠의 눈썹이 살짝 떨리는 것을 놓치지 않고 손을 뻗었다. 나츠는 짐짓 오기를 부리며 그 손을 붙잡았다.

"요즘 너무 자신만만해진 거 아니에요?"

"아니, 다른 여자를 대할 땐 여전히 자신이 없어. 하지만 당신의 몸에 대해서만큼은 뭐랄까, 내가 누구보다도 상세한 지도를 갖고 있을 거라고 생각하는데, 어때?"

"······."

반론이 궁해진 나츠가 콧등에 주름을 잡고 아랫입술을 삐죽 내밀자 이와이가 웃음을 터뜨렸다.

"흥, 실컷 비웃어요. 나도 내 멋대로 할 테니까. 내일은 스님을 만날 거예요."

"스님? 그동안 수비 범위를 많이 넓혔네."

이와이가 약간 잠긴 목소리로 말했다. 그의 말에 나츠는 웃음을 지었다.

"그런 거 아니에요. 식사나 같이 하자기에 그러기로 한 거예요. 선배도 마츠모토 쇼운이라는 스님 알죠?"

"마츠모토 쇼운······? 아, 가끔 텔레비전에 나오는 그 특이한 스님. 원래 의사였다던데?"

"정신과 의사였어요. 전에 만났는데 꽤 재미있는 사람 같았어요."

쇼운은 작년 말 방송국이 주최한 심포지엄에 초대 받았을 때 같이 패널리스트로 참석했던 스님이다. 정신과 의사로 일하다가 삼십대에 불가에 입문해 지금은 센다이의 한 절을 맡고 있다. 그는 사람들의 고민을 들어준다는 점에서는 정신과 의사든 승려든 마찬가지라고 소탈하게 말했다. 쉰이 다 된 나이라고는 생각할 수 없을 정도로 젊어 보이는 얼굴이었다.

심포지엄이 끝난 뒤에 관계자들끼리 모여 뒤풀이를 했다. 나츠는 마침 옆자리에 앉은 그와 처음 만난 사이치고는 매우 깊이 있는 대화를 나누었다. 보통은 좀처럼 꺼내기 어려운 내용이었지만, 상대가 스님이라고 생각하니 참회하는 기분이었고 정신과 의사라고 생각하니 상담하는 기분이었다. 나츠의 혀는 술기운이 도와준 덕분에 평소보다 매끄러웠다. 그는 역시 상대의 말을 잘 들어주었다.

"당신의 생명력이 예사롭지 않네요."

쇼운의 말에 나츠가 의아한 표정으로 쳐다보자 그는 그녀에게 눈빛이 참 강렬하다고 했다. 그러고는 조금은 감탄한 표정으로 다음에 강연회나 텔레비전 녹화 등으로 상경하게 되면 식사나 같이 하자고 했다. 그날이 바로 내일이었다.

"나 참, 완전 엉터리 땡중이네."

이와이가 코웃음을 쳤다.

"그냥 식사만 하는 거라니까요."

"호텔 로비에서 만나자고 했다면서? 그것도 단둘이. 그렇다면 속셈은 뻔하지."

"그래도 명색이 스님인데요."

"중들은 동서고금을 막론하고 대부분 호색한이라니까."

"부인과 자식이 있다던데요."

"처자식은 나도 있어. 애초에 그럴 마음이 없었다면 여자한테 단둘이 식사하자는 이야기는 꺼내지 않았을걸."

나츠가 이와이의 얼굴을 들여다보며 말했다.

"그런가? 만약 그런 거라면 가슴 설레는 일이네요."

"응?"

"스님하고 정사하는 건 아무나 쉽게 경험할 수 있는 게 아니잖아요."

"그야 그렇지만……."

"차라리 내가 먼저 유혹해 볼까? 안 된다고 생각하면서도 욕정에 이끌려 금기를 깬 고뇌 어린 스님의 얼굴. 후후, 어떤 표정일지 정말 보고 싶네요."

이와이가 어유, 하며 한숨을 내쉬었다.

"정말 악마가 따로 없네."

"어머, 악녀 아닌가요?"

"악마야."

"어린 악마도 아니고요?"

"그냥 악마라니까. 도대체 그 나이에 어린 악마라니, 좀 뻔뻔한 것 아냐?"

"어머, 그런 실례되는 말씀을."

이와이가 쓴웃음을 지으며 다시 한숨을 내쉬었다.

"자, 약속해."

"뭘요?"

"뭐라니?"

손끝이 목표물의 중심으로 정확히 파고들었다. 이와이가 숨을 짧게 들이쉬는 나츠를 덮쳤다.

"무슨 일이 있었는지 나중에 이야기해 줘. 아무것도 숨기지 말고."

"그럼 그대로 해 줄 거예요?"

"물론이지, 벌을 받아야 하니까. 아무리 싫다고 해도 절대 멈추지 않을 거야."

나츠는 나지막이 신음하며 다리를 벌렸다.

2

호텔 로비 중앙은 복숭아 나뭇가지로 장식되어 있었다. 그러고 보니 오늘은 히나마쓰리^{여자아이의 건강한 성장을 기원하기 위해 3월 3일에 치르는 일본의 전통 축제} 날이었다. 프런트가 20층에 있고 그 위로 객실이 있는 특이하면서도 세련된 분위기의 호텔로 외국인 손님도 많이 띄었다.

센다이의 산중에서 지내는 쇼운은 어떤 기준으로 이곳을 선택했을까. 혼자서도 이곳을 자주 이용할까. 이런 곳에 혼자 묵을 리는 없을 테고.

나츠는 일부러 이런저런 생각을 해 보았지만 기분은 영 개운치가 않았다. 이와이에게는 아무렇지도 않은 듯 말했지만 막상 약속 장소에 나와 보니 왠지 불안해져 괜히 왔나 싶은 생각이 들었다. 지난번 만났을 때는 주변에 사람들이 많았기 때문에 안심하고 친밀한 대화를 나눌 수 있었다. 그런데 이렇게 단둘이 만날 때는 무슨 이야기를 나누어야 하지?

제시간에 나타난 쇼운은 회색빛 정장에 검은 코트를 걸치고 있었다.

"지난번처럼 승복을 입고 나오실 줄 알았어요."

나츠가 농담처럼 말하자 쇼운이 미소를 지었다.

"너무 눈에 띄면 당신한테 폐가 될 것 같아서요."

의미심장한 말이었다.

어디로 갈까요, 하고 묻기에 어디든 상관없다고 하자, 쇼운이 먼저 일어나 로비에 있는 정식 요리집으로 들어갔다. 미리 예약해 둔 모양이다. 이쪽에서 만약 다른 음식점에 가자고 했으면 어떻게 할 생각이었을까. 종업원이 자리를 안내한 뒤 붓글씨로 쓰여진 메뉴판을 건네주었다. 두 사람 모두 정식 코스 요리를 주문했다.

오늘 녹화했다는 프로그램을 비롯해 서로의 근황과 일에 대해 이런저런 이야기를 주고받는 사이 처음 주문한 스이게이醉鯨, 일본 청주의 일종 한 병이 바닥났다. 쇼운이 다음 메뉴를 고르라고 재촉하자 나츠는 고쿠류黑龍, 일본 술의 일종를 가리켰다. 최근 술 마실 기회가 많아진 탓인지 니혼슈日本酒, 일본 고유의 방법으로 만들어진 술의 총칭라면 조금씩 마실 수 있게 되었는데, 그래도 술에 약한 것은 여전했다. 쇼운이 나츠의 뺨과 귓불이 불그레해진 것을 보며 놀리듯 말했다.

"불교 중에서도 밀교의 가르침은 우리 인간의 나약함에 대해, 뭐랄까, 비교적 너그러운 편이에요. 이를테면 욕망조차도 보살의 지위라고 여기고 있죠."

"욕망조차도 보살의……."

"그렇습니다. 술이나 맛있는 음식에 대한 욕구도, 뭔가를 갖고 싶어 하는 바람도, 성적인 욕구도 원래는 모두 부처님이 허락하신 영역이 라는 거죠. 그러니까 억지로 참을 필요는 없어요. 자신의 욕망을 채우려고 누군가에게 상처를 주는 거라면 몰라도 그렇지 않은데도 억지로 이를 악물고 참는 건 아주 부자연스러운 일이거든요."

내가 어지간히 취해 보였나 보다, 라고 생각했다. 그렇게 생각할 수밖에 없을 정도로 오늘 밤의 쇼운은 과감하고 적극적이었다. 이런 상황에 익숙한 것 같기도 했다. 외모도 좋지만 언변도 유창하다. 여자에게 거절당한 적이 없을지도 모른다.

나츠는 창밖으로 시선을 돌렸다. 밤거리에 몸이 붕 떠 있는 듯한 전망이었다. 자신이 지금 이 자리에 있다는 것이 실감 나지 않았다. 주변의 소리까지 멀게 느껴지는 것은 역시 알코올 탓인가.

나츠의 시선을 따라 창밖을 바라보던 쇼운이 말했다.

"이쪽에서는 도쿄 타워가 보이지 않는군요."

"네, 정반대쪽에 있을 거예요."

나중에 만약 침대로 데려가면, 하고 나츠는 약간 몽롱해진 머리로 생각했다. 창문에서 도쿄 타워가 보이는 방을 잡으면 자기도 모르게 웃음을 터뜨릴지도 모른다.

쇼운이 계산서를 집어 들었다. 나츠가 각자 부담하자고 하자, 그럼 차나 한잔 사라고 했다. 하지만 음식점 밖에서 나츠의 시선이 로비의 찻집으로 향하자 쇼운이 자연스럽게 말했다.

"괜찮으시면 차는 객실에서 마시는 게 어떻겠습니까? 룸서비스도 이용할 수 있고. 좀 더 편안한 분위기에서 당신의 이야기를 듣고 싶군요."

그 말의 의미는 명확했다.

'애초에 그럴 마음이 없었다면 식사하자는 이야기는 꺼내지 않았을 것이다.'

나츠는 겉으로 드러나지 않게 살며시 한숨을 내쉬었다. 너무 간단하지 않은가. 맥이 빠질 정도였다. 그런데 아무리 맥이 빠져도 일단 끝까지 가 보지 않고는 돌아갈 수 없으니, 자신은 바보인 게 분명하다고 생각했다. 망설인 것은 몇 초였다.

"그럼 잠깐 차나 한잔하고 갈게요."

쇼운이 잡은 객실은 길게 뻗은 복도의 제일 끝에 위치해 있었다. 안으로 들어가자 창밖 정면으로 도쿄 타워의 오렌지색 불빛이 보였다. 나츠는 웃음을 터뜨리지는 않았지만 왠지 무르익은 분위기가 깨진 것 같아 마음이 초조해졌다. 이런 기분으로 침대에 들어가서 제대로 즐길 수 있을까.

"룸서비스를 부를까요?"

쇼운의 말에 나츠가 고개를 저었다. 설마 정말로 제대로 차를 마시려고 들어온 건 아니겠지?

"간단하게 여기 있는 차나 한잔 주세요."

그러자 쇼운이 부랴부랴 찻잔에 티백을 넣고 포트의 뜨거운 물을 따랐다. 나츠 앞에 찻잔을 내려놓은 뒤 구석의 스탠드만 남기고 불을 껐다.

"이러면 마음이 좀 차분해질 겁니다. 도쿄 타워도 선명하게 보이고."

나츠는 도쿄 타워라면 우리 집 베란다에서도 잘 보인다고 말하려다 그만두었다. 이상한 이야기지만, 쇼운이 안됐다는 생각도 들었다.

"전에 만났을 때 했던 이야기 기억하시나요?"

쇼운이 물었다.

"무슨 이야기였죠?"

"당신 몸속에 스위치가 있다고 했던 것 말이에요."

그러면서 쇼운이 옆 의자에 앉았다.

"어머, 제가 그런 것까지 말했나요? 그건 그냥 잊어 주세요."

나츠는 쓴웃음을 지어 보였다.

"어째서요? 내게는 무척 인상적이었는데. 환자도 그렇지만, 사실 여성의 그런 부분에 대해 명확하게 설명해 주는 사람은 드물거든요."

쇼운의 상반신이 나츠 쪽으로 기울었다. 삐걱대는 의자 소리가 무척 크게 들렸다.

"괜찮다면 그 부분에 대해 자세히 듣고 싶군요."

나츠가 스위치에 대해 말한 것은 뒤풀이할 때 그에게 들었던 이야기 때문이었다. 정신과 의사이자 승려인 그에게 많은 사람들이 고민 상담을 요청한다고 한다. 특히 성적인 문제로 상처를 받고 절에 찾아오는 여성들에 대한 이야기는 남의 일 같지가 않았다. 남편이나 애인, 아버지 등에게서 받는 성적 학대와 지배. 주체하기 힘든 강한 욕구를 떨쳐 내고 싶어 불가에 입문하는 여성도 있다고 한다. 쇼운은 비구니가 된 그런 여성들에 대해 이야기하다가 나츠에게 당신 같은 사람은 상상도 못 할 거라고 했다. 그때 나츠가 그만 술기운에 발끈해서 그렇지 않다고 대들듯이 말했다.

"저도 비슷한 데가 있어서 잘 알아요. 저도 몸속에 스위치가 있는데 이따금 그게 제멋대로 작동할 때가 있거든요."

나중에 변명하듯 여자는 누구나 다소 그런 면이 있는 것 아니냐고 덧붙이기는 했지만. 어쩌면 그는 그 대화를 계기로 나츠를 마음에 두게 되었는지도 모른다. 아니면 처음부터 낚아챌 요량으로 일부러 그런 이야기를 꺼냈거나.

"그렇다고 줄곧 스위치가 켜져 있는 건 아니에요."

나츠는 이렇게 말하고는 차를 한 모금 마셨다. 어두워서 차 색깔이 잘 보이지 않았다. 게다가 향기가 완전히 날아가 버려 마치 맹물을 마시는 것 같았다.

"아무 일도 없을 때는 그냥 잔잔해요. 가끔 파도 같은 게 밀려오긴 하지만."

"그렇군요."

"그런데 그때 쇼운 씨가 제게 생명력이 예사롭지 않다고 말씀하셨잖아요. 전에 좋아했던 사람에게서도 그런 말을 들은 적이 있어요."

"그래요? 어떤 사람인데요?"

"그건 비밀이에요."

"하하하, 비밀인가요?"

"네, 비밀이에요. 그 사람이 말하길, 왕성한 성욕은 고유한 생명력의 발로래요. 그 생명력은 창작에 대한 욕구의 원천이 되기도 한다, 불감증인 여자는 대본을 제대로 쓸 수 없다, 그러니까 너는 자신의 과도한 성욕을 자랑스럽게 생각해라, 부끄러워할 필요가 없다. 대충 그런 식으로 말하더군요."

"으음, 일리가 있네요."

"전에는 저의 그런 부분이 굉장히 싫었는데, 그 사람한테 그런 말을 들은 뒤로 조금씩 생각이 바뀌었어요. 평생 자기 자신으로부터 도망칠 수 없잖아요. 그래서 그냥 체념하고 있는 그대로 받아들이기로 했어요."

어째서 이런 얘기까지 하는 걸까. 이야기하는 동안은 이제부터 일어날 일을 지연시킬 수 있기 때문일까. 아니다. 굳이 말하자면 드라마 줄거리를 구성할 때와 비슷하다. 아무리 마음이 내키지 않는 일이라도 다카토 나쓰메가 줄거리에 관여하는 이상 형편없는 작품은 용납할 수 없다.

쇼운이 자못 흥미로운 눈빛으로 나쓰를 바라보며 말했다.

"그럼 이젠 완전히 체념한 겁니까?"

"네."

"나쓰 씨, 고민거리와 정면으로 부딪치면서 문제의 본질을 철저히 파고들었을 때 비로소 다음에 선택할 길이 보이기 마련이죠. 그건 체념이 아니라 새로운 선택이에요."

나츠가 무심코 피식 웃었다.

"왜요?"

"아뇨, 가끔은 스님다운 말씀도 하시는구나 싶어서요."

"뭐 어쨌든 신분은 중이니까요."

장난스러운 웃음을 보인 쇼운이 갑자기 자리에서 일어나 창가로 다가갔다.

"이리 와 봐요. 여기서 내려다보는 게 훨씬 멋지네요."

서로 속이기, 아니, 즉흥 연기를 하고 있는 것 같았다. 서로가 이후 어떻게 전개될지 대충 알고 있다. 단, 결말은 아직 보이지 않는다.

나츠도 자리에서 일어나 쇼운과 약간 떨어진 창가로 다가갔다. 거리를 두었는데도 그와 부쩍 가까워진 느낌이 들어 뒤로 살짝 물러섰다. 차라리 이 상황을 빠른 재생으로 돌려 버리고 싶은 생각도 들었다.

"아까 했던 이야기 말인데요."

"네?"

"몸속의 스위치 이야기요."

"아아, 네."

"파도가 밀려와 스위치를 끌 수 없을 땐 어떻게 하나요?"

"글쎄요, 그럴 땐……."

나츠가 미처 대답을 끝내기도 전에 쇼운이 천천히 다가와 어깨를 살포시 끌어안았다. 나츠가 몸을 흠칫하며 고개를 숙였다. 거부할 수 있는 기회는 지금밖에 없었다. 솔직히 거부하고 싶은 마음도 있었다.

하지만 이제는 왠지 거부하는 것 자체도 귀찮아졌다. 여기까지 와서 실랑이를 벌이느니 차라리 흐름에 몸을 맡기는 편이 나을 것 같았다.

"응? 어떻게 하죠?"

쇼운은 한 손은 나츠의 어깨에 얹고 다른 손 엄지손가락으로 그녀의 뺨을 부드럽게 어루만졌다.

나츠가 체념한 듯 말했다.

"그럴 때는 스스로 해결해요. 아니면 누군가를 부르거나."

"누구를? 당신이 좋아했다는 그 남자?"

"아뇨, 다른 사람이에요."

그러자 쇼운이 피식 웃음을 흘리며 손으로 나츠의 귓불을 살짝 잡았다.

"나쁜 여자네."

나츠는 눈을 감았다. 이 손가락의 주인이 누구든 상관없다는 생각이 들었다. 상대가 정확하게 급소를 자극해 주면 기분이 좋았다. 안마를 받는 듯한 기분이었다.

"그런데 그 스위치는 지금 꺼져 있나요?"

쇼운이 끈질기게 물고 늘어졌다. 나츠가 잠깐 뜸을 들이다가 대답했다.

"글쎄요, 하지만 수동 스위치라는 것도 있거든요."

푸우, 하고 웃음을 터뜨린 쇼운이 그제야 안심한 듯 나츠를 덮쳤다.

욕실에서 물소리가 들렸다. 나츠는 검은색 원피스를 걸쳐 입었다.

이제 막 샤워를 끝낸 촉촉한 피부에 얇은 옷감이 착 달라붙었다. 목덜미의 머리카락도 젖어 있어 이대로 밖에 나가면 감기에 걸릴 것 같았지만 어쩔 수 없었다. 의자에 앉아 부츠를 신고 지퍼를 올렸다. 이렇게 금세 다시 부츠를 신게 될 줄은 몰랐다. 겨우 15분이었다. 행위를 한 시간이 아니라 침대로 올라가서 쇼운이 사정할 때까지 걸린 시간이 말이다. 몸은 행각승답게 탄탄했는데 너무나 싱겁게 끝나 버렸다.

쇼운은 나츠를 침대에 앉히더니 카디건을 벗기고 원피스 끈을 풀었다. 그리고 잠깐 애무하다가 브래지어와 팬티를 벗긴 뒤, 귓전에 얼굴을 들이대고 노래하듯이 말했다.

"기분 좋은가요?"

나츠는 자기도 모르게 양미간을 찌푸렸다. 언젠가 만났던 호스트가 생각났다. 남자들은 왜 이렇게 하나같이 똑같은 질문을 던지는 걸까. 그리고 왜 행위가 시작되면 말투가 싹 바뀌는 걸까.

이 정도로는 기분이 좋아지지 않아요, 라고 말하고 싶었지만 꾹 참고 수줍은 표정으로 고개를 끄덕였다. 쇼운의 손이 다리 사이로 파고들자 부끄러운 듯 몸을 틀었다. 그런데 아직 거기가 뽀송뽀송하다. 그렇다고 기분을 고조시키려고 자청해서 그를 애무하고 싶지는 않다. 다시 만나고 싶지 않은 남자에게 자칫 이와이가 보증하는 솜씨를 드러내 버리면 나중에 성가신 일이 생길지도 모른다.

"넣어도 되겠어요?"

나츠의 양미간 주름이 더 깊어졌다. 이 상황에서 새삼스레 그런 질문을? 그러나 초조한 마음을 숨기고 다시 고개를 끄덕였다. 그는 나츠의 손을 자신의 샅타구니로 가져가, 물건을 쥐고 스스로 넣도록 했다. 사이즈는 고만고만했다. 나츠는 건강한 대형 견의 대변을 연상했다. 약간 통통하면서 비교적 단단한 편이었다. 처음에 밀어 넣을 때는 약간 기대도 했지만 두세 번 왕복하자 안쪽까지 닿기에는 길이가 약간 짧고 압박감을 즐기기에는 굵기가 약간 부족하다는 것을 알았다. 생긴 모양 때문인지 마찰 이외에는 자극이 거의 없었다.

오랜만에 연기를 할 수밖에 없었다. 상대를 위해서가 아니라, 그렇게라도 하지 않으면 기분 좋은 행위를 하고 있다는 착각조차 일어나지 않아, 도저히 절정을 느낄 수 없을 것 같았기 때문이다. 하지만 너무 늦었다.

"우리, 같이 해요."

어? 벌써?

쇼운은 나츠가 뭐라고 대답하기도 전에 다급하게 자기 물건을 빼내 배 위에 그대로 사정해 버렸다. 옆으로 흐른 정액은 금세 식었고 공기에 닿아 이내 묽게 변했다.

나츠는 그가 건네준 티슈로 말없이 배에 묻은 정액을 닦았다. 샤워를 하고 싶었지만 바로 일어나는 것은 예의가 아닌 것 같아 잠시 그대로 누워 있었다. 뒤처리를 끝낸 그가 옆에 나란히 눕더니 슬며시 나츠의 손을 잡았다.

"고마워요, 당신 덕분에 극락정토를 구경했네요."

웃어야 할지 울어야 할지 알 수 없었다. 나츠는 일단 미소를 지어 주었다.

"다음에 도쿄에 오면 또 만나 주겠어요?"

그 질문에는 대답하지 않았다.

"언젠가 한번 절에 가 봐야겠네요."

쇼운은 고개를 크게 끄덕였다.

"꼭 놀러 와요. 산속이지만 좋은 곳이에요. 하지만 오늘 밤 일은 둘만의 비밀이에요."

"당연하죠."

나츠는 최대한 수줍게 미소를 지으면서 속으로는 이런 형편없는 정사를 창피하게 남들에게 어떻게 이야기해요, 하고 중얼거렸다. 절에 찾아가고 싶은 생각은 전혀 없었다. '언젠가'는 아무리 시간이 지나도 '언젠가'다. 그러니 거짓말을 한 것은 아니다.

그렇게 30분쯤 더 시시한 이야기를 나눈 뒤 샤워를 해야겠다며 침대에서 빠져나왔다. 나츠가 필요한 부분만 북북 씻고 나오자 쇼운도 곧바로 욕실로 들어가 지금 저렇게 느긋하게 샤워하고 있는 것이다.

다른 한쪽 부츠를 마저 신고 자리에서 일어났다. 창밖을 내다보니 도쿄 타워의 불빛은 이미 꺼져 있었다. 훨씬 아래쪽으로 불빛 몇 개가 띠처럼 흘러가고 있었다. 얼른 저 지상으로 돌아가고 싶었다. 스탠드 옆 거울 앞에서 가볍게 화장을 고치고 있는데 욕실 문이 열렸다. 비누 냄새가 나는 수증기와 함께 밖으로 나온 쇼운이 놀란 표정으로 쳐다보았다.

"이제 그만 실례해야겠어요."

"아, 저어, 벌써 가시려고요?"

그는 두툼한 목욕 수건이 허리에서 흘러내리지 않도록 손으로 꾹 누르며 말했다.

"침대도 두 개인데 여기서 자고 가지 그래요. 내일 아침 식사도 같이 할 생각이었는데."

"죄송해요, 할 일이 좀 남아서요."

"아, 그래요? 그렇다면 하는 수 없죠. 그럼 다음에 또 봐요."

나츠는 의자 등받이에 걸쳐 놓은 코트를 집어 든 뒤 핸드백을 어깨에 메고 생글거리며 말했다.

"여러모로 고마웠습니다. 덕분에 즐거웠어요."

쇼운의 옆을 지나 문을 열고 복도로 나갔다. 그리고 다시 돌아서서 공손히 머리를 숙였다.

"저녁도 맛있게 잘 먹었습니다."

이 말만은 진심이었다.

복도를 걸어가는데 등 뒤로 강렬한 시선이 느껴졌다. 일직선으로 뻗은 긴 복도가 원망스러웠다. 엘리베이터 홀로 돌아가는 모퉁이에서 다시 한 번 힐끗 돌아보니, 쇼운이 문 밖으로 까까머리를 내민 채 계속 이쪽을 지켜보고 있었다. 손을 흔드는 그를 향해 가볍게 고개를 숙였다.

모퉁이를 돌아선 순간 나츠의 얼굴에서 미소가 사라졌다. 엘리베이터의 역삼각형 버튼을 연거푸 눌렀다. 이윽고 엘리베이터에 올라탄 나츠는 문이 닫히자마자 벽에 힘없이 등을 기댔다. 긴 한숨이 흘러나왔다.

옷 벗는 시간을 제외하면 행위를 한 시간이 자위할 때보다 짧았다. 냄새만 좋은 요리를 한 입 먹고 나니 바로 접시를 치워 버린 꼴이었다. 어중간한 공복감이 오히려 더 괴롭다. 오래 한다고 무조건 좋은 것은 아니지만, 여자가 깊게 느끼려면 어느 정도의 도움닫기 시간이 필요한데, 이것은 불완전 연소라기보다 불이 붙기도 전에 끝나 버린 것이다. 차라리 하지 않는 편이 나았을지도 모른다.

'내가 지금 뭘 하고 있지?'

나츠는 스스로 생각해도 어이가 없었다. 짜증이 났다. 상대의 서툰 솜씨 때문에 제대로 성적 쾌감을 얻지 못할 때 평소에 억누르고 있던 감정이 튀어나오는 것 같다. 호스트도 그렇고 쇼고도 그렇고. 그렇게 생각하니 왠지 더 허무해졌다.

아래로 내려가던 엘리베이터가 바닥에 처박힌 듯한 둔탁한 반동과 동시에 멈추었다. 나츠는 벽에 기대고 있던 몸을 가까스로 추슬렀다. 나른하다. 몸이 아니라 마음이 지쳐 있다.

로비에 발을 내디뎠다. 프런트 앞을 지나 엘리베이터를 갈아타야 바깥으로 나갈 수 있었다. 검은 타일 바닥은 아무리 살금살금 걸어도 발소리가 크게 울렸다. 밀회 장소로는 적당치 않은 호텔이라고 생각했다.

프런트 직원의 시선을 의식하면서 손목시계를 들여다보니 어느새 자정이 넘었다. 아까 그들이 식사한 음식점은 이미 조명이 꺼져 있었지만 엘리베이터 근처의 바는 아직 영업 중인 것 같았다. 어렴풋이 재즈 소리가 들렸다.

여기서 다시 아래로 내려가는 엘리베이터를 기다리고 있는데 바에서 두 사람이 나왔다. 삼십대 중반의 풍채 좋은 사내가 자기보다 키가 큰 금발 미녀의 허리에 손을 두르고 있었다. 남자는 가죽 재킷에 검은 데님 바지, 여자는 짧은 코트 차림에 작은 핸드백을 들었다. 패션모델인지 도자기 인형처럼 피부가 하얗고 다리가 긴 여자였다.

엘리베이터를 같이 타고 내려가는 동안에도 나츠는 안쪽에 서서 그들과 눈을 마주치지 않으려고 유리벽 밖을 내다보았다. 도쿄 타워의 불빛이 꺼진 거리는 촛불이 꺼진 케이크처럼 쓸쓸해 보였다.

엘리베이터가 1층에 도착하자 곧바로 호텔 밖으로 나갔다. 현관 앞에서 밤바람을 들이켜고 나서야 겨우 마음이 놓였다. 호텔 직원의 모습은 보이지 않았다. 나츠보다 먼저 나온 커플 앞으로 택시 한 대가 미끄러지듯 다가왔다. 여자를 택시에 태운 남자가 자기는 타지 않고 안을 들여다보며 뭐라고 말했다. 여자가 놀란 듯 눈을 동그랗게 뜨고 외국말로 투덜거렸다. 남자는 아랑곳하지 않고 택시 기사에게 출발하라고 손짓했다. 문이 닫히자 택시는 여자의 욕설을 남기고 바로 출발했다.

주변이 갑자기 조용해졌다. 남자가 바로 앞에서 짧게 한숨을 내쉬고는 문득 나츠를 돌아보며 말했다.

"실례합니다만, 다카토 씨 맞죠?"

"네?"

나츠는 자기도 모르게 눈이 휘둥그레졌다. 고개를 들어 보니 남자가 묘한 미소를 짓고 있었다. 큼직한 얼굴, 뚜렷한 쌍꺼풀, 뭉툭한 코에 두툼한 입술. 순해 보이는 얼굴이지만 눈빛만큼은 날카로웠다. 어디선가 만난 적이 있는 것 같은데 생각나지 않았다.

"저어, 죄송합니다, 기억이 잘 나지 않아서……."

"괜찮습니다. 기억 못하는 게 당연하죠. 저야말로 갑자기 말을 걸어서 죄송합니다."

남자가 사근사근하게 말했다. 그러고는 허리를 45도로 숙여 깍듯이 인사 했다. 호텔 직원처럼 예의가 바른 사람이었다.

"작년 11월이었던가, 출판사 파티의 뒤풀이 자리에서 만난 적이 있어요. 시자와 선생님하고 같은 테이블에 앉았죠."

그제야 생각났다. 그렇다, 그때 옆자리에 앉았던 배우였다.

아아, 하고 고개를 끄덕이는 나츠에게 남자가 자신을 소개했다.

"새삼스럽긴 하지만, 저는 오바야시라고 합니다."

'오바야시……?'

나츠는 갑자기 가슴이 철렁했다.

"그때는 제대로 인사도 못 드린 것 같네요."

그의 말이 귀에 들어오지 않았다. 시자와의 말이 생각났다.

'다들 수상쩍게 생각하고 있어. 오바야시는 아주 노골적으로 의심하더군.'

"다시 만나니 반갑네요. 그때는 시자와 선생님을 중심으로 모인 자리라서 조금 조심스러웠는데요, 사실은 다카토 씨하고 좀 더 이야기를 나누고 싶었습니다."

오바야시는 나츠를 똑바로 쳐다보며 말했다. 시선뿐만 아니라 말 자체도 망설임이 없었다.

나츠는 어떻게 대응해야 할지 몰라 택시도 오지 않는 로터리 쪽으로 시선을 돌렸다. 잠깐 입을 다물었던 오바야시가 다시 말을 꺼냈다.

"피곤한 상담이었나 보죠?"

나츠가 고개를 돌려 그를 쳐다보았다.

"네?"

"얼굴이 왠지 좀 피곤해 보여서요."

"저……."

"아, 미안합니다. 제가 괜한 걸 물어봤네요."

그는 얼른 사과하더니 담담하게 말을 이었다.

"그냥 모른 척할까 하는 생각도 해 봤는데요, 알면서도 모른 체하는 건 제 성격에 맞지 않아서요. 실은 다카토 씨와 그 스님, 이름은 기억나지 않는데 어쨌든 두 분이 음식점에서 나왔을 때 마침 저는 바에 막 들어가려던 참이었거든요."

"……."

"두 분이 함께 엘리베이터를 타고 올라가는 걸 보니 기분이 왠지 씁쓸하더군요. 그래서 아까 그 아가씨하고 평소보다 빠른 페이스로 마신 것 같아요. 제가 술기운에 실례되는 말을 하고 있는지도 모르겠네요. 그렇다면 사과드립니다. 죄송합니다."

오바야시가 다시 머리를 숙였다.

나츠는 아무런 대꾸도 하지 않았다. 무릎에 힘이 빠져 금방이라도 바닥에 주저앉을 것 같았다. 어렴풋이 운명이라는 것에 대해 생각해 본다. 그날 밤에 시자와 함께 만난 것도 그렇고 오늘 밤에 우연히 만난 것도 그렇다. 남에게 가장 보여 주고 싶지 않은 장면을 똑같은 사람에게 두 번이나 들키다니. 이렇게 입을 다물고 있는 것은 긍정하는 것이나 마찬가지다. 하지만 아무 말도 할 수 없었다.

그때 오바야시의 등 뒤에서 헤드라이트 불빛이 천천히 다가왔다. 택시가 그들 앞에 멈추더니 뒷좌석 문이 소리 없이 열렸다.

자, 타시죠, 하고 그가 차례를 양보했다. 나츠가 가까스로 감사하다고 말하며 택시에 올라타자, 그가 택시 지붕에 손을 짚고 안을 들여다보았다. 뼈대가 굵은 커다란 몸집이 나츠의 시야를 가렸다.

"저기요, 싫으면 분명하게 거절해 주십시오. 이런 일로 기죽거나 하지는 않으니까요."

"네……."

"만약 그다지 싫지 않다면……."

오바야시가 짧게 한숨을 내쉬고는 작심한 듯 말했다.

"저하고 어디 가서 한잔하지 않겠습니까? 기분 전환도 할 겸 입가심으로."

"입가심이오……?"

아까부터 계속 되묻기만 하는 나츠를 보고 오바야시가 결국 웃음을 터뜨렸다.

"하하하, 다카토 씨 얼굴에 큼직하게 쓰여 있는걸요. 변변찮은 상대였다고."

3

아마 작년 여름의 일이었을 것이다. 한밤중에 고양이 다마키가 갑자기 아무도 없는 방구석 쪽을 향해 잔등의 털을 곤추세운 적이 있다. 긴장하여 귀를 바싹 쳐들고 나츠의 눈에는 보이지 않는 뭔가를 뚫어지게 노려보았다. 이윽고 하얀 벽 위쪽을 쳐다보며 찬찬히 고개를 움직이더니 침대 밑으로 슬금슬금 들어가 몸을 숨겼다. 그 뒤로 한 시간쯤 아무리 불러도 나오지 않았다.

그때 다마키는 대체 무엇을 본 것일까. 지금도 그 일을 생각하면 등골이 오싹해진다. 다마키는 그때의 일을 까맣게 잊어버린 듯 지금 나츠의 무릎 위에서 정신없이 자고 있다. 단둘이 지내게 된 뒤로 완전히 응석꾸러기가 되어 나츠가 외출했다가 돌아오면 언제나 이런 식이다.

잠시도 곁을 떠나려고 하지 않는다.

　나츠는 저녁에 연극배우 친구의 생일 파티에 참석했다가 조금 전에 집에 들어왔다. 배고프다고 보채는 다마키에게 통조림을 따 주고 기모노도 벗지 않은 채 그대로 앉아 있었다. 날이 따뜻해져 오랜만에 밝은 쪽빛 소매가 달린 기모노를 입었다. 벚꽃이 그려진 오비帶, 여성용 기모노의 허리에 두르는 띠에 엷은 주홍색의 산부히모三分紐, 오비를 고정시키는 끈와 매듭 모양의 고리 장식. 새로운 계절을 기다리는 마음을 색이나 무늬로 표현해 몸에 두른다. 기모노를 입는 것은 그런 여유로움 때문인 것 같다.

　살짝 열린 창문으로 스며드는 밤공기에 가슴이 두근거린다. 이런 대도시의 한복판에도 봄이 가져온 냄새는 강렬하다. 가로수 밑에서, 맨션의 화단에서, 배수구 안에서 온갖 생물들이 꿈틀대고 있을 것이다. 그리고 자신의 몸속에서도 그 기운이 꿈틀대고 있다.

　다마키가 잠꼬대를 한다. 들판을 자유롭게 뛰어다니던 시절을 꿈꾸고 있는 걸까. 나츠는 이따금 흠칫거리며 눈꺼풀을 떠는 얼룩고양이의 조그만 이마를 집게손가락 끝으로 부드럽게 쓰다듬는다. 고양이는 인간과는 다른 세상을 살고 있는 동물이다. 나츠가 지금까지 길렀던 고양이 중에서 다마키가 가장 고양이답다. 성질이 괴팍하고 변덕스러우며 제멋대로지만 애정으로 가득 차 있다. 특히 주인의 컨디션에 기막히게 민감하다. 주인이 피곤할 때는 약간 떨어져서 지켜보고, 기분이 울적해 보인다 싶으면 조용히 곁으로 와 앉는다.

나츠는 이따금 진지하게 의심해 보기도 한다. 혹시 다마키는 인간의 잠재 의식에 감응하는 능력이 있는 게 아닐까 하고. 실제로 오카지마 교코나 이와이 요스케에게는 두세 번 만에 자연스럽게 다가갔지만, 오랫동안 함께 지냈던 쇼고의 경우에는 목소리만 들어도 어디론가 숨어 버린다. 이쯤 되면 상대를 대하는 주인의 마음을 간파해 자신이 취할 행동을 결정하는 것이라고 생각할 수밖에 없다.

만약 시자와 이치로타가 집에 찾아온다면 어떻게 행동할까. 그는 고양이를 좋아한다고 했는데, 과연 다마키도 그를 마음에 들어 할까. 작년 가을쯤이라면 몰라도 지금은 아닐 것 같다. 요즘에는 시자와에 대한 기억도 거의 떠올리지 않는다. 사실 그가 없었다면 자신은 아직도 사이타마에 있었을지 모른다. 이따금 그런 생각이 들 때면 그에게 고마움을 느끼기도 한다. 지금 돌이켜 보면 상당히 특별한 연애였던 것 같다.

나츠가 마츠모토 쇼운에게 금세 환멸을 느낀 것은 정사에 수반되는 흥정을 벌인 뒤부터 실제로 만나서 관계를 가질 때까지의 시간이 너무 짧았기 때문인지도 모른다. 출장 호스트도 마찬가지다. 상상이 부풀어 오르기도 전에 먼저 결과가 보여 뭔가를 착각할 수도, 매료될 수도 없었다.

하지만 연애라는 게 대개 그렇지 않은가. 분명 시자와의 연애는 특별했던 것이다. 전부 모으면 두툼한 책 한 권이 될 정도로 자주 주고받은 메일. 그 언어의 분량과 그 말 한마디 한마디가 내뿜는 압도적인 힘이 나츠에게 환상을 안겨 주었다. 어쩌면 시자와에게도 안겨 주었을지 모른다. 차라리 만나지 않았다면 또는 단 한 번만으로 끝냈다면, 부풀어 오른 환상은 지금도 그대로 살아 있었을 것이다.

나츠는 문득 다마키가 태어났을 때의 일이 떠올랐다. 새끼 네 마리를 낳은 어미 고양이가 흠뻑 젖은 채 꿈틀거리는 살덩어리를 정성껏 핥아 주더니 갑자기 텅 빈 자궁이 수축하기 시작하자 그 통증에 아랫배를 옥죄며 신음했다.

이제 그런 연애는 싫다. 상실과 동시에 자기 자신이 상처를 입는 연애는 두 번 다시 하고 싶지 않다. 그렇다고 마음에 없는 섹스를 할 수는 없다. 자신은 교코와 달리 상대에 대한 마음이 없으면 느끼기 어려운 체질이라는 것도 알고 있다. 그러니까……

나츠는 투덜대는 고양이를 달래며 무릎에서 내려놓았다. 그러고는 자리에서 일어나 오비를 풀고 기모노를 벗어 옷걸이에 걸었다. 그러니까 그 남자, 오바야시가 아무리 노골적으로 다가오더라도 쉽게 마음을 열 수는 없을 것 같았다. 쇼운을 만나기 전이라면 한번 시도해 볼 수도 있었겠지만 이제 똑같은 실수를 반복하고 싶지 않았다.

여느 때처럼 제안을 거절하기 귀찮아진 나츠가 딱 한잔만 하자는 말에 따라간 바에서 오바야시는 자기 이름이 가즈야라고 했다. 여유로운 말투나 태도로 봤을 때 동년배일 거라고 생각했는데 그녀보다 일곱 살이나 적은 스물아홉이라는 말을 듣고 깜짝 놀랐다. 말이 배우이지 아직은 단역을 주로 맡고 있는데, 시자와의 다음 작품에서는 꽤 괜찮은 역할을 맡은 모양이다. 자신이 초대할 테니 꼭 보러 와 달라고 넉살 좋게 말했다. 역시 시자와의 문하생다웠다. 그 남자는 어딘가 시자와와 비슷한 냄새가 난다. 가까이 다가가지 않는 게 좋을 것 같다.

결국 남는 것은 이와이 요스케밖에 없다. 그와 함께 있을 때가 가장 마음이 푸근하다. 활활 타오르는 격렬한 사랑으로 발전하지는 않겠지만 따뜻한 양지에 있는 듯한 평온한 기분은 보장된다. 서로 자신만의 존재가 되지는 않지만, 그만큼 책임감에서 벗어나 자유롭게 지낼 수 있다. 인생에서 잠시 들렀다 가는 즐거운 길목 같은, 비밀 은신처 같은 관계. 입으로 말하기는 쉽지만 얻기는 기적처럼 어려운 그런 관계.

나츠는 발치로 슬그머니 다가온 다마키의 등을 쓰다듬었다. 꼬리 근처를 간질이자 안개가 낀 듯한 색조의 얼룩 모양이 움찔거렸다. 분무기를 집어 들고 옷걸이에 걸린 기모노에 가볍게 물을 뿌렸다. 이렇게 해 두면 마를 때 땀내도 함께 날아간다.

이와이에게는 쇼운과 있었던 일을 아직 이야기하지 않았다. 이야기는커녕 또 한동안 만나지 못하고 있다. 지금 그의 머릿속은 다음 주에 취재하러 가는 이와테 지방의 연출가에 대한 생각으로 가득 차 있었다. 무리도 아니다. 그는 3년 만에 신작을 내걸고 공연한다는 그 연출가를 열심히 설득해 가까스로 인터뷰 약속을 받아 내는 데 성공했다. 사정을 아는 사람이 들으면 깜짝 놀랄 만한 쾌거였다. 자신의 극단을 운영하면서 연극 대본을 쓰고 연출까지 하는 그는 무대 위에서는 무서울 정도의 달변가지만 평소에는 과묵하기로 유명한 사람이기 때문이다.

"대체 무엇이 마음에 들어 승낙했는지 모르겠어. 개인적으로 팬이라서 그의 작품들은 대부분 다 봤지만, 지금 다시 한 번 DVD로 전부복습하는 중이야. 상대의 입에서 아직 아무도 들어 본 적이 없는 말을끄집어 내려면 이쪽이 먼저 아무도 질문한 적이 없는 걸 물어봐야 하니까……."

이와이가 수화기 저편에서 약간 흥분한 듯 말했다.

나츠도 일에 대한 그런 자세는 바람직하다고 생각했다. 하지만 뭔가 허전했다. 물론 그가 일을 내팽개치고 정사에만 정신이 팔린 남자였다면 이렇게 서로 신뢰할 수 있는 관계가 되진 않았을 것이다. 그렇게 생각하니 도대체 자신이 무엇을 원하는지 알 수가 없었다.

"혹시 방해가 되지 않는다면 나도 이와테에 가서 밤에만 함께 지낼까요?"

나츠가 전화로 그렇게 말하자 이와이는 매우 놀란 눈치였다. 그는얼마 뒤 메일을 보내 왔다.

최근에 여러 가지로 무정하게 굴어서 미안해. 하지만 그와는 첫 대면인데다이렇게 긴 인터뷰도 흔치 않은 기회이니 일단 후회하지 않을 정도의 준비는 해두고 싶어. 일부러 귀중한 시간을 내준 상대가 인터뷰를 마치고, 이 취재에 응해서 다행이라며 기뻐해 주었으면 좋겠어. 그러려면 내가 최선을 다해야겠지.시간적인 제약이 있으니 100퍼센트 완벽하게 준비할 수는 없겠지. 언제나 나중에 아아, 그랬어야 했는데, 하고 아쉬워하게 되더라고. 하지만 1퍼센트라도 긍정적인 방향으로 끌어올릴 수 있다면 끌어올리고 싶어. 나름대로 열심히 했다고 나 자신이 납득할 수 있도록 말이야. 좀 거창한 이야기 같지만, 어쨌든 그런 마음으로 이번 취재에 임할 생각이야. 그래서 열차로 내려갈 때도 긴장감을 늦추지 않으려고 대본을 다시 읽어 보거나 아니면 잠을 잘 거야. 그래도 괜찮아? 정말 괜찮겠어?

나츠는 바로 답장을 보냈다. 물론 그래도 상관없다고. 그리고 자신은 다른 열차로 내려가겠다고 했다. 이와이도 취재를 다 끝내고 밤에 숙소에서 만나는 것이 마음 편할 것이다. 그런데 그렇게 하면서도 뭔가 허전했다. 시자와처럼 이유도 알려주지 않은 채 걷어찰 사람도 아닌데 왜 이렇게 허전한 걸까.

나츠는 지금 자신이 사랑을 듬뿍 받고 싶어서 그러는 거라고 생각했다. 무릎 위에서 몸을 웅크린 고양이처럼 어루만지고 쓰다듬어 주는 누군가에게 마구 응석을 부리고 싶은 것이다. 상대가 자신을 매우 사랑스럽게 여기고 있다는 것을 아무런 의심 없이 온몸으로 느껴 보고 싶은 것이다.

그런데 그와 하룻밤을 느긋하게 보내면서 맛있는 것도 먹고 마음껏 끌어안으면 지금의 이 허전함이 줄어들까. 지금까지 이와이가 귀가 시간을 신경 쓰지 않고 끌어안았던 적은 거의 없다. 그런 점에서 보면 이번에는 어느 정도 채워질 것 같은 생각도 든다.

언젠가 교코에게 이렇게 물어본 적이 있다.

"이제 연애하고 싶다는 생각 안 들어요?"

그러자 교코가 한숨을 내쉬며 말했다.

"연애는 아무리 나이가 들어도 능숙해지지 않더라고. 몇 번을 해도 결국은 젊었을 때하고 비슷한 일로 상처를 받고 비슷한 일로 좌절해. 지금은 오히려 짊어지고 갈 게 늘어서 실패할 확률이 옛날보다 더 높아졌지. 더 좋아질 것도 없으니 이젠 됐어. 포기했어. 지쳐 버렸어."

"연애하는 거요?"

나츠가 되묻자 교코가 고개를 저었다.

"아니, 사랑에 빠졌다가 깨어나는 것. 약물에 취해 극채색 꿈을 꾼 뒤하고 똑같은 것 같아. 깨어난 다음이 힘들잖아. 그러느니 처음부터 꿈 따윈 꾸지 말고 그냥 평화롭게 꾸벅꾸벅 조는 게 훨씬 낫지. 그런 느낌 이해하겠어?"

나츠가 잠깐 생각하고 나서 대답했다.

"대충 이해할 것 같아요."

그때 나츠의 머릿속에 떠오른 것은 이와이의 얼굴이었다. 동그스름한데도 왠지 기린을 연상케 하는 은테 안경을 낀 얼굴. 아니, 기린과 닮은 것은 체형이다. 기린은 결코 울지 않는다고 가르쳐 준 것도 그다. 고통스럽게 죽어 갈 때조차 울음소리를 내지 않는다고 한다.

나츠는 컴퓨터 앞에 앉아 작업 중인 원고를 펼쳤다. 일을 미리 해 놓아야 다음 주에 홀가분한 마음으로 이와테에 갈 수 있을 것이다.

홍콩에서 돌아온 직후에는 이와이가 지금의 관계에 더 깊이 빠져 있었던 것 같은데, 대체 언제 이렇게 역전된 것인지 모르겠다. 지금 생각해 보니 쇼운을 호텔에서 만난 것도 이와이에게 보란 듯이 일부러 그랬던 것 같은 느낌이 든다. 아아, 어째서 남자와 여자는 이렇게 서로를 똑같은 타이밍으로 마주 보지 못하는 걸까.

예전에 이와이와 잠깐 사귀었을 때 그의 방에서 존 레논과 오노 요코가 함께 발표했다는 앨범을 들은 적이 있다. 기묘한 앨범이었다. 레논이 아들에 대한 애정을 절절하게 노래하더니 그다음에는 요코가 남자에 대한 노골적인 욕망을 신음 섞인 목소리로 노래한다. 그렇게 두 사람의 노래가 번갈아 들어 있었다. 당시에는 어이가 없어 다시는 듣고 싶지 않았지만 지금 생각해 보니 이해가 간다. 아무리 서로 사랑해도 남자와 여자는 전혀 다른 곳을 쳐다보고 있다는 진실을 그렇게 뚜렷하게 부각시킨 앨범은 없었던 것 같다.

4

텅 빈 상점가를 휩쓸고 지나가는 바람이 무척이나 차갑다. 3월 하순이지만 이와테는 아직 한겨울이다. 옷을 두툼하게 입고 와서 다행이라는 생각이 들었다.

나츠는 머플러에 코까지 깊게 파묻은 채 불빛이 어스레한 아케이드를 걸었다. 할인 판매하는 약국, 스니커와 샌들이 눈에 띄는 신발 가게, 다양한 색상의 옷감을 파는 수예용품점 등이 있고 오래된 듯한 커피 전문점에서는 향긋한 커피 냄새가 새어 나오고 있었다.

주머니 안에서 꼭 쥐고 있던 휴대전화를 꺼내 들었다. 이제 4시가 조금 지났다. 이와이는 한창 인터뷰를 하고 있을 것이다. 만약 인터뷰 중 상대가 식사라도 제안하면 더 늦어질 거라고 했다. 이견이 있을 리 없었다. 그는 이곳에 일하러 온 것이다. 식사 자리나 술자리에서는 상대가 더 허심탄회하게 이야기해 줄지도 모른다.

한편으로는 이와이가 만족스러워하는 결과가 나왔으면 좋겠다고 생각하면서도 다른 한편으로는 그 반대의 상황을 바라고 있는 자신을 보니 한숨이 나왔다. 함께 식사하는 것 정도는 도쿄에서도 할 수 있지 않은가. 소풍 도시락과 마찬가지로 먹는 장소가 다르기 때문에 즐거울 거라고 여겨지는 것뿐이다.

나츠는 그런 생각을 하면서 천천히 걸음을 옮겼다. 남부 철기나 옻그릇 같은 공예품을 진열해 놓은 토산품 가게 앞에 다마키와 닮은 고양이가 웅크리고 있었다. 고양이를 쓰다듬다가 문득 생각난 것이 있어 그 옆의 꽃집으로 들어가 봄을 알리는 스위트피 한 다발을 샀다. 낯선 호텔의 객실이라도 꽃을 꽂아 놓으면 마치 자신만의 공간이 된 것같아 긴장이 풀렸다. 그러고 보니 시자와 처음 만났던 날 밤에도 꽃을 사서 호텔 객실에 꽂아 놓았다. 나츠는 꽃다발을 코끝에 대고 달콤한 향기를 들이마셨다. 마지막으로 밤중에 배가 고프면 먹으려고 간

식거리를 산 뒤 역 앞의 호텔로 돌아갔다.

잠깐 눈을 붙이기로 했다. 이와이와 1박 2일을 보내기 위해 어젯밤에 밤새 일했더니 피곤했다. 머리맡에 꽃을 꽂고는 잠을 청했다.

한숨 자고 눈을 뜨니 바깥은 이미 어둑어둑했다. 그때 휴대전화가 울렸다. 처음에는 알람 소리인가 싶어 울리도록 두었다가 황급히 휴대전화를 집어 들었다.

"여, 여보세요."

수화기 저편에서 이와이가 조심스럽게 말했다.

"기다리게 해서 미안해. 일이 이제야 끝났어."

"어땠어요? 인터뷰는 잘했어요?"

"그럭저럭. 꽤 흡족해하시는 것 같더군."

인터뷰는 잘 진행되었지만 상대가 중요한 볼일이 있어 저녁 식사는 함께할 수 없었다고 한다. 상대도 많이 아쉬워했던 모양이다.

"술이라도 한잔했으면 좀 더 많은 이야기를 들을 수 있었을 텐데."

그 말을 들으니 조금 안타까운 생각도 들었다.

나츠는 이와이에게 객실 번호를 알려주고 전화를 끊은 뒤 침대에서 내려와 서둘러 몸치장을 했다. 양치질을 하고 거울을 들여다보고 화장을 고치다 보니 문득 소풍 전날이 떠올랐다. 이 짧은 여행에서 가장 즐거운 순간은 바로 지금이 아닐까 싶었다.

이와이를 기다리는 들뜬 마음 한켠에는 희미하게나마 지워지지 않는 허전함이 자리하고 있었다. 그가 남의 사람이라서 허전한 게 아니었다. 그와 살고 싶은 생각은 없다. 단지 지금 이 순간에 그의 마음이 자신에게로 향하고 있지 않다는 게 허전했다. 그는 단순한 우정에서 이미 다른 뭔가로 바뀌고 있는 나츠의 마음을 알고 있으면서 자신의 생각을 한 번도 언급하지 않았다. 사실은 그도 똑같은 마음일 거라고 나츠는 생각했다. 말을 통해 뭔가가 전해지는 것을 두려워하고 있는 걸까. 함부로 말했다간 다시는 돌이킬 수 없다고 생각하는 것 아닐까. 나츠가 보기에는 그가 오기로 입을 다물고 있는 것 같았다.

그러고 보니 언젠가 침대에서 끌어안은 채 말로 서로의 감정을 부추겼던 적이 있었다. 금방이라도 절정에 달할 것 같은 그 순간에 이와이가 불쑥 말을 꺼냈다.

"나츠, 난 사랑한다는 말을 아내에게만 해."

"괜찮아요. 선배의 그런 면이 좋아요."

나츠는 미소를 지었다. 그러나 한편으로는 가슴 한구석이 쓸쓸했다.

통화한 지 10분도 지나지 않아 초인종이 울렸다. 문구멍으로 내다보니 타원형으로 찌그러진 복도에 평소보다 캐주얼하게 차려입은 이와이가 서 있었다.

"우아, 뭐 이렇게 좋은 방을 얻었어?"

그는 안에 들어서자마자 내부를 둘러보며 말했다.

"미리 말해 두는데 여기 호텔비는 내가 낼게."

"됐어요."

"또 그런다."

"정말 됐어요. 별로 비싸지도 않아요. 도쿄에 비하면 꽤 싼 편이에요."

"하지만 나도 출장비 정도는 받고 있거든."

"그래도 혼자 출장 왔다면 여기보다 싼 비즈니스 호텔을 이용했을 것 아니에요. 어쨌든 이번엔 내가 마음대로 따라온 거니까 이 정도는 내가 계산해야죠."

이와이는 체념한 듯 한숨을 내쉬었다.

"알았어, 그 대신 저녁은 내가 살게. 이건 반대하지 않겠지?"

"반대할 리 있나요."

나츠가 웃었다.

두 사람은 인터뷰 상대인 연출가가 알려주었다는 음식점에서 생선 요리로 배를 채우고 근처의 바에 들어가 이런저런 이야기를 나눈 뒤 알딸딸한 기분으로 호텔까지 걸어갔다. 밖에서 함께 식사한 것도 홍콩에서 돌아온 이후 처음이고 팔짱을 끼고 걷는 것도 처음이었다. 지난 여덟 달 동안 섹스에만 열중했다고 생각하니 어이가 없었다.

"그래도 이야기는 많이 했잖아. 당신하고는 섹스할 때뿐만 아니라 이렇게 이야기할 때도 즐겁다니까."

이렇게 말하고는 차가워진 나츠의 손을 자기 주머니에 넣고 가볍게 쥐었다.

"그 스님은 그 뒤로 연락이 없었어?"

"바로 다음 날 메일이 왔어요. 내용이 굉장히 진지했어요."

"뭐라고 썼는데?"

"아침 예불을 드릴 때 부처님께 꾸지람을 들었대요."

이와이가 웃음을 터뜨렸다.

"그러면서도 또 만나 달라고 했겠지?"

"네."

"또 만날 거야?"

"아뇨."

"왜?"

"글쎄요……."

나츠가 잠시 머뭇거리다 대답했다.

"만나 봐야 별 재미가 없으니까."

"우아, 그건 너무 심하네."

"그 스님한테서는 금기를 깨는 괴로움이나 배덕한 음란함을 전혀 찾아볼 수가 없더라고요. 그렇다면 차라리 평범하고 좀 더 능숙한 남자하고 자는 게 낫잖아요."

"이를테면 나 같은 남자?"

"네, 네."

이와이가 웃으면서 주머니에 들어 있는 나츠의 손을 더욱 꼭 쥐었다.

"솔직히 난 성직자라는 신분을 이용해 그런 짓을 하는 녀석의 근성이 정말 마음에 들지 않아. 하지만 이번 일에 대해서는 당신을 칭찬해 주지."

"칭찬이오? 무엇을 칭찬해 준다는 거죠?"

나츠가 놀란 목소리로 물었다.

"당신이 땡중하고 하는 걸 스스로 선택하고 결정했다는 것. 그건 당신이 지닌 탐욕스러운 호기심에 대해 스스로 솔직해진 결과잖아. 남편하고 지낼 때였다면…… 아니, 아마 시자와 씨에게 깊이 빠져 있을 때였다면 절대 그러지 않았을 것이고, 할 수도 없었을 거야. 아닌가?"

"그럴지도 모르겠네요."

"게다가 산전수전 다 겪은 땡중하고 맞붙어서 이긴 거니까."

"그게 이긴 건가요?"

"진 건 아니잖아. 사실 섹스에 대해서는 당신을 이길 남자가 거의 없지."

이와이가 웃으며 말을 이었다.

"어쨌든 그것도 칭찬받을 일이니까. 대단해요, 대단해."

이와이가 다른 한 손으로 머리를 쓰다듬자 나츠가 뿌루퉁히 말했다.

"역시 질투는 하지 않네요."

"아니, 나도 조금은 질투한다니까. 그래서 나중에 벌주려고. 아, 이런, 엉뚱한 소리를 하니까 발이 땅에 붙어 버리네."

이와이가 장난스럽게 상체를 앞으로 구부렸다.

나츠가 웃었다. 셔터가 내려진 상점가를 지나가는 바람은 귀가 얼얼할 정도로 차가웠지만 이대로 하염없이 걷고 싶었다.

호텔에 돌아오자마자 발끝까지 차가워진 몸을 따끈한 목욕물에 담갔다. 이제야 살 것 같았다. 몸이 따뜻해지고 나서야 풀 먹인 시트로 파고들었다. 서로의 살갗에서 물씬 풍기는 비누 냄새를 맡으니 왠지 기분이 새로웠다. 내일 낮까지 함께 있을 수 있다고 생각하니 섹스를 하기 전에 이런저런 이야기를 나눌 여유도 생겼다.

나츠는 이와이에게 오바야시와 만난 일을 들려주었다.

"용케 계속 새로운 남자를 만나네. 뭔가 남자를 유혹하는 특별한 냄새라도 풍기는 것 아냐?"

이와이가 쓴웃음을 지으며 질린 듯이 말했다.

"시끄러워요."

"그래서 그 남자하고도 잘 생각이야?"

"자지 않을 거예요."

"어째서? 꽤 즐겁게 대화를 나누었을 텐데."

"그건 그렇지만…… 나보다 일곱 살이나 적은데도 인생 경험이 풍부하더라고요. 배우가 되기 전에 좀 위험한 일을 많이 한 모양이에요. 인간의 내면에 있는 어두운 부분 같은, 안 봐도 되는 것까지 전부 본 듯한 느낌이었어요."

"으음, 재미있는 사람 같은데 잘해 보지 그래? 어차피 그쪽은 그런 마음으로 당신에게 접근했을 텐데."

"뭐 그렇겠죠."

나츠는 일부러 그렇게 대꾸하고는 코웃음을 흘렸다. 하지만 이와이는 담담한 표정이었다. 그는 침대에 엎드린 채 협탁 위 캔 맥주로 손을 뻗으며 말했다.

"왜 그 사람하고는 안 자는 거야?"

"내가 좋아하는 타입이 아닌걸요."

"솔직히 당신의 취향은 있으나 마나 한 것 아닌가?"

"어머, 좀 심하네요."

"당신이 얼굴을 따지는 것도 아니고. 게다가 학창 시절에 사귀었던 녀석도 그렇고 남편이나 시자와 씨도 그렇고, 물론 나도 포함되지만, 공통점이 전혀 없잖아. 아, 스님은 당신 취향에 맞던가?"

"그런 건 아니지만, 적어도 그와의 잠자리 정도는 상상할 수 있었어요."

"그런데 오바야시는 상상이 안 되는 모양이군."

"네, 아쉽게도 도저히 상상이 안 되더라고요."

이와이가 뭐가 그렇게 우스운지 너털웃음을 터뜨렸다.

"하하하, 이것 참……."

"왜 그래요?"

"우리가 대체 무슨 관계인지 모르겠네."

"조금 이상한 관계죠."

"조금이 아냐. 나도 나 자신을 잘 모르겠어. 당신이 계속 다른 남자와 자는데도 왜 이렇게 태연한 건지. 아니, 그렇게 마음이 평온한 것도 아닌데. 으음."

"자신이 있기 때문 아닌가요?"

"자신이라면 테크닉 말인가?"

"그런 의미가 아니라……."

자기가 얼마나 소중한 존재로 여겨지고 있는가 하는 것에 대한 자신감 말이에요. 나츠는 그렇게 말하려다가 그만두었다. 그 말을 듣고 곤혹스러워하는 그의 얼굴을 오늘 밤만큼은 보고 싶지 않았다. 그녀는 화제를 돌렸다.

"어쨌든 이런 자유로운 관계도 괜찮네요. 구속하거나 구속당하는 관계가 아니라, 서로에 대한 절대적인 신뢰를 바탕으로 느슨하게 연결된 관계라고나 할까요."

진심이다. 그런데 그 말을 하면서 왜 이렇게 허전한 걸까.

나츠는 이와이의 턱 밑으로 슬그머니 코끝을 들이댔다.

"오래전에 당신이 말했잖아요. 우리는 애인보다는 친구 같은 관계라고."

"내가 그런 말을 했던가?"

"했어요. 벌써 잊은 거예요? 내가 그 말을 듣고 얼마나 기뻐했는데."

"아, 잊을 리가 있나. 다 기억하고 있어."

이와이가 황급히 나츠의 등을 쓰다듬으며 말했다.

"미안해, 좀 멋쩍어서 그런 거야."

"저기요……."

"응?"

"만약에 언젠가 우리 사이에 이런 관계가 사라지면 말이에요, 그래도 친구로 남아 줄 거예요? 내 곁을 떠나지 않을 거예요?"

이와이는 고개를 뒤로 살짝 젖히고 나츠의 눈을 들여다보았다.

"아무래도 그건 내가 해야 할 말인 것 같은데. 그런 상황이 되면 당신이야말로 나를 거들떠보지도 않는 것 아냐?"

"그런 일은 없을 거예요."

"그럴까? 당신은 굉장한 연애 체질이잖아."

"그런 일은 없다니까요."

"그걸 어떻게 알아?"

"그건…… 연애는 환상일 수도 있지만 우정은 그렇지 않잖아요."

이와이가 뭔가 말하고 싶은 듯 입을 우물거렸다.

"왜요?"

"아무것도 아냐. 당신을 끌어안고 있으면 마음이 편해지는 것 같아서."

그게 무슨 말이에요, 하고 웃었지만, 그 웃음은 곧바로 신음으로 바뀌었다. 그의 촉촉한 입 속으로 쏙 들어간 젖꼭지가 화끈거렸다. 그가 젖꼭지를 머금은 채 말했다.

"당신의 몸은 정말 말랑말랑하고 깨끗하네."

"그건 칭찬이 아니네요."

"칭찬인데."

"흥, 전에 그랬잖아요. 피부는 아내가 더 깨끗하다고."

"어떻게 그런 심한 말을."

"당신이 그랬다니까요."

"아, 물론 아내의 피부도 깨끗하긴 한데……."

그가 이로 젖꼭지를 살짝 깨물자 그녀는 몸을 움찔했다.

"솔직히 아내에 대한 죄책감 때문에 그렇게 말한 거야."

"아, 아아!"

"쉿, 옆방에 다 들려."

그의 공세는 여느 때보다 집요했다. 도쿄에서 멀리 벗어난 곳이라서 그런지 홀가분해 보였다.

나츠는 어금니를 악물고 신음 소리와 동시에 밀려오는 그리움을 억눌렀다. 억누르면 억누를수록 더욱 애달파졌다. 그럴수록 살아 있다는 느낌도 더욱 강렬해졌다. 지난 몇 년간 자신은 죽어 있었던 것이나 마찬가지라는 생각이 들었다. 그때 문득 몽롱한 의식의 밑바닥에서 아까 이와이가 했던 말이 떠올랐다.

'연애 체질⋯⋯.'

귀전에서 징이 울린 것 같았다. 한순간 뭔가가 보이는 듯했다.

"왜 그래?"

나츠가 동작을 멈추자 이와이가 물었다.

"⋯⋯아뇨, 아무것도 아니에요."

나츠는 그의 목에 팔을 감았다. 후끈거리는 건조한 뺨에 자기 뺨을 갖다 댔다.

"저어, 선배⋯⋯."

"응?"

"내가 이런 말을 하면 별로 설득력은 없겠지만⋯⋯."

"무슨 말인데?"

"선배를 정말로 좋아해요."

이와이가 쓴웃음을 지으며 말했다.

"그 정도는 알고 있어."

제 6 장

1

아스팔트를 때리는 빗소리가 들린다. 반쯤 열린 창문으로 스며드는 습기에 몸이 끈적거리고 머리카락이 무거워진다. 사이타마 집을 뛰쳐나온 지 1년 남짓. 계절은 빠르게 바뀌고 있다. 작년 장마철에는 상당히 힘들었다. 횡단보도에서 자전거에 몸을 의지한 채 가까스로 서 있던 적도 있는데, 이제는 그때의 고통스러운 기억도 희미해졌다. 이렇게 조금씩 잊혀지기 때문에 그럭저럭 살아갈 수 있는 것이리라.

나츠는 유리 테이블에 놓인 리모컨을 집어 들어 제습 버튼을 눌렀다. 천장에 달린 에어컨에서 바람이 나오는데도 침대 위의 다마키는 꼼짝도 하지 않고 계속 자고 있다. 일기예보에 따르면 내일은 아침부터 맑을 거라고 한다. 그렇다면 걱정할 필요가 없다고 생각하면서도 기모노를 마룻바닥에 펼쳐 놓은 채 계속 망설이고 있다. 홑옷에서 여름용 얇은 옷으로 바꿔 입기에는 조금 이르지만, 기분만이라도 계절을 앞서가고 싶다. 물빛 소매에 무늬 없는 단색 오비가 좋을까, 아니면 물결무늬의 쪽빛 오비가 좋을까. 이 계절에는 기모노를 제대로 맞춰 입기가 정말 어렵다.

사이타마에서 지낼 때는 기모노를 입을 기회가 별로 없었지만, 그래도 유카타^{평상복으로 입는 일본 전통 의상}만큼은 자주 입었다. 저녁때 목욕을 마친 뒤 유카타를 입고 툇마루에서 시원한 바람을 쐬면 여름을 만끽하고 있는 기분이 들었다. 풀베기나 밭일 등으로 하루의 일과를 끝낸 쇼고는 맥주를 꿀꺽꿀꺽 맛있게 마시고, 술을 잘 못하는 나츠는 보리차를 마시며 삶은 풋콩을 집어 먹었다. 다마키는 귀뚜라미나 개구리를 쫓아다니고 애완견 하야토는 이제나저제나 풋콩 껍질이 날아오기만을 기다렸다. 그리고 저편에는 금방이라도 녹아내릴 듯 붉게 물든 저녁노을이……

그때는 그때대로 행복한 시간이었던 것 같다. 하루를 보내면서 하늘에 감사하고 싶어지는 나날들. 스스로 뛰쳐나왔다고 해서 그곳에서 그와 함께 보냈던 모든 시간이 거짓이었던 것도 아니고 아깝지 않았던 것도 아니다.

몇 달 만에 사이타마를 다시 찾았다. 장맛비가 잠깐 멈추었던 지난주 초 오랜만에 그 역에 발을 내디뎠다. 지대가 높은 플랫폼에서 눈에 익은 거리와 반짝이는 하천을 내려다본 순간 가슴이 벅차올랐다. 그래도 다시 돌아가고 싶은 생각은 없었다. 이 동네가, 이곳에서의 생활이 소중했을 뿐. 나츠는 눈시울이 뜨거워지려는 것을 가까스로 참으면서 전철에서 내린 사람들이 모두 떠나간 뒤에도 한동안 그대로 우두커니 서 있었다.

"굳이 그렇게 한꺼번에 다 옮기지 않아도 되는데. 필요할 때 또 가지러 오면 되잖아. 말만 하면 내가 차로 가져다줄 수도 있고."

쇼고는 나츠가 적어 온 리스트를 바탕으로 필요한 물건들을 부지런히 정리하면서 말했다.

"고마워요."

나츠는 운송업자가 운반하기 편하도록 책과 옷가지를 골판지 상자에 차곡차곡 담아 복도에 쌓아 놓았다.

이혼하고 싶다는 생각은 여전히 엉거주춤한 상태로 공중에 떠 있었다. 쇼고는 적어도 1년만이라도 결정을 보류해 달라는 말만 되풀이했다. 시간이 지나면 마음이 바뀔 거라고 생각하는 모양이다. 창틀 안쪽에 매달린 풍경이 에어컨 바람에 흔들리며 작은 소리를 냈다. 도쿄의 집이 비좁아서 자주 입지 않는 기모노나 오비까지 가져올 필요가 있나 싶었지만 결과적으로 가져오길 잘했다는 생각이 들었다. 지난주에 이 옷을 가져올 때만 해도 이렇게 바로 입으리라고는 생각지 못했다.

이튿날 오후. 나츠는 유라쿠초까지 연극 공개 리허설을 보러 갔다. 시자와 이치로타가 연출하는 연극이었다. 당사자가 초대한 것이 아니라서 사양하고 싶었지만 기획자인 지인이 꼭 참석해 달라고 부탁했기 때문에 거절할 수가 없었다.

셰익스피어 작품을 패러디한 부분이 간간이 눈에 띄는 연극이었는데, 나중에 알고 보니 오바야시가 꽤 비중 있는 조연을 맡고 있었다. 오바야시의 연기는 예상 외로 괜찮은 편이었고 나름대로 재능도 엿보였다. 나츠는 문득 그의 연기에 안도하는 자신에게 놀랐다.

연극 자체는 상당히 난해했다. 그렇잖아도 이해하기 어려운 내용인데 시자와의 연출이 그 난해함을 더하고 있었다. 나츠는 객석에 앉아 양미간을 찌푸렸다. 알 만한 사람은 다 안다는 건가. 하지만 자신은 도무지 이해가 되지 않는다. 이 연출을 독선적이라고 느낀 것이 시자와에 대한 개인적인 악감정 때문이라고는 생각하지 않는다. 하지만 몇 달 전, 그러니까 아직 그에게 빠져 있을 무렵에 똑같은 작품을 보았다면 이 난해함까지도 대놓고 칭찬했을지 모른다.

여기까지 온 이상 인사도 안 하고 돌아갈 수는 없었다. 공연이 끝난 뒤 대기실로 들어가자 배우들과 함께 있던 시자와가 얼굴을 들고 나츠를 쳐다보았다.

"이야, 오랜만이군."

그는 느릿느릿 다가와 그녀를 구석 테이블로 데려갔다. 그녀는 커다란 등 뒤로 묶은 머리를 보자 한순간 현기증이 일었다. 둘 사이에 일어났던 일은 자신의 망상이었을 뿐이라는 생각이 들었다.

"읽어 봤어."

의자에 털썩 앉자마자 시자와가 말했다.

"네?"

"홍콩을 무대로 쓴 희곡 말이야."

그제야 겨우 의미가 전달되었다. 지난달에 한 연극 잡지에 실린 그 희곡을 말하는 것이다.

아, 그래도 읽긴 했네. 이제야 기분이 조금 풀리는 것 같아, 감사합니다, 하고 머리를 숙이자 시자와가 퉁명스럽게 말했다.

"그런데 말이야, 그건 좀 심하더군. 난 관능을 파헤치라고 했지 그런 걸 쓰라고 한 적은 없는데. 대체 무대와 시대적 배경을 왜 그렇게 설정한 거지? 그냥 평범하게 현대로 설정해도 될 텐데. 주인공까지 굳이 창녀로 설정한 것은 성을 갈망하는 그 여자와 네 자신을 떼어 놓고 싶었기 때문이겠지."

나츠는 가까스로 말했다.

"그런 것 아니에요."

"말은 잘하네. 언제까지 그렇게 도망 다닐 거야?"

"도망친 게 아니라니까요."

"시끄러워. 그렇게 계속 머리 나쁜 관객에게 서비스하는 식으로 쓰면 더 이상 발전할 수가 없어. 자기 자신을 과감히 내버리고 완전한 허구 세계를 만들어 보라니까."

시자와는 나츠의 반발에 발끈했는지 둘둘 말은 대본으로 테이블 가장자리를 탁탁 내리치며 거칠게 내뱉었다.

나츠는 문득 쇼고가 떠올랐다.

　아아, 이 소리다. 이 소리가 언제나 뭔가를 단번에 끝내 버린다.

　두 사람이 어떤 이야기를 하는지는 명확히 들리지 않겠지만, 약간 떨어진 곳에서 배우들과 극단 관계자들이 그들 쪽을 신경 쓰고 있었다. 나츠는 마지못해 입가에 미소를 띠며 고개를 끄덕였다. 사실은 되받아치고 싶었다. 이런 연극을 자랑스럽게 공연하는 사람한테 그런 말을 듣고 싶진 않다고.

　자신을 바보 취급하는 건 괜찮다. 하지만 다카토 나츠메가 쓴 작품을 평가해 주는 관객까지 바보 취급하는 데는 정말 화가 났다. 부글부글 끓어오르는 것만이 아닌 점점 싸늘해지는 분노도 있다는 것을 처음 알았다. 그 차가워진 머릿속으로 예전에 시자와가 보낸 이메일 내용이 떠올랐다. 그때 그는, 창작에 관해서는 남편이 일절 참견하지 못하게 하라고 했다. 또한 상대의 말을 듣기 싫으면 필요 없다고 확실하게 말하거나 또는 웃으며 한 귀로 흘려 버리라고 했다.

　때마침 기획자인 지인이 대기실로 들어와 나츠를 불렀다. 나츠는 기다렸다는 듯 자리에서 일어났다.

　"미안하지만 볼일이 있어서 이만 실례해야겠어요. 여러모로 고마웠습니다."

　나츠가 만면에 미소를 띤 채 고개를 숙이자 시자와는 약간 놀란 얼굴로 그녀를 올려다보았다. 그러고는 한 박자 늦게 '으응' 하고 말했다.

6월이 거의 끝나 갈 무렵에 일흔두 살인 쇼고의 외삼촌이 쓰러졌다. 뇌경색이었다. 의식이 회복될 가능성이 거의 없었다. 의사는 며칠을 못 넘길 거라고 했다. 자식이 없는 외삼촌 내외가 쇼고와 그의 여동생 미치루에게는 거의 부모나 다름없는 존재였다. 나츠도 결혼 초기에 도움을 많이 받았다. 그런데 쇼고는 절대로 병문안을 가지 않겠다고 고집을 피웠다. 몇 해 전에 외삼촌과 사이가 틀어진 뒤로 쇼고 쪽에서 일방적으로 관계를 끊어 버린 것이다. 둘 사이가 나빠진 것은 쇼고가 일을 그만두고 집안의 주부 역할을 자청하고 나섰기 때문이다. 옛날 분이었던 외삼촌은 쇼고의 선택을 도저히 이해할 수 없었던 모양이다.

친아들처럼 귀여워했던 자랑스러운 쇼고가 그 잘난 아내 때문에 완전히 변해 버렸다. 아내는 아내답게 집에서 얌전히 살림이나 하면 되는데 대본을 쓴답시고 경박스럽게 자꾸 밖으로 나돌고 있다. 방송국이나 잡지사에서 치켜세워 주니까 자기가 잘난 줄 안다. 쇼고도 문제다. 아내에게 따끔하게 한마디 해 주면 될 것을 자신의 평생직장을 그만두었다. 그러고는 아내에게 돈벌이를 시키고 자신은 집에서 살림을 한다고? 그게 사내가 할 짓인가. 한심하다.

"그래도 병문안은 가 봐야죠."

나츠는 쇼고가 전화로 외삼촌의 병환에 대해 이야기할 때마다 그렇게 말했다.

"당신이 자신보다 나 때문에 외삼촌한테 화가 났다는 것 잘 알아요.

그건 고맙게 생각해요. 하지만 이제 그만하면 됐잖아요. 외삼촌은 외삼촌대로 당신을 생각해서 그런 거니까요. 게다가 이제 살날도 얼마 남지 않은 분이에요. 그러니까 한번 가 봐요. 부탁이에요. 외숙모도 당신이 와 주길 바라고 계실 거예요. 당신하고 다툰 건 외삼촌이지 외숙모가 아니잖아요."

"그야 그렇지. 그런데 당신도 참 성격 좋네. 외숙모도 외삼촌하고 단둘이 있을 땐 당신에 대해 이런저런 안 좋은 소리를 해 댔을 텐데."

"부부니까 그런 건 당연하잖아요."

그러다가 문득 생각했다.

이 사람은 아직도 순수하다. 그러니까 사회생활이 서투르고 소심하고 완고할 수밖에 없다. 그는 신뢰하는 상대에 대한 기대치가 높아서 배신당하면 깊은 상처를 받는다.

10년 남짓 함께 사는 동안 그것 때문에 여러 번 부딪쳤다. 인간관계를 좀 더 느긋하게 받아들이고 남들에 대해 적당히 포기하고 넘어가면 그렇게 피곤할 일도 없을 텐데. 그의 그런 부분은 앞으로도 바뀌지 않을 것이다.

"조카며느리는 아무리 잘해도 남이에요. 타인과 진심으로 마음이 통하거나 서로 용서하는 건 기적에 가까운 일이잖아요. 그래도 얼굴을 마주했을 때 겉으로라도 상대를 배려하는 태도를 취할 수 있다면 그걸로 충분하다고 생각해요. 적어도 외숙모는 외삼촌과 당신이 대립했을 때도 내게 다정하게 대해 주셨어요. 속마음까지는 모르겠지만 어쨌든 그때의 그 일만으로도 외숙모께 감사하고 있어요. 그러니까 부탁이에요. 외숙모가 와 달라면 꼭 가 봐요. 적어도 외숙모하고는 관계를 이어 갔으면 좋겠어요."

나츠는 달래기보다는 위로하는 기분으로 말했다.

결국 쇼고는 병원에 찾아가 의식이 없는 외삼촌의 얼굴을 들여다보고 왔다. 나중에 그는 이렇게 말했다.

"잔혹한 일이더군. 뇌는 이미 죽은 상태인데 얼굴은 반질반질한 게 혈색이 좋더라고. 그러니 주변 사람들은 얼마나 갑갑하겠어."

그러고는 외삼촌이 돌아가시더라도 장례식에는 가지 않겠다고 고집을 부렸다. 장례식에서 위로를 받는 것은 고인이 아니라 남은 사람들이라고.

나츠는 당연한 것 아니냐고 대꾸하고 싶었지만 더 이상 아무 말도 하지 않았다. 그렇다고 남편이 참석하지 않는다면 아내인 자신만이라도 가야겠다는 생각은 들지 않았다. 그런 관계를 계속 이어 가고 싶은 마음도 없거니와 더 이상의 말은 위선일 수밖에 없다고 생각했기 때문이다. 하지만 마음은 답답했다.

일이 이렇게 되기 전에 자신이 적극적으로 나설 수도 있었다. 그런데 왜 쇼고에게 외삼촌과 화해하라고 좀 더 강하게 권하지 않았을까. 외삼촌이 화해할 기회를 잡지 못해 계속 오기를 부리는 것도 알고 있었다. 하지만 두 사람 사이가 멀어지면 자신도 시댁의 번거로운 친척 관계에서 벗어날 수 있다고 생각해 아무런 조치를 취하지 않았다. 그런

얄팍한 생각이 이런 결과를 초래한 것인지도 모른다. 돌이킬 수 없는 사태가 일어난 뒤에 마치 약속이나 한 듯이 자책하는 이런 행위는 자기변호일 뿐이다. 나츠는 그렇게 생각하니 기분이 더욱 우울해졌다.

쇼고와 통화한 그날 밤, 나츠는 방에서 선잠을 자고 있었다. 전날 밤에 뉴스 프로그램 게스트로 불려 나갔고 낮에는 드라마 프로듀서들과 회의를 했으며 집에 돌아와서는 잡지사에 보낼 에세이를 썼다. 그러고는 피곤해서 잠깐 누웠는데 어느새 잠이 들고 말았다.

휴대전화 소리에 잠이 깼다. 밤 9시가 조금 넘어 있었다. 쇼고였다.

"외삼촌 장례식에 갔다가 조금 전에 돌아왔어."

나츠가 조심스럽게 물었다.

"언제 돌아가신 거예요?"

"그저께. 칠석날 밤에."

"왜 바로 연락하지 않았어요?"

"괜히 당신까지 신경 쓸 것 같아서."

"신경 쓰이겠죠. 당연한 것 아닌가요?"

쇼고가 담담한 어조로 말했다.

"그래서 연락하지 않은 거야."

"어쨌든 당신이라도 장례식에 갔으니……."

나츠가 다행이라고 말하려 하자 쇼고가 말을 가로챘다.

"외숙모가 나한테 그러더군. 형식적인 장례식이 못마땅하다면 집

안사람들끼리만 장례식을 치르면 되겠냐고, 그럼 장례식에 오겠냐고. 그런 거라면 나도 참석하겠다고 했지."

그렇게까지 했어야 했나 하는 생각이 들었다. 자신이 옳다고 생각하는 대로 밀어붙이려고 평생의 동반자를 잃어버린 연로한 외숙모에게 그렇게까지……

나츠가 잠자코 있자 쇼고가 말했다.

"당신 지금 화난 거지?"

"그건 알아요?"

"으응, 미치루도 화를 내더군. 매정하다느니 횡포라느니. 내가 너무 제멋대로라더군. 다 맞는 말이긴 하지만."

"사실은 그렇지 않다는 걸 나도 아가씨도 잘 알고 있어요. 하지만 당신이 정색하면서 이런 자신을 도저히 바꿀 수 없다며 아무런 노력도 하지 않는 것에 대해선 정말 화가 나요. 아주 많이."

"하하하, 당신이 화내니까 무서운데. 어쨌든 일단 알려주긴 하는데, 당신은 아무것도 신경 쓸 것 없어."

쇼고가 가라앉은 목소리로 말하고는 전화를 끊었다.

휴대전화 화면이 어두워졌다. 창문 아래 길로 몇 사람이 웃으며 지나갔다. 외삼촌이 그저께 밤에 돌아가셨다? 왠지 실감이 나지 않았다. 혼자 방에서 우두커니 있으니 더욱 현실감이 떨어졌다. 1년 전이었다면 이럴 때 가장 가까이에서 서로를 위로해 주었을 텐데, 지금은 쇼고의 슬픔이 멀게 느껴졌다.

솔직히 외삼촌의 사망 소식에도 눈물이 나지 않았다. 결혼 초기에 몇 년간 왕래가 있었을 뿐 쇼고가 일을 그만둔 뒤에는 서로가 발길을 뚝 끊었기 때문이다. 또한 그때까지 외삼촌 내외가 자신을 귀여워하고 있다고만 생각했던 만큼, '그 잘난 아내'로 이어지는 말은 아직도 나츠의 가슴에 응어리로 남아 있었다. 그럼에도 불구하고 그 완고한 외삼촌이 이제 이 세상에 없다는 현실은 그녀에게 폭력적일 정도의 허전함을 안겨 주었다.

한 사람의 죽음은 누군가에게 때늦은 후회를 안겨 준다. 슬플 때 눈물이 나지 않는 게 이토록 힘든 일인 줄 몰랐다. 차가운 가슴 한켠에는 떨쳐 낼 수 없는 후회가 자리하고 있다. 이 감정에 '슬픔'이라는 라벨을 붙이고 펑펑 울 수 있다면 얼마나 마음이 편할까. 뭔가가 가슴을 짓누르고 있는 기분이었다.

이런 밤에는 누군가와 뒤엉키고 싶었다. 그런데 하필이면 이럴 때 이와이가 곁에 없었다. 다음 달 초부터 회사에서 큰일을 맡기 때문에 미리 여름휴가를 받아 어제 가족들과 발리로 여행을 떠났던 것이다.

나츠는 휴대전화를 닫고 침대에서 내려왔다. 주방에 서서 머그잔 한 잔 분량의 와인을 냄비에 따른 뒤 시나몬과 오렌지필 같은 향신료를 적당히 넣고 가스불을 붙였다. 와인이 끓기 시작하면 레몬과 벌꿀을 첨가한 뒤 머그잔에 따랐다.

머그잔을 들고 침대로 돌아왔다. 다마키의 보드라운 털을 쓰다듬으며 와인을 홀짝였다. 뜨거운 와인에 온몸이 따뜻해지자 문득 외삼촌의 죽음과는 아무런 관계도 없는 일로 슬픔이 밀려들었다. 다마키를 옆으로 슬쩍 밀어 놓고 침대에 누워 태아처럼 몸을 웅크린 채 눈을 감았다. 하지만 신경은 여전히 곤두서 있었다.

한 손을 팬티 속에 넣었다. 여느 때처럼 손을 움직였지만 도무지 집중할 수가 없었다. 어중간한 쾌감이 오히려 공복감이 되어 아랫배에 쌓여 갈 뿐이었다. 양쪽 허벅지를 조금씩 비벼 대며 뜨거운 숨을 내쉬었다. 그렇게 절정에 도달해 보려고 버둥대고 있을 때 컴퓨터에서 메일 착신음이 울렸다.

나츠는 동작을 멈추고는 컴퓨터로 다가가 메일을 열었다. 발신자는 오바야시 가즈야였다.

2

그동안 오바야시는 한 달에 두세 통씩 꾸준히 메일을 보내고 있었다. 3월 3일 날 밤에 우연히 만나 한잔하는 자리에서 그는 절대 폐를 끼치지 않겠다며 이메일 주소를 가르쳐 달라고 했다. 상황이 불리한 나츠로서는 가르쳐 주지 않을 수 없었다. 그런 상황이었던 만큼 그에 대한 경계심도 강했다.

대체 그는 무슨 목적으로 이렇게 접근하는 걸까. 단지 이성에 대한 흥미 때문만은 아닐 것이다. 그날 밤 슈퍼모델 같은 금발 미녀를 미련

없이 돌려보내지 않았는가. 그렇다면 그의 흥밋거리는 평범한 다카토 나츠가 아니라 극작가 다카토 나츠메라고 생각하는 편이 타당할 것이다. 극작가와 가까워지면 언젠가 좋은 역할이 들어오리라 생각하는 걸까? 쇼운과 호텔에 들어간 것을 보고 약점을 잡았다고 생각하는 걸까?

나츠는 잔뜩 긴장하며 의심의 눈초리로 바라보았지만 오바야시는 좀처럼 속내를 드러내지 않았다. 그가 보내는 메일 내용에도 별다른 위협적 부분은 찾아볼 수 없었다. 나츠가 쓴 드라마 대본이나 잡지에 실린 에세이에 대한 감상, 자신이 시자와 밑에서 연습하는 연극에 대한 이야기가 대부분이었다. 그 내용도 길지 않았다. 끝맺는 말에 답장은 필요 없다고 쓰여 있어 나츠는 답장을 보낸 적이 없었다. 하지만 그는 개의치 않고 계속 메일을 보냈다.

간결하면서도 솔직하고 때로는 신랄한 그의 글에는 특유의 관찰력과 가치관이 엿보였다. 그의 메일을 읽는 게 즐거워졌다면 과장이고, 어쨌든 지금은 성가시다는 생각은 들지 않았다. 사람 사이의 거리를 좁히는 솜씨가 뛰어나고, 밀고 당기는 타이밍도 좋았다. 배우에게는 두 가지 모두 필요한 자질이다. 그렇게 생각하니 이전에 비해 그에게 조금은 흥미가 생겼다. 언젠가 자신이 쓴 드라마에 그가 나올지도 모른다.

이번 메일은 비교적 오랜만에 보낸 것이다. 시자와가 진두지휘하는 공연도 이제 며칠 뒤면 막을 내린다. 오바야시는 공연이 끝난 후에 어김없이 날아오는 시자와의 엄격한 지적에 대해 투덜거린 뒤 이렇게 글을 이어 갔다.

그건 그렇고 몸은 좀 어떻습니까? 너무 무리하게 일하는 것 아닌가요?
어젯밤에 우연히 나츠 씨가 나오는 뉴스 프로그램을 봤습니다. 노인 간병에
대해 코멘트를 할 때 왠지 안색이 안 좋아 보여 조금 마음에 걸리더군요.

여느 때와 같은 마무리 멘트였음에도 이번에는 자기도 모르게 답장
을 쓰고 있었다.

걱정을 끼쳐 드려서 죄송해요. 이젠 괜찮아요, 라고 쓴 뒤 잠깐 머뭇
거리다가 글을 이어 갔다. 별거 중인 남편의 외삼촌이 보름쯤 혼수상
태에 빠져 있다가 그저께 결국 돌아가셨는데 조금 전에야 그 소식을
들었다……. 그런 일로 요즘에 기분이 약간 울적하긴 하다. 하지만 몸
은 아주 건강하니 염려하지 않아도 된다. 오늘은 술이라도 실컷 마시
고 싶은데 술이 약해서 그럴 수도 없다. 이럴 때는 술을 잘 마시는 사
람이 부럽다…….

그다지 친하지 않은 상대가 오히려 편한 경우도 있는 것 같다.

나츠는 메일을 보내고 잠시 멍하니 기다렸다. 벌써 자는 건가, 하는
생각이 들 때쯤 그에게서 답장이 왔다.

그런 일이 있었군요. 외삼촌의 일로 상심이 크시겠습니다. 뭐라고 말씀드리기
가 송구스럽네요.

지난 몇 년간 나츠 씨가 보여 준 활약을 외삼촌은 어떤 마음으로 지켜보셨을까요. 서로 사이가 좋지 않았더라도 그런 실언에 대해서는 외삼촌 자신이 가장 미안하게 생각하지 않았을까 싶습니다. 물론 그런 말을 들은 쪽이야 마음이 쉽게 풀어질 리 없겠죠.

……미안합니다. 아무것도 모르면서 주제넘은 이야기를 했네요. 용서하십시오. 술이 너무 센 것도 문제죠. 좀처럼 취하지 않으니 술값도 많이 들고.

답장을 어떻게 써야 하나. 아니, 억지로 답장할 필요는 없지 않을까. 컴퓨터 화면을 들여다보며 망설이고 있는데 다시 메일이 왔다.

아, 깜빡했네요.
괜찮다면 어디 조용한 데서 한잔하시죠. 고인도 애도할 겸해서. 술이 부담스럽다면 차도 상관없습니다.

나츠는 심장이 멋대로 요동쳤다. 크게 심호흡을 했다. 왜 이렇게 가슴이 두근거리지? 단지 술 한잔하자는 것뿐인데. 그런데 오늘 밤에 만나면 어떻게 될까? 그가 상중이라고 해서 꺼려할 것 같지는 않다. 솔직히 이런 정신 상태에서는 그의 강력한 대시를 거부할 자신이 없다. 문득 이와이와 주고받은 이야기가 떠올랐다.

지난달 그가 발리 여행을 간다고 말한 날이었다. 여느 때처럼 옷을 걸치고 넥타이를 매는 그의 등 뒤에서 나츠가 농담처럼 슬쩍 말했다.

"너무 오래 내버려 두면 나도 어떻게 될지 몰라요."

가벼운 말투였지만 평소라면 결코 입 밖에 내지 않았을 말이었다. 그런데 아무래도 타이밍이 좋지 않았던 것 같다. 그 직전까지 이와이는 우연히 발견한 와인에 대해 이야기하고 있었다. 캘리포니아산 와인인데 가격에 비해 맛이 너무 좋아 깜짝 놀랐다고 했다.

"그럼 다음 달 내 생일날 그 와인을 갖고 오는 건 어때요? 거기에 맞는 요리는 내가 준비할 테니까."

다음 순간 넥타이를 매던 이와이의 손길이 딱 멈추었다.

"미, 미안해."

"네?"

"정말 미안해. 당신 생일, 잊고 있었어. 아니, 잊은 건 아닌데, 잠깐 깜빡하고 그때 여름 휴가를 떠나기로 했거든."

나츠는 반사적으로 아무렇지도 않은 듯 웃어 보였다.

"난 또 무슨 말이라고. 신경 쓸 것 없어요. 내가 괜한 이야길 꺼냈네요. 미안해요, 미안해."

"아니, 사과는 내가 해야지."

"그래도 올해는 휴가를 낼 수 있어서 다행이에요. 가족하고 어딘가 갈 모양이죠? 아이들 여름 방학은 좀 늦을 텐데요."

"그건 날짜를 조절할 수 있을 거야."

"어디로 갈지 정했어요?"

이와이는 눈을 내리깔고 우물거리듯 말했다.

"으응, 발리에 가려고. 아내가 가고 싶어 해서……."

"와, 좋겠네. 나도 전에 한 번 가 본 적이 있는데, 발리는 해변보다 내륙이 좋더라고요. 특히 우붓 쪽이 괜찮았어요. 계단식 논이 아주 멋지던데. 며칠이나 다녀올 건데요?"

"한 1주일쯤."

"그래요? 그럼 생일은 돌아온 뒤에 축하해 줘요."

"정말 미안해."

"괜찮다니까요. 사과할 필요 없어요. 사실 이제 생일을 기뻐할 나이도 아니잖아요. 그걸 핑계로 요리라도 좀 해 볼까 생각했던 것뿐이에요. 그럼 거기 가는 김에 조그만 선물이나 주워 와 줄래요?"

"주워?"

"네, 조개껍데기나 재미나게 생긴 산호 같은 거요."

"그런 걸로 되겠어?"

"그거면 돼요."

"욕심이 없네."

그건 아니라고 나츠는 생각했다. 그건 정말 아니다. 자신은 본래 엄청난 욕심쟁이다. 다만 지난 1년간 이런저런 일을 겪으면서 부질없는 희망은 적당히 포기하는 게 좋다는 것을 나름 학습한 것뿐이다. 그러니까 지금도 크게 실망하지 않는 것이다. 그러다가 문득 그것은 이와의 관계에서 자신이 미리 뭔가 커다란 것을 포기했기 때문이라는 생각이 들었다. 그러자 갑자기 외로움이 밀려들었다.

아아, 이러면 안 되는데. 대부분의 감정 변화는 그럭저럭 잘 넘기는데 외로움에 대해서는 대책이 없다. 그래서 그만 농담처럼 속내를 드러내 버린 것이다.

"그런데 잘 모르는 것 같네요."

"응? 무엇을?"

"욕심이 없다고 방심하고 그냥 놔두면 무슨 일을 저지를지 몰라요."

하지만 그는 이와테에서 함께 보낸 그날 밤과 마찬가지로 나츠의 바람과는 다른 반응을 보였다.

"으음, 구체적으로 무슨 일을 저지르겠다는 거지?"

"글쎄요……."

"또 누군가하고 자겠다는 건가?"

"그야 모르죠."

그러자 이와이는 좀처럼 제대로 매지지 않는 넥타이를 바로 풀어 서류 가방에 집어넣었다. 그러고는 침대에 앉아 있는 나츠를 돌아보며 씩 웃었다.

"어디 할 수 있으면 해 봐. 벌써 누군가 후보자를 찾은 건가? 아아, 혹시 그 오바야시라는 남자?"

"글쎄, 그럴 수도 있고."

"으음, 전혀 취향이 아니라고 했지만 사실은 흥미가 있는 모양이네. 이제까지 당신 주변에 있던 남자들하고는 다른 타입이니까."

"……."

"당신이 그러고 싶다면 그래야겠지. 그 대신 나중에 어땠는지 전부 이야기해 줘. 요전에 스님하고 잤을 때처럼."

그러고는 긴 손가락을 뻗어 콧등을 콕콕 치려고 했다. 나츠는 고개를 끌어당겨 살짝 피했다. 어느 때라면 흥분까지 느꼈을 그의 말에 왠지 머쓱해졌다. 그리고 곧바로 솟아오른 것은 상당히 입자가 거친 감정이었다. 쓸쓸하기도 하고 은근히 화가 나기도 하는 까슬까슬한 감정.

그때의 그 까칠한 느낌은 지금 돌이켜 봐도 선명하게 떠오른다. 사람을 뭘로 보는 건가 싶어 이와이에 대해 짜증이 나는 동시에 제멋대로 구는 자신에게도 화가 났다. 이제까지 줄곧 구속을 거부하며 그런 식으로 대해 주기를 바란 것은 바로 자신이 아니었던가.

오바야시의 메일을 가만히 바라보았다. 메일이 온 지 5분이 넘었다. 그의 제안을 받아들여 기분 전환도 하고 싶었지만 일부러 나가는 것도 귀찮았다. 이와이에 대한 분풀이로 그와 자고 싶기도 했지만 그러면 나중에 또 허무해질 것 같기도 했다. 단지 술 한잔하자는 제안에 이렇게 계속 머뭇거리다가는 상대가 자신의 속내를 알아차릴지도 모른다. 여전히 마음을 정하지 못한 채 그냥 거절하려고 답장을 쓰려는 순간 메일이 도착했다.

자, 타임 오버.
어디서 만날까요?

3

나츠와 오바야시는 워터프런트 지역에 자리한 한 호텔의 객실에서 만나기로 했다. 나츠가 장소는 어디든 상관없다고 답장을 보내자 오바야시가 곧바로 그곳을 지정했다.

나츠는 그가 자신을 시험하는 거라고 생각했다. 물론 만나면 이야기도 나누고 술도 마실 것이다. 그런 다음에는 어떻게 할 셈이지? 자고 안 자고는 그때의 기분에 따라 달라지겠지만, 어쨌든 남녀 사이가 될 마음이 없다면 지금 의사를 분명히 밝혀라. 그가 그렇게 말하는 것 같았다.

나츠는 자리에서 일어나 옷을 벗고 샤워를 했다. 보디 샴푸의 거품으로 얼굴부터 발끝까지 씻었다. 몸에 샴푸 향기가 배도록 정성껏. 그녀는 그 정도의 일로 기분이 들뜬 자신에게 쓴웃음이 났다.

푸르스름한 빛깔의 실크 속옷과 흰 바탕에 검은 물방울무늬가 박힌 원피스를 골랐다. 아무래도 상대가 연애에 익숙해 보이는 만큼 작심하고 나온 듯한 인상을 주는 옷보다는 심플하고 고상한 의상이 나을 것 같아서였다. 마지막으로 오금에 향수 한 방울을 떨어뜨리는 것으로 치장을 마무리했다.

다마키에게 흰살 생선 통조림을 따 주고는 매끄러운 고양이의 잔등을 쓰다듬으며 혼잣말처럼 중얼거렸다.

"내가 정말 바보 같지? 그걸 알면서도 이러네."

통조림에 정신이 팔려 있는 다마키를 남겨 두고 집을 나섰다. 택시에 올라타 행선지를 말할 때는 창피했다. 한밤중에 호텔로 가자는 것은 지금 남자를 만나러 간다고 말하는 것과 마찬가지였기 때문이다.

시간이 늦은 탓인지 호텔 현관에는 아무도 없었다. 그러고 보니 계속 늦은 시각에 그를 만나는 것 같았다. 짐짓 태연한 얼굴로 프런트 앞을 지나쳐 그가 휴대전화 문자로 미리 알려 준 객실로 올라갔다. 초인종을 누르는 집게손가락으로 온몸의 피가 쏠렸다. 잠시 뒤 문이 안쪽으로 열리면서 오바야시가 모습을 드러냈다.

"어서 오세요."

그는 나츠가 기억하고 있는 것보다 약간 키가 컸다.

"혹시 안 오시는 것은 아닌가 싶어 은근히 걱정했어요."

누군가를 기다리는 사람은 그 시간이 길게 느껴지기 마련이다. 그것은 나츠도 잘 알고 있다.

오바야시의 안내를 받으며 어스름한 방으로 들어섰다. 방 코너 부분에 자리한 커다란 창문 너머로 항구의 야경이 펼쳐져 있었다.

예전에 바텐더로 아르바이트를 했다는 그가 룸바에 있는 리큐어와 주스로 만들어 준 부드러운 칵테일을 마시면서 새벽녘까지 대화를 나누었다. 주된 화젯거리는 연극이었지만 서로의 신상에 대해서도 많은 이야기를 했다. 그는 자신의 과거를 숨김없이 털어놓았다.

"바텐더 다음에는 호텔 종업원, 트레이더, IT 관련업, 웹사이트 디자인, 부동산업 등을 전전했죠. 이제 대충 알겠다 싶으면 금방 싫증을 내거든요. 유흥업과 관련된 일도 했어요."

"유흥업이오?"

"네, 여자 장사요. 경멸스러운가요?"

나츠는 고개를 가로저었다. 멋지다고 박수를 칠 만한 일은 아니었지만 어쨌든 수요가 있으니 공급이 있는 것이다. 게다가 배우는 작가와 마찬가지로 다양한 경험을 필요로 하는 특별한 직업이다. 여자 장사를 한 과거도 배우 생활에 뭔가 도움이 될지도 모른다.

"나 말이에요, 당신 일에 흥미를 갖고 있어요."

오바야시가 웃으며 말을 이었다.

"좀 더 정확히 말하면 당신의 일과 당신 자체에 흥미가 있어요. 하지만 당신이 갖고 있는 능력이나 당신의 위상에는 전혀 흥미가 없어요. 이것만큼은 믿어 주었으면 좋겠어요."

나츠가 무엇을 의심하는지 전부 꿰뚫어 보고 있는 것 같았다.

그는 몇 해 전에 우연히 여자의 요청으로 함께 연극을 보다가 짜릿한 느낌을 받았다고 한다. 시자와 이치로타의 연극이었다.

"연극배우는 금방 싫증 날 것 같지 않아요. 아무래도 이것저것 배울게 많으니까요. 사실은 나도 언젠가 대본을 써 보고 싶어요. 가능하면 극단을 직접 운영하면서 연출도 해 보고 싶고요."

"그렇군요. 그동안 무슨 일이든 잘해 낸 당신에게는 이게 난생처음 부딪힌 벽이네요."

"아뇨, 특별히 벽이라고 느낀 적은 없어요. 마음먹고 달려들면 충분히 실현 가능한 일이라고 생각하거든요."

"혹시 세상일을 너무 가볍게 생각하는 것 아닌가요?"

나츠가 어이없다는 듯이 말하자 오바야시는 천연덕스럽게 대꾸했다.

"그건 나츠 씨도 마찬가지 아닌가요? 드라마 작가로 활동하면서 아직 크게 고생하거나 좌절한 적이 없잖아요. 어떤 세계든 성공하는 사람은 대개 그럴 거라고 생각하는데요."

나츠는 그날 밤에 보았던 금발 미녀를 떠올렸다. 이렇게 이야기를 나누다 보니, 결코 미남이라고는 할 수 없는 그에게 여자들이 매달리는 이유를 알 것도 같았다. 그리고 한편으로는 만약 이 남자와 잔다면 대체 얼마나 많은 여자와 비교되는 것일까 싶어 신경이 쓰이기도 했다.

창밖에 펼쳐진 검은 밤바다가 서서히 연보랏빛으로 바뀌자 서로의 얼굴도 명확히 보이기 시작했다. 몇 시간 동안 이야기를 나눈 덕분에 경계심은 많이 수그러들었지만 주위의 밝기에 비례해 쑥스러움과 긴장감이 더해졌다.

오바야시가 몇 번째인가 화장실에 갔을 때 나츠는 의자에서 일어나 창가의 소파로 자리를 옮겼다. 샌들을 바닥에 벗어 놓고 소파에 무릎을 꿇은 채 바깥을 내다보았다. 커다란 통유리 너머로 잔잔한 바다와 강어귀, 그리고 여러 개의 다리가 보였다. 부두에 정박한 외국 배 옆에서 몇 사람이 분주히 움직이고 있었다. 벌써 새로운 하루가 시작되고 있었던 것이다.

아무것도 하지 않고 이대로 돌아가도 괜찮다고 생각했다. 그러고 싶다고 말하면 오바야시는 말없이 보내 줄 것이다. 여자에 굶주린 사내는 아니다.

그가 화장실에서 나와 그녀의 등 뒤로 다가왔다.

"뭘 그렇게 멍하니 보고 있어요?"

"배요…… 배를 좋아하거든요. 특히 범선은 요염해서 보기만 해도 가슴이 두근거려요."

"재미있네요. 그런 걸 요염하다고 표현하는군요."

소파 오른편이 삐걱 소리를 내며 가라앉았다. 나츠는 소리 나는 쪽을 바라보았다. 처음으로 밝은 곳에서 보는 그의 눈동자는 밝은 갈색을 띠고 있었다. 요전에 만났을 때는 날카로운 눈빛이 인상적이었지만 이제는 그 눈빛이 왠지 부드러워 보였다.

위험하다. 하지만 마음이 끌린다.

나츠의 손이 오바야시의 손끝에 닿았다. 두 손으로 그의 큼직한 손등을 받치고 엄지손가락으로 손바닥 주름을 만지작거렸다.

"혹시 손금 볼 줄 아세요?"

"아뇨. 저기요, 좀 간지럽네요."

오바야시가 웃으며 말했다.

나츠가 못 들은 척하고 계속 만지작거리자 그가 그녀의 손을 움켜쥐었다. 그의 두툼한 손바닥이 그녀의 욕정을 자극했다. 복부 아래쪽에 뜨거운 전율이 일더니 순식간에 부글부글 끓어올라 온몸으로 퍼져

갔다. 그의 손가락이 팔과 어깨를 부드럽게 쓰다듬는가 싶더니 이내 목덜미에서 얼굴로 기어올랐다. 나츠는 그의 손바닥에 볼을 바싹 들이댔다.

그가 얼굴을 들이밀고 입맞춤을 했다. 처음에는 새가 쪼듯이 가볍게. 두 번째는 약간 길게. 세 번째부터는 좀 더 깊게. 입 안은 곧 미지의 사내 냄새로 가득해졌다. 두툼한 입술에 비해 의외로 얇고 부드러운 혀가 입 안에서 섬세하게 움직였다. 이윽고 그가 그녀의 몸을 앞으로 당겨 굵직한 팔로 힘껏 끌어안았다. 그는 입술과 가슴, 목덜미, 위팔이 하나같이 두툼했다. 그가 꼭 끌어안은 채 굵은 손가락으로 머리카락을 마구 헤치자 왠지 마음이 차분해졌다. 이와이와 함께 있을 때와는 또 다른, 좀 더 원시적이고 동물적인 포근함이었다.

좁은 소파에서는 아무래도 한계가 있었다. 오바야시가 침대로 가자고 속삭인 뒤 자리에서 일어나 전동 커튼의 버튼을 눌렀다. 커튼이 스르르 닫히자 방이 다시 어두워졌다. 그는 침대 아래쪽에 앉아 있는 나츠 곁으로 다가와 말없이 두툼한 가슴으로 밀듯이 몸을 덮쳤다. 조용하면서도 강제적인 키스였다. 당겼다가 밀고, 밀었다가 더 깊이 밀어붙이는 식의 강제적인 키스. 때로는 얕게 때로는 깊게 파고드는 혀에 도무지 정신을 차릴 수가 없었다. 이윽고 가까스로 정신을 차린 그녀는 입 안으로 파고든 혀에서 그가 마신 술의 잔향을 맛볼 수 있었다. 발효된 벌꿀 같은 그 냄새만으로도 금세 취할 것 같았다.

어느새 원피스 끈이 풀어졌다. 안으로 파고든 손이 허리에서 등으로 돌아가는가 싶더니 손가락을 튕기듯 능숙하게 브래지어 호크를 풀었다. 가슴을 죄던 브래지어가 느슨해지자 그녀는 크게 숨을 들이쉬었다가 길게 내뱉었다. 문득 갑자기 가슴이 뭉클해졌다.

이와이는 이제껏 두 손을 다 사용하면서도 브래지어를 제대로 풀었던 적이 없다. 그는 나츠를 엎드리게 한 뒤 얼굴을 바싹 들이대고 호크를 찬찬히 들여다보지 않으면 제대로 풀지 못한다. 보다 못한 그녀가 등으로 손을 돌려 직접 푼 적도 있다. 그 서투른 손놀림과 미안해하는 듯한 표정이 떠오르자 왠지 슬퍼졌다. 코끝이 찡한 감정을 억누르고 뇌리에서 기린의 눈길을 떨어낸다.

오바야시의 손끝이 솜털을 쓰다듬듯 나츠의 살갗을 어루만졌다. 늑골을 지나 말랑말랑한 봉우리로 기어오른 손끝이 갑자기 왼쪽 젖꼭지를 꼬집었다. 나지막한 신음 소리를 내며 허리를 들어 올린 그녀를 달래듯 그가 귀에 가볍게 키스했다. 그리고 그녀가 다시 몸에서 힘을 빼자마자 이번에는 귀를 꽉 깨물었다.

또다시 신음이 새어 나오고 허리가 들렸다. 순간적으로 애원하는 듯한 눈길을 보냈던 것도 같다. 그는 입을 다문 채 더 세게 젖꼭지를 꼬집으면서 차분한 눈빛으로 그녀를 내려다보았다. 섬뜩했다.

나이가 일곱 살이나 적은 남자에게 이렇게 몸을 내맡길 수만은 없다. 조금은 주도권을 되찾아야 한다고 생각한 순간 가슴이 풀어헤쳐졌다. 오바야시는 나츠가 몸에 걸치고 있던 옷을 전부 벗겨 바닥에 떨어뜨리고 자신도 알몸이 되었다. 그러고는 몸을 찰싹 붙이고 깊은 한

숨을 내쉬었다.

그의 머리가 아래쪽으로 이동한다. 뜨거운 혀끝이 젖꼭지를 자극하자 온몸에 전류가 흐른다. 그가 손을 뻗어 그녀의 입에 엄지손가락을 집어넣는다. 그녀의 혀가 자연스럽게 그 손가락을 받아들인다. 그의 머리가 더 아래쪽으로 이동하면서 손가락이 입에서 빠져나간다. 입 안이 허전해진 그녀의 불평하는 듯한 신음 소리에도 아랑곳하지 않고 애태우듯 배꼽 주변을 맴돌던 혀끝이 마침내 더 아래로 내려가 중심에 다다른다.

다음 순간 나츠의 등줄기가 활처럼 휘어진다. 그가 이로 그곳을 살짝 깨문 것이다. 한순간 송곳으로 찌르는 듯한 통증이 엄습한다. 그녀가 미처 항의할 새도 없이 온몸이 녹아내릴 듯한 애무가 이어진다. 그곳은 어느새 팽팽하게 부풀어 있다. 예전에 남편이 세상에서 제일 큰 클리토리스라고 놀렸던 그 부위가 지금은 세상에서 제일 작은 페니스처럼 부풀어 올라 맥박 치고 있다.

이와이에 비하면 오바야시는 아직 나츠의 가장 민감한 부위가 어디인지 정확히 파악하지 못하고 있었다. 그 때문에 그의 애무가 종종 핵심을 벗어나 애태우기는 했지만 결과적으로 그 안타까움이 오히려 더 큰 쾌감을 안겨 주었다. 통째로 입 안에 집어넣고 빨고 핥고 지부럭대는 그의 거친 애무에 정신이 혼미해졌다.

오바야시는 서두르지 않았다. 나츠가 참지 못하고 애무 받을 부위를 조절하려고 허리를 쳐들면 그는 혀의 움직임을 멈추고 잠시 얌전해지기를 기다렸다가 다시금 공세를 펼쳤다.

굵은 손가락 하나가 천천히 수풀을 헤치고 들어왔다. 나츠는 그곳에 잔뜩 힘을 주었다. 다른 여자와 비교하고 있다기보다는 객관적으로 살피고 있는 듯했다. 슬그머니 손가락 하나가 더 늘어났다. 질 내벽을 문지르며 위쪽에 있는 스위치를 누르자 눈꺼풀 안쪽에 피를 흩뿌린 듯 눈앞이 새빨개졌다. 내부의 살이 연체동물처럼 제멋대로 꿈틀거리면서 집어삼킨 손가락을 격렬하게 밀어내려고 했다.

다음 순간 뭔가가 세차게 뿜어져 나왔다. 그녀는 나지막이 소리치며 상체를 일으키다가 어스름 속에서 그와 시선이 딱 마주쳤다. 손으로 엉덩이 밑을 더듬자 시트가 흥건히 젖어 있다. 그녀가 당혹스러워하자 그가 낮은 목소리로 말했다.

"처음이에요……?"

"어머, 이게 뭐야?"

"오줌……."

"어떡해."

"거짓말이에요. 당신도 이게 뭔지 알 텐데."

"아, 알지만 설마……."

"설마 자신이 이럴 줄은 몰랐다고요?"

"……."

"오줌이라는 사람도 있지만 그것하곤 다르죠."

다르다. 나오는 곳이 전혀 다르다. 오줌이라면 그런 식으로 튀어 오르지 않는다. 이렇게 소량에 그치지도 않는다.

또다시 그의 손가락이 그곳을 파고든다. 흘러나온 액체에 애액이 씻겨 나갔기 때문인지 안이 뻑뻑하다. 그가 개의치 않고 계속 손가락을 움직이자 그녀의 입에서 신음 소리가 흘러나왔다. 마치 그가 연주하는 악기가 된 기분이었다.

"아까 그거 다시 한 번 해 볼래요?"

그의 말에 그녀는 필사적으로 고개를 저었다. 아프지도 슬프지도 않은데 눈가에 눈물이 맺혔다.

"그러네요. 러브호텔이라면 몰라도 여기선 아무래도 곤란하겠지."

아까 소파에 앉아 이야기를 나눌 때만 해도 상당히 정중한 말투였는데 지금은 완전히 딴사람이 된 것 같았다. 담담히 이야기하는 그가 두려웠다. 자신의 몸이 변해 가는 것도 두려웠다. 단지 손가락의 자극만으로 이토록 쾌감에 몸부림치다니, 앞으로 어떻게 될지 두려워서 견딜 수가 없었다.

그가 다짜고짜 그녀의 손목을 잡아끌었다. 그의 물건을 손에 쥐자 입 안이 바싹 타들어 가는 것 같았다. 이윽고 그는 그녀의 머리를 거칠게 움켜잡고 아래쪽으로 밀어 내렸다.

"입으로 해요."

어떻게 알았지? 이런 식으로 다루어 주는 걸 좋아하는 여자라는 것을. 머리가 멍해서 아무 생각도 할 수가 없었다. 그녀는 그의 사타구니에 얼굴을 파묻었다. 입을 크게 벌렸는데 앞니에 부딪혔다.

"괜찮으니까 계속해요."

이번에는 입을 살짝 벌리고 혀끝으로 신중하게 거리를 재면서 천천히 머금었다. 그가 뜨거운 욕조에 몸을 담갔을 때처럼 긴 한숨을 내쉬었다. 그녀는 그의 물건을 목 안쪽으로 깊숙이 집어넣고 코로 거친 숨을 내쉬었다. 이제 주도권 따위는 아무래도 상관없었다. 힘 있는 수컷 앞에 납작 엎드린 암컷처럼 무심히 봉사할 뿐이었다. 그의 성감대는 이와이나 시자와와 달랐다. 그의 입에서 새어 나오는 신음 소리와 숨소리에 귀를 기울이며 정확한 포인트를 찾아갔다.

이와이는 살짝 머금고 끄트머리를 자극하면 흥분하지만 오바야시는 아주 깊숙이 머금는 것을 좋아하는 것 같았다. 시자와는 닿을 듯 말 듯한 부드러운 애무를 선호하지만 오바야시는 강하게 빨아 대거나 이가 부딪혀도 별다른 거부 반응이 없었다. 잠시 무언의 행위가 이어진다.

이윽고 오바야시가 나츠의 팔을 붙잡고 위로 쓱 끌어올렸다. 천장을 바라보고 누운 그녀의 몸 위로 올라타더니 양다리를 크게 벌리고 단번에 밀어 넣었다. 너무나 갑작스러운 충격에 목소리도 나오지 않았다. 질 내부에서 온몸으로 금이 퍼져 나가 산산이 부서지는 것 같았다. 무의식적으로 위쪽으로 도망치려는 그녀의 허리를 붙잡아 다시 원위치로 돌려놓고 더욱 깊숙이 박아 넣었다. 그의 물건이 아직 누구도 파헤친 적이 없는 가장 깊숙한 곳으로 사정없이 파고들었다. 강렬한 쾌감이 정수리까지 가 닿았다. 엄청난 압박감과 둔탁한 통증이 뒤섞여 등골이 저릴 정도의 쾌감으로 이어졌다. 이런 깊이 있는 쾌감은 처음이었다. 숨을 쉴 수가 없었다. 한껏 달아오른 자신의 열기와 그의 열기가 빠르게 마찰했다. 몸 안쪽에서 불이 붙지 않는 게 신기할 정도로.

갑자기 그가 물건을 빼더니 그녀를 기는 자세로 엎드리게 하고 뒤에서 다시 강하게 찔러 넣었다. 그녀는 짐승처럼 울부짖었다. 아아, 너무 깊다. 파열할 것 같다. 그러나 그는 아랑곳하지 않았다. 그녀는 두 팔로 몸을 지탱할 수가 없었다. 무너져 내리는 그녀의 뒷머리를 움켜잡아 다시 몸을 눕히고는 또다시 공격해 왔다.

울부짖는다. 찌른다.

애원한다. 찌른다.

말이 통하지 않는 것에 대한 공포감에 전율한다. 탁류에 빠져 허우적대는 기분이다. 앞에 엄청난 낙차의 폭포가 기다리고 있다는 것을 아는데도 멈출 수가 없다. 뭔가 붙잡고 싶은 마음에 베개를 끌어당겨 꽉 움켜쥐자 한 박자 늦게 찰싹 하는 소리가 나면서 엉덩이에 통증이 밀려든다. 견딜 수 없는 아픔에 비명이 터져 나온다. 다시 한 번 통증이 밀려든다. 그의 몸놀림이 더욱 격렬해지자 다시 찾아올 충격에 대비해 몸을 움츠린다. 애태우듯 뜸을 들이던 그가 또다시 손바닥으로 엉덩이를 후려친다.

나츠는 머리카락을 마구 흩뜨리며 흐느끼기 시작한다. 다물어지지 않는 입에서 흘러나온 침이 실처럼 늘어지더니 이내 시트를 적신다. 용서해 줘요, 미안해요, 라고 소리친 것 같다.

다시 천장을 바라보며 다리를 높이 들어 올린다. 그 상태로 몸이 반으로 접힐 즈음에는 이미 정신이 몽롱해져 있다. 이제 그만하고 싶다. 그에게 매달릴 기운도 없다. 팔은 납덩이처럼 무겁다. 익사체처럼 눈이 퉁퉁 부어올라 가까이 있는 그의 얼굴조차 보이지 않는다.

그의 움직임이 점점 빨라진다. 그의 두툼한 손바닥에 입이 막히고서야 비로소 이제껏 들렸던 비명 소리가 자신의 것이었음을 알게 되었다. 손바닥이 입술로 바뀌는가 싶더니 그가 나지막이 소리쳤다.

"할 것 같아……."

나츠는 끊어질 듯한 숨소리를 내며 고개를 끄덕였다. 곧바로 다리를 크게 벌려 그의 허리를 꽉 조였다. 아무런 망설임도 없었다. 안에다 해 주기를 바랐다.

그리고 몇 초 뒤 오바야시가 폭발했다.

낮은 신음 소리가 길게 이어졌다. 그 순간 그녀의 머릿속도 하얘졌다. 오랫동안 꼼짝도 할 수 없었다. 그도 한동안 그녀의 몸 위에 그대로 엎드려 있었다.

이윽고 그가 미끄러지듯 옆으로 내려가 그녀의 머리 밑에 손을 찔러 넣었다. 아직 숨이 거칠었다. 장거리를 전력 질주한 것처럼. 그가 팔을 굽히며 끌어당기자 그녀는 그의 겨드랑이에 이마를 파묻었다. 따뜻했다. 희미한 의식 밑바닥에 그의 마지막 신음 소리만이 뚜렷이 남아 있었다. 몸은 충분히 만족스러워했다. 그래도 그 목소리만은, 순수하게 울렸던 그 신음 소리만은 몇 번이고 다시 들어 보고 싶었다.

4

언젠가 이와이가 자신이 나츠의 몸에 대해 가장 상세한 지도를 갖고 있을 거라고 말한 적이 있다. 지금도 그것은 변하지 않았다. 그런데 오바야시는 지도도 제대로 보지 않고 자신이 원하는 방향으로 내달리는 남자였다.

결국 호텔에서 체크아웃을 할 때까지 세 번 섹스를 했다. 그중 한 번은 칸막이가 유리인 넓은 욕실에서 부두를 내려다보면서 했다.

호텔비를 지불할 때 나츠가 절반을 내겠다고 하자 오바야시의 표정이 부드러워졌다. 그는 모른 척하고 남자에게 다 부담시키는 것도 아니고 자신이 전액을 지불하겠다는 것도 아닌 그 정확한 계산이 마음에 든다고 했다.

"됐어요. 이건 내가 낼게요. 그런데 괜찮으시면 또 만나고 싶습니다만."

그러고는 바로 쑥스러운 표정을 보였다. 어느새 정중한 말투로 돌아온 게 재미있어 나츠는 택시 안에서 킥킥 웃으며 손을 흔들었다.

점심 무렵쯤 집에 돌아오니 혼자 집을 지키던 다마키가 나츠의 몸 여기저기에 코를 들이대고 낯선 남자의 냄새를 맡았다. 다마키를 끌어안고 침대에 누웠다. 몸은 많이 피곤했지만 마음은 어젯밤에 여기 누워 있을 때보다 훨씬 편안해졌다. 자포자기한 심정으로 환락가를 걷고 있는 줄 알았는데 정신을 차려 보니 조용한 숲속을 유유자적 거닐고 있는 것 같은 묘한 기분이었다.

꿈도 꾸지 않고 깊이 잠들었다. 눈을 떠 보니 날이 어둑해져 있었다. 그리고 그 묘한 기분이 아직 남아 있었다. 줄곧 켜 두었던 컴퓨터에 도착해 있는 오바야시의 메일을 보고 미소를 지었다. 잠깐 망설이다가 바로 답장을 보냈다.

저야말로 정말 고마웠습니다. 기분이 많이 좋아졌어요.
집에 돌아오자마자 바로 쓰러져 잠이 들었어요. 덕분에 일은 하나도 못했지만 오늘은 그냥 쉬기로 했어요. 방이 너무 지저분해서 청소기도 돌리고 욕실의 곰팡이도 제거하며 시간을 보내고 있답니다.

　바로 답장이 왔다.

우아, 그럼 이제 집에 초대해도 되겠네요.
마침 오늘은 연극 연습이 없는 날입니다.
주소를 가르쳐 주시면 알아서 찾아가죠.

　강압적인 그 태도가 오히려 편하게 느껴졌다. 남자들은 대개 상처를 받지 않으려고 불분명한 태도를 취하는데, 오바야시는 언제나 직설적으로 과감하게 선수를 친다. 흐름에 가만히 몸을 맡기기만 하면 되는 편리함도 있지만 그게 전부는 아니다. 싫으면 언제든 거절하라는 듯한 담담한 말투가 왠지 놓치긴 아깝다는 생각을 갖게 한다.

그날 저녁 7시쯤에 오바야시가 집에 찾아왔다. 나츠가 음식을 차려 놓고, 실은 오늘이 자기 생일이라고 하자 그는 무척 아쉬워했다.

　"왜 미리 말하지 않았어요? 생일인 줄 알았으면 와인이라도 한 병 사 왔을 텐데."

　"나는 술을 잘 못 마신다니까요."

　"내가 당신 몫까지 마실 테니 걱정 말아요. 당신이 이 세상에 태어난 날인데 건배도 하지 않고 그냥 보낼 순 없잖아요."

　다른 여자들에게도 그런 식으로 말했을 테지만 기분은 나쁘지 않았다.

　나츠가 친한 프로듀서에게 드라마 히트 선물로 받은 고급 와인 한 병을 내주자 오바야시는 거침없이 잔을 비웠다.

　이와이가 발리로 여행을 가지 않았다면 아마 이 자리에 그가 앉아 있었을 것이다. 그렇게 생각하니 마음이 복잡해졌다. 오바야시는 불과 열 몇 시간 전에 처음 잔 상대치고는 너무나 자연스레 그녀의 맞은편 자리를 차지하고 있었다. 그동안 줄곧 서로를 소중히 여기며 지내 왔지만 지금은 이곳에 없는 남자와 압도적인 힘으로 이제 막 자신을 정복하고 지금 이곳에 있는 남자.

　'당신이 그러고 싶다면 그래야겠죠. 그 대신 나중에 어땠는지 전부 이야기해 줘요.'

　아무래도 이와이에게 오바야시와의 일을 전부 이야기해 주기는 어려울 것 같았다.

그날 이후 오바야시는 거의 매일 찾아왔다. 나츠가 이와이의 존재에 대해 처음부터 밝혀 두었기 때문에 아침에 연습하러 나갈 때면 오늘 밤에 와도 되느냐고 물었다. 하지만 나츠가 뭐라고 대답할지 그녀 자신보다 더 잘 알고 있는 것 같았다.

시자와가 연출한 연극의 마지막 공연은 오바야시와 만난 지 엿새째 되는 날이었다. 그리고 내일은 이와이가 발리에서 돌아온다.

나츠는 집 안 곳곳을 정리한 뒤 뜨거운 물로 샤워하고 양치질을 하고 땀이 난 얼굴을 다시 한 번 차가운 물로 씻었다. 그때 초인종이 울렸다. 그녀는 황급히 달려가 인터폰을 확인했다.

"나예요."

오바야시였다. 얼른 자물쇠를 풀고 문을 열어 주었다.

"어서 와요. 오랫동안 공연하느라 수고 많았어요."

나츠가 미소를 지으며 말했다.

"다녀왔어요."

오바야시는 간단히 대답하고 가볍게 입을 맞추었다. 그러고는 배시시 웃으며 나츠의 얼굴을 가만히 들여다보았다.

"왜요?"

"왠지 금방이라도 울 것 같은 표정이라서."

"어, 그런 것 아닌데."

"내가 그렇게 보고 싶었어요?"

어떻게 그런 걸 물어볼 수 있지, 하고 생각하면서 나츠는 말없이 시선을 피했다.

"겨우 열다섯 시간쯤 떨어져 있었을 뿐인데."

"그게 뭐 잘못됐나요?"

"아뇨."

오바야시가 느닷없이 나츠의 머리를 끌어당기고는 굵은 손가락으로 머리카락을 거칠게 쓰다듬었다.

"나도 보고 싶었는걸요."

그가 꽉 끌어안고 벽으로 밀어붙여 깊숙이 키스한 것만으로도 몸이 스르르 녹아내리는 것 같았다.

오바야시가 입가에 알 듯 말 듯한 미소를 지으며 물었다.

"박하 향기가 진한데, 혹시 양치질했어요?"

"……."

"일부러 내가 돌아오는 시간에 맞춘 거예요?"

"참 나, 뭘 그렇게 캐물어요?"

오바야시가 웃음을 터뜨리며 나츠의 손을 잡아끌고 안으로 들어갔다.

다시 제자리에 놓인 의자에 앉아 있는 그에게 미리 냉장고에 넣어 둔 차가운 맥주를 꺼내 주었다. 침대에서 자는 줄 알았던 다마키가 천천히 일어나 아래로 폴짝 뛰어내리더니 그의 발치로 다가와 청바지의 정강이 부분에 이마를 문지르며 몸을 비비 꼬았다. 처음부터 이랬다. 오바야시가 처음 방문했던 날부터 다마키는 당연한 듯이 그를 받아들였다. 마치 잠시 떨어져 있던 가족이 돌아온 것처럼 자연스럽게 대했다.

오바야시는 텁수룩한 수염에 묻은 맥주 거품을 닦아 내며 다른 한 손으로 다마키의 등을 쓰다듬었다. 나츠는 사이다로 희석한 복숭아 칵테일을 들고 그의 곁으로 다가가 발치에 앉았다. 그러고는 콧등으로 그의 무릎을 꾹 누르고는 허벅지에 턱을 올려놓고 쳐다보았다. 그러자 그가 입가를 씰룩거리며 미소를 짓더니 말했다.

"고양이가 두 마리네."

오바야시는 자신의 맥주 캔에 이어 나츠가 들고 있는 잔을 빼앗아 테이블에 내려놓았다. 그러고는 의자에서 내려와 그녀를 끌어안았다. 그녀는 그의 두툼한 가슴에 안겨 등 뒤로 팔을 둘렀다. 역에서부터 걸어와서인지 그의 몸은 땀과 열기로 후끈했다. 축축한 검은 티셔츠의 가슴 부위에 코를 파묻고 남자의 냄새를 폐 속 깊숙이 들이마셨다. 방에서 세탁물을 말리는지 체취는 희미한데 티셔츠에서 약간 퀴퀴한 냄새가 났다.

"세탁은 어떻게 해요?"

"아, 미안해요. 땀 냄새가 좀 심하죠?"

"아니, 그게 아니고."

지금까지는 쉬는 날 한꺼번에 세탁기를 돌렸다고 한다. 그렇다면 최근에는 한동안 세탁하지 못했을 것이다.

"혹시 괜찮다면 집에 있는 세탁물을 전부 갖고 와요. 내가 빨아 줄 테니까."

"나야 좋죠. 고마워요."

오바야시가 스스럼없이 말했다. 당연하다는 듯한 말투였지만 기뻐하는 표정이 역력했다.

"그럼 내일 밤에 전부 갖고 올게요. 그런데 내일도 괜찮나요?"

내일? 내일은 이와이가 돌아오는 날이다. 대답을 망설인 것은 불과 1,2초였는데 그사이에 그가 선수를 쳤다.

"아, 알았어요."

그러고는 애써 아무 일도 아닌 듯이 덧붙였다.

"그럼 세탁물은 다음에 갖고 오죠."

"미안해요……."

나츠가 눈을 내리깔고 말했다.

"모레는 괜찮을 거예요."

오바야시는 아무 대꾸도 하지 않았다.

공연이 끝나고 뒤풀이 자리에서 술을 마셨기 때문인지 그날 밤에는 오바야시도 움직임이 약간 둔했다. 그럴 때 나츠는 옆집에 들리지 않을 정도까지 신음 소리를 낮출 수 있었다.

섹스를 끝내고 다시 샤워한 뒤에 침대에서 그를 끌어안은 채 막 잠이 들려고 할 때였다. 팔베개를 하고 있던 그가 문득 생각난 듯이 말을 꺼냈다.

"아, 그런데 말이에요."

"뭐요?"

나른한 목소리로 대꾸하며 몸을 뒤척이는 그녀에게 그가 말했다.

"요새도 가끔 호스트를 불러요?"

그녀는 처음에는 무슨 말인지 알아듣지 못했다.

"네?"

"호스트 말이에요, 출장 호스트. 작년 이맘때 여기로 부른 적이 있잖아요."

순간 말문이 막혔다. 쿵쿵 울려 대는 고동 소리가 그의 옆구리에 부딪혀 되돌아왔다. 충격이 밀려들었다. 그는 튀어 나가듯 몸을 떨어뜨리려는 그녀를 놓아 주지 않으려는 듯 꽉 껴안았다.

"잠깐만요, 진정해요. 이상한 뜻으로 이야기한 것 아니에요. 나는 유흥업계에서도 일해 봤기 때문에 그런 일에는 익숙해요. 여자가 성욕을 느끼는 것도 당연한 거고요. 단지 전에도 말했듯이 알면서 모르는 척하는 건 성격에 맞지 않아서 말한 것뿐이에요."

그의 눈을 똑바로 쳐다볼 수가 없었다.

그녀가 가까스로 마른침을 삼키며 말했다.

"어, 어떻게 당신이……."

"그 녀석, 배우였잖아요."

배우?

"기억 안 나요?"

아, 맞다. 연극배우였다. 물론 기억하고 있다. 짙은 오드콜로뉴 냄새와 싸구려 양초와 시시한 섹스.

"작년 초가을이었나, 단역으로 함께 공연한 적이 있어요. 그때 같이 한잔하다가 우연히 영화 이야기가 나왔는데 그 대본을 쓴 게 당신이었어요."

그다음은 더 들어 볼 필요도 없었다. 비밀을 보장하는 영업이라고 하지 않았던가. 아무에게도 말하지 않겠다고 약속하지 않았던가. 하지만 이제 와서 원망해 본들 무슨 소용이 있겠는가. 남의 입에 자물쇠를 채울 수는 없다. 하물며 술자리에서는 두말할 것도 없다.

나츠는 조금씩 마음이 안정되었다. 그와 동시에 태도도 바뀌었다.

"그래요? 그런데 왜 굳이 그런 여자에게 접근한 건가요? 쉽게 넘어올 것 같았으니까? 아니면 이용 가치가 있을 것 같아서?"

으음, 하고 오바야시가 신음했다.

"솔직히 처음에 그 이야기를 들었을 때는 그런 생각도 약간 했죠. 그 녀석은 배우라는 직업에 대해 그다지 진지하게 생각하지 않았기 때문에 그런 식으로 끝냈지만, 나라면 좀 더 제대로 이용할 수 있을 텐데, 하고 생각하기도 했어요."

나츠가 쓴웃음을 지으며 물었다.

"정말 솔직하네요. 지금은 어때요?"

"전에 말했잖아요. 지금은 다르다고."

오바야시가 조용히 말을 이었다.

"당신의 작품을 보고 나니 그런 마음이 사라지더군요. 막연하게나마 나도 언젠가 직접 대본을 써 보겠다는 꿈을 갖고 있으니까요. 뛰어난 재능 앞에서는 고개를 숙일 수밖에 없죠. 그쯤 되니까 설령 여자로서 조금 망가졌더라도 그건 별 상관이 없다는 생각이 들더군요."

"망가졌다는 건 좀⋯⋯."

"그 이야기를 듣기 전에 당신의 데뷔작만 오래된 비디오로 봤어요. 꽤 좋아했어요. 그런 만큼 그 이야기를 들었을 땐 상당히 충격이었죠. 머리로는 충분히 이해할 수 있었지만 기분은 왠지 좀 그랬어요. 하지만 그 일로 당신에게 더 관심을 갖게 됐죠. 당신이 쓴 작품들을 전부 찾아서 다시 봤어요. 그러니까 더 좋아지더군요. 굉장한 작가라고 생각했죠. 그래서 처음 만난 술자리에서 당신 옆에 앉았을 때는 무척 기뻤는데⋯⋯."

오바야시가 한숨 돌리고 다시 말을 이었다.

"당신은 시자와 씨만 바라보고 있더군요."

이번 충격은 그다지 크지 않았다. 역시 눈치 채고 있었네, 하고 생각했다. 시자와의 직감이 맞았던 것이다.

나츠가 낮은 목소리로 말했다.

"벌써 오래전에 끝났어요."

"네, 알고 있어요."

"알아요? 어떻게요?"

"오늘 뒤풀이 때 내가 좀 취했거든요. 일부러 시자와 씨 옆자리에 앉아 바보 같은 걸 물어봤어요. 혹시 다카토 나츠메하고 잤냐고."

나츠는 무심코 고개를 들고 오바야시의 텁수룩한 수염을 쳐다보았다.

"그랬더니 뭐래요?"

"아주 태연하게 말하더군요. 몇 번쯤 잤다고요."

"……."

"한때는 사랑스러웠던 적도 있지만 자기는 일단 마음이 식으면 매정하게 끝낸다더군요. 자기도 어쩔 수가 없다고요."

"다른 이야긴 안 하던가요?"

"정말 더 듣고 싶어요?"

나츠가 고개를 끄덕이자 오바야시는 크게 한숨을 내쉬었다.

"나한테 혹시 너도 반한 거냐고 묻더라고요. 그럼 어쩔 거냐고 반문하니까, 사귀는 건 좋은데 잡아먹히지는 말라더군요. 겉모습은 여자지만 속은 남자래요."

몇 초 동안 머릿속이 텅 비었다.

이윽고 하아, 하고 건조한 숨소리가 새어 나왔다. 다음 순간, 그녀는 깔깔대며 웃기 시작했다. 그는 배를 움켜잡고 미친 듯이 웃어 대는 그녀를 의아스러운 얼굴로 쳐다보았다.

"왜 그래요? 괜찮아요?"

"괘, 괜찮아요. 아무렇지도 않아요."

"상처 받았어요?"

아니에요, 아니에요, 하고 고개를 저으면서도 웃음을 멈출 수가 없었다.

"미안해요. 아무것도 아니에요. 신경 쓸 것 없어요."

아랫배에 실룩실룩 경련이 일었다. 이상하게도 화가 나지 않았다. 너무 웃다 보니 눈가에 눈물이 맺혔다.

그녀는 눈가를 훔치면서 생각했다.

'끝났다.'

시자와를 이미 정리한 줄 알았는데 몸속 어딘가에 아직도 그의 잔영이 남아 있었던 모양이다. 그러나 이제는 그 잔영을 완전히 지워 버릴 수 있을 것 같았다. 아쉽고 자시고 할 것도 없었다.

에필로그

이와이에게서 전화가 온 것은 이튿날 저녁이었다.

"그동안 잘 지냈어?"

수화기를 통해 오랜만에 이와이의 목소리를 들었지만 이전처럼 반갑게 대할 수가 없었다. 이러면 안 된다고 생각해 짐짓 기뻐하는 듯한 목소리를 냈다. 하지만 등 뒤에서 또 다른 자신이 지켜보고 있다가 귓속말로 속삭였다. 속이 빤히 들여다보인다고.

"왜 그래? 무슨 일 있었어?"

뭔가 이상한 낌새를 느꼈는지 그의 목소리가 약간 굳어졌다.

"별일 아니에요. 만나서 이야기해요."

오바야시와 잤다고 털어놓는 것 자체에는 별다른 부담감을 느끼지 않았다. 이와이도 그것을 바라고 있었고 이제까지 줄곧 그렇게 해 왔으니까. 문제는 어디까지 털어놓느냐는 것이었다. 그와의 섹스가 너무나 좋았고 그의 물건도 굉장했으며 지난 엿새 동안 매일 알몸으로 나뒹굴었다……. 굳이 그렇게까지 말할 필요는 없지 않을까. 그냥 두 번쯤 만났다는 식으로 이야기하는 게 좋을 것 같았다. 하지만…….

"이번엔 뭔가 좀 다른 것 같네. 지난번 스님하고 했을 때는 이렇지 않았는데."

그날 밤 대략적인 이야기를 들은 이와이가 가라앉은 목소리로 말했다.

"어디가요? 똑같아요."

"아니, 달라졌어. 눈빛도 그렇고 목소리도 그렇고."

나츠는 아무런 대꾸도 하지 않았다.

"혹시 그 남자가 좋아진 거 아냐?"

농담 같은 질문에 잠깐 대답을 망설인 것뿐인데 이와이는 금세 미간을 좁히며 나지막이 신음했다.

"미안해요. 나도 영문을 모르겠어요. 지금은 단지 색다른 섹스에 마음이 끌리는 게 아닌가 싶어요. 잘 모르겠어요. 하지만 어쨌든 달라지는 건 아무것도 없어요. 그 남자한테도 이미 내 곁에 당신이 있다는 걸 말했어요. 물론 나도 당신을 잃고 싶지 않고요."

나츠는 솔직하게 말했다.

"그럼 어쩌겠다는 거야? 둘 다와 사귀겠다고?"

그의 추궁하는 듯한 말투에 그녀의 목소리가 기어 들어갔다.

"사실 그렇다 하더라도 특별히 달라질 건 없잖아요. 내가 이따금 다른 남자하고 자는 것에 대해선 당신도 별로 신경 쓰지 않았잖아요."

"그야 그렇지만……."

"당신이 없는 동안 줄곧 생각해 봤어요. 이대로 당신 한 사람만 계속 기다리다간 내가 균형을 잃어버릴지도 몰라요. 바라서는 안 되는 걸 바라게 될 것 같아요. 그러긴 정말 싫은데. 좋아하는 사람이 소중히 여기는 걸 소중히 생각하지 않게 되면 그걸로 끝이잖아요."

이와이는 아무 말도 하지 않았지만 납득하지 못하고 있는 것만은 분명했다.

"왠지 기분이 우울해 보이네요. 쇼운 씨하고 잤을 때는 잘했다고 칭찬해 주었잖아요. 오바야시에 대해 이야기했을 때도 은근히 부추겼고. 그런데 왜……?"

이와이는 시선을 피한 채 입술을 실룩거렸다.

"글쎄, 이번엔 뭔가 좀 다르다는 느낌이 들어."

"달라진 거 없다니까요."

"내일도 만나나?"

그의 갑작스러운 질문이 왠지 짜증스러워 자기도 모르게 차갑게 내뱉었다.

"만나요."

그는 양미간에 깊게 주름을 새긴 채 그녀에게 손을 뻗었다.

"나츠, 나츠……."

나츠는 그의 품에 꼭 안긴 채 베갯머리를 멍하니 쳐다보았다. 협탁

위에 놓인 N자 모양 하얀 산호 조각. 그것은 그의 선물이었다. 햇볕이 따가운 모래사장을 돌아다니다가 찾아낸 것이라고 했다.

그날 이후로 이와이의 연락이 빈번해졌다. 만나면 이전과는 달리 거칠게 섹스하려고 했다. 마치 나츠가 마지못해 조금 들려준 오바야시와의 섹스를 그대로 흉내 내려는 듯이.

하지만 그가 그렇게 혼자 자신만의 세계에 빠져들수록 그녀는 점점 흥미를 잃어 갔다. 누군가에게 빼앗길 것 같아서 그러는가 싶기도 했다. 전에는 껴안고 있을 때도 귀가 시간을 신경 쓰며 시계만 쳐다보고 있었으면서.

오늘 밤만 해도 그렇다. 아르바이트를 마치고 돌아가는 길에 집에 들른 오바야시가 샤워하고 있을 때 이와이가 메일을 보냈다.

지금 찾아가도 되지?

나츠는 한숨이 나왔다. 전에는 이렇게 강요하듯이 물어보지 않았다. 어제 낮에도 근무 중에 빠져나와 집에서 만나지 않았던가. 막 사귀기 시작했을 무렵이라면 몰라도 지금의 상황에서는 결코 있을 수 없는 일이었다. 사실 자신도 얼마 전에는 이런 메일을 받으면 뛸 듯이 기뻐했는데 이제는 달라졌다. 그렇게 생각하니 더 짜증이 났다.

미안하지만 지금은 안 돼요.

키보드를 두드리는 소리가 커졌다. 곧바로 답장이 왔다.

– 혹시 그 남자하고 같이 있어?
– 네.
– 내일 시바마타에서 불꽃놀이 대회가 열린다는데, 그 사람하고 갈 거야?
– 네, 내일은 그 사람이 쉬는 날이라서.
– 그럼 앞으로 월요일과 화요일에는 만나기 어렵겠네.
– 그럴 것 같아요.

그 뒤로 더 이상 답장이 오지 않았다.

지금 조용한 방에는 침대에서 자고 있는 오바야시의 숨소리만이 들렸다. 나츠는 고개를 돌려 옷걸이에 걸어 놓은 유카타를 올려다보았다. 자신이 갖고 있는 기모노 중에서 한참 고민하다가 고른 것이었다. 바탕 무늬가 깔린 베이지색 색상의 무명천에 어두운 쪽빛 문양이 짙게 새겨져 있었다. 젊은 아가씨들의 화려한 유카타가 넘쳐나는 축제 날 밤에는 오히려 이런 무늬가 더 돋보일 거라고 생각했다.

보통은 폭이 좁은 오비로 간단하게 묶으면 되지만 그것은 매듭이 작은 만큼 엉덩이가 커 보인다. 그게 왠지 마음에 걸렸다. 그렇다고 여름용 기모노처럼 평평하게 매면 너무 차분한 느낌이 들어 중년으로 보일지도 모른다.

나츠는 그런 생각을 하는 자신이 한심스러웠다. 이 나이에 중년으로 보일까 봐 걱정하다니. 실제 나이보다 젊게 보이려는 게 연하의 남자에게 아양을 떠는 것 같은 생각이 들어 기분이 더 씁쓸했다.

내일은 차라리 폭 넓은 정통 오비를 꽉 졸라매자. 아니면 폭이 좁은 오비를 일부러 모나게 묶는 것도 괜찮을 것 같다. 중년이면 어떤가. 젊어 보이려고 발버둥 치느니 차라리 요염한 중년 여자로 보이는 게 낫다.

나츠는 다시 고개를 돌려 옆에서 입을 살짝 벌린 채 자고 있는 오바야시의 얼굴을 보았다. 텁수룩한 수염으로 뒤덮인 볼. 눈 밑의 검푸른 기미는 평소에 술을 많이 마시기 때문에 생긴 것이다. 머리 아래에는 잠자기 직전까지 보았던 경마신문이 꾸깃꾸깃 구겨져 있다. 하지만 그런 건 아무래도 상관없다. 그가 아무것도 가진 게 없는 남자라도 상관없다. 지금은 그저 자신을 향해 곧장 다가오는 그의 마음과 몸이 고마울 따름이다. 그렇게 생각하니 어느새 또 눈가가 촉촉해진다.

아까 섹스를 하던 중에 오바야시가 갑자기 동작을 멈추었다. 왜 그러느냐고 물어봐도 좀처럼 대답하지 않다가 계속 캐묻자 가까스로 입을 열었다.

"나하고 만나지 않을 때 그 사람하고 했어요?"

오바야시는 반사적으로 나츠의 아랫부분이 오므라든 것을 알아채고 말없이 자기 것을 빼낸 뒤 청바지를 입고 담배에 불을 붙였다.

"그런 건 자연히 알게 되더라고요. 당신 몸이 바뀌었어요. 내가 알고 있는 몸이 아니에요. 그동안 여러 번 하면서 겨우 내 몸에 맞게 바꾸었다고 생각했는데."

그러고는 이렇게 말했다. 좋아하는 여자를 누군가와 공유하는 건 역시 무리인 것 같다. 나인지 그 선배인지 어느 한쪽을 택했으면 좋겠다. 당장 결정하기는 어려울 테니 생각할 시간을 달라면 기다려 줄 수 있다. 어쨌든 이 상태로 계속 만나기는 힘들 것 같다. 헤어질 거라면 지금 헤어지는 게 상처도 덜 받을 것이다.

나츠는 그 말을 듣는 순간 몸이 떨렸다. 미처 의식할 새도 없이 두 눈에서 눈물이 흘러나왔다. 이런 상황에서 우는 것은 비겁하다고 생각하면서도 눈물을 멈출 수가 없었다. 그러면서 한편으로는 스스로에게 고개를 갸웃하고 있었다. 이상하다. 헤어지자는 말이 왜 이렇게 충격적으로 다가오는 걸까.

"당신이 그 사람보다 늦게 나타났잖아요. 처음부터 나한테 다른 남자가 있다는 것도 알고 있었고요. 그렇다면 적어도 마음을 정할 수 있는 유예 기간 정도는 줘야 하는 것 아닌가요?"

나츠가 목구멍에서 짜내듯이 말했다.

오바야시는 세 번쯤 천천히 연기를 뿜어낸 뒤 담배를 비벼 껐다. 그러고는 말없이 옆에 누워 굵직한 팔로 나츠를 끌어안았다. 다시 시작된 섹스는 무척이나 조용했다. 삽입한 채 거의 움직이지 않은 시간이 많았지만 쾌감은 그 어느 때보다 강렬했다. 절정으로 치달은 마지막 순간에는 예전에 시자와가 억지로 시켰던 그 말을, 지금까지 이와이에게는 해 본 적이 없는 그 말을 자기도 모르게 내뱉을 뻔했다.

하지만 이렇게 가까이서 오바야시의 숨소리를 듣고 있는 이 순간에도 나쓰는 아직 자신의 마음을 알 수 없었다. 오바야시를 생각하면 가슴이 쿵쿵 뛰면서 달콤하고 과격한 충동이 일어난다. 정말 그에게 마음을 빼앗긴 것일까. 어쩌면 견디기 힘든 애달픈 아픔을 통해 살아 있음을 실감할 수 있기에 누군가를 좋아하려는 것뿐인지도 모른다. 마치 도박에서만 인생의 기쁨을 맛볼 수 있는 노름꾼처럼.

연애 체질.

언젠가 출장지의 호텔에서 이와이가 했던 말이 떠올랐다.

자신의 연애는 평범한 사람들의 연애와 다를지도 모른다. 한눈에 반해서 바로 연애하는 것은 그야말로 '체질'이라고밖에 할 수 없다. 처음에 그런 생각을 했을 때는 정말 망연한 기분이었다.

도무지 잠이 올 것 같지 않았다. 자리에서 일어나 컴퓨터 앞에 앉았다. 부석부석한 눈으로 멍하니 침대를 바라보았다. 무방비로 내던져진 오바야시의 발바닥이 보였다. 두 다리 사이에 납작하게 찌부러져 있는 물건도 보이고.

혼자 지내는 집에서 남자가 자고 있는 것을 보니 기분이 묘했다. 벌써 열흘이 넘었는데도 아직 익숙지가 않았다. 다마키만이 당연하다는 듯 그의 머리맡에서 몸을 웅크리고 있었다.

컴퓨터로 시선을 돌려 인터넷에 접속했다. 메일 세 통이 와 있었다.

월요일이 싫다.

이와이가 보낸 메일이었다. 그로부터 5분 뒤에 도착한 메일을 열어 보았다.

화요일도 싫다.

다시 5분 뒤에 또 한 통을 보냈다.

힘들다. 괴롭다.

모두 몇 시간 전에 보낸 메일이었다.

나츠는 길게 한숨을 내쉬었다. 성가시다는 생각이 80퍼센트, 애처롭다는 생각이 20퍼센트였다. 순간적으로 그렇게 생각했다는 것은 이미 자기 내부의 스위치가 완전히 바뀌어 버렸음을 의미했다. 스스로 생각해도 어이가 없을 정도였다. 시자와에게 매정하다고 말할 처지가 아니었다.

오늘 밤에는 오바야시와 처음으로 사랑 싸움을 했고, 그 덕분에 오히려 기분이 고조되어 색다른 쾌감을 맛볼 수 있었다. 그러는 동안 이와이가 혼자 고통스러워하고 있었다고 생각하니 아무래도 마음이 편치 않았다.

이와이라는 남자를 소중히 여기는 마음은 지금도 여전하다. 그러면서도 그가 고통스러워하는 동안에 자신은 이렇게 오바야시의 품에 안겨 만족스러워하고 있다. 그의 잠든 모습조차 사랑스럽게 느껴진다. 하나가 시작되면 다른 하나는 끝나 버리는 것인가. 이런 잔혹한 상황에 놓이고 싶지는 않았는데. 문득 천장을 올려다본다.

이 모든 게 '바람기' 때문이 아닌가. 그렇다. 이 모든 것은 바람기에서 비롯되었다. 남편과 살면서 시자와 바람을 피웠고, 시자와에게 버림받자 이와이와 바람을 피웠으며, 이와이만으로는 허전함을 달랠 수 없어 오바야시와 바람을 피웠다. 그렇지 않다고, 자신에게는 모든 게 사랑이었다고 주장한들 누가 믿어 주겠는가.

오바야시의 숨소리가 규칙적으로 들려온다. 이와이가 보낸 세 통의 메일을 가만히 들여다본다. 컴퓨터 저편에서 이와이가 노려보고 있는 것 같다. 나츠는 자세를 고쳐 앉아 답장을 쓰기 시작했다.

그다지 긴 편지도 아니었는데 메일을 보내고 나니 온몸의 기운이 다 빠져나간 것 같았다. 침대로 돌아가 쓰러지듯 오바야시 옆으로 파고들자 뒤척거리던 그가 잠꼬대하듯 뭐라고 웅얼거리며 그녀를 끌어안았다. 그가 깨어 있었나 싶어 가슴이 철렁 내려앉았지만 그는 바로 원래의 숨소리로 돌아왔다.

나츠는 자신의 몸을 휘감고 있는 팔과 다리의 무게를 찬찬히 음미했다. 대체 이 남자는 무슨 생각으로 나를 끌어안고 있는 걸까. 아니, 무슨 생각을 하든 상관없다. 처음부터 이 남자에게 의지하고 싶은 마음은 없었다. 여기까지 온 이상 이제는 되돌아갈 수 없다. 여자로서 살아가는 동안에 몸도 마음도 완전히 불태울 수 있는 남자를 얼마나 더 만날 수 있을까. 뇌까지 녹아내릴 것 같은 섹스를 앞으로 몇 번이나 더 할 수 있을까. 그것을 위해서라면 누구를 배신하든 누구에게 상처를 주든 상관없다. 그 대신 그 결과에 대한 책임은 모두 자신이 져야 한다.

나츠는 오바야시의 거친 숨소리와 다마키의 가냘픈 숨소리를 번갈아 들으며 가만히 눈을 감았다. 지금쯤 이와이가 메일을 읽고 있을지도 모른다.

어젯밤에 메일을 받은 뒤 이제 더는 연락하지 않으려고 했어.

그 메일을 읽을 때는 정말 심장이 멈추는 것 같더군. 숨이 탁 막히는 것 같았어. 몇 번이고 다시 읽어 봤지. 당신과 사귀는 동안에는 앞으로도 계속 이렇게 힘들 거라고 생각했지.

나를 완전히 무시하고 있다는 생각이 들었어. 죽여 버리고 싶을 정도로 당신이 밉더군. 그런데 나는 어떻게 하고 싶은 걸까? 나는 정말로 뭘 하고 싶은 걸까?

무릎을 꿇는다. 이마를 바닥에 댄다. 눈물을 흘린다. 특별히 사랑 따위는 바라지 않아. 나는 당신의 노예가 되고 싶어. 마음이 내킬 때 가끔 불러 주면 돼. 돌 봐 주지 않아도 좋으니 버리지만 말아 줘. 공기처럼 당신의 주변에 머물게 해 줘. 가끔 당신의 손을 만지도록 해 줘. 만나고 싶다고 해도 쌀쌀맞게 거절해 줘. 죽도록 짓이겨 줘. 철저히 짓밟아 줘. 산산이 부서져 본래의 나 자신이 완 전히 사라질 정도로. 이게 나야. 내가 정말로 하고 싶은 거야.

⋯⋯나츠, 사랑해. 내가 왜 진작 이 말을 못했을까.

어젯밤에 당신이 보낸 메일에 이렇게 쓰여 있더군. 그에게는 100퍼센트 다 주 고 싶다고. 그 말에 대해 많이 생각해 봤지.

나도 당신에게 시간은 100퍼센트 내줄 수 없었더라도 말은 다 해 주었어야 했 는데 하는 생각이 들더군. 가장 소중한 것은 언제나 돌이킬 수 없을 때 깨닫게 되는 것 같아. 그래서 인간이 문자를 발명해 희곡이나 소설을 쓰기 시작한 것 은 아닐까. 그런 실수를 되풀이하지 말라고.

당신은 그런 일을 하고 있어. 당신이라면 쓸 수 있을 거야. 마음껏 괴로워하고 몸부림쳐 봐. 미처 다 삼키지 못하고 선혈과 함께 토해 낸 요물이 뜻밖의 작품 으로 둔갑할 수도 있으니까. 당신의 그런 작품을 읽어 보고 싶군.

홍콩에서 본 새점 생각나? '앞으로 만날 남자'라는 말을 들었을 때 그게 나라는 걸 알아차렸어야 했는데.

잘 지내, 나츠. 당분간 연락하지 않겠어.

PS : 당분간이라는 말이 왠지 비겁하게 들리는군.

굉음이 귓전을 때리고 가슴을 울린다. 밤하늘 가득히 흩어진 갖가지 색깔의 불꽃이 가늘고 긴 꼬리를 끌며 내려온다. 빛의 잔상이 사라지기 전에 곧바로 다음 불꽃이, 그리고 또 다음 불꽃이 펼쳐진다. 몇초 간격으로 잇따라 터지는 폭죽의 굉음 소리가 고막을 울린다.

저녁에 함께 집을 나선 뒤로 오바야시는 평소보다 천천히 걸었다. 불꽃놀이 대회장까지 어떻게 갈 거냐고 물어도 대답하지 않은 채 유카타 차림의 나츠의 손을 잡고 가까운 부두로 걸어갔다. 그곳에서 배를 타고 강을 거슬러 올라간 뒤 전철로 갈아타고 시바마타에 도착했다.

나츠에게는 모든 게 낯선 경험이었다. 행선지도 모른 채 남자의 손에 이끌려 무작정 따라간 것도 처음이었다. 인파의 흐름에 몸을 맡긴 채 다이샤쿠텐 절로 이어진 참배 길을 따라 걸어갔다.

나막신을 끌고 에도가와 강둑으로 올라가 보니 바로 눈앞의 강가가 불꽃을 쏘아 올리는 대회장이었다.

두 사람은 강둑을 빼곡히 메운 사람들 틈에서 약간 빈 공간을 찾아내 나란히 바닥에 주저앉았다.

커다란 불꽃이 하늘로 치솟을 때마다 주위에서 박수와 환호성이 터졌다. 폭죽을 쏘아 올리는 곳에서 가깝기 때문인지 이따금 화약 가루가 바람을 타고 날아오기도 했다.

펑…… 펑…….

폭죽이 천둥소리를 내며 밤하늘을 화려하게 물들였다. 빨갛고 파랗게 비치는 오바야시의 얼굴이 나츠의 시야 끝에서 이따금 무지갯빛처럼 희미해지곤 했다.

아까 간이 화장실 앞에서 차례를 기다리고 있을 때 이와이가 보낸 메일을 읽었다. 휴대전화로 전송받은 메일을 두 번이나 반복해서. 그 바람에 첫 번째 불꽃은 오바야시와 함께 보지 못했다.

더 큰 불꽃이 퍼져 나간다. 반짝이는 불티가 버드나무 가지처럼 사방으로 흩어진다. 또 한 발. 밤하늘에 파란색과 초록색 국화가 활짝 피자 사방에서 환호성이 울렸다.

"괜찮아요?"

옆에서 책상다리를 하고 앉아 있는 오바야시가 하늘을 올려다보며 말했다.

"……응, 괜찮아요. 눈에 화약재가 들어간 것뿐이에요."

나츠가 웃어 보였다.

오바야시는 더 이상 아무 말도 하지 않았다.

한 시간쯤 지났을까. 마지막을 장식하듯 동그란 불꽃들이 잇따라 큰북소리 같은 굉음을 울리며 밤하늘을 채색했다. 한순간 조용해지더니 이내 사람들이 웅성거렸다.

오바야시가 벌떡 일어나 나츠에게 손을 내밀었다.

"그만 돌아갈까요?"

그러자 왠지 모를 안타까움이 바늘처럼 가슴을 찔렀다. 그녀는 말없이 고개를 끄덕이고 그의 손을 잡고 일어섰다.

사람들이 일제히 역 쪽으로 몰려갔다. 유카타를 입은 여자들은 대부분 나츠보다 젊었다. 목덜미가 유난히 뽀얀 아가씨가 혼자 옆으로 지나가자 오바야시가 나츠의 손을 잡은 채 슬쩍 고개를 돌려 그 뒷모습을 바라보았다.

나츠는 말없이 하늘을 올려다보았다. 달이 없었다. 어두운 밤하늘에 거무스름한 연기만 여기저기 떠다니고 있었다.

뭐 먹을까요, 하고 묻는 그에게 무엇이든 괜찮다고 대답하려는 순간, 옆을 지나가는 사람과 어깨가 부딪쳤다. 그의 손을 놓치고 비틀대다가 그만 한쪽 나막신이 벗겨져 강둑 아래로 굴러떨어졌다. 그는 인파에 떠밀려서 이내 시야에서 사라졌다.

나츠는 인파를 피해 강둑 가장자리로 비켜섰다. 당혹스러운 얼굴로 저 멀리 시선을 보내는 순간 숨이 멎는 듯했다. 강 건너 마을에 불빛이 한없이 펼쳐져 있었다.

아련한 오렌지색 등불이 대지를 가득 메우고 있었다. 마치 멀리서 쏘아 올리는 불꽃 같았다. 멀게 느껴지지만 꺼지지 않는 불꽃. 하지만 자신이 원하는 것은 그런 등불이 아니었다.

아아, 왜 이렇게 외롭지? 자유롭다는 게 이렇게 외로운 거였나?

나츠를 부르는 소리는 아직 들리지 않았다. 심호흡을 한 번 하고 한 짝만 남은 나막신을 벗어 손에 들었다. 옷자락을 조금 걷어 올리고 맨발로 차가운 풀을 밟으며 잃어버린 한쪽 나막신을 찾으러 강둑 아래

로 내려갔다. 강 쪽에서 후텁지근한 바람이 불어왔다. 바람에서 아직
도 폭죽의 화약 냄새가 나는 것 같았다.

절정을 향한 화려한 탈피

중년 여성의 성욕을 소재로 다룬 소설이라니 성인 주간지의 수기 코너에나 등장할 만한 이야기 아닌가. 실제로 이 소설에는 따뜻하고 아름다운, 혹은 가슴 저미는 사랑 이야기가 아닌 적나라한 현실감이 돋보이는 성애가 곳곳에 펼쳐진다.

하지만 작품 전반에 흐르는 주인공의 고독감을 보면 단지 관능소설 같은 외설 작품으로 치부하기에는 뭔가 개운치 않다. 파격에는 분분한 의견이 따르기 마련이니 독자들의 반응도 당연히 양분될 수밖에 없으리라.

주인공 나츠는 성욕이 강한 서른다섯의 기혼 여성. 그녀에게 성욕은 곧 외로움이었다. 단지 육체적 쾌감만으로 만족할 수 있다면 시중에 나도는 기상천외한 기구가 역할을 대신할 수도 있겠지만 마음이 오가지 않는 섹스 후에 찾아오는 공허함은 이내 좌절을 안겨 준다. 더구나 자식도 없고 교류하는 일가친척도 없는 그녀의 결혼 생활은 거의 동거에 가깝다. 잘나가는 드라마 작가라는 사회적 기반도 마련되었고 딸린 자식도 없으니 남편의 그늘에서 벗어나기는 비교적 수월했으리라. 결국 남성 편력을 통해 자신의 정체성을 찾아 헤매는 주인공.

'여자로서 이대로 끝나고 싶지 않다'는 중년 여성의 초조함과 새로운 세계에 대한 기대감으로 여러 남성을 전전하지만 그녀를 기다리는 것은 외로울 수밖에 없는 환상의 세계. 그런 의미에서는 중년 여성의 성장 소설이라 할 수도 있다.

이십대는 사랑하기 위해 살지만 사십대는 살기 위해 사랑한다고 한다. 주인공의 성적 방황도 살기 위한 몸부림이 아닐까. 자유에 대한 갈망과 외로움, 연애. 그 순환의 끝은 어디일까.

작가는 《천사의 알》과 《천사의 사다리》, 그리고 나오키상을 수상한 《별을 담은 배》로 국내에 이미 소개된 바 있다. 일본을 대표하는 여성 작가라는 수식어가 따라붙을 정도로 탄탄한 기반을 갖추고 있다. 작가의 기존 작품들은 대개 가족애나 순수한 사랑을 다룬 감성적인 소설이었다. 실제로 이전에는 문장에 '젖꼭지'라는 단어조차 쑥스러워서 쓰지 못했을 정도였다고 한다.

그랬던 작가가 전혀 색다른 모습으로 변모했다. 흔히 탈피로 표현되는 작풍의 변화가 시작된 것이다. 어쩌면 작가로서의 삶의 방향을 바꾸기 위한 작품이라 할 수도 있다.

몇몇 인터뷰 내용을 살펴보면 작가는 어머니에게 엄격한 가정교육을 받으며 자랐고 남편도 지방에서 농업에 종사하면서 작가의 작품을 비평하고 방향을 설정해 주었다고 한다. 그러다가 17년간의 결혼생활을 끝내고 이혼한 뒤 도쿄에서 10년 연하의 남성과 동거, 그리고 재혼.

　　그런 내력으로 이 소설은 자전적 요소가 강한 작품으로 여겨지기도 한다. 이른바 자신의 체험에서 얻은 실감을 바탕으로 소설을 완성시켰다는 것이다. 그 점을 의식했는지 작가 자신도 3관왕을 달성한 수상 소감에서 이렇게 밝히고 있다.

　　"연재 당시부터 소설의 내용을 실제로 얼마나 체험한 것이냐는 질문을 여러 번 받았다. 자신의 체험을 쓴 작품은 소설이라고 말할 수 없다. 작가는 항상 체험을 소설로 승화시키기 위한 방법을 궁리한다. 거기에 필요한 것은 체험을 통한 실감과 깨달음, 그리고 개인적으로 발견한 진실일 것이다. 내가 상을 받은 것은 개인적으로 발견한 진실과 체험을 소설로 승화시켜 보편적으로 전달한 것에 대한 보상이라 생각한다."

　　이 소설이 원칙적으로 허구라고 해도 독자들은 아마 작가 자신의 이야기일 거라고 생각하며 읽을 수밖에 없을 것이다. 일찍이 수많은 여류 작가들이 그 벽에 부딪쳐 고민하다 좌절하곤 했다. 하지만 작가는 그 벽에 과감히 도전했다. 스스로 어떤 소설을 쓰고 싶은지 자문한 끝에 지금까지의 작풍에서 벗어나 그동안 조심스러웠던 부분을 철저히 파고들고 싶었다고 한다. 자신을 감싸고 있던 껍질을 깨고 나오기 위해.

이렇게 대담하게 묘사한 소설은 대부분 남성 작가의 전유물인 현실에서 무라야마 유카는 여성만이 감지할 수 있는 쾌락적 부분을 섬세하게 묘사했다. 작가의 말마따나 독자의 아랫도리가 뻣뻣하거나 축축해질 정도로 세밀하게.

이 작품은 이제껏 쌓아올린 작가의 이미지를 한순간에 무너뜨리는 위험한 전환점이 될 수도 있다. 기존의 고정 독자를 잃을지도 모른다는 부담감도 만만치 않았으리라. 떨어져 나가는 만큼 새로 생길 독자에 대한 기대감도 있었겠지만.

아무튼 이 작품으로 '2009년에 중앙공론문예상'과 '시마세연애문학상', 그리고 '시바타렌자부로상'까지 수상하는 쾌거를 이루었으니 일단은 탈피에 성공한 셈이다. 이제 화려한 날개를 펴고 날아오를 또 다른 작품을 기대해 본다.

김성기

역자_ 김성기

일본 다쿠쇼쿠대학교를 졸업하고 현재 출판기획자와 전문 번역가로 활동하고 있다. 옮긴 책으로 《시체를 파는 남자》《탈취》, 오사와 아리마사의 《신주쿠 상어》, 요코야마 히데오의 《제3의 시효》, 시바 료타로의 《올빼미의 성》, 우타노 쇼고의 《벚꽃 지는 계절에 그대를 그리워하네》, 이시다 이라의 《이케부쿠로 웨스트 게이트 파크》, 마이조 오타로의 《아수라 걸》, 시게마츠 기요시의 《그날이 오기 전에》 등이 있다.

더블판타지
ⓒ 무라야마 유카, 2010

초판 1쇄 발행일 | 2010년 12월 25일
초판 2쇄 발행일 | 2011년 2월 15일

지은이 | 무라야마 유카
옮긴이 | 김성기
펴낸이 | 임인규
책임편집 | 임은희
디자인 | 유한나

펴낸곳 | 동화출판사/문학의문학
주소 | 413-756 경기도 파주시 교하읍 문발리 509-3 파주출판도시
전화 | (031) 955-4964
팩스 | (031) 955-4960
등록번호 | 제3-30호(1968. 1. 15)
홈페이지 | www.dhmunhak.com
ISBN 978-89-431-0379-8 (03830)